FEDERICA DE CESCO

Das Haus der Tibeterin

Buch

Der jungen Architektin Dolkar steht eine vielversprechende Karriere offen. Sie lebt als Tochter tibetischer Flüchtlinge in der Schweiz. Ihr Vater Tashi starb schon vor Jahren. Sonam, ihre Mutter, führt ein kleines Kosmetikstudio. Als diese plötzlich erkrankt, überredet Dolkar sie, sich untersuchen zu lassen. In einem vertraulichen Gespräch bricht der Arzt seine ärztliche Schweigepflicht: Ob Dolkar eigentlich wisse, dass der Körper ihrer Mutter grauenhafte Narben trägt? Dolkar ist zutiefst aufgewühlt und stellt ihre Mutter zur Rede. Schritt für Schritt kommt Dolkar ihrer Familiengeschichte auf die Spur. Doch noch sind viele Fragen offen, und allmählich gewinnt die Gestalt der Großmutter Longsela, die »die Dame der Türkise« genannt wurde, immer mehr an Bedeutung. Von dem Gedanken besessen, Longselas Haus, die Wiege der Familie, erstmals mit eigenen Augen zu sehen, reist Dolkar kurz entschlossen nach Lhasa. Doch was wird sie dort vorfinden? Das unversehrte Haus ihrer Ahnen? Oder nur ein Traumbild? Wird sie endlich ihrer großen Liebe begegnen?

Autorin

Federica de Cesco, geboren in der Nähe von Venedig, wuchs in verschiedenen Ländern mehrsprachig auf und studierte in Belgien Kunstgeschichte und Psychologie. Heute lebt sie mit ihrem Mann, einem japanischen Fotografen, in der französischen Schweiz. Sie hatte bereits über fünfzig höchst erfolgreiche Romane für Kinder und Jugendliche (z. B. »*Der rote Seidenschal*«) sowie mehrere Sachbücher verfasst, als ihr mit dem Roman *Silbermuschel* ein fulminantes Debüt in der Erwachsenen-Belletristik gelang.

Von Federica de Cesco bereits erschienen:

Wüstenmond (35659) · Feuerfrau (36077) · Silbermuschel (36278) · Die Augen des Schmetterlings (36750) · Muschelseide (37275) · Die goldene Kriegerin (37426)

Federica de Cesco

Das Haus der Tibeterin

blanvalet

FSC
www.fsc.org
MIX
Papier aus verantwortungsvollen Quellen
FSC® C014496

Verlagsgruppe Random House FSC-DEU-0100
Das FSC-zertifizierte Papier *Holmen Book Cream*
für dieses Buch liefert Holmen Paper, Hallstavik, Schweden.

1. Auflage
Taschenbuchausgabe Dezember 2010 bei Blanvalet,
einem Unternehmen der Verlagsgruppe
Random House GmbH, München.

Umschlaggestaltung: HildenDesign, München
Umschlagmotiv: © Kaz Chiba / Digital Vision / Getty Images;
© Leena Damle / shutterstockED
ED · Herstellung: sam
Satz: Uhl + Massopust, Aalen
Druck und Einband: GGP Media Gmbh; Pößneck
Printed in Germany
ISBN: 978-3-442-37627-8

www.blanvalet.de

PROLOG

Ich saß da, in eine Decke eingehüllt, und fror. Ich war schläfrig. Die Zeitverschiebung. Mein Körper war schon zurück, mein Geist noch in Tagträumen gefangen. Was hatte ich erlebt? Die verblassenden Szenen, die noch vor wenigen Augenblicken in der Erinnerung an mir vorbeigezogen waren, lösten sich auf und formten sich neu, denn jenseits von Ahnen und Begreifen wird die Welt unablässig wiedergeboren. Nichts kann diese Vorwärtsbewegung aufhalten, die vergessene Ereignisse gegenwärtig macht. Das einst Erlebte, aus welcher Ferne es auch kommen mag, kann wieder klar gesehen werden. Der alte Mönch kannte das Geheimnis und hielt nach der Vergangenheit Ausschau. Er sah die Dinge kristallklar und unglaublich leuchtend, weil sie in seiner Erinnerung nie verblasst waren. »Das kannst du auch«, hatte er mir mit großem Nachdruck eingeschärft. Es sei keine durch Anstrengung erworbene Kraft. Was für ihn selbst gut sei, genüge auch für mich. Ich hatte ihm zuerst nicht geglaubt, wieso auch? Jetzt aber ging ich mit weichen Knien meine Handtasche holen und zog das Bild, das Lhamo mir in Lhasa gegeben hatte, aus dem Umschlag. Mein Großvater hatte das Haus mit einer Rolleiflex fotografiert. Ich wusste, dass er eine eigene Dunkelkammer hatte und die Filme selbst entwickelte. Alte Bilder ziehen sich in sich selbst zurück, wie alte Menschen es tun; alte Bilder sterben. Der Mönch, dessen Namen ich nie erfahren hatte, brauchte kein Bild, um Buddha zu sehen. Er erträumte sich, was er brauchte, rief im Geist die Erinnerungen wach. Es war ein Akt der Wiederbelebung.

Was hatte Lhamo gesagt? Dass sie das Bild seit vielen Jahren nicht mehr angesehen hatte. Seltsam. Woher kamen dann die Fingerabdrücke? Warum fühlten sich Lhamos Hände damals so schwer an, so schwer wie Stein? Sie hatte nur das Bild zu geben gehabt und hatte es mir gegeben. Für alles, was ich ihr hätte geben können, sah sie keine Verwendung mehr. Ich legte das Foto vor mich auf den Tisch und betrachtete das Haus. Ich betrachtete es lange, eindringlich, prägte mir jede Einzelheit ein. Ich fühlte dabei eine Art Vakuum in mir, eine Übelkeit. Einst war das Haus groß und prächtig und voller Leben gewesen. Auch jetzt war es noch nicht tot. Das Haus schwebte in einem Anderswo, das ganz nahe war. Einem Anderswo, das vibrierte. Ich konzentrierte meine Vorstellungskraft. Viele Leute wären gewiss fähig, ein solches Haus zum Leben zu erwecken, vorausgesetzt, sie wüssten, dass sie es könnten. Weil es bei einer Wiederbelebung nicht um mehr oder weniger Kraft ging, nicht um Willensstärke. Der Mönch wusste genau, worum es ging. Um etwas ganz anderes, nämlich um das, was die Menschen Glauben nennen. Einen Bewusstseinszustand, der frei von Gedanken oder Gemütsbewegungen irgendwelcher Art ist. Das Bild zeigte nur ein kleines Teilchen der Vergangenheit, aber wo so ein Bild ist, rührt sein Anblick an Tiefen, die wir nur mit den Tiefen vergleichen können, wie sie ein Symphonieorchester in uns öffnet, wenn wir die Musik kennen, verstehen und lieben. Beharrlich arbeitete ich mich in die Sache hinein, starrte auf das Bild. Ich konnte hören, wie ich atmete, schnell und kurz. Warum hatte ich Schmerzen im Rückgrat? Warum saß ich schon so lange unbeweglich da mit dem Bedürfnis, mich zu kratzen und auf die Toilette zu gehen? Man kann ein Bild anschauen, man kann es nicht bewohnen. Man kann nur verrückt dabei werden, das wird es wohl sein. Oder auch nicht?

Und mit einem Mal fuhr ich auf, mit einem seltsamen Zucken im Nacken, als ob eine Schnur riss. Klack! Mir war, als ob das Foto in meinen Händen zurückschnellte, als ob das Haus sich – leicht schwankend – aufrichtete und vergrößerte. Die Wände strebten seitwärts empor, gewannen an Form, festigten sich. Tatsächlich kam es auf die Beharrlichkeit an, alles Erträumte war nur eine Sache der Geduld. Noch eine kleine Anstrengung – sie war nicht der Rede wert! Ich fühlte einen Schauder voraus, der kein Schauder der Angst war. Das Abgelebte würde aufleben und wieder ablaufen, wie es gewesen war. Dass alles der Wahrheit entsprechen würde, stand außer Zweifel. Weil der Schein nicht weniger als das Wirkliche war, sondern mehr. Weil ich die Erinnerung im Blut trug und auch die Gerüche nach Staub, Holzkohle und schwitzenden Pferden und ebenfalls das Gelächter, die Satzfetzen, das Klappern von Pferdegeschirr. Ich hörte auch Musik, oder nicht? Doch, sie kam aus einem der Erkerfenster. Und wenn ich meine Augen auf die Toten richtete, die Toten, die noch kommen würden, sah ich sie jetzt gesund und lachend und lebendig wieder vor mir. Ich beobachtete sie in einem Zustand von großer Neugier und Erregung, denn einst hatte ich sie im Dämmer der Träume erblickt, und sie alle waren mir vertraut. Ein paar Schritte über den Fußweg, an den Stallungen vorbei, an den Kürbissen, die vor der Vorratskammer glühten, dem Haus entgegen. Und jetzt drei Steinstufen noch. Die Tür von dunkler Kastanienfarbe, mit Haken und Riegel versehen, ragte vor mir auf und schien geschlossen. Da hörte ich ganz deutlich ein Knarren, und die Tür schwang auf.

ERSTES KAPITEL

Ich entsinne mich genau, wann die Zeit sich für mich rückwärts zu bewegen begann. Den Augenblick habe ich noch exakt in Erinnerung. Es war ja nicht so, dass vorher nichts geschehen wäre. Aber ich führte ein geordnetes Leben. Ich erinnere mich, dass meine Nase seit zwei Tagen lief und ich ohne Taschentücher keinen Schritt tun konnte. Viele Leute im Büro waren in dieser Zeit erkältet. Ich hatte einen dumpfen Kopf, konnte nicht arbeiten. Ich ließ mich krankschreiben. Jetzt lag ich im Bett und hatte hohes Fieber. Durch das Fenster sah ich ein Stück blauen Herbsthimmel, in den die dunklen Wipfel zweier Tannen hineinragten. Wir hatten starken Föhn, die Wipfel bogen sich. Erstaunlich, dachte ich, wie geschmeidig doch lebendiges Holz ist! Ich döste vor mich hin, konnte ja sonst nichts tun, sogar das Lesen strengte mich an. Zum Glück war Freitag. Am Dienstag sollte meine Arbeitsgruppe eine Sitzung haben; das neue Projekt, das wir entwickelten, hielt uns in Atem. Seit acht Monaten war ich im »Atelier 5«, einem der berühmtesten Architekturbüros in Zürich, als Bauzeichnerin fest angestellt. Ein harter Job, aber ein großartiger. Es kam vor, dass ich zwölf Stunden lang pausenlos bei der Arbeit saß, denn als jüngste und erst kürzlich eingestellte Mitarbeiterin wurde ich ausgenutzt. Aber ich war stolz, dass ich dazugehörte.

Ich versuchte, in meinem Kopf Leere zu schaffen. War das überhaupt möglich? Mir gelang es jedenfalls nicht, oder nur sehr schlecht. Das Fieber trieb meine Gedanken pausenlos zusammen und wieder auseinander. Der starke Wind, der an den

Scheiben rüttelte, rief mir ins Gedächtnis, was meine Mutter kürzlich erzählt hatte: Sie hatte vom Wind in Tibet gesprochen, von diesem weißen, kolossalen Wind, der über die Berge rollte und Eisstürme brachte. Solche Stürme konnten Bäume in Stücke reißen, Menschen erschlagen oder in Eisblöcke verwandeln. Die Eisstücke fallen wie Backsteine vom Himmel, sagte Mutter. Es kommt vor, dass der Mensch dort erstarrt, wo er liegt oder steht. Er überzieht sich mit einer Haut aus Eis und erfriert. Er bleibt bei Bewusstsein, aber nie länger als vierzig Sekunden. So lange braucht es, bis das Gehirn seine Tätigkeit einstellt.

»Ich habe das gesehen«, sagte Mutter. »Und ich glaube nicht, dass man Schmerzen dabei spürt. Schmerzen verspürt man nur, solange das Blut warm ist. – Was meinst du dazu, Kelsang?«, hatte sie ihren Bruder gefragt, denn sie hatte davon gesprochen, als er – was nicht oft vorkam – bei ihr zu Besuch war. Und bei diesen Worten hatte sie ihren Blick starr auf Kelsang gerichtet, während er, als ob er auf diese Bewegung gefasst gewesen wäre und sie schon befürchtet hätte, die Augen abwandte. Ich glaubte, ein Gefühl von Ohnmacht, von Kummer und eine Bitte auf seinem Gesicht zu erkennen. Er hatte nichts gesagt, nur mit langsamer Bewegung seine Robe über die dürre Schulter gezogen. Und ich hatte plötzlich gedacht, dass er dieses Gesicht haben würde, wenn er tot wäre. Ja, genau das gleiche Gesicht. Aber Mutter hatte nichts mehr hinzugefügt, und dann wurde über etwas anderes gesprochen.

Eigentlich gingen sie sehr vorsichtig miteinander um, freundlich, kaum ein Wort lauter als das andere. Aber da war etwas Hartes, etwas wie ein Groll zwischen ihnen. Ich hatte es schon oft beobachtet. Es war etwas, das von früher kam.

Onkel Kelsang war bereits Novize gewesen, als er nach Indien flüchtete. Bevor er Anfang der Neunzigerjahre in die Schweiz kam, war er im Jonan-Kloster in Nordindien in buddhistischer Erkenntnislehre ausgebildet worden. Jetzt lebte er im Klösterlichen Institut in Rikon, in einer vertieften mehrjährigen Meditation. Wir bekamen ihn selten zu Gesicht. Im Grunde war es nicht nett von Mutter, dass sie ihn auf diese Weise provozierte.

Aber Mutter war nicht immer nett, auch wenn sie viel lachen konnte, laut und unbändig wie ein ganz junges Mädchen. Sie hatte einen unglaublich derben, fremdartigen Humor. Man merkte daran, dass man sich vor ihr in Acht nehmen musste. Dass sie überaus anmaßend war, flößte mir eigentlich Respekt ein. Sie konnte aber auch gemein werden und mit Worten zuschlagen wie mit einer Pranke.

Einmal hatte sie von Kelsang gesagt: »Der ist es nicht wert, dass man seinetwegen leidet.«

Ich konnte mir keinen Reim darauf machen, warum sie das sagte. Aber es hörte sich schrecklich an.

Gelegentlich kam mir der Gedanke, dass sie gar nicht hierher gehörte. Ihre Anwesenheit war irgendwie unpassend, befremdend. Sie gehörte zu einer anderen Welt. Diese Frau, die meine Mutter war, schaffte es immer wieder, mich aus dem Konzept zu bringen. Mein Leben lang würde ich mich gegen ihre Überheblichkeit wehren, obwohl sie viele Freunde hatte, die ihr über viele Jahre hinweg treu blieben. Alle liebten ihre Tatkraft, ihre lebhafte, geschmeidige Intelligenz, ihre wortgewandte Klugheit. Sie hatte mich pflichtbewusst erzogen, hatte mir alles gesagt, was ich wissen musste, und mir alles erlaubt, was sie finanziell vermochte. Keine übertrieben modischen Klamotten, aber gute, aus dem Ausverkauf. Ferien, die wenig kosteten: Skilager, Jugendherbergen, Klassenreisen nach Paris oder Barcelona. Mutter hätte gewollt, dass ich reiten lernte. Als Kind in Lhasa hatte sie ihr eigenes Pferd gehabt. Ihre Eltern waren sehr wohlhabend gewesen. Aber sie konnte den Unterricht nicht bezahlen. Stattdessen bekam ich jeden Sommer eine Dauerkarte fürs Schwimmbad. Kein Luxus also. Dafür aber die höhere Schule, das Architekturstudium. Wir hatten nur wenige Grundsatzdiskussionen geführt, aber sie hatte Selbstbewusstsein, Fantasie und Vernunft in mir geweckt. Tsering, mein Vater, hatte sich kaum eingemischt – eigentlich nur, wenn es darum ging, wie pünktlich ich zu sein hatte. Da war er strenger als sie, weil er schnell in Sorge geriet. Er war ein stiller Mensch, und es ging ihm nicht gut, schon lange nicht. Er hatte sich in Indien eine böse Geschwulst geholt und hielt es nicht für nötig, den Arzt aufzusuchen. Die Folge davon: Der Zustand verschlimmerte sich, der Tumor breitete sich aus, ergriff den ganzen Körper. Er ließ sich erst untersuchen, als die Schmerzen unerträglich wurden, und da war es bereits zu spät. Mit zunehmendem Alter setzte er der Krankheit immer weniger Widerstand entgegen. Er war ein manischer Kettenraucher, er konnte es sich nicht abgewöhnen. Bis zum Schluss rauchte er. Er sagte, ich bin eben so, ich kann mich nicht ändern – wozu auch? Ich hatte gerade die höhere Schule beendet, als sein Herz versagte. So verschieden wir drei auch waren, wir hatten einander geliebt. Ich war erschüttert, aber immerhin traf mich sein Ende nicht unvorbereitet. Mutter und ich trugen den Gedanken schon lange mit uns herum, dass er eines Tages nicht mehr da sein würde.

Mutter – ihr Name war Sonam – hatte eine schwere Geburt mit mir gehabt. Etwas war bei ihr nicht in Ordnung gewesen. Die Ärztin entschloss sich noch rechtzeitig zu einem Kaiserschnitt, sonst wäre ich wohl behindert auf die Welt gekommen. Danach zog sie es vor, Sonams Eileiter zu unterbrechen. Die Patientin war ja auch schon beinahe vierzig. Somit blieb ich Einzelkind, was in tibetischen Familien eher unüblich ist.

Dachte ich über mein Leben nach, was ich eigentlich selten tat, kam ich immer wieder zu dem Ergebnis, dass es ein geordnetes Leben war. Alles war auf Ordnung ausgerichtet; von klein auf deutete sich dies bereits in meinen Begabungen an. Schon als Kind hatte ich eine besondere Vorliebe für die Anordnung von Gegenständen in Räumen. Dafür konnte ich mich ebenso begeistern wie für die Logik der Zahlen. Ich spielte mit Zahlen Pingpong, und ich gruppierte nach Herzenslust Linien, Flächen und geometrische Körper. Dass ich aufs Gymnasium ging und später zur Uni, hatte ich auch meiner Mutter zu verdanken, die als Kassiererin im Supermarkt Überstunden machte, damit ich lernen konnte. Dazu kam natürlich, dass ich nicht leicht auf mein Ziel, zu studieren, verzichtet hätte. Ich besaß einen starken Willen.

Sie rief an: »Brauchst du etwas?«, und kam gegen Abend. Ich döste im Halbschlaf, als sie draußen zweimal schellte. Ich strich mein wirres Haar aus der Stirn und setzte meine Füße auf den tibetischen Teppich mit dem schönen blauen Muster. Als ich mich aufrichtete, musste ich mich am Nachttisch festhalten. Ich wankte zur Tür, zog den Riegel auf. Meine Mutter trat ein, schnell, geschäftig, geräuschlos.

»Kind, wie siehst du aus? Dich hat es ja böse erwischt!«

Sie hatte für mich eingekauft und sagte, dass sie für mich kochen würde. Ich wollte ihr die Taschen abnehmen, aber sie stieß mich weg.

»Verschwinde! Leg dich hin. Ich mache das schon.«

Ich hörte sie in der Küche hantieren. Sie war in großartiger Weise gütig und hilfsbereit. Dass sie immer noch sehr anziehend war, entdeckte ich ganz plötzlich an diesem Abend. Ich hatte sie schon längere Zeit nicht mehr gesehen; deswegen fiel es mir auf, als sie mir heißen Tee brachte und mit dem Fuß auf den Schalter der Stehlampe trat. Das Licht fiel auf ihr dunkles Oval, auf die gewölbte Stirn, das eigenwillige Kinn. Die Augen waren mandelförmig und goldbraun, und der hohe Bogen der Wangenknochen gab ihnen außen eine leichte Schrägneigung nach oben. Nur die blauen Ringe unter diesen Augen verrieten den Herbst ihres Lebens. Sie hielt sich übertrieben gerade, immer, auch beim Sitzen. Sie war stark, mied jedoch gewisse Bewegungen, die ihr Schmerzen bereiteten. Unter Rheuma, sagte sie, habe sie schon als Heranwachsende gelitten. Eine Folge der Entbehrungen damals.

Sie hatte in Tibet harte Zeiten erlebt. Zeiten, von denen sie selten sprach. Im Großen und Ganzen kannte ich die Geschichte. Aber sobald ich – was gelegentlich vorkam – mehr erfahren wollte, verschanzte sie sich hinter einer Mauer aus Schweigen.

»Was gibt es da noch zu erzählen?«

»Du redest so wenig über diese Dinge! Macht dir das so viel Mühe?«

»Es ist schon lange her. Ich habe vieles vergessen.«

Vergessen? Das glaubte ich nicht. Verdrängt wäre wohl das bessere Wort gewesen. Aber ich wollte mich mit ihr nicht anlegen. Sie hatte den stärkeren Dickschädel.

Sie hatte oft von den schwierigen Zeiten ihrer Kindheit gesprochen, von den schrecklichen Ereignissen damals. Mir kam in den Sinn, dass es stets nur nackte Ereignisse waren, über die sie berichtet hatte, bloße Tatsachen und allgemeine Gefahren, anderswo, in einem anderen Zeitalter, unter einem anderen Himmel. Elf war sie gewesen, als die Soldaten sie geholt hatten. Sie hatte uns alles ausführlich erzählt.

Wirklich alles? Die Tatsache, dass sie nie wieder darüber sprach, war vielleicht der Kern der Geschichte. Das Fieber bewirkte, dass ich gewisse Bilder meiner Vorstellung schemenhaft und dann wieder überdeutlich sah. Die Bilder, die aus dem Nebel heraustraten, gefielen mir gar nicht. Ich mochte keine Schatten, die vor mir auftauchten, Schatten, die das Fieber verdichtete. Ich setzte mich auf.

»Wie bringst du es fertig«, murmelte ich, »dass du immer noch so gut aussiehst?«

Sie stellte das Tablett auf den Nachttisch, wobei sie kurz auflachte. Ihr Lachen hatte einen rauen Klang, etwas Jugendliches, als wäre sie schüchtern und bemühte sich, das zu verbergen.

»Und meine Falten?«

»Ich sehe keine.«

»Weil du kurzsichtig bist. Ich, ich sehe meine Falten.«

Sie reichte mir die Tasse. Ich nahm einen Schluck von dem heißen, starken Getränk.

»Er ist gut, dein Tee!«

»Ich habe viel Honig hineingetan. Und Zitrone. Das hilft bei Fieber.«

Ich drückte die warme Tasse an meine Wange und beobachtete meine Mutter. Mir fiel auf, dass sie das nicht gern hatte, denn sie wandte die Augen ab. Vierzehn Jahre war es jetzt her, dass mein Vater gestorben war. Ich fragte: »Warum hast du eigentlich nie wieder geheiratet?«

Sie stutzte, bevor sie den Mund zu einer kleinen Grimasse verzog. »Dumme Frage! Wie kommst du darauf?«

»Na ja, es hätte ja sein können.«

Sie wies mich zurecht.

»Es konnte nicht sein, und jetzt hör davon auf.«

Seit Vaters Tod hatte sie nie eine Affäre gehabt. Ich fand das seltsam. Aber diese Art von Treue musste ihr wohl eigen sein. Ich schämte mich plötzlich, dass ich gefragt hatte.

»Es tut mir leid«, sagte ich.

Sie nickte.

»Trink deinen Tee, bevor er kalt wird.«

Sie wollte nicht lange bleiben, sie hatte noch eine Sitzung im Frauenverein. Aber sie nahm sich noch die Zeit, um für zwei Tage zu kochen: Suppe, Fleischbällchen und Kartoffeln. Bevor sie ging, stopfte sie die schmutzige Wäsche in die Waschmaschine und ermahnte mich, den Trockner nicht zu vergessen. Sie zog ihren Mantel an und wickelte ihren braunen Pashmina um die Schultern. Sie trug meistens tibetische Tracht, die ihr sehr gut stand.

»Ich rufe dich morgen an. Bleib schön im Bett, und iss die Trauben. Die geben dir Vitamine.«

Ich öffnete die Augen und sah, wie sie die Weintrauben auf den Nachttisch stellte. Sie hatte das Obst sogar gewaschen.

»Ja, Amla – Mutter. Und … danke für alles!«

»Nichts zu danken«, erwiderte sie spröde.

Ich fühlte mich müde, entsetzlich müde. Ich hörte kaum, wie sie in ihre Schuhe schlüpfte, ihre Einkaufstasche nahm und leise die Tür schloss. Ich war bereits wieder eingeschlafen.

Als ich spätabends erwachte, war das Fieber gestiegen. Ich fühlte mich scheußlich.

ZWEITES KAPITEL

Am Morgen ging es mir kaum besser. Ich schleppte mich ins Badezimmer, blickte mich trübselig im Spiegel an und wechselte den Schlafanzug. Ich zog die Wäsche aus dem Trockner, trank etwas Tee, aß einige Trauben. Das Essen stellte ich in den Kühlschrank. Dann kroch ich schlotternd wieder ins Bett und döste. Im Halbschlaf hörte ich, wie mein Handy klingelte. Halb benommen tastete ich nach dem Apparat.

»Ja?«

»Sasha hat mir erzählt, dass du krank bist«, sagte Felix. »Ich hoffe, nichts Schlimmes.«

Sasha arbeitete mit mir im Architekturbüro. Zu der Zeit tüftelten wir beide am selben Bauplan. Er war mit Felix zur Schule gegangen, die Eltern waren Nachbarn. Es war Zufall, dass sich beide getroffen hatten, aber ich war froh, dass Felix anrief.

»Nur Grippe.«

»Deine Stimme klingt nicht gerade gut«, meinte Felix. »Hast du Fieber?«

»Ich habe gerade gemessen. Fast 39 Grad.«

»Um diese Zeit? Das gefällt mir nicht.«

»Ich bleibe im Bett.«

»Ja, du tust gut daran. In einer halben Stunde bin ich bei dir. Ich komme mit der Straßenbahn.«

Felix und ich hatten einige Monate lang zusammengelebt; zwischen uns war sogar die Rede von Heiraten gewesen. Aber daraus wurde nichts. Wir stellten fest, dass wir nicht füreinander bestimmt waren. Felix war ein freundlicher Mensch, vielleicht etwas schüchtern. Ich liebte ihn von ganzem Herzen, aber ich wusste auch, dass ich nicht das Gleiche empfand wie er. Meine Abneigung mit ihm zu schlafen, war stärker als mein schlechtes Gewissen.

Es klingelte. Ich schlüpfte in meinen Bademantel und wankte zur Tür. Felix stand da, zeigte sein bezauberndes Lächeln, hielt mir eine kleine Tüte mit Trockenobst entgegen. Ananas, die ich am liebsten mochte.

»Keine Schokolade«, sagte er. »Bei Fieber besser nicht.«

Ich sah ihn an: das dichte, dunkelblonde Haar, die tiefblauen Augen. Das Gesicht schmal und klar, um den Mund zwei Falten. Er hatte früher im Krankenhaus gearbeitet; jetzt war er Arzt mit eigener Praxis, verdiente mehr Geld, aber schuftete bis zur Erschöpfung.

Felix zog seinen Parka aus, folgte mir ins Schlafzimmer. Ich zeigte ihm das Fieberthermometer. Er schnalzte mit der Zunge, bevor er sich zu mir auf den Bettrand setzte. Er horchte auf meinen Puls, befühlte meine Halsdrüsen, ließ mich Aaaaah! sagen wie ein Kind. Schließlich nickte er.

»Akut, aber nicht dramatisch. Bettwärme ist das Beste. Und viel trinken.«

Er ging in die Küche und brachte mir ein Glas Wasser mit einer Tablette, die das Fieber senken sollte.

»Dreimal am Tag unzerkaut schlucken. Hier, die Tabletten sind für dich.«

Ich lächelte ihn etwas verzerrt an.

»Ein Hausarzt ist einfach großartig.«

»Für gewöhnlich stelle ich solche Besuche in Rechnung. Und du musst gut essen, ja? Du hast ja nichts zuzusetzen.«

»Amla war hier und hat für zwei Tage gekocht.«

Er nickte.

»Ausgezeichnet.«

Und dann, nach kurzer Stille: »Wie geht es ihr?«

»Gut«, sagte ich. »Ihr geht es gut.«

Wieder Stille. Felix stand auf, schob die Hände in die Hosentaschen und ging zum Fenster. Unsere Geschichte hatte sich in einer anderen Wohnung abgespielt, die größer war, ein altes Haus in Zürich-Stadelhofen, in das wir vielleicht auch eines Tages gezogen wären. Jetzt lebte ich allein in zwei Zimmern.

Ich betrachtete seinen Rücken, der mir so vertraut war. Er war noch immer ein attraktiver Mann. Warum nur hatte ich plötzlich kein Verlangen mehr nach ihm gehabt? Das war einfach so gekommen und hatte zu den Dingen gehört, die ich nie wirklich bis auf den Grund verstehen konnte. Wir hatten zusammengelebt, aber vielleicht waren wir einander zu wenig ähnlich geworden, für ein Zweierdasein ungeeignet. Ich hatte getan, was ich tun zu müssen glaubte, auf anständige Weise. Es bestand kein Anlass, beleidigt zu sein.

Felix stand immer noch in Gedanken versunken. Dann reckte er sich, dehnte die Arme und brach schließlich das Schweigen.

»Deine Mutter hat mich nie akzeptiert«, sagte er.

»Aber das ist doch lächerlich!«

Er drehte sich zu mir um. Seine Augen zogen sich leicht zusammen. Ich kannte diesen Blick. Abwechselnd vermied er, mich anzusehen, und betrachtete mich dann wieder mit intensivem Blick.

»Ich habe darüber nachgedacht«, sagte er. »Du lebst in Symbiose mit deiner Familie. Ein Clan-Denken, das ist es und nichts anderes. Du hast es wahrscheinlich selbst nicht gemerkt.«

»Ich lebe doch allein!«, rief ich.

»Gewiss. Aber die Familie ist immer da, im Hintergrund.«

Was sollte das heißen? Dass ich unfähig war, aus der Reihe zu tanzen? Das war doch dumm, das hieße, nicht mehr zu denken, oder vielmehr so zu denken, dass es aufs Nichtdenken hinauskam.

»Hör mal«, widersprach ich wütend. »Wie kommst du darauf? Ich bin ohne Geschwister groß geworden, und mein Vater ist tot. Der Bruder meiner Mutter lebt in Rikon als Mönch. Sie hat noch eine ältere Schwester in Lhasa, zu der wir überhaupt keinen Kontakt haben. Ein paar ferne Verwandte sind auch noch da, die wir höchstens zweimal im Jahr sehen. Und wenn du mich fragst, wie die heißen, muss ich zuerst nachdenken.«

»Ich rede von einem Clan-Denken im geistigen Sinne«, beharrte er auf seinem Standpunkt. »Vielleicht kannst du das nicht verstehen, aber das steckt in dir und hat mit deiner tibetischen Herkunft zu tun.«

Und ich erinnerte mich. Da war eine Sache, die ich verdrängt hatte, tief unten im Dunklen verborgen, im Hintergrund meines Denkens. Jetzt kam sie wieder ans Tageslicht, jetzt musste ich sie in einem Vergrößerungsspiegel betrachten. Diese Erinnerung war immer bei mir gewesen, unausgesprochen. Sie ließ sich nicht überspielen oder beschönigen und hatte mit meiner Mutter zu tun. Es war nur ein kurzer Satz gewesen, den sie über Felix gesagt hatte, aber ihr Gesicht war seltsam dabei erstarrt; und danach hatte ich es niemals geschafft, nicht mehr daran zu denken.

»Er ist nett, aber ich werde nicht oft kommen, wenn er da ist. Ich mag seinen Geruch nicht.«

Im Nachhinein schien mir, dass ich ihre Bemerkung kaum beachtet hatte. Aber irgendwie mussten die Worte in mir gewirkt haben. Ich war Felix bitterböse, weil er recht haben konnte. Tibeter, die wie ich im Exil geboren sind, sind nicht innerlich gespalten und ein bisschen taumelig wie so viele Entwurzelte. Für diese mag es eine Welt von Werten, von falschen Werten, von Unwertem geben. Wir aber leben in einer Welt, die zu uns gehört, die wir ohne Zwänge und Romantik verstehen. Trotzdem sind wir gläubige Buddhisten, gießen jeden Morgen frisches Wasser in die sieben kleinen Schalen auf dem Hausaltar, zünden die sieben Lichter vor der Buddhastatue an.

Sind es elektrische Lichter, hat das überhaupt nichts zu bedeuten. Wir legen die Hände zusammen, sprechen das kurze Gebet, mit dem jeder Tag beginnt. Und das ist alles. Wir leben im Hier und Jetzt, ohne religiöse Neurosen. Was Felix gesagt hatte, schockierte mich. Clan-Denken, was war das überhaupt? Ich war mit meiner Familie durch den Klang und die Wärme der Kindheit, durch unaussprechliche sinnliche Erinnerungen verbunden. Und das andere? Ich spürte auf einmal ein schlechtes Gewissen. Meine Mutter hatte stets an meinem Leben teilgenommen. Sie gehörte dazu. Hatte ich ihr meine Eigenständigkeit geopfert? Das Zusammenwirken von Spontaneität und Vernunft, das bisher mein Stolz und meine Stärke war, wurde erschüttert. Ich sträubte mich zornig und schuldbewusst und sagte zu Felix: »Ich kann dir nicht glauben!«

Er nahm es gleichmütig hin.

»Du solltest es aber glauben.«

Es hatte also an Sonam gelegen. Sonam, die für gewöhnlich nicht redselig war. Die vom Schweigen lebte und mich immer reichlich damit bedacht hatte. Mit diesen paar Worten hatte sie mich von Felix getrennt. Ich hatte danach keine Lust mehr gehabt, mit ihm zu schlafen. Weil ich Mutter mehr vertraut hatte als der eigenen Liebe.

»Scheiße!«, murmelte ich.

Er seufzte.

»Es tut mir leid, Dolkar.«

Mir wurde auf einmal der Abstand bewusst, der uns trennte. Der Schatten meiner Mutter stand zwischen uns. Ich sagte mit matter Stimme: »Möglicherweise liegt der Fehler bei mir. Ich bin Einzelkind. Das ist bequem, aber bisweilen auch unpraktisch.«

Er lehnte sich leicht zurück.

»Erzähl mir von deiner Mutter.«

»Wozu? Du kennst sie doch.«

»Ist es dir unangenehm, von ihr zu sprechen?«

»Nein, durchaus nicht. Aber ich möchte wissen, warum ich dir von ihr erzählen soll.«

»Dolkar, erinnerst du dich, wie wir uns begegnet sind?«, fragte er, und ich war betroffen von seinem stählernen Blick.

Das war, als die Amla unter starkem Husten litt, der nicht besser wurde. Sie meinte zwar, sie sei zäh und bei ihr heile alles von selbst, doch ich machte mir Sorgen. Schließlich vereinbarte ich für sie einen Termin beim Arzt. Dieser war gerade nicht da: ein Notfall. Ein Assistenzarzt empfing uns. Sein freundliches Gesicht strahlte ein bezauberndes Lächeln aus. Sympathisch, dachte ich. Er untersuchte meine Mutter. Ich war nicht dabei; sie hatte darauf bestanden, dass ich draußen wartete. Es stellte sich heraus, dass sie eine Bronchitis hatte. Der Assistenzarzt verschrieb ihr Medikamente, die ihr guttaten. Ein paar Tage später rief er an und fragte, wie es ihr ging. Danach gab er offen zu, dass er mich gern wiedersehen würde, und lud mich zum Essen ein. So fing es an. Ich verfolgte die Gedanken, die sich so lebendig in mir regten, und nickte.

»Ich habe alles noch gut im Kopf.«

Er ging vom Fenster weg, setzte sich wieder zu mir auf die Bettkante. Wir saßen ganz nahe beieinander, ohne uns zu berühren. Er sprach ein bisschen müde und so sanftmütig, dass ich verlegen wurde.

»Dolkar, ich breche hier ein Berufsgeheimnis. Aber schließlich handelt es sich um unser Privatleben. Sag, hast du deine Mutter schon einmal nackt gesehen?«

Ich fuhr zusammen.

»Ich … ich verstehe dich nicht. Was hat das damit zu tun?«

»Antworte mir einfach: ja oder nein?«

Ich hörte ihn die Frage stellen und war fassungslos. Und musste betroffen zugeben, dass – nein – ich meine Mutter nie unbekleidet gesehen hatte. Selbst im Sommer, bei heißem Wetter, trug sie die tibetische Tracht, leichte Stoffe, die sie bis zum Hals verhüllten. Bei der Hausarbeit hatte sie Jeans an, dazu eine langärmlige Bluse oder einen Pullover. Sie hatte sich auch nie einen Badeanzug gekauft. Sie sagte, dass sie nicht schwimmen könne und zu alt sei, um es zu lernen.

Sogar ihr Nachthemd war lang und hochgeschlossen. Und wenn sie duschte oder badete, schloss sie sich ein. So war es immer gewesen. Wie sonderbar, dass es mir nie aufgefallen war!

Die Adern an meinen Schläfen begannen zu pochen.

»Nein«, sagte ich, »eigentlich nie. Ist etwas Besonderes mit ihr?«

Er antwortete langsam und bitter: »Sie hat Narben auf dem Rücken. Narben, wie ich sie noch nie gesehen habe. Als ob jemand versucht hätte, Hackfleisch aus ihrem Rücken zu machen. Sei mir nicht böse«, setzte er schnell hinzu, als er mein Gesicht sah. »Ich will dir nur die Sache beschreiben.«

Es war wie ein Blitzlicht. Es leuchtete mir und blendete mich im gleichen Augenblick. Durch die Funken sah ich die Wahrheit, eine schreckliche Wahrheit. Ich stammelte: »Ist sie gefoltert worden?«

»Es sieht ganz danach aus. Aber sie muss noch sehr jung gewesen sein, die Narben sind gut verheilt. Natürlich verfügt sie nicht über ihre volle Bewegungsfreiheit.«

»Sie sagte, sie hätte Rheumaschmerzen ...«

Er machte eine vage Bewegung.

»Das mag hinzukommen. Ich persönlich wundere mich ...«

Er schluckte und biss sich auf die Lippen. Ich sah ihn aufgewühlt an.

Er sagte: »Um ganz ehrlich zu sein, wundere ich mich, dass sie überhaupt noch am Leben ist.«

Ein Frösteln überlief mich.

»Warum hast du das so lange mit dir herumgetragen?«

»Ich dachte, du wüsstest Bescheid und wolltest nicht darüber sprechen ...«

Ich fasste mich an die schmerzende Stirn.

»Sie hat mir nie etwas davon gesagt.«

»Ich kann mir das nicht vorstellen. Du bist ihre Tochter.«

Ich war verwirrt, abwesend und erschöpft. Felix schien sich seiner Sache so sicher. Er hatte der Kraft, die ich zu besitzen glaubte, einen schweren Schlag versetzt. Meine Ruhe, meine Heiterkeit waren dahin. Alle Appelle an die Vernunft konnten daran nichts ändern. Ich sagte mit matter Stimme: »Ich nehme an, dass sie mich schonen wollte.«

»Vielleicht wollte sie sich selber schonen?«

Die Angst hatte mich gepackt. Eine von der Sorte, die zu weit geht, wenn man Fieber hat. Ich fühlte mich hilflos.

»Ich weiß es nicht. Sie lebt in ihrer eigenen Welt.«

»Und lässt dich draußen stehen. Findest du das gut und richtig? Ich für meinen Teil glaube, dass es besser ist, wenn man die Wahrheit weiß.«

Meine Verwirrung musste deutlich zu erkennen sein. Ich nickte stumm. Und dann sagte ich mit leiser Stimme: »Vielleicht verübelte sie dir, dass du ihr Geheimnis kanntest. Es war ja nur ein Arztbesuch, damals. Wie hätte sie ahnen können, dass du und ich … uns wiedersehen würden?«

Er antwortete nachdenklich: »Ja, das wird wohl der Grund dafür sein, dass sie mich nicht in der Familie haben wollte. Wahrscheinlich gab es noch andere Gründe. Aber das war der erste und wichtigste wahre Grund. Sie hatte Angst vor mir.«

Ein langes Schweigen folgte, bevor er auf die Uhr sah, mit der Bemerkung, dass er jetzt gehen müsse. Er würde anrufen, um sich zu erkundigen, wie es mir ging. Ich brachte ihn zur Tür, taumelte zurück ins Schlafzimmer, warf mich aufs Bett, kuschelte mich in das Kissen. Es war, als berste meine Stirn. In meinem Kopf kreisten die Gedanken. Ich hatte stets geahnt, dass da etwas war, tief auf dem Grund, etwas, das ich nicht begreifen konnte. Es war ein schlimmes Geheimnis, ein Hort der Unsicherheit. Sonams Schweigen war so, als diente es dazu, noch andere Geheimnisse vor mir zu verbergen. Ich musste mich damit abfinden, dass plötzlich Gespenster vor mir auftauchten. Vor mir, hinter meinem Rücken, durch die Glasscheibe, durch den Türspalt, durch das Schlüsselloch. Und ich zitterte im Bett vor Fieber, Angst und Übelkeit. Ich tauchte zurück in den Nebel, versuchte zu vergessen, was ich niemals vergessen würde. Ich schlief ein und träumte von meiner Mutter. Ihr Gesicht war ein anderes, ein wildes und märchenhaftes. Die Augen leuchteten wie die Augen einer Katze, die Haare waren zerrauft, die Lippen rot. Ihre Arme waren in Schnüren gefesselt, sie hatte schwarze Farbe auf der Haut, und ihr Hals steckte in einer Schlinge. Oder trug sie eine Kette, die so gelb leuchtete wie ihre Augen? Im Traum betrachtete ich sie voller Mitleid und Ekel. Und während ich sie betrachtete, verzerrte sich ihr Gesicht. Ihre Schultern und ihre nackten Brüste waren braun, hager und von pulsierenden Adern durchzogen. Sie lachte keuchend und wild, spie vor mir aus, und ein Faden Blut floss ihr aus dem Mund.

DRITTES KAPITEL

Die Medikamente enthielten irgendein Beruhigungsmittel. Das Triebwerk meiner Träume ließ sich nicht wieder in Gang setzen. Die unheimlichen Bilder verblassten und kehrten nicht wieder. Ich schlief morgens lange, schlief sogar nachmittags, und zwei Tage später war auch das Fieber gesunken. Als Sonam anrief und fragte, wie es mir ging, sagte ich ganz ruhig: »Doch, mir geht es wieder gut.« Ich sprach zu ihr mit leichter Verdrossenheit, wusste noch nicht, wie ich mit ihr umgehen sollte. Die Gedanken schmerzten. Das Gespräch mit ihr bereitete mir kein Entsetzen mehr, nur Kummer. Mein dumpfer Kopf ertrug mit Mühe die Tatsache, dass es ein Problem gab. Die Leichtigkeit, mit der ich für gewöhnlich die Dinge vereinfachte, war mir nur eine geringe Hilfe. Was ich verspürte, war ein Verlust, und ich hatte keine Ahnung, welchen Weg ich einschlagen sollte.

Am Dienstag war ich wieder in der Firma. Ich brauchte jetzt die Arbeit, sie war mir unentbehrlich, um Ordnung in meine Gefühle zu bringen. Sasha, mit dem ich das Büro teilte, saß bereits an seinem Bildschirm und blickte mich durch seine wie üblich verschmierten Brillengläser an.

»Fühlst du dich besser?«

»Der Husten ist weg, das Fieber auch. Ich bin nur noch etwas wackelig auf den Beinen.«

»Du hättest Felix heiraten sollen«, sagte er in vorwurfsvollem Ton.

Ich wandte die Augen ab.

»Komm, fang nicht wieder davon an!«

Danach sprachen wir nur noch von der Arbeit.

Es war halb acht, als ich das Atelier verließ und mit der Straßenbahn nach Hause fuhr. Ich kaufte mir einen Nudelsalat mit Curry, aß zwei Orangen und ließ mir ein heißes Bad einlaufen. Dann nahm ich die letzte Tablette, die Felix mir gegeben hatte. Ich suchte nichts mehr, womit ich meine Einbildungskraft hätte beschäftigen können, und schlief gleich ein. Am nächsten Morgen rief ich meine Freundin Chimie an.

Wir verabredeten uns in einer Sushi-Bar, in der Nähe des Bellevue-Platzes. Chimie war wie ich in der Schweiz geboren. Sie hatte zwei Jahre in Tokio verbracht und arbeitete für eine japanische Handelsfirma. Ihr Beruf verlangte, dass sie sich klassisch anzog, dunkle Hosenanzüge und schmucklose Blazer, die ihr etwas Strenges gaben. Traf ich sie in der Freizeit, ungeschminkt, in Jeans und T-Shirt, schien sie eine ganz andere Frau zu sein. Sie war vier Jahre älter als ich, hatte aber noch viel von einer Jugendlichen. Ich liebte ihre beiden Gesichter. Das eine war ihr Privatgesicht; das andere trug sie wie ihre Berufskleidung. Und beide gehörten zu ihr. Chimie war viel schöner als ich; ihre Haare fielen wie schwere Seide und waren oberhalb der Brauen, die kräftig gezeichnet und nach außen hochgezogen waren, gerade geschnitten. Ihre Augen waren tief und scharfsinnig, und sie hatte ein lebhaftes Mienenspiel.

Als wir in der Sushi-Bar an der Theke saßen, schaute sie mich an, lächelnd und entspannt. Es war nach der Arbeit. Sie erklärte mir, dass die Japaner sich – nein – nicht täglich von Sushi ernährten. Eigentlich sei Sushi das Gericht, das sich die japanischen Frauen ins Haus bringen ließen, wenn sie nicht kochen wollten. Chimie hatte immerhin zwei Jahre in Tokio gelebt und wäre gern länger dort geblieben. Aber sie hatte noch ihre Eltern in der Schweiz, dazu Geschwister, Cousins, Onkel und Tanten. Die Großfamilie eben, die ich nicht hatte.

»Warte«, sagte sie, »ich suche den Fisch für dich aus. Du kannst hier nicht jede Fischsorte essen. Zürich liegt nicht am Meer, und manche Fische haben schon tote Augen.«

Ich musste lachen. Chimie hatte eine drollige Art, in der sie die Worte zusammenbrachte. Dabei kam sie mir oft viel erfahrener und klüger vor als ich. Das Problem, das mich beschäftigte, war derart komplex, dass ich mit jemandem darüber sprechen musste. Ich konnte ja nicht so tun, als bräuchte ich nur einen Zauberspruch aufzusagen, und die Sache wäre verschwunden. Mir war, als sei ich für immer in Unruhe versetzt worden.

»Du siehst müde aus«, stellte sie fest, als wir unsere Sushi-Schälchen vom Fließband zogen. »Ist etwas nicht in Ordnung?«

»Meine Mutter macht mir Sorgen«, sagte ich.

»Hast du dich mit ihr verkracht?«

Ich schüttelte den Kopf. Ich wusste nicht, womit ich beginnen sollte. Chimie sah mich von der Seite an, abwartend, aber rücksichtsvoll schweigend. Als ich mit erstickter Stimme sprach, spürte ich wieder dieses unbeschreibliche Entsetzen. Und gleichzeitig tat es mir gut, über die Sache zu reden.

»Und seither bin ich unschlüssig, wie ich mit ihr umgehen soll. Es ist so ungeheuerlich! Und dazu hat sie sich in mein Privatleben eingemischt und ziemlichen Unfug angerichtet. Sie hat Felix praktisch aus der Familie geworfen. Ich konnte gar nichts tun; er war so beleidigt. Und was nun? Ich kann doch nicht weitermachen, als sei nichts geschehen!«

Chimies Blick drückte viel Verständnis aus.

»Nein«, sagte sie, »das wäre nicht ehrlich. Du musst ehrlich sein, Dolkar. Bist du es nicht, spürt es die Amla sofort.«

»Ach«, jammerte ich, »was soll ich denn bloß machen?«

Chimie stellte mit geübtem Griff eine Portion Sushi mit gegrilltem Rotbarsch vor mich.

»Da, probier mal«, sagte sie. »Ich glaube, der ist frisch.«

Ich nahm behutsam die Portion Reis zwischen die Stäbchen. Sie sah zu, wie ich kostete.

»Gut, nicht wahr?«

Ich nickte. Chimie zog ein weiteres Schälchen zu sich.

»Eigentlich lieben es ältere Leute, von der Vergangenheit zu erzählen. Bloß dann nicht, wenn sie zu viel mitgemacht haben. Ich nehme an, sie denken, dass wir sie sowieso nicht verstehen können. Sie meinen das wirklich, obwohl es albern klingt. Auch meine Eltern sprechen selten von ihrer Flucht. Sie hatten alles verloren und kamen wie Bettler in Indien an. Mein Vater sagte oft, dass unser eigenes Leiden gemindert werden kann, indem wir uns die Leiden anderer Menschen vorstellen. Das sind noble Gedanken. Sie passen zu unseren Eltern, zu ihrer Generation. Ich an ihrer Stelle würde zornig und frustriert sein. Das ist nicht sehr buddhistisch, das gebe ich zu. Aber wir sind anders. Hat deine Amla dir von früher erzählt?«

»Aber sicher. Und oft und immer wieder. Wie sie bei der Großmutter auf die Eltern warteten, die in Indien waren und nie zurückkamen. Wie die Rotgardisten sie in ein Lager verschleppten.«

»Wie alt war sie damals?«

»Sonam war elf, ihr Bruder Kelsang ein Jahr jünger. Ihre Schwester Lhamo war schon fünfzehn oder sechzehn; Sonam weiß es nicht mehr genau. Ihre Eltern waren mit einem chinesischen Ehepaar befreundet. Die hatten versprochen, sich um die Kinder zu kümmern. Aber irgendetwas ging schief. Jedenfalls kam ein Lastwagen und brachte die Kinder fort. Sie lebten fünf Jahre im Arbeitslager, mussten Steine für den Straßenbau schleppen. Sie bekamen kaum zu essen, wurden geschlagen und misshandelt. Sonam sagte, dass mit jedem Tag ihre Kräfte ein wenig schwanden, bis der seelische Widerstand einen Ausgleich schuf. Rebellisch, wie sie war, schien sie sich oft in die Nesseln gesetzt zu haben. ›Ich hatte einfach meinen Dickschädel‹, sagt Sonam.«

»Erzählt sie auch Einzelheiten?«

»Sie bekamen kaum zu essen, schliefen in einem zerschlissenen Zelt, wurden geschlagen und misshandelt. Kelsang gelang als Erstem die Flucht. Später schaffte es auch Sonam.«

»Warum ist sie nicht mit ihrem Bruder geflohen?«

»Ich weiß es nicht. Jedenfalls erreichten beide die indische Grenze, und das Rote Kreuz brachte sie wieder zusammen.«

»Und die ältere Schwester?«

»Lhamo? Die blieb im Lager. Ich weiß von der Amla, dass sie dort einen Mann kennengelernt hatte. Einen Chinesen, den sie später heiratete. Mir kommt das seltsam vor. Sie hatte wahrscheinlich nicht gewagt, zu fliehen. Wer ausriss und wieder eingefangen wurde, musste mit furchtbaren Strafen rechnen.«

»Die Vernichtung des Selbst ist etwas, was wir nicht verstehen können«, sagte Chimie leise. »Es waren entsetzliche Zeiten. Und auch heute noch ...«

Sie stockte, bevor sie nachdenklich hinzufügte: »Weißt du, ich habe das Gefühl, dass Sonam dir nicht alles gesagt hat.«

Ich trank einen Schluck grünen Tee; ich trank ihn zu schnell und verbrannte mir die Zunge.

»Wenn das stimmt, möchte ich gern wissen, warum.«

»Vielleicht, weil alles zu schrecklich war. Oder auch, weil sie sich schämt. Weil sie befürchtet, dass du dich vor ihr ekeln würdest. Es ist eine Sache der Selbstachtung, einer übertriebenen zwar, aber so ist es nun einmal.«

Ich sagte: »Kelsang deutete an, dass er haarsträubende Sachen erlebt hat. Ich könnte mir denken, dass er sich schuldig fühlt.«

»Schuldig? Aber warum denn?«

»Weil er in Lhasa eine chinesische Schule besuchte, wo sein politisches Weltbild geformt wurde. Es gab eine klare Trennungslinie: auf der einen Seite die Guten – die Kommunisten –, auf der anderen die Bösen – die Ausbeuter des Volkes. Und folglich gehörte Kelsang dazu und musste schleunigst umdenken. Je radikaler solche Gedanken vorgebracht werden, desto stärker prägen sie ein Kind.«

Chimie nickte.

»Junge Menschen empfangen solche Worte mit Begeisterung. Ja, ja, wir wollen zu den Guten gehören! Laute Zustimmung, aber nicht das geringste Verständnis. Und dann richten sie den größten Unfug an und erkennen zu spät, womit sie es zu tun haben. Wurde Kelsang deswegen Mönch?«

»Wegen der Schuldgefühle?«

»Genau das meine ich.«

Fremde, dachte ich. Fremde in der eigenen Familie.

»Ja, das mag schon sein«, erwiderte ich matt.

»Frag ihn doch mal, bevor du mit deiner Mutter redest. Aber sachte, versprich mir das! Weil er dir ja nie etwas gesagt hat …«

»Vielleicht, weil ich ein Trampeltier bin?«

Sie lächelte.

»Deswegen warne ich dich ja.«

VIERTES KAPITEL

Das bevorstehende Gespräch erfüllte mich mit Unbehagen. Ich zögerte ein paar Tage, verschob den Entschluss immer wieder auf morgen, bis ich mir feige und erbärmlich vorkam und im Kloster anrief. Kelsang hatte keinen Telefonanschluss. Er wollte keinen. Ich rief bei der Verwaltung an und ließ ihm ausrichten, dass ich ihn sprechen wollte. Es dauerte eine Weile, bis er zum Empfang kam und sich meldete. Er hatte diesen metallischen, kurz angebundenen Tonfall, den er wie zur Defensive immer vor sich hielt.

»Ich weiß nicht, ob ich Zeit habe. Ich bereite gerade ein Examen vor.«

»Ach, Onkel Kelsang, ich bitte dich! Ich muss unbedingt mit dir reden.«

»Ist etwas vorgefallen?«

Seine Stimme wurde weich. Wenn er diese weiche Stimme hatte, mochte ich ihn.

»Nein, eigentlich nicht. Oder doch – ja. Ich habe ein Problem mit Amla …«

Kurze Stille. Ich hörte, wie er laut atmete.

»Geht es ihr nicht gut?«

»Ich weiß nicht, was los ist, Onkel Kelsang. Bitte, lass mich nicht im Stich.«

Stille. Dann, nach ein paar Augenblicken widerstrebenden Zögerns: »Samstag um elf, geht das bei dir?«

Ich dankte ihm und fühlte, wie mein Herz klopfte. Aber kaum hatte ich mein Handy ausgeschaltet, fühlte ich mich schon ruhiger. Ich wusste nicht, ob ich jemals bis zur Wahrheit würde vordringen können, aber ich wollte auf sie zugehen.

Von Zürich nach Winterthur fuhr ich auf der Autobahn, durch die wohlgeordnete Schweizer Landschaft mit ihren kleinen Auswüchsen einer rebellischen Subkultur, die sich in Graffiti auf Betonwänden und Baustellen Luft machte. Der Protest zeigte wenig Kreativität, die alternative Szene war mickrig. Nach Winterthur verließ ich die Autobahn. In den Ortschaften längs der Landstraße waren früher die ersten Exiltibeter aufgenommen worden, hatten in Werkstätten und Spinnereien gearbeitet. Sie waren wortkarge, höfliche Leute gewesen, verschreckt und entwurzelt. Ihre eigene Zukunft bedeutete ihnen wenig, sie dachten an die ihrer Kinder. Sie hatten ihre Heimat im Herzen bewahrt, erstarrt in der Erinnerung und immer in der Angst, die Bilder könnten zerfallen oder hinfällig werden vor allzu offenkundiger Sinnlosigkeit.

Über Rikon war der Himmel pastellfarben, die Häuser mit ihren Vorgärten still. Eine provinzielle Melancholie prägte die Ortschaft. Dann wurde die Straße steil und kurvig. Laubwälder. Herbststimmung. Nässe. Nach einer Weile erschien auf der rechten Straßenseite das Klostergebäude. Es war, wie alle tibetischen Hauser, nach Süden ausgerichtet und in den Hang gebaut. Um diese Zeit standen vor dem Kloster nur wenige Autos. Ich fand schnell einen Parkplatz, stieg aus und ging eine kurze Wegstrecke zurück. Das Gebäude am grasbewachsenen Steilhang war von einem Schweizer, Heinrich Kuhn-Ziegler, gestiftet worden. Kuhn-Ziegler, der 1969 starb, hatte zuerst nur ein Haus für die Flüchtlinge zur Verfügung gestellt. Er sah die Geduld, die offenbare Sanftmut, mit der jene, die vor Chinas Invasion geflohen waren, ihr Los trugen, das derart ungerecht war. Man konnte diesen Zustand weder verstehen noch sich erklären, wenn man nicht mit der buddhistischen Glaubenswelt vertraut war. Kuhn-Ziegler beschloss, für die Tibeter im Exil und auch für die Menschen im Westen einen Ort zu schaffen, wo sich beide Kulturen begegnen konnten. Menschen wie er waren es, die durch ihre Handlungen Licht in diese Zeiten der Verzweiflung brachten. Das Kloster war das erste Institut dieser Art, das in Europa errichtet wurde. An seiner Planung waren tibetische Äbte beteiligt gewesen, sodass alles nach angestammten Grundregeln gebaut wurde. Modern und gleichsam zeitlos passte sich das Gebäude in die Landschaft ein. Die frühere Generation der Tibeter kannte noch die Kunst der Geomantik. Die Gebäude wurden aufgrund der Beobachtung von Wind, Wasser und Erdkraft errichtet. Man glaubte, die Beachtung aller natürlichen Gleichgewichte könne kosmische Energien binden, die Gesundheit, Wohlstand und ein langes Leben sicherten. Ich war erfüllt von Begeisterung, wie jedes Mal, wenn ich diese Harmonie spürte. Meine geschulten Augen folgten den unsichtbaren geometrischen Linien bis zu dem »Tschörten«, ein goldenes Türmchen, aus zwei glockenförmigen Kuppeln gebildet. Der Reliquienschrein war Sinnbild der fünf Elemente und enthielt alte heilige Schriften, die dem Kloster Frieden und Segen bescherten. Über dem Eingang zeigte eine etwas kitschige Skulptur ein zweites goldenes Symbol: ein Rad mit acht Speichen, die dem achtfachen Weg der Erleuchtung entsprachen. Und weil Buddha seine erste Lehre im Gazellenhain vermittelt hatte, wurde das Rad von zwei kauernden Gazellen flankiert. In dem Dachfirst war, in tibetischer Schrift, der Name des Gebäudes, »Tscho Khor gön« – »Kloster zum Rad der Lehre« –, eingraviert.

Ich betrat das Institut durch die Halle, die auch als Unterrichtsraum diente. Die Decke war aus Beton, die Wände aus unverputzten Ziegelsteinen. Ein großer hölzerner Tisch und viele Stühle standen in der Mitte. Rundherum befanden sich die Zellen des Abtes und die der Mönche, etwas weiter der Speiseraum und dahinter die Küche. Die Bibliothek war unter dem Dach, der große Kultraum im Untergeschoss. Ein paar Mönche in ihren braunroten Roben kamen die Stufen empor. Ich grüßte höflich, wie es sich gehörte, und sie grüßten mit freundlichem Lächeln zurück. Wie jedes Mal, wenn ich das Kloster aufsuchte, wurde ich von zwiespältigen Gefühlen heimgesucht. Der Ort war mir zu funktionell, zu gepflegt. Und gleichzeitig war hier ein Hauch tibetischer Seele spürbar, eine diskrete Behauptung, ein Festhalten an etwas Bildhaftem, das vielen so wertvoll wie das Wirkliche war. Es mochte nahezu unmöglich sein, eine verlorene Welt ohne Risse wiederaufzubauen. Man hatte den Eindruck, hier war zu viel Fantasie am Werk. Als Architektin fiel mir das auf. Man hatte eine Kartothek des Verlorenen zusammengestellt, ein Umfeld geschaffen, das anders und schwach war, aber trotzdem Trost bot. So unendliche Weiten vom wirklichen Tibet entfernt, mochte es nicht sinnlos erscheinen, ein Stück Erinnerung sichtbar zu machen.

Ich hatte mich mit Kelsang im Besuchszimmer verabredet. Der Raum empfing das Licht aus einem großen Fenster, von dem man auf den Waldrand sah. An zwei Bäumen war eine Leine mit Gebetsfahnen geknüpft, die schlaff in der windstillen Luft hingen. Ein großes Bild Seiner Heiligkeit stand auf einem vergoldeten Altar, mit den Silberschalen und den Kerzen. Die Amla hatte einen ähnlichen Hausaltar, viel weniger prunkvoll allerdings. Ich selbst kam mit einem kleinen und sehr schlichten aus. Ich sah auf die Uhr an der Wand. Um halb elf, hatte Kelsang gesagt. Ich war zu früh. Ich setzte mich und blätterte zerstreut in ein paar Informationsschriften. Eine Thermoskanne mit Buttertee und einige Becher standen für die Gäste bereit. Meine Kehle war trocken, aber als höfliche Tibeterin wartete ich, bis mein Gastgeber kam. Die Zeiger meiner Uhr rückten auf halb elf, als sich die Tür öffnete und Kelsang erschien. Großartig, dachte ich, wie immer auf die Sekunde pünktlich! Ich stand auf, legte die Hände in Brusthöhe zusammen und verbeugte mich, eine Huldigung, die ich ihm als Mönch schuldig war. Er legte mir leicht die Hand auf den Kopf und murmelte einen Segensspruch, bevor er zu einem Stuhl ging und sich setzte. Dabei zog er das linke Beim ziemlich stark nach. Er hatte eine schlimme Hüfte, sagte die Amla, was auch immer sie darunter verstand.

»Wie geht es Sonam?«, war das Erste, was er fragte.

»Ach, eigentlich wie immer.«

Er zog die Brauen zusammen.

»Ihretwegen wolltest du mich doch sehen! Oder habe ich dich falsch verstanden?«

»Nein, keineswegs«, sagte ich.

Als Heranwachsender war Kelsang an Pocken erkrankt, sodass seine Wangen lauter kleine Narben aufwiesen. Ich betrachtete das braune Gesicht, den braunen Hals, die nackte braune Schulter. Die Wangen waren unter den Backenknochen eingesunken, die kohlschwarzen Augen lagen tief in ihren Höhlen. Es war ein hartes, aber empfindsames, ein leidendes Gesicht. Die Nase hatte einen edlen Schwung, die Lippen waren fest zusammengepresst. Es musste stimmen, was Sonam gesagt hatte. Einst musste er ebenmäßige, ja anziehende Gesichtszüge besessen haben. Aber jetzt war er alt, sein Haar war geschoren, Stoppeln wuchsen weiß nach. Seine feingliedrigen Hände waren rau von der Arbeit und verformt – die Arthrose. Seine nackten Füße steckten in Sandalen. Er hatte keine Fußnägel mehr, nur Wülste. Eine Krankheit vermutlich. Er saß krumm, hielt den schmalen Kopf etwas zur Seite geneigt. Ich bin hier, schien seine ganze Haltung zu sagen, und vergeude meine Zeit mit dir.

»Und du hast mich etwas zu fragen?«

Er hatte diese besondere Art zu sprechen, abgehackt, erstickt. Er sprach die Interpunktion sozusagen mit, was seinen Worten etwas Steifes verlieh.

Ich saß an der anderen Tischseite auf einem wackeligen Stuhl. Das Wackeln machte mich nervös. Ich hätte jetzt Chimies Rat befolgen und langsam, vorsichtig zum Kern der Sache kommen sollen. Aber impulsiv, wie ich nun mal war, entschloss ich mich zum Frontalangriff.

»Onkel Kelsang, die Amla hat den Rücken voller Narben. Ich habe das nicht gewusst. Was war mit ihr?«

Sein Gesicht blieb unbewegt; er verlagerte nur sein Körpergewicht auf beide Füße. Es war, als ob er sich leicht duckte, um einen Schlag abzuwehren.

»Hat sie dir die Narben nie gezeigt?«

Ich spürte, wie mein Mund nervös zuckte.

»Nein. Ich erfuhr es von einem Arzt.«

Er nickte, versunken und doch auf seltsame Weise angespannt. Schließlich sagte er: »Du solltest mit ihr darüber reden, nicht mit mir.«

»Soll das heißen, dass du nichts weißt oder dass du nichts sagen willst?«

Er blickte an meiner Schulter vorbei. Er war alt und verbraucht. Und doch war etwas funkelnd Lebendiges in ihm, etwas Wachsames.

»Nun«, sagte er, »sie hat Schweres durchgemacht. Bevor wir fliehen konnten, geschah viel Unerfreuliches. Wir lebten in ständiger Angst, dass wir den morgigen Tag nicht mehr erleben würden. Selbst die Berge, die das Lager umgaben, schienen bereits zum Totenreich zu gehören. Es war eine Landschaft für die Götter. Wir aber erlebten, wie die Götter höherschwebten, sich zurückzogen, die Welt kalt und kahl hinterließen. Etwas Entsetzliches vergiftete die Erde. Wir sahen mit eigenen Augen, wie die Welt sich veränderte und wir sie nicht mehr erkannten. Das Böse, das überall war, zuckte und sang auch in uns. Was konnten wir tun? Wir waren nur Kinder. Und Beten war uns fremd geworden.«

Der Stuhl unter mir wackelte. Ich setzte mich gerade hin. Was er sagte, kam unerwartet. Darauf war ich nicht gefasst gewesen. Ich spürte ein Frösteln aus dem Zwerchfell, das langsam meinen ganzen Körper überzog. Er indessen sprach weiter, wie zu sich selbst.

»Was diese Sache betrifft, war ich eine Zeit lang nicht sehr einsichtig. Ich würde nur zu gern den abgespulten Faden wieder aufwickeln zu einem Knäuel. Ich träume davon, dass die Zeit sich erbarmen lässt, dass die Wiedergeburt nicht nur im Großen gewährt wird, sondern auch als tägliches kleines Geschenk. Ein Neubeginn, der uns freispricht, während die Tiefe Verfehltes verschlingt. Nur darauf kommt es an, verstehst du?«

Er zog das merkwürdige Bekenntnis aus sich heraus wie das Mark aus den Knochen. Nicht, dass ich etwas begriffen oder durch logische Gedanken gefolgert hätte, aber die Unruhe in mir verstärkte sich, begleitet von einem Zittern des Körpers, bis mir der kalte Schweiß ausbrach.

»Was versuchst du mir zu sagen, Onkel Kelsang? Dass du die Sache mit Sonam verschuldet hast?«

»Vielleicht hätte ich es verhindern können. Aber ich habe mich nicht eingemischt.«

»Warum nicht?«

Jeder hatte sein Vorher und Nachher, seine Ausreden, die Vorstellung, dass er es hätte besser machen können. Er aber sprach mit müder, unheimlicher Gewissheit, bar jeder Illusion und jeder Hoffnung.

»Weil ich dachte, dass es sein musste. Und wenn sie starb, dann war das eben … weil sie ungehorsam war.«

Ich starrte ihn an.

»Entschuldige, Onkel Kelsang. Aber ich verstehe dich wirklich nicht.«

Er starrte zurück, doch ich bemerkte, dass er mich eigentlich nicht wahrnahm. Seine Augen waren ins Leere gerichtet, oder auf einen Punkt in seinem Innern, den nur er sah.

»Ich weiß noch heute nicht, wie es kam, dass ich alles tat, was sie sagten. Sie steckten mich in eine Uniform, drückten mir ein Gewehr in die Hand. Sie sagten, du gehörst zu uns, wir beschützen dich und helfen dir. Bei uns hast du täglich zu essen. Ich bekam sogar eine Decke, nachts, wenn es kalt war. Eine Decke konnte darüber entscheiden, ob man am Leben blieb oder nicht. Es war noch vor der Kulturrevolution, schon damals versuchten sie uns dazu zu bringen, dass wir nur noch das taten, was sie sagten. Heute wollen sie es nicht mehr wahrhaben, was sie damals anrichteten. Sie trugen keine Entwicklungsmöglichkeit in sich. Selbst Buddha gab sie auf. Ich habe ihn weinen sehen. Die Tränen flossen aus seinen Augen.«

Wieder wackelte der Stuhl. Ich lehnte den Oberkörper nach hinten.

»Wer hat geweint? Buddha?«

»Das sage ich ja. Er gab sie auf. Er konnte sie nicht verschwinden lassen und bessere Menschen aus ihnen machen; das lag nicht in seiner Macht. Weil Buddha will, dass die Menschen es selbst tun, verstehst du? Er wusste, dass sie es nicht konnten. Ihr Einfluss wirkt noch heute, in vielen Teilen dieser Welt. Weil ihre Methoden so furchtbar erfolgreich sind. Weil den Menschen auf diese Weise alles genommen werden kann: Besitz und Rechte und Einfluss und Rang und Haus und Heimat und Wissen und Glauben und Liebe und Gesundheit. Alles, was den Menschen zum Menschen macht. Ich hatte meine Seele verloren, doch dann kam sie zu mir zurück, und ich sah Buddha weinen. Die Tränen liefen über sein Gesicht. Buddha weinte, du glaubst es nicht? Ich weiß es besser. Denn es hört nie auf. Das Böse kommt immer wieder und ist auch jetzt da. Ich kann es durchs Fenster sehen.«

Meine Blicke folgten unwillkürlich seiner deutenden Hand, sahen nichts, nur ein Stück nasse Wiese.

»Eigentlich sollte ich nicht darüber sprechen. Aber es geht mir nicht aus dem Kopf. Sie musste meinetwegen so schrecklich leiden.«

»Sonam?«

Seine Zähne schlugen an den Rand des Bechers.

»Ich war klug, ich lernte schnell. Aber Klugheit frisst ihre eigenen Kinder, die Klugen sind die Gefährlichsten. Ich hatte das alles vergessen wollen. Aber es geht nicht. So wie der Magen etwas erbricht, das ihm nicht bekommt, so muss auch der Geist die Vergangenheit erbrechen.«

Er wiegte sich leicht hin und her, starrte auf die Halluzination, die er selbst erzeugt hatte. Ich nippte an dem Buttertee, der nicht gut war.

»Onkel Kelsang, bitte erzähl mir mehr!«

Er fuhr leicht zusammen, schüttelte den Kopf.

»Nein. Es wurde mir verboten.«

»Verboten, von wem?«

Der Ton seiner eigenen Stimme gab ihm das Gefühl der Realität und der Gegenwart zurück.

»Von ihr natürlich. Von Sonam.«

»Dann werde ich von dir nichts erfahren?«

Er bewegte matt den Kopf.

»Von mir gibt es nichts zu erfahren. Wenn ich nur umkehren könnte, in die Vergangenheit, würde ich Buddha suchen und vielleicht finden. Damals habe ich ihn nicht gesucht, das war es ja eben.«

»Onkel Kelsang, ich möchte so gern wissen …«

Er zog die Falten seiner Robe zurecht, die nach Weihrauch roch. Seine Gebetsschnur, aus kleinen Knochenstückchen geschnitzt, klirrte leise.

»Frag Sonam. Nicht mich.«

Er wirkte erschöpft und so viel älter als seine Schwester. Ich fühlte mich plötzlich schuldig. Ich hatte ihn gezwungen, sich an böse Dinge zu erinnern.

»Ach, Onkel Kelsang, es tut mir leid.«

Er zog sich schwerfällig aus dem Stuhl, indem er mit beiden Händen die Armlehnen packte.

»Es braucht dir nicht leidzutun. Und das da jetzt, das habe

ich verdient, weil ich geglaubt habe, was die Menschen sagen, bevor ich glaubte, was Buddha sagte. Eine Zeit lang ging es mir deswegen sehr schlecht.«

Ich erhob mich ebenfalls.

»Und … geht es dir jetzt besser, Onkel Kelsang?«

Sein Bein knickte leicht unter ihm ein, und er hielt sich am Tisch fest. Er hatte wieder diesen funkelnden, in sich versunkenen Blick. Ein Blick, dachte ich, wie ihn die Asketen haben. Er sagte: »Wenn mein Glaube stark genug ist, wird es mir besser gehen.«

FÜNFTES KAPITEL

Von jetzt an bestand meine Verwirrung darin, nicht zu wissen, wo ich anfangen sollte. Da war irgendwo ein Faden; an dem hatte ich gezupft, und etwas war im Begriff, sich aufzulösen. Was ich von Sonam wusste, war, dass Kelsang sich in der Schule von seinen chinesischen Lehrern hatte beeinflussen lassen. Ich fand, das war keine Sache, die man ihm nachtragen konnte. Und soviel ich verstanden hatte, trug Sonam sie ihm auch nicht nach. Aber die Welt, in die beide damals geraten waren, konnte ich mir nicht vorstellen. Kelsang würde wohl sein ganzes Leben brauchen, um die Vergangenheit zu bewältigen. »Buddha weint, ich habe ihn weinen gesehen«, hatte er gesagt, und nicht nur einmal. Wörtlich konnte ich ihn natürlich nicht nehmen, und seine Neurosen musste ich akzeptieren. Im Grunde war er ein völlig gebrochener Mann, ein Wrack, der das Böse hinter jedem Fenster sah.

Am nächsten Morgen rief ich die Amla an.

»Kann ich zum Mittagessen kommen?«

»Schön, dass du anrufst«, sagte sie. »Ich habe ein Huhn gebraten, das zu groß für mich ist.«

Obwohl gläubige Buddhisten kein Fleisch essen sollten, hielten sich die Tibeter weniger streng an die Regel. Die Kälte und die Hitze des Hochgebirges, die harten Lebensbedingungen waren schuld, dass die Menschen viel Energie verbrauchten. Sie mussten Fleisch essen, um zu überleben.

Ich für meinen Teil mochte Fleisch. Die Amla kochte gut.

Und wenn ich bei ihr nichts erreichen konnte, gab es immerhin Huhn.

Zürich war sonntags angenehm leer. Ich ging zu Fuß. Entfernungen machten mir nichts aus. Der Stadtteil, in dem ich einst gewohnt hatte, war ruhig und kleinbürgerlich. Zu den schlichten Reihenhäusern gehörten kleine Rasenflächen mit Wäscheleinen, winzige Gemüsegärten und Spielplätze. Kinder tummelten sich auf der giftgrünen Rutschbahn. Die Mütter, eingemummt wegen der Kälte, saßen auf Bänken stoisch dabei. Alles war friedlich, sonntäglich, bieder. Erinnerungen aus diesem Viertel waren mir nur deswegen im Gedächtnis geblieben, weil damals eine andere Welt für mich überhaupt nicht existierte. Eine kleine Welt innerhalb dieser Welt, die Geborgenheit gab. Mit zunehmendem Alter und Verstand bauen wir neue Kombinationen in unseren Lebenskreis ein. Nach und nach habe ich mich entfernt. Und als ich studierte, war es zwangsläufig vorbei.

Ich hatte noch einen Hausschlüssel. »Man kann nie wissen, vielleicht hast du ihn mal nötig«, hatte die Amla gesagt. Ich wusste genau, worauf sie anspielte: Wenn ihr mal was passierte, konnte ich jederzeit ins Haus. Ich kramte den Schlüssel hervor, während ich durch den kleinen Vorgarten ging und dann die drei Steinstufen hoch, die zur Haustür führten. An der Wand mit ihrem grauen Verputz waren Blumentöpfe aufgestapelt, daneben lehnte ein Fahrrad. Ich klingelte, wobei ich gleichzeitig den Schlüssel drehte. Als ich mich im Eingang bückte, um die Schnürsenkel meiner Turnschuhe zu lösen, steckte die Amla den Kopf aus der Küchentür.

»Wir können gleich essen.«

Ich zog meine Jacke aus. Das Haus war düster, überall lag Zeug herum, und es roch nach Bratfett. Meine Eltern hatten eine Vorliebe für überdimensionale Möbel gehabt, die gar nicht in die kleinen Räume passten: ein großes Sofa mit großen Sesseln, einige schöne tibetische Teppiche, rubinrot und grün, ein gewaltiger Bücherschrank. Der altmodische Fernseher thronte, nach altmodischer Art, auf einem kleinen Tisch mit einem Spitzendeckchen. Neben dem Wohnzimmer befand sich der Gebetsraum. Auf seine Einrichtung war viel Sorgfalt verwendet worden. Hier duftete es nach Weihrauch und Äpfeln; während ich ehrfürchtig den Raum betrat, sog ich tief den Duft ein, der mich an meine Kindheit erinnerte. Der Altar, mit Früchten und Blumen geschmückt, war eigentlich eine hölzerne Wand, kunstvoll geschnitzt, mit verschiedenen Fächern und Vitrinen für die Kultgegenstände. Die vergoldete Buddhastatue, oben auf dem Altar, war schlicht und schön. Gleich darunter lehnte, in einem Rahmen aus Messing, ein vergrößertes Farbfoto Seiner Heiligkeit. In Zinngefäßen, die aus Indien stammten, flackerten kleine Flämmchen in zerlassener Butter. Die sieben kleinen Silberschalen waren mit Wasser gefüllt. Jeden Morgen vor dem Frühstück füllte die Amla die Schalen mit frischem Opferwasser, das abends wieder ausgeschüttet wurde. Das Wasser versinnbildlichte den menschlichen Geist. Unser Wesen sollte so transparent wie die Wasserhaut werden. Ich fand diesen Gedanken anschaulich und schön. Ehrfürchtig legte ich die Hände zusammen und flüsterte die heilige Formel: »Om mani padme hum« – »O Juwel im Herzen der Lotosblüte«: der Anruf an Buddha, das erste Gebet, das tibetische Eltern ihren Kindern beibringen. Beschwörungsriten dienen der Autosuggestion. Wir Tibeter glauben noch heute, dass nur gutartige Gedanken ausgesprochen und geschrieben werden sollten. In der Kunst wird das Böse nur dargestellt, wenn es bereits besiegt und zum Guten umgewandelt wurde. Jeder von uns bemüht sich, das Böse niemals wachzurufen. Es gibt eine große Notwendigkeit dafür: Wecken wir das Böse, verleihen wir ihm Kraft. Schlechte Gedanken bringen schlechte Taten hervor. Hass, Gewalt und Zerstörung gehören einem dunklen Zeitalter an, das wir nur verlassen können, wenn wir dem Bösen den Rücken kehren und das Wohl der anderen im Herzen tragen. Aber es hieß auch, der Schlüssel zum Herbeirufen von Segnungen sei die Hingabe, die nur durch Traurigkeit und Entsagung erweckt werden konnte. Ich dachte, dass dieser Zustand sich wohl nicht einstellte, wenn man krampfhaft danach Ausschau hielt, nicht gezwungenermaßen dazu gebracht wurde. Ich spürte lediglich eine Ermutigung, eine Emotion, die lange noch nicht dieser Weisheit entsprach. Mir fehlte es an Disziplin.

In der Küche schmorte das Essen in altmodischen, aber blitzblank geputzten Töpfen.

»Riecht gut«, sagte ich und überreichte der Amla Pralinen aus einer teuren Konfiserie, die sie sich aus Sparsamkeit nie selbst gekauft hätte. Die hübsche Schachtel würde sie natürlich aufbewahren. Meine Mutter konnte sich von nichts trennen. Sie sammelte lauter kleine Dinge, die man »mal gebrauchen« konnte. Kriegsgeneration, dachte ich. Im ersten Stock befanden sich zwei Schlafzimmer. Die Schränke und Kommoden waren vollgestopft mit Zeug, sodass man die Türen fast nicht mehr schließen konnte. Immerhin war sie sehr ordentlich, jede Schnur war akkurat zusammengerollt, jede Schachtel, jede Dose diente irgendeinem Zweck und war pedantisch aufgestapelt. Sonam beschäftigte sich ständig im Haus, als ob sie Angst davor hätte, sich ruhig hinzusetzen. Daneben hatte sie sich in tibetischer Heilkunde ausbilden lassen und führte mit einer Freundin eine kleine Praxis. Ihre wenigen, aber treuen Patienten waren vorwiegend ältere Leute, die Kopfweh oder steife Gelenke hatten.

Sonam wollte nicht, dass ich ihr in der Küche half. Ich ging wieder hinaus und sah mich im Wohnzimmer um. An den Wänden Bilder des Dalai-Lama in verschiedenen Abschnitten seines Lebens, alte Zeitungsausschnitte, ein recht kitschiges Gemälde, auf dem der Potala-Palast in Lhasa zu sehen war, und zwei alte »Thanka« – bestickte Rollbilder aus Seidenbrokat. Hier und da steckten Heftzwecken, an denen Pferdebilder befestigt waren. Neben einem Pferdekalender aus dem vergangenen Jahr, ein Geschenk von mir, hing in einem Messingrahmen ein altes Porträt meines Vaters in tibetischer Tracht. Ein gut aussehender Mann eigentlich, mit einem freundlichen Lächeln, der sich etwas vornübergebeugt hielt und einen Hut in den Händen hielt. Sonam, die aus der Küche kam und eine Schüssel brachte, sah mich vor dem Bild stehen.

»Damals war er vierzig Jahre alt. Und drei Jahre später war er tot.«

»War er damals schon krank?«

Sie stellte die Schüssel ziemlich laut auf den Tisch.

»Eigentlich starb er an gebrochenem Herzen. An Depression, wie wir heute sagen würden.«

Ich holte die Teller aus dem Küchenschrank. Mutter füllte zwei Gläser mit Buttertee, der bei ihr wunderbar nach Karamell schmeckte.

»Er war ein hoher Beamter, ein Gelehrter. Und musste in der Schweiz am Fließband arbeiten, in einer Kartonagenfabrik im Tösstal. Mit Leuten, die nicht einmal einen Schulabschluss hatten. Erst später wurde sein Können geschätzt. Ein Kunsthistoriker vom Rietberg-Museum stellte ihn als Berater an. Er übersetzte und kopierte alte tibetische Schriften. Das hat ihm viel Freude gemacht. Aber die Krankheit war schon zu weit fortgeschritten. Er hatte nicht mehr die Kraft, ein neues Leben zu beginnen.«

»Ich entsinne mich kaum noch an ihn.«

»Das ist sehr schade«, erwiderte Sonam.

Auf ihrem Gesicht machte sich stets Melancholie breit, wenn sie von ihm sprach, weil der nicht mehr Existente nur in ihrer eigenen Vorstellungswelt noch lebendig war. Sie musste ihn sehr geliebt haben. Und wenn ich an ihn dachte, liebte ich ihn auch. Wir leben in einer Art von Netz, einem System von Beziehungen. Was immer wir erleben und fühlen, wir erleben es durch andere. In diesem Haus erlebte und spürte ich die

Dinge durch das, was meine Eltern verband. Ich fühlte mich einbezogen, behütet.

»Wie geht es dir in der Firma?«, fragte die Amla.

Das interessierte sie immer. Ich erzählte ein bisschen, während wir die Suppe löffelten. Sonam würzte sie nicht sehr stark, weil sie wusste, dass ich das nicht mochte.

»Und wie geht es dir?«, fragte ich.

»Mir geht es wie immer.«

Ich holte tief Luft.

»Amla, ich habe mit Onkel Kelsang gesprochen.«

Sie wechselte mit unbewegtem Gesicht die Teller aus und brachte dann das Brathuhn, das sie mit gekonnten Schnitten zerteilte.

»Probier auch mal die Steckrüben.«

Ich legte Messer und Gabel auf den Tisch.

»Nein, Amla, mit Steckrüben köderst du mich nicht. Ich … ich muss dich etwas über die Familie fragen.«

Sie entspannte sich ein wenig, sah mich abwartend an. Die Familie, das war ein Thema, über das sie reden konnte.

»Warum hast du eigentlich keinen Kontakt mehr zu deiner Schwester?«

»Zu Lhamo? Hat Kelsang etwas über sie gesagt? Sie lebt nach wie vor in Lhasa, das weißt du doch.«

»Warum schreibst du ihr eigentlich nie?«

»Was soll ich ihr denn schreiben?«

»Warum kommt sie nie in die Schweiz?«

Sie schob mir ein Stück Huhn auf den Teller, fügte Gemüse und Kartoffeln hinzu.

»Lhamo blieb immer für sich. Und sie reist sehr ungern. Sie war zwei- oder dreimal in China, das ist alles. Ihr Mann war ja Chinese.«

»Könnte ich sie mal besuchen?«

Sie zögerte, blickte mir ins Gesicht.

»Sie würde sich kaum Zeit für dich nehmen.«

»Ach, ist sie so beschäftigt?«

»Das wohl nicht. Aber sie hatte nie viel für die Familie übrig. Dass ihr Mann Chinese war, hat wohl zu der Entfremdung beigetragen. Da, nimm Kartoffeln!«

Sonam wusste, wann eine Geschichte vergessen werden konnte und wann sie den Beteiligten wieder zu Ohren kam. Sie wollte mich auch nicht zu falschen Kombinationen reizen und mir keine falschen Verdachtsmomente nahelegen. Folglich zeigte ich ein Lächeln aus geheucheltem Verständnis, wobei ich mich vorwärts tastete, behutsam wie auf Glatteis.

»Schade eigentlich. Ich würde sie gern kennenlernen.«

»Wozu?«, entgegnete sie trocken. »Wie schmeckt dir übrigens mein Huhn?«

An dieser Stelle schien es mir angebracht, etwas Munition zu verpulvern.

»Das Huhn ist ausgezeichnet und steht nicht zur Debatte. Aber wenn du mir nichts erzählen willst, werde ich dich bald nichts mehr fragen. Und die Sache mit Felix, gib es doch endlich zu, die war wirklich nicht fair.«

Sie fuhr leicht zusammen.

»Welche Sache mit Felix? Ich kann dir nicht folgen.«

Ich hatte es allmählich satt.

»Du hast Felix buchstäblich aus meinem Leben geekelt.«

Wie unbeholfen das klang – aber wie anders sollte ich diese Sache ausdrücken? Es war ein Stein in mir selbst, ein ganz dicker sogar, den ich auf die Seite räumen musste.

Sie führte ihren Bissen nicht zum Mund. Ihr Besteck klirrte leise, als sie es auf den Tellerrand legte. Danach kurze Stille, bis sie unvermittelt sagte: »Ich hätte es vielleicht nicht tun sollen. Es tut mir leid.«

Meine Mutter und ein Zugeständnis. Ich konnte es fast nicht glauben. Ich holte tief Luft und erwiderte: »Können wir uns mal darüber unterhalten?«

Sie antwortete mit einer Gegenfrage: »Hattest du Felix eigentlich sehr gern?«

In diesem Augenblick hatte ich ein Empfinden, wie man es bisweilen in Träumen hat, wenn man sich von einer Tür zur nächsten tastet und alle verschlossen sind. Bis eine dieser Türen endlich aufspringt und das, was wir dahinter finden, ein Geheimnis ist, das uns im Traum verborgen bleibt.

Sonams Frage verlangte eine ehrliche Antwort. Ich gab sie ihr: »Offen gesagt, Amla, du hast uns keine Zeit gelassen, uns … besser kennenzulernen.«

Ihr Gesicht zeigte plötzlich einen Anflug von Kummer.

»Dann habe ich etwas zerstört?«

Ich bewegte beschwichtigend die Hand.

»Inzwischen haben wir die Sache überwunden. Felix hat eine Frau getroffen, die er vielleicht heiraten wird.«

Sie nickte vor sich hin.

»Leidest du deswegen?«

»Ob ich leide?« Ich blickte sie erstaunt an. »Ich war gekränkt und wütend, das schon. Und gelitten habe ich auch, aber das ist vorbei. Was mich jetzt noch beschäftigt, ist die Frage, warum du das getan hast.«

Sie erwiderte meinen Blick. Ihre Augen leuchteten sehr intensiv, ohne dass sich ihr Gesichtsausdruck verändert hätte. Ihre Stirn war hart. Ich wartete darauf, dass sie sprach, und hatte wieder Angst vor ihr. Gleichzeitig begriff ich, dass ich von ihren funkelnden Augen, von ihrer bockig wirkenden Stirn und ihrer Weigerung, etwas von sich preiszugeben, gefesselt war. Als sie endlich sprach, klang ihre Stimme so gleichmäßig, als ob sie einen Text aufsagte.

»Er hat mich untersucht, erinnerst du dich? Beim Röntgen stellte er eine verkappte Tuberkulose fest. Ich muss mich irgendwo angesteckt haben.«

Ich nickte.

»Ja, das hat mir Felix gesagt.«

»Und was hat er dir sonst noch gesagt?«

Ich sprach einfach drauflos.

»Dass du Narben auf dem Rücken hast. Das wusste ich nicht, Amla. Warum hast du sie mir nie gezeigt?«

Sie reagierte nicht sofort. Ich konnte die Augen nicht von ihrem versteinerten Gesicht abwenden. Schließlich sagte sie, leise und starrköpfig: »Es war kein schöner Anblick für ein Kind.«

Sie sollte sich nicht so anstellen. Es machte mich unruhig, ängstlich, hilflos.

»Amla, ich bin kein Kind mehr. Und ich fühle mich in dieser Situation sehr unbehaglich.«

Sie tupfte sich mit der Papierserviette die Lippen ab.

»Willst du die Narben sehen?«

Ich starrte sie an.

»Jetzt?«

Sie schob ihren Stuhl zurück.

»Nicht hier.«

Wir gingen die Treppe hinauf, in ihr Schlafzimmer. Ich war erstaunt, wie ruhig und sanftmütig sie plötzlich war. Ihre Schritte waren rasch, als ob sie nach dem einmal gefassten Entschluss keine Zeit verlieren wollte. Sie ging zunächst zum Fenster und schloss die Vorhänge. Dann machte sie eine Deckenlampe an, die ziemlich düsteres Licht spendete. Sie zog ihre Strickjacke aus, wickelte das Oberteil ihres tibetischen Kleides auf, streifte es über die Schultern und Taille. Darunter trug sie eine Bluse, die sie aufknöpfte. Eine alte Lederschnur mit einigen braunen Steinen lag um ihren Hals. Sie trug diese Schnur, so lange ich denken konnte. Ihre Haut hatte fast die gleiche Farbe wie die Steine. Schwer atmend schob sie ihren Unterrock von den etwas fleischigen Armen und stand im Büstenhalter vor mir. Für ein paar Sekunden hielten ihre Augen die meinen fest, dann wandte sie sich langsam um, und ich sah ihren Rücken.

Obwohl das Licht nur schwach brannte, zeichneten sich die Narben sehr deutlich ab, weil die Schatten gleichzeitig jede Schwellung vertieften. Ich presste die Hand auf den Mund, unterdrückte einen Schluckauf. Der ganze Rücken war entstellt, dunkelrot verfärbt, die Haut war zusammengewachsen, wie es gerade kam, hatte Dellen und hässliche Wülste gebildet. Durch die Wunden unter dem linken Schulterblatt war eine Sehnenkontraktion enstanden, die ihre Muskeln seitwärts zog. Eigentlich hätte sie sich schief halten müssen. Das war aber nicht der Fall. Sie hielt sich übertrieben gerade, wie eine Frau, die in einem festen Korsett steckt; bloß dass ihr Korsett aus Muskeln bestand. Sie musste ihren Rücken jahrelang trainiert haben. Die Wirbelsäule war kaum verkrümmt. Ihre Muskeln aber waren so belastet, dass sie fast unbeweglich waren und die entstellenden Narben wie aufgemalt wirkten. Sie hinkte auch nicht, drehte nur die Hüften auswärts, um ihr Gleichgewicht zu halten. Dabei war ihr Gang nicht ungraziös, weil sie so leichte Knochen hatte. Sie hielt die Füße ausgestellt, wie man das bei klassischen Tänzerinnen beobachten kann. Und in all diesen Jahren, dachte ich, reumütig und verbittert, ist mir nie etwas aufgefallen!

Sie saß auf dem Bettrand und rührte sich nicht. Endlich schüttelte ich meine Lähmung ab und vermochte zu sprechen. Ich stellte die erste Frage, die mir in den Sinn kam.

»Tut es noch weh?«

Sie schaute hoch, weil ich vor ihr stand.

»Nein, schon lange nicht mehr. Man braucht lebende Nerven, um Schmerzen zu verspüren, aber bei mir sind das Gewebe und die Nerven längst zerstört.«

Ich wusste nicht, was ich tun sollte, und wollte meine Hand auf ihre Schulter legen. Doch ich konnte meine Hand nicht ausstrecken. Stattdessen fragte ich: »Was hat man dir angetan?«

Sie wandte ihre Augen, die jetzt viel Verständnis zeigten, mir zu.

»Ich wurde ausgepeitscht, weil ich versucht hatte zu fliehen. Es gibt nicht viele, die das überlebt haben, aber ich habe es überlebt. Damals war ich sehr stolz auf diese Narben.«

Ich traute meinen Ohren nicht.

»Stolz? Aber das ist doch …«

Sie zeigte ein kleines Lächeln, aufsässig, trotzig.

»Wahnsinnig, willst du sagen? Gewiss. Ein echter Wahnsinn. Aber je schwächer wir waren, umso mehr mussten wir uns den Anschein geben, stark zu sein.«

»Das hast du dir damals eingeredet?«

»Wie ich damals den Mut nicht verlor, ist mir selbst rätselhaft. Aber ich wollte die Stärkere sein. Ich war sehr eigensinnig, darüber musst du dir im Klaren sein.«

Ich hatte es noch heute mit einer zähen, hartnäckigen Frau zu tun, die mich dazu zwang, sie zu bewundern.

»Daran hat sich nichts geändert …«

»Eigensinn ist erblich«, erwiderte sie.

Wir tauschten ein schwaches Lächeln. Plötzlich brach alles in mir zusammen. Die Tränen stürzten mir aus den Augen.

»Ach, Amla! Es tut mir ja so leid!«

»Dazu besteht kein Anlass. Aber solche Narben rufen Ekel hervor. Felix hat sich übergeben, als er meinen Rücken sah.«

Ich hatte auf einmal das Gefühl, dass er mich betrogen hatte.

»Das hat er mir nie gesagt.«

Sie zerrte trotzig an ihrem langen Zopf.

»Wenn ich daran denke, bekomme ich einen bitteren Geschmack im Mund. Er ist schnell mit den Nerven fertig. Und dabei ist er doch Arzt! Ich will dich später nicht unglücklich wissen.«

Sie schaute mir direkt in die Augen; in diesem Moment entstand zwischen uns eine tiefere Verbindung. Merkwürdigerweise war die Situation für mich jetzt klarer. Obwohl es mich noch immer aus der Fassung brachte, gestand ich mir ein, dass sie recht haben mochte. Aber natürlich hätte ich mir lieber die Zunge abgebissen, als es ihr zu sagen.

Ich hatte mich halbwegs wieder beruhigt, aber meine Nase lief.

Sonam tastete nach ihrem Nachttisch, reichte mir ein Papiertaschentuch.

»Putz dir die Nase!«

Wir saßen nebeneinander auf dem Bett. Sonam begann sich mit langsamen Bewegungen wieder anzukleiden. Ich wischte mir die Augen trocken.

»Wie alt warst du, als es geschah?«

»Ungefähr fünfzehn.«

»So jung!«

»In einem Lager wird man schnell erwachsen.«

»Warum erzählst du mir nicht, wie es war?«

»Ich habe dir schon manches erzählt.«

»Nur das Wesentliche. Keine Einzelheiten.«

Ihr Blick wurde wieder verschlossen.

»Vieles habe ich nicht mehr im Kopf.«

»Ach, das sagst du nur so. Ich weiß, dass es nicht stimmt.«

Sie zitterte plötzlich ein wenig. Das Zittern hatte nichts von einer tatsächlichen Bewegung, es glich eher einem schwachen elektrischen Strom, der über ihre Haut fuhr, sodass sie fröstelte. Sie schlüpfte in ihre Strickjacke, wobei sie die Arme etwas unbeholfen hob, bevor sie ihre »Pangden« – die gestreifte Schürze der verheirateten Tibeterinnen – wieder umband. Dann legte sie beide Hände in den Schoß, blickte im Zimmer umher, aber so, als ob sie die Gegenstände nicht wahrnahm. Ihr von der Seite beleuchtetes Gesicht schien mir schmaler und faltiger geworden, die Backenknochen zeichneten sich scharf unter der Haut ab.

»Am Anfang war ich sehr zornig«, sagte sie. »Zorn ist gleichsam eine Verleugnung und ein Ausgangspunkt. Aber im Zorn erbauen wir uns selbst ein Gefängnis, und Gefängnisse habe ich stets gehasst. Was unsere Weisen sagen, stimmt nämlich: Die Schmerzen verblassen mit der Zeit. Wir leben in einer Welt der Erscheinungen; alles wird Vergangenheit, noch in dem Augenblick, da es geschieht. Du hast noch rote Augen, das Taschentuch ist nass, aber deine Tränen sind schon Vergangenheit. Verstehst du, was ich sagen will? Wir können nur rückwärts schauen, nie vorwärts – das ist es ja.«

Sie verstummte erneut, entrückt in irgendwelche Erinnerungen an irgendeine fremde Zeit. Ich glaubte nicht, dass sie mir ihren buddhistischen Monolog hielt, um irgendetwas zu vertuschen. Das war alles nur zu sich selbst gesagt. Sie versuchte immer wieder auszuweichen, war fast erstaunt, dass es ihr nicht gelang.

»Ich will dich nicht erschrecken«, sagte ich. »Damals war es schlimm für dich, aber da warst du mutig.«

»Du denkst, dass ich kneifen will?«

»Ja.«

»Ich habe mir nur überlegt, wie ich es dir sagen soll.«

»Amla, es ist mir nicht mehr möglich zu akzeptieren, dass ich so viele Dinge nicht weiß. Und du solltest mir auch mal sagen, warum du es nicht beispielsweise ein wenig früher getan hast.«

»Gewisse Dinge weiß ich nicht mehr genau.«

»Und selbst in diesem Fall: Ich möchte, dass du darüber redest.«

»Warte«, sagte sie. »Ich brauche zuerst einen Kaffee.«

Sie hielt sich an meinem Arm fest, während sie sich unbeholfen aufrichtete. Ich staunte, weil sie plötzlich so zerbrechlich wirkte. Sie versuchte zu lächeln, brachte es aber nicht fertig.

»Es gibt auch noch Pflaumenkuchen. Du setzt mich unter Druck, aber ich tue es dir zuliebe.«

Ich führte sie die Treppe hinunter. Ich hielt ihre Hand und wunderte mich, dass sie so kalt war.

»Fällt es dir so schwer?«

Sie nickte, geistesabwesend.

»Es klingt vielleicht albern, aber mir kommt es auf einmal so vor, als hätte ich immer darauf gewartet, es dir endlich zu sagen. Aber wir haben wahrscheinlich so wenig Zeit, dass ich es nicht kann.«

»Wir haben alle Zeit der Welt. Und wenn du erst mal angefangen hast – ich kenne dich ja –, dann wirst du nicht mehr aufhören.«

Sie antwortete nichts darauf, sondern machte sich von mir los und ging in die Küche. Sie holte Tassen aus dem Schrank und stellte die Kaffeemaschine an. Dabei drehte sie mir den Rücken zu.

»Ich will dir zuerst von Longsela erzählen.«

»Von meiner Großmutter?«

»Ja, von der ›Herrin der Türkise‹. So wurde sie in Lhasa genannt. Hast du das nicht gewusst?«

»Nein, nein«, sagte ich. »Ich weiß nichts über sie.«

Ein Schweigen folgte. Ich räumte den Tisch ab, brachte Teller und Schüsseln in die Küche. Sie stand vor der Kaffeemaschine, mit unschlüssigem, verwirrtem Gesicht, und zog an ihrem Zopf, der ihr über die Finger fiel.

»Ich weiß nicht, womit ich beginnen soll ...«

Ich schnitt den Pflaumenkuchen an.

»Ich glaube, das Beste ist, mir zuerst von ihrem Haus zu erzählen.«

Sie warf ihren langen Zopf auf den Rücken.

»Von unserem Haus«, verbesserte sie mich. »Von dem Haus, in dem ich geboren wurde.«

Ich sah sie mit festem Blick an.

»Ja, von deinem Haus.«

»Also gut«, sagte sie. »Von meinem Haus.«

SECHSTES KAPITEL

Wie ist es, wenn eine Frau die Gabe des Erzählens besitzt und es selber nicht weiß? Wenn sie – wie in den Märchen aus Tausendundeiner Nacht – Bilder beschreibt, von Ereignissen berichtet, die so lange zurückliegen, dass sie selbst sie nicht hat miterleben können? Wir müssen in solchen Augenblicken über Geisteraugen verfügen. Wir alle befinden uns im Mittelpunkt eines Kreises, der sich immer weiter ausdehnt, in die dahinfließende Zeit. Einmal im Leben sollten wir uns bewusst werden, dass die Erde sich weiterdreht, von Jahreszeit zu Jahreszeit, und den Staub der Milliarden von Toten trägt, die auf ihr gelebt und gelitten haben. Die ganze Geschichte der Menschheit ist in Myriaden von Staubteilchen enthalten – und jedes davon ist ein Schicksal. Die Zeitalter gleiten hindurch, und wer kann sagen, ob mit den Menschen auch ihre Erinnerungen sterben? Wer kann sagen, ob sie nicht nach wie vor alles sehen können, alles hören, alles fühlen? Aber ich bin jung und längst noch nicht tot. Mit den Worten meiner Mutter: Ich mache eine Verwandlung durch, gehe an unbekannte Orte, betrete ein fremdes Haus. Fast alle Menschen, die dieses Haus einst bewohnten, leben nicht mehr. Ich weiß lediglich, dass es sie gegeben hat. Zu ihnen kann ich keinen objektiven, sondern nur einen geisterhaften Zugang haben. Besuche ich aus eigenem Willen die Welt der Schatten, erforsche ich auch meinen Ursprung. Die Existenz dieser Menschen verkörperte meine noch unbewusste Existenz, jene, die mit ihnen verschwand, aber die spätere Bildung meines Wesens bestimmte.

»Mach die Augen zu, Dolkar. Und jetzt denke an Lhasa. An die Stadt, die sie einst war, die kein Mensch mehr sehen wird, außer im Traum. Eine Stadt, auf einem Hochtal, umgeben von Bergen, die wegen der Höhenlage der Stadt eher flach und niedrig erscheinen. Siehst du die wuchtigen Steinhäuser? Manche sind über dreihundert Jahre alt, sie stehen wie mit dem Boden verwachsen. Siehst du die steilen, vergoldeten Dächer der Gebetshäuser, die Weidenbäume längs des Kyichu-Flusses? Die lange Steinmauer, die den Sommerpalast Seiner Heiligkeit schützt? Siehst du die Brücke mit ihrem Dach aus Türkisen, den gigantischen Potala-Palast, von dem erzählt wird, dass einst fromme Riesen ihn zu Ehren Buddhas erbauten? Und das Haus, Dolkar? Kannst du es sehen? Das Haus steht im Herzen Lhasas, im Stadtviertel Shöl. Wir kommen zu dem eisenbeschlagenen Doppeltor. Die hölzernen Torflügel schwingen knarrend zwischen den wuchtigen Pfosten. Über ihren schweren Bohlen reichen die eisernen Angeln fast bis zur Hälfte der Flügel. Tritt ein, Dolkar, denn hier wohnen deine Urgroßeltern. Vermeide es, mit dem Fuß die hölzerne Schwelle zu berühren: Das bringt Unglück! Der Hof, siehst du, ist mit Steinplatten gepflastert, die jeden Morgen gefegt und besprengt werden. Um den Hof herum befinden sich die Stallungen für die Pferde, die Speicher, die Unterkunft für die Pferdeknechte, die immer ein Lied auf den Lippen haben, das lustig und oft nicht stubenrein ist. Sie schlafen auf Pritschen, aber unter warmen Decken. Die Vorratskammern befinden sich ebenfalls hier und auch der Chang-Raum, wo die Dienstboten das Chang-Bier für die Familie brauen. Mitten im Hof ist ein viereckiger Steinsockel zum Besteigen der Pferde in den Boden eingelassen. Bis zu diesem Sockel reiten alle Besucher. Bei wichtigen Gästen, oder wenn ein Familienmitglied von einer längeren Reise zurückkehrt, breitet ein Pferdeknecht als Willkommensgruß einen Seidenteppich über den Stein. In einem Dreifuß-Ofen brennt immer ein kleines Feuer, das die

Fliegen fernhält. In den Sommermonaten sind die Fliegen nämlich eine große Plage in Lhasa. Im Hof riecht es nach Pferden, nach Holzkohle, nach Heu und nach süßem Chang. Und natürlich riecht es bei heißem Wetter nach Latrine, weil die Luft alle Gerüche zum Gären bringt. Zwei Männer kommen regelmäßig, leeren die Senkgrube; der Kot wird in der Sonne getrocknet. Die Bauern streuen ihn dann von Hand, über die Felder gehend, aus, weil der Dünger die Erde fruchtbar macht. Die Knechte haben immer viel zu tun, und wenn sie nichts zu tun haben, putzen sie die Messer- und Säbelklingen. Wie sie das machen? Nun, sie rühren Asche und Wasser auf einem Holzbrett an und reiben den Stahl daran, bis der Rost verschwindet. Sie lachen mit blitzenden Zähnen, sie schwingen ihre Dolche zum Spaß. Diese Männer stammen – wie auch ursprünglich unser Geschlecht – aus dem hohen Gebirge des Ostens.

Lhasa, das weißt du ja, bedeutet ›Ort der Götter‹. Die acht Berge, die die Stadt umgeben, tragen alle den Namen einer Gottheit. Weil unser Haus in einer Ecke der inneren Stadtmauer steht, hat man aus den Fenstern den Blick über die große Ebene bis zu den Westbergen. Die Mauer schützt das Haus vor den Süd- und Ostwinden; allerdings nützt das nicht viel, denn der häufigste und kälteste Wind bläst von Norden. Vielleicht ist dies der Grund, warum in Tibet der Norden als unheilvoll gilt. Klöster, Tempel und Häuser, ja sogar Hütten und Zelte stehen immer mit der Front nach Süden. Fast alle Häuser in Shöl waren im alttibetischen Stil gebaut; abgesehen davon, dass in einigen Fenstern das Reispapier durch Glasscheiben ersetzt wurde, hat sich seit Jahrhunderten wenig geändert. Unser Haus war von Weitem gut sichtbar, denn es war von einem Türmchen mit Schießscharten flankiert, wo sich früher bewaffnete Wächter aufgehalten hatten. Auf dem Dach war an jeder der vier Ecken ein Mast angebracht, an dem Gebetsfahnen flatterten. Diese Fahnen wurden jeden Monat neu gehisst, was jedes Mal Anlass zum Feiern gab. Die Gefolgsleute tranken Chang aus großen Krügen und tanzten und sangen, bis sie alles ausgetrunken hatten. Hinter den Türen, in den dunklen Gängen, lauerten sie dann den Dienstmädchen auf, die sie lachend zurückstießen. Sie störten sich nicht an ihrer Zudringlichkeit; sie kamen aus Dörfern, in denen derbe Sitten herrschten. Komm, Dolkar, ich will dir jetzt das Haus zeigen. Du sollst es im Geist sehen, wie es einst war. Dreistöckig war es und enthielt viele Zimmer, alle nicht sehr groß, durch Gänge und Treppen miteinander verbunden. In der Empfangshalle, ›Tsomchen‹ genannt, befand sich ein großes Seidenbild, in leuchtenden Farben bestickt, das die Göttin Palden Dolkar, die Schutzgottheit der Familie, zeigte, umgeben von religiösen Symbolen. Hier wurden Neujahrszeremonien und alle möglichen Feierlichkeiten, auch Partys, abgehalten. Zu Neujahr, nach der Ernte und bei anderen Festen war es üblich, dass die Familie mit den Dienern und den Leibeigenen, die es ja damals noch gab, die ganze Nacht hindurch feierte. Bis zum Morgengrauen gab es Musik, Tanz und Gelächter, die Göttin sah zu und hatte ihre Freude an dem frohen Treiben. Aber weil ursprünglich der Raum eine heilige Funktion erfüllte, kamen oft Mönche der verschiedenen Klöster, ließen sich in der Halle nieder und beteten für das Glück und den Wohlstand der Familie.

Der erste Abschnitt der Treppe besteht aus Granit, die weiteren Stufen aus Holz. Gehen wir hinauf, in die Wohnräume der Hausherrin: Wohnzimmer, Schlafzimmer, Ankleideraum, Toilette und ein kleiner Vorraum, in dem sich ihr Zimmermädchen aufhält. Betrachte den schönen dunklen Fußboden, fast so glatt und glänzend wie ein Spiegel! Hier, im ersten Stockwerk, befindet sich auch der Gebetsraum der Familie, in dem gelegentlich Besucher empfangen werden. Vor der juwelengeschmückten Buddhastatue aus Bronze brennt den ganzen Tag Weihrauch. Auf dem Altartisch aus wundervoll geschnitztem Walnussholz leuchten hundertundacht Silberschalen und alte, kostbaren Butterlampen.

Gehen wir den Weg zurück, ins Wohnzimmer und in den gleich angrenzenden Salon. Hier stehen zwei Tische aus purpurnem chinesischem Lack, mit Perlmuttintarsien. Die Spitzendecken kommen aus England, die roten und schwarzen Teedosen aus Japan. Der silberne Ständer trägt winzige Teetassen, azurblaue Lichtkelche aus Jade. Sie gehörten zur Aussteuer der Hausherrin, ebenso die indischen Zigarettendosen aus Elfenbein, die silbernen Spucknäpfe und die Tischglocke zum Rufen der Dienstboten. Die Wände schmücken ›Thankas‹ – Rollbilder, mit Fabeltieren, Feen und Drachen und unbekannten Blumen bemalt. Man malt auf Seidenstreifen oder auf Pergament, das in komplizierten Verfahren hergestellt wird und Jahrhunderte überdauert. Die Farben der Teppiche sind schimmernd und stark wie Beeren oder Edelsteine. Es gibt Sessel, aber am Boden sind auch Kissen jeder Art verstreut, runde und viereckige, auf denen man sich mit gekreuzten Beinen niederlassen kann. Alle Kissen sind mit Satin überzogen: dottergelb, rubinrot, nachtblau. Unter den Erkerfenstern, die wegen des heißen Sommerlichts und der Winterstürme verglast und recht klein sind, befindet sich eine Sitzbank, gepolstert mit Yakhaaren, auf der satinbezogene Kissenrollen liegen. Auch vor dieser Sitzbank stehen kleine Lacktische. Alle Teeschalen, die dort auf die Besucher warten, sind mit reich verzierten, spitz zulaufenden Deckeln versehen und haben silberne Untersetzer. Der Tee steht immer auf sanft glühender Holzkohle bereit und wartet auf jeden, der kommt und ein Schlückchen will. Weil der Fluss im Sommer recht trübe ist, stammt unser Trinkwasser aus Gebirgsquellen. Es wird von kräftigen Dienern in Behälter gefüllt und auf Maultiere geladen.

Und nun der zweite Stock. Ein gewölbter Gang und eine Anzahl Stufen führen zu den Gästezimmern. Keiner stört sich daran, wenn Besucher, die sich für ein paar Tage angesagt haben, Wochen oder sogar Monate bleiben. Das bedeutet ganz einfach, dass die Gäste sich wohl fühlen. Auf der anderen Seite befinden sich die Schlafzimmer der Familie, die große Betten mit vier Pfosten haben und massive Schränke voller Bettkissen und Decken, leichte Wolldecken für den Sommer und mit Pelz überzogene Decken für den Winter, die in ihrem Seidenfutter Wünsche und Träume bewahren. Die violetten Vorhänge vor dem Fenster haben rote Fransen; ziehst du sie auf, kannst du den Garten sehen, mit seinen Ziersträuchern, Topfblumen und Aprikosenbäumen. Im Winter ist der Boden hart gefroren, aber die Bäume werden gut gepflegt und vor Kälte geschützt und tragen im Spätsommer große, pralle Früchte. Die Küche liegt abgesondert in einem Nebengebäude, weil Fleisch zubereitet wird, das als unrein gilt. Der Boden besteht aus gestampftem Lehm, und der große Herd in der Mitte ist von allen Seiten zugänglich. Das Feuer brennt Tag und Nacht; es wird mit einem riesigen Blasebalg geschürt. Man heizt mit Kleinholz und trockenem Yakmist. Kochen ist Schwerarbeit, am Herd stehen Männer, die Frauen verrichten die leichteren Aufgaben. Allerdings müssen sie bei jeder Mahlzeit die Speisen auf großen Silbertabletts ins Esszimmer tragen, was bei Schnee und Kälte recht mühsam ist. Deswegen kommen auch die Speisen nie heiß auf den Tisch. Dafür riecht es im Haus aber auch nicht nach Essen, ein Geruch, der wenig geschätzt wird.

So, jetzt kennst du das Haus. Reden wir von seinen Bewohnern. Von den Vorfahren weiß ich wenig. Ich nehme an, dass die Großeltern mir von ihren eigenen Eltern und Großeltern erzählt haben. Aber mein Gedächtnis reicht nicht so weit zurück; ich finde nicht mehr den Zugang. Ich habe meine Geisteraugen, aber das Gedränge der Gestalten, die vor meiner Geburt da waren, existiert an einem Ort, ich weiß nicht wo. Eine Angelegenheit des Universums, das sich mit ihnen fortbewegt.

Als ich elf war, kam der Lastwagen und brachte uns weg, und die Verbindung wurde unterbrochen.

Mein Urgroßvater, Tsering Sherab Langtröe, war Beamter im tibetischen Außenministerium und als Vertreter seiner Regierung viel auf Reisen. Er war freundlich, groß gewachsen, eine elegante Erscheinung. Er hatte die Angewohnheit, sehr langsam zu sprechen, sodass jeder an seinen Lippen hing und mehr oder weniger geduldig auf das Ende jedes Satzes wartete. Seine bedächtige Redeweise gab allem, was er sagte, besonderes Gewicht. Er pflegte eine Liebhaberei, die ihn viel Geld kostete: Er züchtete Pferde. Pferderennen sind bei Feierlichkeiten ein beliebtes Vergnügen. Man setzt viel Geld auf schöne Pferde. Das Besondere war, dass diese Pferde keine Reiter trugen. Aber die intelligenten Tiere wussten genau, worauf es ankam, übertrafen sich gegenseitig an Geschwindigkeit und jagten ihrem Ziel entgegen, als hätten sie Flügel. Dabei trug jedes Pferd ein Tuch um den Rücken geschnallt, auf das der Name des Besitzers gestickt war. Natürlich gab es auch Reiterwettkämpfe; sie waren der Höhepunkt vieler Feierlichkeiten. Die Teilnehmer, die in den Steigbügeln stehend ritten, trugen leichte Galarüstungen, mit Gold- und Silberspangen verziert, weich gegerbte Stiefel und Kappen aus Wolfs- oder Fuchsfell. Den Reitern war es verboten, ihre Pferde zu schlagen. Ihre Peitschen dienten lediglich dazu, den Tieren Signale zu geben. Tsering Sherab verbrachte viel Zeit bei seinen Pferden, die er über alles liebte. Er überwachte selbst ihre Nahrung, ihre Streu; war ein Tier krank, ging es ihm derart zu Herzen, dass er lieber im Stall auf einem Strohlager schlief, als bei sich in seinem weichen, warmen Himmelbett! Vielleicht kam das daher, dass unsere Familie ursprünglich aus Amdo stammte – der gleichen Gegend, in der auch Seine Heiligkeit, der Dalai-Lama, geboren wurde. Amdo, im Nordosten Tibets, ist die Welt der hohen Gebirge, die Heimat der stolzen Nomaden und der schnellsten Pferde. Hier schmieden die Männer sich selbst ihre Waffen und wissen sie auch zu gebrauchen. Das ist noch heute so. Weil die Menschen aus Amdo als überaus scharfsinnig bekannt waren, gab es in jeder Generation einen Mann aus unserer Familie, der einen hohen Posten im Dienst der Regierung einnahm. Das Amt meines Urgroßvaters führte ihn nach Indien, China und Thailand – das damals Siam hieß –, ja sogar nach England und Japan. Über die Urgroßmutter, Tselhamo, weiß ich nicht viel. Sie begnügte sich wohl damit, die Frau eines reichen Mannes zu sein, brachte eines der ersten Grammophone nach Lhasa und brachte ihren Gästen westliche Gesellschaftstänze bei. Man tanzte gern bei den Partys. Sie führte auch fremde Speisen ein, unter anderem verschiedene Sorten Kuchen, auf dessen Zubereitung sich der alte Hausbäcker noch Jahrzehnte später verstand. Weil sie oft ihren Mann ins Ausland begleitete, sprach sie perfekt Englisch. Als junge Frau war Tselhamo sehr mutig, ritt in Männerkleidern durch gefährliche Gegenden, ihr Haar unter einem Filzhut verborgen. Später erkrankte sie an Tuberkulose, eine häufige Todesursache in Tibet, und erlebte nicht mehr das Glück zu sehen, wie ihre herangewachsenen Söhne ihre Familien gründeten.

Der ältere, Tobgye Wangdu, wurde Beamter, wie sein Vater. Der zweite, Tenzin Samdup, wurde Arzt. Er verbrachte zehn Jahre in der Medizinschule am Berg Tschagpori, doch was er dort lernte, war ihm nicht fortschrittlich genug. Er ging für zwei Jahre nach Neu Delhi, arbeitete in einem Krankenhaus und lernte auch, operative Eingriffe durchzuführen, die in Tibet nicht nur unüblich, sondern aus religiösen Gründen verpönt waren. Tenzin weigerte sich, die westliche Medizin von der tibetischen zu trennen, und sagte: ›Heilmittel, die sich bewährt haben, müssen angewendet werden!‹ In Tibet gab es die uralte Methode, dass man die Nerven an der Handwurzel befühlte und die Frequenz des Pulsschlags beachtete. ›Ein guter Arzt‹, hieß es, ›horcht auf den Gesang des Blutes in den Adern.‹ Diese Art zu diagnostizieren wurde meistens von

Mönchen ausgeübt und war für die Bevölkerung sehr wichtig, denn jeder konnte sich kostenlos oder gegen ein kleines Geschenk Rat und Medikamente holen. Wieder in Lhasa, bewirkte Tenzins große Erfahrung, dass der Abt der städtischen Medizinschule, der zugleich auch der Leibarzt des Dalai-Lama war, ihn zu Rate zog. Ein sehr ehrenvolles Amt, denn Tenzin war kein Mönch. Obwohl auch er Pulsadern abtastete, und das mit größter Feinfühligkeit, missfiel konservativen Geistern seine innovative Gesinnung. Doch er gehörte bald zu den Vertrauten Seiner Heiligkeit, des dreizehnten Dalai-Lama. Begab sich dieser auf Pilgerfahrten zu den heiligen Stätten des Buddhismus, war Tenzin immer dabei. So brachten die Zuneigung Seiner Heiligkeit und die vielen Gunstbeweise, mit denen er Tenzin ehrte, dessen Gegner allmählich zum Verstummen.

Tenzins Frau Yangzom – meine Großmutter also – stammte aus einer alten Adelsfamilie, die große Ländereien ihr Eigen nannte. Sie war als Mädchen sehr schön gewesen. Ihr Haar war so lang und üppig, dass sie auf das künstliche Haarteil verzichten konnte, an dem die vornehmen Damen ihren Kopfputz aus Perlen und Korallen mit Jade-Spangen befestigten. Ich erinnere mich an sie als eine recht füllige Dame mit einem lustigen Grübchen am Kinn. Wenn sie lachte, klang es, als würden kleine Glöckchen geschüttelt. Sie spielte wundervoll Dran-nye, ein sechssaitiges Instrument, dessen langer Griff mit einem kunstvoll geschnitzten, hölzernen Pferdekopf verziert war. Yangzom sang dazu, und noch als ältere Frau hatte sie eine sehr reine, klare Stimme. Tenzin liebte es, ihr zuzuhören. Er selbst war ein stiller, sanftmütiger Mensch, von großem Wissensdurst erfüllt. Er schätzte die westliche Medizin als nützlich und wirkungsvoll. Er ließ medizinische Zeitschriften aus Amerika und Großbritannien kommen und hielt sich so auf dem Laufenden. Und er war ein erdverbundener Mann, der in der Natur las wie andere in einem Buch. Er kannte jede Menge Heilkräuter, -erden und -pflanzen, die er trocknete und aus denen er Pulver gewann. Diese bewahrte er in einem kühlen, trockenen Raum in verschieden beschrifteten Ledersäckchen auf. Mit seinen Heilmitteln vermochte er Verletzungen zu heilen und Krankheiten zu lindern. Er hatte erstaunliche Entdeckungen gemacht: zum Beispiel, dass es einen besonderen Tonlehm gibt, der, mit reinem Wasser vermischt, zum natürlichen Labor wird, in dem sich das ursprüngliche Penicillium – später als Penizillin bekannt – entwickelt. Dass Torfumschläge auf Prellungen kühlend und heilend wirken. Dass die Spinnennetze, die gelehrte Mönche seit Menschengedenken auf Wunden legen, reich an Kalkphosphat sind. ›Wie hochmütig ist doch der Mensch!‹, sagte Tenzin. ›Er glaubt, etwas zu erfinden, das in Wirklichkeit schon lange da ist.‹ Mit gutem Erfolg benutzte er auch Musik, besondere Tonsequenzen, um Gemütskranke zu heilen. Doch über alles schätzte er die Wirkung der Steine. Er suchte ihren Geist, erkannte ihre verborgenen Heilkräfte, ihre Macht. Geomantik ist eine sehr alte Form der Wissenschaft, die Tenzin zunehmend in ihren Bann zog. Er hatte es sich zur Gewohnheit gemacht, zu Pferd durch die Berge zu streifen, auf der Suche nach Steinen, von denen er überzeugt war, dass sie eine Botschaft für die Menschen trugen. Dabei wurde er stets von einer Anzahl Gefolgsleute auf Maultieren begleitet, die für sein leibliches Wohl sorgten und Spaten und Hacken bei sich hatten, um gewisse Steinsorten für ihn auszugraben. Alle waren gut bewaffnet, denn es gab Räuber in den einsamen Gegenden. Die Dienstboten hatten jedoch den Befehl, Tenzin in einigem Abstand zu folgen. Denn für ihn war das Reiten, das Einssein mit seinem Pferd, mit der Natur, ein meditativer Vorgang. Und der einzige Mensch, den er auf seinen Streifzügen neben sich duldete, war seine Tochter Longsela.

Sie begleitete ihren Vater, seit sie acht oder neun Jahre alt war. Sie ritt einen eigenwilligen kleinen Rappen, der den Namen Jo-Jo trug, was so viel wie ›älterer Bruder‹ bedeutet.

Sie liebte ihr Pferd von Herzen, sodass sie es selbst bürstete und das Sattelzeug in Ordnung hielt, statt diese Aufgabe den Knechten zu überlassen. Nie zeigte das Silber ihres mongolischen Sattels eine trübe Patina. Jo-Jo trug mit Stolz seine Seidenquaste unter dem Kinn, das Kennzeichen dafür, dass seine Besitzerin adelig war. Mähne und Schweif waren mit Bändern geflochten, und die blank geputzten Hufe glänzten wie Muscheln. Longsela kannte die Eigenarten ihres Vaters, der nur sprach, wenn er Lust dazu hatte. Sie wusste, dass Tenzin seine scharfen Sinne auf seine Umgebung einstimmte und nicht gestört werden wollte. Er beobachtete die Natur, und er beobachtete sich selbst, unermüdlich und beharrlich. Und so ritt sie stumm neben ihm her, ein kleiner stiller Schatten. Sie trug einen Strohhut über ihren Zöpfen, bequeme Reithosen, ein ›Tschuba‹ aus wattierter Seide und kniehohe, bestickte Stiefel. Was sie nicht wusste, war, dass ihre Gegenwart für Tenzin das Wesentliche bedeutete. Dass sie das Kind seines Herzens war, die Verkörperung seiner zärtlichsten Liebe.«

SIEBTES KAPITEL

Longselas Mutter musizierte und sang nicht nur bezaubernd, sie war auch eine geschickte Verwalterin ihrer Güter und eine unerbittlich akkurate Hausherrin, die den Dienstboten stets das belastende Gefühl vermittelte, sie selbst sei in der Lage, alles besser zu machen. Erst im Alter begann sie träge zu werden, und in ihren letzten Jahren rührte sie keinen Finger mehr.

Longsela hatte für die hausfraulichen Tugenden ihrer Mutter wenig Sinn. Sie fühlte sich mehr zu ihrem Vater hingezogen. War er in Stimmung zu reden, fand sie in ihm einen Menschen, der sie wie eine Erwachsene ernst nahm und sein Wissen, seine Träume und seine Entdeckungsfreude mit ihr teilte.

»Wir tragen in uns die Elemente von Erde und Wasser«, sagte Tenzin. »Es gibt Menschen, die das nicht einsehen wollen. Und doch ist es wahr. Die Natur ist es ja, die unseren Körper formt. Du kannst es bei verletzten Tieren beobachten. Weil jeder Organismus Eisen, Kalzium und Zink enthält, wissen Tiere aus dem Instinkt, dass Mineralien heilend wirken.«

Tenzin erklärte Longsela, dass man Mineralien nur sehr sparsam und in Pulverform anwenden sollte. Und sie mussten immer so verpackt werden, dass sie atmen konnten.

Als sie das zum ersten Mal hörte, war Longsela sehr erstaunt.

»Atmen Steine denn?«

Ihr Vater antwortete geduldig.

»Natürlich nicht mit Lungen wie wir. Bedenke aber, dass unser Planet ein Organismus ist, der frei im All schwebt und alles Leben hervorbringt. Die Menschen glauben, eine Gottheit habe sie erschaffen. Aber wer ist diese Gottheit, wenn nicht unsere Mutter, die Erde?«

Bald glaubte auch Longsela ganz fest, dass Steine Gefühle und Gedanken hatten.

»Sie sind in der Erde gefangen«, sagte Tenzin. »Sie sind glücklich, wenn wir sie von Schlamm und Schlacken säubern und sie das Tageslicht erblicken. Sie sind fremd und freundlich. Manche fielen vor Millionen von Jahren vom Himmel und kommen von einem anderen Stern. Sie haben große Krater gebildet, die wir heute noch sehen können.«

Tenzin sprach gern von den Heilsteinen, von ihrer vielfältigen Anwendung.

»Um gesund zu bleiben, müssen wir nicht nur Früchte, Gemüse und Fleisch in kleinen Mengen verzehren, sondern auch Mineralien. Sie lassen sich aus Steinen lösen und führen dann dem Körper – in Form von Edelsteinwasser oder Steinpulver – die wichtigen Substanzen zu. Bei Rheumaschmerzen tut auch das Auflegen von warmen Steinen gut. Am wirksamsten ist es, die natürlichen Heißwasserquellen aufzusuchen, die von diesen wohltuenden Steinen umgeben sind.«

Jeder Stein hatte seine besondere Eigenschaft, erklärte Tenzin, und Longsela war ganz Ohr. Amethyst half bei Hautausschlag und schenkte einen tiefen, guten Schlaf. Bergkristall war gut für das Blut und die Adern. Bernstein linderte Knochenschmerzen, Karneol stillte Blutungen, stärkte den Mut und die Lebensfreude. Und von allen Steinen war der Diamant der härteste und kostbarste.

»Sei glücklich, wenn du einen findest!«, sagte Tenzin. »Denn er schützt vor Gefahren, lindert Ohrenschmerzen und fördert das Denkvermögen. Ich selbst jedoch bevorzuge Jade, den ältesten Glücksstein der Welt. In früheren Zeiten war Jade begehrter als Gold. Man kann Jadewasser trinken, um den Körper zu entschlacken. Und den Stein soll man auf der bloßen Haut tragen, weil er das Herz stärkt, den Menschen glücklich, gerecht und tatkräftig macht.«

»Und die Korallen?«, fragte Longsela und deutete auf ihre eigene Kette.

Ihr Vater lächelte.

»Man sagt, dass Korallen Liebenden helfen, zueinanderzufinden.«

Hier kicherte Longsela nach Mädchenart, und ihr Vater sagte: »Nun, es mag ja sein. Aber Korallen erinnern uns auch daran, dass der Himalaya einst der urtümliche Ozean war, aus dem sich das Leben entwickelte. Wenn unsere Mütter ihren Babys Korallen umhängen, hat das einen besonderen Grund: Korallen stärken das wachsende Leben.«

Longselas Lieblingsstein aber war der Türkis. Ihr Vater wurde nicht müde, ihr von diesem wunderbaren Stein zu erzählen.

»Jede Frau weiß, dass man Türkise immer nahe am Kopf oder am Hals tragen soll. Türkis führt dem Blut Sauerstoff zu, hält Nerven und Muskelfasern gesund. Spülst du deinen Mund mit Türkiswasser aus, werden deine Zähne immer gesund bleiben. Türkis stärkt das Selbstvertrauen, fördert Intuition und klares Erkennen. Deshalb ist der Türkis auch der Stein des Kriegers.«

Tenzin brachte Longsela bei, die verschiedenen Farben zu erkennen, die beim Schleifen der Türkise sichtbar wurden: von hellblau bis dunkelblau, von gelbgrün bis rot gesprenkelt. Türkise, die weißliche Flecken aufwiesen, galten als besonders hart; solche, die man im Basalt fand, waren von einem klaren, schillernden Grün.

Türkise lagerten in Hohlräumen und Spalten kupferhaltiger, aluminiumreicher Gesteine, die ursprünglich Vulkane gewesen waren. Longsela lernte schnell, wie man solches Gestein erkannte. Man entdeckte sie ziemlich leicht, gleich unter der Oberfläche. Dabei warnte Tenzin seine Tochter vor Fundorten aus Sandstein; solche Erdschollen stürzten leicht ein. Es gab einige Minen im Amdo-Gebiet, die von den Nomaden mit Spaten abgebaut wurden, aber kaum noch schöne Steine enthielten.

Longsela wurde dreizehn, als sie ihrem Vater gestand, dass sie ursprünglich davon geträumt hatte, Ärztin zu werden, inzwischen aber beim Anblick von Blut, Wunden und Eiterbeulen am liebsten gleich davonlaufen würde.

»Ich dachte, ich könnte es! Aber ich bin wirklich nicht dafür gemacht!«, klagte Longsela.

Sie kam sich schäbig vor und hätte es ihm am liebsten nicht gesagt. Tenzin, dem das längst klar geworden war, schmunzelte nur.

»Und wofür, glaubst du, bist du gemacht?«

Jetzt sprudelte es aus Longsela heraus. Was sie begeisterte, waren Edelsteine. Solche Steine zu berühren, jede auch noch so kleinste Farbschattierung wahrzunehmen, ihre Eigenschaften zu erkennen bereitete ihr ein intensives, sinnliches Vergnügen. Auf diese Verzauberung wollte sie auch in ihrem späteren Leben nicht verzichten. Mit Juwelen zu handeln schien ihr ein verlockendes Ziel.

Es war ja so, dass Schmuck in Tibet eine wesentliche Rolle spielte. Jeder Mann war verpflichtet, seinem Rang entsprechend Schmuck für seine Frau zu kaufen. Bekleidete der Mann einen höheren Rang, musste seine Frau sofort den entsprechenden Schmuck erhalten. Bei wichtigen Anlässen zeigten sich die Damen Lhasas mit einem gewaltigen Kopfschmuck aus Korallen, Türkisen und Perlen. Jede Menge Ketten, an denen gelegentlich goldene Ohrenkratzer und Zahnstocher hingen, Ringe an jedem Finger und Ohrgehänge aus Diamanten gehörten dazu. Man liebte überladene Pracht. Frauen wie Männer trugen Haarspangen aus Jade und besaßen schwere

Amulettkästchen aus gehämmertem Silber, bestückt mit Edelsteinen.

Um es vorwegzunehmen: Jahre später wurde Longsela die renommierteste Juwelenhändlerin Lhasas, obwohl sie selbst kein Geschäft betrieb, sondern ihre Kunden bei sich zu Hause empfing. Zu diesen Kunden gehörten auch die Gold- und Silberschmiede, die bald herausgefunden hatten, dass sie bei ihr nur erstklassige Steine bekamen. Longselas Türkise waren immer die schönsten. Türkis ist nur selten hart und beständig genug, um ihn in unbehandelter Form zu Schmuck zu verarbeiten. Zunächst mussten die Steine geschliffen werden. Unter Longselas wachsamen Augen wurde die Arbeit sehr akkurat und behutsam vorgenommen. Dann konnte man mit leichtem Wachsen und Einölen den Glanz des Steins hervorheben und die Farben zum Leuchten bringen. Vom Einsatz von Kunststoffen wie Alkalisilikat hielt Longsela nicht viel, obgleich diese Methode der Verwendung von Öl und Wachs technisch überlegen war. Was Haltbarkeit und Stabilität anging, gewiss, aber Longsela erachtete die neuen Methoden als einen zu brutalen Eingriff in das Leben des Steins. Sie verwendete nur echtes Bienenwachs und nach Blumen duftende Öle. Die Steine waren ihr dankbar und zeichneten sich durch besondere Leuchtkraft aus. Longsela bot auch Bernsteine, Amethyste, Topaze und Rubine in allen Schattierungen an sowie Smaragde, Diamanten und Perlen; die größten und schönsten kaufte sie in China ein. Longsela war stets auf der Suche nach Wundern, jenen Wundern, die Erde und Wasser hervorbrachten. Sie wollte keine gewöhnliche Händlerin sein, sondern eine Vermittlerin zwischen Juwelen und Menschen. Sie kannte das Wesen der Edelsteine ebenso, wie ihr Vater durch das Befühlen des Pulses das Wesen eines Patienten erkannte, Auskunft geben konnte über Gesundheit oder Krankheit. Longsela nahm die Juwelen in ihre Hand, fühlte ihre Schwingungen und wusste immer ganz genau, welcher Stein sich zu welchen Menschen hingezogen fühlte.

Doch vorerst war sie ein Mädchen, das ihren Vater auf weiten Reisen begleitete und viel von ihm lernte. Wie hoch geschätzt Tenzin in Lhasa war, wusste sie, denn in der Hauptstadt kannte ihn jeder. Dass aber sein Ruhm auch in andere, ferne Gebiete gedrungen war, erfuhr sie bei einer ganz besonderen Begebenheit.

ACHTES KAPITEL

Tenzins Suche nach heilenden Steinen hatte ihn in ein weites Hochtal geführt, wo der Wald seit über tausend Jahren bestand. Die Bäume, die hier wuchsen, waren älter als viele Generationen menschlichen Lebens. Immer wieder entdeckten Tenzin und sein Gefolge die Spuren wilder Tiere: Antilopen, Füchse, Dachse, Hermeline, Schwarzbären, die sehr scheu sind, und manchmal sogar Wölfe. Aber den Reitern drohte keine Gefahr. Fanden die Tiere genug Nahrung, blieben sie den Menschen, dessen Willkür sie fürchteten, fern. Die sommerlichen Wälder waren oft wolkenverhangen. Wilde Erdbeeren wuchsen zwischen Moosen und Farnkraut, und viele Vögel sangen. Manchmal waren die Pfade steil und gefährlich, dann wieder trabten die Reiter über Wiesengras, das mit seidigem Geräusch die Beine der Pferde streifte. Schmetterlinge wirbelten in Schwärmen, und die grünen Blitze der Libellen zuckten in der Sonne. In der dünnen Luft erschienen alle Berge klar und herrlich, die hohen Gletscher leuchteten, und jeder Berg barg in seinen Flanken eine ganze Welt von Edelsteinen, das Gedächtnis der Erde.

Oft sahen sie unten im Tal kleine Dörfer. Auf den Dächern niedriger Steinhäuser, wo sich Brennholz stapelte, wehten Gebetsfahnen. Die Dörfer scharten sich um Klöster, die wie Bienenwaben an den Hängen klebten; sogar aus der Ferne erkannte man die Leitern, über welche die Mönche an den Steilwänden hinauf- und hinabkletterten. Yak- und Schafherden weideten auf Wiesen von prächtigem Grün, Bauern bestellten die Felder. Kleider waren in der Sonne zum Trocknen ausgebreitet. Über der Landschaft lag ein Zauberschleier, der Longselas Gedanken zum Schweben brachte. Sie träumte, dass sie eine Schwalbe war, die alle Weiten überflog, um zu wunderbaren Gegenden zu gelangen. Dass ihre Träume dabei den Träumen ihres Vaters glichen, wusste sie nicht, obwohl beide das gleiche Glücksgefühl teilten.

Es kam aber auch vor, dass in der Ferne Zelte sichtbar wurden, schwarzen Vögeln ähnlich, die sich mit ausgebreiteten Flügeln in den Erdfalten duckten. In diesen Zelten lebten Khampa-Nomaden, und stets meinten die Gefolgsleute, ein Umweg sei einer Begegnung mit ihnen vorzuziehen. Tatsache war, dass die Männer dieses Volkes in Tibet einen zwiespältigen Ruf genossen. Man lobte ihren Mut, ihr ritterliches und stattliches Auftreten, und gleichzeitig fürchtete man sie als Plünderer und Räuber. Ihre Frauen, die »Khammo«, galten als dreist und raffgierig. Sie waren dafür bekannt, dass sie unerbittlich feilschten. In den schmalen Straßen um den Barkhor – den Marktplatz von Lhasa, wo es von Menschen wimmelte – hatte jeder Mühe, sich einen Weg zu bahnen. Jeder – mit Ausnahme der Khampa. Beim Anblick ihrer roten Turbane, ihrer Fellkappen ging eine Warnung flüsternd von Mund zu Mund, und wie ein Wunder tat sich eine Gasse vor ihnen auf. Wo sie vorübergingen mit ihrem eigentümlich stapfenden Gang, zu dem ihre hohen Reiterstiefel sie zwangen, ließen die Händler ihre Ware nicht aus den Augen. Aber falls die Khampa tatsächlich lange Finger gemacht hatten, mussten sie sehr geschickt vorgegangen sein, denn niemals waren sie dabei ertappt worden. Die Khampa jedoch schienen den ehrfürchtigen Argwohn der Stadtbewohner nicht zu spüren. War es Gewohnheit? Verstellung? Gleichgültigkeit oder Hochmut? Gelassen schlenderten sie zwischen den aufgestapelten Töpfen, Decken und Lebensmitteln umher, beugten sich herab, um den Duft der Teeziegel zu schnuppern oder um ein Wolltuch prüfend zwischen den Fingern zu reiben. Man wusste, dass die Khampa eher aufs Essen verzichten würden als auf ihren schweren Schmuck, ihre Luchs-, Marder- und Persianer, ihre rohseidenen »Tschuba« mit den zwei üppigen Falten im Rücken. Sie waren mit silberbeschlagenen Gewehren bewaffnet, die sie in geheimen Werkstätten selbst schmiedeten, und nur sie selbst kannten die Bedeutung der Zeichen auf dem Stahl ihrer Schwerter und Dolche – Symbole, die, wie es hieß, ihre Träger im Kampf unverwundbar machten. Weil sie Landarbeit und Ackerbau verachteten, blieb ihnen nur die Viehzucht, die ihnen seit jeher als Erwerbsquelle diente, eine Tätigkeit, derer sie sich nicht zu schämen brauchten. Ziegen und Schafe lieferten ihnen ausreichend Wolle und Fleisch, und sie nannten große Yakherden ihr Eigentum. Mit viel Hingabe widmeten sie sich der Aufzucht und Pflege ihrer prächtigen Pferde, die so eigensinnig und mutig waren wie sie selbst. Die Khampa brachten große Geduld für sie auf, denn die Füllen gebärdeten sich äußerst wild, bissen und schlugen aus und nahmen sehr ungern Gebiss und Sattel an. Aber sie wurden immer und unter jeder Bedingung gut behandelt: Nie hatte man gesehen, dass ein Khampa sein Reittier geschlagen hätte. Das Pferd hätte es ihm nicht verziehen. Und noch etwas war über sie bekannt: dass die Khampa seit Menschengedenken die tapfersten Diener Seiner Heiligkeit waren. Ihre Treue war fest wie Granit, und es gehörte zum Bestandteil ihrer Tradition, dass sie die Leibgarde der Dalai-Lamas bildeten. Ihre Aufgabe bestand darin, die Wohnräume Seiner Heiligkeit zu bewachen, während der öffentlichen Zeremonien für Ordnung zu sorgen und dem Dalai-Lama auf seinen Reisen Geleit zu geben. So kam es, dass die Khampa trotz allem bewundert wurden, denn Freiheitsliebe und Prahlsucht waren gleichermaßen die äußeren Merkmale einer Unerschrockenheit, die ihnen im Blut lag. Sie benahmen sich stolz wie die Fürsten, mit denen sie auf vertrautem Fuß verkehrten. Sie hatten im Lauf der Jahrhunderte einige ihrer Lebensgewohnheiten verändert. Zuerst suchten sie in Hütten Zuflucht vor den Winterstürmen, dann bauten sie Häuser, zinnenbewehrten Burgen ähnlich. Die Herden überwinterten im Freien, wurden aber bei starkem Schneefall in Gehegen untergebracht, damit sie vor wilden Tieren sicher waren. Doch wurde es Frühling, horchten die Khampa auf ihr Nomadenblut und begaben sich mit ihren Herden auf Wanderschaft. Obwohl seit einem guten Jahrhundert halb sesshaft, bewahrten sie die Unbeschwertheit und Sorglosigkeit der Menschen ohne Heim. Und wenn die Verwegensten unter ihnen sich durch Plünderungen bereicherten, nun, dann war es eben ihr Vergnügen. Sie lebten jedenfalls nicht davon.

In manchen Gegenden war es vorgekommen, dass Longsela und ihr Vater von einer Gruppe dieser Nomaden eingeholt wurden. Nach kurzem Wortwechsel steckte ihnen Tenzin ein paar Geldscheine zu, worauf sich die Reiter mit höflichem Gruß wieder entfernten.

»Warum gibst du diesen Männern Geld?«, hatte Longsela ihren Vater einst gefragt. »Betteln sie denn?«

Tenzin hatte leise gelacht.

»Betteln? O nein! Das gereicht ihnen nicht zur Ehre. Aber wir reiten durch ihr Wandergebiet, und sie haben Tribut gefordert.«

»Sie wissen jetzt, dass wir Geld haben. Können sie uns nichts Böses tun?«

»Zahlen wir ihnen Tribut, bürgen sie für unsere Sicherheit. Das verlangt ihr Gesetz. Kein Mitglied ihrer Familie – so nennen die Nomaden ihre Sippe – würde sich fortan trauen, uns zu bestehlen. Ihr ›Gap‹ – ihr Anführer – würde sich entehrt fühlen und dem Dieb den rechten Arm abhacken.«

»Gewiss. Aber erzählt man sich nicht, die Khampa würden sogar die Wanderpilger ausrauben?«

Tenzin schüttelte den Kopf.

»So arm, wie diese Pilger sind? Ach, das sind böse Gerüchte.

Außerdem wissen die Nomaden genau, dass Seine Heiligkeit über jeden Pilger seine schützende Hand hält.«

Longsela gefielen die Reiternomaden. Es mangelte ihrem Geist nicht an kriegerischen Fantasien, die in ihr durch Geschichten ausgelöst worden waren, die sie von Knechten und Dienstboten zu hören bekam. Zwar dämpften die durchaus liebevolle, aber strenge Erziehung der Mutter und die geistige Bereicherung, die ihr durch ihren Vater zuteilwurde, ihren lebhaften Charakter. Doch ihre Willensstärke wurzelte in dem sicheren Bewusstsein, auf keine anderen, fremden Kräfte angewiesen zu sein, sondern sich auf ihre eigenen verlassen zu können. Und so fühlte sich Longsela keineswegs befangen, als eines Tages Folgendes geschah:

Sie ritten über ein einsames Hochtal, und von den Gipfeln wehte bereits kalter Abendwind herab, als sie in der Ferne einige dunkle Punkte erblickten, die sich bewegten. Eingehüllt in flammende Sonnenschleier waren sie wie eine Erscheinung am Horizont aufgetaucht und kamen allmählich aus dem Spiegelglanz des Hochtals näher in Sicht. Es handelte sich um eine kleine Gruppe von gelöst trabenden Reitern. Den Anführer sah Longsela bald deutlicher. Er ritt einen fuchsroten Hengst mit langer zottiger Mähne und einer so mächtigen Brust, so leichten und doch kräftigen Beinen, dass er an Schönheit und Stärke die wertvollsten Zuchtpferde in Lhasa bei Weitem übertraf. Der Mann selbst war groß von Gestalt. Sein Gesicht war schmal, dunkelbraun, mit einer Adlernase und kieselharten Augen. Er war jung, seine Haut noch faltenlos, seine Stirn klar und hoch. Doch sein gebieterisches Auftreten ließ ihn älter aussehen. Unter seinem schwarzen Umhang trug er eine »Tschuba« mit Goldfiligran-Stickerei und von den Schultern bis zu den Schenkeln einen breiten Patronengürtel. Über seine Schulter hing ein Gewehr mit sehr langem Lauf und silberbeschlagenem Kolben. Obwohl seine Begleiter, ebenfalls bewaffnet und eindrucksvoll gekleidet, ihre

Pferde zurückhielten, drängten sich die Dienstboten verschreckt aneinander und tuschelten. Eine Handbewegung Tenzins ließ sie verstummen. Inzwischen brachte der Anführer sein Reittier vor ihm zum Stehen und begrüßte ihn ehrerbietig, beide Hände zusammengelegt. Es war ein Gruß, der eigentlich nur hohen Lamas vorbehalten war. Haltung und Benehmen zeigten tadellose Umgangsformen, doch als er sprach, klang seine Stimme sehr hart und befehlsgewohnt. Er gab seinen Vornamen an – Kanam – und nannte als Familiennamen, wie es unter Nomaden Brauch ist, den Namen seiner Heimatstadt Chamdo. Dann sprach er zu Longselas Vater: »Kushog – Herr –, ich bin ›Gap‹ einer Familie, die südwestlich von hier, hinter der Kuppe lagert.« Er deutete mit einer weiten Armbewegung in die Richtung. »Mir kam zu Ohren, dass Ihr ein erfahrener ›Menrapa‹ – ein Medizingelehrter – seid.«

»Nun, ich bin zwar Arzt«, erwiderte Tenzin, »aber mein Wissen ist gering, denn Vollkommenheit ist dem Menschen nicht gewährt.«

Kanam gab ihm durch eine keineswegs unhöfliche, aber leicht ungeduldige Geste zu verstehen, dass er für Kontroversen dieser Art wenig übrighatte.

»Eurer Wissen, Kushog, wird genügen. Doch es eilt. Ich ersuche Euch um die Gnade, einen Umweg in Kauf zu nehmen. Mein kleiner Sohn, Alo, stürzte und brach sich das Knie. Jetzt hat er hohes Fieber, und die Wunde sieht schlimm aus. Eure Güte soll reich belohnt werden.«

Seine Höflichkeit konnte nicht darüber hinwegtäuschen, dass es sich hier eindeutig um einen Befehl handelte. Wieder murrten die Diener, doch das grimmige Starren der Nomaden brachte sie schnell zum Schweigen. Longselas Vater indessen gab Kanam durch eine Bewegung zu verstehen, dass Bezahlung für ihn keine Rolle spiele.

»Dann lass uns reiten!«, sagte er knapp.

Es dunkelte bereits, als sie zu den Zelten kamen. Weil geheimnisvolle Signale die Besucher schon gemeldet hatten, waren die Wachhunde angekettet, was sie nicht daran hinderte, furchterregend zu bellen. Es waren Tiere mit schwefelgelbem Fell, gedrungen und kräftig, mit flachen Ohren und riesigen Mäulern, fähig, einen Reiter aus dem Sattel zu zerren und ihm die Kehle aufzureißen. Ihr Gebrüll schien die Yaks nicht zu stören, die friedlich zwischen den Zelten weideten. Als die Reiter aus dem Sattel glitten, kamen Frauen und Manner herbei, begrüßten die Gäste mit großer Höflichkeit. Die Frauen waren so prachtvoll wie die Männer gekleidet und mit Dolchen bewaffnet, die in ihren schön bestickten Schärpen steckten. Einige junge Burschen fachten die Feuer an, bliesen mit einem Blasebalg aus Ziegenfell Luft unter die dürren Zweige, legten Kugeln aus Yakmist in die Flammen. Eine Frau zog einen Teeziegel aus einem Lederbeutel, warf die getrockneten Blätter in einen Kessel. Sie schnitt Stücke aus einem Klumpen »Dri«-Butter – Dri ist der Name der Yakkuh – in kochendes Wasser und rührte kräftig um, bevor sie den Tee in ein hohes Gefäß goss und schüttelte. Inzwischen warf der Anführer die Zügel des fuchsroten Hengstes einem jungen Burschen zu, bevor er Tenzin und Longsela zu seinem Zelt in der Mitte des Rastplatzes geleitete. Das Zelt war aus robuster Yakwolle gesponnen, ebenso wie die Seile, die es hielten. Die herabhängenden Zeltbahnen waren am Boden mit großen Steinen beschwert. Kanam öffnete die Zeltklappe, hielt sie hoch, sodass beide Besucher das Zelt betreten konnten. Longsela staunte, wie geräumig es war. In der Mitte brannte ein kleines Feuer; es schien, als ob die Flämmchen einfach aus dem Boden loderten. Der Rauch stieg empor; der »Kung«, die Öffnung oberhalb des großen Firstzweiges, bewirkte, dass er gut abzog. Diese Öffnung ließ sich bei Regen oder Schneefall schließen, sodass die Wärme im Zelt blieb. Wie alle Tibeter schliefen auch die Nomaden nicht am Boden, sondern auf niedrigen Holzpritschen, die mit Teppichen, Fellen und Decken bedeckt waren. Viele Vorräte waren in dem Zelt vorhanden, und man brauchte deshalb auch keine Angst zu haben, wenn starker Schneefall anhielt. An den Pfählen hingen Lederbeutel in verschiedenen Größen, die alles enthielten, was die Nomaden für das tägliche Leben benötigten. Dem Brauch entsprechend traten Tenzin und Longsela zunächst zu dem Tragaltar, verbeugten sich vor der kleinen, vergoldeten Statue Buddhas. Kleine Butterlampen brannten auch hier, und Longsela empfand dabei ein warmes, vertrautes Gefühl. Mochten die Khampa auch als Plünderer gefürchtet sein, hier zeigte sich, wie hoch sie die Religion in Ehren hielten. Im Zelt roch es nach rohem Leder, nach Wacholderzweigen und Moschusöl, nach alten Decken auch, die viel Staub aufgesaugt hatten. Aber noch ein anderer Geruch, süßlich und widerlich, machte die Luft stickig. Longsela erschrak, denn sie kannte diesen Geruch nach Krankheit und eiternder Wunde. Bisher hatte sie, geblendet von dem Feuer und den Butterlampen, kaum die dunkle Gestalt wahrgenommen, die mit gekreuzten Beinen auf dem »Khang« – der Bettpritsche – saß. Es war eine junge Frau, die ein Kind auf dem Schoß hielt. Ihr hüftlanges Haar, nach Nomadenart zu Buddhas Ehren in hundertundacht dünne Zöpfe geflochten und mit Silberamuletten behängt, rahmte die länglichen Wangen und den schmerzlich verzogenen Mund ein. Ihre Augen, von feuchten Glanzlichtern überzogen, schimmerten unter dichten Wimpern. Longsela hatte noch nie eine Frau gesehen, die so schön und so traurig war. Tiefes Mitleid erfüllte sie; in ihr wuchs das unwiderstehliche Bedürfnis, dieser Frau zu helfen, ein Lächeln auf ihr Gesicht zu zaubern. Als Tenzin sich über das Kind beugte, schlug die Frau behutsam die Decken auseinander. Der Kleine mochte vier Jahre alt sein, die Haut war gelblich verfärbt. Das Gift der Wunde, dachte Longsela.

»Ich brauche mehr Licht«, sagte Tenzin zu seinem Gastgeber.

Eine alte Frau, offenbar die Großmutter, brachte eine kleine

Öllampe. Der Kleine blinzelte, als das Licht auf sein Gesicht fiel, und drehte den Kopf zur Seite. Er trug nur seine Tschuba, die Beine waren nackt. Das gebrochene Knie war mit Stäbchen gerade gestreckt, der Verband aber bereits mit Blut und Eiter getränkt.

»Was ist geschehen?«, fragte Tenzin die Mutter.

Sie erzählte, dass ein starkes Gewitter heraufgezogen war. Der Junge lief mit einem Zicklein im Arm ins Lager zurück, als er in eine Felsspalte rutschte und so hart mit dem Kopf aufschlug, dass er die Besinnung verlor. Erst später, als sich das Gewitter entfernte, hörte man das verzweifelte Meckern des Zickleins.

Und dann berichtete die Frau mit leiser, rauer Stimme: »Die Spalte war so eng und der Felsen so nass, dass nur ein schlanker junger Bursche hinabklettern konnte. Alos Bein lag ganz verdreht, und der Knochen war sichtbar. Wir haben einen heiligen Mönch aufgesucht, der Knochenbrüche bei Menschen und Tieren heilen konnte. Er hat die Wunde gewaschen, das verletzte Knie wieder in die richtige Stellung gebracht. Alo hat die Schmerzen tapfer ertragen, und ein paar Tage lang ging alles gut. Aber dann hat sich das Knie entzündet, und das Fieber hört nicht auf zu steigen.«

Tenzin bat die alte Frau, das Licht niedriger zu halten. Er löste behutsam die Stäbchen, nahm den Verband ab. Auf Alos dickem, hartem Schenkel hatte sich ein feuerroter Streifen gebildet. Das Knie war fast auf seine doppelte Größe angeschwollen und schwärzlich verfärbt. Tenzin beugte sich tief über die Wunde und roch an der Entzündung.

»Es ist höchste Zeit«, murmelte er dabei. »Ja, höchste Zeit.« Er bat Longsela, seine Reisetasche zu holen, und wandte sich dann an die alte Frau.

»Mütterchen, bring mir eine Schüssel mit heißem Wasser.«

Die alte Frau brachte, was er wünschte. Alle sahen ehrfürchtig zu, wie Tenzin eine Handvoll Kräuter in das Wasser warf.

Dann begann er, mit einem sauberen Tuch die Wunde zu reinigen, wobei er so sanft und sorgfältig vorging, dass der Kleine nur einmal zusammenzuckte. Als die Wunde von allem Eiter gereinigt war, bestrich er ein frisches Tuch mit einer dunklen Paste, die herb nach Rinde roch und die – wie Longsela wusste – schmerzlindernd und desinfizierend wirkte. Zum Schluss befestigte er wieder die Stäbe. Seine Hände waren sicher und flink. Dann machte er eine Spritze bereit. Die alte Frau hielt unentwegt die Lampe, während er dem Kleinen die Nadel in den Oberarm stieß. Auch die Eltern saßen da, ohne sich zu rühren, bis Tenzin sich endlich aufrichtete. Longsela bemerkte zum ersten Mal, wie steif seine Bewegungen waren. Er war nicht mehr jung, und er wurde schnell müde.

»Ich brauche dein Licht nicht mehr, Großmütterchen«, sagte er höflich zu der alten Frau. Dann lächelte er dem Kind gütig zu und streichelte seine Wange.

»Du bist ein tapferer kleiner Junge. Ich gebe dir jetzt ein Mittel, und dann wirst du gut schlafen.«

Er entnahm seiner Reisetasche eine kleine braune Stange und hielt sie ein paar Augenblicke lang ins Feuer. Als die Masse weich geworden war, brach er ein Stückchen ab, rollte sie zwischen den Fingern und sagte zu dem Kind: »Schluck diese Kugel mit ein wenig Tee herunter.«

Der Kleine tat gehorsam, was er sagte. Es dauerte nur kurze Zeit, dann fielen ihm die Augen zu und sein Atem ging regelmäßig. Seine Mutter legte ihn auf den Khang und zog eine Decke über ihn, bevor sie Tenzin fragte: »Was habt Ihr ihm gegeben, dass er jetzt schlafen kann? Ist das ein Zaubermittel?«

Tenzin lächelte gütig.

»Du kannst es so nennen. Es ist ein Geschenk der mächtigsten und weisesten Zauberin dieser Welt.«

»Wie das?«, fragte Kanam.

»Unserer Erdmutter«, antwortete Tenzin.

»Eine Pflanze … ein Kraut«, murmelte die Frau überrascht.

»Es ist Mohn!«, sagte Tenzin.

»Was?«, rief Kanam beinahe zornig. »Ihr habt unserem Kind ein Gift gegeben, das schwach und abhängig macht?«

»Beruhige dich«, sagte Tenzin. »Nichts von dem, was die Erdmutter uns schenkt, ist schlecht. Es kommt nur darauf an, wie wir Menschen ihre Gaben anwenden. Schlucken sie Mohn aus Langeweile oder Überdruss, wird Mohn zum Gift. Aber wie könnten Kranke und Schwerverletzte ihre Schmerzen ertragen, wenn Mohn sie nicht lindern würde?«

Kanam warf einen Blick auf das schlafende Kind.

»Wird mein Sohn am Leben bleiben?«

Tenzin hielt seinem Blick stand.

»Diese Frage kann ich erst morgen beantworten.«

Er trug den Dienstboten auf, ihr Zelt etwas abseits des Lagers aufzustellen. Die Khampa bestaunten das weiße Seidenzelt; ein solches sahen sie zum ersten Mal. Während die Männer die Pferde versorgten, setzten sich Tenzin und Longsela zu den Nomaden, die ihr einfaches Mahl mit ihnen teilten: Hammelfleisch, Tsampa und Zwiebeln. Dazu dickflüssige Dri-Milch und jede Menge Buttertee. Im Dunkeln glühte das Feuer mit einem Duft nach Wacholder. Die Nomaden benutzen Wacholder als Brennholz. Der Rauch hält Fliegen und Mücken fern und gilt als reinigend. Auch in den Klöstern wurde Wacholderrauch bei allen Kulthandlungen verwendet.

Die Nacht war klar und kalt, ein Stern glühte in schwelendem Rot, und der halbe Mond schillerte eisblau. Als Longsela mit ihrem Vater im Zelt war, stellte sie ihm die Frage, die auf ihren Lippen brannte.

»Pala, was ist mit dem Kleinen? Sein Bein sieht schrecklich aus! Kannst du ihn retten?«

»Ich hoffe es«, sagte Tenzin mit einem Seufzer, der Longsela fast das Herz brach. »Er hat eine Blutvergiftung. Die modrige

Erde hat die Wunde infiziert. Ich habe ihm eine Spritze gegen Starrkrampf gegeben. Vielleicht ist es noch nicht zu spät.«

»Wären wir nicht gekommen, was dann?«

»Noch drei oder vier Tage, und er wäre gestorben. Zum Glück ist der Junge stark. Wir müssen abwarten. Morgen kann es schon viel besser aussehen.«

Longsela fand lange keinen Schlaf. Die Ruhe, die sie am Ende eines langen und aufregenden Tages umfing, ließ ihre Gedanken wandern. Sie hatte nur den kleinen Verletzten im Kopf; sie fühlte sich mit diesem Kind auf seltsame Weise verbunden. Es war ein Empfinden, unfassbar gleich dem ersten Windhauch in der Dämmerung, wenn ein Beben durch die Bäume geht, bevor die Welt in kaltes Dunkel taucht. Das Gefühl rief bei Longsela Verwunderung hervor. Sie begriff weder, woher dieses Empfinden kam, noch, was es zu bedeuten hatte. Sie lag neben ihrem Vater, der längst eingeschlafen war. Und ringsum die Spiele des Schattens und des Lichts im Helldunkel des Zeltes, die friedlichen Geräusche des nächtlichen Lagers. Manchmal wieherte ein Pferd, ein Hund schlug an. Sie hörte einen Bach plätschern und aus der Ferne das Prusten und Stampfen der grasenden Yaks, bevor sie endlich in einen unruhigen Schlaf fiel.

NEUNTES KAPITEL

Als Longsela erwachte, zeigten sich bereits die ersten Sonnenstrahlen. Das Zelt war erleuchtet, doch Tenzin schlief noch. Longsela tastete nach ihrem Fellmantel, kroch aus dem Zelt, rieb sich die noch schweren Augen. Eigentlich hätte sie noch viel mehr Schlaf gebraucht. Sie ging durch das Lager, in dem sich die Nomaden regten und die ersten Feuer schon schwelten. Es war entsetzlich kalt. Longsela roch den Geruch der Wildnis, ein starker, berauschender Geruch. Ganz hoch oben tauchte die Sonne die Gipfel in schimmerndes Orangerot, das von Felsen zu Felsen sprang. Longsela ging zum Bach, tauchte ihre Hände ins Wasser, wusch ihr Gesicht und spülte sich den Mund aus. Das Wasser war noch eisiger als die Luft. Als es auf ihrer Haut getrocknet war, fühlte Longsela sich hellwach. Sie setzte sich abseits, löste ihre Zöpfe und kämmte sie, bevor sie ihr Haar neu flocht. Die Helligkeit nahm stetig zu, das ganze Hochtal überflutend. Der Himmel leuchtete rot wie Mohn, der ewige Schnee glühte rosig. An der Schwelle des neuen Tages empfand Longsela ein starkes Glücksgefühl. Sie sah, wie in der Ferne sich große weiße Vögel aus einem Hochmoor erhoben: Kraniche! Sie schienen aus dem Wasser hervorzusprudeln und schimmerten am Himmel wie ein Regenbogen, auf dem weiße Engel tanzten. Eine Luftspiegelung, was sonst? Aber Longsela hielt es für ein gutes Vorzeichen.

Sie setzte sich zu den Nomaden ans Feuer. Eine junge Frau mit roten Wangen reichte ihr einen Becher Tee. Der Tee wurde mit Tsampa-Mehl und viel Salz gemischt, bis er zähflüssig wurde. Longsela schmeckte das Getränk nicht gut; sie trank ihn trotzdem, um ihre Gastgeber nicht zu beleidigen. Der Becher war aus schwerem Silber, wie man ihn in Lhasa nur in vornehmen Häusern fand. Longsela fragte sich, woher der Becher wohl kommen mochte. Bald erschien auch Tenzin. Er setzte sich neben Longsela, die ruhig ihren Becher im Schoß hielt. Doch er lächelte nicht, war schweigsam und ganz in seinen Gedanken verschlossen, bis Alos Mutter aus ihrem Zelt trat. Ihr Name war Tesla, wie Longsela inzwischen erfahren hatte. Sie war in einen Wolfspelz gehüllt, der über ihrem Kopf eine Art Kapuze bildete. Bei Tageslicht sah Longsela, dass sie goldfarbene Augen hatte und eine zartbraune Seidenhaut. Mit einem müden Lächeln trat sie auf Tenzin zu.

»Mein Kleiner schläft noch.«

»Ausgezeichnet!«, antwortete Tenzin.

Seine Augen hatten sich etwas erhellt, und Longsela freute sich. Sie konnte es kaum abwarten, den Kleinen wiederzusehen, und folgte ihrem Vater, als er etwas später zu ihm ging. Tenzin beugte sich über das schlafende Kind, berührte es jedoch nicht, sondern lauschte nur aufmerksam seinem Atem.

»Soll ich ihn wecken?«, flüsterte Tesla.

Tenzin bewegte verneinend die Hand.

»Lassen wir ihn. Guter Schlaf wirkt heilend.«

Als intensive Beobachterin außergewöhnlicher Gestalten interessierte sich Longsela für die Nomaden. Sie fand, dass sie ein hartes, doch herrliches Leben führten. Ihre Haut glänzte und hatte fast die Farbe von Kupfer. Ihre Augen waren größer als die der Stadtbewohner, ihre Nase gerade und stark, das Kinn zeigte viel Willenskraft. So jung sie noch war, hatte Longsela bereits erfahren, dass der Mensch mit seinem Leben teil hat an dem ewigen Wechselrhythmus der Natur. Die Nomaden waren sich dieser Beziehung gewiss nicht bewusst, aber sie spürten sie und unterstellten sich ihren Gesetzen. Die natürliche Auslese duldete keine Schwäche. Jeder überlebte nur dank eigener Kraft. Vielleicht entsprang gerade dieser unbarmherzigen Zucht ihre innere Harmonie, ihre Gelassenheit? Es machte nichts, dass ihre Zelte sich bei Tageslicht voller Flecken und Risse zeigten, dass das frische Yakfleisch, das in der Sonne trocknete, Schwärme von Fliegen anzog. Longsela betrachtete die Fleischklumpen nicht ohne Ekel, obwohl sie wusste, dass die Khampa jedes Tier um Vergebung baten, bevor sie es töteten, und danach ein Versöhnungsgebet sprachen. Ihre Kleider aber bewunderte Longsela sehr. Die feine Wolle, die vom Nacken der Schafe stammte, wurde auf tragbaren Webrahmen verarbeitet. Die Frauen spannten den Rahmen zwischen Steine, befestigten ihn mit Stöcken und saßen dann mit ausgestreckten Beinen davor. Und man sah kaum einen alten Menschen, ob Frau oder Mann, der nicht Garn auf einer kleinen Handspindel zwirbelte. Die Bordüren ihrer Kleider färbten die Nomaden mit Planzenfarben, die so stark und leuchtend waren wie die Farben der Bergblumen. Frauen wie Männer schmückten sich mit großen Türkisen, Korallen und Kugeln aus Bernstein. Außerdem trugen fast alle Karneolsteine, »Dzi-Steine« genannt, denen sie eine glückbringende Kraft zuschrieben. Die röhrenförmigen Steine wurden an Lederschnüren aufgereiht. Die Schönsten und Größten trug gewiss Tesla, meinte Longsela, wobei sie immer verstohlen ihren Schmuck betrachtete. Für gewöhnlich waren Dzi-Steine gelb oder schwarz gesprenkelt. Die Steine aber, die Tesla trug, waren von ebenmäßigem Rot und Dunkelgelb, mit einer starken Leuchtkraft, purem Gold und Rubin ähnlich. Longsela hätte alles darum gegeben, eine solche Kette ihr Eigen zu nennen! Wie gern hätte sie ihre Gastgeberin gefragt, wo diese wundervollen Steine zu finden waren. Aber Tesla dachte an das Überleben ihres Kindes, und Longsela wollte nicht zudringlich sein.

Das Licht wurde sanfter und die Luft kälter, als Tesla zu Tenzin kam und berichtete, dass Alo erwacht war. Tenzin begab sich sofort in ihr Zelt, und Longsela, gleichermaßen von Sorge und Hoffnung erfüllt, ging mit ihm. Auch Kanam, der sich bei den Herden aufhielt, war wieder eingetroffen. Und natürlich wollte auch die Großmutter dabei sein. Als der Kleine das Zelt voller Menschen sah, hob er den Kopf und zeigte ein schwaches Lächeln. Tenzin setzte sich zu ihm.

»Nun, mein Kind? Alles gut?«

Alo nickte. Seine Augen waren blank, und er schien sich, trotz seiner Schwäche, besser zu fühlen. Tenzin legte die Hand auf seine Stirn, befühlte seinen Puls. Die Haut war warm, aber nicht mehr glühend. Tenzin nickte beiden Eltern, die still neben ihm kauerten, beruhigend zu.

»Das Fieber ist gefallen. Sehen wir uns mal das Bein an!«

Er schob die Felle und Decken zurück, öffnete den Verband und machte sich daran, das Knie zu untersuchen. Der dunkelrote Streifen war noch sichtbar, die Schwellung jedoch zurückgegangen und die schwärzliche Farbe verblasst. Tenzin hielt eine Weile beide Hände über die Wunde, wobei er den Kopf tief senkte und seinen Atem mit dem Atem des Kindes in Einklang brachte. Dann hob er den Kopf und sprach zu den Eltern.

»Ich denke, dass wir gewonnen haben. Aber er braucht mehr Zeit. Er soll jetzt viel trinken, etwas essen und dann wieder schlafen.«

Er erneuerte den Verband und sagte abschließend: »Wir müssen noch warten.«

Der Abend kam, und dann die Nacht. Auch der folgende Morgen ging vorüber. Tenzin saß vor seinem Zelt und machte sich Notizen. Seine täglichen Beobachtungen schrieb er in einem Heft auf. Jahre später, nach seinem Tod, sollte Longsela dieses Heft finden. Und alles, was sich damals zugetragen hatte, in ihrer Erinnerung wieder lebendig vor sich sehen.

»Der Horizont, von Berggipfeln begrenzt, liegt hier sehr hoch«, schrieb Tenzin. »Ewige Winde bewegen das Hochtal. Sie rücken aus dem Unendlichen vor, und die Geister reiten auf ihnen in unsichtbaren Schwärmen. Die Gewaltakte der Khampa finden in dieser Wildheit der Natur ihren Ursprung. Wer sind sie denn, diese tollkühnen Reiter, wenn nicht unsere Ahnen? Wir, die in der Stadt leben, sind im Laufe der Jahrhunderte willensschwach und verweichlicht geworden. Jene Mauern, die uns schützen, sind auch ein Gefängnis. Unser Leben vollzieht sich zwischen dem Ertastbaren. Nomaden sind wie aufgelöst in der Zeit und stehen dennoch fest und stark wie Bäume. Sie sind ein Gleichnis – aber wofür? Doch es ist ja das Wunder der Gleichnisse, dass sie stets ein Rätsel bleiben.

Ich hoffe, dass ich den Kleinen heilen kann. Ich möchte nicht, dass diese Menschen uns verachten. Ihre Geringschätzung würde mich krank machen. Krank vor Scham.

Obwohl ungebildet, sprechen alle gut. Sie verfügen über eine erstaunliche Intelligenz und ein ebenso scharfes Gedächtnis. Sie haben, bei aller Wildheit, ein nobles Benehmen, verbunden mit dem Adel der Seele. In ihrer Gesellschaft sind die Blutsbande wesentlich. Die anverwandten Familien bilden eine Sippe und werden die Knochen genannt – eine Bezeichnung, die auch in China und Korea gebräuchlich ist. Die Abstammungslinie von der weiblichen Seite wird Sha – Fleisch – genannt und hat das stärkere Gewicht. Man heiratet innerhalb der Sippe. Inzucht kommt nicht auf, weil die Verwandtschaft bis ins neunte Glied reicht. Auf diese Verwandtschaft kann sich der Nomade jederzeit berufen. Sie bringt gleichermaßen Vorteile und Pflichten mit sich, auch politische. Ich traue diesen Menschen, traue ihnen so weit, wie sie mir trauen. Heute Morgen stellte ich Kanam geradeheraus die Frage: ›Sag mir, ob es wahr ist, dass die Deinen auf Raubzug gehen.‹

Da lachte er; und wie er lachte! ›Nun‹, meinte er, ›die Raubzüge haben nichts mit Krieg zu tun, geht es bei ihnen doch lediglich darum, Geschicklichkeit zu zeigen. Händler sind so reich, dass es ihnen nichts ausmacht, ihren Überfluss mit uns zu teilen.‹

›Höchst unfreiwillig, würde ich meinen.‹

›Gewiss. Aber wenn es ihnen nicht passt, warum jammern sie bloß und wehren sich nicht? Werden wir bestohlen, zahlen wir es den Räubern mit gleicher Münze heim und fordern die Zinsen dazu. Die Händler haben das Herz einer Maus. Nun, das ist ihre Sache. Immerhin verpflichtet uns die Ehre, den Ausgeraubten genügend Wasser, Decken und Lebensmittel zurückzulassen, damit sie das nächste Dorf erreichen können. Wir denken, das ist ein faires Geschäft.‹

Ich verbiss mir ein Lächeln.

›Und was sagt Seine Heiligkeit zu diesem fairen Geschäft?‹

Kanam machte ein Gesicht, als ob er darüber nie nachgedacht hätte, bevor er die Augen zum Himmel hob.

›Seine Heiligkeit ist jung und lebt im Kloster. Von der bösen Welt weiß er nicht viel.‹

›Du machst es dir leicht!‹

Er lachte wie ein Wasserfall. Ich konnte nicht anders, als mit ihm zu lachen. Jetzt, da es seinem Sohn besser ging, entspannte sich Kanam, zeigte Offenheit und den zynischen Humor, der den Nomaden eigen ist. Nichts an seiner Erscheinung war weich. Seine Härte schien tief in seinem Wesen zu wurzeln; sie war wie eine schnell zupackende, gefährliche Kraft, aber ohne Grausamkeit. Ich begann zu verstehen, warum die Tradition Seine Heiligkeit dem Schutz solcher Leibwächter anvertraute. Ihr Gefühl für Ehre war etwas, was Stadtmenschen sich nicht vorstellen konnten. Wo wir leben, wie wir leben, hat wenig zu bedeuten, sagte Kanam. Unser Lebensziel bleibt immer das Gleiche: Treue dem heiligen Chenresig und seiner Verkörperung, der wir dienen. Treue Seiner Heiligkeit! Und Tapferkeit in seiner Verteidigung.

Kanam musste viel Vertrauen und Sympathie bei mir spüren, denn unter dem Siegel der Verschwiegenheit erzählte er mir von dem Geheimbund der Khelenpa. Zu dieser Vereinigung gehörten fünfzig Männer, die Tapfersten, die alle geschworen hatten, im Notfall für Seine Heiligkeit ihr Leben zu opfern. Die meisten waren Mönch-Soldaten, aber nicht alle, betonte er nachdrücklich. Ich fragte, ob auch er zu dieser Schutztruppe gehörte. Da lächelte er nur und schien die Frage zu überhören. Doch aufgrund seines Verhaltens, seiner Art, über diese Dinge zu sprechen – oder zu schweigen –, hatte ich durchaus das Gefühl, einen dieser Krieger vor Augen zu haben. So kam es, dass wir uns zunehmend über Politik unterhielten; ich staunte, wie gut Kanam im Bilde war. Dass in China der Bürgerkrieg tobte, wusste natürlich jeder. Selbst die in Lhasa ansässigen Chinesen – Händler zumeist – begannen sich unruhig zu fühlen. Sie hatten gute Gründe dazu. Tibet wollte mit der chinesischen Politik nichts zu tun haben, wusste die Regierung doch zu gut, dass ein großes, rotes China eine riesige Gefahr für die Unabhängigkeit Tibets und seine religiöse Freiheit darstellte. Ich erzählte Kanam, dass kürzlich die Regierung beschlossen hatte, alle Chinesen aus Lhasa auszuweisen. Es waren einige Hundert, die von dieser Maßnahme betroffen waren. In Lhasa gab es einen chinesischen Sender, der vom tibetischen Militär geschlossen wurde, sodass die chinesische Regierung erst von der Sache erfuhr, als der Ausweisungsbefehl bereits gegeben war. Gleichzeitig wurde das Post- und Telegraphenamt Lhasas versiegelt, was Anlass zu unruhigen Spekulationen gab. Die Chinesen mussten ihre Wohnungen räumen, die Wagen standen schon bereit. Eine Militäreskorte brachte sie zur Grenze.

›Mao Tse-tung wird uns das heimzahlen‹, sagte Kanam düster. Ich teilte seine Meinung. Eine Zeit lang war es in Lhasa ruhig gewesen – ungewöhnlich ruhig. Aber kaum war Mao Tse-tung an der Macht, als er auch schon bekannt gab, dass Tibet zum Mutterland gehörte und unwiderleglich ein Teil von China sei. Die schlechten Nachrichten häuften sich. Das Staatsorakel war in Trance gefallen und hatte für Tibet eine große Bedrohung von Norden und Osten vorausgesagt. Die

Sitzungen des Orakels waren geheim, doch schlimme Gerüchte sickern schnell durch, und die Menschen auf der Straße fühlten sich sehr erschrocken. Jedoch glaubten sie felsenfest an die Milde der Götter und waren sicher, dass ihr Land beschützt wurde. Die Nationalversammlung allerdings, die aus fünfzig weltlichen und geistlichen Beamten bestand, dachte nüchtern und bereitete sich auf schlimme Zeiten vor. Seiner Heiligkeit war geraten worden, den Sitz seiner Regierung in die Grenzstadt Yatung zu verlegen, was dann auch geschah. Der junge Dalai indessen entwickelte schnell einen starken politischen Weitblick. Er hatte eingesehen, wie gefährlich die Unschlüssigkeit Tibets war. Unsere gewohnte Isolationspolitik war nicht nur unzeitgemäß, sondern äußerst gefährlich. In aller Eile wurden diplomatische Beziehungen aufgenommen. Delegationen, die aus Mönch-Beamten und Adeligen bestanden, die in Indien Englisch gelernt hatten, reisten nach Peking, Neu-Delhi, Washington und London.

Kanam zündete sich eine Zigarette an.

›Wie wurden sie dort empfangen?‹, knurrte er.

›Schlecht‹, sagte ich. ›Alle hatten Angst vor China.‹

Kanam sagte nichts, spuckte nur mit gleichgültiger Verachtung auf den Boden. Ich wusste, was er dachte, und dachte das Gleiche. Weder von den Vereinten Nationen noch von irgendeinem Land war Hilfe zu erwarten. Wir hatten tibetische Gesandte nach Peking geschickt, um zu verhandeln. Die Verhandlungen verliefen schlecht. Die Gesandten sahen sich gezwungen, einen Siebzehn-Punkte-Vertrag zu unterzeichnen, ohne dass ihnen Zeit gelassen wurde, sich vorher mit Seiner Heiligkeit oder der Regierung zu beraten. Dieser Vertrag überließ dem Dalai-Lama die innere Verwaltung Tibets und gewährleistete die vollkommene Achtung der Religionsfreiheit. Dafür erlangte Rotchina die Vertretung Tibets im Ausland und übernahm die Verteidigung des Landes. Dieser Punkt gab China das Recht, Militär ins Land zu schicken, so viel man für nötig hielt. Und somit hatten es die Chinesen in der Hand, alle ihre Forderungen durchzusetzen.

›Und so kommt es‹, sagte ich zu Kanam, ›dass du chinesische Regimenter an der Grenze hast.‹

›Sie sind schon tief in unserem Land‹, sagte Kanam. ›Wir können sie nicht leiden.‹

›Ja, das denke ich mir.‹

Kanam stieß den Rauch durch die Nase.

›Kushog, habt Ihr jemals gesehen, wie unsere Hirtenhunde kämpfen?‹

Ich schüttelte den Kopf.

›Unsere Hunde‹, sagte Kanam, ›schlagen ihre Zähne in die Beute und schütteln sie, bis ihre Knochen brechen. Und solange sich die Beute noch regt, lassen sie nicht von ihr ab. Nun, so kämpfen unsere Hunde. Wir machen es auf die gleiche Art.‹

Kanams Männer begnügten sich in dieser Zeit damit, Steinlawinen auszulösen, um die von den Chinesen benutzten Gebirgsstraßen zu versperren. Es kam oft vor, dass sie Außenposten überfielen und Waffen, Munition und Nahrungsmittel erbeuteten. Sie stahlen auch ihre Gelände- und Lastwagen, ihre Maultiere und Pferde.

›Der Kampf mit China hat längst begonnen‹, sagte Kanam. ›Die Götter werden siegen!‹

Er sprach dann nicht mehr darüber, und ich versuchte auch nicht, mehr zu erfahren. Doch ich hatte einen Menschen vor mir, der – obwohl er nichts davon wusste – von den Göttern beschirmt und geleitet wurde. Er besaß jene gelassene Stärke, die nur aus der Einsicht wächst, dass nichts auf Erden kostbarer als Freiheit ist.«

So schrieb Tenzin damals. Und Longsela, viele Jahre später, spürte beim Lesen dieser Zeilen Wehmut aufsteigen. Die Erinnerungen waren tief in ihrer Herzkammer verborgen; sie gehörten zu ihr und würden bestehen, solange das Blut in ihren Adern kreiste.

ZEHNTES KAPITEL

Am zweiten Tag, als Tenzin Alo untersuchte, war der kleine Junge schon viel lebhafter. Er setzte sich auf und zeigte ein Lächeln, das ganz reizend war. Tenzin hatte ihm keinen Mohn mehr gegeben, sein Schlaf war natürlich gewesen.

»Wie fühlst du dich?«, fragte Tenzin.

»Ich habe Hunger«, sagte das Kind.

Zum ersten Mal seit jenem Unglückstag hatte Alo wieder einen gesunden, einen spontanen Appetit. Tesla führte ihm selbst den Löffel zum Mund, und die Großmutter füllte dreimal seinen Becher mit Tee. Und bei jedem Schluck, bei jedem Bissen, nickten die Frauen glücklich dazu. Als das Kind sich gestärkt hatte, untersuchte Tenzin die Wunde. Der rote Streifen war kaum sichtbar, die Schwellung des Knies zurückgegangen und das Fieber gefallen.

»Gebt ihm zu essen und zu trinken, so viel er will«, sagte Tenzin zur Mutter des Jungen. »Ich werde noch diese Nacht bei euch bleiben, aber ich mache mir keine Sorgen mehr. Das Bein wird heilen. Die Wunde ist nicht mehr offen, eine Kruste hat sich schon gebildet. Alo braucht nur noch Ruhe. Aber der Verband muss sauber bleiben. Und wenn Alo gehen will, dann nur langsam und in der ersten Zeit an einer Krücke.«

»Ich werde ihm eine schnitzen«, sagte Kanam. »Wie lange wird er sie brauchen?«

Tenzin lächelte.

»Nun, das wird er selbst am besten wissen.«

»Wird er wieder reiten können?«, fragte Kanam. Die Frage

beschäftigte ihn mehr, als er sich anmerken ließ. Longsela, die ihn stumm beobachtete, spürte, wie empfindsam er war, trotz seines scheinbaren Gleichmuts. Sie betrachtete das glatte, braune Gesicht mit den dunkel glitzernden Augen. Da war etwas in diesem Blick, das sie bewegte. Menschen, denen der Mut angeboren war, übten eine große Anziehungskraft auf sie aus. Mit dem Gefühl einer seltsamen Freude und Erregung sah sie Kanams weiße Zähne aufblitzen, als ihr Vater fast feierlich antwortete: »Auf Ehre und Gewissen, das verspreche ich dir: Dein Sohn wird später die kräftigsten Pferde reiten können!«

»Mögen die Götter Euch hören!«, sagte Tesla. Ihre Stimme klang wieder kräftig. Und obwohl sie viele Nächte bei ihrem Sohn gewacht hatte, schimmerten ihre Wangen wieder in sanftem Kupfergold.

Tenzin lächelte ihr zu.

»Du bist eine tapfere Mutter.«

Sie verneinte mit sanftem Kopfschütteln.

»Nein. Ich bin nur die Mutter eines tapferen Sohns!«

Am nächsten Tag untersuchte Tenzin ein letztes Mal die Verletzung, befestigte die Stäbe und sagte, seine Hilfe würde jetzt nicht mehr gebraucht. Die Dienstboten falteten das Zelt zusammen und machten das Gepäck bereit. Kanam kam, mit seinem gesattelten Pferd am Zügel, und sagte zu Tenzin: »Ich werde Euch führen.«

Longsela betrat das Zelt, um sich von Alo zu verabschieden. Er warf beide Arme um sie und drückte fest sein Köpfchen an ihre Schulter, als ob er sie zurückhalten wollte. Longsela hatte diese Menschen in ihr Herz geschlossen, und es fiel ihr schwer, das Lager zu verlassen. Tesla beobachtete sie mit unergründlichem Blick. Als Longsela sich aufrichtete und das Zelt verlassen wollte, zog die Khammo plötzlich die Schnur mit den Dzi-Steinen über ihren Kopf und reichte sie Longsela mit den Worten: »Diese Glückskette gehörte meiner Großmutter. Trage sie, zur Erinnerung an Alo!«

Longsela erschrak nahezu vor diesem kostbaren Geschenk.

»Aber das ist doch ein Familienschmuck.«

Tesla lächelte zärtlich. Auf ihrem Antlitz lag ein seltsamer, traumbefangener Ausdruck.

»Das Maß an Glück, das mir zusteht, habe ich bereits, denn Alo ist wieder gesund. Doch dein Leben wird ungewöhnlich sein. Das Glück wirst du noch brauchen, wenn mich die himmlischen Vögel längst zu den Göttern getragen haben.«

Die Stimme der Khammo hatte einen fast prophetischen Klang. Ein Schauder lief Longsela über das Rückgrat. Teslas Worte waren keineswegs bildlich zu nehmen. Die Nomaden bargen ihre Toten auf Bäumen und überließen sie den Elementen und den Geiern, die sich ihren Teil holten. Es war die ursprünglichste Bestattungsform der Welt, die, mit besonderen Vorbehalten und vielen Riten, sogar in den Städten noch üblich war. Doch Longsela wies die düsteren Bilder von sich und fragte stattdessen: »Woher weißt du, dass ich Dzi-Steine liebe?«

Da lächelte Tesla verschmitzt.

»Dir gefallen Edelsteine sehr; deswegen bist du ja mit deinem Vater auf Reisen. Und mir fiel auf, dass du oft meine Kette angeschaut hast.«

Longsela spürte, wie sie rot wurde.

»Ich habe sie ja nur bewundert!«

Dem kleinen Jungen indessen, halb aufgerichtet, entging kein Wort von diesem Gespräch. Seine Augen waren wach und voller Aufmerksamkeit. Und als Tesla freimütig auflachte, deuteten auch die Lippen des Kindes unwillkürlich ein Lächeln an.

»Ach, du gibst es zu!«

Longsela lachte auch, etwas befangen, während Tesla ihr die Kette über den Kopf streifte, einen Schritt zurücktrat und zufrieden nickte.

»Sie steht dir gut.«

»Sie ist schwer«, sagte Longsela leise.

»Dzi–Steine müssen mit dir wachen und schlafen. Du darfst die Kette nie ablegen.«

»Das verspreche ich dir.«

Tesla schloss ihre schönen Augen leicht, nahm Longselas linke Hand in ihre Linke – die Hand des Herzens, wie das Mädchen wusste. Teslas schmale Finger waren kräftig und warm; Longsela fühlte sich ganz geborgen in dieser Hand. Doch während Tesla sie anblickte, gefror ihr Lächeln und verschwand. Sie sagte mit ernster Stimme: »Und jetzt hör gut zu. Sprichst du zu den Dzi-Steinen die richtigen Worte, schenken sie dir ihre magische Kraft.«

»Was muss ich ihnen sagen?«, fragte Longsela.

»Die Worte sind ganz einfach, aber sehr mächtig«, erwiderte Tesla.

Mit leiser, feierlicher Stimme, als ob sie Longsela ein Geheimnis anvertraute, sprach Tesla ihr die Worte vor.

»Wie das Blut, so rot
Wie die Erde, so braun
Wie die Sonne, so gelb
Steine, erfüllt meinen Wunsch!«

Longsela prägte sich die Worte ein und sprach sie fehlerlos nach.

»Gut«, sagte Tesla. »Vergiss diese Worte nie. Sie wirken immer.«

Longsela, die einen frühreifen Verstand hatte, lächelte ein wenig skeptisch.

»Warum, als dein Kind erkrankte, hast du dann nicht zu den Steinen gesprochen?«

Tesla erwiderte ihren Blick. Stufenweise wurde auf ihren Zügen ein neues Lächeln geboren. Als sie antwortete, geschah es mit großer Offenheit und Wärme.

»O ja, natürlich bat ich um Alos Genesung. Und sieh da! Dein Vater kam, und mein Wunsch wurde erfüllt.«

Longsela entsann sich, wie Kanam ihren Vater gezwungen hatte, mitzukommen. Tenzin hatte nicht anders gekonnt, als dem Befehl Folge zu leisten. Doch an der schlichten Einfalt von Teslas Glauben zerschellten ihre Zweifel. Sie spürte, dass sie der Frau nicht in den Irrgarten ihrer Gedanken folgen konnte, sondern sich damit begnügen musste, was sie ihr anvertraut hatte. Und wie viel war dies schon gewesen! Und so zeigte sie ihr mit einem glücklichen Lächeln ihre Dankbarkeit. »Und außerdem«, dachte sie, »wer weiß?«

Draußen vor dem Zelt umarmten sie einander zum letzten Mal. Auch die Großmutter kam, segnete die Gäste und überreichte ihnen weiße Glücksschärpen. Die Dienstboten hatten gut für Jo-Jo gesorgt. Weil das Gras saftig war und hoch stand, hatte der kleine Rappe sogar Fett ansetzen können. Wenn Longsela nicht wollte, dass er träge wurde, war es höchste Zeit, dass sie ihn bewegte. Alle Bewohner des Lagers hatten sich versammelt. Unter freudigen Zurufen und Wünschen für Glück und gute Reise verließ die kleine Truppe das Lager. Kanam ritt zwischen Tenzin und Longsela auf seinem Fuchs, der orangerot im Morgenrot glänzte, während die bewaffneten Gefolgsmänner mit den Dienern die Nachhut bildeten. Kanam hatte mit ausdruckslosem Blick wahrgenommen, dass Longsela jetzt Teslas Kette trug. Was er dabei empfinden mochte, ob Zustimmung oder Missfallen, konnte sie nicht ergründen. Er war ein Mann, der nicht alle seine Gedanken verriet. Sie merkte recht bald, dass der Nomade einen anderen Weg einschlug als jenen, auf dem sie gekommen waren. Eine Abkürzung? Nein, eher ein Umweg, stellte Longsela fest. Was hatte das zu bedeuten? Dann und wann blickte sie ihren Vater an, doch dieser unterhielt sich mit Kanam und schien nicht im Geringsten beunruhigt. Sie waren schon längere Zeit geritten, als Kanam auf einmal seinen Hengst zügelte und auf einen Hügel zeigte, der nicht scharfkantig, sondern abgerundet war und sich in einiger Entfernung erhob.

»Kushog, seht Ihr den Hügel dort?«, fragte er Tenzin.

»Ja, er gehört zum alten Gestein«, erwiderte dieser. »Man erkennt es auf den ersten Blick.«

»In den Hohlräumen findet Ihr dunkelblaue, besonders lichtdurchlässige Türkise. Der Abbau ist nicht ungefährlich, doch die Mühe lohnt sich.«

»Wo befinde ich mich hier?«, fragte Tenzin. Er breitete eine selbstgezeichnete Landkarte aus und notierte die Stelle, auf die Kanam nach kurzem Nachdenken wies.

»Das Gebiet ist das Unsrige«, fuhr Kanam fort. »Die Nutzung dieses Hügels ist allein Euch und Euren Nachkommen gestattet. Kein Khampa wird Tribut von Euch verlangen. Die nötigen Befehle wurden bereits erteilt.«

Beide Männer sahen einander an. Und für einen Atemzug schimmerte in ihren Augen warme Zuneigung und Vertrauen. Tenzin brach als Erster das Schweigen.

»Hab Dank für dein großes Geschenk!«

Kanam machte eine Geste, dies alles sei nichts.

»Ich trage eine Dankesschuld, und mein Sohn trägt sie auch. Wir werden diese Schuld nicht vergessen. Friede sei mit Euch!«

»Und Friede sei mit dir«, erwiderte Tenzin. »Führt dich dein Weg nach Lhasa, bin ich im Haus der Weiden für dich zu finden.«

Bei diesen Worten lächelte Longsela, neigte den Kopf zum Abschied. Da verließ Kanams Blick das Gesicht ihres Vaters und richtete sich kurz auf sie. Was für Quellen der Sanftheit in ihm auch immer fließen mochten, er hielt sie sorgsam verborgen. Viele Jahre später sollte sie sich an jenes geheimnisvolle Gefühl des Schwindels erinnern, das dieser Blick in ihr erweckt hatte: der fast körperliche Eindruck eines gemeinsamen Schicksals, reich gefüllt mit Dingen, die nicht begriffen werden können, bevor sie kommen. Doch damals fiel zwischen ihnen kein Wort. Kanam neigte den Kopf, legte stumm die Hand auf sein Herz, bevor er sein Pferd wendete und sich mit seinen Männern in raschem Trab entfernte.

Kanam hatte die Wahrheit gesprochen. In all den kommenden Jahren zeigten sich nie Nomaden, die von Tenzin und später von seiner Tochter Tribut verlangt hätten. Mehr noch: Sie hatten sogar das Gefühl, dass verborgene Wächter sie schützten und sie auch in späteren Jahren nie um ihre Sicherheit zu bangen brauchten. Ebenfalls sollte Longsela nie vergessen, wie sie in diesem Hügel ihren ersten Türkis fand, einen verkieselten Klumpen an der frisch ausgegrabenen Wand. Longsela sah einige regenbogenfarbige Kristalle schimmern und rief einen Diener, der mit dem Spaten behutsam das Gebilde aus der Wand löste. Obwohl ganz verkrustet im Sandstein, zeigte der Türkis sein kräftiges blaues Leuchten. Tenzin trat hinzu, als Longsela ihren Fund mit strahlenden Augen betrachtete.

»Oh, ist der schön!«, rief Tenzin. »Ich gratuliere dir!«

Auch die Dienstboten jubelten, wussten sie doch, dass jeder Fund ihnen einige Münzen einbrachte und sie damit recht gut verdienten. Für Longsela war dieser Augenblick ein Markstein in ihrem Leben. Sie wusste unmittelbar und zutiefst, dass ein starkes, urtümliches Gefühl sie mit den Edelsteinen verband. Übrigens sollte sie an diesem Tag noch mehrere Türkise finden, kleinere allerdings, und mit weniger Leuchtkraft, aber das minderte nicht ihren Stolz. Viele Menschen glaubten, die Steine seien stumm; aber sie waren es nicht, sie lebten. Longsela bestaunte ehrfürchtig ihre unergründliche Weisheit. Denn diese Steine waren so alt wie die Welt, hatten das Werden der Kontinente gesehen, Leben und Tod erfahren. »Ein Türkis ist ein Stück Himmel«, hatte Tenzin einst zu ihr gesagt. Longsela war voller Dankbarkeit und Freude. Denn wer den Himmel in den Händen hält, ist glücklich.

ELFTES KAPITEL

Bald aber nahm Longselas Leben eine andere Wendung, denn die Eltern schickten sie nach Indien, in ein amerikanisches Methodisten-Internat in Darjeeling. Ihre Mitschülerinnen waren Engländerinnen, Amerikanerinnen und Anglo-Inderinnen. Longsela fand sich in nüchterner Weise damit ab, dass sie Dinge zu lernen hatte, die für ihr zukünftiges Leben wohl wichtig sein konnten. Ihr Vater hatte ja auch in Indien studiert. Als er Longsela zu der Missionsschule schickte, fiel der Umstand, dass die Lehrerinnen einer anderen Religion angehörten, nicht im Geringsten ins Gewicht. Tibeter lernen früh, der Meinung anderer gegenüber tolerant zu sein, und hatten kein Vorurteil gegen Leute anderen Glaubens. Während Longselas erstem Jahr in Indien jagten sich die Eindrücke; trotzdem wurde es für sie ein glückliches Jahr. Unbekannte Leute zu treffen machte sie nicht befangen, sondern offen und neugierig. Ihre Lehrerinnen schienen ihr modern, fortschrittlich, energisch, obwohl fremdartig in fast allem. Longsela trug gern ihre Schuluniform, ließ es gutmütig zu, dass sie neben ihrem tibetischen Namen einen englischen Schulmädchennamen, nämlich Margaret, tragen sollte. Das Lernen machte ihr Spaß. Vielleicht zog sie aus ihren Unterrichtsstunden größeren Nutzen als ihre Gefährtinnen, die mit ihr in der gleichen Bank saßen, fast alle aus wohlhabenden, ja sogar herrschaftlichen Familien stammten und fast alle nur eine standesgemäße Heirat im Sinn hatten. Und wenn sie oft an die Ritte an der Seite ihres Vaters dachte, an ihre seltsame Zeit bei den Nomaden, kannte ihr Herz keine Wehmut. Anderseits riefen die Erlebnisse bei den Khampa nach wie vor befremdende Erinnerungen in ihr wach. In irgendeiner Weise verknüpfte sie immer wieder diese Begegnung mit ihrer ruhelosen Seele. Sie empfand dabei keine angstvolle Beklemmung, sondern versuchte es sich in irgendeiner Weise zu erklären, so wie man sich die Träume zu deuten sucht. Es mochte an den Dzi-Steinen liegen, die sie ihrem Versprechen getreu immer trug und die bewirkten, dass ihr die Ereignisse mit ihrem ungewohnten Stoff zum Nachdenken nach wie vor gegenwärtig waren.

In dieser Zeit brachte ihre Mutter Yangzom nach vielen unfruchtbaren Jahren einen Jungen zur Welt, dem sie den Namen Thubten gab. Longsela hatte bereits einen älteren Bruder, Dawa. Dieser wurde, als er noch ein Baby war, als Lama-Inkarnation des Sera-Klosters erkannt. Von da an trug er den Ehrentitel Rimpoche und blieb nur in der Familie, bis er sieben Jahre alt war. Dann kam eine Abordnung der Mönche und holte ihn ab, um ihn nach Sera zu bringen. Dawa wusste bereits, dass er ein besonderes Kind war. Er zeigte ein fröhliches, verschmitztes Wesen und weinte auch nicht, als er fortgebracht wurde: Es war ja seine Bestimmung. In den letzten Jahren hatte er schwere metaphysische Prüfungen abzulegen und besuchte die Familie nur noch selten. Umso mehr freuten sich die Eltern über den kleinen Nachzügler. Auch Longsela war glücklich, ein Brüderchen zu haben. Inzwischen machte ihr die Anpassung an fremde Sitten keine Mühe. Die Lehrerinnen lobten Margarets Freundlichkeit und Lernbereitschaft. Man lud sie oft zu Besuchen ein. Dabei lernte sie auch, sich westlich zu kleiden und in jeder Gesellschaft selbstsicher und liebenswürdig aufzutreten. In den Ferien kehrte sie nach Lhasa zurück. Die Reise war nach wie vor beschwerlich und gefährlich, über Bergpässe und Gletschertäler, und man musste auf böse Begegnungen gefasst sein. Aber die Gefolgsleute waren gut bewaffnet, und auf Jo-Jos Rücken fühlte sich Longsela so sicher wie einst als Kind auf ihrer Mutter Schoß. Und jedes Mal, wenn sie ihren Bruder Thubten wiedersah, war dieser um ein Stück gewachsen! So gingen die Schuljahre vorüber; im Ganzen waren es vier. Danach waren die Eltern der Meinung, dass Longsela über ausreichend Bildung verfügte. Ein längeres Studium lohnte sich nicht, weil Mädchen ohnehin keine Beamten wurden. In Darjeeling hatte Longsela, die inzwischen siebzehn war, fast als einzige Schülerin den Schwerpunkt auf Arithmetik und Physik gelegt. Mineralogie – von Gemmologie ganz zu schweigen – gehörte natürlich nicht zu den Unterrichtsfächern, aber Longsela hatte Bücher bestellt und wurde, da sie recht gut Englisch sprach, bald fähig, sie zu verstehen. Trotzdem war sie glücklich, wieder in Lhasa zu sein. Dass ihre hausfraulichen Fähigkeiten sich auf das Wesentliche beschränkten, störte niemanden, am wenigsten sie selbst. Dienstboten nahmen ihr alle Pflichten von den jugendlichen Schultern. Vater und Mutter hofften natürlich, dass sie bald einen passenden Mann finden würde, aber Longsela hatte keine Eile, und die Eltern zeigten Nachsicht. In ihrer Stellung hätte sie durchaus ein Leben in Muße führen können, doch hat ein Mensch eine Berufung, dann ist es nicht schwer, einen Weg zu finden. Longsela war eine sehr selbstständige junge Frau, die zielstrebig ihren Traum verwirklichte und Juwelenhändlerin wurde.

Zuerst waren es nur Freunde oder Verwandte, die sie aufsuchten. Doch es sprach sich schnell herum, dass man bei Longsela Steine von großer Klarheit und Schönheit fand, und schrittweise gewann sie das Vertrauen ihrer Kunden. Longsela ließ ihre Edelsteine bei berühmten Gold- und Silberschmieden zu Schmuck verarbeiten, doch mit gleicher Leidenschaft verkaufte sie auch unverarbeitete Steine. »Jeder muss zu seinem eigenen Schmuck finden«, pflegte sie zu sagen. »Jeder Mensch ist ganz anders. Zwinge ich Kunden meinen Geschmack auf, verfälsche ich ihr ursprüngliches Wesen.« Mit dieser Gesinnung fesselte sie all jene, die sich Schmucksteine leisten konnten. Die Zahl ihrer Kunden wuchs. Es sprach sich herum, dass man bei ihr nur wertvolle und seltene Steine fand. Oft kam es vor, dass Nomaden vor dem »Haus der Weiden« ihre Pferde anhielten und in Ledersäckchen Steine brachten, die sie ausgegraben hatten. Gefielen Longsela die Steine, zahlte sie gut, obwohl sie ebenso hart feilschte wie die Khammo, wenn diese die Märkte besuchten. Für die Kunden war es manchmal eine Qual, unter den wunderbaren Schätzen, die Longsela ihnen vorlegte, ihre Wahl zu treffen. Longsela war eine gute Geschäftsfrau, doch dann und wann überließ sie dem Kunden einen Stein für nur einen Bruchteil seines Wertes. Als Tenzin sie nach dem Grund fragte, gab sie mit einem humorvollen Seufzer zur Antwort: »Nun, der Stein verlangte, mit dieser schönen Frau zu gehen. Er wollte von keiner anderen getragen werden. Gegenüber dem Willen der Steine bin ich machtlos!«

Tenzin zeigte dabei ein Lächeln, das keineswegs erstaunt wirkte, denn er war es ja, der sie am besten verstand. In Tibet war der Handel auch in aristokratischen Kreisen nicht verpönt, sogar Tauschgeschäfte waren üblich. Auch Yangzom, die konventionell dachte, nahm bald an dem eigentümlichen Gewerbe ihrer Tochter keinen Anstoß mehr. Im Gegenteil: Sie war stolz, wenn ihr zu Ohren kam, dass Longselas Steine ihren Trägern Glück und Wohlstand brachten. Solche Gerüchte kursierten schnell, denn die Tibeter sind – obwohl Buddhisten – sehr abergläubisch. Natürlich waren die anderen Händler eifersüchtig; sie konnten Longselas verrückte Geschäfte nicht begreifen und meinten, sie schade ihrer Gilde. Die aristokratische Dame hatte es ja gar nicht nötig, auf solch exzentrische Weise in deren Gehege einzudringen! Longsela zeigte sich wenig beeindruckt. Alle Mitglieder der Gilden waren reich, weil sie eine Menge verdienten und keine öffentlichen Verpflichtungen hatten. Und als der Abt des nahe gelegenen Sakya-Klosters eine Statue der mildtätigen Palden Lhamo in

Auftrag gab und diese mit Longselas glückbringenden Steinen schmückte, wurde ihr Ruhm unantastbar. Um »Die Dame der Türkise« und ihre wundersame Beziehung zu den Edelsteinen entstanden in Lhasa Sagen und Lieder. Man erzählte sich, dass, wenn sie zu Pferd über die Berge ritt, die Steine sich aus eigener Kraft aus der Erde hoben, um von ihr gesammelt zu werden wie Blumen. Ein Märchen berichtete davon, dass ein wunderbarer Türkis, blau wie der Himmel, sich in sie verliebte; doch er hatte eine Ader von Malachit in sich, die ihn unvollständig machte. Als die junge Frau diesen Stein verschmähte, verwandelte er sich binnen einer Nacht, wurde dunkelgrün, von einer so seltenen Farbe, dass die Dame, von seiner neuen Schönheit entzückt, ihn als einzigartig für sich selber aufbewahrte und an ihrem Kopfschmuck befestigte.

Eine Zeit lang war Longsela darüber ein wenig verwirrt. Niemand hatte ihr jemals klar und deutlich erzählt, wie solche Geschichten entstanden, nicht einmal ihr Bruder Dawa, den sie zu Rate zog. Der junge Rimpoche erwiderte lachend, sie sei eben eine »Khadroma« – eine dieser Feen, die in den Lüften tanzten. Daran sei nichts zu ändern, ebenso wenig wie an der Tatsache, dass er selbst ein inkarnierter Lama sei. Daraufhin fasste Longsela den Entschluss, sich nicht mehr mit der Frage zu beschäftigen. Sie war keine Außenseiterin, sondern eine lustige junge Frau, die gesellig war, die gern tanzte und an allen Vergnügungen teilnahm.

Longsela war inzwischen dreiundzwanzig und immer noch unverheiratet. Oft kamen Besucher ins Haus, junge Männer des gleichen Adelsstandes. Longsela empfing sie stets liebenswürdig und lachte von Herzen, wenn sie ihr amüsanten Klatsch erzählten. Im Laufe der Jahre machten ihr zwei oder drei von ihnen durch ermächtigte Brautwerberinnen ernst zu nehmende Anträge. Longsela empfand ein gewisses Vergnügen dabei, hatte jedoch ihren eigenen Kopf. Mit einer Leichtigkeit, die an Leichtfertigkeit grenzte, wies sie alle Bewerber ab. Die Eltern schluckten ihre Enttäuschung und plagten sie nicht mit Vernunftgründen, denn sie hätte ohnehin keine beachtet. Insgeheim aber begannen sie, sich ernstlich Sorgen zu machen. Doch das Schicksal wachte über Longsela und näherte sich ihr mit den kreisenden Sternen.

ZWÖLFTES KAPITEL

Eines Tages im Spätsommer, als der Erntemond schien und zahlreiche Gäste im »Haus der Weiden« erwartet wurden, saß Longsela vor ihrem Spiegel und sah der Friseurin zu, die bereits frühmorgens gekommen war und sich mit ihrem Haar beschäftigte. Die langwierige Prozedur wurde alle zehn Tage durchgeführt. Nach dem Kopfwaschen übergoss die Friseurin Longselas Haar mit heißem Tee, in den duftendes Öl gemischt war. War das Haar trocken, was Stunden in Anspruch nahm, wurde es gekämmt, zu komplizierten Flechten gedreht und mit Schleifen und Schmuckspangen hochgesteckt. Perücken, mit denen früher die vornehmen Damen sogar schliefen, was höchst unangenehm und schädlich für das eigene Haar war, wurden von der jungen Generation nicht mehr getragen. Die Frisur war noch nicht ganz fertig, als Longsela im Garten Musik und Händeklatschen hörte. Jemand spielte ein Volkslied auf der »Dran-nye«, so mühelos, rein und klar, dass Longsela und auch die Friseurin – eine rundliche, lustige Frau – die Melodie unwillkürlich mitsummten. Longsela kannte nur einen Menschen, der so gut Dran-nye spielte: ihre eigene Mutter. Doch Yangzom würde nicht draußen im Garten, am helllichten Tag und vor Bekannten und Unbekannten, spielen; sie hätte eine solche Zurschaustellung als unbescheiden empfunden. Longsela, von Neugier gepackt, lief zum Fenster – obwohl ihre Frisur noch nicht fertig hergerichtet war – und beugte sich hinaus. Da sah sie im Schatten eines Aprikosenbaums einen fremden, gut gekleideten jungen Mann. Er hatte seine

Dran-nye aus der seidenen Hülle befreit und saß mit untergeschlagenen Beinen im Gras. Er spielte mit einem fröhlichen Lächeln auf dem Gesicht, die Dienstboten und Pferdeknechte standen um ihn herum und klatschten in die Hände, während einige jüngere Leute Tanzschritte andeuteten. Die Stimmung war so ausgelassen und mitreißend, dass Longsela, die das Lied kannte und von ihrer Mutter die schöne Stimme geerbt hatte, sich aus dem Fenster lehnte und zu den Klängen der Musik eine Strophe sang. Der junge Mann hob den Kopf, sah die anmutige junge Frau und lachte zu ihr empor. Umgeben von den rhythmisch stampfenden Dienstboten richtete er sich auf und näherte sich, immer noch spielend, dem Haus. Als das Lied zu Ende war, verneigte er sich zum Scherz und schwenkte seinen Filzhut, wie die wandernden Gaukler es tun. Longsela wurde rot, lachte verlegen und verzog sich schnell. Sie setzte sich mit heißen Wangen wieder vor den Spiegel und mahnte die Friseurin zur Eile. Sobald sie fertig frisiert, geschminkt und angekleidet war, begab sie sich in den Salon, wo sich die Gäste bereits eingefunden hatten. Longsela kannte die meisten und begrüßte sie herzlich, während der junge Mann etwas abseits stand. Longselas Augen glitten immer wieder flüchtig zu ihm hin, und ihr fiel auf, dass auch er sie verstohlen musterte. Es war, als ob ihre Blicke sich von beider Willen unabhängig machten, einander immer wieder suchten. Wer ist dieser junge Mann?, fragte sich Longsela unentwegt. Ein Verwandter? Das konnte nicht sein! Bald hatte sie des Rätsels Lösung. Sie wurden einander vorgestellt, ihre Blicke versenkten sich ineinander, als hätten die beiden sich nach Jahrhunderten wiedergefunden. Und doch sahen sie sich zum ersten Mal. Wie das sein konnte? Nun, es bestand die alte Sitte, dass bei allen Festen und Feiern die Gäste auch nicht eingeladene Verwandte und Freunde mitbringen durften. Platz war ja genug vorhanden. Die Eltern hatten Namgyal Gashi, einen entfernten Cousin, und seine Frau Yudon eingeladen. Sie waren mit ihren vier

Kindern aus der südlich gelegenen Stadt Shigatse gekommen. Diese sprangen mit dem gleichaltrigen Thubten zwischen den Gästen herum und ließen ein ausgelassenes Durcheinander entstehen. Kinder waren bei jeder Feier dabei, und keiner verlangte, dass man sie hinausschickte, auch wenn sie kreischten und tobten. Yudon ihrerseits hatte ihren Bruder Loten Wangyel eingeladen, einen freundlichen, Brille tragenden melancholischen Herrn, der im Winter seine Frau verloren hatte. Seine beiden Töchter studierten in Indien, und er fühlte sich einsam. Yudon meinte, dass ein wenig Zerstreuung ihm guttun würde. Und Loten wiederum hatte seinen Sekretär Dorje Kadrun mitgebracht, der gleichzeitig sein Schwager war, sowie dessen Frau Dechen, die aus Bhutan stammte und sehr schön war. Paldor – der junge Mann eben, der so gut musizierte – war ihr Sohn. Während Erfrischungen gereicht wurden und die Gäste sich unterhielten, setzten sich Longsela und Paldor auf die rot-grün gepolsterte Bank unter dem Erkerfenster, scherzten miteinander, plauderten über dieses und jenes. Dabei lächelten sie einander an, verschwörerisch und etwas befangen. Paldor erzählte von seiner Arbeit. Der Onkel mit der Brille – den Longsela zum ersten Mal sah – war ein hoher Regierungsbeamter. Seit vielen Jahrhunderten war es üblich, dass die Regierung den Adeligen als Belohnung für deren Verdienste um den Staat Land übereignete. So kam es, dass der Onkel in Shigatse mehrere ausgedehnte Güter besaß. Die Beamten bezogen allerdings kein Gehalt, weil sie ja ihre Einkünfte aus den Ländereien hatten. Diese aber konnten den oftmals sehr aufwändigen Lebensunterhalt der Familie nicht decken, und deswegen war die Verwaltung eine sehr komplizierte Angelegenheit. Die Stellung, die Paldors Vater Dorje bekleidete, war überaus ehrenvoll. Dorje kannte sich vorzüglich in Bankgeschäften aus, und seine Verwaltungstätigkeit war vorbildlich. Seine Familie, die ursprünglich nicht zur oberen Schicht gehörte, hatte durch Yudons Heirat mit dem adeligen Namgyal

Gashi an Bedeutung gewonnen. Paldor arbeitete für seinen Vater; er verfasste dessen Korrespondenz, die in indischer, tibetischer und englischer Sprache geführt wurde. Der junge Mann beherrschte alle drei Sprachen in Wort und Schrift vorzüglich. Longsela hörte zu, fühlte sich auf wunderbare und geheimnisvolle Weise geborgen, wie eine Reisende, die nach langer Wanderung endlich am Ziel ist. Sie verspürte eine heiße, innere Freude, die ihr Leichtigkeit verlieh. In den drei Tagen, die die Gäste im Haus der Weiden verlebten, bei den Picknicks und den Ausritten, hatten sie Zeit, einander besser kennenzulernen. Longsela war Paldor unter glücklichen Umständen ganz unverhofft begegnet. Es war wie eines jener Wunder, an die sie in ihrer Kindheit geglaubt hatte. Sie hatte vergessen, wie schön das war. Sie war aufgeregt wie ein kleines Mädchen, und gleichzeitig von Ruhe erfüllt. Sie wusste, dass Paldor es war, auf den sie schon immer gewartet hatte. Er zeigte diese Mischung aus der früher üblichen Wohlerzogenheit und der frohen Unbekümmertheit der jetzigen jungen Generation. Die Menschen aus Bhutan sahen fast alle gut aus. Longsela betrachtete entzückt Paldors ausdrucksvolles Gesicht, seine leuchtenden Zähne. Sein Haar war dunkelbraun und leicht gelockt, die Stirn hoch, die schmale Nase kühn geschwungen. Der empfindsame Mund stand in Gegensatz zu dem festen, wie gemeißelten Kinn. Seine Augen mit dem sanften, offenen Blick schienen sich zu weigern, das Schlechte auf Erden wahrzunehmen. Das Wort Liebe war endlich in Longselas Herzen und vor allem in ihrem Bewusstsein aufgegangen, wie eine keimende Knospe aufbricht. Longsela sprach von ihrer Leidenschaft, den Edelsteinen, Paldor von seiner Liebe zur Musik. Ja, das war es, was beide faszinierte: die Begeisterung für die schönen Dinge, die ihrem Leben einen Sinn gaben. Musik! Gab es etwas Wunderbareres, als mit Klängen Gefühle in den Herzen zu erwecken? Und die Edelsteine mit ihren Farben, die vibrierten und leuchteten, die einzigartig waren und unverwechselbar. Longsela zeigte Paldor ihre Edelsteine, und tiefes Staunen erfüllte Paldors Augen. Eine Melodie, von ihm auf der Dran-nye gespielt, und Longsela kamen die Tränen. Dann wieder scherzten und neckten sie einander wie Kinder, und wie Kinder bekamen sie nicht genug davon. Sie waren glücklich zusammen, unsagbar glücklich. Alles war so intensiv, so lebhaft geworden, der Gesang der Vögel, das Gelächter glücklicher Menschen, alle Farben des Lebens und die Schattierungen des Lichts. Und dann kam der Abschied – das Lächeln mit Schwermut verhängt, Traurigkeit im Herzen. Paldor zeigte viel Selbstbeherrschung. Es gab nun einmal diesen Standesunterschied. Paldor war stolz und hatte allen Grund, es zu sein. Seine Leidenschaft für Longsela war von Aufrichtigkeit und Uneigennützigkeit geprägt. Doch er war in seinem Handeln eingeschränkt. Jede weitere Initiative musste von ihr ausgehen.

Nach Paldors Abreise fühlte sich Longsela sehr einsam; ihr fröhliches Lachen erklang seltener, sie wurde melancholisch, und selbst ihre Arbeit mit den wertvollen Steinen vermochte sie nicht zu trösten. Das Entferntsein von Paldor ließ ihn in ihrer Erinnerung nur noch strahlender erscheinen. Sie griff zur Feder, schrieb ihm einen ersten Brief. Er schrieb zurück. Einige Monate lang tauschten sie Briefe aus. Es waren sehr schöne, dichterische und sinnliche Briefe, die er schrieb, die schönsten Briefe, die Longsela je erhalten hatte. Sie las diese Briefe immer wieder mit Herzklopfen. Es war eigentlich nie ihre Absicht gewesen, sich so tief aufwühlen zu lassen. Aber nun war es geschehen. Ihre Träume waren von ganz konkreten Sehnsüchten erfüllt. Für Longsela, die bereits erwachsen war, aber sich das Empfinden eines jungen Mädchens bewahrt hatte, webte die Liebe ein ganzes Netz von Gefühlen, löste Freude und Schmerz bis zur Unerträglichkeit in ihr aus. Aber der Respekt, den sie den Eltern schuldete, verbot ihr, sich ihnen anzuvertrauen. In ihrem Inneren regte sich die Angst, dass die Eltern ihr die Zustimmung verweigern könnten. Sie brauchte jemandem, mit dem sie sprechen konnte, und suchte Trost bei ihrem Bruder Dawa. Obwohl er bereits Abt war, gestattete ihnen ihre Verwandtschaft diese Vertraulichkeit. Der junge Rimpoche schenkte ihr seine volle Aufmerksamkeit; die Veränderung, die mit seiner Schwester vorging, war ihm nicht entgangen. Das Preisgeben eines Geheimnisses kann eine Erleichterung sein. Longsela sprach ruhig, aber mit trotziger Miene, und gestand ihm, dass sie sich gleich beim ersten Anblick in einen jungen Mann verliebt hatte.

»Er ist nicht von unserem Stand. Aber das ist mir gleich. Ich bin erwachsen, und ich habe mich entschieden!«

»Bist du sicher, dass er keine Illusion ist?«

Longselas Stimme bebte.

»Auch wenn er nur eine Illusion ist, werde ich immer an ihn denken, weil es ihn gibt. Er wird immer da sein, in meinem Herzen. Es ist, als ob dieser Mensch zu mir gehört.«

Dawa Rimpoche sah sie lange an, bevor er langsam nickte.

»Ich entsinne mich, wie traurig ich war, als man mich als kleinen Jungen ins Kloster brachte. Trotzdem spürte ich, dass es kein unpersönliches Opfer war. Dass da etwas Größeres war, etwas, das mir Kraft gab. Und als ich zu begreifen lernte, dass diese Kraft aus mir selbst wuchs, da wurde ich stark und mein Glaube blühte wie der Frühling. Das erzähle ich zum ersten Mal. Aber es muss sein, damit du siehst, dass ich dich verstehe …«

Longsela dachte lange über Dawas Worte nach. Auch sie spürte jene eigentümliche Kraft, die in ihr wuchs und stärker wurde. Einer Vision gleich sah sie diese Kraft aus sich hinaus wachsen, in einem Halbkreis sich immer weiter ausdehnen, einer regenbogenfarbenen Brücke ähnlich, die sie mit Paldor verband. Es lag nur an ihr, diese Brücke zu festigen. Sie konzentrierte sich auf ihr Ziel, nichts anderes mehr war wichtig. Oft ertappte sie sich dabei, wie ihre Finger, die so feingliedrig und stark waren, die Dzi-Steine streichelten, wie ihre Lippen die magischen Worte flüsterten, die ihr Tesla einst beigebracht hatte:

»Wie das Blut, so rot
Wie die Erde, so braun
Wie die Sonne, so gelb
Steine, erfüllt meinen Wunsch!«

Dann kam sie wieder zur Vernunft, schüttelte den Kopf, lächelte über sich selbst. Ach, doch nur Aberglaube?

Später sollte sich Longsela oft fragen, ob es nach ihrem Gespräch mit Dawa nur Zufall war, dass ihr Vater gelegentlich über Schwierigkeiten klagte, die ihm in der Verwaltung seiner Ländereien Kopfzerbrechen machten. Und ob es wirklich nur Zufall war, dass er kurz vor Neujahr in beiläufigem Ton verkündete: »Ich brauche einen guten Rat und habe Onkel Loten geschrieben, ob er seinen Sekretär für kurze Zeit entbehren kann. Dorje Kadrun gilt als überaus tüchtig. Er könnte mit seiner Familie herkommen und das Neujahrsfest bei uns verbringen.«

»Ja, und der junge Paldor soll seine Dran-nye nicht vergessen«, setzte Yangzom im gleichen Ton hinzu. »Ich bin in seine Musik ganz vernarrt!«

Verschämt und voller Furcht, sie könnten ihr Geheimnis verraten, schlug Longsela die Augen nieder und blieb stumm. Ihr Geheimnis war für sie groß und heilig, doch der Zauber der Liebe wirkte in ihr wie eine Magie, die ihr Herz und ihre Fantasie verwandelte. Die Worte der Khammo hallten wie ein fernes Echo in ihr wider: »Die Steine sind magisch und wirken immer.« Und dass die Steine sie liebten, das wusste Longsela ja.

Und so kam Paldor mit seinen Eltern nach Lhasa zurück.

Die meisten Ehen wurden von der Familie in die Wege geleitet. Und obwohl man durchaus billigte, dass junge Leute sich verliebten, wurden Heiratskandidaten gleichen Standes bevorzugt. Aber Tenzin und Yangzom lag das Glück ihrer Tochter am Herzen. Außerdem war die junge Frau so unabhängig, dass sie auch in Zukunft jedem Bewerber, der ihr nicht zusagte, die kalte Schulter gezeigt hätte. Paldors guter Charakter, sein aufrichtiges, freundliches Wesen, sprachen zu seinen Gunsten. Beide Elternteile führten Gespräche, die alle zur gegenseitigen Zufriedenheit ausfielen. Das kluge, würdevolle Auftreten des Vaters, die Schönheit und der geistreiche Humor der Mutter glichen das Fehlen an materiellen Gütern aus. Longselas Eltern waren reich genug und machten sich deshalb wenig Sorgen. Natürlich war der Segen der Schutzgottheit sehr wichtig. Dawa Rimpoche, zu Rate gezogen, schickte den Astrologen des Sakya-Klosters.

Gendün Nechun war uralt; man sagte, über hundert Jahre alt. In seinem runzligen dunklen Gesicht, wie aus Holz geschnitzt, leuchteten unwahrscheinlich schwarze Augen, gleichsam fiebrig, verschleiert und stechend. Dieser Astrologe war sehr berühmt. Man munkelte, dass sogar Seine Heiligkeit nie eine wichtige Entscheidung traf, ohne ihn zu befragen. Es gab auch Leute, die ein wenig Angst vor ihm hatten. Der Alte wurde mit großer Ehrfurcht empfangen und bewirtet. Gendün Nechun erkundigte sich sehr gewissenhaft nach der astralen und geomantischen Aszendenz der zukünftigen Brautleute. Dann blätterte er mit behutsamen Fingern in einem vergilbten, alten Buch mit seltsamen Bildern, Darstellungen der Kräfte des Planeten und der Gestirne. Danach bat er Longsela und Paldor, beide einigermaßen eingeschüchtert, um kleine Schnippchen ihrer Fingernägel, die er in einem Dreifußofen mit verschiedenen Kräutern verbrennen ließ. Er beobachtete sehr lange und in sich versunken die Flämmchen, wobei er den Rauch tief einatmete. Schließlich lehnte er sich mit einem leichten Seufzer zurück. Alle starrten ihn erschrocken an. Was hatte er vorausgesehen? Großes Unglück? Tod? Nach einer Weile hob er die wässrigen Augen, blickte die Brautleute an, aber es war, als ob er durch sie hindurchblickte.

»Ihr beide werdet sehr glücklich sein. Doch Seltsames und Schreckliches wird sich um euch herum ereignen. Um diesen furchtbaren Dingen zu entgehen, dürft ihr niemals und um keinen Preis zulassen, dass ihr getrennt werdet. Das Haus und die Familie werden nur bestehen, wenn ihr beisammen seid. Lasst es nicht zu, dass ihr auch nur für einen Tag getrennt werdet! Stark seid ihr nur gemeinsam. Lasst auch eure Kinder nie aus den Augen! Denn jede Trennung kann Schmerz bringen, Krankheit und Tod. Das ist alles, was ich euch sagen kann.«

Die Weissagung war höchst sonderbar, denn Mann und Frau hatten oft getrennte Verpflichtungen. Und es war alltäglich, die Kinder in die Obhut der Familie oder der Dienstboten zu geben, die sehr vertrauenswürdig waren in jenen Tagen. Aber trotz dieser Einschränkung war die Weissagung gut. Sie war sogar wunderbar, fanden die Brautleute. Immer beisammen zu sein, was konnten sie sich Schöneres vorstellen?

»Das bedeutet«, sagte Longsela zu Paldor, »dass wir uns wirklich lieben und zusammengehören.«

Beide Elternteile baten den alten Mann, einen günstigen Tag für die Eheschließung auszusuchen, was er auch gern tat. Sie dankten ihm für seinen Segen, entlohnten ihn großzügig und machten ihm viele Geschenke. Dann geleiteten ihn die Diener unter großen Ehrenbezeugungen zum Kloster zurück. Der Heirat stand nun nichts mehr im Weg. Die Eltern gaben die Vermählung am Neujahrstag bekannt, und der Ehevertrag wurde aufgesetzt. Im alten Tibet konnte der Mann mehrere Frauen heiraten – wenn jede ihr eigenes Haus hatte und gerecht behandelt wurde. Der Frau war das Gleiche gestattet – falls zum Bespiel der erste Mann alt war und die Frau sich einen gleichaltrigen Partner wünschte, der besser zu ihr passte. Dies kam oft vor, wenn die Eltern ihre Hand im Spiel hatten und man die junge Frau auf diese Weise entschädigen wollte. Der junge Ehemann hatte dann die gleichen Rechte und Pflichten, und alle Kinder wuchsen gemeinsam auf. Auch spielte die Erbschaft eine Rolle. In Adelskreisen oder bei den Nomaden bestand noch der Brauch, dass eine Frau nicht nur ihren Mann, sondern gleichzeitig auch dessen Brüder heiratete. So wurde die Erbschaft nicht aufgeteilt und blieb in der Familie. Doch Longselas Erbrecht war längst gesichert: Beim Tod ihrer Eltern würden ihr das Haus, das Gestüt und die angrenzende Meierei zufallen. Es war wichtig, dass die Frau das Haus erbte. Die anderen Lehensgüter wurden unter den Brüdern geteilt. Zusätzlich sollte das Bargeld, das in einer indischen Bank Zinsen trug, an Dawa Rimpoche gehen, der diesen Erbteil dem Kloster zur Verfügung stellen würde. Der Betrag galt als Spende.

Von Anfang an wurde abgemacht, dass Paldor in das Haus seiner Frau ziehen würde. In Tibet ging man stets von dem Grundsatz aus, dass es für eine Frau aus wohlhabender Familie nicht zumutbar sei, sich einfachen Verhältnissen anzupassen. Der Bräutigam war im Allgemeinen einverstanden. So wurde von beiden Elternteilen ein Dokument unterschrieben, das mit Lobpreisung an die Familiengottheit begann – in Longselas Fall stand das Haus unter der Schirmherrschaft der Palden Lhamo, der Göttin der Barmherzigkeit, die man bat, den neuen Lebensabschnitt der Brautleute zu segnen. In dem Schreiben verpflichtete sich Paldor, in das Haus seiner Schwiegereltern zu ziehen, diese zu achten, seiner Freu treu zu sein und die Dienstboten gerecht und freundlich zu behandeln. Das Dokument wurde im Beisein von Zeugen unterschrieben und galt als Bestandteil des Ehevertrags. Auch legten Longsela und Paldor ein religiöses Gelübde ab, für den Rest ihres Lebens keinen anderen Partner zu haben.

Für Paldors Mutter war der Augenblick gekommen, ein paar Tränen zu vergießen.

»Ach, wie werde ich meinen Sohn vermissen!«

»Und wer wird jetzt meine Briefe schreiben?«, seufzte der Vater.

Die Brautleute trösteten beide aufs Liebenswürdigste. Etwas Wehmut gehörte dazu, und im Grunde waren alle zufrieden. Der Aufenthalt Paldors und seiner Eltern sollte diesmal nur kurz sein. Bevor Paldor endgültig nach Lhasa kam, gab es in Shigatse noch vieles zu erledigen. Doch nun, da der Ehevertrag unter Dach und Fach war, ließ man dem Brautpaar etwas Zeit, sich ihrer eigenen Freude zu widmen. Die beschlossene Hochzeit warf ihren beruhigenden Schatten voraus; draußen war es trocken und kalt, der Frühling kam spät in diesem Jahr. Doch das Haus der Weiden war groß; es gab viele unbewohnte Räume, eisig in dieser Jahreszeit, mit Teppichen und alten Möbeln vollgestopft, die keiner mehr wollte. Longsela und Paldor fanden ein Zimmer, in dem ein großes Bett voller weicher, wenn auch muffig riechender Kissen fast den ganzen Raum einnahm. Hier kuschelten sie sich unter die satinbezogenen Decken, küssten sich, lachten leise, denn es wäre nicht schicklich gewesen, wenn man sie entdeckt hätte. Gewiss hatte Longsela bereits einige Männer gekannt. In Tibet herrschten keine strengen Sitten. Ja, es gehörte sogar dazu, etwas leichtfertig zu sein. Einer Frau, die nie einen Liebhaber hatte, wurde schnell nachgesagt, sie sei nicht schön genug oder sie habe irgendeinen verborgenen Makel. Doch nie hatte Longsela einen Mann richtig geliebt oder den Wunsch verspürt, Kinder von ihm zu haben. Von Paldor wünschte sie sich sehnlich, oh so sehnlich, bald ein Kind zu empfangen. Sie wollte alles von ihm aufnehmen, mit ihm zusammenwachsen, wie das die Pflanzen tun. Es waren verzückte Augenblicke, von Sehnsucht und Verlangen geprägt. Wer kann die Empfindungen beschreiben, die ein erster Kuss weckt, dieser Augenblick, in dem sich zwei Lippenpaare berühren, sich öffnen, sich hingeben? Beide küssten sich immer wieder, als würden sie verdursten und könnten ihren Durst nur aneinander stillen. Sie trugen ihre Winterkleider, waren in Wolle, Pelze und Seiden gehüllt, doch ihre Hände waren geschickt, die Schnüre zu lösen und zwischen Stoffen ihre warmen Leiber zu berühren und zu erkunden. Der Frühling, der auf sich warten ließ, war schon da, erwachte durch die Wärme ihrer Körper. Longsela war von tiefem Glück erfüllt. Voller Entzücken strich sie über Paldors zarte Haut, unter der die Muskeln stark und geschmeidig waren. In Bhutan wird das Bogenschießen als Nationalsport gepflegt. Paldor zeigte sich in dieser Disziplin geschickt und den meisten anderen überlegen. Sie blickten einander in die Augen, kamen sich entgegen, langsam und drängend, kosteten ihr Verlangen füreinander aus. Er küsste ihr schimmerndes Haar, ihre Augen, ihre Brüste. Sie schnürte sein bhutanesisches Untergewand auf, legte ihre gespreizten Finger auf seine Brust. Er fühlte sie, weich wie eine Taube und feucht und aufnahmebereit, presste sie fest an sich, legte sich auf sie. Und dann, als sie sich schließlich vereinigten, genossen sie voller Entzücken das Spiel ihrer geschmeidigen, perfekt zueinander passenden Körper. Das war es, was sie so glücklich machte – dass sie zueinander gehörten! Sie sahen sich immerzu dabei an, waren sinnlich und zurückhaltend und zugleich voller Leidenschaft. Das Begehren trug sie davon in schwindelnde Höhen, wo die Kälte sich in glühendes Feuer verwandelte und das Licht in Dunkelheit. Eine Weile war nur sein Keuchen hörbar, dem ihren gleich, bis ihr Atem wieder ruhig wurde und beide sich in entspannter Mattigkeit umarmten. Dann rollte sich Paldor leicht von ihr weg, wobei er zugleich die Satindecke über ihre Blöße zog. Sie drehte weich den Kopf zu ihm hin und lächelte, noch von den leichten Schauern der Erfüllung durchrieselt. Ihr emporgewandtes Gesicht gleicht einer Blume, dachte er in seiner poetischen Seele, einer goldfarbenen, schimmernden Lotosblüte. Er erwiderte ihr Lächeln, als ob es in der Welt keine andere Sprache gäbe als eben dieses stille Blumenlächeln. Immer wieder und ganz unbewusst strich sie mit der Hand über seine nackte Brust, genoss in der zärtlichen Berührung mit der weichen, noch klammen Glätte das Wunder dessen, was ihnen geschenkt worden war. Er legte sein Gesicht an ihren Hals, spürte unter seinen Lippen, wie es in den Adern pochte. Ihrer beider Atem ging leicht, ihre selig ermatteten Glieder waren träge und warm. Nur halb wach und in tiefem Frieden sprachen sie leise zueinander, Mund gegen Mund.

»Hast du dir vorstellen können«, flüsterte Longsela, »dass es so sein würde? Ich meine – zwischen dir und mir?«

Er lachte leise und etwas verschämt.

»Nein, ich war viel zu erschrocken!«

»Da hast du aber gut simuliert. Ich dachte, du seist gefühlskalt.«

Jetzt lachten beide. Longsela sagte: »Ich … ich wusste es. Ich wusste es von Anfang an.«

»Was wusstest du?«

»Dass ich dich liebte.«

»Ich liebte dich auch. Aber ich hatte Angst.«

»Jetzt auch noch?«

»Nein, jetzt nicht mehr!«

»Werden wir uns jemals verlassen?«

»Na, und der Wahrsager? Willst du, dass er uns zürnt?«

Wieder erklang, erstickt und etwas überdreht, ihr zweifaches Lachen. Dann wurde Longsela wieder nachdenklich. Über ihr lebhaftes Gesicht glitt ein Schatten.

»Eigentlich sind es die Dzi-Steine, die meinen Wunsch erfüllt haben …«

Paldor berührte die Steine mit der Fingerkuppe.

»Dzi-Steine erfüllen Wünsche, ja, das sagt man auch bei uns.«

»Ich jedenfalls glaube daran.«

»Wo hast du die Steine gefunden?«

Sie antwortete zögernd.

»Sie sind ein Geschenk. Es ist eine seltsame Geschichte …«

»Erzähl sie mir!«

Sie erzählte, wobei ihre Stimme belegt klang. Eine seltsame

Versunkenheit hatte sie erfasst, und trotz der Wärme in ihrem Innern wurde ihr plötzlich kalt. Paldor sah, dass sie eine Gänsehaut hatte, und wickelte sie bis zum Kinn in die wattierte Decke.

»Diese Frau«, fragte er, »hast du sie nie wiedergesehen?«

»Nein, niemals, obgleich Vater und ich oft die Türkismine aufsuchten. Das Gestein ist magmatisch; vor vielen tausend Jahren war da ein kleiner Vulkanschlot.«

»Und die Nomaden?«

Longselas Blick verlor sich ins Leere.

»Einmal suchten wir ihren Lagerplatz auf. Die Einsamkeit lag wie ein Schatten auf allem, was wir sahen. Wo einst ihre Kochfeuer brannten, lagen nur noch Steine. Die festgestampfte Erde war glatt und hart, und der Wind hatte viel Sand aufgeweht. Von den Nomaden und ihrer Herde war keine Spur mehr vorhanden, nichts. Sie waren da, aber ich wusste nicht wo. Manchmal frage ich mich, ob ich sie nicht erfunden habe …«

Er lächelte ein wenig.

»Und die Kette? Hast du die auch erfunden?«

Sie ließ, leicht aufseufzend, die Steine zwischen ihren Fingern rollen; sie verursachten ein leises Klirren.

»Jedes Mal, wenn ich in der Nacht wach werde, spüre ich ihr Gewicht …«

Nach kurzem Schweigen sagte Paldor: »Immer mehr Chinesen kommen über die Ostgrenze. Die Nomaden halten sich versteckt. Lassen sie sich sehen, dann nur deshalb, weil sie bereit sind zu kämpfen. Und dann müssen die Chinesen sehr wachsam sein. Denn die Khampas werden das tun, was sie am wenigsten erwarten.«

Longsela nickte bedrückt. Auch ihre Eltern sprachen mit Besorgnis über das Vorrücken der Chinesen und den Aufstand der Khampas. Doch Longsela und Paldor, abgesondert in ihrer eigenen Wirklichkeit, wollten keine beunruhigenden Gedanken zulassen. Nichts anderes zählte als ihre Verbindung, die in einem einzigen Wort lag, in ihre Herzen gebrannt: das Wort Liebe. Und sie genossen jeden Augenblick und überließen sich nur ihrer eigenen Freude.

Ein paar Tage später reiste Paldor mit seinen Eltern nach Shigatse zurück und regelte seine Angelegenheiten. Diesmal war das Warten nur kurz: Bereits einen Monat später, an dem von dem alten Astrologen auserwählten Tag, fand die Hochzeit statt. Aus Rücksicht auf Paldors Eltern sollte sich die Feier in bescheidenem Rahmen abspielen. Denn die Heirat war für die Familie des Bräutigams mit großen Kosten verbunden. Alle Geschenke wurden von Dienstboten in den Gebetsraum gebracht, der eigens für den Zweck mit kostbaren Stoffen ausgelegt worden war. Nicht nur Longsela, sondern auch deren Familie und vornehmlich ihre Mutter wurden an diesem Tag besonders beschenkt. Yangzom erhielt eine besondere Geldspende, zum Dank dafür, dass sie das Mädchen zur Welt gebracht und mit ihrer Milch ernährt hatte. Deswegen hieß diese recht hohe Summe auch »Brustpreis«. Ferner übernahm die Familie des Bräutigams auch die Kosten für das Festmahl und für die neuen Gebetsfahnen, die das Haus der Braut schmücken mussten. Longsela hatte ihr eigenes Banner. Paldors Banner wurde neben dem ihren auf dem Dach aufgestellt, damit alle wussten, dass der Bräutigam in Zukunft in ihrem Haus leben würde. Und obgleich die Zeremonien sehr einfach gehalten waren, gab es doch viel Gelächter, ein üppiges Essen, Musik und ausgelassene Tänze. Das glückbringende Chang-Bier wurde in großen Mengen gespendet und getrunken. Die Kinder, das Haar mit leuchtenden Bändern geflochten, flatterten aufgeregt durch Haus und Garten, kreischten lauthals und drängten sich zwischen den gutmütig lachenden Gästen. Auch die Dienstboten waren bei der Hochzeit zu Gast und sprachen Lobgedichte zu Ehren der Brautleute. Ältere Dienstboten, die bereits als Mitglieder der Familie galten, streiften den Brautleuten so viele »Katas« – Glücksschärpen – um die Schultern, dass ihre weiße, segensbringende Pracht Longselas und Paldors kostbare Festgewänder bald bedeckte. Weitere Seidenschärpen, auch diese von den Dienstboten gestiftet, waren an Türen und Treppen befestigt. Als Entschädigung erhielten sie Lebensmittel und Leckereien, Teeziegel und Krüge voller Chang, die sie unter sich aufteilten. Tee, Bier und Süßigkeiten wurden sogar an die Schaulustigen und die Armen verteilt, die sich hinter den Torflügeln drängten. Es wurde auch Geld an die Regierung und an die Klöster verteilt. Die Mönche sprachen Gebete für das künftige Glück der Brautleute und das Wohlergehen ihrer Familien. Und als Paldors Eltern die Rückreise antraten, beladen mit Geschenken und freudigen Erinnerungen, taten sie es in der glücklichen Gewissheit, dass ihr Sohn, den sie nun entbehren mussten, eine schöne, zärtliche Frau und eine liebevolle neue Familie gefunden hatte.

DREIZEHNTES KAPITEL

Tatsächlich stellten Longsela und Paldor in der Liebe wie in der Freundschaft Ansprüche, die Mittelmäßiges nicht duldeten. Das Schicksal oder geheimnisvolle Kräfte hatten zwischen diesen beiden Menschen starke Bande gelegt, die bisweilen rätselhaft schienen, aber gleichzeitig so offensichtlich waren, dass manche ihre Zuwendung als exzessiv ansahen, ja sogar ein wenig belächelten. Der gute Ton hätte mehr Zurückhaltung verlangt, aber dieser Mann und diese Frau nahmen sich nicht einmal die Mühe, ihre Liebe zu verbergen. Ungewöhnlich war das Betragen der jungen Brautleute, die mit jedem gegenseitigen Blick, jeder Geste, jedem Lächeln ihre Zuneigung verrieten. Und die Schwiegereltern, von denen man doch mehr Konformismus erwarten konnte, beobachteten dies alles noch mit gerührtem Lächeln! Longsela und Paldor wurden bald zum Stadtgespräch. Als der Herbst, die schönste Jahreszeit in Lhasa, mit seinen Volksbelustigungen und Geselligkeiten kam, bildete bei Partys, Pferderennen und Gartenfesten dieses seltsame, elegant gekleidete Paar stets den strahlenden Mittelpunkt.

Die Eltern hatten den jungen Leuten eine Zimmerflucht im zweiten Stockwerk überlassen. Alle Fenster hatten Glasscheiben, in den Zimmern standen Tische und Sessel europäischer Machart, daneben kostbare Schränke und Truhen aus Walnussholz, in schönen, starken Farben bemalt. Im Ofen aus Gusseisen brannten Wacholderzweige und verströmten ihren reinigenden Duft. Die Böden aus Natursteinen wurden in regelmäßigen Abständen mit Kerzenwachs eingerieben und poliert, sodass sie wie Spiegel glänzten. Dicke Teppiche in beruhigenden Farben machten, dass man im Sommer barfuß durch die Wohnung gehen konnte, denn die Steine unter den Füßen waren immer kalt. An den Wänden standen hohe Regale, aus Indien herbeigeholt, auf denen sich Bücher und Zeitschriften stapelten. Den Ehrenplatz in der Wohnung nahm der persönliche Hausaltar der Eheleute ein mit den sieben Silberschalen, den Butterlampen und den vielen kostbaren Kleinodien zu Ehren der Götter. Die Wohnung verfügte über ein eigenes Badezimmer mit einer kleinen Zinkwanne, in der man hockend baden konnte. Allerdings musste das heiße Wasser von Dienstboten aus der Küche in Eimern hinaufgetragen werden. Paldor las viel, ließ sich Zeitungen und Zeitschriften kommen, besaß einen Plattenspieler und ein Radio und begann jeden Tag mit dem Hören der Nachrichten. Ihn interessierte, was draußen in der Welt geschah. Tenzin, dessen Sehkraft nachließ, hatte seinem Schwiegersohn zwei Kameras überlassen, eine deutsche und eine japanische, mit denen er mit Leidenschaft fotografierte. Der Handel mit den Juwelen hatte Longsela, unabhängig vom elterlichen Wohlstand, reich gemacht. Paldor selbst besaß kein Vermögen – eigentlich besaß er nichts außer seiner Anmut, seiner Güte und Klugheit. Er kannte sich mit Juwelen nicht im Geringsten aus, lernte aber schnell und gab Longselas Handelsbeziehungen neue Impulse. Interessierten sich Ausländer für tibetische Juwelen, hatte Longsela bisher ihre Schreibarbeit selbst erledigt. Jetzt nahm ihr Paldor diese Arbeit ab, und er machte sie besser. Beide Eheleute pflegten eine Partnerschaft, die in ihrer Zeit und in vielen Ländern noch ungewöhnlich war.

Ein Jahr später machte Longselas erste Schwangerschaft ihr Glück vollkommen. In der ersten Zeit unternahm sie nach wie vor ihre Ausritte zu der Türkismine, obwohl die Gegend infolge der politischen Wirrnisse als unsicher galt. Jo-Jo war alt und schwerfällig geworden. »Genau das richtige Pferd für eine werdende Mutter!«, meinte Paldor, der nie von ihrer Seite wich. Longsela fühlte sich gut, kämpfte nur selten mit Übelkeit oder Schwindel. Trotzdem trug sie stets ein Schmuckstück aus Diamant – einen Ohrclip, eine Brosche oder einen Ring –, weil Diamanten Schwangere vor Stürzen oder Verletzungen bewahrten. Als sie unbeweglicher wurde, stieg sie nicht mehr in den Sattel, unternahm jedoch Pilgerspaziergänge rund um den Jokhang-Tempel, brachte den Mönchen Geld und Geschenke, damit sie Gebete für eine glückliche Entbindung sprachen.

Inzwischen sammelte sich das chinesische Heer an der östlichen Grenze. Die Reiternomaden ließen sich die Invasion nicht bieten, und aus den anfänglichen Scharmützeln wurden erbitterte Kämpfe. Doch die Regimenter rückten unentwegt vor. Und bald nach der Krönung des jungen Dalai-Lama fiel die Provinz Chamdo in chinesische Hände.

Das Gebiet war riesengroß, die Nachrichten sickerten nur sparsam durch. Haarsträubende Geschichten gerieten in Umlauf, man sprach von Zerstörungen und Massenhinrichtungen. Die Leute waren in großer Sorge, aber in Lhasa selbst war vorerst noch alles ruhig. Wie es in jener Zeit üblich war, wurde Longselas Kind zu Hause geboren. Eine Hebamme kam und unterwies die Kammerzofen, die noch sehr jung waren, in den wichtigen Dingen. Die Geburt verlief ohne Schwierigkeiten. Longsela presste das Kind wunderbar schnell und fast ohne Schmerzen aus ihrem Bauch. Es war ein Mädchen, dem sie zu Ehren der Schutzgottheit den Namen Lhamo gaben. Paldor war von Anfang an ganz vernarrt in das Kind. Er war es, der das Baby zum ersten Mal badete und es in die vorgewärmte Wiege legte. Und kaum dass die Kleine ihn von den anderen unterscheiden konnte, sprach er mit dem Kind in liebevollem, gleichmäßig-heiterem Ton, trug es herum und ging mit ihm spazieren. Die Schwiegermutter und die gerührten Großeltern schwankten zwischen Verwunderung und Anerkennung: Das

Verhalten des junge Vaters war ebenso ungewöhnlich wie vorbildlich. Longsela indessen stillte ihre Kleine nur in den Wintermonaten. Sobald der Frühling vor der Tür stand, sehnte sie sich nach ihrem Mann und nach den Fundstellen in den Bergen, wo sie mit wachem Spürsinn die schönsten Gemmen aushob. Sie fand für das Baby eine vertrauenswürdige Amme, und die kleine Lhamo blühte wie eine Frühlingsblume. Den Rat des Astrologen getreu ritten sie immer gemeinsam. Es war ihnen so zur Gewohnheit geworden, dass einer sich ohne den anderen ungeschickt und hilflos vorkam. Oft, wenn sie über die Hochtäler ritten, fing Paldor an zu singen, und seine klangvolle, heitere Stimme verband sich mit dem Wind und verlor sich in der Weite. Seine Lieder waren Reiterlieder, die auf den Flügeln ihrer Melodien die Sehnsüchte Longselas begleiteten und mit sich entführten. Warum fühlte sie sich oft so traurig? Nicht einmal sie selbst wusste es. Nach Beendigung ihrer Reise erledigte Paldor alle Korrespondenz, die sich inzwischen angesammelt hatte, und machte seine Sache so geschickt und überlegen, dass er mit dem Handel von Edelsteinen beträchtliche Gewinne erzielte. In Krisenzeiten galt Schmuck als sichere Kapitalanlage. Paldor und Longsela ahnten, dass ihnen die Zukunft Böses verhieß. Sie pflegten ihre Kundenkontakte, indem sie sich oft ins Ausland begaben. Sie reisten nach Indien, Nepal, Thailand, Macao und Hongkong. Sogar in London und Paris verbrachten sie einige Wochen. Sie suchten dort Händler und Juweliere auf und schufen sich einen großen, internationalen Freundeskreis.

Ungefähr um diese Zeit starb Tenzin. Er war ein Mann, der still gelebt hatte, und sein Tod war so still, wie sein Leben es gewesen war. Eines Morgens, als er nicht zur gewohnten Zeit zum Frühstück erschien, ging Yangzom in sein Zimmer und fand ihn tot in seinem Bett. Er war im Schlaf einem Herzanfall erlegen. Nicht einmal seine Decken waren dabei in Unordnung geraten. Longsela weinte bitterlich: Sie hatte ihrem Vater nach wie vor nahegestanden. Die Erinnerungen kamen, freudige und wehmütige. Und immer wieder sah sie sich neben Tenzin reiten, während er von den Edelsteinen sprach, von ihrer Schönheit, von ihrer Macht. Sie vermeinte noch seine sanfte Stimme zu hören, die sagte: »Die Steine sind lebendig!« Ach, wie tief war dieser Gedanke in ihrem Herzen verwurzelt! Obwohl ein ständiges Kommen und Gehen herrschte, war das Haus von andächtiger Ruhe erfüllt. Verwandte und Freunde halfen bei den Vorbereitungen zur Trauerfeier. Sie brachten Opfer und schenkten den Armen Almosen, um Verdienste für den Verstorbenen zu erwerben. Damals ließen die Tibeter ihre Toten zunächst im Haus: wie lange, das berechnete der Astrologe. Weil Tenzin viel Gutes getan hatte, bestimmte Gendün Nechun, der trotz seines hohen Alters sein Amt noch ausübte, dass der Leichnam nur drei Tage im Haus bleiben sollte. Der Verstorbene, mit wohlriechenden Kräutern gewaschen, wurde in weißen Musselin gehüllt und mit den besten Gewändern gekleidet; dazu trug er einen Kopfschmuck mit fünf Götterbildern. Während der vorgeschriebenen Zeit wurde er in der Empfangshalle aufgebahrt. Hohe Lamas, die Gebete sprachen, wachten Tag und Nacht bei ihm und verbrannten Weihrauch. Freunde und Verwandte verneigten sich vor dem Toten, brachten Geldgeschenke, Butter für die Lampen und viele Glücksschärpen für die Reise ins Jenseits. Nach drei Tagen sprach Dawa Rimpoche die Gebete, die Tenzins Seele vom Körper erlösten. Bevor der Verstorbene aus dem Haus gebracht wurde, trugen die Dienstboten kleine Gefäße mit flüssiger Butter in die Klöster und Tempel. Tenzins wertvolle Kleider wurden auf besondere Weise verpackt und wurden ebenfalls zu den Lamas gebracht. Diese legten sie vor die brennenden Butterlampen. Auf diese Weise wurde das Letzte, was von Tenzin blieb – seine Körperausdünstung –, zu den Göttern getragen. Dabei hatten manche Lamas Visionen, die sie später den Hinterbliebenen mitteilten. Tenzins Wunsch war es gewesen, im Tempel des

Klosters Tschagpori, wo er als Arzt ausgebildet worden war, eingeäschert zu werden. Als Gendün Nechun auch für diese Zeremonie die Stunde bestimmt hatte, wurde die Zeremonie abgehalten. Die Familie wohnte der Bestattung bei. Nach einer Trauerzeit von sieben Tagen wurde ein Essen in den Wohnräumen des Verstorbenen gegeben, und die dazu eingeladenen Lamas, die die Sterberiten begleitet hatten, sprachen Gebete. Noch irrte die Seele des Verstorbenen ruhelos umher, suchte ihren Weg, beklagte Verluste und bangte um die Zukunft. Bis zum neunundvierzigsten Tag wurden an jedem siebten Tag Gebete gesprochen. Dann erst überquerte die gestärkte Seele den Fluss, der das Diesseits vom Jenseits trennte. Mit wachen Augen und scharfen Sinnen ausgestattet, streifte der Verstorbene endlich seine Vergangenheit ab, trat in das neue Leben ein, das der barmherzige Buddha ihm zeigte.

Damit war die Trauerzeit vorbei. Das gewohnte Leben ging weiter. Nur die Witwe verbrachte jetzt viel Zeit bei der Andacht, besuchte verschiedene Wallfahrtsorte. Sie wurde sehr fromm, was Longselas Traurigkeit verstärkte. Sie hatte nicht nur ihren Vater verloren. Ihre Mutter, die so tatkräftig gewesen war, die so gern gesungen und musiziert hatte, gab es ebenfalls nicht mehr. Zurück blieb eine stille, in sich gekehrte Frau, die selten von Herzen lachte.

VIERZEHNTES KAPITEL

Longselas zweites Kind war ein Junge. Diesmal plagte sie sich viele Stunden lang und hatte große Schmerzen, sodass man einen Arzt aus dem Krankenhaus rufen musste. Endlich kam das Kind zur Welt, wohlbehalten und kräftig, doch die Dienstboten flüsterten, dass ein Kind, das seine Mutter schon bei der Geburt verletzte, ihr auch später noch Kummer bereiten würde. Der kleine Kelsang schrie auch viel in den ersten drei Monaten, als ob die schwere Geburt ein Trauma in ihm wachgerufen hätte. Dann wurde er jedoch recht still und brav. Er war ein freundliches Kind, das viel lächelte und alles in seiner Umgebung sehr aufmerksam beobachtete. Longselas drittes und letztes Kind – wiederum ein Mädchen – wurde mit den ersten Knospen des Frühlings geboren. Auch diesmal verlief die Niederkunft nicht ohne Schwierigkeiten. Longsela hatte noch Narben von Kelsangs Geburt. Der zu Rate geholte Arzt meinte, dass Longsela danach wohl nicht mehr in der Lage sein würde, weitere Kinder auf die Welt zu bringen. Longsela und Paldor war das nur recht; sie hatten wenig Sinn für eine Großfamilie, obwohl für die Tibeter viele Kinder der höchste Stolz auf Erden waren.

Das kleine Mädchen wurde Sonam genannt. Sie war nicht hellhäutig wie ihre Geschwister, sondern aprikosenfarben. Ihre Wangen hatten einen kupfernen Schimmer. Sie schien auch schwerer zu sein als Longselas andere Kinder. Und obgleich ihre Augen zunächst von jenem verschwommenen Blau waren, das man bei Neugeborenen immer sieht, veränderten sie bald ihre Farbe und wurden tiefschwarz.

»Sie sieht aus wie ein Khampa-Mädchen!«, sagte Paldor lachend.

Drei Kinder im Haus, die von Jahr zu Jahr größer wurden, brachten viel Trubel und unkomplizierte Fröhlichkeit mit sich und entschädigten Yangzom für den Verlust ihres Mannes. Sie war inzwischen über sechzig, aber aufrecht und majestätisch zeigte sie wieder ihr anmutiges Lächeln. Die Schwiegereltern aus Shigatse nahmen oft die weite Reise auf sich, um die Familie zu sehen. Sie fanden, dass ihre Enkelkinder die schönsten, intelligentesten und mutigsten seien, die sie in ihrem Leben gesehen hatten. Dies bedeutete, dass die Geschwister maßlos verwöhnt wurden. In jenen Jahren strahlte das Haus der Weiden eine lebhafte, jugendliche Freude aus, die jeder Besucher spüren musste. So verging die glückliche Zeit in Windeseile, wie es Longsela später vorkommen sollte. Nach wie vor war sie mit Paldor viel unterwegs, kaufte und verkaufte Juwelen. Beide sahen sich auf seltsame Weise ähnlich. Sie hatten die gleiche Art, den schmalen Kopf hoch zu tragen, den gleichen selbstbewussten, schwerelosen Gang. Ebenso übereinstimmend bewegten sie ihre Augen und Lippen, wobei sie die Worte mit schönen, ausdrucksvollen Gesten betonten. Fremde, die die Eheleute zum ersten Mal sahen, konnten zunächst meinen, sie hätten es mit Geschwistern zu tun. In ihrer Zweisamkeit eingeschlossen, von ihrer Arbeit in Anspruch genommen, beobachteten Longsela und Paldor die politischen Ereignisse gleichwohl sehr aufmerksam. Ihr Beruf hing schließlich davon ab, ob Krieg oder Frieden herrschte, ob die Kunden Angst hatten oder nicht. Die ganze Welt schien in Aufruhr; Lhasa war wie das Auge im Zentrum des Orkans, doch für wie lange noch? Inzwischen wuchsen die Kinder heran, entwickelten recht eigenwillige Charakterzüge. Äußerlich zeigten sie zwar das freundliche, nachgiebige Wesen des Vaters, trugen aber in sich den starken Willen, der ein Merkmal der Mutter war. Bei Lhamo und Sonam war es schon früh ersichtlich, während Kelsang reizend lächelte und seine artigen Manieren den Erwachsenen abguckte. Alle drei Kinder besuchten inzwischen eine Privatschule, die von aufgeklärten Mönchen geleitet wurde. Sie wurden täglich von einem Dienstboten zum Unterricht begleitet und manchmal auch von der Großmutter selbst, die dabei die Gelegenheit wahrnahm, verschiedene Einkäufe zu tätigen. Die Schüler, Jungen und Mädchen, kamen zumeist aus wohlhabenden Häusern, obwohl auch arme, aber begabte Kinder unterrichtet wurden. Die Mönche erhielten für ihre Arbeit keinen Lohn, sondern lebten von den mehr oder weniger großzügigen Spenden der Eltern. Sie waren fast alle etwas ungehorsam, diese Schüler, weil sie in ihren Familien verhätschelt wurden oder das Stillsitzen nicht gewohnt waren. In seiner Klasse wurde Kelsang sehr gelobt, weil er gut zuhörte und gern lernte. Er zog aus den Unterrichtsstunden größeren Nutzen als seine Mitschüler; wurde eine Prüfung abgehalten, richteten die Lehrer ihre Frage mit Vorliebe an ihn. Lhamo, die schon älter war, war freundlich und gutherzig und zeigte schon früh einen wachen Verstand. Sie war sehr schön, mit ihrem fein geschnittenen Gesicht, ihrer samtigen Haut. Ihre Augen besaßen schon als kleines Mädchen einen silbernen und leuchtenden Glanz. Auch sie lernte mit großer Leichtigkeit; sie besaß ein außergewöhnliches Gedächtnis, alles, was sie sah und hörte, prägte sich tief in ihr ein. Sie hatte wenige gleichaltrige Freunde, weil sie sich besser im Kreis der Erwachsenen gefiel. Bereits als Zwölfjährige zeigte sie eine für ihr Alter weitaus größere Frühreife als die meisten anderen Mädchen.

Sonam, die Jüngste, sah tatsächlich wild und braun aus, wie ein Nomadenkind. Sie war ein kleines, robustes Mädchen mit einem etwas dicken Kopf. Ihre dichten Augenbrauen, Kennzeichen eines starken Willens, wuchsen fast über ihrer Nase zusammen. Ihr Haar war dunkelbraun und gelockt, was das Frisieren für sie stets zur schmerzhaften Prozedur machte, galt doch gelocktes Haar für ein Mädchen als unfein. Sie hatte ein leicht abgeflachtes Profil und tiefschwarze Augen mit außergewöhnlich großen Pupillen. Sie war eigensinnig und rechthaberisch, dabei aber recht edelmütig. Man fand sie stets auf der Seite der Schwachen, zum Kampf mit irgendwelchen Übeltätern bereit. Die Schule liebte sie ganz und gar nicht, sie schlug auch freiwillig nie ein Buch auf. Aber sie glaubte an viele Märchen und Legenden, zum Beispiel, dass die Menschen sich in Tiere verwandeln konnten und umgekehrt. Das war für sie eine ganz feste Überzeugung. Sie konnte ein Ausbund von Fröhlichkeit sein und sich dann wieder – fast wie ein krankes Tier – in dumpfes Brüten zurückziehen. Sie schien Zugang zu einer Welt zu besitzen, die weit abseits lag von der Wirklichkeit. Die Pferde hielt sie für ganz außergewöhnliche Geschöpfe; sie sprach zu ihnen, wie sie zu Geschwistern gesprochen hätte. Sie trieb sich stets in den Stallungen herum, überwachte die Knechte, die den Pferden ihre Streu und ihre Nahrung gaben. Sie hatte auf Jo-Jos Rücken reiten gelernt, aber der tapfere kleine Rappe war gestorben. Nun ritt Sonam seine Tochter Dakini – Fee –, deren Mähne, dunkelbraun und gelockt, ihrem eigenen Haar glich. Dakini war mutwillig und lebhaft; ihre Augen hatten den wachsamen Glanz, der zeigt, dass ein Tier gefährlich werden kann. Sonam ritt sie schon mit acht ohne Sattel und Zaumzeug. Die Eltern machten sich Sorgen, aber die Stute hatte Sonam in ihr starkes Herz geschlossen und warf sie niemals ab, wie sie das bei einem unerfahrenen Reiter ohne Weiteres getan hätte. Im Familienkreis benahm sich Sonam recht gut und wohlerzogen, obwohl Longsela und Paldor dann und wann hörten, wie sie sich in der derben Sprache der Pferdeknechte ausdrückte. War sie wütend, stieß sie Schimpfworte aus, die beim »Sho« – einem ordinären Würfelspiel – gebräuchlich waren und auf keinen Fall in den Mund eines Mädchens gehörten. Longsela und Paldor zogen es vor, darüber zu lachen. Beide vertrauten einander an, dass Sonam mit all ihren Widersprüchen ihr Liebling war, doch hüteten sie sich wohl, sie gegenüber den Geschwistern zu bevorzugen.

Schon als Kleinkind war Sonam von Longselas Dzi-Steinen fasziniert gewesen. Sie hatte an der Kette gezogen und an den Steinen gelutscht. Als sie größer wurde, wollte Longsela ihr eine Freude machen. Sie suchte einige Dzi-Steine aus, reihte sie an einer Lederschnur auf und schenkte sie dem kleinen Mädchen. Sonam bedankte sich artig und trug auch die Kette, bis Longsela eines Tages, als sie ihrer Tochter beim Ankleiden half, erstaunt fragte: »Wo sind denn deine Dzi-Steine? Du weißt doch, dass du sie Tag und Nacht tragen musst.«

Da zeigte sich zwischen Sonams Augen eine Falte, etwas wie ein frühreifes Runzeln. Longsela kannte diese Falte gut. Beim Baden im Fluss, erzählte das kleine Mädchen, sei die aufgeweichte Lederschnur gerissen.

»Die Steine sind ins Wasser gefallen. Ich habe die Luft angehalten und bin getaucht, ein paar Mal ganz tief. Aber ich konnte sie nicht mehr finden.«

Sie sprach mit großem Nachdruck, aber die blanken Augen sahen an den Augen ihrer Mutter vorbei. Longsela dachte sich ihren Teil, aber sie wollte Sonam keinem Verhör unterziehen, das beide verletzt hätte. Und so sagte sie nur: »Das ist aber sehr schade. Ich hatte jeden einzelnen Stein für dich ausgesucht.«

Das Mädchen senkte die Wimpern, die dicht und schwarz wie Holzkohle waren.

»Es tut mir ja auch sehr leid, Amla. Aber es ist ja nicht so schlimm. Die Steine waren ja nicht so schön wie deine.«

Damit war der Vorfall fürs Erste aus der Welt geschafft. Außerdem schien Sonam sich nicht mehr für Schmuck zu interessieren. Sie sprach auch nicht mehr davon, dass sie die Kette ihrer Mutter haben wollte. Als einzigen Schmuck trug sie einen Silberring mit einem Türkis, so bescheiden wie der Ring eines Bauernmädchens.

Eines Nachts im Juli erwachten die Kinder und sahen ihr Zimmer in ungewöhnlich helles Licht getaucht. Draußen waren aufgeregte Stimmen zu hören, und in den Stallungen wieherten die Pferde. Die Geschwister liefen ans Fenster und sahen über den Bergen einen seltsamen Stern. Er wurde von einem Leuchtstreifen begleitet, der seltsam flackerte. Die erschrockenen Kinder riefen nach den Eltern, die kamen und sie beruhigten. Es sei nur ein Komet, das abgebrochene Stück eines Sterns.

»Ein Komet zieht nahe an der Erde vorbei«, sagte Longsela. »Der Kopf ist aus Eis, Steinen und Staub. Und der Schweif aus Gas und Staubwolken.«

»Woher weißt du das, Amla?«, fragte Lhamo, die wirklich große Angst hatte.

Longsela zeigte ein kleines, wehmütiges Lächeln.

»Von wem wohl, wenn nicht von eurem Großvater? Im Erde-Maus-Jahr – das war 1948, und ihr wart noch gar nicht geboren –, da erschien ein viel größerer, der ganz unheimlich aussah.«

»Wie sah er denn aus?«, rief Kelsang.

»Wie ein großer Kopf mit Flammenhaar, das über die Berge strich. Alle Leute waren sehr erschrocken.«

»Du auch?«, fragte Lhamo.

»Ich auch. Aber dein Großvater erklärte mir alles ganz genau. Wir beobachteten den Kometen, der kleiner und blasser wurde. Und bei Sonnenaufgang war er verschwunden.«

»Ich will das sofort Dakini erzählen!«, rief Sonam. »Sonst hat sie Angst und läuft weg!«

Bevor man sie zurückhalten konnte, griff sie nach ihrer Felljacke und rannte hinaus. Paldor und Longsela tauschten einen besorgten Blick. Und Paldor sagte zu den Kindern: »Bleibt hier. Ich gehe und hole sie.«

Draußen standen die Dienstboten in aufgeregten Gruppen. Andere Leute waren auf die Dächer gestiegen, schrien und klapperten mit Töpfen, um den Kometen fortzujagen. Aus den Heiligtümern klang der Bittgesang der Mönche, die Lhasas Schutzgötter um Beistand anflehten. Paldor fand Sonam in den Stallungen, wo die Knechte alle Mühe mit den erregten Pferden hatten. Doch Sonam stand im warmen Stroh, ganz eng an Dakini gepresst, und sprach Worte zu ihr, die sie von den Nomaden auf dem Marktplatz gelernt hatte. Das Fell der Stute war verklebt, ihr Maul nass vor Schaum. Sonam rieb sie mit einer Decke ab, als Paldor zu ihr trat und ihr befahl, sofort wieder ins Haus zu gehen. Sonam gehorchte, ihr hübsches Gesicht finster verzogen. Als sie wieder im Haus waren, sagte Paldor: »Du hast dich in Gefahr begeben. Die Stute hätte dich verletzen können.«

Sonam sah ihn an, mit dieser Falte zwischen den Augen.

»Du meinst, Dakini könnte mir Böses tun? Aber nein doch! Niemals!« Ihr eigensinniger Ausdruck machte es Paldor unmöglich, ihr nicht zu glauben. Ihm war klar, dass er Sonam nach Belieben in den Stall laufen und sich ihrer Stute so nähern lassen musste, wie sie es selber wollte. Sie besaß Macht über die Pferde. Das hatte man, oder man hatte es nicht. Es war etwas Angeborenes.

Sie wollte Tierärztin werden, erzählte sie jedem, der es hören wollte, nachdem sie von ihren Eltern erfahren hatte, dass es im Ausland diesen Beruf gab. Tibeter liebten ihre Tiere sehr, doch wurden diese krank, kannte man nur dürftige Heilmittel. In ihren jungen Jahren wusste Sonam ebenso viel über die Pferde wie ein erfahrener Pferdeknecht. Die Eltern fanden Sonams Berufswunsch zwar ausgefallen, aber durchaus nützlich. Für die Landbevölkerung war jedes Tier wertvoll. Paldor sagte dazu, er würde sie unterstützen, unter der Bedingung allerdings, dass sie besser lernte. Sonam hatte es ihm auch versprochen.

Das Erscheinen eines Kometen galt für die Tibeter als Vorzeichen einer Gefahr. In alten Büchern wurden Kometen als unheilbringend geschildert. Und tatsächlich erzählten die Dienstboten einige Tage später, dass bei einem Bauern ein Yak-Bulle mit zwei Köpfen geboren worden war, der aber kurz darauf starb. Doch die unheimlichen Zeichen mehrten sich: In der Nacht zum 14. August stürzte eine wuchtige Säule am Fuß des Potala zu Boden und zerbrach. Und am folgenden Tag war es plötzlich, als ob die Erde unter den Füßen der Menschen rollte; es war ein Schwanken, ein Erschauern. Die Wände rumpelten und zitterten, Risse klafften in den Mauern. Ein gewaltiges Brummen wuchs aus Himmel und Erde, lauter als die Schreckensschreie der Menschen und das Poltern der Steine, die sich lösten. Im Osten leuchtete der Himmel gespenstisch auf; es war wohl eine Art Wetterleuchten, hervorgebracht durch die explosionsartige Energie des Erdbebens. Lhasa kam mit geringen Zerstörungen davon. Anders in Südtibet, wo sich die Erde wie ein wütendes Pferd schüttelte, wo gewaltige Bauten und Klöster, die der Mensch vor Jahrhunderten aus dem Boden gestampft hatte, von dem Erdbeben in den Zustand ihrer Anfänge zurückgeschleudert wurden. Ganze Ortschaften wurden mit ihren Bewohnern, ihren Schafs- und Yakherden in aufklaffende Erdspalten gerissen. Die Erde stand schräg, warf die Fliehenden zu Boden. Straßen bäumten sich zu Wellen, Wege wurden unter Steinen begraben. In der Provinz Assam veränderte der Fluss Brahmaputra seinen Lauf, überschwemmte die Felder und Dörfer mit einer gewaltigen Flutwelle. Wie viele Menschen ums Leben kamen, wurde nie bekannt; es mussten mehrere Tausende sein, die sofort tot waren oder später ihren Verletzungen erlagen. Auf die Nachrichten von Radio Lhasa, die in tibetischer, chinesischer und englischer Sprache gesendet wurden, war wenig Verlass. Außerdem besaßen nur wenige tibetische Familien ein Radio; die Zeitungen kamen erst Wochen später. Und kaum war das Erdbeben vorbei, fielen die Chinesen nahezu kampflos in die Provinz Shingeai ein. Sie hatten den Zeitpunkt gut gewählt.

In Tibet herrschte Angst, Ratlosigkeit und ein großes Drunter und Drüber. In Shingeai befand sich das berühmte Kloster Kumbum, wo Tagshel Rimpoche, der älteste Bruder des Dalai-Lama, Abt war. Die Chinesen versuchten diesen heiligen Mann für sich zu gewinnen, damit er seinen jüngeren Bruder beeinflusste. Tagshel Rimpoche, der viel Erfahrung besaß, gab sich diplomatisch, zeigte ihnen aber die kalte Schulter.

Unerbittlich spitzte sich die politische Lage zu, immer enger zogen die Chinesen ihren eisernen Ring um Tibet. Und so ging das Leben weiter, fast wie gewohnt, obwohl man in Lhasa immer mehr Chinesen begegnete – auch Militär. Der Schatten des Bösen glich jenen großen, winterlichen Wolken, die von dem dunklen Bergkranz emporstiegen. In Longselas Leben veränderte sich kaum etwas; das Glück schien der Familie hold zu sein, doch immer öfter und mit Bangen dachte sie an die warnenden Worte des Astrologen. Oh, sie war nicht furchtsam und glaubte fest an die Vorsehung der Götter! Aber ihr Herz war mit Unruhe erfüllt; die schlimmsten Gedanken kamen ihr in den Sinn. Auf die eigene Mutter war kein Verlass mehr. Yangzom war träge im Denken geworden, eine reiche Frau ohne Kraft und ohne Willen. Gerade sie gab Longsela am meisten zu denken. Sie konnte nur auf Paldor zählen. Je unruhiger sie wurde, desto mehr liebte er sie. Beide teilten sich die Erziehung der Kinder. Sie hatten erkannt, dass sie kaum noch etwas von draußen, von der Welt, die durch die Menschen beunruhigt wurde, erwarten konnten, sondern alles nur von sich selbst und vom Geheimnis ihrer Liebe.

FÜNFZEHNTES KAPITEL

Vor Jahren hatte man die Chinesen aus Lhasa gewiesen; die Tibeter hatten sich in falscher Sicherheit gewiegt und geglaubt, dass sie ihre unliebsamen Gäste losgeworden seien. Jetzt waren die Chinesen wieder da, und zwar in großer Zahl. In knapp einem Jahr befanden sich bereits über Zehntausend in Lhasa, Krankenschwestern, Ärzte, Lehrer, Händler und Soldaten. Sie mieteten oder beschlagnahmten Häuser, verrichteten ihre Aufgaben, aber mischten sich wenig unter die Bevölkerung. Sie beachteten nicht die ablehnende Haltung vieler Tibeter, überhörten Beleidigungen, verhielten sich diszipliniert und freundlich. Von offizieller Seite hieß es, sie seien gekommen, um dem tibetischen Volk zu helfen, und würden wieder heimkehren, sobald sich die Lage gebessert habe. Obwohl es hieß, dass die Kommunisten gottlos seien, schienen sie die Religion zu achten: Sie spendeten Geld für die Klöster und ehrten Seine Heiligkeit, sobald er sich draußen zeigte, mit einer fröhlichen Militärkapelle, die neben der kleinen tibetischen Armee Aufstellung nahm. Niemand wollte den Chinesen freiwillig helfen – man traute ihnen einfach nicht –, aber es gab Tibeter, die aus ihrer Anwesenheit Nutzen zogen. Die Chinesen durften keine Nahrungsmittel mitbringen und kauften alles für ihren Eigenbedarf auf dem Markt ein. Die Händler ließen die Preise steigen, machten gute Gewinne dabei. Weil die Chinesen über ausreichend Geld verfügten, hatten sie immer genug zu essen, bewirteten freundlich arme Leute, ja sogar für verarmte tibetische Beamte und Mönche hatten sie Platz an ihrem Tisch. Doch Longsela und Paldor meinten, es sei viel Heuchelei dabei. Die Chinesen sprachen immer über die Vorteile des Kommunismus, der alle Menschen gleich machte. Aber auch der dümmste Tibeter konnte sehen, dass es zwischen einfachen Soldaten und Offizieren große Unterschiede gab. Die Soldaten waren alle blutjung, lebten entbehrungsreich und mussten hart arbeiten, während die Offiziere viele Dienstboten hatten und sogar ihre Frauen mitbrachten, die in Lhasa mit Schmuck und schönen Kleidern glänzten. Inzwischen richteten die chinesischen Befehlshaber in einem großen Gebäude eine Schule ein, damit die Chinesen Tibetisch lernen konnten. Tibeter, die ihrerseits Chinesisch lernen wollten, erhielten ihr Essen kostenlos, sodass auch ärmere Leute unterrichtet werden konnten. Die Verantwortlichen gaben sich große Mühe, Lehrkräfte zu finden, die beide Sprachen gut beherrschten. Und eines Tages, als Longsela über den Barkhor ging, wandte sich eine Chinesin mit kurzen Haaren, in grauen Hosen und dunkler Windjacke, zu ihr um und kam auf sie zu.

»Entschuldigen Sie! Sind Sie nicht Longsela?«

Longsela sah sie an. Das Gesicht der Frau war ungeschminkt und zeigte ein scheues Lächeln, das auf Wiedererkennen hoffte.

»Ja, natürlich!«, rief sie. »Sie sind doch Amelia! Wir haben uns in Macao kennengelernt!«

Die andere lächelte erfreut. Ihre Augen waren groß und glänzend. Doch sie war ganz anders, als Longsela sie in Erinnerung hatte.

»Du lässt dir jetzt das Haar schneiden?«

»Ja, es wurde mir lästig. Ich bin froh, dass du mich trotzdem erkannt hast. Gefalle ich dir?«

Longselas Augen ruhten auf Amelias Gesicht, das von wirren Strähnen umrahmt war. Sie war etwas unglücklich.

»Kurzes Haar ist viel praktischer«, erwiderte sie so herzlich sie konnte.

»Täglich eine Stunde vor dem Frisiertisch, das geht nicht mehr«, sagte Amelia. »Ich habe nur noch einen Taschenspiegel.«

Sie lachte, freute sich überströmend und schüttelte Longsela beide Hände. Einen Augenblick standen sie und sahen einander an, dann schob Longsela den Arm unter den ihren.

»Komm! Wir gehen zu mir nach Hause und trinken einen Tee. Paldor wird sich auch freuen. Und du sollst meine Kinder kennenlernen. Ist Francisco auch hier?«

»Ja, aber er heißt jetzt An Yao«, sagte die Freundin. »Und ich heiße wieder Ling. Du musst mich nicht mehr Amelia nennen wie früher.«

Sie hatten sich in Macao kennengelernt, auf einem Cocktailempfang bei einem Schmuckhändler, und sofort Sympathie füreinander empfunden. Amelia und Francisco Wong – wie sie früher hießen – stammten beide aus Schanghai und hatten, als sie Jahre zuvor zum katholischen Glauben übergetreten waren, christliche Namen angenommen. Macao war portugiesische Kolonie. Amelia war Dozentin für Englisch. Ihr Mann war Ingenieur, an vielen maßgeblichen Projekten beteiligt. Ihr Gastgeber war Halbportugiese und lebte in einem eleganten Viertel. Francisco hatte die statischen Berechnungen für sein neues, luxuriöses Geschäftshaus an der Hauptverkehrsstraße gemacht. Die Bewohner Macaos hatten viel Geld, bauten, feierten und kauften. In den großen Hotels, wo die Spieltische standen, begegneten sich reiche Leute und solche, die es werden wollten, Bankiers, Makler, Touristen und Geschäftsleute, Zuhälter und Polizeispitzel und jede Menge Diebe. Der Schmuggel blühte und der Schmuckhandel auch. Longsela und Paldor hatten üppig gegessen, große Summen verdient, sie beim Fantan-Spiel wieder verloren und sich herrlich dabei amüsiert. Francisco und Amelia benahmen sich, als gehörten auch sie zu dieser schillernden Welt. Sie kritisierten nichts und führten ein sorgloses Leben. Doch in Longselas Salon, als sie Süßigkeiten knabberten und Jasmintee tranken, den es in Lhasa jetzt zu kaufen gab, erzählte Ling, was sie nach Tibet geführt hatte. In den Kolonien waren sie nicht gleichberechtigt, sondern Chinesen. Es gab viele Vorurteile; sie hatten kein politisches Stimmrecht. Ihr Sohn und ihre Tochter waren erwachsen und wollten nach Amerika. Sie glaubten an die Freiheit, ihre Eltern an den Fortschritt. Sie verfolgten aufmerksam alles, was in China geschah, den Krieg gegen imperialistische Unterdrückung und Korruption. Und dann wurde An Yaos jüngerer Bruder im Bürgerkrieg von Kuomintang-Beamten erschossen, die ihn für einen anderen hielten, was beide rückhaltlos auf Mao Tse-tungs Seite brachte.

Sie waren stolz auf die großartigen Veränderungen, die auf dem Festland geschahen. China war so lange ein geknechtetes Land gewesen! An Yao und Ling waren sicher, dass die neue Regierung wirklich all das Gute tun würde, was sie angekündigt hatte. Ihr Nationalstolz, gepaart mit einem starken sozialen Gewissen, hatte die Wongs veranlasst, ihre Kompetenzen in den Dienst des neuen China zu stellen. Sie hatten alle ihre Ersparnisse dem Nationalen Fonds gespendet und sich freiwillig zur Arbeit gemeldet.

»Weiß der Himmel, warum die beiden hierhergekommen sind!«, dachte Longsela. Sie zeigte offen ihr Erstaunen, und Ling erzählte, dass sie von Anfang an nach Tibet wollten.

»Weißt du noch? Du und ich, wir haben uns doch auf Anhieb gemocht, und Paldor und An Yao haben so viele schöne Gespräche geführt. Wir waren so froh, als unser Antrag bewilligt wurde! Wir dachten, dass die Regierung es gut mit uns meinte.«

»Aber warum habt ihr uns denn nicht geschrieben?«, fragte Longsela. »Wir hätten euch doch behilflich sein können!«

»Ja, das wäre schön gewesen«, sagte Ling etwas kummervoll. »Aber wir haben erst im letzten Augenblick erfahren, welcher Stadt wir zugeteilt wurden.«

Sie waren vor fünf Tagen angekommen und standen noch unter Schock. Man hatte ihnen ein Zimmer in einer Mietskaserne zugewiesen, ohne Heizung und Licht. Die papierverklebten Fenster schützten kaum vor Wind und eisiger Kälte. Die Aborte befanden sich in einem Hof.

»Es ist schrecklich, aber es macht auch Spaß«, sagte An Yao mit übertriebener Fröhlichkeit, als sie ein paar Tage später im Haus der Weiden zum Essen eingeladen waren. »Am Anfang waren wir etwas niedergeschlagen, aber jetzt nicht mehr. Wir sind ja nicht aus Porzellan. Und hier gibt es ja so viel zu tun!«

An Yaos Mund zeigte eine lächelnde Unbestimmbarkeit. Er und seine Frau hatten alles aufgegeben und bereuten es nicht, verzichteten gern auf Bequemlichkeiten, die ihnen plötzlich so unbedeutend erschienen. Das Wunderbarste, was sie erwarten konnten, war das, was jetzt im Mutterland wuchs, der gewaltige, Aufsehen erregende Frühling einer Nation.

»Ich habe nicht gedacht, dass dies zu meinen Lebzeiten noch geschehen würde«, sagte Ling mit glücklichem Lachen.

Sie war knapp über vierzig, anmutig und gepflegt, mit einem gutmütigen Leuchten in den Augen. Ihr Dekolleté war etwas erschlafft, doch sie hatte teure Creme benutzt. Ihre Haut, die schlechtes Essen, Wind und eisige Kälte bald verunstalten würden, schimmerte kaum weniger weiß und glatt als die Perlen, die sie einst um den Hals trug und vor der Abreise ihrer Tochter geschenkt hatte.

An Yao erklärte, dass Tibet große politische, militärische und wirtschaftliche Probleme bevorstanden.

»Aber China wird Tibet helfen, ein starkes und modernes Land zu werden. Wir dürfen nie vergessen, dass wir Privilegierte sind.«

Longsela und Paldor bestritten das nicht. Viele Tausende gab es in Tibet, die in Armut lebten, die weder lesen noch schreiben konnten und kaum Zugang zu einer medizinischen Versorgung hatten. An Yao und Ling hatten wie so viele westlich erzogene, intellektuelle Chinesen ihre Wahl getroffen. Sie wurden traurig, als sie feststellten, dass ihre Hingabe falsch gedeutet wurde. Sie erlebten mit Kummer, wie die Tibeter bei ihrem Anblick in die Hände klatschten, was kein Beifall war, sondern eine Abwehrgeste gegen Dämonen. Sie wussten auch, dass die Tibeter die Chinesen »Tenda Gyamar« nannten, die roten Feinde der Religion. An Yao und Ling nahmen es in Kauf. Ihr soziales Gewissen war stark.

»Der Bürgerkrieg war entsetzlich«, seufzte Ling. »Es gab so viele Tote. Wie viele, ist noch nicht bekannt. Die Zählungen sind nicht abgeschlossen.«

Paldor, der die Nachrichten von »All Radio India« hörte und die »Times« von London las, sagte vorsichtig: »Man spricht von Millionen.«

An Yao sprach mit Ruhe, protestierte aber.

»Das ist wohl übertrieben! Es sind unsere Feinde, die solche Lügen verbreiten. Aber der Krieg hat ja mehr als zehn Jahre gedauert. Einige Tausend werden es wohl sein.«

Longsela und Paldor äußerten sich nicht dazu. Ihren Freunden vertrauten sie vollkommen, und an deren Ehrlichkeit war nicht zu zweifeln. Aber möglicherweise waren sie falsch informiert.

»Zum Glück ist der Krieg vorbei«, sagte Ling. »Und jetzt bekommen wir die beste Regierung der Welt. Es gibt Nahrung für alle, und die Kinder gehen zur Schule. Noch eine Generation, und das Volk wird anders sein. Ein ganz neues Volk! Ist es nicht großartig, dass wir, nachdem wir während so vieler Jahre Hilfe und Geld vom Ausland annehmen mussten, endlich die Verantwortung für uns selbst tragen? Gewiss, unsere Schulungen in Selbstkritik werden belächelt. Aber sie sind notwendig für unser gemeinsames Wohl. Auch die Tibeter werden bald lernen, die alte Ordnung zu verwerfen.«

Longsela und Paldor hörten sich das alles an und dachten sich ihren Teil. Auf tibetischer Seite sah die Lage ganz anders aus. Das gesamte Land gehörte der tibetischen Regierung. Adlige Familien und Klöster pachteten die Güter und zahlten ihre Steuern direkt an den Staat. Gewiss brachte das Feudalsystem mit sich, dass es Leibeigene gab, aber diese erhielten Lohn und wurden gut ernährt. Die Bauern erarbeiteten sich ihr Einkommen auf den Gütern ihrer Herren. Es lag an ihnen selbst, so viel zu erwirtschaften, dass ihnen nach Abzug der Abgaben noch einiges für sich selbst übrig blieb. Die Bauern besaßen Yakkühe, Hühner, Schweine, Schafe und Maultiere, die mehr galten als Pferde. Maultiere trugen willig Lasten und hatten einen sicheren Gang in den Bergen. Wollten Bauernkinder Mönche oder Nonnen werden, erhielten sie ohne Weiteres eine schriftliche Zustimmung ihres Herrn. Hatte der Sohn eines Leibeigenen das Zeug dazu, konnte er Regierungsbeamter selbst der höchsten Ränge werden. Und heiratete der Sohn oder die Tochter in eine adelige Familie, erlangte er oder sie die Freiheit und wurde geadelt. Ferner wurden alle tüchtigen Handwerker vom Volk und der Regierung außerordentlich geachtet; die Vorstände der verschiedenen Gilden tagten mit den adeligen Beamten und übten einen enormen Einfluss auf ihre jeweilige Zunft aus. Natürlich gab es Mönche, die sich stur gegen den Fortschritt auflehnten, und natürlich gab es wirklich arme Leute, aber manche waren es nur dadurch, weil sie tranken oder sich in Schulden stürzten. Außerdem war die Bevölkerung Tibets dünn gesät, sodass die sogenannten »hungernden Massen« einfach nicht existierten. Aber Longsela und Paldor, die die Freunde nicht kränken wollten, behielten ihre Ansichten für sich.

Sie waren erschüttert darüber, dass die Wongs so dürftig untergebracht waren, wo doch die chinesischen Befehlshaber in komfortablen Wohnungen lebten und bestens verpflegt wurden. Longsela besaß ein kleines Sommerhaus beim »Norbulinka« – dem Edelsteingarten, der Sommerresidenz Seiner Heiligkeit. Sie ließ das Haus instand setzen und stellte es ihren

Freunden zur Verfügung. Beide waren ihr sehr dankbar. Die Wongs hatten so viele Jahre im warmen Seeklima verbracht, dass sie das raue Wetter in Lhasa nicht vertrugen. An Yao hatte sich nur mühsam von einer Bronchitis erholt, und Ling quälten ständige Ohrenschmerzen. Sie litt mehr als ihr Mann, der auf Baustellen arbeitete und von seinen Auftraggebern gut und ausreichend bewirtet wurde. Die hohen Regierungsbeamten lebten sehr komfortabel und hatten ihre eigenen Köche aus China dabei. Longsela wunderte sich, doch Ling hielt es nicht für wert, dass man darüber diskutierte.

»Diese Männer müssen täglich schwerwiegende Entscheidungen fällen. Sie tragen größere Verantwortung als wir. Und bringt diese Verantwortung Privilegien mit sich, sollten wir uns nicht darüber entrüsten.«

Weil Lings Aufgabe darin bestand, den Tibetern Chinesisch beizubringen, half ihr Longsela, die richtigen Lehrbücher zusammenzustellen. Sie gab sich viel Mühe, auch Mönch-Gelehrte zu überzeugen, Chinesisch zu lernen, hatte jedoch nur geringen Erfolg dabei. Schließlich kamen ein paar Mönche, die sich sagten, dass es wohl besser sei, etwas Chinesisch zu verstehen. Die Chinesen waren sehr neugierig, sie besuchten die Klöster und wollten alles erklärt haben. Inzwischen baute An Yao feste Betonhäuser für die Soldaten, damit sie im Winter nicht mehr auf der Erde schlafen mussten. Häuser für die Tibeter waren für später geplant, stets hatte das Militär den Vorrang. Longsela dachte, dass Ling sich widersprach. Sie befürwortete rückhaltlos, dass der Vorsitzende Mao jede bevorzugte Behandlung ablehnte, auf der anderen Seite fand sie sich mit den krassesten Unterschieden ab. Ohne Zweifel gehörten die Offiziere zu den Bevorzugten der Gesellschaft. Ihre tadellose Kleidung, die Gepflegtheit ihrer Erscheinung und ihre guten Manieren fielen auf. Aber Longsela mochte Ling viel zu sehr, um mit ihr darüber zu debattieren, und begnügte sich damit, ihr das Leben ein wenig zu erleichtern. Sie ließ Möbel und Teppiche in den Pavillon bringen und sorgte dafür, dass die Wongs einen kleinen Eisenofen bekamen. Kürzlich war das Häuschen sogar an das Elektrizitätsnetz angeschlossen worden, sodass Ling nach dem Abendessen ihr Lehrmaterial für den nächsten Tag in gemütlicher Umgebung vorbereiten konnte. Sie hatte auch häufig chinesische Soldatinnen zu Gast, die sie »Mutter Ling« nannten. Manche waren kaum sechzehn Jahre alt, waren aus Idealismus zum Militär gegangen und hatten ihre Eltern seit drei oder vier Jahren nicht gesehen. Unter ihrer harten Schale waren sie weich und verletzlich. Sie verteilten Gerstenbrei und Suppe an die Bevölkerung und waren im Allgemeinen beliebt. Inzwischen gab es auch drei Krankenhäuser in Lhasa; eines war für die Tibeter bestimmt, die beiden anderen für die Chinesen. Die Behandlung im tibetischen Krankenhaus war kostenlos. Allerdings war das Pflegepersonal jung und behandelte die Leute nicht immer erfolgreich. In den chinesischen Krankenhäusern arbeiteten erfahrene Ärzte und Krankenschwestern. Medikamente und Impfstoffe kamen aus China. Es gab auch einen Operationssaal. Wohlhabende Tibeter ließen sich dort gegen Bezahlung behandeln.

Die chinesischen Soldaten benahmen sich im Allgemeinen gut, obwohl sie zu Tieren grausam waren. Die Tibeter erschraken beim Anblick eines Tieres, das lebendig zerstückelt oder gehäutet wurde. Der Buddhismus lehrte, dass diejenigen, die ein Lebewesen verletzten und kein Mitleid mit der lebendigen Kreatur hatten, von der menschlichen Gesellschaft ausgestoßen wurden. Die Soldaten lachten, wenn die Kinder oder die Mönche beim Anblick der gequälten Tiere weinten. Sie selbst wurden bei jedem Vergehen hart bestraft, ausgepeitscht oder geschlagen, bis sie halbtot in ihrem Blut lagen. Longsela war entsetzt über das, was sie manchmal sah, aber Ling sagte, beim Zusammenleben so vieler Menschen müsse Disziplin herrschen.

»Manche Soldaten sind sehr unwissend und grob, du kannst es dir nicht vorstellen! Gewalt ist die einzige Sprache, die sie verstehen. Aber auch das wird sich bald ändern; es ist nur eine Frage der Zeit.«

Ling und An Yao sahen eine Zukunft vor sich, die in rosaroten und sonnengelben Farben erstrahlte, ähnlich den kitschigen Bildern, die die Chinesen in Umlauf brachten, auf denen Mao, der »Große Steuermann«, und seine Frau Jiang Qing, die Schauspielerin »Blauer Apfel«, gezeigt wurden, von lachenden Kindern umgeben, die ihnen Blumen überreichten und kleine roten Fahnen schwenkten. Longsela und Paldor fanden die Gesinnung der Freunde etwas naiv, aber ihre Begeisterung war ansteckend. Es gab viele gemeinsame Begegnungen und Feste. Manche Chinesen – vor allem Freiwillige wie die Wongs – waren außerordentlich liebenswert. Jeder spürte ihren guten Willen, ihre Menschlichkeit und ihren Humor. Daneben erzählte Ling beiläufig, dass sie und ihr Mann oft von ihren Landsleuten belächelt wurden, weil sie Messer und Gabel statt Stäbchen benutzten, ein Tischtuch auflegten und ihre Essensabfälle nicht, wie in China üblich, unter den Tisch warfen.

»Man wirft uns imperialistische Gewohnheiten vor«, bekannte An Yao mit einem Lächeln, das müde und etwas verbittert wirkte. »Ich muss dann erklären, dass wir ja in Macao lebten. Es dauert eine ganze Weile, bis die Leute endlich verstehen, dass wir eigentlich ebenfalls Opfer sind, weil uns die Kolonie diskriminierte. Trotzdem sind wir echte Chinesen, das müssen wir immer wieder mit Nachdruck betonen.«

An Yao trug eine dicke Hornbrille. Sein Gesicht hatte ein Mienenspiel, das zu wechselhaft und lebhaft für einen Chinesen war. Seine Sprachweise war schnell, er lispelte ein wenig, wie das Portugiesen oft tun. Alles in allem musste er auf seine Landsleute einen fremdartigen Eindruck machen.

Allmählich bemerkte Longsela, die wache Augen und ein gutes Gehör hatte, dass Chinesen, die viel Gutes taten, oft schnell wieder versetzt wurden. Alle sahen recht unglücklich aus, wenn sie den Auftrag bekamen, Lhasa zu verlassen. Dass sie gehen mussten, betrübte sie, denn sie ließen ihre Arbeit unvollendet zurück.

»Es gibt andere Orte, an denen sie gebraucht werden«, sagte Ling dazu.«Überall fehlen Spezialisten; es ist eine Frage der Organisation.«

Als Lehrerin erhielt sie pro Monat fünf chinesische Dollars. An Yao verdiente das Doppelte, aber ihr beider Lohn genügte kaum zum Leben. »Wir sind eine geopferte Generation, aber es geht nicht anders«, war alles, was Ling dazu sagte. Longsela fand, dass sie eine dicke Haut hatte.

Die Chinesen veranstalteten Umzüge und Paraden mit Spruchbändern, bei Sonnenschein oder bei Fackelbeleuchtung. Alle sollten dabei sein: die Soldaten, die Jungkommunisten, der Frauenverein, die Handwerker, die Ingenieure, die Fabrikarbeiter, die Bauern, alle mit roten Fahnen, und sie sollten die Reden, die zündende Musik und die durch Lautsprecher übertragenen, mitreißenden Parolen hören. Die Chinesen versuchten vor allem die tibetischen Frauen für ihre Sache zu gewinnen. Der Große Steuermann habe erklärt, die Frauen seien die Hälfte des Himmels, und alle in Tibet seien jetzt gleichberechtigt und frei. Von den großen Worten fühlten sich die Tibeterinnen wenig angesprochen. Sie führten seit jeher ein freies Leben und waren auch berufstätig – wenn man einmal davon absah, dass bisher noch keine Frau ein Regierungsamt bekleidete. Der Grund hierfür war, dass die Regierung aus Laienbeamten und Mönchen bestand und die Sitzungen ja oft im Potala, einem Klostergebäude, stattfanden. Davon abgesehen, konnte ohne Frauen nichts getan werden. In Tibet kannte man weder verstümmelte Füße noch Zwangsehen im Kindesalter. Hier wurde nicht die Geburt eines Mädchens beklagt, während die eines Sohnes gefeiert wurde. Dass man weibliche Säuglinge nach der Geburt tötete, war in Tibet unvorstellbar. Gewiss, Prostituierte und Zuhälter existierten wie anderswo auch, waren aber keine gesellschaftlichen Randexistenzen. Häufig spendeten die Mädchen sogar einen Teil des Geldes, das sie ihren Freiern abgenommen hatten, den Klöstern.

1954 – im Holz-Pferd-Jahr – lud die kommunistische Regierung den Dalai-Lama nach China ein. Es wurde eine sehr lange Reise, die Seine Heiligkeit mit einem großen Gefolge antrat. Mit ihm reisten auch seine Mutter und seine älteste Schwester, Ngapo Tseten Dolkar. Sie blieben ein Jahr lang Tibet fern und bereisten ganz China. Seine Heiligkeit lernte und erlebte viel in dieser Zeit, doch allen Bewohnern Lhasas fiel ein Stein vom Herzen, als er nach diesem Jahr wohlbehalten aus China zurückkehrte.

Inzwischen war Tibet zum autonomen Gebiet erklärt worden. Auch Longsela und Paldor waren sich darüber im Klaren, dass Reformen nötig waren. Man musste einheimische Kräfte ausbilden, das Schul- und Gesundheitswesen neu aufbauen. Die Chinesen schienen zu wissen, wie das zu bewerkstelligen war, obwohl die Mehrheit der Tibeter die von den Chinesen propagierten Landreformen ablehnte. Auch besuchte Lhamo seit einem halben Jahr die Nationale Schule für Minderheiten in Peking. Eine erste Gruppe von Beamtenkindern war bereits 1952 nach Peking gereist, und mittlerweile studierten über fünfhundert Tibeter in China.

Mit ihren vierzehn Jahren war Lhamo sehr reif, zeigte Besonnenheit im Reden und Verhalten. Die Eltern befürworteten, sie in China lernen zu lassen, zumal Ling zu wissen glaubte, dass das Internat einen guten Ruf hatte. Kelsang beneidete die Schwester sehr und wollte auch nach Peking. Aber die Eltern fanden ihn noch zu jung. Er besuchte eine chinesische Schule in Lhasa und war dort Klassenbester. Was Sonam betraf – sie lernte nach wie vor ungern, gab sich jedoch Mühe. Den Gedanken, Tierärztin zu werden, trug sie seit Jahren mit sich und wich nicht von ihrem Vorsatz ab.

Ling und Longsela sprachen oft über die Kinder. Ling, die

gut beobachtete, hatte die Geschwister in ihr Herz geschlossen. Und oft wunderte sich Longsela über ihre sanfte Klarsicht.

»Sonam?«, sagte Ling eines Tages. »Ach, Sonam wird sich schon im Leben zurechtfinden. Sie weiß, was sie will. Sie ist eine sture Träumerin, wie ich.«

»Wie du? Ach, das höre ich zum ersten Mal!«, neckte Longsela sie. Ling zeigte ein Lächeln, das selten zum Vorschein kam. Ihre Augen waren gerötet vom Staub. Seit Kurzem trug sie eine Brille, die schlecht angepasst war. Kälte und starkes Sonnenlicht machten ihr sehr zu schaffen. Die Lebensumstände ließen sie leiden, ihr Rücken war etwas krumm geworden. Sie fror immer; daher strickte sie sehr viel, Pullover und Schals für ihren Mann und für sich. Und manchmal sogar – weil es ihr Freude machte – für die Kinder. Sie kaufte billig ein, heute schlechtes Gemüse, das sie schmackhaft zubereitete, morgen unreife Aprikosen, aus denen sie Gelee machte. Ihre Strickarbeit trug sie immer in einer großen Tasche bei sich.

»Aber weißt du«, sagte Ling, »ich mache mir Gedanken über Kelsang.«

Longsela sah sie überrascht an. Kelsang gewann sofort alle Sympathien durch sein nettes Aussehen, seine guten Manieren, seine Freundlichkeit.

»Aber warum denn bloß?«, fragte sie. »Er lernt doch gut.«

Ling seufzte, die Augen hinter der Brille auf ihre klappernden Nadeln gerichtet.

»Es geht nicht darum. Um ganz offen zu sein: Ich kenne keinen Jungen, der klüger ist. Aber er kennt sich selbst nicht genug, und das ist es eben. Er kennt seine Bücher besser als die Menschen.«

Longsela dachte über Kelsang nach. Seine natürliche Intelligenz, gepaart mit einer spielerischen Verschlagenheit, einem ausgeprägten Willen, es besser zu machen als die anderen, zeichneten ihn sowohl in der Familie als auch in der Schule aus.

Sie sagte zu Ling: »Dauernd liegt er mir in den Ohren, dass er nach China will.«

Die Freundin legte die Strickarbeit auf ihren Schoß. Sie zwinkerte mit den Augen, gutmütig und kummervoll.

»Nein. Es ist viel zu früh. Wir haben großartige Lehrer in Peking. Sie achten stets darauf, dass die Schüler nicht vom rechten Weg abkommen. Gerät Kelsang aber an schlechte Freunde, wird er kaum erkennen, womit er es zu tun hat. Das könnte gefährlich für ihn sein«, sagte Ling abschließend.

Das Gespräch verfing sich in Longsela wie ein Widerhaken, weckte in ihr ein unerklärliches Unbehagen, gemischt mit Angst. Später sollte es ihr noch oft in den Sinn kommen, nachdem Lings tragische Vorausahnung sich als nur zu richtig erwiesen hatte.

SECHZEHNTES KAPITEL

Zu Neujahr kam Lhamo nach Lhasa zurück. Longsela und Paldor erwarteten sie mit einer Mischung aus Freude und Besorgnis. Über Lhasa prasselten Hagelstürme. Die Flüsse führten Hochwasser. Die Chinesen hatten gute Straßen gebaut, aber es kam oft vor, dass Regenfälle Steinlawinen auslösten und dass Brücken beschädigt wurden. Endlich traf Lhamo wohlbehalten in Lhasa ein. Die Schüler hatten die Reise auf Lastwagen zurückgelegt, ihre Bettmatratzen und Decken auf der Ladefläche ausgelegt und auch dort geschlafen. Mit Wechselgesängen hatten sie sich die Zeit vertrieben, hatten Mundharmonika gespielt und sich mit Händeklatschen und Sprechchören Mut gemacht. Die Stimmung war, trotz Regen und Hagel, ausgelassen. Lhamo sprach jetzt nahezu fließend Chinesisch und hatte sich ein großes Allgemeinwissen zugelegt. Ob sie gern im Internat war? Ja, sie war gern in diesem Internat. Ja, ein bisschen schwierig war es schon. Kelsang hörte zu, mit leuchtenden Augen. Ja, er würde auch gern nach Peking gehen, irgendwann einmal, so bald wie möglich. Dass Lhamo auch Unerfreuliches erzählte, störte ihn nicht. Dass ganz Peking eine Baustelle war, dass man das Schulgebäude in zwei Monaten fertiggestellt hatte. Und hatte nicht eine Mitschülerin, die Tochter eines Arztes, Lhamo anvertraut, dass der aus den Wänden sickernde feine weiße Staub Gift für die Lungen sei? Und war nicht kürzlich bei einem Erdbeben das Dach der Turnhalle eingestürzt? Zum Glück war es spätabends gewesen, und kein Schüler wurde verletzt. »Und dabei«, sagte

Lhamo, »war es nur ein schwaches Erdbeben! Nicht wie bei uns damals, als der Boden schwankte.« In den modernen Waschräumen roch es nach Chlor und DDT, und im Sommer vermehrten sich die Asseln ganz gewaltig. Den Schülern standen täglich nur zwei Eimer Wasser zur Verfügung. Sie mussten ihre Bettwäsche selbst waschen und auch im Winter unter Decken schlafen, die wenig wärmten. Man legte Wert auf Disziplin. Von den grauen Gesichtern, der täglichen Müdigkeit beim Frühsport, dem schlechten Essen erzählte sie nicht. Die Lehrer, die am Anfang sehr freundlich waren, behielten die Schüler ständig im Auge, behandelten sie zunehmend strenger und sagten: »Es gibt nur einen richtigen Weg, und den müsst ihr kennenlernen.« Als ein Junge fragte, ob er in China Buddhist sein könne, erwiderte der Lehrer, dass China den Buddhismus selbstverständlich achte. Aber es sei durchaus möglich, dass die Religion früher oder später nicht mehr gebraucht werde. »Wozu beten«, fragte der Lehrer, »wenn ihr fähig seid, euch alle Wünsche selbst zu erfüllen?« Manchen Schülern, erzählte Lhamo, gefiel das, was sie hörten. Sie fühlten sich aufgeklärt und erwachsen dabei. Die Tibeter allerdings behielten ihre Gedanken für sich und entwickelten – ohne zu begreifen warum – Gefühle des Trotzes und der Isolierung. Lhamo hatte schon im kindlichen Alter begonnen, ihr Umfeld kritisch zu beobachten, und war zu gewissen Schlussfolgerungen gelangt.

»Ich möchte ja auch, dass meine Wünsche in Erfüllung gehen. Aber tun diese Lehrer wirklich, was sie selbst wollen? Ich habe eher das Gefühl, dass sie irgendwelchen Befehlen gehorchen. Ich jedenfalls kann nicht tun, was andere von mir verlangen, ohne gründlich darüber nachgedacht zu haben.«

»Kind, was willst du damit sagen?«, fragte Großmutter Yangzom etwas verwirrt. Sie lehnte sich in ihrem Sessel zurück und schaukelte ihn langsam.

Lhamos Augen glitten über sie hinweg, bevor sie ihre Antwort an die Eltern richtete.

»Kein Mensch auf Erden ist so gut, wie der Heilige Buddha es war. Ihm können wir vertrauen. Das ist nicht das Gleiche, als wenn ein Mensch uns sagt, was richtig und was falsch ist. Der Heilige Buddha droht jedenfalls nicht, und kein Tibeter musste ihn jemals fürchten. Buddha spricht zu allen Menschen, Mao Tse-tung nur zu den Chinesen.«

Da sah Kelsang rasch auf. Ein kleines Lächeln verlieh seinem hübschen Gesicht einen Ausdruck von Überlegenheit. Doch er sagte nichts, bedankte sich nur höflich für den Krapfen, den ihm die »Mola« – die Großmutter – eigenhändig auf den Teller legte.

»Iss nicht zu viel, sonst wirst du fett«, sagte Sonam zu ihm.

»Ach, er muss doch groß und stark werden«, meinte Yangzom nachsichtig. Es blieben kaum noch Krapfen übrig, Kelsang hatte die meisten verschlungen. Als die Mola gerade nicht hinsah, bedachte er Sonam mit einer Grimasse, worauf Sonam ihm unter dem Tisch einen Fußtritt verpasste.

»Vielfraß!«, zischte sie. »Dickwanst!«

Kelsang aß gierig weiter, während Sonam ihn mit ihren schwarzen Augen verächtlich im Blick behielt. Die Jüngsten stritten sich häufig, schlimmer als früher, behauptete Lhamo. Aber wenn es sein musste, hielten sie fest zusammen. Longsela klagte oft, dass sie gegen beide nicht ankam.

Nach den Ferien kehrte Lhamo nach Peking zurück. Sie wollte ihr zweites Schuljahr zu Ende bringen. Sie wurde kritischer, weil sie viele Dinge durchschaute und suspekt fand. Sie schrieb es den Eltern. Ihre Briefe kamen nicht an. Zensur. Das war neu. Früher konnte Lhamo rückhaltlos über alles berichten. Der Argwohn, den Longsela bewusst zu unterdrücken versuchte, war hartnäckig da, kehrte ständig wieder und quälte sie. In Lhasa selbst wurde über die Kommunistische Partei niemals öffentlich diskutiert. Die Chinesen meinten, die Tibeter seien noch nicht loyal genug. Das wirkte sehr kränkend, weil die Chinesen auf diese Weise zeigten, dass sie mehr wert waren. Etwa in dieser Zeit begann auch Ling, der Freundin Dinge anzuvertrauen, die sie früher für sich behalten hätte. Die harte Kruste, mit der das Pflichtbewusstsein ihre Gedanken überzog, erschwerte es ihr beinahe schmerzhaft, sich in Worten auszudrücken.

»Wahrscheinlich ist es nichts Schlimmes. Aber kürzlich hat Mao Tse-tung die führenden Funktionsträger der Partei beauftragt, ihre Meinung über die kommunistische Verwaltung abzugeben. Er fragte: ›Was können wir besser machen? Sagen Sie es nur, wir sind zu allem bereit!‹ Die Befragten haben gesagt: ›Da sind noch viele schlechte Dinge‹, und sie die Regierung wissen lassen. Daraufhin wurden alle, die die Partei kritisiert hatten, mit ihren Familien verhaftet und in Lager gebracht.«

Wie groß war die Betroffenheit Longselas, als sie davon hörte! Sie hatte eine hohe Meinung von Mao Tse-tung, der China vom Leid vieler Jahrhunderte erlöst hatte. Verdiente sein großer Plan nicht Respekt und Bewunderung?

»... sogar die Kinder ...« Ling sprach, als ob sie nicht gehört werden wollte. Ihre Stimme klang neutral, fremd und irgendwie verschlossen.

»Alle wurden geschlagen und misshandelt. Ja, auch die Kinder, bis die Eltern ihre Schuld bekannten und das, was sie gesagt hatten, für unwahr und abscheulich erklärten.«

Nach kurzem Schweigen sagte Longsela matt: »Es ist sehr schwer für mich, das zu glauben.«

Ling tastete nach ihrem Strickzeug. Longsela fiel auf, dass ihre Hände leicht zitterten.

»Es ist auch kaum zu glauben. Aber zu dir und zu mir will ich ehrlich sein.«

Ling spürte zu viel von der institutionellen Gefühllosigkeit, von der verlogenen Stille. Es war das Zuviel des Nicht-Menschlichen, was sie anwiderte. Aber Ling wollte weiterhin tapfer zur Partei halten. Ihr Kinn hob sich, wenn auch nur ein wenig.

»Ich gestehe, der Vorgang erscheint mir scheußlich und verlogen. Aber vielleicht ist er notwendig. Ich muss mich da abhärten.«

Longsela war sehr aufgebracht.

»Es erschüttert mich, wenn gute Absichten zu bösen Zwecken missbraucht werden! Das Volk muss doch wissen, woran es ist.«

Ling rieb sich die entzündeten Augen.

»Unsere Regierung baut darauf, dass wir willig und froh für sie arbeiten. Aber die Leute haben Furcht vor ihrem eigenen Glück. Und wenn sie plötzlich anfangen zu zweifeln ...«

Also durfte es in China nur eine Meinung geben. Longsela, die neutral sein wollte, quälte sich.

»Ist dir eigentlich klar, was da vor sich geht, Ling? Dass jetzt alle verpflichtet sind, das Gleiche zu denken?«

Ling sah Longsela in die Augen und konnte keine Spur von Verständnis darin entdecken. Hektisch ließ sie die Stricknadeln klappern. Sie trug einen Pullover von undefinierbarem Grau. Selbst gestrickt, natürlich. Ihr Haar war ungepflegt und schlecht geschnitten. Sie schien sich für das, was sie gesagt hatte, zu schämen, denn jetzt sprach sie wieder sanft und versöhnlich.

»Der Große Steuermann baut ein neues Land. Dazu braucht er identische Meinungen. Sollen wir die Jungkommunisten als Störenfriede sehen, wenn sie alte Sitten und verkrustete Ideen bekämpfen? Natürlich kann man dabei denken, dass jene, die es gut machen wollen, zu sehr ins andere Extrem fallen. Aber das ist nur eine Phase. Sei doch ein bisschen gutwillig! Verstehst du? Irgendwie, irgendwann werden sich die Dinge zum Besseren wenden.«

Ling war mit allem einverstanden, wenn es sich in den Grenzen der Gerechtigkeit hielt. Sie wäre jeder Partei anheimgefallen, die sich von ihrer besten Seite gezeigt hätte. Dass Ling zu allem Ja sagte, was in China geschah, war, mehr noch als eine Notwendigkeit, ein Bedürfnis, sich in einem Horizont zurechtzufinden, der ihr fremd wurde. So sagte sie eben Ja. Aber doch nicht ganz. Ihr Glaube an die Menschheit, ihr redlicher Idealismus, wurde allmählich erschüttert.

Es wurde also gemaßregelt, und täglich etwas strenger. Die Jungkommunisten erwiesen sich als intolerant und fanatisch, zeigten Hass gegen die, die sich nicht einfügen wollten. Der »Große Steuermann« und seine Frau Jiang Qing schufen dabei eine lebhafte, mitreißende Atmosphäre, die allen eine strahlende Zukunft verhieß. Auch die Tibeter spürten den wachsenden Druck jener geistigen Tyrannei, die Terror im Namen der Gerechtigkeit verbreitete. Lhasa war plötzlich voll von chinesischen Soldaten und einheitlich gekleideten Jugendgruppen, die unter dem roten, goldbesternten Banner mit Trommeln, hochgereckten Fäusten und Sprechchören durch die Straßen zogen. Zwar konnte man in Lhasa noch in Ruhe leben, aber viele befürchteten, der Krieg könne auch auf die Hauptstadt übergreifen. Böse Nachrichten kamen nämlich aus den Ostprovinzen, wo die Nomaden mit den chinesischen Besatzungstruppen in erbitterte Guerillakämpfe verwickelt waren. Die Volksarmee brachte unentwegt Verstärkung über die Grenze. Die Soldaten waren meistens sehr jung, manche noch halbe Kinder. Man hatte sie ihren Eltern fortgenommen und gezwungen, in den Krieg zu ziehen. Junge Soldaten gehorchten gut und zeigten viel Mut, weil sie die Gefahr unterschätzten. Die meisten Toten oder schwer Verwundeten fand man unter den Fünfzehn- oder Sechzehnjährigen. Sie waren den Reiternomaden nicht gewachsen. Die Khampa waren Menschen der Berge und der Hochtäler und in ihrem Land eindeutig die Stärkeren. Aber je mehr sich die Khampa zu Wehr setzten, desto grausamer gingen die Chinesen gegen sie vor, zerstörten Städte und Klöster, sodass viele Familien angsterfüllt nach Lhasa strömten, wodurch die Nahrungsmittel knapp wurden. Was mag aus Kanam und Tesla geworden sein?, fragte sich Longsela oft. Waren sie überhaupt noch am Leben? Und Alo, ihr Sohn, der inzwischen ein junger Mann war – kämpfte auch er gegen die Chinesen? Die Khampa waren ein sehr eigenwilliger Menschenschlag. Gewiss würden sie ihre Lebensart im neuen Tibet nicht weiter beibehalten können. Longsela hörte viele entsetzliche Geschichten. Sie hatte dabei Gedanken, die sie den Wongs nicht anvertrauen wollte. Es gibt keine größeren Narren in der Welt als Idealisten, dachte Longsela. Man wurde erst gescheit, wenn man verglich. Die Chinesen hatten so viele schöne Versprechen gemacht! Und jetzt war es, als ob man ein Schatzkästchen mit freudiger Erwartung öffnete und darin nur Ungeziefer und Skorpione fand.

Der Weg zur Türkismine war Longsela versperrt; sie lag mitten im Kriegsgebiet. Aber Longsela besaß noch einige schöne Steine. Ja, vielleicht waren es die Türkise, die Gefahren und Krankheiten von ihr fernhielten. Die Türkise brachten ihr innere Ruhe, sorgten dafür, dass ihr empfindsames Gemüt nicht allzu anfällig für Stimmungsschwankungen war. Hielt sie eine ihrer wunderbar polierten Gemmen in den Händen, akzeptierte sie die Entwicklungen, die sich um sie herum vollzogen, fühlte Zuversicht und Kraft. Es machte sie traurig, dass sie ihre Steine verkaufen musste. Es ging nicht anders. Die Familie befand sich in finanzieller Not. Das Anwesen kostete viel Geld, Longsela und Paldor hatten ihren Lebensstil eingeschränkt, alle Rennpferde verkauft. Sie hatten nur zwei Maultiere behalten und Sonams Stute Dakini, weil sie es nicht übers Herz brachten, das kleine Mädchen von ihrem Pferd zu trennen. In den Stallungen war jetzt ihr Jeep untergebracht. Yeshe, der Fahrer, bestand darauf, neben dem Wagen zu schlafen. Er war der Einzige, der mit dem Jeep zurechtkam, fühlte sich als sein rechtmäßiger Besitzer und lebte in der ständigen Angst, dass ihm das Fahrzeug gestohlen wurde. Die jüngeren Dienstboten waren entlassen worden, der Gärtner war ins Kloster gegangen. Seine Aufgabe hatte Paldor übernommen. Er machte seine Sache sehr gut und hatte Freude daran.

Über Nacht schienen die Dinge unter seinen Händen zu wachsen. Es gab schon lange keine Chang-Mädchen mehr, der Koch nahm seinen Sohn als Gehilfen. Die älteren Dienstboten, darunter Yangzoms Kammerzofe Wangmo, waren Leibeigene und gehörten zur Familie. Yangzoms dicke Beine schmerzten, ihr Rücken schmerzte, ihr Genick schmerzte. Ihr Gedächtnis versagte, aber das Herz war gesund. Sie würde noch einige Jahre leben. Longsela brauchte Geld, um die Mutter im Alter zu versorgen, das Haus instand zu halten, die Kinder zu kleiden, die Leibeigenen zu ernähren. Ihr lebensfroher, leichtsinniger Bruder Thubten hatte seine Ländereien rechtzeitig verkauft und war nach Nepal ausgewandert, wo er sich in wenig erfolgreichen Bankgeschäften versuchte. Longsela fragte ihn gar nicht, ob er ihr Geld geben könnte. Es war Dawa Rimpoche, der sie aus eigener Schatulle unterstützte, doch den Großteil seiner Erbschaft hatte er schon vor Jahren dem Kloster vermacht. Onkel Loten war gestorben, sein Vermögen war an die Töchter gegangen. Paldors Eltern hätten gern geholfen, vermochten es jedoch nicht. Longsela sah sich ganz auf sich allein gestellt. Anfänglich versuchte sie, ihre Unruhe sogar vor Paldor zu verbergen. Sie empfand das Bedürfnis, ihn zu schützen. Äußerlich ertrug er die Dinge mit Gleichmut, aber er sah und empfand alle Unannehmlichkeiten stärker als sie. Er kümmerte sich still um den Garten, pflanzte Gemüse an. Er hatte dort etwas zu tun, was nützlich war. Frisches Obst und Gemüse waren wichtig für die Kinder; auf dem Markt gab es ja nichts mehr zu kaufen. Paldor war mit seinen weichen, gelenkigen Händen fähig, jede Arbeit zu verrichten. Er nähte selbst die Kleider für sich und die Kinder, besserte seine Schuhe und sein Arbeitswerkzeug aus. Trotzdem fühlte sich Paldor als Versager. Longsela begriff, wie sehr ihn das angriff. Er war mit einer natürlichen Güte und Großmut zur Welt gekommen, aber seine Eltern waren nie vermögend gewesen, waren jetzt sogar noch ärmer als früher. Was konnte Longsela machen? Wer trug in

Tibet noch Schmuck? Die chinesischen Offiziersfrauen zeigten Bescheidenheit, verzichteten auf Schminke, kleideten sich zweckmäßig und einheitlich. Tibeterinnen, die sich mit ihrem traditionellen Kopfputz auf die Straße wagten, wurden von den Jungkommunisten angehalten und mahnend gefragt, ob ihr soziales Gewissen es denn zuließ, dass sie ihren Reichtum den hungernden Massen vorführten? Die Juwelenhändler hatten ihre Läden geschlossen, die Gold- und Silberschmiede waren arbeitslos. Longsela und Paldor hofften, dass die Zeit eine Lösung bringen würde. Aber die Zeit verging, und nichts Gutes geschah.

»Wenn wir nicht arbeiten können, müssen wir alles den Chinesen verkaufen, bevor wir verhungern«, sagte Paldor und lachte mit leichtem Erstaunen darüber, wie die Dinge sich entwickelt hatten. Je unglücklicher er war, desto mehr liebte Longsela ihn und desto mehr Mitgefühl empfand sie für ihn. Es gab nur eine Möglichkeit, wenn sie ihre Finanzen aufbessern wollte: ihre Gemmen nach Indien zu bringen. Tibet war bankrott, aber Indien war unabhängig geworden. Ja, in Indien floss das große Geld. Indien war voller reicher Leute, und alle kauften Schmuck.

Longsela sagte zu Paldor: »Wer weiß, ob wir im nächsten Jahr noch reisen können? Du hast ja Baba Rajendras Brief gelesen. Er ist dabei, ein Vermögen zu verdienen.«

Baba Rajendra war ein äußerst schlauer Juwelenhändler aus Darjeeling. Ein liebenswerter Gauner, der eine Schwäche für Longsela hatte und sie nur maßvoll bemogelte. Sie kannten sich seit Jahren. Baba Rajendra sprach Urdu, Englisch und einige Brocken Chinesisch und lachte mit dunklem Bronzeton, während er die Steine durch seine kundigen Hände rieseln ließ, mit dem gleichen sinnlichen Vergnügen, das auch Longsela vertraut war. Er gab die Gemmen nur bei den besten Gold- und Silberschmieden in Arbeit, damit der Schmuck, wie er in seinem talentvollen Sprachgemisch verkündete, »die zarte Haut edler Frauen zum Strahlen bringt«.

»Ich will dir sagen, was ich denke«, sagte Paldor. »Bloß kann ich dir nicht sagen, warum ich so denke.«

Sie streichelte zärtlich sein abgemagertes Gesicht.

»Also, wie sieht es aus?«

»Ich habe Angst. Ich warte ständig auf Gefahren, die uns zustoßen könnten.«

»Bist du krank?«

»Mein Kopf schmerzt ununterbrochen.«

»Das sind nur die Gedanken«, sagte sie zärtlich. »Worüber denkst du denn so angestrengt nach?«

»Darüber, wie die Dinge sich so verändern.«

»Wenn du nicht willst«, erwiderte sie sanft, »dann reisen wir nicht.«

Er seufzte, drückte seine Stirn an ihre Stirn, die glatt und kühl war.

»Die Chinesen, das muss man ihnen lassen, bauen gute Straßen und sorgen für Ordnung. Und ab Shigatse, solange das Wetter gut ist, gehen die Karawanen ja täglich über die Pässe.«

»Also, was meinst du? Einverstanden?«

»Es geht wohl nicht anders«, sagte er. »Aber warten wir, bis Lhamo wieder da ist.«

Sie drehte den Kopf so, dass sie mit den Lippen seinen Hals berührte.

»Lhamo wird sich gut um die Mola kümmern.«

»Ja«, sagte er dumpf. »Die Mola ist ja selbst wie ein Kind.«

Yangzoms Zustand besprachen sie nie mit brutaler Direktheit. Das wäre respektlos gewesen. Die Mola war glücklich, so wie sie war. Manchmal war ihr Geist weg, einfach weg, wie der Kreidestrich weg ist, wenn man die Tafel abgewischt hat. Aber das machte ihr nichts aus, und man musste es akzeptieren. Sie saß den ganzen Tag, spielte mit ihrem Hündchen Deki oder wanderte durch alle Zimmer, ein leichtfertiges Lied summend, das aus ihrer Jugend stammte. Im Haus gab es sozusagen nichts, was nicht bereits vorhanden gewesen wäre, als sie noch jung war. Alle Farben und Formen und Geräusche einer weit zurückliegenden Zeit hatten sich in ihr Gedächtnis eingeprägt. Doch ihre Erinnerung löste sich auf. Sie freute sich immer, wenn Sonam kam und sich auf ein Kissen ihr zu Füßen niederließ. Sonam, die wie ein kleiner Junge aussah, die wirres Lockenhaar hatte und Augen, die Dinge sehen konnten, die andere vielleicht nicht sahen. Sonam hielt Deki auf ihrem Schoß und beobachtete dabei die Mola aufmerksam und genau, nahm sie wie eine helle Gestalt wahr, eine Gestalt in der Mitte. Die Mola interessierte sich eigentlich nicht dafür, was heute in Lhasa geschah und warum die vielen Soldaten hier waren. Alles Chinesen? Wie merkwürdig! Was hatten so viele Chinesen in Lhasa zu suchen? Sonam sagte, sie wüsste es auch nicht, die Chinesen seien einfach da. Sie erzählte lieber von ihrer Stute Dakini. Die Mola wusste eine ganze Menge über Pferde. Sie hatte ja einen eigenen Rennstall besessen.

»Zu Pferd siehst du alle Dinge ganz anders«, sagte die Mola. »Reiten ist eine geistige Übung. Sind die Pferde glücklich, verbreiten sie einen guten Geruch. Ein gepflegtes Pferd riecht nie aus dem Mund!« Sie erzählte von früher, als sie selbst eine gute Reiterin gewesen war. Wenn Sonam ihre Stirn an die Knie der Mola drückte, glaubte sie zu träumen. Sie war die Einzige, die Sinn für Großmutters Vergangenheit hatte, die von ihren Schilderungen nie genug bekam. Kelsang? Ach, Kelsang dachte nur an seine Bücher. Er hatte immer ein Buch in den Händen oder eines unter dem Arm. Und Lhamo? Wo ist Lhamo? Yangzom stellte täglich diese Frage. »Lhamo ist in einer Schule, in Peking«, antwortete Sonam dann mit gleichbleibender Geduld. Sie saß mit untergeschlagenen Beinen, Yangzoms fettes kleines Hündchen auf dem Schoß, umgeben von einem Regenbogen aus Erinnerungen. Es kam vor, dass die Mola die Hand hob: »Hör doch, Sonam! Da ist jemand im Garten, der die Dran-nye stimmt!« Sonam lauschte angestrengt und hörte zunächst nichts, aber hörte die Großmutter Musik, war die

Musik auch vorhanden. Und – ja, es dauerte nicht lange, da hörte Sonam sie auch, so nahe und deutlich, dass sie ganz glücklich wurde, sich im Takt der Musik wiegte und singen und tanzen wollte. Mit der Stimme der Großmutter kamen Geräusche und Gerüche von früher wieder, Gelächter und Musik und das Trommeln von Pferdehufen. Sonam legte den Kopf leicht schief, kniff die Augen zusammen. Sie lauschte auf die geflüsterten Worte, auf die leichten Seufzer, auf das Rascheln der alten Seidengewänder, und das Licht verwandelte sich in Bilder, die sie wirklich sah. »Mola, erzähl mir von den Reitern!«, bat Sonam. Die Mola erzählte, und Sonams Fantasie schwang sich sanft und beharrlich empor, streckte sich behutsam vorwärts, umkreiste Zeit und Raum. Und bald tauchten die Reiter aus einer Sandfahne auf, aus einer schweren und zugleich weichen Wolke. Von allen Seiten jagten sie herbei, unsichtbar getragen von Hufen, die im Dahinstürmen verschwanden, großartige Reiter in Rüstungen und mit Helmen, prunkvoll versteinert und unbesiegbar. Ließ man einen Augenblick die Zeit beiseite, existierten beide Welten wirklich nebeneinander. Welche war die echte und welche die falsche? Sonam glaubte nicht, dass überhaupt die Notwendigkeit bestand, eine Wahl zu treffen. Sie war sehr glücklich, dass die Mola so viel Geduld aufbrachte und ihr zeigte, wie man mit beiden Welten leben konnte.

SIEBZEHNTES KAPITEL

Ende 1957 – im Feuer-Vogel-Jahr – kam Lhamo aus Peking zurück, eine hochgewachsene Schönheit mit breiter Stirn, lang gezogenen Augen und sanft geschwungenen Brauen, die sich über der schmalen Nase beinahe trafen. Ihr schöner Mund hatte gelernt, Gedanken zu bewahren. Sie hatte die beste Rede für die Schulentlassungsfeier geschrieben und eine begehrte Auszeichnung erhalten, indem sie das chinesische Schulsystem lobte. Sie hatte dabei jeden kritischen Impuls unterdrückt und gezeigt, wie wichtig ein gebildetes Volk für den Fortschritt der Nation war. Sie wollte jetzt in Lhasa ein Lehrerseminar besuchen und hoffte, dass sie in ein paar Jahren selbst würde unterrichten können. Lehrer waren in Lhasa sehr gesucht. Auch Kelsang, der seine Schulzeit in Lhasa beendete, würde im Frühling nach Peking gehen. Kelsang konnte es kaum erwarten. Er war sehr von sich selbst eingenommen. Dass die ältere Schwester mehr wusste als er und auch bereits eine sehr chinesische Autorität zeigte, missfiel ihm. Nur bei Sonam, der eigenwilligen, störrischen kleinen Schwester, errang Lhamo wenig Bewunderung:

»Ich will nicht so gescheit werden wie du. Ich bleibe lieber bei der Mola und bei Dakini.«

»Ja, du riechst noch immer nach Pferdestall!«, neckte sie Lhamo. »Kommt es eigentlich vor, dass du dich wäschst?«

Inzwischen trafen Longsela und Paldor ihre Vorbereitungen. Sie hatten an Baba Rajendra ein Telegramm aufgegeben und ihr Kommen angekündigt. Einige Tage vor der Abreise suchte

Longsela ihre Freundin auf. Ling saß neben dem Ofen und korrigierte Hefte, die im Stapel vor ihr auf dem Tisch lagen. Longsela hätte das kleine Sommerhaus längst verkaufen können. Sie verzichtete darauf; sie wollte, dass Ling und An Yao es bequem hatten. Ihr Leben war entbehrungsreich genug.

Ling war in einen Wollschal eingewickelt. Sie fror ständig und wurde immer dünner.

»Ist Post für dich gekommen?«, fragte Longsela.

Nach der Befreiung war Lings ältere Schwester Mei, die früher Amanda geheißen hatte, nach Schanghai zurückgekehrt. Sie hatte sich, wie so viele, dem Wiederaufbau Chinas gewidmet. Seit drei Monaten war Ling ohne Nachricht von ihr.

»Ich habe ihr ein Telegramm geschickt. Keine Antwort. Nichts. Das ist noch nie da gewesen.«

Radio Lhasa gab nur die offiziellen Nachrichten der Partei durch. Die tibetische Abteilung von All India Radio berichtete von Unruhen. Was wirklich in China vor sich ging, wusste keiner. In Lings Weltbild aber durfte es irgendwelche Konflikte gar nicht geben, denn die Dinge in China waren in ein reibungsloses System der Vollkommenheit geglitten. Dass diese Harmonie den heftigsten Strömungen ausgesetzt wurde, nahm sie nur mit Widerwillen wahr.

»Wahrscheinlich funktioniert die Post nicht«, sagte Longsela.

Ling antwortete stoisch: »Das hörte ich schon von verschiedenen Leuten. Ach, Longsela, ich bin eine Plage! Mir fehlt es ganz einfach an Geduld.«

Das Dienstmädchen, eine Tibeterin vom Land, die glücklich war, in der Stadt leben und ihre alten Eltern mit etwas Geld unterstützen zu können, brachte Jasmintee in kleinen Schalen. Ling mochte keinen Buttertee.

»Wann gehst du?«, fragte Ling.

Longsela trank einen Schluck. Der Tee war heiß, und sie verbrannte sich die Zunge.

»In zwei Tagen. Wir fahren mit dem Jeep.«

»Warum habt ihr keinen Flug gebucht? Nach Darjeeling gibt es doch gute Verbindungen.«

»Wir fahren zuerst nach Shigatse, zu den Schwiegereltern. Wir haben sie seit vier Jahren nicht mehr gesehen. Paldors Vater geht es nicht gut.«

»Ist die Reise nicht gefährlich?«

»Die Straße nach Shigatse ist jetzt fertiggestellt. Und Yeshe ist ein guter Fahrer. Über die Pässe gehen wir dann mit Maultieren. Wir schließen uns einer Karawane an, da kann nicht viel passieren. Und zu Neujahr sind wir wieder in Lhasa. Wirst du mit An Yao ein bisschen auf die Kinder achten?«

»Selbstverständlich.«

»Auf Lhamo ist ja Verlass, und unsere Dienstboten sind vertrauenswürdig. Aber ich würde ruhiger sein, wenn ich weiß, dass ich auf euch zählen kann.«

»Du brauchst dir keine Sorgen zu machen.«

»Falls es Schwierigkeiten geben sollte, wendet euch an Dawa Rimpoche. Er ist im Kloster ein bisschen weltfremd geworden. Aber er kennt eine Menge Leute und hat auch viel Einfluss.«

»Das werden wir tun. Mach dir keine Sorgen.«

»Ich hoffe, dass du bald Post haben wirst.«

»Das hoffe ich auch. Ich bin sehr niedergeschlagen, Longsela. Ich habe das Gefühl, dass wieder Krieg in der Luft liegt.«

»Wie kommst du darauf?«

Ling schlürfte kummervoll ihren Tee.

»Es sind seltsame Zeiten, weißt du. In China sieht man überall Ketzer und Spione. Alle, die Mao kritisieren, gelten als reaktionär. Und Mei hatte schon immer eine lockere Zunge. Zum Glück ist sie bald siebzig«, setzte Ling mit traurigem Auflachen hinzu.

»Zum Glück?«

Ling verzog die spröden Lippen.

»In China ehrt man das Alter.«

»Na, das sollte dich ja beruhigen.«

»Ich habe unrecht, in Zorn zu geraten. Die Partei meint es ja nur gut mit uns«, sagte Ling in überzeugtem Tonfall.

Wie oft war Longsela schon staunende Zeugin geworden, wie Ling es immer wieder schaffte, ihr Vertrauen in die Partei als Stütze zu nehmen, um nicht den Mut zu verlieren. Und wahrscheinlich war sie kein Einzelfall. Longsela trank ihren Tee aus und erhob sich. Ling, in ihren Schal eingewickelt, brachte sie zur Tür. Sie streckte die Hand aus, und Longsela nahm sie, obgleich sie ihr nur konsternierte Gedanken zuwandte. Ihr fehlte die Kraft, Ling zu sagen, sie sollte doch nicht so gutgläubig sein. Die Erziehung der Partei war gelungen. Leider. Als die beiden Frauen einander umarmten, stieß Lings Brillengestell ziemlich schmerzhaft an Longselas Stirn. Sie sah, dass Ling Tränen in den Augen hatte.

»Warum weinst du, Ling?«

Sie wandte ihr feines Profil von ihr ab. Ihre Stimme schwankte zwischen Schluchzen und ersticktem Gelächter.

»Ach, es ist nur der Wind. Du weißt ja, dass ich empfindliche Augen habe. Also, pass gut auf dich auf, und achte bitte auch ein bisschen auf Paldor. An Yao und ich kümmern uns um die Kinder.«

Der Vollmond schien, und Yangzom schlief schon seit ein paar Nächten nicht mehr. Es war, als ob ihre Trägheit tagsüber den Schlafmangel ausglich. Sobald der Mond in ihr Zimmer leuchtete, wurde sie unruhig. Sie verließ mit großer Anstrengung ihr Bett, wanderte unsicher tapsend durchs Haus. Weil sie Filzpantoffeln trug, hörte ihre Zofe sie oft nicht rechtzeitig. Eines Nachts, im Traum, hörte Longsela eine lustige Stimme, die ein altes Reiterlied sang. Plötzlich erwachte sie und erschrak, weil das Lied ganz aus der Nähe erklang. Sie richtete sich verstört auf und sah eine dunkle, breite Gestalt vor ihrem Bett stehen.

»Amla, was machst du hier?«

Yangzom hob ihre kleine, fleischige Hand.

»Pssst! Kind, du solltest schlafen.«

»Wie kann ich schlafen, wenn du singst?«, antwortete Longsela, beunruhigt und etwas verärgert.

»Ach, gefällt dir mein Lied nicht? Ja, ja, ich habe nicht mehr die gleiche Stimme wie früher.«

Da erwachte auch Paldor, geleitete die Schwiegermutter behutsam hinaus und weckte die Zofe, die sich ihrer annahm und sie wieder zu Bett brachte.

Die Unruhe ihrer Mutter bedrückte Longsela mehr, als sie es wahrhaben wollte. Oft, wenn sie an ihre Reise dachte, kamen ihr die fürchterlichsten Gedanken in den Sinn. Ja, sie hatte Angst, obwohl sich ihre Vernunft dagegen auflehnte. Diese Herzensangst schien ihr absurd. Sie konnte keine wirkliche Grundlage haben, keinen wahren Sinn. In Kürze würde sie wieder in Lhasa sein, würde der Familie von ihrer Indienreise erzählen; und die Kinder würden ihr ihre während der Abwesenheit erlebten Freuden und Nöte mitteilen. Aber was war eigentlich mit Sonam, die jetzt ständig bei der Mutter sein wollte, ihr überallhin folgte, das Hündchen Deki an sich gepresst, bis Longsela die Geduld verlor?

»Ich weiß, dass es zwei lange Monate werden! Die kannst du doch wohl aushalten? Und haben wir dir nicht versprochen, dass wir alle zusammen Neujahr feiern werden?«

Sonam betrachtete sie aus verschleierten Pupillen. Es lag viel Melancholie in ihrem Blick. Eine Melancholie besonderer Art, unbefangen und ernst, wie der Blick des Hündchens, das sie in den Armen hielt.

»Und wenn du nie wieder nach Hause kommst?«

Longsela wusste, dass ihre Jüngste die Welt mit eigenen Augen betrachtete, in den Farben ihrer Fantasie. Trotzdem wurde sie von dem Schmerz und Kummer ergriffen, den Sonams Gesicht mit einem Schlag zeigte. Sie zwang sich, in festem Ton mit ihr zu reden.

»Sonam, du bist jetzt ein großes Mädchen. Sei vernünftig und gib auf deine Mola acht. Du weißt, dass sie nicht klar im Kopf ist.«

Auf Sonams gebräuntem Gesicht lag ein gesammelter, ferner Ausdruck. Sie hatte den Kopf leicht zwischen die Schultern gezogen und ließ diese etwas hängen. »Mola und ich verstehen uns gut. Sie bringt mir Lieder bei und erzählt Geschichten von früher.« Bei diesen Worten winselte das Hündchen und schüttelte sich, und Sonam trug es aus dem Raum.

Die letzten Stunden flogen dahin. Longsela kam es vor, als habe die Zeit selbst es jetzt eilig. Etwas Beunruhigendes beschäftigte sie sehr – beschäftigte sie bis zum Wahnsinn, weil sie nicht hätte sagen können, was es war. Doch am Vorabend der Abreise rief sie Sonam zu sich. Beide setzten sich auf Longselas Bett. Sonam sah still zu, wie ihre Mutter die alte Lederschnur mit den Dzi-Steinen über ihren Kopf zog und mit geschickten Händen, jedoch recht mühevoll, den Knoten löste. Sie ließ ungefähr die Hälfte der Steine in ihre Hand gleiten, wobei sie sorgfältig darauf achtete, dass die Farben zusammenpassten. Dann reihte sie die Steine auf einer neuen, robusten Lederschnur auf, legte sie Sonam um den Hals und zog den Knoten im Nacken fest.

»Du wolltest doch schon lange meine Dzi-Steine.«

Sonams Wangen zeigten eine lebhafte, sanfte Färbung.

»Warum hast du dir mit mir die Kette geteilt, Amla? Sie ist jetzt viel kleiner und weniger schön.«

»Weil ich dir etwas von mir zurücklassen will. Du sollst nicht traurig sein.«

Der Atem des Mädchens ging rascher. Ihre Augen waren dunkler, ihre Lippen lebendiger.

»Ich bin nicht mehr traurig.«

Mutter und Tochter blickten gleichzeitig in den Wandspiegel am Fußende des Bettes. Longsela sah Sonams Gesicht neben dem ihren und war überrascht, wie sehr beide Gesichter einander glichen.

»Du kennst doch die Geschichte«, brach Longsela schließlich das Schweigen. Sonam drehte die Augen zu ihr hin. Longsela entdeckte auf dem gebräunten, stolzen und verschlossenen Gesicht einen starken, beharrlichen Eigensinn.

»Ich möchte sie noch einmal hören.«

Longsela erzählte also von ihrer Begegnung mit den Nomaden, von dem verletzten kleinen Jungen und von dessen Mutter, die ihr die Kette geschenkt hatte. Als sie das alles erzählt hatte, fragte sie Sonam: »Hast du die Zauberworte noch gut im Kopf?«

Die Frage schien Sonam überhaupt nicht zu überraschen. Es schien fast so, als habe sie darauf gewartet. Ihre Lippen hoben sich leicht. Sie zeigte ein ganz zart angedeutetes Lächeln, das ihre Züge verklärte. Sie senkte die Augen, als ob sie den Blick nach innen richtete, sagte den Spruch leise auf und versprach sich kein einziges Mal.

»Wie das Blut, so rot
Wie die Erde, so braun
Wie die Sonne, so gelb
Steine, erfüllt meinen Wunsch.«

Dann hob sie die Augenlider wieder und bezog die Mutter in ihr Lächeln ein. Longselas Kehle fühlte sich an, als wäre sie von Tränen voll. Sie legte beide Arme um das Mädchen, drückte es fest an sich.

»Du hast die Worte wundervoll aufgesagt!«

Sonam schmiegte ihre heiße Wange an die Wange der Mutter.

»Danke, dass du mir die Steine gegeben hast.«

Es ist eine Art von Bündnis, dachte Longsela, das einem sehr gewichtigen Versprechen gleicht. Sie schluckte ihre Tränen hinunter, zeigte mit Mühe ein Lächeln.

»Nun, verliere sie nicht wieder im Fluss!«

Sonam schüttelte den Kopf.

»Nein, es sind doch die richtigen Steine.«

»Ist jetzt alles gut?«, fragte Longsela. »Hast du keine Angst mehr?«

Sonam hob ihre kleine, aufgesprungene Hand. Ihre Finger mit den abgebrochenen Nägeln strichen über die glatten Steine.

»Angst? Nein! Jetzt habe ich vor nichts Angst.«

Auch Longsela fühlte sich besser; ein Teil ihrer Befürchtungen verließ sie. Doch als der Augenblick der Abreise kam, konnte sie nicht anders, als den Abschied mit allen möglichen kindischen Tricks aufschieben: Sie hatte noch eine Jacke vergessen, Paldor trug nicht die richtigen Stiefel, sie wollte noch etwas Tee, Yeshe sollte mehr Tsampa essen – schließlich war er nicht mehr jung, und der Tag würde anstrengend sein … Endlich bestiegen Longsela und Paldor ihr Fahrzeug. Yeshe saß am Steuer, würdevoll, wortkarg, unrettbar altmodisch. Neben ihm thronte, in ein Schafsfell gehüllt, sein Neffe Telsen. Dieser war achtzehn Jahre alt, ein Riese mit einem Kindergesicht, das sich recht grimmig verfinstern konnte. Telsen trug ein großes Messer am Gürtel und vermochte auch gut mit einem Gewehr umzugehen, sodass er als Leibwächter eine eindrucksvolle Figur abgab. Noch vor fünf Jahren wären Paldor und Longsela mit einer Eskorte gereist, aber diese Zeiten waren vorbei. Telsens Hauptaufgabe bestand darin, mit dem Onkel das Zelt aufzuschlagen und zu kochen, wenn im Freien übernachtet werden musste. Nun stand der Wagen bereit. Vor dem Tor wartete die Großmutter, an ihrer Seite die Kinder. Paldor und Longsela verneigten sich vor ihr. Yangzom legte ihnen beide Hände auf und übergab ihnen zwei Glücksschärpen, die Seine Heiligkeit gesegnet hatte. Sie wusste nicht mehr, wohin Longsela und Paldor eigentlich reisten, und schwankte ein wenig auf ihren strapazierten Knien. Dennoch eine würdevolle Gestalt mit viel Selbstgefühl, eingezwängt in schillernde Stoffe. Ihr gepudertes Antlitz strahlte verschlafene Güte aus, ihre Augen blickten verwirrt, doch sie irrte sich nicht in den heiligen Worten, was Longsela sehr freute. Sonam stand dicht neben ihr, als ob sie den Eltern zeigen wollte, dass sie jetzt die Beschützerin der Mola war. Kelsang, immer noch recht klein für sein Alter, aber mit großen Händen und Füßen, machte ein finsteres Gesicht. Longsela umarmte ihn mit den Worten: »Lerne nicht zu viel, Junge. Du musst auch an die frische Luft!« Kelsang lachte verlegen, weil die Eltern ihn vor allen Dienstboten umarmten, und das, obwohl er fast vierzehn war.

»Denke daran«, sagte Paldor lächelnd zu Lhamo, »dass du jetzt die Hausherrin bist.«

Lhamo trug, als Zeichen ihrer ganz neuen Würde, ein gewaltiges Schlüsselbund am Gürtel. Denn die Hausfrau hat absolute Schlüsselgewalt; sie bestimmt, was eingeschlossen werden soll oder nicht. Und jeden Abend vor dem Schlafengehen wandert sie durchs Haus und vergewissert sich, dass alle Türen gut verriegelt sind.

Lhamo straffte die Schultern.

»Macht euch keine Sorgen. Ich werde auf alles gut acht geben.«

Die Eltern betrachteten sie mit einem Gefühl aus Stolz und Liebe. Wie schmal Lhamo war in ihrer tibetischen Tracht, die klaren Züge im Morgenwind leuchtend! Wie jung noch, und doch wie selbstbewusst! Der Augenblick des Abschieds kam. Die drei Kinder legten Glücksschärpen um die Schultern der Eltern, des Fahrers und des Neffen, und alle Dienstboten taten es ihnen gleich. Und dann stiegen Longsela und Paldor in den Jeep, der Motor sprang an. Reisende und Zurückbleibende winkten einander zu. Der Jeep rollte dem Tor entgegen, Kies spritzte unter den Rädern auf. Als der Wagen zwischen den offen stehenden, mächtigen Torflügeln nach draußen fuhr, fasste Longsela Paldors Hand und hielt sie fest. Eine wahrhafte Gemeinschaft macht, dass die Gefühle des einen dem anderen nahe sind. Hatte Paldor nicht jedes Mal, wenn Longsela sich quälte, sich selbst gefoltert, in der Klarsicht der Liebe, in

Unruhe und Mitleid? Die Religion lehrte, dass Menschen, die zu stark an der Familie, an einen Ort oder an einen Gegenstand gebunden sind, nur mit Mühe nach dem Tod ihre Reinkarnation finden. Die beunruhigte, traurige Seele bleibt lange Zeit in der Nähe der Familie, sucht sie heim und macht ihnen sogar Angst. Aber Longsela und Paldor hingen halt sehr an ihrer Familie, an ihrem Heim. Und während sich das Haus ihren Blicken entzog, hinter staubigen Mauern unsichtbar wurde, empfand Longsela einen heftigen, körperlichen Schmerz. Es war, als ob man ihr bei lebendigem Leib das Herz aus der Brust riss. Inzwischen schaukelte der Wagen durch das Wirrwarr von Straßen, vorbei an den Betonkästen, die die Chinesen bauten, an den alten Steinhäusern, deren Bauweise seit Jahrhunderten die gleiche war: ein quadratischer Raum, weiß gekalkte Lehmwände. Der Boden aus gestampfter Erde, das Dach aus Balken, stark genug, um die Schneelast zu tragen. Die Ärmlichkeit bedrückte niemanden. Sie war für alle gleich. Blumentöpfe schmückten die Fenster, Vögel sangen in kleinen Käfigen. Auf der Schwelle der Haustüren standen bunt gekleidete Frauen, die laut lachten und mit den Händen redeten. Es war Herbst; schon frühmorgens wehte Staub, von Rädern, Füßen, Hufen aufgewirbelt, wie ein leichter Nebel über den Basar. Händler mit Schubkarren und Bündeln, Reiter, Maultiertreiber, Nomaden mit Türkisen in den Ohren, hochgewachsen in ihren zottigen Schafsfellen, Mönch-Beamte, kindliche Nonnen und Novizen. An jeder Kreuzung regelten chinesische Polizisten mit gebieterischer Trillerpfeife und weiß behandschuhten Händen den Verkehr. Vieles jedoch wurde dem Zufall, dem guten Willen, der Sorglosigkeit oder dem Schicksal überlassen. Ein Klingeln und Surren erfüllte die Luft, weil die meisten Leute ja Fahrrad fuhren, während Kinder unbekümmert vor den Haustüren spielten und langhaarige Hündchen in der Sonne dösten. Bald erreichte der Jeep den Parkhor, den inneren Ring, der zum Jokhang-Heiligtum führte. Hunderte von Pilgern trafen sich hier, an der Grenze zu Gott. Sie drängten sich dicht wie die Winterbienen, und ihre gemurmelten Gebete erzeugten ein ständiges Brummen. Manche Gläubige kamen auf Krücken, in Lumpen gekleidet. Andere warfen sich zu Boden, erhoben sich wieder, wiederholten unermüdlich die gleiche Bewegung, maßen mit abgemagerten Körpern die ganze Länge der Strecke. Ihr zerzaustes Haar war weiß vor Staub, ihre schweißnassen Gesichter ölig; sie hatten Bretter um Knie und Hände geschnallt. Mönche schützten ihren kahlgeschorenen Kopf mit einem großen Schirm. Alte Frauen, das verzückte Antlitz erhoben, drehten kleine kupferne Gebetsmühlen. Ihre Wunschkraft führte sie den goldglitzernden Dächern, den Riesenmauern entgegen, die aus den Felsen wuchsen und den Glauben höhertrugen, in den Himmel, wo das Geheimnis rief und lockte. Wie gewaltige Schmetterlinge wehten Gebetsfahnen, zogen in ihre Seelenlungen die Aromen der Lebenden, um sie den Toten zu schenken. Vor Longselas Augen schwankten die Fahnen auf und nieder, mit wechselndem Aufflammen von Grün, Blau und Gelb. Sie nahm alle Bilder und Eindrücke gierig auf, bestaunte diese Dinge, die ihr vertraut waren; sie spürte rund um Lhasa eine Kraft, lichtdurchströmt, über alles menschliche Denken erhaben, gnädig und Freude spendend und niemals bedrohlich. In Longsela regte sich etwas; etwas Neues, das keinen Namen hatte. Wenn ihr Blick sich auf etwas richtete, so war es, als wollte sie es bis zur Neige auskosten. Sie sah sich von Luft und Licht umgeben, von einer zum Untergang verurteilten heiligen Helle, während Schatten wuchsen wie die Schatten der Berge, sobald die Sonne sinkt und die Täler sich verdunkeln. Inzwischen fuhren sie dahin, am Berg Tschagpori mit dem gleichnamigen Kloster vorbei, dem Steintor mit seinen Reliquienschreinen entgegen, das früher als Stadteingang streng bewacht zu werden pflegte. Nun standen chinesische Soldaten hier, die ziemlich wahllos Kontrollen durchführten. Auf den Bäumen hockten Königskrähen, hoben die Flügel wie schwarze Gewänder im Wind. Es waren heilige Vägel, denn die Götter hatten ihnen den Auftrag erteilt, die Straße von Unrat und verwesendem Aas zu reinigen. Die Strecke, von grauen Backsteinen gesäumt, die in der Sonne trockneten, war mit Fahrzeugen verstopft, darunter zahlreiche Lastwagen, die fast die ganze Breite der Straße einnahmen. Infolge ihrer Last, die stets das erlaubte Gewicht überstieg, lagen die Wagen immer etwas schief. Dabei machten die unzähligen Pakete, die Kisten, Körbe, Säcke und Bündel nicht einmal das schlimmste Übergewicht aus. Denn darüber hinaus trugen ihre Dächer – ja notfalls selbst die Planen – noch eine beachtliche Anzahl Menschen, die dicht aneinandergepresst, oft liegend, dort oben hockten. Die Lastwagen waren mit Flitterwerk, Glücksschärpen und buddhistischen Rosenkränzen geschmückt, eine Beruhigung für die Fahrer, die im Gebirge nicht selten die Ränder der Abgründe streiften. Doch es gab auch andere Lastwagen, chinesische, die in großen Mengen bewaffnete Soldaten beförderten. Und alle fuhren nach Süden. Glaubten die Chinesen wirklich, fragte sich Longsela, dass ihre Propaganda in Tibet Wurzeln fassen konnte? Sie glaubten es wohl; ihre alleinige Wahrheit hatte sie fanatisch werden lassen. Doch ihre politischen Schlagworte waren nach wie vor wie das Quäken einer Kindertrompete im Schweigen der Berge, wenn man auf das Rauschen des Windes hörte, auf das Tropfen einsamer Quellen. Nichts kann dem Glauben widerstehen – außer einem ebenso festen Glauben. Die Chinesen brachten Fragen – die Tibeter wollten keine Fragen, auch Longsela nicht. Fragen machten alles zu deutlich. Die Angst, die sich in ihr regte, war eine Angst am Rande und jenseits gewöhnlicher Angst. Sie konnte fühlen, wie die Angst mit jedem Atemzug an Kraft, an Antrieb gewann. Im krampfhaften Bemühen, diesem Zustand ein Ende zu setzen, beschwor Longsela die Dzi-Steine, sagte im Geist die magischen Worte auf: »Steine, erfüllt unseren Wunsch! Alles soll bleiben, wie es vorher war. Macht, dass wir wieder nach Hause kommen.«

Paldor sah, wie ihre Lippen sich bewegten, und drückte ihre Hand, bevor er die klammen Finger löste und Longselas Hand aus seiner glitt. Ihre Augen trafen sich, und beide tauschten ein Lächeln. Es war ein schwaches, betrübtes Lächeln, aber das genügte. Sie waren immer noch traurig gestimmt, doch die Zuversicht vollbrachte kleine Wunder, die ihnen als objektive Empfindungen, als etwas Reales erschienen. Aus irgendeinem Grund, den sie sich nicht erklären konnten, war die Angst nicht mehr da. Ihr Verschwinden machte alle Dinge leichter zu ertragen. Die Wirklichkeit mit ihren ganz konkreten Gefahren wirkte plötzlich viel weniger bedrohlich.

Schon begann das Vorgebirge, ein Hügel nach dem anderen, eine sich hebende und senkende Landschaft, mit Kuppen und Kämmen. Und weit unten am Himmel, aufragend über die Berge der nächsten Umgebung, schimmerten die Herrscher über Schnee und Eis, die Gipfel des Himalaya.

Indessen, die Reise verlief ohne Zwischenfälle, obwohl die Straße streckenweise in sehr schlechtem Zustand war; eine ungeschickte Bewegung des Fahrers, ein Augenblick der Unaufmerksamkeit, das kleinste Versagen des Motors oder der Bremsen – und die Fahrzeuge kamen von der Straße ab. Dies geschah oft. Longsela und Paldor sahen immer wieder Reste von Wagen, die hundert Meter tiefer zerschellt waren. Der Winter hatte sie unter Eis und Schnee begraben, jetzt waren nur noch rostige Wrackteile übrig. Dann und wann sah man wohl kleine Gruppen von Arbeitern, die am Straßenrand saßen und Steine zerkleinerten. An einigen Stellen war die Straße mit diesen Steinen frisch aufgeschüttet worden. Longsela fiel auf, dass die Vorarbeiter und Aufseher Chinesen waren. Man erkannte sie an ihren Uniformen. Alle Arbeiter aber waren Tibeter. Unter ihnen befanden sich auch Frauen und Kinder, die noch im Schulalter waren.

Sie erreichten Shigatse, froh, dass sie nach so vielen Nächten im Zelt oder in ungemütlichen Gasthäusern endlich ein weiches Bett, ein geheiztes Zimmer hatten. Noch ehe sie erwacht waren, stand ein Diener mit süßem Tee und Gebäck an ihrem Bett; man brachte ihnen warmes Wasser zum Waschen. Die Schwiegereltern aber waren stark gealtert. Während Dechen noch Spuren ihrer vergangenen Schönheit zeigte und sich auch ihren Sinn für Humor bewahrt hatte, war Dorje Kadrun am Erblinden und ging nur noch am Stock. Vor ein paar Monaten war er gestürzt. Oberschenkelhalsbruch. Im Zusammenhang damit sprach er oft von den Chinesen. Er hatte im Krankenhaus schlimme Geschichten gehört.

»Sie haben keinerlei Achtung vor uns. Man sagt, dass sie an tibetischen Kranken neue Medikamente ausprobieren. Als dem Sohn meines Freundes Tsering der Blinddarm operiert wurde, hat der Vater sein Kind lieber einem indischen Arzt anvertraut.«

Longsela und Paldor ihrerseits erzählten, dass sie in Lhasa freundliche und hilfsbereite chinesische Ärzte getroffen hätten. Darunter auch die Krankenschwester, die Yangzom Spritzen gab, um ihre Gelenkschmerzen zu lindern.

»Diese Spritzen bringen ihr wirklich Erleichterung«, sagte Paldor.

»Wir haben auch gute chinesische Freunde«, warf Longsela ein. »Sie versprachen uns, nach den Kindern zu schauen.«

»Traust du ihnen?«, fragte Dechen.

»Ja, und zwar von ganzem Herzen. Großzügigere Menschen sind mir selten begegnet.«

»Achten sie die Religion?«, fragte Dorje Kadrun.

»Oh ja. Sie betreten unsere Heiligtümer voller Respekt und spenden Butter. Wobei gesagt werden muss, dass sie ehemalige Christen sind. Aber sie richten sich im Leben eher nach den moralischen Vorschriften des Konfuzius.«

»Und wie denken sie über Mao Tse-tung?«

»Ach, sie verehren ihn sehr. Obwohl sie manchmal auch Kritik üben. Hinter vorgehaltener Hand, versteht sich.«

Dorje erzählte, dass sie auf einer Pilgerreise Chinesen in Lumpen gesehen hatten, die Ketten trugen und den Teerbelag der Straße erneuerten. Es seien Kuomintang-Beamte gewesen, die ihre Strafe abbüßten, hatte man ihnen erklärt. Dechen hatte den Sträflingen Tee und etwas zu essen gebracht und war über ihren Zustand entsetzt.

»Diese armen Menschen waren es überhaupt nicht gewohnt, solche Arbeit zu verrichten! Sie hatten eiternde Wunden unter ihren Eisenketten. Einige waren schwer krank. Sie mussten trotzdem arbeiten. Sie bedankten sich sehr höflich bei mir. Sie hatten sich noch einen Rest von Würde bewahrt und schämten sich, dass wir sie in diesem schrecklichen Zustand erlebten.«

Dorje nickte mit düsterem Ausdruck.

»Ja, wir waren sehr erschüttert. Sind die Chinesen derart brutal zu ihren eigenen Landsleuten, werden sie auch mit uns kein Mitleid zeigen.«

Longsela, die bei jeder Gelegenheit die größte Höflichkeit bewahrte, hörte sich zu ihrer eigenen Überraschung widersprechen.

»Ach, Beamte! Man weiß doch, wie korrupt die waren. Es gab so viele Ungerechtigkeiten in China.«

Noch während sie antwortete, erschrak Longsela und dachte bei sich selbst: Jetzt rede ich genauso wie Ling!

Konnte es sein, dass sie bereits unter dem gleichen Einfluss stand? Oder war es nur ein Versuch, sich selbst zu beruhigen? In ihrer feinfühligen Art war Dechen Longselas Verwirrung nicht entgangen. Sie machte ein zustimmendes Zeichen.

»Ja, vielleicht haben sie ihre Strafe tatsächlich verdient. Aber ich sehe sehr ungern grausame Dinge. Sie schmerzen mich desto mehr, je intensiver ich mich mit unseren religiösen Büchern befasse, mit der Ursache des Leides und dem Weg, der zur Beendigung des Leides führt. Ich mache mir beim Lesen viele Notizen.«

»Vielleicht sollte ich auch diese Bücher lesen«, sagte Longsela in dieser Nacht zu Paldor, als sie in der Beuge seines Armes lag. »Ich sehe die Dinge nicht mehr klar. Ich bin eine alte Frau.«

Paldor strich zärtlich über ihren schmalen Bauch. Sie hatten sich der Liebe überlassen und dann im weichen Wasser aus den Tonkrügen erfrischt, die im Baderaum nebenan für sie bereitstanden. Nun lagen sie eng umschlungen, genossen die satte Wärme ihrer Haut. Paldor streichelte Longselas Lippen mit der Zungenspitze.

»Du bist jung«, sagte er, »und wirst es immer bleiben.«

»Auch wenn ich so dick wie meine Mutter werde?«

Paldor lachte sehr.

»Das wird nie passieren. Du isst viel zu wenig!«

Longsela lächelte auch, bevor sie wieder ernst wurde.

»Paldor, was deine Eltern gesagt haben, geht mir nicht aus dem Kopf. Woher mag es kommen, dass ich Ling und An Yao vertraue und gleichzeitig Angst vor den Chinesen habe?«

Diese Angst ergriff sie ohne eigentlichen Grund, aber stark und regelmäßig und nachhaltig. Sie war nie von ihr gewichen; Longsela hatte sich nur besser daran gewöhnt, als ob sie chronisch geworden wäre. Sie mochte dieses Gefühl bei sich nicht.

»Ich glaube nicht«, erwiderte Paldor, »dass wir die Chinesen wirklich verstehen können. Sie sehen sich als Opfer einer verdorbenen Gesellschaft. Ihr politisches System hat viel Gutes gebracht; sie sind nicht gewillt, irgendeine Kritik einzustecken. Und weil sie viel Pflichtbewusstsein haben, zählt bei ihnen nicht die Meinung des Einzelnen, sondern die Meinung der Allgemeinheit. Leute, die nicht mitmachen, gehören zur Klasse der Bourgeoisie, die diese Meinung möglicherweise nicht teilt und die Volksdiktatur gefährdet, die etwas Großes ist. Die Regierung kann das Risiko nicht auf sich nehmen.«

Sie schwieg so lange, dass er sie fester an sich zog.

»Sag mir etwas, irgendetwas …«

»Paldor«, flüsterte sie.

»Longsela, hör zu. Auch im Neuen China gibt es Leute, die sich lieben …«

Sie schmiegte ihr Gesicht an seines, und so blieb sie lange liegen, bevor sie erneut das Schweigen brach. Dabei schimmerte ihr Blick kindlich und etwas verloren.

»Buddha war gut zu uns, dass wir uns gefunden haben. Wir konnten noch glücklich sein.«

Er beruhigte sie.

»Wir sind doch glücklich.«

»Sei still«, hauchte sie.

Er sah ihr vom Mond erhelltes Gesicht. Sie lächelte ein wenig schmerzlich.

»Was verlangst du mehr?«, fragte er.

Sie antwortete leise.

»Noch etwas Zeit. Nur noch ganz wenig Zeit.«

»Buddha ist barmherzig«, sagte Paldor mit sanfter Betonung, fast als spräche er zu einem Kind. »Ein wenig Zeit wird er uns noch schenken …«

ACHTZEHNTES KAPITEL

Die paar erholsamen Tage im Haus der Schwiegereltern waren schnell vorüber. Jetzt kam der beschwerliche Teil der Reise. Yeshe hatte Maultiere gemietet, eine Karawane gefunden, der sie sich anschließen konnten. Der Abschied von den Schwiegereltern war heiter: In kurzer Zeit würden sie ja wieder in Shigatse sein und mit dem Jeep die Rückreise nach Lhasa antreten. Paldor und Longsela hofften, rechtzeitig zu Neujahr wieder in Lhasa einzutreffen. Longsela trug eine Tschuba und lange Hosen, damit sie mühelos in den Sattel steigen konnte. Ein Filzhut schützte sie vor der starken Bergsonne. Noch vor Kurzem rieben die Damen Lhasas ihre helle Haut mit Walnusssaft ein, der den Teint mit einer schwärzlichen Schicht überzog, denn keine Frau wollte braun werden. Nun aber benutzte Longsela, wie die meisten eleganten Damen, Coldcream von Pond's und fetthaltigen Lippenstift von Elizabeth Arden. Die Gemmen waren gut verborgen; Longsela und Paldor trugen sie in Ledersäckchen unter ihren Kleidern, dicht am Körper. Die Karawane bestand aus Händlern, die in Indien ihre Ware verkauften, derbe, lustige Gesellen, die die Strecke gut kannten. Für die schmalen Bergpfade und die harten Steigungen eigneten sich Maultiere besser als Pferde, die leicht erregbar waren und vor jedem Hindernis scheuten. Maultiere liefen leichtfüßig und sicherer als das edelste Pferd, denn sie waren für solche Wege geboren. Noch war das Wetter gut, die Sicht klar. Die Karawane bewegte sich auf steinernen Pfaden, am Rande von sprudelnden Gebirgsbächen. Auf jeder Passhöhe befanden sich »Lhartsen« – Anhäufungen von Gebetssteinen –, alte und neue Steine, flache und runde, von verschiedener Größe und Herkunft. Und immer waren, an vier langen Stangen befestigt, Gebetsfahnen gehisst, die ihren Segen in alle Himmelsrichtungen schickten. Die Gipfel waren bereits in weiße Schneedecken gehüllt, aber noch dufteten die Berge würzig nach Zedern- und Tannenluft. Dann und wann sah man Tiere: Fasane, Pfeifhasen oder Adler, die sich edel und frei im Himmelslicht herumwarfen. Und überall war die Schönheit der ersten Tage dieser Welt: das wandernde blaue Licht, das Gebirge mit seiner eigenartigen, gewalttätigen Energie, die die Menschen spüren ließ, wie klein und verletzlich sie doch waren. Doch das Licht zog seine weite Kreisbahn über die Bergriesen, und in der Luft lag eine Heiligkeit, die den Geist froh machte. Die Karawanenführer kannten alle Rastplätze; sobald es dunkelte, wurden die Zelte aufgestellt und die Kochfeuer loderten. Longsela und Paldor, in ihre Fellmäntel gehüllt, blickten in die Nacht, die wie tönendes Glas war, und hatten ihre Gedanken. Sie sahen das wechselnde Gefunkel der Sterne; und die Schwerelosigkeit, die sie aufnahm, war wie ein Hinsinken, ein Traum, ein Vorgeschmack der Ewigkeit. Einmal sagte Paldor zu Longsela: »Würdest du jetzt ganz oben auf dem Gipfel stehen, könntest du in die Tiefe des Weltraums blicken.«

Sie fragte lächelnd, das emporgewandte Gesicht an seine Schulter gelehnt: »Ach, und was würde ich dort sehen?«

Seine Stimme klang ernst aus der Dunkelheit heraus.

»Ich denke, du würdest Gott sehen …«

Später sollte Longsela noch oft an diese Worte denken. Es waren dann die Worte, die ihr Hoffnung schenkten in einer Zeit, in der sie keine mehr hatte.

Der Abstieg nach Indien begann; weiß gefleckte Birken und finstere Tannen gingen in Rhododendronwälder über. Die Zugvögel auf dem Weg nach Süden ließen sich in den

Schluchten nieder, suchten Nahrung, ruhten sich aus. Oft waren es Tausende, hinabrieselnden Schneeflocken gleich, bevor sie in der Morgensonne ihre Schwingen spannten und weiterflogen, in unendlicher herrlicher Freiheit, der Weltkugel entlang.

Noch war Darjeeling, von Teeplantagen und bewaldeten Bergen umgeben, ein lieblicher Anblick, freundlich und strahlend. Noch erhoben sich flügelgleich die Dächer der Tempel, Schreine und Pagoden. Noch vergoldete die Sonne die alten Kupfertore, und die Herrenhäuser zeigten wuchtige Pfeiler und Balken, von Schnitzwerk umrahmte, elegant vorspringende Balkone. Aber die Säulengänge zerfielen, in den Ziergärten wuchsen Pflanzen und Blumen dicht und wirr durcheinander. Nach Darjeeling kamen früher die Engländer zur Erholung, wenn im indischen Flachland die Hitze brütete. Doch die neue Zeit gefährdete eine Harmonie, die die Kolonialmächte sich aus klugem Eigennutz erhalten hatten. Jetzt herrschte Hochkonjunktur, die Bodenpreise stiegen, und überall wurde gebaut. Autos und Lastwagen durchrasten die Hauptstraßen. Unter einem Wirrwarr von elektrischen Leitungen stauten sich Verkehrsmittel aller Art, Lieferwagen, Handwagen, Rikschas und klingelnde Fahrräder. Die Radelnden suchten mit der hierorts üblichen Nonchalance ihren Weg, bogen todesmutig in den Zwischenräumen wartender Autos nach rechts oder links aus. In dichten Scharen fluteten und schlurften die Fußgänger vorbei, die Straßenkehrer taten, was sie konnten, die Ärmeren sammelten den Abfall des Marktes. Aber auch die Armen waren hier nicht wirklich arm. Die Täler waren eine Kette von Flüssen und Seen, mit den freundlichen Spiegelbildern ihrer Obstgärten, Maulbeerbäume, Teeplantagen und Flachsfelder. Die Bauern brauchten den Boden nur ein wenig zu kratzen, um ihrer Ernte sicher zu sein. Die Gegend war reich, und trotz aller Steuern musste keiner verhungern.

Baba Rajendra, der die Gemmen mit Ungeduld erwartete, begrüßte seine Besucher mit stürmischer Freude. Sein fächerförmiger Bart war mit Henna gefärbt. Der umfangreiche Bauch unter dem teuren Stoff seines Gewandes wie auch das weiche Leder seiner Pantoffeln zeigten seinen Wohlstand. Er trug zu seinen Beinkleidern Socken aus allerbester Wolle und eine Schärpe um die Taille, weil er ein chronisches Nierenleiden hatte. Sein Turban aus dottergelbem Musselin war elegant geschlungen, und er roch nach Kardamomsamen, die er zur Bekämpfung von Verdauungsstörungen zwischen den kräftigen, weißen Zähnen ständig zerkaute. Er lachte mit dem schwingenden Ton einer Bronzeglocke, ließ Tee und Süßigkeiten bringen. Für ihn gehörten Longsela und Paldor fast zur Familie. Anahita, seine Frau, war sanft und schön, mit einer Haut, so weiß und glatt wie Alabaster, und dem feuchten Blick einer Gazelle. Sie hatten fünf bereits erwachsene Kinder, drei Söhne und zwei Töchter, alle schön und klug und wohlerzogen, die in Internaten studierten. Baba Rajendra war ein treu sorgender Ehemann und ein liebevoller Vater. Daneben unterhielt er – wie er es Paldor mal in einer schwachen Stunde gestanden hatte – eine jugendliche Geliebte, die ihn viel Geld kostete. Und ob er, Paldor, nicht auch eine Geliebte hätte? Paldor hatte nur gelacht. Nein, wozu auch? Wo doch Longsela für ihn wie zehn Frauen in einer sei!

Baba Rajendra predigte gern Moral, wobei er sich selbst dabei großzügig ausschloss.

»Woran denken die Händler heutzutage? Nur noch an das eine: an das schnöde Geld! Billige Schnitzereien verkaufen sie als antik, sie schwatzen den Kunden falsche persische Teppiche und drittklassigen Schmuck auf. Schlimm, schlimm! So machen sie das Geschäft kaputt, und ihre Kinder und Kindeskinder werden auf der Straße betteln!«

Die Familie bewohnte einen protzigen Neubau mit drei Badezimmern, moderner Küche und allem Komfort. Baba Rajendras Schmuckladen aber, mitten im Basar, hatte sich den Zauber alter Zeiten bewahrt.

Die Gemmen waren nie ausgestellt. Unter vielerlei Ehrenbezeugungen wurden die Kunden in einen Nebenraum geleitet. Baba Rajendra ließ Tee und Süßigkeiten kommen. Dann, wie ein Priester, der ein Heiligtum erschließt, drehte er den Schlüssel zu einem fest verschlossenen Schrank herum, und es kamen kleine oder größere Schmuckkästchen zum Vorschein, die er feierlich vor den Kunden öffnete.

Nun sah Paldor geduldig und amüsiert zu, wie Longsela mit den delikaten Gesten einer Frau, die ihre Schminksachen vorbereitet, unter Baba Rajendras gierig glitzernden Augen ihre Steine hervorholte. Er legte jeden Stein in eine kleine Waagschale, prüfte das Gewicht, fasste Farbe und Maserung ins Auge und machte sich Notizen. Von draußen kamen Stimmengewirr, Lärm und Musik, Motorengeknatter. Die Rufe der Händler mischten sich in das frohe Geschrei der Schulkinder, die alle in Uniform gekleidet waren und einen Ranzen auf dem Rücken trugen. Schließlich lehnte sich Baba Rajendra zurück, schnaufte vernehmlich und wischte sich mit einem blütenweißen Taschentuch die Stirn. Ach, meinte er, finster und bedauernd, die Steine seien nicht mehr so schön wie einst. Longsela lächelte unbeeindruckt; das alte Lied war ihr vertraut. Sie wusste, dass das Feilschen begonnen hatte, dass Baba Rajendra nun die ganze Skala menschlicher Gefühle durchspielen würde. Er hatte an jedem Stein etwas auszusetzen, bemängelte dessen Qualität, mokierte sich über Form und Farbe. Er zeigte Durchtriebenheit, zähe Geduld, verschlagene Arroganz. Er stöhnte, raufte sich den Bart, beklagte sein schmales Bankkonto, die Widrigkeiten der Zeit. Longsela und Paldor gingen amüsiert auf das Theater ein, an dem alle drei ihre Freude hatten. Den Wert der Steine kannten sie ja, und am Ende waren alle zufrieden.

Doch dann kam alles anders. Seit einigen Tagen fühlte sich

Longsela gar nicht gut. Sie hatte sich auf der Reise eine Erkältung zugezogen, die sie wenig beachtet hatte. Longsela war große Temperaturunterschiede gewohnt und eigentlich nie richtig krank gewesen. Nun hatte sie starkes Kopfweh, steife Gelenke und konnte kaum noch den Nacken bewegen. Dazu bekam sie hohes Fieber. Das Fieber stieg unentwegt. Bald konnte sie kein Licht mehr ertragen, dämmerte vor sich hin oder rief den Namen der Kinder. Sie widersetzte sich kaum, als Paldor sie in ein Krankenhaus brachte, wo sie genau untersucht wurde.

Die niederschmetternde Diagnose lautete: Hirnhautentzündung. Es sei kürzlich eine Epidemie ausgebrochen, erklärte der Arzt. Die Strapazen der Reise, dazu ihre innere Unruhe, mussten Longselas Immunsystem geschwächt haben, sodass sie der Infektion keinen Widerstand bot.

Paldor erfuhr, dass die Krankheit Wochen dauern würde und Longsela daran sterben konnte. Wenn Paldor für kurze Zeit an ihr Bett durfte, lag sie im Delirium, hatte jeden Zeitbegriff verloren. Hob sie die Lider, schwammen ihre Augen und schweiften umher. Sie erkannte Paldor nur in einigen lichten Momenten und drückte seine Hand. Sprechen konnte sie nicht.

Seit Jahren hatten Paldor und Longsela Geldmittel, wenn auch geringe, nach Indien gebracht. Paldor war jetzt froh um dieses Geld. Baba Rajendra half ihm, einen Bungalow zu mieten, eine ehemalige britische Residenz, die in einem Garten lag. Kam Longsela mit dem Leben davon, musste sie mit einer längeren Rekonvaleszenz rechnen. Der Garten wirkte wie ein verschollenes Märchenreich: ein elegant geschnitztes Portal, ein kleiner Springbrunnen aus Marmor, eine Laube aus Kletterpflanzen. Der Garten, zwischen Mauer und Haus eingezwängt, atmete den süßen Duft der Kletterrosen, den Pfeffergeruch der kleinen Nelken, das starke Aroma des Jasmin. Paldor, der bisher in einem Hotel gewohnt hatte, zog in das Haus und machte alles für Longsela bereit. »Sie wird den Garten mögen«, sagte er zu Baba Rajendra, der darauf bestand, dass aufs Allerbeste für sie gesorgt wurde. Ein Jeep und ein Chauffeur gehörten zu dem Haus. Außerdem hatte Anahita ein vertrauenswürdiges Dienstbotenpaar gefunden. Ravi und Deva kochten, wuschen Kleider und bügelten sie, machten Besorgungen und hielten das Haus in Ordnung. Wohlhabende Inder waren ständig von dienstbaren Geistern umgeben, die sie ebenso wenig beachteten wie ihre überladene Möbelpracht. Ravi und Deva ertrugen heiter ihr Los, sammelten Verdienste für ihre nächste und bessere Wiedergeburt. In einem Land, in dem menschliche Arbeit fast nichts wert war, gaben sie sich unendliche Mühe. Yeshe und Telsen würden sich jetzt nur noch um den Garten kümmern. Inzwischen gab Paldor ein Telegramm an Lhamo auf, teilte ihr mit, dass Longsela erkrankt sei und ihre Rückkehr sich verzögere. Ein zweites Telegramm ging an die Schwiegereltern. Paldor war sehr niedergeschlagen in dieser Zeit. Er brütete vor sich hin, trank Whisky, was er nie zuvor getan hatte. Der Alkohol machte ihn duselig, aber half ihm, etwas Distanz zu bewahren. Täglich ging er zu Longsela ins Krankenhaus. Sie lag in einem verdunkelten Zimmer, ihr Kreislauf war völlig herunter. Sie nahm nur etwas Flüssigkeit zu sich, ihr Gesicht wirkte abgemagert und alt. Viele Tage bekam Paldor immer die gleiche Antwort: keine Veränderung. Er solle morgen wiederkommen. Es nützte doch nichts, wenn er an ihrem Bett blieb; Longsela war ja nicht ansprechbar. Immerhin – nach drei Wochen – ein Hoffnungsschimmer: »Die Medikamente fangen allmählich an zu wirken«, sagte der Arzt, der ein Brahmane war, ein vornehmer junger Mensch mit großer mitfühlender Ausstrahlung. »Das Fieber klingt ab. Aber wir müssen Geduld haben.«

Paldor lebte im permanenten Erschöpfungszustand. Ihm war, als ob er Longselas Krankheit mit eigener Kraft zu bekämpfen hätte. Daneben beschäftigten ihn die schlechten

Nachrichten aus Tibet. All India Radio berichtete von Unruhen in der Nähe der Hauptstadt. Die Lage war konfus, fremde Korrespondenten wurden ausgewiesen, in sämtlichen Radiosendern war der Teufel los, die Sprecher gaben Berichte durch, die sich unentwegt widersprachen. »Losar«, das tibetische Neujahrsfest, kam, und Paldor, außer sich vor Verzweiflung und Sorgen, betrank sich in dieser Nacht zum ersten Mal in seinem Leben. Spät morgens wurde er von Yeshe geweckt, der ihn wachrüttelte und meldete, dass Baba Rajendra im Salon auf ihn wartete. Paldor hatte noch immer ein starkes Bedürfnis nach Schlaf. Seine Lider waren wie Blei. Er warf sich kaltes Wasser ins Gesicht, fühlte sich in der schweren indischen Luft erschauern. Mit unsicheren Schritten begab er sich in den Salon, wo Baba Rajendra vor einem Tässchen mit schwarzem Kaffee saß.

»Haben Sie schon die Nachrichten gehört?«

Paldor machte ein verneinendes Zeichen. Sein Kopf schmerzte – auch nach dem Schlaf war er noch nicht wieder klar –, sein Denken war wirr, und er fragte sich, ob er sich nicht vielleicht bei Longsela angesteckt hatte.

»China hat Tibet überfallen«, sagte Baba Rajendra. »Die Volksarmee hat Lhasa unter Beschuss genommen.«

Seine Worte drangen nur langsam in Paldors Bewusstsein. Legte er sich wieder hin und schlief eine Weile, so würde er nachher glauben, er habe das alles nur geträumt. Baba Rajendra saß mit gespreizten Beinen, den Oberkörper vornübergeneigt, in einer wachsamen, besorgten Haltung, als ob er darauf gefasst war, dass Paldor vor seinen Augen gleich zusammenbrechen würde.

»Es tut mir leid, mein Freund«, sagte er kummervoll. »Es ist Neujahr in Tibet, und eigentlich wollte ich Ihnen meine Glückwünsche bringen.«

Paldor knirschte mit den Zähnen. Ein Grauen kroch ihm über die Haut; es war heller Nachmittag, doch seine Augen glaubten zu sehen, wie dichtes Dunkel sich in das Licht mischte.

Er griff sich mit beiden Händen an die Stirn und sagte mit rauer Stimme: »Das bedeutet ja Krieg!«

NEUNZEHNTES KAPITEL

Es dauerte mehrere Tage, bis die ersten Nachrichten durchsickerten. Danach überstürzten sich die Unglücksbotschaften. Strategisch gesehen, war es ein guter Schachzug gewesen, dass die Chinesen ausgerechnet am Neujahrsfest zugeschlagen hatten. Von den Feierlichkeiten in Anspruch genommen, hatte sich die tibetische Regierung überraschen lassen. Nun rechnete die Volksarmee mit einem schnellen Sieg. Vergeblich richtete die tibetische Nationalversammlung ein Gesuch an die Vereinten Nationen mit der Bitte um Hilfe. Die Bitte wurde abgewiesen. Kein Land wagte es, sich mit Rotchina anzulegen. Die UNO sprach lediglich die Hoffnung aus, dass China und Tibet sich friedlich einigen mochten. Von der Welt im Stich gelassen, war Tibet einem mächtigen Feind ausgeliefert, der seine Aktion bereits lange im Voraus geplant hatte. Nun wurde der Kampf auf tibetischem Boden ausgetragen. In allen Städten überfielen und plünderten Soldaten der Volksarmee die Häuser der Adeligen, nachdem sie die Bewohner auf die Straße geworfen, verhaftet oder erschossen hatten. All India Radio berichtete, dass Seine Heiligkeit nicht mehr im Potala sei. Wo sich der Dalai-Lama aufhielt, wusste keiner. Gerüchte gingen um, dass er bereits geflohen war. Anderen Quellen war zu entnehmen, dass ihn die Chinesen schon verhaftet hätten. Einige meinten, dass der Krieg bald vorbei sein würde, andere, dass er lange dauern würde, weil sich die Tibeter so verzweifelt wehrten. Überall kam es zu schweren Kämpfen, und die Volksarmee schaffte immer mehr Truppen nach Tibet. Paldors

Gedanken kreisten unentwegt um die Kinder. Er saß nächtelang wach und hörte die Nachrichten von All India Radio. Die chinesische Propagandamaschine lief bereits. Die Regierung in Lhasa war aufgefordert worden, die tibetischen Truppen gemeinsam mit der Volksarmee gegen die rebellischen Khampas aufzubieten. Die Regierung weigerte sich, wusste doch jeder, wie grausam die Chinesen in den Provinzen Kham und Amdo gegen die Aufständischen vorgingen. Sie töteten wahllos Frauen und kleine Kinder, verbrannten Klöster, die seit hunderten von Jahren standen. Sie schändeten und verbrannten die Statuen Buddhas, folterten Mönche und Nonnen auf furchtbare Weise.

Es war an einem dieser schrecklichen Tage, als Paldor, der die Zeitung neben Longselas Bett las, plötzlich merkte, dass sie ihn ansah. Ihr Blick war wach und erstaunt, aber aufmerksam.

»Wo ist Sonam?«, fragte sie. Longselas Stimme war nur ein heiseres Flüstern, aber ihre Worte waren deutlich zu verstehen.

Paldor stammelte das Erste, was ihm in den Sinn kam.

»Sonam? Ach, sie wird wohl bei Dakini sein!«

Er hatte Mühe, seine Stimme unter Kontrolle zu halten. Es war das erste Mal seit Wochen, dass Longsela wieder sprach.

Sie war entsetzlich abgemagert. Ihre geschwollenen Lider wiesen eine seltsame, gelbliche Färbung auf. Sie sah alle Gegenstände im Raum, als würden sie schweben. Vor ihren verwirrten Augen schienen die Wände des Zimmers in ungewohnten Winkeln ineinanderzugleiten. Longsela brach der Schweiß aus. Paldor holte einen Waschlappen und wusch ihr Gesicht ab. Dann setzte er sich zu ihr auf den Bettrand. Sie streckte wie eine Schlafwandlerin die Arme nach ihm aus.

»Paldor, ich möchte dich etwas fragen.«

»Ja, Longsela?«

»Warum bin ich hier?«

Er umarmte sie sacht, damit er ihr nicht wehtat.

»Du bist krank gewesen. Sehr krank. Aber jetzt geht es dir besser?«

»Bist du bei mir gewesen?«

»Immer«, sagte er. »Jeden Tag.«

Longsela dachte eine Weile nach. Schließlich nickte sie.

»Ja, das habe ich gefühlt.«

Sie schloss die Augen, mit einem Ausdruck von Glück auf dem verhärmten Gesicht, und schlief ein.

Später kam der Arzt, besah sich die Fieberkurven, fühlte Longselas Puls und lächelte Paldor an.

»Wir haben es geschafft. Sie wird sich erholen!«

Longsela erkannte die Stimme des Arztes, Paldors Stimme und dazwischen auch die Stimme der Krankenschwester. Alles war so verschwommen, dass sie nicht hörte, was sie sagten. Aber die Zeitabstände, in denen sie schlief, verkürzten sich. Longselas Augen leuchteten wieder klar, die Welt nahm die scharfen Umrisse der Wirklichkeit an. Paldor fragte sich, ob sie die Kraft aufbringen würde, die entsetzlichen Nachrichten zu ertragen. Doch er schuldete ihr die Wahrheit. Vielleicht war es den starken Medikamenten zu verdanken, die Longselas Geist in einen Traumzustand versetzt hatten, dass sie den ganzen Umfang ihres Unglücks zunächst nicht erfasste. Doch mit zunehmend klarer werdendem Bewusstsein las sie in Paldor wie in einem offenen Buch. Longsela, die stets eine mutige Frau gewesen war, stellte sich den Tatsachen mit verbissener Fassung. Ihr einziger Gedanke war: nach Hause, zu den Kindern! Paldor verschwieg ihr nicht, dass alle Grenzen schon geschlossen waren und adelige Tibeter als »Feinde und Ausbeuter des Volkes« enteignet und verhaftet wurden. »Wann wird es wieder wie gestern sein?«, dachte Longsela verzweifelt. Das Fieber war vorbei, aber sie war noch sehr schwach. Bei jedem unruhigen Gedanken brach ihr der Schweiß aus.

»Aber was geschieht mit den Kindern?«

Paldor gelang es immer wieder, tröstende Worte für sie zu finden – Worte, an die er selbst nur halb glaubte.

»Für die Kinder besteht keine Gefahr. Ling und An Yao kümmern sich ja um sie. Und beide arbeiten für die Regierung!«

Longsela schüttelte matt den Kopf. Ach, warum lag ihr ein solches Gewicht auf dem Herzen?

»Nein, Paldor, nein! Wir dürfen keine Zeit verlieren. Jeder Tag zählt!«

Er antwortete im Zustand jener forcierten Wahnvernunft, mit der er seine Angst unter Narkose hielt.

»Wir können nicht die übliche Passroute nehmen! Yeshe sagt, er kenne andere Wege. Aber du musst erst wieder zu Kräften kommen. Sobald du es vermagst, werden wir reisen.«

»Wir waren zu sorglos, zu glücklich«, sagte sie mit einer Stimme, die so ganz anders war als früher, rau und schwach und sonderbar gealtert. »Wir dachten, es genüge zu leben, ohne jemandem etwas zuleide zu tun, und alles würde gut werden. Ach, was für Narren sind wir Menschen doch! Nicht wir, das Schicksal ist es, das entscheidet …«

Er wiegte sie wie ein Kind. Ihre Haare hingen auf seiner Brust. Fast ohne es zu wissen, flüsterte er: »Ich liebe dich, ich liebe dich.« Er hatte das seltsame Gefühl, zu fallen. Wohin? In einen tiefen, Schwindel erregenden Abgrund. Ihm war, als zöge ihn die Verzweiflung in dieses dunkle Loch. Sie sprach heiser, an seiner Wange.

»Bring mich weg, Paldor! Weg aus diesem Krankenhaus! Die Zeit rinnt uns beiden aus den Händen. Ich weiß es, ich fühle es!«

Er stützte sie, als sie sich aufsetzte und dann auf schwankenden Beinen zu stehen versuchte. Ihre nackten, noch unsicheren Füße ergriffen Besitz von der Erde, die sie zurückholte.

Das pavillonartige, weiß getünchte Häuschen mit seinem verwunschenen Garten bot Longsela eine Stätte der Ruhe und

Erholung. Nach indischem Geschmack glitzerten gewaltige Kronleuchter an der Decke. Die Lichtleitung war neu gelegt, aber die Elektrizität erzeugende Dieselmaschine funktionierte nur wenige Stunden am Tag. Ein Vorrat an Kerzen war immer vorhanden. Longsela, die nur ganz allmählich ihre Lichtempfindlichkeit loswurde, empfand diesen Kerzenschein als wohltuend. Die Zimmer waren klein, mit Fenstertüren, die auf schmale, schmiedeeiserne Balkone mit Sitzen hinausführten. Sobald die Schatten länger wurden und die Hitze abnahm, hielt sich Longsela dort auf, sog in tiefen Zügen die Luft ein, die nach Blumen, Minze und warmer Erde duftete. Weil das Haus etwas abseits lag, wurde das Geknatter der Motoren durch das Laubwerk gedämpft. Auch das Gurren und Flügelschlagen der Tauben war lauter, selbst das Krächzen der Königskrähen fügte sich in die Ruhe gut ein. In der Nacht dann lautes Jaulen, heiseres Gebell, das vielstimmige Krähen der Hähne vor Sonnenaufgang. Und sobald die letzten Sterne müde im blauen Westen blinkten, erwachten zwitschernd die Sperlinge.

Was geschah in Lhasa? Keiner schien etwas zu wissen. Rotchina hatte eine totale Nachrichtensperre verhängt. All India Radio gab lediglich bekannt, dass die Sender der Rebellen von Übergriffen der Volksarmee und Massenhinrichtungen berichteten.

»Die Lage scheint sich zu verschlechtern«, sagte Baba Rajendra, der Longsela bei jedem Besuch mit gesundheitsförderndem Teepulver und Kräutermixturen versorgte. »Ich fürchte, wir werden bald Flüchtlinge hier haben.«

Und die Flüchtlinge kamen. Abgezehrte, zerlumpte Gestalten, die Gelenke entstellt, die Zehen und Finger erfroren. Und es waren weder Adelige noch Großgrundbesitzer, sondern Bauern, die einst ein bescheidenes Anwesen ihr Eigen genannt hatten. Auch Mönche und Nonnen suchten ihr Heil in der Flucht. Viele waren misshandelt worden, einige hatte man verstümmelt oder zu Krüppeln geschlagen. Der Vormarsch der Chinesen durch Tibet führte von einer Klosterburg zur anderen, die verwüstet, geplündert und verbrannt wurden. Die Menschen waren geflohen, um der Folter zu entgehen. Sie brachten Ungeziefer, Krankheiten, und sie waren mit Furcht und Hoffnungslosigkeit beladen. Sie alle glaubten nicht, dass sie die Heimat jemals wiedersehen würden. Sie erzählten Haarsträubendes: Tag für Tag verwüstete die Volksarmee mit Kanonen und Bomben Dörfer, Städte und Heiligtümer. Ganz Tibet war in einen blutig-roten Nebel gehüllt. Für einen chinesischen Soldaten wurden fünfzig Tibeter erschossen – als Vergeltung. In den Volkskomitees, die die Jungkommunisten in jedem eroberten Dorf sofort gründeten, wurden die Bewohner gezwungen, sich gegenseitig anzuklagen. Die Kinder mussten ihre Eltern denunzieren, die dann angespuckt und ausgepeitscht wurden. Man steckte ihnen Pferdetrensen in den Mund, und sie mussten auf allen vieren kriechen. Das Schlimmste war, wenn sie vor versammelten Nachbarn zu unzüchtigen Handlungen gezwungen wurden, der Vater mit der Tochter, die Mutter mit dem kleinen Sohn. Die Jungkommunisten hatten großen Spaß an solchen Perversionen. Mitleid war für sie ein Fremdwort. Die meisten Tibeter wussten weder, wie ihnen geschah, noch, wie es zu dem Wahnsinn und der Absurdität ihrer Lage gekommen war. Die Chinesen schlugen einen eisernen Ring um ihre Beute. Ein Zeichen an die Welt, das hieß: »Wir sind stark!« Die USA zogen ihre Schlüsse daraus. Das neue China war ihnen nicht geheuer. Die CIA flog eine Anzahl von Rebellen in die Vereinigten Staaten, wo sie in Militärschulen gedrillt wurden. Man wollte doch mal sehen, ob diese Leute zu etwas taugten. Amerika witterte Verdruss, aber Europas Intellektuelle hatten einen neuen Helden gefunden. Sein Name war Mao Tse-tung. Man hörte nicht auf, China Beifall zu klatschen und über die Besiegten zu spotten. Rotchina war der Fortschritt, die tibetische Theokratie lebte im Mittelalter. Weg also mit den verknöcherten Mönchen, den korrupten Reichen, und Schluss mit der Ausbeutung! Auch wenn das tibetische Volk jetzt zu leiden, zu bluten und zu sterben hatte, sollte es doch, bitte schön, seine rosarote Zukunft jubelnd begrüßen.

Eine Zeit lang versuchte Paldor, Longsela vor den schrecklichen Nachrichten zu schützen. Doch es stimmte wohl: Jeder Tag zählte. Er beriet sich mit Baba Rajendra und fasste einen Entschluss.

»Longsela, hör zu …«

Seit ihrer Krankheit hatte Longsela jenes innere Feuer verloren, das einst ihre Schönheit veredelte. Als Paldor zu ihr trat, lag sie auf ihrem Sofa, allein im Halbdunkel. Sie trug ein indisches Hauskleid aus mattroter Seide. Die Sonne ging unter, das Licht lag wie flüssiges Gold auf ihren Schultern und ihrem Haar. Was sie umgab, schien ein Widerschein des letzten Lichts. Longselas abgemagertes Gesicht, das die Schönheit ihrer fein geformten Knochen zeigte, rührte Paldor zu Tränen. Er setzte sich zu ihr auf das Sofa, nahm ihre Hände und hielt sie fest in den seinen. Ihre Augen flackerten zunächst verwirrt, doch etwas von Paldors Ruhe schien sich auch auf sie zu übertragen, denn der verstörte Ausdruck wich aus ihrem Blick.

»Ja, Paldor«, flüsterte sie. »Was willst du mir sagen?«

»Longsela, warte hier auf mich. Ich gehe zurück und hole die Kinder.«

Sie machte eine zurückweichende Bewegung. Doch Paldor ließ ihre Hände nicht los.

»Ich habe mit Baba Rajendra gesprochen«, fuhr er mit fester Stimme fort, »und alles schon in die Wege geleitet. Ein Flugzeug startet übermorgen nach Lhasa. Die Maschinen der indischen Armee haben Landeverbot. Aber das Flugzeug gehört einer privaten Gesellschaft. Baba Rajendra ist mit dem Besitzer befreundet. Die Chinesen wollen die Landepiste ausbauen; sie haben eine Ladung Teerfässer und Werkzeuge bestellt. Dazu eine Sendung von Konserven. Baba Rajendra hat den chinesischen Flugleiter bestochen. Die Chinesen bezahlen ihre Kaderleute schlecht. Die Maschine ist eine alte DC-3, ein robustes Ding, das sich sechs Stunden in der Luft halten kann. Kiran Seth, der Flieger, ist ein ehemaliger Militärpilot. Und du weißt doch, wie gut die indischen Piloten sind. Der Begleitpilot ist Chinese, macht aber einen ausgezeichneten Eindruck.«

Longsela atmete schnell und leicht, wie ein Vogel. Doch sie unterbrach Paldor kein einziges Mal. Erst als er geendet hatte, fragte sie: »Paldor … ist kein Platz mehr für mich in der Maschine?«

»Nein, Liebes, das Risiko wäre zu groß. Ich bin bhutanesischer Staatsangehöriger. Die Chinesen wollen sich mit Bhutan nicht anlegen; sie befürchten, dass Indien nervös wird. Kiran fliegt schon am nächsten Tag zurück. Ich setze alles daran, dass die Kinder in die Maschine kommen.«

Longselas bleiche Lippen bewegten sich.

»Und meine Mutter?«

»Ich werde für sie tun, was ich kann. Zur Not überlasse ich ihr meinen Platz und komme mit dem nächsten Flug.«

Longsela schauderte.

»Und wenn kein Flugzeug mehr geht?«

»Dann suche ich eine Fahrgelegenheit nach Shigatse und schließe mich einer Karawane an. Das Gleiche auch, wenn ich für die Kinder keine Flugpassage bekomme. Aber Kiran hat versprochen, dass er mir hilft. Er versorgt die Chinesen mit Cognac. Sei ganz ruhig, Longsela. In zwei Tagen sind die Kinder hier, vielleicht auch deine Mutter. Wir bleiben in Indien, bis sich die Lage gebessert hat. Hier im Haus ist Platz für alle …«

Sie nickte bei jedem Wort, mit gleichbleibender Sanftheit. Ihm fiel auf, dass sie immer wieder auf die Uhr sah. Das war eine neue Angewohnheit von ihr. Das Leben rann dahin, schlug zu, nutzte ab. Für Longsela war die Zeit sehr wichtig geworden.

»In zwei Tagen, sagst du?«

»In zwei Tagen, ja. Wenn alles gut geht.«

Sie legte den Kopf auf die Sofalehne und blieb so, mit geschlossenen Augen, still sitzen. Er wartete, nannte sie dann leise beim Namen.

»Longsela…«

Sie schlug die Augen auf. Er strich ihr das Haar zurück. Sie ließ es geschehen. Ihr war heiß, und er fragte sich, ob sie nicht wieder Fieber hatte. Haarsträhnen klebten ihr auf der Stirn. Unvermittelt sagte sie: »Wir müssten noch Möbel anschaffen.«

Er fühlte Erleichterung und hätte fast glauben können, dass sie endlich beruhigt war.

»Ja, das wird wohl nötig sein.«

Sie aber blickte ihn an mit der ganzen Schönheit ihrer Augen, die tiefen Ernst zeigten, als müsse sie das Leid, das er ihr zufügte, ertragen wie alles Übrige, wie einen Schicksalsschlag. Rührte es daher, dass sie krank geworden war? Oder war es der Abglanz eines Schmerzes, den sie unausweichlich auf sich zukommen spürte? Es war, als ob das schwächer werdende Licht mit ihr versank, als ob nur ihr dunkler Umriss zurückblieb.

»Entsinnst du dich an die Worte des Astrologen? Dass wir uns niemals trennen dürften?«

»Nur dieses einzige Mal«, erwiderte er dumpf. »Es geht ja um unsere Kinder, und ich weiß mir sonst keinen Rat. Aber es wird nie wieder vorkommen.«

Sie stützte sich auf den Ellbogen, damit sie ihm ins Gesicht blicken konnte.

»Wie lange sind wir schon verheiratet, Paldor? Mein Kopf ist schwer. Ich kann mich nicht erinnern.«

Er lächelte, um sie aufzuheitern.

»Seit zweiundzwanzig Jahren, Longsela. Wir sind ein altes Ehepaar!«

Sie lächelte nicht, sah ihn nur unentwegt an. Ihre Augen waren schöner denn je. Endlich schien sie aus tiefem Nachsinnen aufzutauchen.

»Ach, haben wir nur so wenig Zeit gehabt, uns zu lieben?«

Ihre Worte wurden auf geheimnisvolle Weise eins mit jenen Worten, die er in sich trug und nicht auszusprechen wagte. Rasch legte er seinen Finger auf Longselas Mund. Und beide verharrten in einer Art Lähmung, als ob sie bereits den verlorenen Dingen nachtrauerten, als ob eine tickende Uhr ihr Leben davontrug. Sie hatten sich intensiver geliebt als die vielen, die nie einen Traum gehabt, die nie erfahren hatten, wofür sie lebten. Aber die Jahre waren Schritte, die das Schicksal maß. Paldor und Longsela bettelten vergeblich um noch ein paar Augenblicke. Die Erfüllung, die ihnen das Leben gewährte, zu verlängern schickte sich nicht. Ihr Leben, ihr einziges, unwiederholbares Leben, verschwand bereits in den Abgründen einer Zeit, die unaufhörlich dahinglitt, die hauchdünn und durchsichtig war, und ohne Gnade.

Mitten in der Nacht gab es dann einen Punkt, an dem Longselas innerstes Ich, gestaltlos und unmessbar, die Zukunft sah. Sie erwachte bald danach, schweißgebadet, Hände und Füße gefühllos, wie gelähmt. Als sie sich nach einer Weile wieder bewegen konnte, beugte sie sich über Paldor und berührte ihn sanft an der Schulter. Er erwachte sofort. Sie sah das Weiße seiner Augäpfel im Dunklen schimmern und sagte mit fester Stimme: »Paldor, ich habe Angst um dich. Ich reise mit dir!«

ZWANZIGSTES KAPITEL

Auf dem Flugplatz wehte ein kühler Wind, trug das würzige Aroma der Wälder und Teeplantagen über das Rollfeld. Das Areal war gerade groß genug, um zwei oder drei kleinere Maschinen aufzunehmen. Das Tor einer Flugzeughalle stand offen, einige Mechaniker kamen heraus. Sie hatten Overalls an, die einmal blau gewesen, doch nun schwarz von Motoröl waren und nach Benzin rochen. Einige hundert Meter von der Piste entfernt befand sich die Flugverwaltung, ein flaches Gebäude, auf dessen Veranda die Beamten zwei Tische aufgestellt hatten. Hier wurden Pässe und Gepäck gleichzeitig kontrolliert. Die indischen Beamten, große, dunkle Menschen in marineblauen Hosen und sauberen weißen Hemden, dufteten nach würzigem Rasierwasser und machten ihre Sache sehr gewissenhaft. Die DC-3 stand in Richtung der Hügel, die schon von gelbem Licht umflossen waren. Ein Mechaniker stieg in die Kabine, zwei andere hängten sich an die Propellerflügel und warfen den Motor an, um ihn zu erwärmen.

Longsela blickte auf den schimmernden, grünen Flugzeugrumpf. Man hatte den Treibstofftank soeben aufgefüllt. Arbeiter mit schmierigen Turbanen und nackten Beinen schafften die Ladung an Bord, wo sie mit Seilen gesichert wurde.

Der Pilot kam, um Longsela und Paldor zu begrüßen. Kiran Seth war ein nonchalanter Mann, nicht mehr jung, mit krausem Haar und einem gepflegten Schnurrbart über den harten Lippen.

»Zu viel Ballast«, meinte er, und seine Stimme drückte berechtigten Missmut aus. »Das Flugzeug ist schwer in die Höhe zu bringen. Jeder vernünftige Mensch würde davor zurückschrecken, so zu fliegen. Mir macht es nichts, weil ich ein Teufelskerl bin!«

Er grinste Longsela mit prächtig weißen Zähnen an, wobei er ihr Glutaugen machte. Der zweite Pilot kam auch. Lee Sheng war ein unscheinbarer Mann, der freundlich und umsichtig wirkte und Paldor kurz die Hand schüttelte, bevor er sich an Kiran Seth wandte.

»Ich habe den Wetterbericht, Sir. Die Sicht über Lhasa ist klar. Ab morgen soll es wolkig werden.«

Kiran Seths Lächeln verschwand ebenso blitzartig, wie es gekommen war.

»Dann ist es höchste Zeit, dass wir fliegen. Lhasa mag ich gar nicht. Meine Frau erwartet mich morgen zum Abendessen zurück. Schließt sich die Wolkendecke, sitzen wir fest, Gott weiß, für wie lange! Das Warten macht jeden Piloten kaputt.«

Verspätungen von mehreren Stunden waren das Übliche und zehrten an den Nerven des Flugpersonals. Die Piloten waren reizbar und übermüdet, tranken und rauchten viel. Lee Sheng, der schon nikotingelbe Finger hatte, sagte zu Paldor: »Wir sind seit fünf Tagen im Dienst und immer vom Wetter abhängig. Vergangene Woche waren wir viermal in Kalimpong und dreimal in Patna. Und jetzt fliegen wir als Zugabe noch einmal nach Lhasa und zurück.«

Die Passagiere warteten abseits; drei indische Ingenieure, ihre chinesischen Kollegen, ein Mechaniker und zwei chinesische Geometer, die nervös eine Zigarette nach der anderen rauchten und aus Platzmangel während der Reise am Boden sitzen würden.

Die Propeller drehten sich noch immer. Der Mechaniker, der sich an Bord befand, stellte den Motor ab und sprang zu Boden. Inzwischen war die Ladung verstaut. Die Arbeiter verließen die Landepiste, und gerade, als Kiran Seth argwöhnisch

»Haben sie nichts vergessen?« brummte, stürzte ihnen der chinesische Flugleiter, der die Begleitpapiere brachte, aufgeregt entgegen.

»Einen Augenblick noch, einen Augenblick bitte!«

»Wir müssen los«, sagte der Pilot ungeduldig. Doch er schaute den Flugleiter nicht gleich an, sondern sah auf die drei hochgewachsenen Chinesen, die ihm mit ruhigen, sicheren Schritten folgten. Bei ihrem Erscheinen fuhr der junge Copilot leicht zusammen, ließ seine Zigarette fallen und drückte sie mit der Schuhspitze hastig in die Erde.

»Es tut mir leid«, keuchte der Flugleiter, ein schmächtiger Mann, der den Eindruck machte, als wollte er sich am liebsten verkriechen. »Ich habe den Befehl, für den Polizeikommandanten Huang Weichi und seine Begleiter drei Plätze frei zu machen.«

Daraufhin entstand unter den indischen Ingenieuren ein Gemurmel, leise und erbost. Chinesische Agenten hielten sich permanent in Darjeeling auf, hatten ihr eigenes Büro und ihre eigene Funkstation. Sie benahmen sich, als gäbe es nichts, das ihren Ansprüchen genügte. Die Inder hatten es satt, sich von diesen Leuten alles gefallen zu lassen. Kiran Seth nickte mit verächtlich verzogenem Mund.

»Dann bringen Sie die Sache in Ordnung. Aber beeilen Sie sich!«

Während der Flugleiter schwitzte, stand der Kommandant abseits, hielt die Hände, die in Lederhandschuhen steckten, auf dem Rücken und besah sich die Landschaft, als ob ihn das Ganze nichts anginge. Chinesen in hoher Stellung sind oft drahtig und finster; dieser war ein außerordentlich schöner Mann, mit feinen Gesichtszügen und einer weichgelben, glatten Haut. Er trug eine Uniform, eindeutig maßgeschneidert. Ein Offiziersmantel hing nachlässig über seinen breiten Schultern. Seine Erscheinung löste in Longsela ein heftiges inneres Zittern aus. Ein eisiges Gefühl schlich sich in ihr Herz, ein Gefühl der Furcht vor einem menschlichen Wesen, wie sie es nie zuvor erlebt hatte. Gleichzeitig fiel ihr auf, dass keiner der anderen Chinesen ihn anzublicken wagte, dass alle beflissen an ihm vorbei oder auf den Boden starrten. Es war offenbar, dass alle ihn fürchteten, denn zwei chinesische Ingenieure erklärten sich sofort bereit, den nächsten Flug zu nehmen. Der Kommandant zeigte den Gleichmut eines Mannes, der nur einen einzigen Platz kennt: den ersten in jeder Lebenslage. Er behandelte seine beiden Landsleute, als existierten sie gar nicht, hatte nicht einmal einen Blick für sie übrig. Der magere kleine Flugleiter wischte sich den Schweiß von der Stirn.

»Wir haben jetzt zwei Sitze. Wir brauchen noch einen!«

In seinen nervösen Augen, auf Paldor gerichtet, flackerte eine stumme, erbärmliche Bitte. Er hatte Geld von Baba Rajendra erhalten und es längst ausgegeben. Longsela sah diesen Blick. Die kriecherische Gestalt mit ihrer Panik und ihrem schlechten Gewissen erfüllte sie mit Abscheu. Und gleichzeitig ergriff sie ein Vorgefühl, als ob jemand von Unglück sprechen würde und sie selbst bereits wusste, dass es eintreten würde. Inzwischen wandte sich Paldor ihr zu.

»Longsela!«, sagte er sanft.

Seine Stimme besaß den Klang der Bitte, und Longsela las auf seinen Gesichtszügen die Furcht vor dem anrückenden Schicksal. Ihm selbst blieb keine Wahl: Dem Schicksal musste er sich stellen. Doch alles, was ehrenhaft und liebevoll in ihm war, weigerte sich, Longsela Gefahren auszusetzen, die unheimlich und unvorhersehbar aus dem Zeitverlauf geboren wurden. Und weil er Angst hatte und weil er sie anflehte, senkte Longsela bejahend den Kopf, zitternd, seinem Blick ausweichend, während Paldor bereits zu dem Chinesen sagte: »Meine Frau war krank. Sie fühlt sich noch nicht ganz wohl und möchte lieber auf den Flug verzichten.«

Huang Weichi nickte Longsela kurz zu, sein Dank war die reinste Unverschämtheit. Er hob flüchtig die Hand, gab seinen Begleitern ein Zeichen. Mit blank polierten Stiefeln stapften die drei Männer der Maschine entgegen. Longsela wandte Paldor mit einer heftigen Bewegung den Rücken zu. Das Schicksal sollte ihn vergessen, seinen Zorn gegen einen anderen kehren. Sie tat nicht nur so, sie empfand es zutiefst, mit klopfendem Puls und fliegendem Atem. Sie war in diesem Augenblick nicht anders als jede tibetische Nomadenfrau, die die Geister und Dämonen, Beschwörungen und Riten kannte und voller Angst die Drohung abwenden musste, die gegen den Geliebten gerichtet war. Im Gedanken an die Kinder wäre Paldor nicht einmal in den Sinn gekommen, selbst auf den Flug zu verzichten. Und hätte er es getan, hätte Longsela ihn dafür verachten müssen.

Der Flugleiter atmete auf und bewegte das Bündel Papiere vor seinem klammen Gesicht, als wollte er sich Luft zufächeln.

»Er kam in letzter Minute«, stammelte er. »Ich war nicht unterrichtet.«

Kiran Seth riss ihm die Begleitscheine fast aus der Hand.

»Ich auch nicht. Und er hat mir eine Verspätung eingebracht.«

Longselas Reisetasche wurde wieder ausgeladen. Dafür brachte man das recht umfangreiche Gepäck der Chinesen in die Maschine. Dreist, wie sie waren, hatten sie es nicht einmal wiegen lassen. Kiran Seth machte aus seiner Wut keinen Hehl, verwünschte die Chinesen und ihre Arroganz, die zu ihrer pseudo-klassenlosen Gesellschaft im krassen Widerspruch stand. Der Flugleiter krümmte den Rücken, ließ das Gewitter vorbeiziehen. Endlich kam der Augenblick des Abflugs. Paldor und Longsela verneigten sich voreinander, mit gefalteten Händen, denn Zärtlichkeiten in der Öffentlichkeit widersprachen der Sitte. Longsela legte Paldor eine Glücksschärpe um den Hals. Yeshe und Telsen kamen auch, verabschiedeten sich. Auch sie brachten Glücksschärpen. Yeshe hatte Tränen in den Augen. Telsen war ohne Nachricht von seinen Eltern und verzehrte sich vor Sorgen. Paldor hatte versprochen, sich nach ihnen zu erkundigen. Er drückte beiden die Hand, bevor Longsela noch ein paar Schritte mit ihm ging, dem Flugzeug entgegen.

»Bis morgen also«, sagte Paldor. »Sei ganz ruhig, Longsela. Alles wird gut.«

Sie sahen sich an, gefangen in gemeinsamer Unruhe, im gemeinsamen Schmerz. Longsela fühlte sich so schwach und übel, dass sie nicht einmal mehr sprechen konnte. Sie nickte nur, ihre Lippen deuteten ein Lächeln an. Sie wollte, dass die Trennung die Keime des Wiedersehens in sich barg, dass in diesem Augenblick die Hoffnung gesät wurde. Sie wollte daran glauben, mit aller Kraft, die sie noch hatte. Langsam, ganz langsam, entfernte sich Paldor von ihr. Er schritt dabei rückwärts, wandte seinen Blick nicht einen Moment von ihr ab. Es war, als ob er Longselas Bild in seiner Netzhaut bewahren wollte, um sie dahin zu bringen, wo er sie wiedersehen würde, in einer Wirklichkeit am Rande der Träume. Dann drehte er sich ganz plötzlich um, lief der wartenden Maschine entgegen, als ob jeder Schritt, der ihn jetzt von Longsela trennte, ihn schneller zu ihr zurückbrachte. Er war der letzte Passagier, der die Treppenleiter emporstieg und in der Tür des Flugzeugs verschwand, die sich hinter ihm schloss.

Und dann wurde die Treppenleiter fortgeschoben. Pilot und Copilot hatten in der Kanzel Platz genommen. Der Motor sprang an, die Propeller schlugen die Luft. Die Maschine begann auf der Piste zu rollen, zuerst langsam und schwerfällig, dann immer schneller. Es hatte fast den Anschein, als stiege das Flugzeug in kleinen Sprüngen auf, einen Wirbel von gelbem Staub hinter sich lassend. Dann gewann das Flugzeug an Fahrt, schwang sich in geringe Höhe, stieg plötzlich mit der Nase empor. Die Maschine wandte sich leicht gegen Norden, ihre Umrisse, wie die eines Albatros, hoben sich von dem goldglänzenden Strahlenbündel der Morgensonne ab. Parallel zur felsigen, baumbewachsenen Hügelkette flog sie davon, den Wolken entgegen, die von jenseits der fernen Berge aufstiegen. Und dort, weit hinter den Gipfeln, lag Tibet.

Den ganzen Tag lebte Longsela wie in der Schwebe, erfüllt von bösen Ahnungen und undeutlichen Ängsten. Sie war entweder von übertriebener Aktivität erfüllt oder von erschöpfter Stumpfsinnigkeit. Immer wieder überraschte sie sich dabei, wie ihre Finger über die Dzi-Steine glitten – eine nervöse, kindliche Beschwörungsgeste –, während ihre trockenen Lippen den Zauberspruch vor sich hin murmelten.

»Steine, erfüllt meinen Wunsch!
Macht, dass alle, die ich liebe, morgen bei mir sind!«

Sie fühlte sich schlapp, die Schmerzen in ihrem Rückgrat nahmen zu, sie konnte kaum noch den Kopf bewegen. Deva, die sie in ihr schlichtes Herz geschlossen hatte, massierte ihr Nacken und Schultern. Ihre liebevollen, starken Hände lösten den Muskelkrampf. Longsela entspannte sich, die Schmerzen klangen etwas ab. Stündlich hörte sie die Nachrichten. All India Radio berichtete von Kämpfen in Tibet, aber dies waren in jenen Tagen die üblichen Meldungen. Der Abend kam. Longsela saß allein zu Tisch. Ravi, der gut kochte und sich darüber im Klaren war, dass die »Mem Sahib« nicht hungrig sein würde, hatte ein nahrhaftes, würziges Suppengericht für sie zubereitet. Longsela wollte ihm eine Freude machen und zwang sich dazu, einige Löffel zu sich zu nehmen. Vor dem Zubettgehen schluckte sie dann ein starkes Schlafmittel. Sie wollte in dieser Nacht endlich, endlich einmal tief und richtig schlafen, um Paldor und den Kindern bei Tag ein ausgeruhtes Gesicht zu zeigen. Sie schlief wie ein Stein, erwachte spät und empfand sich beim Erwachen so leicht und schwebend, dass sie noch eine Weile liegen blieb und sich für kurze Zeit noch in einem Aufwind von Zuversicht glaubte. Die Sonne ließ Goldstaub auf ihren Strahlen tanzen, und Longsela hörte die vielen

Vögel, die sich im Garten versammelten. Sie wusch sich mit kaltem Wasser, flocht sorgfältig ihr Haar und blickte sich im Spiegel an. War sie gealtert? Ja, diese Falten um den Mund waren neu. Longsela zog eine kleine, wehmütige Grimasse, griff nach dem Lippenstift. Sie wollte nicht krank und verbraucht aussehen; sie wollte schön sein für Paldor und für die Kinder, die in wenigen Stunden bei ihr sein würden. Im Esszimmer stand das Frühstück bereit. Deva brachte knusprige Toasts, goss kochendes Wasser über das Nescafé-Pulver in Longselas Tasse. Sie nahm einen Schluck, sah auf die Uhr. Mit der Tasse in der Hand ging sie zum Radio. Die Nachrichten wurden gerade gesendet. Longsela nahm einen zweiten Schluck und erstarrte zu Eis. Der Nachrichtensprecher berichtete, dass eine indische DC-3 auf dem Flug von Darjeeling nach Lhasa kurz vor ihrer Landung verunglückt war. Die Maschine war in einer Gegend abgestürzt, die von den Rebellen kontrolliert wurde. Es gab keine Überlebenden.

EINUNDZWANZIGSTES KAPITEL

Die Maschine sei nicht, wie zunächst angenommen, infolge einer Havarie abgestürzt, gab der Sprecher bekannt. Die chinesischen Ermittler hatten herausgefunden, dass das Flugzeug von den Rebellen abgeschossen worden war. Für gewöhnlich vergriffen sich die Kämpfer nicht an indischen Maschinen. Doch sie hatten offenbar erfahren, dass sich ein hoher chinesischer Beamter im Flugzeug befand. Es sei nun zu erwarten, sagte der Melder, dass sich die Chinesen aufs Grausamste rächen würden. Die indische Regierung sprach den Angehörigen der umgekommenen Passagiere ihr Beileid aus und versprach, ein Protestschreiben an Lhasa zu richten.

Der Schock löste in Longsela keine Panik aus. Ihr Herz schlug kaum schneller als sonst. Vielleicht gab es einen ziemlich einfachen Grund dafür, dass sie so gefasst war: Sie war tief in ihrem Inneren auf diese Nachricht vorbereitet gewesen. Ihr herumirrendes Bewusstsein hatte auf einmal Ruhe gefunden. Sie konnte auch nicht weinen. Die Tränen trockneten sofort. In großen Bögen, wie ein Vogelschwarm, entfernte sich ihr früheres Leben von ihr. Paldor war tot, und sie war mit ihm gestorben. Ihr bisheriges Leben gab es nicht mehr. Nun bewohnte sie mit Paldor einen neuen Bereich, für alle anderen unzugänglich, einen Bereich, in dem sie sich küssten und umarmten und mit leiser Stimme lachten. Einbildung und Wirklichkeit, sie hielt es nicht mehr auseinander. Wozu auch? Fortan waren die Träume ihre einzige Zuflucht. Ihre Pflicht bestand darin, weiterzuleben. Sie musste jetzt Paldors Aufgabe übernehmen, Yangzom und die Kinder aus dem Kampfgebiet holen.

In Longsela erwachte eine Kraft, die schon immer in ihr gewesen war. Es war die urtümliche Kraft der Tibeter, die einst Nomaden gewesen waren, zäh, willensstark und beharrlich. Longsela wusste, dass sie keine Zeit verlieren durfte. Bald würde der Monsun kommen, Straßen und Bergpfade würden nicht mehr passierbar sein. Yeshe und Telsen machten umsichtig und schnell alles bereit. Telsen tauschte sein Gewehr gegen eine Pistole ein, die er gut verbergen konnte. Sogar Longsela konnte mit einer Pistole umgehen. Paldor hatte es ihr beigebracht. Sie hatte auf eine Zielscheibe geschossen und fast immer ins Schwarze getroffen. Aber niemals wäre sie fähig gewesen, ihre Waffe auf irgendein Lebewesen zu richten. Der Akt des Tötens war ihr als gläubiger Buddhistin verboten. Telsen hatte hitziges Blut und weniger Gewissensqualen. Für Longsela war es beruhigend, einen bewaffneten Mann in ihrer Nähe zu haben.

Sie war geschickt im Organisieren. Ihre Liebenswürdigkeit bewirkte, dass die Leute ihr gern halfen. Zwar warnte sie der Arzt, der sie im Krankenhaus betreut hatte: Sie sei der Strapaze nicht gewachsen. Sie könne nicht warten, erwiderte Longsela. Der Arzt gab ihr Tabletten, die ihre Kopfschmerzen etwas linderten. Longsela brachte ihre Finanzen in Ordnung und kaufte Goldbarren, die sie in einem Safe hinterließ. Sie bezahlte die Miete für den Bungalow für ein Jahr im Voraus, verabschiedete sich von Baba Rajendra, der versprach, den Dienstboten pünktlich ihren Lohn auszuzahlen. In Indien gab es Benzin, in Tibet nicht mehr. Alles Benzin wurde dort von den Chinesen für ihre Truppenkonvois beschlagnahmt. Folglich würde sie der Chauffeur bis zur Grenze bringen und dann wieder mit dem Wagen zurückfahren. Maultiere konnte man kaufen oder mieten. Longsela ließ sich Männerkleidung aus robustem Tuch im Basar anfertigen; in den Saum nähte sie dann ihre

Geldscheine ein. Den Rest des Geldes verteilte sie an Yeshe und Telsen, die die Scheine ebenfalls in ihren Kleidern verbargen. Das spätsommerliche Wetter war klar, als sie Darjeeling einige Tage später verließen. Über den Kreis der Vorberge, weich und dunkelgrün, mit blauen Nebelstreifen dazwischen, schwangen sich Schneegipfel wie ein Riesenbogen in den Himmel. Es wimmelte von herumflatternden Vögeln. Sie fuhren durch kleine Dörfer, umgeben von Pappelhainen und Maulbeerplantagen. Die Häuser waren aus rotem Backstein, die Straßen holprig und kurvenreich. Frauen in bunten Wickelkleidern waren bei der Ernte, Kinder mit bunten Holzperlen um den Hals hüteten Ziegen und klein gewachsene, gut genährte Kühe. Alles war friedlich. Doch je näher sie der Grenze kamen, desto drückender wurde die Stimmung. Die Chinesen hatten überall Stacheldraht gezogen. Sie zeigten ihren Unmut, weil Indien so viele tibetische Flüchtlinge aufgenommen hatte, und drohten mit Maßnahmen. Auch die Nachbarländer Bhutan und Sikkim wollten Scherereien aus dem Weg gehen und forderten die Flüchtlinge auf, nach Tibet zurückzukehren. Der Großteil der Flüchtlinge bestand aus Nomaden. Die indische Armee hatte Zelte für sie aufgestellt und teilte auch Nahrungsrationen aus. Die Flüchtlinge waren völlig unterernährt, litten an Hautkrankheiten, an ansteckenden Augeninfektionen, weil die Fliegen sich in ihrem Gesicht sammelten und sich vom Eiter ernährten. Die Menschen waren zu schwach, um sie zu verscheuchen. Die Kinder hatten aufgedunsene Bäuche und statt Haaren nur rötliche Büschel auf dem Kopf. Die Mütter hatten keine Milch mehr, die Säuglinge starben in ihren Armen. Kleine Jungen oder Mädchen mit Hungerödemen an den Beinen trugen Babys in schmuddeligen Wickeltüchern auf dem Rücken. Die Flüchtlinge erzählten, dass einige dieser Kinder von ihren Familien getrennt worden waren. Sie wussten nicht, wo ihre Eltern waren und ob sie noch lebten. Aber verlorene Kinder blieben nie sich selbst überlassen.

Sie fanden immer jemanden, der sich mitfühlend ihrer annahm.

Tag und Nacht verkündeten die Chinesen über Lautsprecher, Tibet sei jetzt ein freies Land ohne Klassenunterschiede. Sie forderten die Tibeter auf, sich vor den Grenzposten zu versammeln und einen weißen Schal an einem Stock zu befestigen, zum Zeichen, dass sie zurückkommen wollten. Sie hätten keinerlei Bestrafung zu befürchten. Die Flüchtlinge wussten, dass sie den Versprechen der Chinesen nicht trauen konnten. Was ihre Augen gesehen hatten, war für immer in ihre Netzhaut eingebrannt. Es sei denn, sie hatten keine Augen mehr, weil die Chinesen sie ihnen ausgestochen hatten.

Unter den Flüchtlingen befanden sich auch Adelige, die alles verloren hatten, und ihre Dienstboten. Zwar betonten die Chinesen immer wieder mit Nachdruck, sie seien gekommen, um der Leibeigenschaft ein Ende zu setzen. »Ihr seid frei!«, riefen sie den Dienstboten zu und erschossen sie als »laufende Hunde«, wenn sie ihren Herren treu blieben. Longsela und ihre Begleiter hörten entsetzliche Geschichten. Wie eng fühlten sie sich doch mit diesen Menschen verbunden, mit denen sie die Angst teilten! Lhasa sei bombardiert worden, hieß es, und dem Erdboden gleichgemacht. Die Volksarmee hätte den Potala unter Beschuss genommen. Viele Mönche und hohe Lamas hätten dabei ihr Leben verloren. Mit ihren Bomben hätten die Chinesen auch den Norbulingka-Palast verwüstet. Sie hätten die Stallungen in Brand gesetzt, die edlen Pferde geraubt oder als Zielscheibe für ihre Waffen benutzt. Um Seine Heiligkeit kreisten widersprüchliche Gerüchte. Er sei in Sicherheit; diese Nachricht jedenfalls war zuverlässig. Longsela weinte nie, sie konnte nicht mehr weinen. Angst und Trauer schnürten ihr die Kehle zu, sodass sie manchmal nicht sprechen konnte. Ob die Kinder und Yangzom noch in ihrem Haus waren? Ob das Haus überhaupt noch stand? Und was war aus dem kleinen Sommerpavillon beim Norbulingka geworden, den sie Ling und An Yao überlassen hatte? Fragen über Fragen! Longsela schlief und aß kaum und wurde ihre Kopfschmerzen nicht los, obwohl sie gewissenhaft ihre Tabletten nahm.

Inzwischen hatten Yeshe und Telsen drei Maultiere erstanden. Sie hatten ein gutes Auge dafür und Tiere ausgesucht, die genügsam und geduldig waren. Yeshe hatte auch erfahren können, wie man die Grenzposten umgehen konnte. Sie sollten bei Nacht reiten, sagten die Flüchtlinge. Es war Neumond, eine günstige Zeit. Longsela und ihre Begleiter machten sich auf den Weg. Wie Schatten bewegten sich die Reiter einen leise gurgelnden Flusslauf entlang. Die Schlucht war schattig und so eng, dass sie mehrmals das Wasser durchwaten mussten. Ein Stück weiter oben weitete sich der Felseinschnitt. Rings um den Horizont bildeten die Berge eine Festung aus Finsternis. Longsela hatte das eigenartige Gefühl, dass sie sich mit dem Himmel, der Heimat aller Toten, vereinigten. Später ritten sie durch Zedernwälder, wo Dunkelheit sie einhüllte und Zweige ihnen die Gesichter zerkratzten. Endlich lichtete sich der Wald. Die Maultiere bewältigten den Anstieg mit ihrem gewohnt sicheren Schritt. Das Plätschern des Wassers verklang, und der Wind, der bergaufwärts trieb, erstickte das Geräusch der Hufe. Und bei Tagesanbruch waren sie schon weit ins Gebirge vorgedrungen.

In dieser Gegend gab es keine richtigen Pfade, sondern nur hin und wieder eine undeutliche Spur, die sich im Gebüsch oder zwischen Steinen verlor. Aber Tiere und Menschen mit geübtem Fuß konnten diesen Weg wohl passieren. Die Maultiere liefen mit gesenktem Kopf, fanden stets die richtige Stelle, wo sie sicher auftreten konnten. Das Schweigen der Berge wurde noch bedrückender, sobald die bitterkalte Nacht hereinbrach. Die Decken wurden ausgepackt, die Vorräte jedoch ungekocht gegessen, und es wurde nur Wasser getrunken. Sie hatten zwar Brennholz bei sich; ein Licht, und wäre es noch so winzig gewesen, oder die Wärme eines Feuers hätte ihnen Geborgenheit schenken können. Aber jede flackernde Glut, jedes Rauchzeichen war gefährlich. Die Chinesen hatten Feldstecher und mochten überall sein. Tags zuvor hatten sie eine Anzahl Soldaten gesichtet, die über einen Hang kletterten. Dann und wann drang auch das Knattern eines Maschinengewehrs bis zu ihnen; trocken und fern, wie Knöchel einer Gespensterhand, die auf einen Blechtopf trommelte. Die Berge mochten hoch sein, die Täler einsam und tief, die Volksarmee ließ die Flüchtlinge niemals in Frieden! Longsela und ihre Begleiter ritten auf schmalen Pfaden oder durch Buschwerk, ständig mit der Furcht im Nacken, in feindliches Gebiet zu geraten. Longsela ließen die Kopfschmerzen keine Ruhe. Sie waren unterwegs schlimmer geworden. Sie nahm jeden Abend ihre Tabletten, lag still da und klagte nicht. Sie träumte, dass Paldor neben ihr lag, eingehüllt in den warmen Hauch ihrer Liebe. Doch nur die Einsamkeit war da, die über die Berge zog, sie fest an die kalte Erde drückte, und jede Nacht erschien ihr so lang wie vier Nächte hintereinander. Gelegentlich bezog sich der Himmel, Regen fiel, mit Schneeflocken vermischt. Dann wieder schien die Sonne heiß und so grell, dass Longsela ihre dunkle Brille aufsetzen musste. Und so ritten sie weiter; drei Tage vergingen. Longsela saß gebückt und schwerfällig im Sattel, sprach wenig, sparte ihre Kräfte. Die Müdigkeit drang ihr unter die Haut, lähmte jeden Muskel. Am Ende des vierten Tages, an der Mündung eines Bergbaches, entdeckten sie Birkenstämme, über zwei Felsen gespannt, mit großen Steinen beschwert. Reisende hatten hier eine Brücke gebaut, denn das schäumende Wasser war zu tief, als dass sie es hätten durchwaten können. Weit unten hing das wehende Band des Wasserfalls, der Wind versprühte den Dunst, noch ehe er den Boden berührte. Die Reiter stiegen aus dem Sattel, führten ihre Maultiere am Zügel und kamen ohne Schaden über den wackligen Steg. Yeshe glaubte sich zu erinnern, dass es in der Nähe ein »Gompa« – ein Kloster – gab, das Reisende aufnahm. Das Kloster trug den

Namen Dampa Sangye, zu Ehren eines indischen Heiligen, der siebenmal in Tibet seine Lehre verkündet hatte.

»Wir sind gleich da!«, rief er freudig.

Vor Longselas geröteten Augen tauchten verlockende Bilder auf: Mauern, ein schützendes Dach. Ein wärmendes Feuer nach der eisigen Kälte. Schimmernde Kupferkessel. Die freundlichen, vertrauten Gesichter der Mönche. Ein Tempelraum, weihrauchumwölkt, das Summen der Klosterglocke in der Morgendämmerung, das hölzerne Rasseln, das den Takt zum nasalen Gesang der Betenden schlug. Und weil Longsela in ihrer Ermüdung weder Zeit noch Raum mehr wahrnahm, schien ihr, als führte sie ihr Maultier von selbst zu dieser Zuflucht, ja, als wiege das Tier sie wie einst die Hand ihrer Mutter in wohltuenden Schlaf. Wodurch erwachte sie auf einmal? War es ein unbedachter Schritt ihres Maultiers? Oder war es Yeshes Stimme, die etwas rief, das sie nicht verstand? Longsela öffnete die Augen und war von einem Atemzug zum anderen hellwach. Denn Yeshe und Telsen hatten ihre Tiere angehalten und besahen sich den feuchten Boden, auf dem sich eine Anzahl Spuren abzeichnete. Mönche gingen barfuß oder trugen Sandalen. Was sie hier sahen, waren die Abdrücke von Schuhen mit Nägeln. Solche genagelten Schuhe trugen nur Soldaten. Eine chinesische Abteilung war kürzlich vorbeigekommen. Stumm und angstvoll betrachteten sie das drohende Gewirr dieser Spuren. Sie waren nicht mehr frisch, und darüber konnten Longsela und ihre Begleiter nur froh sein. Weil ihre Frontlinie ständig in Bewegung blieb, war die Brigade wohl längst weitergezogen. Longsela sah fragend zu Yeshe hinüber.

»Ich weiß nicht, was sie hier zu suchen hatten«, brummte schließlich der alte Mann. »Aber ich glaube, dass sie fort sind.«

Longsela nahm an, dass die Chinesen die Mönche gezwungen hatten, sie mit Nahrung und Trinkwasser zu versorgen. Womöglich hatten sie das Kloster sogar geplündert. Vorsichtig ritten sie weiter. Als der Bach hinter den Felsen verschwand, trat Stille ein. Eine eindrucksvolle Stille, ungewöhnlich selbst für diese Landschaft, in der auch sonst nur wenige Geräusche vorkamen. Keine Dohle schrie, keine Felstaube gurrte. Longsela meinte die Stille in ihren Ohren sirren zu hören. Ob es irgendwo in der Welt noch Lebewesen gab? Das Kloster sei ganz in der Nähe, hatte Yeshe gesagt. Aber wo denn, wo? Longselas Mund war trocken, und sie wischte sich den Schweiß von der Stirn. Wenn ich könnte, dachte sie, würde ich jetzt umkehren. Und kaum hatte sie den Gedanken zu Ende gedacht, als die Maultiere plötzlich scheuten. Sie zitterten und bockten und kauten auf ihrem Gebissstück.

»Chinesen?« Telsen wandte sich zu Yeshe um. Sein jugendliches Gesicht war bleich und angespannt, und er griff sofort zur Pistole. Longsela sah ihn an und schüttelte den Kopf. War Militär in der Nähe, würde ihnen eine Pistole nichts nützen. Yeshe runzelte die Stirn. Was seinen heißblütigen Neffen anging, hielt er die Zügel straff.

»Nur ruhig, Junge. Sie sind nicht da. Wir würden sie hören.«

Sie tauschten Blicke. Ja, Chinesisch war eine Sprache, die sehr laut gesprochen wurde. Telsen ließ die Pistole verschwinden und beherrschte seine Erregung hinter einer Maske wachsamer Verstimmtheit. Longselas böse Ahnung nahm zu. Je weiter sie ritten, desto weniger gefiel ihr die Sache. Vom Rumpf der Maultiere stieg ein herber Geruch auf. Ihr Fell war glitschig vor Schweiß. Sie krümmten den Rücken, taten jeden Schritt nur widerwillig. Schließlich stiegen sie ab, zogen die Maultiere am Zügel. Noch immer drang kein Laut, keine Stimme zu ihnen hinüber. Nichts regte sich weit und breit. Die Grabesstille, die über dem Ort lag, schien nicht zu dieser Welt zu gehören. Es war eine Stille, die jedes Wort schluckte und den Aufprall der Steine, die die Tiere mit ihren Hufen lostraten, lauter hören ließ.

»Da!«, rief Telsen plötzlich.

Von Weitem sahen sie nur einen schwarzen Fleck, der unter einem Busch lag.

»Was ist das?«, murmelte Longsela.

Telsen zog tief und argwöhnisch die Luft ein.

»Es stinkt, ich weiß nicht, wonach. Mir ist nicht wohl, Herrin. Nein. Ehrlich, mir ist nicht wohl!«

Sie stapften dem dunklen Fleck entgegen. Die Maultiere sträubten sich, zeigten das Weiße ihrer Augen. Longsela würgte es in der Kehle, als sie erkannte, dass es ein Leichnam war. Der Tote, der da unter dem Strauch lag, trug eine Mönchsrobe; die Leiche war so grässlich entstellt, dass Longsela den Blick abwenden musste. Einen Leichnam zu sehen erweckte in ihr ein Gefühl, als sei sie selber tot; es war wie eine Vorwegnahme, eine Blaupause des eigenen Endes. Sie sprachen kein Wort. Doch Yeshe gab Telsen mit einem Wink zu verstehen, er solle die Maultiere abseits halten. Er selbst und Longsela setzten ihren Weg fort. Nach ein paar Schritten stießen sie auf einen zweiten Leichnam. Man konnte sein Gesicht nicht sehen. Sein Kopf lag in einer Pfütze, zusammen mit dem Gras festgefroren, sodass es einen festen, toten Klumpen bildete. Er hatte den rechten Arm ausgestreckt, die Finger verkrampft, doch der Zeigefinger schien deutlich auf den Klosterbau zu weisen, der am Rand einer Schlucht an der Felswand klebte. Es war eine Felsenburg, wie es früher viele gegeben hatte, von Mönchen bewohnt, die ein Leben in Abgeschiedenheit führten. Ein Teil der alten Burg war verbrannt, die Balken ragten verkohlt empor. Beißender Qualm stieg an manchen Stellen aus der noch schwelenden Glut. Yeshe sah Longsela an, mit Qual in den Augen.

»Vielleicht ist noch jemand am Leben. Doch es ist besser, ich gehe allein, Herrin.«

Sie schüttelte stumm den Kopf und folgte ihm auf ihren Filzstiefeln mit lautlosen Schritten. Es bestand kaum Hoffnung, dass ein Mönch das Gemetzel überlebt hatte, aber sie wollten sicher sein. Longsela glaubte auch plötzlich, einen Laut gehört zu haben; sie hob die Hand, blieb lauschend stehen. Doch sie musste sich geirrt haben. Wenn der Wind in den Trümmern summte, mochte man meinen, dass Lebewesen stöhnten. Sie wagte auch nicht zu rufen, aus Furcht, dass womöglich die Chinesen nicht weit waren und zurückkamen.

Die meisten Leichen lagen in der Nähe des Klosterportals, als ob sie sich aus dem Kloster gestürzt hatten, um dem Feind zu begegnen. Eingekeilt zwischen der Schlucht und der Felswand waren die Belagerten bis zum letzten Verteidiger vernichtet worden. Die meisten waren Mönche, und schrecklich zugerichtet. Doch zwischen den Leichen der Mönche lagen auch Männer mit langem Haar, die die roten Kopfbänder der Nomaden trugen. Die meisten waren nackt; man hatte ihnen Stiefel, Kleider, Schmuck und Fellmäntel abgenommen. Auch ihre Pferde waren erschossen worden, ebenso die Haustiere der Mönche, die kleinen Hunde, die Ziegen. Schwankend stand Longsela vor dem schrecklichen Anblick. Die Sonne war am Verglühen; die Nacht hing mit roten Wolken am Himmel. Longsela spürte im Kopf eine Art schwebenden Irrsinn, der ihren Geist wie eine Luftblase hin und her gleiten ließ. Was kann ich für euch tun, ihr Toten? Ich kann euch nicht wecken, das Blut nicht wärmen, die Wunden nicht heilen, die Knochen nicht zusammensetzen. Ich kann nur für euch beten. Sie hörte ein Schluchzen und sah, wie Yeshe auf den Boden sank, sich im Schmerz hin und her wiegte. Longsela sah, wie seine Nägel sich in die Stirn gruben. Still wanderte sie zwischen den Toten, sah einige Ratten, die sich bewegten. Ihre Knie taten so weh, dass sie immer wieder stolperte. Irgendwo in der Nähe war etwas, dem sie ihre Aufmerksamkeit schenken musste, eine Sache, die ihr Denken beschäftigte. Sie wusste nicht, was es war. Da holte Telsen, der die Maultiere abseits angebunden hatte, sie mit schnellen Schritten ein. Er streckte die Hand aus, und sie legte ihre leichten, kräftigen Finger auf seinen Arm.

Bei jedem Schritt spannte sich ihre Stirn schmerzhafter, schlug ihr Herz heftiger, stieg die Gänsehaut ihr über Hals und Arme. Auf einmal lief ein weiches Geräusch von Flügeln über die Ruinen, und Longsela sah Geier kreisend emporsteigen. Als sie sich entfernt hatten, hörte sie ein Stöhnen, einen schwachen Ruf, und machte einen raschen Schritt vorwärts. Telsen, der es auch gehört hatte, hielt sie zurück.

»Herrin, sei vorsichtig!«

»Still!«

Longsela schob seinen Arm beiseite, ging schnell und vorsichtig um einen Haufen Trümmer herum. Hinter dem Schutthügel lag ein Mann, der noch am Leben war. Man hatte ihn auf ein Brett gelegt und mit Seilen festgebunden. Der Mann war grausam gefoltert worden; ein paar Atemzüge lang starrte Longsela ihn nur an, fassungslos darüber, dass er überhaupt noch Atem in sich hatte.

»Wasser!«, stöhnte der Sterbende.

Telsen stürzte davon. Longsela nahm die Hand des Mannes und streichelte sie, ohne ein Wort. Seine Haut war heiß und trocken, sie spürte das hohe Fieber in ihm. Der Himmel hatte sich purpurn gefärbt, die Nacht dehnte und streckte sich aus. Ab und zu flammte in der Ferne ein Blitz auf, so rasch, dass das Auge ihn kaum wahrnehmen konnte. Schon kam Telsen mit Yeshe zurück, brachte die Feldflasche und eine Decke. Während Yeshe sich behutsam daranmachte, die Fesseln des Gefolterten zu zerschneiden, breitete Longsela die Decke über ihn aus und flößte ihm langsam Wasser ein, das er unter Schmerzen schluckte. Dann legte sie ihre nassen Hände auf sein Gesicht. Der Gefolterte genoss die Kühle. Obwohl es unverkennbar war, dass sein Ende nahte, entspannten sich seine Züge. Er sprach jetzt deutlicher.

»Die Mönche ließen uns … hier schlafen. Die Chinesen kamen im Morgengrauen. Sie hatten Maschinengewehre …«

»Wann?«, fragte Longsela.

»Vor zwei Tagen. Kanam wollte uns hier treffen …«

»Kanam?«, murmelte Longsela, in der sich eine Erinnerung regte.

»Er ist unser Anführer. Aber er kam … zu spät. Er rief nach uns. Mich hörte er nicht. Der Wind. Er dachte, alle sind tot. Bevor er davonritt, sagte er zu seinen Männern, dass er uns rächen würde. Ich dachte an das, was vorher war. Und ich war froh, dass er das gesagt hatte …«

Er flüsterte die Worte vor sich hin. Ein ganzer Nebel von Erinnerungen fand sich in Longselas Kopf zusammen. Sie gesellten sich zu allem anderen, wurden wie Abschnitte aus einer Geschichte, die ihre eigene war. Sie antwortete traumbefangen.

»Ich glaube, dass ich ihn kenne. Vor langer Zeit waren wir Gast in seinem Zelt. Mein Vater, der Arzt war, pflegte Alo, seinen kleinen Sohn.«

»Alo ist jetzt ein Kämpfer«, sagte der Sterbende. »Ich … ich heiße Dasang.«

Er sprach so leise, dass sie dachte, dass es mit ihm vorbei war. Doch nein.

»Tesla, seine Mutter, war meine Schwester.«

Longsela spürte eine Bewegung hinter ihr. Ein Umhang fiel auf ihre Schultern.

»Euch ist kalt, Herrin.«

»Danke, Telsen.«

Er entfernte sich. Sie wandte ihre Aufmerksamkeit wieder dem Gefolterten zu. »Ist Tesla noch am Leben?

»Nein, sie ist tot.«

Wegen der Tränen, die zitternd an ihren Wimpern hingen, konnte Longsela sein Gesicht nicht mehr deutlich erkennen. Sie empfand diese Tränen wie eine Gnade.

»Tesla schenkte mir ihre Kette. Ich trage sie heute noch.«

Sie schob den Ausschnitt ihres Kleides zurück. Sanft ergriff sie die blutige Hand, führte sie hinauf an die Kette. Seine Finger tasteten über die Steine – sehen konnte er ja nicht mehr.

»Ja, ich erkenne sie. Es sind Teslas Dzi-Steine. Sie hatte sie … von der Großmutter. Halte sie in Ehren!«

Longsela antwortete stockend, wie in Trance.

»Man sagt, dass sie Wünsche erfüllen.«

»Dann wünsche, dass ich jetzt sterbe«, sagte Dasang.

Longsela erkannte die Unmöglichkeit dieses Wunsches und gleichzeitig seine Notwendigkeit. Sie nickte, als begreife sie das, und sagte leise: »So soll es sein.«

Sie nahm seine Hand und hielt sie fest. Mit der freien Hand zog sie ihre kleine Gebetsschnur aus der Brusttasche ihres Gewandes, ließ die Perlen durch ihre Finger gleiten und sprach das Gebet, das man an den barmherzigen Buddha richtet, wenn ein Angehöriger im Sterben liegt. Es besteht eine Verwandtschaft zwischen Menschen, die an einem flackernden Zeltfeuer gesessen und an ihm den Wert ihrer Freiheit ermessen haben. Longselas Gebet schien Dasang Frieden zu schenken. Nach einer Weile ging sein Atem so ruhig, dass sie ihn nicht mehr hören konnte. Er schwand dahin. Als Longsela schon dachte, dies sei das Ende, da verzogen sich Dasangs verkrustete Lippen noch einmal zu einem Lächeln.

»Danke, dass du für mich gebetet hast.«

Das waren seine letzten Worte. Sein Kopf sank zurück, und sein verschwollenes Gesicht wurde klar und ruhig. Mit einem Seufzer stieg sein starker Geist, von allen Schmerzen entbunden, in das Freie, das Unentdeckte, in dem es tausend Wege gab.

Longsela löste seine Finger, in denen noch ein Hauch Wärme war, aus den ihren. Eine Weile betrachtete sie sinnend ihre leer liegenden Hände. Dann erhob sie sich, machte taumelnd einige Schritte, lehnte sich an die Mauer und erbrach sich fast das Herz aus dem Leib. Als sie zurückkam, klebte ihr Unterkleid schweißnass am Körper. Sie fror im eisigen Wind und zog ihren Umhang enger um sich. Die Kälte klebte an ihr, so dicht und fest, dass sie ihr unter die Kleider drang, unter die Haut. Ihre Schultern, ihr Hals waren steif geworden, fühlten sich an wie hartes Holz. Während Telsen und Yeshe neben dem Toten beteten, blickte Longsela zum Abendhimmel empor. Dort, wo ein letzter roter Schimmer glühte, hing ein einsamer Stern zwischen den Wolken. Zwei Geier schwebten dicht über den Ruinen, auf der Suche nach einer letzten Beute vor der einbrechenden Nacht. Sie ließen sich abwartend zwischen den Steinen nieder, zischelten leise und putzten ihr Gefieder. Nun, der Tote selbst würde nichts dagegen haben. »Windbestattung« nannten sie den heiligen Vorgang, wenn die Vögel den Verstorbenen in den Himmel trugen. Und so sprach Longsela ein letztes Gebet für ihn, bevor sie sich abwandte und mit ihren Begleitern diesen Ort verließ.

ZWEIUNDZWANZIGSTES KAPITEL

Die Nacht kam, und sie kam schnell. Doch Longsela und ihre Begleiter wollten nicht an einem Ort verweilen, an dem die ganze Landschaft und die Luft selbst derart mit Schmerz belastet waren, dass dieser Schmerz an den Menschen haftete und ihnen das Mark aus den Knochen verzehrte. So ritten sie bergan, bis es völlig dunkel war und sie eine Höhlung im Gestein entdeckten, wo sie rasten konnten. Auch die Maultiere fanden hier einen kleinen Streifen Gras. Yeshe und Telsen schliefen bald ein, doch Longsela lag wach. Ihre Gedanken bewegten sich zwar, aber ihr Urteilsvermögen funktionierte nicht mehr. Ihr schien, dass in ihrem Kopf kein Gehirn mehr war, sondern nur noch ein schwach zuckender, dunkler Klumpen. Was sie gesehen hatte, übertraf alle ihre früheren Vorstellungen. Jetzt endlich wusste sie, warum die Tibeter zu Tausenden flohen. Was hatten die Chinesen aus Tibet gemacht? Die Hölle auf Erden! Und doch sah sie mit einer fast erschreckenden Freude, wie klar die Sterne leuchteten. Und sie erkannte mit einem Schlag die trostlose Vergeudung dieser Himmelspracht. Longsela hatte es bisher nicht wirklich begriffen. Die Toten schauten sie an, mit Augen, die manchmal nur rote Höhlen waren. Aber je stärker Longsela an ihrem Glauben festhielt, je mutiger sie ihr lebendiges Leben lebte, umso tatkräftiger erfüllte sie ihre menschliche Pflicht, und die Toten segneten sie.

Als sie im Morgengrauen ihre Maultiere sattelten, sagte Yeshe sorgenvoll zu ihr: »Herrin, du hast zu wenig geschlafen. Das ist nicht gut. Heute kommt eine beschwerliche Strecke.«

»Kennst du den Weg?«, fragte Longsela.

»Ich nicht, Herrin, nein. Aber ich hörte manches. Für alte Leute und Kinder ist er nicht gemacht. Es ist der Weg der Schwarzhändler. Die Rebellen benutzen ihn, um ihre Kämpfer mit Waffen aus Indien zu versorgen. Mönche auch, wenn sie heilige Schriften und Tempelschätze in Sicherheit bringen.«

»Wohin führt der Weg?«, fragte Longsela. »Noch höher durchs Gebirge?«

»Ja, der Hang ist sehr steil, die Tiere werden klettern müssen. Danach kommt eine Passebene, auf der kein Baum wächst. Dann müssen wir durch ein Loch in einer Felswand, das noch gefährlicher ist. Und dann sind es noch drei Tage bis nach Lhasa.«

Longsela warf die Zügel um ihr Handgelenk, setzte den Fuß in den Steigbügel. Telsen half ihr beim Aufsteigen. Sie setzte ihre dunkle Brille auf, zog den Gürtel ihrer Tschuba straffer.

»Reiten wir!«

Und wahrhaftig war es, als sollten die Reiter erst an diesem Tag erfahren, wie unerbittlich und grausam die Berge für jene sein konnten, die nicht in ihnen heimisch waren. Steine, die plötzlich unter dem Fuß der Maultiere wegrutschten, Pfade, kaum breit genug für einen Menschen, geschweige denn für ein Maultier. Ein Stolpern, eine falsche Bewegung, ein unsicherer Schritt … und schon packte das Unglück zu! Die aufwärts kletternden Maultiere bewegten sich unter einem Himmel, der unwirklich blau und rosa war, über ein Nebelmeer, das langsam verdunstete. Die Reiter, von der durchdringenden Kälte steif geworden, hingen keuchend im Sattel, und jeder Schritt, jede Erschütterung ging wie ein Stoß durch ihre Knochen. Um sich im Gleichgewicht zu halten, hatten sie die Beine in den Steigbügeln verwickelt und lagen mit dem Gesicht auf der klebrigen Mähne der Tiere, deren Hals sie umklammerten. Auf diese Weise kletterten sie den Berghang hinauf, bis sie endlich das Hochtal erreichten. Hier blieben die Maultiere stehen, mit zitternden Beinen und keuchenden Flanken. Die Reiter dankten ihnen, rieben sie trocken und banden ihnen für eine Weile den Futtersack um.

»Sie haben schrecklichen Hunger!«, sagte Telsen.

Longsela nickte ihm zu.

»Und wie tapfer sie sind!«

Doch zum Ausruhen blieb keine Zeit. Sie mussten über das Hochtal, bevor die Sonne die Luft in Gluthitze verwandelte. Ein Wind, der seit Jahrtausenden mit aller Macht gegen die Gipfel trieb, hatte alle Steine zu einer Art grobkörniger Asche zermalmt. Hier wuchsen nicht einmal Flechtpflanzen. Kein Wesen fand man hier, nicht einmal einen Käfer. Es war, als ob diese Ebene, in fünftausend Metern Höhe, nicht mehr zur Welt der Lebenden gehörte. Sie war das Reich des ewigen Windes, der sengenden Sonne, des Todes. Und die Gipfel, die diese Mondsteppe umschlossen, die gewaltigsten Gipfel der Erde, waren, von dieser Höhe aus gesehen, nur Hügel. Längst versiegte Wasserläufe zogen wie Handlinien nach allen Seiten aus. Früher – als noch keine Menschen die Erde bevölkerten – musste hier ein Grasland gewesen sein, und es hatte Wasser gegeben für unbekannte Tiere. Die Erde barg noch ihre Knochen und Wirbel, mit Steinen vermischt, selbst zu Gestein geworden. Und während sie den Hang hinunterkletterten, Absatz um Absatz, dachte Longsela, dass vielleicht eines Tages die ganze Erde, steinverkrustet und windüberzogen, sich einsam im Weltall drehen würde, unzählige Zeitalter lang …

Den Abstieg schafften sie ohne Zwischenfall, die letzten Felsen hinter sich lassend. Nun dehnte sich das Hochtal vor ihnen aus, flimmernd in weißlicher Hitze. Zwischen beiden Hügelketten gab es keinen Schatten, sodass das flache Gestade ohne Grenzen zu sein schien. Die Maultiere gingen langsam dahin, Schritt für Schritt. Ihre Flanken waren trocken, der Schweiß verdunstete sofort. Mehrmals hielten sie an, tranken aus der Feldflasche und rieben die Tiere mit einem nassen Tuch ab. Der ewige Wind wirbelte den Sand auf, brannte in den Augen, heulte und sang mit der Stimme der Geister und Dämonen. So verging die Zeit, und bald konnten die Reiter kaum noch denken. Die Müdigkeit hielt sie umschlossen. Sie spürten nur noch, wie die Maultiere die Beine bewegten. Die Hitze drang unter die Haut und stach wie mit Dornen, erstickte sie beinahe. Doch allmählich wuchsen die Bergzüge auf beiden Seiten zusammen, bildeten weit weg eine Art Trichter, der das Ende des Hochtals anzeigte. Sie ritten darauf zu, als Telsen plötzlich die Zügel zog und auf Reifenspuren deutete, die kreuz und quer vor ihnen im Sand verliefen. Longsela sah blinzelnd hin, ungläubig und verstört.

»Geländewagen!«

»Herrin«, krächzte Yeshe, »das kann nicht sein!«

Von den Bannstrahlen der Sonne geblendet, von Hitzeschleiern umweht, entdeckten sie erst jetzt in der Ferne zwei dunkle Flecken, offenkundig Bunker, und Gestalten davor, die sich bewegten. Ein Kontrollposten! Die Entfernung verkleinerte die Männer zu Gnomen, mit winzigem Haupt und mit Beinen, die sich auf sonderbare Weise verkürzten oder verlängerten. Yeshe schüttelte den Kopf, als ob er sie für eine Erscheinung hielt, ausgebrütet von den bösen Geistern der Hitze. Denn Yeshe war auf Treu und Glauben davon überzeugt gewesen, dass dieser Weg frei und unbewacht war!

»Hier reiten doch nur die Rebellen!«, stammelte er kopflos.

»Die Chinesen machen Erkundungsflüge«, sagte Longsela.

Ein Kribbeln der Angst kroch an ihnen hinauf, von den Füßen bis zum Herzen, zu den Lippen und der bleischweren Zunge. Sie saßen in der Falle. Sie hatten sich selbst in die Falle begeben.

»Kehren wir um!« Yeshes erschöpfte Stimme zitterte. »Weg von hier, bevor sie uns sehen!«

»Sie haben Feldstecher«, antwortete Longsela mit bitterem Zorn. »Und sie werden uns mit den Wagen verfolgen.«

Es war zu spät. Umkehren, das würde heißen, dass die Soldaten Jagd auf sie machten und sie wie Freiwild erschossen. Longselas Gedanken überschlugen sich. Nimm dich zusammen. Setz deinen Weg fort! Du hast eine Chance. Longselas Kleider waren schmutzig, ihre Stiefel ausgetreten. Ihr Haar war staubig, ihre Haut braun gebrannt. Während ihrer Streifzüge im Gebirge hatte sie die Dialekte der Bauern gehört und traute sich wohl zu, ihren Tonfall nachzuahmen. Viele Bauern besaßen auch noch keinen Pass. Die chinesischen Behörden hatten erst begonnen, welche auszuteilen. Longsela zögerte nicht länger.

»Sie dürfen unsere Pässe nicht finden. Weg damit, schnell!«

Longsela ging selbst mit dem Beispiel voran.

»Du bist mein Mann«, fuhr sie fort, an Yeshe gewandt. »Telsen ist unser Sohn. Wir sind Bauern und haben unsere Ware in Bhutan verkauft. Wir werden Schmiergeld zahlen müssen. Darauf warten sie ja nur. Seid still und lasst mich reden! Und was auch immer sie sagen, schaut ihnen nicht in die Augen. Auf keinen Fall!«

Yeshe und Telsen nickten in schweigender, verzweifelter Zustimmung. Longsela stieß ihrem Maultier die Fersen in die Flanken. Sie ritten weiter, den Reifenspuren entlang, die wie Fäden eines Spinnennetzes auf dem trockenen Boden ihre Muster zogen. Longsela fühlte sich in diesem Spinnennetz gefangen, doch bot sie ihre ganz Willenskraft auf, unterdrückte ihre Angst. Lügen? Sich verstellen? Das war eine Sache, die sie nie gelernt hatte. Hier aber war ihre Freiheit, ja sogar ihr Leben der Preis. Ihre Lügen waren, sie wusste es im Voraus, die unumgängliche Voraussetzung ihres Überlebens. Sie ritten näher und sahen, dass die Chinesen zwei kleinere Betonbauten errichtet hatten, dass der Beton bereits im schlechten Zustand war. Beton hielt sich schlecht in diesem Klima, wo Häuser aus getrockneten Lehmziegeln sich besser bewährten. Seltsam, dass die Chinesen das noch nicht bemerkt hatten! Zwei Soldaten, mit Feldstecher und schussbereiten Maschinenpistolen, warteten vor der Sperre. Im Schatten waren da noch einige andere Gestalten in Uniform. Unter einem Holzgerüst standen zwei Geländewagen. Daneben, in der prallen Sonne, waren einige entsetzlich magere Maultiere angebunden. Sie waren mit eiternden Geschwüren bedeckt, an denen die Fliegen klebten, und sahen aus, als hätten sie seit Tagen weder Wasser noch Futter erhalten. Aber Longsela konnte nirgendwohin blicken als auf die zwei Männer, die ihre Schusswaffen hoben. Sie hielt ihr Maultier an. Ein Soldat stapfte ihr entgegen, packte die Zügel. Er war ein großer, gut gewachsener Nordchinese.

»Los, absteigen!«

Longsela sah an ihm vorbei, gehorchte schweigend. Yeshe und Telsen taten es ihr nach. Longsela sah an dem Mann vorbei zu Boden, sodass ihr Blick an seinen staubigen Stiefeln haften blieb. Die Abdrücke der genagelten Sohlen waren überall. Vor Longselas inneren Augen tauchten Bilder auf, die sie nicht sehen wollte. Ihr Mund war voller bitterer Spucke.

»Du, Frau, wohin gehst du?«, fragte sie der Wächter in schlechtem Tibetisch. »Hier ist Militärgebiet.«

Longsela erinnerte sich an die wenigen Worte Chinesisch, die sie kannte.

»M'chi … das wussten wir nicht.«

»Wo kommst du her, Frau?«

Longsela nannte ein kleines Dorf südöstlich von Lhasa, das sie kannte.

»Und wer sind die beiden da?«

»Mann und erster Sohn.«

»Wo ist dein Passierschein?«

Longsela hörte ihre eigene Stimme, die fremd und auf eine absurde Weise demütig klang.

»Passierschein? M'chi!«

»Du brauchst einen Passierschein, Frau.«

»Ich kaufe Passierschein«, sagte Longsela. »Für Mann und Sohn auch.«

Der zweite Soldat winkte mit seiner Maschinenpistole.

»Los, Gepäck zeigen!«

Der Mann sah ziemlich gut aus und trug auch das Haar länger. Er lächelte, nicht ein frostiges Lächeln, sondern auf eine freundliche und amüsierte Art. Longsela erfasste eine große Abneigung gegen dieses Lächeln.

Die Männer ließen es nicht zu, dass Yeshe und Telsen die Gepäcktaschen selbst öffneten, sondern stießen sie auf die Seite, indem sie ihnen die Mündung der Pistolen in den Rücken drückten. Jetzt kamen auch die anderen Soldaten dazu. Longsela sah mit angstverzerrter Miene zu, wie sie in ihren Bündeln und Taschen wühlten, ihre Essvorräte auspackten. Ja, sie schüttelten sogar die Futtersäcke der Maultiere aus – auf der Suche nach Schmuggelware, nahm Longsela an. Sie sagte kein Wort, hielt die Schultern gebeugt, starrte zu Boden. Die Soldaten würden sie ausrauben und dann vielleicht durchlassen. Doch ein Würgen stieg in ihrer Kehle auf, als die Chinesen ihren Nescafé entdeckten, die Dose öffneten und das Aroma gierig einzogen. Bauern tranken Tee, keinen Pulverkaffee. Während die Dose von Hand zu Hand ging, versuchte Longsela mit einer Spitzfindigkeit daraus Nutzen zu ziehen, wie eine Bauersfrau es auch getan hätte. Sie trat einen Schritt vor.

»Kriege ich dafür Reisepass?«

Die Männer lachten; sie lachten auf eine Art, die Longsela eine Gänsehaut über den Rücken laufen ließ. Doch da fragte der Nordchinese, der einen besonnenen Eindruck machte, mit plötzlicher Schärfe: »Was ist das, Frau?«

Er hielt eine kleine Schachtel in der Hand, die er misstrauisch öffnete und schüttelte. Kleine weiße Tabletten fielen in seine Handfläche. Es waren die Medikamente, auf die Longsela jetzt angewiesen war. Vorsicht, Geduld, dachte Longsela. Ich habe schon genug riskiert. Ihr Herz hämmerte jetzt so laut, dass ihr ganzer Brustkorb davon erschüttert wurde.

»Herr, Erbarmen!«, jammerte sie. »Ich bin krank.«

Der Soldat zerrieb eine Tablette zwischen den Fingern, schnupperte daran.

»Opium!«, sagte er in angewidertem Tonfall.

Longsela deutete unterwürfige Verbeugungen an.

»Nein, nein, Herr! Kein Opium. Medizin gegen Kopfweh.«

Ein ganz junger Soldat sah sie unverschämt an.

»Wie, du nimmst Medizin für die Reichen?«

Longsela schätzte ihn auf fünfzehn. Noch ein halbes Kind also. Er hatte ein hübsches, bartloses Gesicht und schlangengleich kalte Augen. Das ist der Gefährlichste, dachte Longsela sofort.

»Medizin ist vom Doktor. Ich habe bezahlt.«

»Schande über dich, du eigensüchtige Gaunerin! Weißt du denn nicht, dass du das Volk betrügst?«

Seine jugendliche Stimme war ungehobelt, scharf, die Stimme einer fremden Idee. Er würde alles tun, um sie zu reizen. Sie durfte auf dieses Spiel nicht eingehen. Ein Wort zu viel, und alles war verloren.

»Ich … ich weiß nichts, Herr! Verzeiht …«

Er beobachtete sie ungeduldig, mit zugekniffenen Augen.

»Kannst du nicht nachdenken? Das Volk plagt sich, und du hast Geld!«

»Ich … nein. Ich bin arm«, stammelte Longsela. »Der Doktor war ein guter Mensch!«

»So, so? Ein guter Mensch?«

Longsela ließ den Kopf hängen.

»Ein sehr guter Mensch, wirklich ein sehr guter Mensch …«

Der jugendliche Chinese wandte sich von ihr ab, schaute in die Runde.

»Schrecklich sind diese Lügner, man sieht in sie hinein!«

Alle lachten. Der Chinese drehte sich auf dem Absatz um, geschmeidig, als ob er tanzte, und blieb mit elegantem Schwung vor Yeshe stehen. Der starrte fassungslos auf die gelenkigen Finger, die jetzt den Hahn der Pistole spannten. Der junge Soldat lächelte.

»Sei ruhig, wir tun dir nichts, Alter. Das ist kein Krieg, das ist eine Befreiung. Das Volk leidet Hunger, und bei euch ist noch so viel da zum Wegnehmen. Das ist die Schuld einer Handvoll, die immer von der Sklaverei der anderen lebt. Liebst du die Fron, alter Mann? Nun sag es endlich!«

»Was … was soll ich sagen, Herr?«, stotterte Yeshe, der von alldem kein Wort verstand.

»Wo du die Maultiere gestohlen hast, du Dummkopf!«, schrie ihn der Chinese an.

Die Antwort stieg mühsam in Yeshes Kehle auf.

»Ich habe gearbeitet, Herr. Die Maultiere gehören mir.«

Der junge Mann vollführte mit seiner Maschinenpistole eine theatralische Geste, die den armen Yeshe vollkommen einschüchterte.

»Alter Mann, die Maultiere gehören dir nicht. Die Maultiere gehören dem Volk.«

Er steigerte sich in eine Erregung hinein, die sich austoben wollte. Eine solche Erregung war völlig unkontrollierbar. Aber er verfolgte einen Zweck dabei. Longsela bemerkte es daran, wie die anderen zusahen, amüsiert und verschlagen. Sie machte einen letzten, verzweifelten Versuch.

»Unsere Maultiere sind stark und gesund. Wir tauschen Maultiere gegen Passierschein.«

Da wirbelte der junge Soldat kreischend herum.

»Kein Wort mehr! Das alles hier ist Diebesgut und wird beschlagnahmt.«

Longsela sank der Mut. Jetzt würden sie zu Fuß gehen müssen, ohne Proviant, ohne Decken. Aber sie trug noch einige

Geldscheine im Saum ihrer Tschuba und meinte, dass sie im nächsten Dorf vielleicht neue Maultiere würden erstehen können. Schon verneigte sie sich demütig, doch da machte Telsen einen Fehler. Er liebte sein Maultier, das sehr klug und gutwillig war, und wollte es nicht verlieren. Als der junge Soldat nach den Zügeln griff, fuhr Telsens Hand unwillkürlich nach der verborgenen Waffe. Blitzartig hob der Chinese den Lauf seiner Maschinenpistole.

»Telsen, nein!«

Longselas verzweifelter Aufschrei erreichte sein Bewusstsein zu spät. Im Zentrum eines flüchtigen, düsteren Atemzugs sah Telsen die auf ihn gerichtete schwarze Mündung. Und wusste, dass er in seinen Tod schaute. Das Krachen des Schusses ließ Longsela zurücktaumeln und das Maultier erschrocken auf die Seite springen. Die Kugel traf Telsen unter dem Brustbein und trat seitlich unter dem Herzen wieder aus seinem Körper. Er sank mit einer schwerfälligen Drehung zu Boden. In dem Augenblick, da er die Erde berührte, war sein Leben schon erloschen. Sein Blut floss in den Sand. Longsela und Yeshe starrten auf Telsen, der flach auf dem Gesicht lag. Der junge Soldat drehte ihn mit einem Fußtritt um, schlug den Fellmantel zurück, brachte die Pistole zum Vorschein. Er brach in schrilles Gelächter aus, bevor er Telsen mit mehreren Schüssen aus dieser Pistole, die immer geladen war, den Schädel zertrümmerte. Yeshe schrie heiser auf, wollte sich auf ihn stürzen, doch im Nu waren die Soldaten von allen Seiten über ihm. Longsela sah Yeshe auf dem Boden liegend und, die Wange auf die Steine gedrückt, versuchend, sich mit der Schulter hochzustemmen, woran ihn die Männer immer wieder durch Fußtritte und Kolbenschläge hinderten. Im gleichen Augenblick setzte der Nordchinese Longsela seine Pistolenmündung an den Kopf.

»Mitkommen!«, sagte er barsch, aber ruhig.

Longsela blickte zu ihm empor, und da erschien er ihr plötzlich zweimal so groß wie ein Mensch. Und gleichzeitig sah sie sich selbst von außen, sah sich zurückweichen und in die Richtung gehen, die der Soldat ihr wies. Wehrlos musste sie miterleben, dass ihr Körper sich vor diesem Mann erniedrigte, dass sie in beschämender Ergebenheit tat, was er sagte. Von irgendwoher schlug eine Angst von solch unerträglicher Wucht auf sie ein, dass sie darin versank. Und als ob sie sich das Bild in der Fantasie ausmalte, sah sie, wie zwei Soldaten Yeshe an den Armen zu einer der Betonbauten schleiften, dessen Tür mit einem Kettenschloss versehen war. Yeshes Lippen waren aufgeplatzt, sein Gesicht voller Blutergüsse. Später sollte sich Longsela noch oft fragen, warum sie ihn am Leben gelassen hatten. Vielleicht doch nur deswegen, weil er ein alter Mann war. Schon zog ein Soldat das rasselnde Kettenschloss auf. Sein genagelter Schuh krachte gegen die Tür, die quietschend aufsprang. Ein Kolbenschlag warf Longsela kopfvoran in das Loch. Ein Gestank nach menschlicher Ausdünstung, nach Kot und Urin schlug ihr entgegen. Im Lichtspalt, der aus der offenen Tür fiel, sah sie Männer und Frauen, alte Leute und Mönche, erkennbar an ihren geschorenen Köpfen, an ihren Roben. Sie kauerten dicht zusammengepfercht, einige lagen erschöpft am Boden. Inzwischen packten die Soldaten Yeshe unter den Armen, hoben ihn hoch und schleuderten ihn Longsela in den Rücken. Sie verlor das Gleichgewicht, stürzte schwer nach vorn auf Hände und Knie und versuchte sich greifend hochzuziehen. Sie spürte den Aufprall ihres Körpers und Gesichts gegen Stoff, Haar, Fleisch. Die im Dunkeln kauernden Menschen fielen gegeneinander, rutschten zur Seite und hielten dann Longsela fest, sodass sie sich unbeholfen aufrichten konnte. Immer noch auf dem kalten Boden kniend, wandte sie sich tastend nach Yeshe um. Und da schlug die Tür zu.

DREIUNDZWANZIGSTES KAPITEL

Die Kette rasselte; die Schritte und die Stimmen entfernten sich. Das undurchdringliche Dunkel erweckte in Longsela den Eindruck, sehr weit weg, tief unter der Erde zu sein. Lebendig begraben. Panik flammte in ihr auf, wie Zunder, wenn der Funken in trockenes Stroh fällt. Als ob jemand eine Ofentür geöffnet und wieder geschlossen hätte. Doch Longsela wusste ja, dass sie nicht allein war. Sie hörte gepresste Atemzüge, Kratzen, Flüstern, ein trockenes Husten, ein Reiben von Soff, ein Scharren von Füßen. Wie viele Menschen mochten sich hier befinden? Sie hörte auch, wie Yeshe hinter ihr schluchzte. Sein Schmerz brachte sie wieder zu Verstand. Steif wandte sie sich nach ihm um, nahm ihn in ihre Arme, wiegte ihn, als ob er nicht ein alter Mann, sondern ein Kind wäre, das sie trösten musste. So verging eine Weile, bis im Dunkeln eine sanfte Stimme erklang.

»Wen haben sie getötet, meine Tochter?«

Aus der Anrede merkte Longsela, dass eine Nonne zu ihr sprach. Mühsam fand sie ihre Stimme wieder.

»Einen jungen Mann. Achtzehn Jahre alt.«

»Und warum?«

»Weil er … sein Maultier nicht hergeben wollte.«

»Ja«, sagte die Nonne. »Wer sich wehrt, wird erschossen. Die anderen sperren sie ein. Sie sagen, wir müssten auf den Lastwagen warten.«

»Und was wird dann aus uns?«

Diesmal war es eine männliche Stimme, die antwortete. Sie hörte sich gebildet an, klang mutlos und erschöpft.

»Wir wissen es nicht. Sie nehmen uns alle Lebensmittel weg. Die Maultiere schlachten sie. In Tibet herrscht Hungersnot. Die Menschen essen das Gras auf den Feldern. Die Soldaten sagen, die Vorräte sind für das Volk.«

»Nein, die Vorräte sind für die Soldaten!«, rief eine Frauenstimme heiser. »Für uns haben sie nicht einmal Wasser übrig! Sie nennen uns Blutsauger. Und wir sollten unser eigenes Blut trinken! Ist das nicht zum Lachen?«

Ihr Gelächter stieg auf, zunächst erstickt, fast wie ein Schluchzen, dann wild und kreischend. Das Lachen erschreckte Longsela fast noch mehr als das andere.

»Sie ist nicht mehr ganz bei Verstand«, sagte der Mann, während die Nonne besänftigend zu der Irren sprach.

»Lass es gut sein, meine Tochter. Du weißt doch, sie sagen solche Dinge …«

Das Lachen erstarb zu einem Wimmern. Die Verrückte zog mehrmals die Nase hoch und schwieg. Die Gefangenen hatten keine Kraft mehr, lange zu sprechen. Longsela hatte oft gedacht, dass sie auf dieser Reise den Tod finden könnte. Und sie hatte zu sich selbst gesagt: »Wenn es so bestimmt ist, dann wird es eben eintreffen.« Doch nie hatte sie daran gedacht, dass sie lebendig und tot gleichzeitig sein könnte. Sie kauerte mit Unbekannten in einer Finsternis voller Gerüche von Schweiß, Blut, Krankheit und Ausscheidungen. Sie hörte fremde Atemzüge, fremde Körpergeräusche. Gewiss sollte das, was hier erduldet werden musste, jeden Widerstand brechen. Alle warteten auf den Lastwagen, der sie irgendwohin bringen würde – in ein Arbeitslager, meinten die Gefangenen. Aber wie sollten sie in ihrem Zustand von Schwäche noch zu irgendeiner Arbeit fähig sein?

Trotzdem war alles, was diese Menschen empfanden oder argwöhnten, durch das Warten auf den Lastwagen bedingt. Er konnte jetzt gleich kommen oder morgen oder erst in zehn Tagen. Alle saßen oder lagen still, lauschten auf die Stimmen und Geräusche von draußen, sprachen nur wenig. Ein Mönch erzählte, dass die Chinesen systematisch alle Klöster zerstörten, die den Rebellen Obdach gaben. Longsela sagte leise, ja, sie hätte es mit eigenen Augen gesehen. Mehr sagte sie nicht. Ihre Gedanken befassten sich unentwegt mit den Kindern. Wenn sie jetzt umkam, was dann? Sie würden nie erfahren, wie die Eltern gestorben waren. Was sollte aus ihnen werden? Wer nahm sich ihrer an? Würden Ling und An Yao ihr Versprechen halten? Waren sie überhaupt noch in der Lage dazu?

In der ersten Zeit verspürte Longsela großen Hunger und Durst, danach immer weniger. Die Finsternis klebte vor ihren Augen, vor ihrem Gesicht. Sie lernte, ihre Notdurft zu verrichten, ohne dass sie Scham vor den anderen empfand, die ja das Gleiche taten, sodass der Boden feucht und glitschig war. Die meisten saßen still, schonten ihre Kräfte. Es gab aber auch einige, die schrien und um sich schlugen, sodass jene, die Vernunft bewahrten, sie beruhigen und festhalten mussten. Zum Schlafen war kaum Platz. Die Gefangenen schliefen der Reihe nach, wobei diejenigen, die wach blieben, zusammenrückten, die Knie bis ans Kinn, sodass ihre Unglücksgefährten liegen konnten. Dann plötzlich – Longsela hatte bereits jedes Zeitgefühl verloren – hörten sie draußen Stimmen, Schritte, zorniges Geschrei. Das Kettenschloss rasselte, blendende Helligkeit flammte auf, zwei Männer taumelten herein. Dem einen – Longsela sah es kurz – floss Blut übers Gesicht. Schon schlug die Tür wieder zu. Der Verletzte stürzte der Länge nach hin, man fing ihn auf, und Longsela nahm seinen Kopf auf ihre Knie. Sein Gefährte, ein völlig verstörter junger Bauer, erzählte, der Verwundete sei sein Onkel, der es gewagt hätte, einem Soldaten zu widersprechen, worauf ihn dieser mit Kolbenschlägen zu Boden streckte. Der Mann wimmerte, seine Arme und Beine zuckten in krampfartigen Bewegungen. Als Longsela mit sanften Fingern über die Wunde tastete, fühlte sie den gebrochenen Schädelknochen. Sie wusste, dass der Mann sterben würde. Dies geschah auch bald, und Longsela spürte, wie der Verletzte in ihren Armen schwer und kalt wurde. Es war der zweite Sterbende, den sie in den Tod streichelte. Sie versuchte in ihrem Kopf auszurechnen, wie viel Zeit wohl vergangen war, und brachte es nicht fertig, weil die Verrückte unentwegt kreischte und lachte. Longsela fühlte sich selbst nahe dabei, den Verstand zu verlieren. Sie war nicht die Einzige. Rutschen und krabbeln, mehr konnten die Gefangenen nicht. Manche, noch nicht ganz am Ende ihrer Kraft, hämmerten an die Tür, schrien um Hilfe, bettelten und flehten. Sie versuchten, unter Aufbietung der allerletzten schwachen Kräfte, ein Loch zu vergrößern, indem sie mit ihren Nägeln den Betonstaub loskratzten. Sie tasteten, fühlten, klopften, als ob sie eine Bewegung in der Mauer spüren und die Steine sich lockern könnten. Ihre Nägel brachen, sie rissen sich ihre Hände wund. Sie verausgabten sich vollends dabei, sinnlos, bis zur Erschöpfung.

»Meine Kinder«, sagte die Nonne einmal sehr sanft, »wovor habt ihr solche Angst?«

Sie hieß Ani Yudrön. Ihr wahres Alter kannte sie nicht, doch sie war vollkommen ruhig, ohne Furcht.

»Vorm Sterben natürlich«, schluchzte eine Frau.

»Das ist nicht recht«, sagte die Nonne.

»Du bist alt und hast es leicht!«, rief ein Mann. »Ich – ich will nicht sterben.«

»Fürchte nicht dein Ende«, sagte die Nonne. »Denn in dieser Furcht, in ihr allein, zeigt sich der Tod.«

Wieder verging Zeit, und Sonderbares geschah. Longselas Wahrnehmung veränderte sich. Die Menschen im Verlies verschwammen, es gab keine Geräusche mehr. Der Gedanke überfiel sie, dass hier vielleicht nur eine Verdichtung der Luft bestand, was alle Gerüche zum Gären brachte. Gelegentlich empfand sie ein Wärmegefühl im Rücken, was sie veranlasste, sich umzudrehen und die Verdichtung zu berühren. Sie spürte dann eine Bewegung, und es kam ihr in den Sinn, dass es doch Menschen sein konnten. Offenbar empfanden die anderen wie sie. Eine Zeit lang hatten sie noch kraftlos und vergeblich gewütet. Die Niederlage war ganz allmählich eingetreten, alle wurden davon erfasst. Jede Bewegung kostete zu viel Anstrengung. Einen Finger zu regen ging über Menschenkraft. Die Gefangenen konnten nur noch still liegen oder kauern. Sie warteten und wussten nicht mehr, worauf. Sie klebten am Boden, wie festgewachsen in ihrem eigenen Dreck. Die Luft war erfüllt vom Kratzen und Rasseln ihrer Lungen. Über diese Geräusche von Atem und Schleim hob sich in singendem Tonfall, zärtlich und weich, die Stimme der Nonne, deren Gesicht Longsela nie gesehen hatte. Ihre Stimme hing in der Finsternis, zwischen Irresein und Tod, wie ein schimmernder Faden, der sie mit dem Leben verband.

»Erleuchteter, blicke mit Mitgefühl auf uns.

Befreie uns von unserem Leiden, gewähre uns deinen Segen.

Blicke auch mit Mitgefühl auf unsere Feinde.

Seien wir nicht hasserfüllt gegen sie.

Lass uns Mitgefühl aufbringen für jene, die uns Schmerzen zufügen.

Sie brauchen dieses Mitgefühl mehr, als wir es brauchen.

Denn der Engel ist nahe und bringt uns Erlösung.

Wir sterben in Frieden und nicht im Zorn.«

Die Stimme war genau der Dimension der Zelle angepasst, sodass die Möglichkeit, sie zu überhören, einfach nicht aufkam. Longsela fand das alles ganz vernünftig, das kleine Verlies und die hier versammelten Menschen, die einander so nötig brauchten! Was sie auch ihr Leben lang getan hatten, auch falsche, auch hässliche Dinge, am Ende konnten sie nur noch das Richtige tun: sich gegenseitig helfen und trösten. Ja, die Zukunft war der Tod, aber der Tod, von dem sich keiner mehr abwandte, würde sie neu erschaffen, wie am Anfang der Zeit. Nur noch ein wenig Geduld jetzt! Bald würde er in Gestalt des Engels erscheinen, der das Morgenlicht in den Augen trug …

Ja, der Engel würde kommen, barmherzig und wunderschön, mit goldenen Flügeln. In Longselas Kopf zuckten Bilder auf, sprangen von Gedanken zu Gedanken, und Stimmen redeten. Der Engel war auf dem Weg, er kam, er war ganz nahe. Schon vernahm Longsela das Donnern der Wolken, die seine Füße trugen, ihn näher brachten mit jedem Flügelschlag. Und da schrie eine Stimme: »Der Lastwagen kommt!«

Eine andere Stimme schrie es auch, und noch eine und noch eine. Ja, es war der Lastwagen. Vollkommen unerwartet war er eingetroffen. Longsela konnte hören, wie er auf den Steinen rumpelte, wie der brummende Motor abgestellt wurde und die Soldaten die Ankommenden jubelnd begrüßten. Und da wurde es im Verlies totenstill. Die Lungen flogen, die Herzen pochten. Denn selbst die Erleichterung, dass der Lastwagen sie endlich holen kam, ja, selbst dieser Trost war mit Schrecken behaftet. Und alle schwiegen, denn sie glaubten wohl zu wissen, dass das, was sie nun erwartete, mindestens ebenso schlimm oder schlimmer sein mochte als all das, was sie bisher durchgemacht hatten. Und in dieser Stille geschah es. Himmel und Erde barsten, die Welt zerfiel in Stücke, stürzte zusammen, zerplatzte, wie Felsen zerplatzen. Ein schreckliches Getöse, ohrenbetäubend, haarsträubend! Das Prasseln von Maschinengewehren, das Jaulen einschlagender Kugeln, das kurze, dumpfe Dröhnen geschleuderter Granaten. Und dazwischen Schreie in grauenhafter Qual, Schreie ohne Ende. Bei jeder Explosion war es, als ob die Mauern sich hoben. Mörtel rieselte herab, Stöße erschütterten den Boden. Das dauerte, dauerte endlos, bis eine Stimme nach der anderen erstarb und Brand- und Pulvergeruch durch Ritzen und Löcher drang. Die Gefangenen husteten, röchelten, brachen in Tränen oder in Zittern aus, unfähig zu sprechen oder sich nur aufzurichten. Nun ertönten andere Stimmen, die Befehle riefen. Longsela wusste, dass er gleich kommen würde, der Engel ihres letzten Tages. Und da rasselte auch schon die Kette, und die Tür sprang auf. Longsela sah eine Gestalt. Es war der Engel, den sie erwartet hatte. Er stand oder schwebte im Gegenlicht, und sie konnte sein Antlitz nicht erkennen, war sich jedoch sicher, dass es golden wie das Feuer und schrecklich und schön war. Hinter ihm leuchtete der Himmel, überall rot, und von allen Seiten gleichzeitig strömte die Sonne, tauchte sein Haar in goldenes Licht. Der schlagende Flügel, den sie zu sehen glaubte, mochte ein wehender Mantel sein. Er schien zu sprechen, er sprach, aber nicht in einer Sprache, die Longsela verstand. Aber das hatte überhaupt keine Bedeutung mehr. Der Engel stand vor ihr, ein Wesen aus Licht, und hielt, wie die Kampfgottheiten auf alten Rollbildern, ein Schwert in der Hand. Da lächelte sie ihn an, voller Frieden und Dankbarkeit; sie lächelte diesen Engel an, bevor ihr die Sinne schwanden und sie in eine tiefe, erlösende Ohnmacht fiel.

VIERUNDZWANZIGSTES KAPITEL

Das Erste, was zurückkam, war ein Gesicht, vom Licht einer Kerze seitwärts beleuchtet. Longselas Lider waren mit Eiter verklebt, sie sah dieses Gesicht nur in Umrissen. Gelegentlich wurde ein Auge sichtbar, dann eine Wange, dann die Stirn. Hände nahmen sich behutsam ihrer an, legten nasse Tücher auf ihre entzündeten Augen. Eine Stimme, die sie von früher kannte, sprach sanfte Worte zu ihr. Ein Gefäß berührte ihre Lippen.

»Trink langsam, meine Tochter«, sagte die vertraute Stimme.

Longsela trank; das Wasser brannte in ihrer Kehle, doch nach einer Weile fühlte sie sich besser. Sie fiel zurück und wurde erneut von Wolken der Dunkelheit verschluckt. Zeit verging, und unmerklich lichtete sich die Finsternis. Longsela erwachte in kürzeren Abständen, sah das Antlitz festere Konturen annehmen. Ein Gefühl froher Leichtigkeit durchdrang die Dunkelheit um sie her – jene Dunkelheit, in der sie zuvor die Macht der Angst heimgesucht hatte. Ihr Körper fühlte sich frisch an. Man hatte sie gewaschen, gekämmt, ihre Kleider gewechselt, sie mit Tsampa-Brei genährt, jeden Tag einige Löffel mehr. Eines Morgens sahen ihre entzündeten Augen wieder klar. Das Antlitz, das kam und ging, nahm die scharfen Umrisse der Wirklichkeit an. Es war ein altes, freundliches Gesicht, abgezehrt, und doch nicht ohne Schönheit, denn die Knochen waren edel und fein geformt. Longsela betrachtete aufmerksam dieses Gesicht, bis sie endlich einen Namen aussprach.

»Ani Yudrön!«

Über die strichdünnen Lippen wanderte ein Lächeln, bis hin zu dem Blick, der plötzlich hell aufleuchtete.

»Wie kommt es, dass du mich gleich erkannt hast?«

»Deine Stimme, Ehrwürdige«, flüsterte Longsela.

Sie zeigte ein strahlendes Lächeln.

»Ach, hättest du mich früher gehört! Da waren alle von meiner Stimme entzückt! Nun, singen kann ich nicht mehr, aber beten, das wohl! Kauen könnte ich auch, obwohl mir Zähne fehlen. Aber es gibt ja nur Brei, löffelweise.«

Longsela erwiderte matt ihr Lächeln.

»Yeshe, wie geht es ihm?«

»Yeshe wird sich erholen. Er ist ja so viel jünger als ich.«

»Und die anderen?«

Ihr schelmischer Ausdruck verschwand. Sie seufzte.

»Manche, die du gekannt hast, leben nicht mehr.«

»Eigentlich habe ich sie nicht richtig gekannt«, murmelte Longsela. »Ich konnte sie ja kaum sehen.«

Ani Yudrön drückte ihre Hand.

»Doch. Du hast sie mit dem Herzen gekannt.«

Longsela dachte über die Worte nach, bevor sie zögernd fragte: »Und was ist mit dem Engel, der uns befreite?«

Jetzt lachte die Nonne herzlich.

»Wen meinst du? Kanam? Nun, dass er ein Engel ist, kann man wohl nicht sagen.«

Longsela fuhr leicht zusammen.

»Kanam? Ich … ich glaube, dass ich ihm vor langer Zeit begegnet bin. Aber er wird mich gewiss nicht erkennen.«

Ani Yudrön schüttelte den Kopf.

»Da irrst du dich. Kanam vergisst nie ein Gesicht.«

Longsela schlief ein paar Stunden. Es war ein guter, belebender Schlaf, nicht das dumpfe Hindämmern wie zuvor. In regelmäßigen Abständen kam Ani Yudrön, pflegte und wusch sie, brachte Tsampa-Brei, zunächst in kleinen Mengen, später mit einigen Stückchen Fleisch. Dazu Tee, so viel Tee, wie sie wollte. Longsela kam das Essen so seltsam vor, ebenso seltsam wie das Trinken, das Liegen, das Atmen. Allmählich nahm sie auch ihre Umgebung wahr. Sie lag auf Decken in einem niedrigen Raum, aber die Luft war nicht stickig wie zuvor, weil ein leichter Durchzug wehte. Tagsüber fiel Licht durch irgendwelche Löcher, nachts sah sie die Sterne flackern. Dann und wann erschütterten schwere Schritte den Boden. In der Nähe waren Männer, die sprachen.

»Was ist da draußen?«, fragte sie Ani Yudrön.

Die Nonne antwortete heiter.

»Leute. Sei ruhig, du bist vollkommen in Sicherheit.«

Auch in der Nacht waren nahe und vielfältige Geräusche zu hören: Husten, Schnarchen, Knurren und Seufzer verbanden sich miteinander zu einem gleichmäßigen, unaufhörlichen tiefen Ton. Eine Zeit lang fragte sich Longsela, ob es vielleicht nur ein Nachklang ihrer Gefangenschaft war, bis sie begriff, dass sie im vorderen Teil des Lastwagens lag, unter der Plane. Und dass nachts auch eine Anzahl Männer dort schliefen. Doch man hatte eine Decke über eine Leine geworfen, sodass Longsela getrennt von den anderen unbelästigt ruhen konnte.

Irgendwann schleppte sich auch Yeshe zu ihr. Sie erschrak bei seinem Anblick. Der alte Mann, entsetzlich abgemagert, hielt sich so still und starr, dass er in dem Flämmchen der Kerze, die Ani Yudrön gebracht hatte, fast unsichtbar wurde, als wäre er ein Teil der Wand. Auch sein klagendes Flüstern war kaum hörbar.

»Warum haben sie nicht mich erschossen? Warum Telsen? Er war noch so jung! Warum müssen die Jungen sterben und die alten Wracks wie ich übrig bleiben? Es ist ungerecht, Herrin! Ich verstehe das nicht.«

Longsela hielt seine dünnen, braunen Hände fest.

»Ach, Yeshe, auch ich verstehe nichts von diesen Dingen. Vielleicht war er zu gut, zu freundlich für die Welt hier unten.

Das ist ein Gedanke, den ich oft habe. Er starb, ohne auch nur im Geringsten den Hass zu kennen, den du und ich zu bekämpfen haben.«

Yeshe schüttelte stumm den Kopf, bevor er in krampfhaftes Schluchzen ausbrach. Longsela nahm ihn in die Arme, und beide beweinten den sinnlosen Tod des guten, tapferen Telsen. Dann entfernte sich Yeshe, und sie schlief wieder ein. Sie erwachte, als sie Schritte hörte, die sich näherten. Die Decke wurde zurückgeschlagen, ein Mann von hoher Gestalt bückte sich neben ihr, ließ sich an ihrem Lager nieder. Der Geruch, der ihn umgab, ließ Longsela erschauern. Es war ein Geruch nach Holzkohle, Lammfett und Wacholderrauch, eindringlich und ölig und intensiv, der sie an früher erinnerte. Ein Geruch aus der Welt der Steppen und Salzseen, ein Geruch jenseits der Träume und Erinnerungen. Der Mann war in einen schwarzen Umhang gehüllt. Im Licht, das durch den offenen Spalt fiel, sah sie sein Gesicht, das Staub und Sonne, Strapazen und Müdigkeit mit tiefen Linien gezeichnet hatten: hohe Wangenknochen, ein gebrochenes, schlecht zusammengewachsenes Nasenbein, große, braune Augen mit starken Wimpern. Ja, sie kannte dieses Gesicht. Es war ihr vor langer Zeit, in einem anderen Leben begegnet. Sie richtete sich auf dem Ellbogen auf, und er betrachtete sie eine Weile still, bevor er als Erster das Schweigen brach.

»Man sagte mir, dass du wieder bei Kräften bist.«

Seine Stimme war sehr tief, fast heiser. Eine dunkle Stimme, befehlsgewohnt, die nicht zu brüllen brauchte, damit man ihr Beachtung schenkte. Eine Stimme, dachte Longsela, die gar nicht brüllen konnte.

»Mir geht es recht gut«, erwiderte sie. »Danke, dass du uns befreit hast.«

Er zuckte kurz und schnell mit den Schultern.

»Sie haben ihr blaues Wunder erlebt. Keiner entkam. Sie haben das Dampa-Sangye-Kloster zerstört und alle ermordet, die sie fanden. Als ob sie nur die Funktion hätten, alle zu foltern und zu töten, die keine Kommunisten sind. Wir verzeihen das nicht, obwohl Seine Heiligkeit uns beständig mahnt, Blut nicht mit Blut zu vergelten. Nun, wir sind oft im Gewehrfeuer und haben kranke Ohren. Wir hören schlecht, was Seine Heiligkeit sagt. Es ist möglich, dass mein Schwager sich retten konnte; ich fand ihn nicht unter den Toten. Sein Name ist Dasang. Gestern war ich noch einmal dort oben. Aber die Vögel waren vor mir da, und sie haben saubere Arbeit geleistet …«

Er verzog unfroh die Lippen. Longsela holte schlürfend Atem. Dem Grauen war sie entronnen, aber die Erinnerungen waren immer da und würden sie unentwegt verfolgen. Würde sie es einmal schaffen, dem Gedächtnis einen Riegel vorzuschieben? Longsela glaubte es nicht.

»Dasang ist tot«, hörte sie sich sagen.

Er blickte sie düster und aufmerksam an.

»Woher weißt du das? Und woher kennst du seinen Namen?«

Sie ließ sich erschöpft zurücksinken.

»Ich betete für ihn, als er starb …«

Stockend erzählte sie, was sie erlebt hatte. Kanams Züge hatten plötzlich alle Undurchdringlichkeit verloren, zeigten Verzweiflung und Zorn. Er war ein Kämpfer, aber nicht gleichgültig gegenüber dem menschlichen Schmerz, und unendlich erschöpft, von Gram und Müdigkeit gezeichnet. Stumm schaute er sie an. Longsela spürte, dass er keine Hoffnung mehr in sich hatte. Sie sah es in seinem Blick, in der Bewegung der Augen. Ich kann das nicht ertragen, dachte sie.

Schließlich nickte er.

»Um ganz offen zu sein, ich habe Ähnliches vermutet. Die heiligen Vögel sehen uns vorübergehen. Sie rufen uns und mahnen uns an unser Schicksal. Ein Mensch, der ihre unbarmherzige – und doch so barmherzige – Stimme vernimmt, soll sich nicht zu fest an sein Leben klammern. Der Kampf, den wir führen, ist aussichtslos. Die Chinesen erwarten unsere Niederlage. Aber vielleicht, in einem späteren Zeitalter, werden die Götter siegen.«

Er verstummte ein paar Atemzüge lang, bevor er das Haupt vor Longsela beugte. Die Garne, die seine ergrauten Haarflechten verknoteten, warfen einen rubinroten Schein.

»Ich danke dir. Du hast Dasang unendlich viel Gutes erwiesen. Ich stehe in deiner Schuld. Womit kann ich sie dir vergelten?«

Longselas Magen war verkrampft, ihr Herz kalt wie Eisen. Sie zögerte und entschloss sich endlich zu reden.

»Ich muss dich etwas fragen. Erkennst du mich nicht?«

Er hob die Kerze, damit das Flämmchen ihr Gesicht beleuchtete. Longsela wich leicht zurück, blinzelte. Noch immer schmerzte ihr das Licht in den Augen. Kanam nahm die Kerze wieder weg.

»Wenn ich dich so ansehe … ja, etwas an dir …«

»Ach«, seufzte Longsela, »wie alt und hässlich ich geworden bin!«

»Nein«, erwiderte er sanft. »Du bist nur krank und ausgehungert.«

»Wenn du mich nicht erkennst«, sagte Longsela, »erkennst du vielleicht diesen Schmuck?«

Sie tastete in den Ausschnitt ihrer Tschuba und brachte die Kette zum Vorschein. Kanams Blick wurde starr. Das Zwielicht verwischte die Farben der Dzi-Steine, und auf Longselas dunkler, abgemagerter Haut leuchteten sie wie getrocknetes Blut.

»Teslas Dzi-Steine!«, murmelte Kanam. »Jetzt weiß ich, wer du bist. Du bist die Tochter des Arztes, der einst meinen kleinen Sohn Alo heilte.«

So viel Erschütterung schwang in seiner Stimme mit, dass Longsela der Atem stockte. Krampfhaftes Schluchzen stieg in ihrer Kehle auf. Sie konnte nur wortlos nicken. Kanam legte seine Hand auf die ihre. Sie fühlte sich ganz in der Wärme dieser Hand geborgen.

»Es ist seltsam«, sprach er dumpf, »wie das Schicksal uns wieder zusammenführt. Da ist etwas zwischen uns. Ein Zeichen? Ich weiß es nicht …«

Er hielt inne. Sie hätte sagen wollen: Hilf mir, nur du kannst mir helfen! Doch für ihn gab es andere Dinge, die wesentlicher waren; den Kampf gegen ein Verhängnis, größer als ein verlorener Krieg: das unerbittlich voranschreitende Ausmerzen einer Lebensweise. Und so schwieg sie denn, und er verließ sie.

Später erzählte Ani Yudrön Longsela, wie ihre Befreiung zustande gekommen war. Die Rebellen wussten, dass man an diesem Kontrollposten Reisende ausraubte und gefangen nahm, bevor man sie in Arbeitslager brachte. Von den dort an Hunger oder Krankheiten Gestorbenen, die man in Massengräbern verscharrte, hieß es, sie seien nicht wert gewesen zu leben, weil sie keinen nützlichen Beitrag für ihr Land leisten konnten. Nun hatten die Rebellen den Lastwagen überfallen, den Lenker und die mitfahrenden Soldaten überwältigt und ihre Uniformen erbeutet. Auf diese Weise konnten sie die Wachtposten überlisten.

Ani Yudrön erzählte, das Kampfgebiet dehne sich bis in das Herz von Lhasa aus. Es habe große Zerstörungen gegeben, und viele Menschen seien getötet worden.

»Doch Seine Heiligkeit konnte rechtzeitig fliehen und befindet sich in Indien in Sicherheit«, fügte Ani Yudrön tapfer lächelnd hinzu. »Diese Nachricht ist unbedingt zuverlässig.«

»Die Götter seien gelobt«, murmelte Longsela.

Von Yeshe erfuhr sie, dass die Soldaten Telsens Maultier geschlachtet und verspeist hatten. Die beiden anderen Tiere waren, obwohl in bedauernswertem Zustand, noch am Leben. Die Rebellen hatte sie mit genügend Futter und Wasser versorgt, sodass sie sich allmählich erholten. Yeshe hatte auch Sattel und Zaumzeug wiedergefunden. Die Chinesen hatten keine Verwendung dafür gehabt. Longsela erfuhr auch, dass die Rebellen sich zum Aufbruch bereit machten. Eine neue Gruppe war bereits mit Pferden eingetroffen. Die Rebellen hatten Funkgeräte und Waffen erbeutet. Die Bunker würden sie sprengen. Sie hatten den Gefangenen Zeit gelassen, um sich zu erholen, doch länger wollten sie nicht bleiben. Die Volksarmee ließ niemals locker. Die Gefahr, dass Soldaten mit Verstärkung anrückten, nahm täglich zu.

»Wohin gehen die Khampa?«, fragte Longsela Ani Yudrön, die ihr diese Nachrichten überbrachte.

»Die meisten nach Lhasa, weil dort gekämpft wird. Uns werden sie mit dem Lastwagen bis zur Kiychu-Fähre bringen. Sie riskieren ihr Leben dabei. Die Chinesen beobachten jede Bewegung auf den Hauptstraßen.«

Longsela verstand, dass die unterernährten und geschwächten Menschen die Kämpfer nur aufhalten würden. Doch sie selbst musste ihre Chance nutzen.

Sie war in diesen Tagen wieder zu Kräften gekommen. Das Gehen fiel ihr noch schwer; sie ermüdete schnell. Aber sie traute sich wohl zu, dass sie reiten konnte. Sie machte sich auf die Suche nach Kanam und sah ihn mit einigen seiner Männer im Schatten einer Felswand sitzen. Die Khampa hatten in einem der Bunker eine Karte von Tibet gefunden, in der sämtliche Kontrollsperren eingetragen waren. Die Karte war für sie ein wertvoller Fund. Die Männer rauchten und unterhielten sich leise, wobei sie einander die Hände auf die Arme legten und die Finger in der Zeichensprache bewegten, die unter Rebellen üblich war. Longsela kauerte sich abseits und störte sie nicht. Wie ein Häufchen Erde muss ich aussehen, dachte sie mit einer Art belustigter Distanz. Dabei bemerkte sie, dass Kanams scharfe Augen dann und wann zu ihr hinüberglitten. Er hatte bemerkt, dass sie mit ihm sprechen wollte. Als die Männer sich nach der Beratung trennten, kam er auf sie zu. Er stapfte ihr mit seinen Schaftstiefeln entgegen und setzte sich neben ihr auf die Fersen in einer Stellung, in der er stundenlang verharren konnte. Sein schwarzer Umhang, mit einer Silberspange am Hals geschlossen, lag um ihn herum, im Staub ausgebreitet. Die Arme hatte er locker um die Knie gelegt.

»Wir bringen euch zur Fähre«, sagte er. »Man wird euch über den Fluss setzen. Danach seid ihr in Sicherheit.«

Longsela antwortete ruhig.

»Nein, Kanam. Mein Mann ist tot. Ich bin ohne Nachricht von meiner Mutter und von den Kindern. Für mich ist jede Stunde kostbar. Ich will mit euch reiten!«

»In deinem Zustand?«

Sie straffte sich, wobei sie ein kleines Lächeln zeigte.

»Siehst du denn nicht, dass ich stark wie ein Berg bin?«

Sie sah das plötzliche Aufglühen der scharfen Augen in der unbeweglichen Maske seines Gesichts, das Aufblitzen weißer Zähne hinter dem harten Mund.

»Soll ich mich vor dir fürchten?«

Sie antwortete in leisem, selbstbewusstem Ton.

»Und ich mich vor dir?«

Sein Gesicht wurde wieder starr.

»Wie starb dein Mann?«, fragte er. »Willst du darüber sprechen?«

Er drehte sich eine Zigarette, um es ihr leichter zu machen, um ihr die Entscheidung zu überlassen, ob sie ihm davon erzählen wollte oder nicht. Sie betrachtete ihn prüfend, bevor sie den Kopf auf die Arme legte.

»Er wollte mit dem Flugzeug nach Lhasa, um die Kinder zu holen. Das Flugzeug wurde abgeschossen. Es waren die Rebellen, Kanam. Es wurde im Radio gesagt.«

»War es die Maschine aus Darjeeling?«

»Ja. Woher weißt du das?«

Er rauchte schweigend. Die Sonne sank über die Berggipfel, und das sanft gewordene Licht blendete die Augen nicht mehr. Ob die leichten Nebel des Abends die Nacht oder den Tod verkündeten? Ein Frösteln überlief Longsela. Was wusste Kanam? Warum zögerte er, statt weiterzusprechen?

»Ich hätte gern eine Zigarette«, sagte sie.

Er machte ihr eine bereit, zündete sie ihr an der eigenen an. Sie inhalierte den Rauch.

»Ich möchte, dass du mir jetzt sagst, wie es dazu gekommen ist.«

Er wartete einen Augenblick, ehe er von Neuem zu ihr sprach.

»Du hast Dasang gesehen. Und alle anderen. Du weißt, wie sie gestorben sind, ja?«

Sie nickte; in ihren auf ihn gerichteten Augen schimmerte der Sonnenuntergang. Kanams nächste Worte waren von unerbittlicher Deutlichkeit.

»Was ich damit sagen will: Ihr Tod war milder als der Tod, den politische Gefangene in Folterkammern erleben.«

Beide rauchten nach Art der Buddhisten, indem sie die Zigarette nicht in den Mund steckten, sondern zwischen Handfläche und kleinem Finger hielten, während sie den Rauch durch die gekrümmten Finger einsogen.

»Ich glaube, es ist wichtig, dass du das weißt«, setzte Kanam hinzu.

Sie lehnte sich mit ihrem ganzen Oberkörper an den Felsen. Kanam sprach weiter.

»Es gibt Männer, die für all die schrecklichen Dinge verantwortlich sind. Sie bilden Perverse aus, die Spaß daran haben, Menschen auf jede erdenkliche Art zu quälen.«

In Longselas Mund sammelte sich bittere Spucke an.

»Warum … warum tun sie das?«

»Als Vergeltung, als Belustigung für die Soldaten und auch zur Einschüchterung. Es gibt ein chinesisches Sprichwort: Willst du Affen abschrecken, schlachte Hühner. Gemeint ist damit, dass die Affen durch den Anblick kopflos herumflatternder Hühner die Flucht ergreifen.«

Longsela erschauerte, und Kanam sagte: »Huang Weichi war einer dieser Männer. Und wir hatten in Erfahrung gebracht, dass er mit dieser Maschine kommen würde.«

»Du kanntest ihn also?«

Er stieß den Rauch durch die Nase.

»Nein. Wahrscheinlich hatte ich Glück.«

Longsela spürte das Grauen in ihm, das hervorquoll wie dunkler Frost, durch das Ungesagte, durch die Blicke.

»Ich verstehe«, sagte sie leise.

Er bewegte weich den Kopf.

»Ich fürchte, nicht ganz.«

Sie rauchte. Kanam sah, dass ihre Hände zitterten. Er sprach so ruhig, als hätte er es nicht bemerkt.

»Ich war es, der den Befehl gab, die Maschine zu zerstören.«

Das Geständnis erschlug sie, schloss ihr die Augen. Er wartete, bis Longsela endlich aus ihrer Erstarrung erwachte.

»Und die Passagiere? Du hast sie umgebracht, Kanam. Du hast meinen Mann umgebracht!«

Sie hatte die Stimme erhoben. Sein Gesicht war hart wie Granit. Doch in seinen Augenwinkeln schimmerte etwas, das sie nie geglaubt hatte dort zu sehen. Er antwortete ruhig, immer noch ruhig.

»Es war gegen mein Herz, aber es musste getan werden. Vielleicht wirst du mir vergeben. Und vielleicht vergibt es mir der barmherzige Buddha. Wenn nicht, dann nicht. Ich kann dir nichts anderes sagen als dies.«

»Du hast mir gar nichts zu erklären.«

»Doch. Huang Weichi hatte mehr als tausend Gefangene zu Tode gefoltert, selbst kleine Kinder vor den Augen der Mütter. Willst du mehr Einzelheiten hören?«

Sie hielt sich die Ohren zu, schüttelte heftig den Kopf. Ihre Haut war aschfahl, ihre Hände zitterten wie die einer alten Frau. Kanam sprach weiter.

»Huang Weichi kam nach Lhasa, wo neue Verhöre auf ihn

warteten. Wir wussten, wann die Maschine landen würde und aus welcher Richtung sie kam. Wir hatten eine Abschussvorrichtung in den Felsen verborgen. Das dritte Geschoss traf.«

Longsela stellte es sich vor: das gellende Pfeifen, der Knall, die Flammen, der Rauch.

»Das Flugzeug explodierte und stürzte in einem Wald ab. Wir kamen etwas später und suchten in den Trümmern. Der Wald brannte noch. Es gab keine Überlebenden.«

Die Sonne war ein roter Schein hinter den Bergen. Über das Hochtal breitete sich Dunkelheit aus. Longsela spürte kaum ihren Schmerz. Kanam saß neben ihr, in seinen schwarzen Mantel gehüllt wie ein Schatten. Er hatte nur gesagt, was gesagt werden musste. Sie wünschte auch nicht, mehr zu hören. Sie hatte verstanden. Wie zu sich selbst sagte sie: »Hätte ich das Flugzeug genommen, wäre nichts geschehen. Ich … ich hätte die Wahrscheinlichkeit verändert.«

Er runzelte die Stirn.

»Was meinst du damit? Ich kann dir nicht folgen.«

Longsela nahm noch einen Zug von ihrer Zigarette und hustete. Sie wartete lange, ehe sie zu sprechen anfing. Sie war wieder ruhig geworden, erzählte von der Weissagung des Astrologen.

»Es ist sehr seltsam, wenn man es bedenkt, aber wir taten alle Dinge gemeinsam. Wir trennten uns nie. Bis auf dieses einzige Mal. Der chinesische Kommandant kam im letzten Augenblick mit zwei Offizieren. Die Maschine war ausgebucht. Zwei Passagiere verzichteten auf den Flug. Paldor hatte Angst um mich. Er wollte nicht, dass ich in das Flugzeug stieg. Ich überließ Huang Weichi meinen Platz. Ich wusste, dass ich gar nichts mehr ändern konnte.«

Sie presste die Fäuste zusammen, zwang sich zur Ruhe.

»Und unterschrieb auf diese Weise Paldors Todesurteil.«

Er sagte tonlos: »Und ich setzte ein Siegel unter dieses Urteil.«

Sie straffte die Schultern. Ihr Kopf schwang bestürzt empor.

»Du verstehst es?«

»Ich könnte gar nicht anders.«

»Ich werde mich über seinen Tod nie hinwegtrösten lassen.«

Er sah auf seine glimmende Zigarette.

»Ich auch nicht. Die Bürde unserer Schuld haben wir gemeinsam zu tragen.«

Er erkannte das mit ruhiger, vernunftgeleiteter Seele. Sie begriff es auch und nahm es hin. Es war, als ob ein großer Riss durch ihr Leben ging, wie eine Wunde, die blutend aufgeplatzt war. Und an Kanams sanften Worten erkannte sie, welch unendliche Hilfe sie von ihm erbeten und erhalten hatte. Sie sagte zu ihm: »Jetzt weißt du, warum ich mit dir reiten will.«

Er sah sie an, mit einem tiefen, dunklen Blick, bevor er die Zigarette im Sand ausdrückte und sich erhob. Eine schnelle, elastische Bewegung. Sie erhob sich ebenfalls. Schweigend standen sie voreinander, ihr zu ihm emporgewandtes Antlitz reichte ihm kaum bis zur Brust. Dann neigte er den Kopf, sodass, für einen flüchtigen Augenblick nur, ihr Haar dicht unter seinen Lippen lag. Eine blasse Mondsichel wanderte über den Himmel. Der Sand roch salzig wie Tränen, und der Wind trug bereits den Geruch von Schnee.

»Morgen bei Tagesanbruch«, sagte er. »Lass dich aber warnen: Es wird ein harter Ritt! Du wirst müde sein.«

Longsela hob ihre Zigarette zum Mund, tat einen letzten Zug, bevor sie die glimmende Kippe in den Sand warf.

»Wenn man so müde ist wie ich, dann, glaube ich, macht es nicht mehr viel aus, noch müder zu werden.«

FÜNFUNDZWANZIGSTES KAPITEL

Der Morgen erwachte, eiskalt, mit einem saphirblauen Schimmer. Die Pferde spürten die Unruhe des Aufbruchs, wieherten und tänzelten. Yeshe, der um keinen Preis von Longsela getrennt sein wollte, hatte beide Maultiere bereits gesattelt, das Zaumzug geflickt. Longsela verabschiedete sich von den Frauen und Männern, deren Los sie geteilt hatte. Sie schloss Ani Yudrön in ihre Arme, umklammerte sie, hielt sie so fest, wie sie konnte. Es würde nie fest genug sein für das, was sie ihr verdankte. Die Nonne streichelte ihr Haar, segnete sie und weinte mit ihr, wobei ihr jugendliches, unbefangenes Lächeln immer wieder durch die Tränen schimmerte.

»Sei ruhig, meine Tochter! Ich bin alt und gehe bald zurück nach Hause, zu Buddha. Du aber hast noch eine Aufgabe vor dir! Sei tapfer und stark, wie du es immer warst!«

Der Lastwagen wartete. Longsela half Ani Yudrön, unter die Plane zu steigen. Bald sprang der Motor an, und der Lastwagen rumpelte in einer Staubwolke davon. Während sich die Reiter auf den Weg machten, blieben einige Männer zurück und sprengten die Bunker. Longsela und ihre Gefährten, die vorausgeritten waren, hörten die Explosionen aus der Ferne. Als die zurückgebliebenen Kämpfer das Gros der Truppe eingeholt hatten, schlugen die Reiter ihren gewohnten schnellen Trab an. Die zähen Maultiere wollten sich von den Pferden nicht abhängen lassen und hielten gut Schritt mit ihnen. Die Khampa, über die Mähne ihrer Reittiere gebeugt, trieben sie mit Pfiffen und Koseworten an. Manchmal schwangen sie ihre kurzen Reitgerten, doch ohne die Tiere zu berühren. Die Bewegung genügte, um die Pferde schneller traben zu lassen. Das Gebirge war eine Welt mit eigenen Gesetzen, von zahlreichen Pisten durchzogen. Eine jahrhundertealte Vertrautheit mit dem Gelände prägte die Erfahrung der Reiter. Sie gönnten sich und ihren Tieren nur kurze Verschnaufpausen. Dabei blieben Longsela und Yeshe etwas abseits, denn Maultiere und Pferde vertrugen sich nicht so gut. Es waren kluge und geschickte Tiere, diese Khampa-Pferde, klein und robust, dick behaart und mit struppiger Mähne, die Sonnenglut und Winterstürmen gewachsen waren. Höher im Gebirge verlangsamten die Tiere ihren Schritt. Die Reiter trieben sie auch nicht mehr an, sondern überließen es den Pferden, ihren eigenen Rhythmus zu finden. Blieben die Pferde stehen, um Atem zu holen, warteten die Reiter geduldig, bis sich die Tiere von selbst wieder in Bewegung setzten. Auf diese Weise schonten sie ihre Kräfte. So stiegen sie weiter, Absatz um Absatz. Am späten Nachmittag dann – die Sonne stand schon schräg – liefen die Pferde in einer Reihe einen schmalen Grat entlang, auf eine Felswand zu, die unüberwindlich schien. Wohin führt dieser Weg?, dachte Longsela. Beide – Yeshe und sie – waren zerschlagen und müde, und die Maultiere mit Schaum vor den Mäulern und schlagenden Flanken fast am Ende ihrer Kräfte. Als die Reiter in den Bergschatten traten, sah Longsela eine Art Einschnitt, eine Öffnung, die sich im Laufe der Zeiten an der Felswand gebildet hatte. Der Weg durch diesen Spalt war so eng, dass die Reiter die Wände zu beiden Seiten streiften. Die Hufe der Reittiere dröhnten in diesem Tunnel wie in einem Gewölbe. Weit über ihren Köpfen schimmerte ein schmaler, tiefblauer Streifen, doch nie fiel ein Sonnenstrahl in das Loch, in dem es nach Moder und ewigem Eis roch. Nur ein gewaltiger Luftzug fegte hindurch, dessen vielstimmiges Echo die Wände zurückwarfen. Hier sangen und schluchzten alle Geister, die seit der Erschaffung der Berge dagewesen waren. Die Reiter drangen in diese Welt ein, die die Welt der Geister war. Vorwärts ging's, immer nur vorwärts. Keiner konnte hier kehrtmachen: Es war einfach kein Platz da, dass ein Pferd sich hätte drehen können. Endlich sah Longsela in weiter Ferne eine Öffnung, durch die das Licht fiel. Dahinter war die Luft in seltsamer, wellenartiger Bewegung. Und als sie endlich aus der Dunkelheit ritten, sah Longsela ein unglaubliches Bild. Vor ihr ragte die Nordwand in die Höhe, und von hoch oben stürzte ein Wasserfall schäumend und gurgelnd in die Tiefe. Longselas Gefährten zeigten wenig Überraschung; sie kannten ja den Weg. Doch Longsela fühlte sich von diesem Anblick gebannt und verzaubert. Mineralische Beimischungen verliehen dem Wasser eine grüne Kupfersulfatfarbe, als ob Millionen von Türkisen sich hier verflüssigten. Trotz der eisigen Kälte empfand Longsela ein frohes Gefühl, als sie in diesem Türkisglanz badete. Das Wasser roch nach Gletscher, nach Grüften, in denen die Knochen der Ahnen ruhten. Doch Longsela war ohne Angst. Der Tod? Nun, gestorben war sie ja bereits, mit dem abstürzenden Flugzeug. Ihrem zweiten Tod sah sie gelassen entgegen.

Die Khampa sagten, dass die gewaltige Wassermenge in den Wintermonaten fror. Jetzt war der Weg noch gangbar; die Pferde bewegten sich sehr vorsichtig, tasteten mit den Hufen den Boden ab. Auf diese Weise gingen sie, bis Gräser zwischen den Steinen wuchsen und die lehmige Erde den Pferden angenehmer war. Es wurde auch höchste Zeit: Schon glühte die Abendsonne. Auf einmal beschleunigten alle Pferde ihre Gangart, ja, selbst die Maultiere verfielen in leichten Trab. Longsela sah die Felsen zurückweichen, den Himmel breiter und heller werden. Sie ritten aus dem Schatten des Gebirges, und die Hochsteppe lag vor ihren Augen. Der Welt der Geister waren sie ohne Schaden entkommen, die Welt der Menschen tat sich vor ihnen auf, unerbittlicher und tausendmal gefährlicher. Denn in der Welt der Menschen herrschte Krieg. Das dumpfe Dröhnen der Geschosse war hörbar, und Longsela sah vor sich am Horizont, im düster-flackernden Licht der Brände, das Ziel ihrer Reise: Lhasa.

Später schlugen die Khampa unterhalb einer kleinen Anhöhe ihr Lager auf. Das Feuer brannte fast unsichtbar unter einem Vorsprung im Gestein. Das Klima Tibets war das heftigste Klima der Welt. Der Unterschied zwischen der Hitze des Tages und der Kälte der Nacht bedeutete für jedes Lebewesen aus Fleisch und Blut eine große Belastung. Männer und Reittiere waren erschöpft. Und doch hatten sich nach Art der Nomaden die Reiter zuerst um ihre Pferde gekümmert, sie abgerieben, sie mit Futter und Wasser versorgt. Die Khampa sorgten gut für ihre Pferde, besser sogar als für sich selbst. Denn ohne ihre Pferde waren die Nomaden keine richtigen Kämpfer mehr. Als die Soldaten der Volksarmee das begriffen, dezimierten sie später die Herden der Reiternomaden, erschossen die Pferde zu Tausenden, bis der Gestank des verwesenden Fleisches ganze Täler verpestete.

Longsela aß und trank, was Yeshe ihr brachte. Sie wollte bei Kräften bleiben. Der Sand durchzog alles und stach auf ihre Haut, aber sie empfand ihn längst nicht als Schmutz, sondern als etwas, das zu ihr gehörte. Sie dämmerte zwischen Schlaf und Wachsein dahin, die Decke, in der sie lag, war vom Schweißgeruch ihres Maultiers getränkt. Augenblicke vor dem Einschlafen sind gefährlich. Das Bewusstsein möchte sich entfernen, sich irgendwo im Dunkeln auflösen, aber es gibt Bilder, die es zurückhalten. Nicht die wirklichen Dinge wurden in diesen Bildern gemalt, sondern das, was sie waren, oder nachdem sie es waren. Erinnerungen an Farben, an Musik, an ein Menschengesicht. Die Bilder hingen in der Schwebe, wie eine Brücke ohne Ufer, die die Erinnerung festhielt, während rundherum alles, was vorher gewesen war, im Nebel verblasste. An der Schwelle des Schlafes mühte sich Longsela ab, verflossene

Bilder in der Ferne zu suchen – geisterhaft. Das hielt sie wach. Mit solchen Bildern musste sie vorsichtig umgehen: Sie waren fremder und unheimlicher als Träume.

Irgendwann spürte sie dann eine Bewegung neben sich und öffnete die Augen. Eine hohe Gestalt, schwarz verhüllt, ließ sich neben ihr nieder.

»Es war ein langer Ritt«, sagte Kanam.

Sie antwortete ruhig.

»Ich fragte Yeshe: wie weit noch bis nach Lhasa? Drei Tage, sagte er. Aber wir sind ja schon bald da!«

»Wir reiten schnell.«

»Das habe ich auch gehofft.«

»Du solltest schlafen«, meinte er.

»Ich schlafe schlecht. Ich muss ständig an meine Kinder denken. Was geht in Lhasa wohl vor?«

»Unerfreuliches.«

Er hielt einen Feldstecher in der Hand, den er ihr reichte. Sie drehte die Gläser und stellte sie auf ihre Sehschärfe ein. Die fernen Bilder rückten näher. Sie erkannte die Umrisse der beiden Klosterburgen Drepung und Tschagpori, wo sich einst ihr Vater zum Arzt hatte ausbilden lassen. Dahinter war ein Leuchten, ein brennender Busch, über dem hellere Strahlen verblassten. Das Feuer schien sich auf geheimnisvolle Weise zu entfachen, wie ein Brand, der aus dem Nichts hervorbrach und schwelte. Im Innern des Feuers züngelten die Farben greller, wobei die Helligkeit gelegentlich wuchs oder abnahm.

»Sie zerstören die Stadt«, hörte sie Kanam sagen. »Sie gehen dabei methodisch vor.«

Sie gab ihm den Feldstecher zurück.

»Ich frage mich, ob mein Haus noch steht.«

»Sind deine Kinder in dem Haus?«

»Ich weiß es nicht. Ich habe sie in der Obhut unserer chinesischen Freunde gelassen.«

Er grinste ohne Heiterkeit.

»Die Jungkommunisten machen da keinen Unterschied.«

Longselas Herz setzte für einen Schlag aus.

»Was willst du damit sagen?«

»Nun, die Volksarmee unternimmt das, was sie die ›große Säuberung‹ nennt. Was heißen will, dass es Beamten, die nicht genug Staatstreue zeigen, an den Kragen geht.«

»Aber weshalb nur? Weshalb?«

Er zog die Schultern hoch.

»Revolutionseifer. Machtkämpfe innerhalb der Partei. Die übliche Hackordnung.«

Longsela knetete ihre eiskalten Hände.

»Dann sind meine Kinder wohl bei der Großmutter. Oder vielleicht bei den Dienstboten?«

Sein Schweigen schloss sich über der gestellten Frage. Longsela sah, wie sich sein Gesicht leicht in die Dunkelheit zurückzog.

»Kanam«, sagte sie, »ich will meine Kinder aus Lhasa herausbringen.«

»Das könnte schwierig sein«, meinte er.

»Unmöglich?«

»Nichts ist unmöglich.«

»Wir könnten zunächst nach Shigatse gehen, zu den Schwiegereltern.«

»Zweifellos wäre das vorzuziehen. In Shigatse ist es noch ruhig. Obschon sich die Lage täglich ändern kann.«

Sie hob die Hände an die Kette im Ausschnitt ihrer Tschuba.

»Dzi-Steine erfüllen Wünsche, hat mir Tesla gesagt.«

Kanam sah auf ihre nackte Haut und dann auf die Kette, die im schwachen Flammenlicht bernsteinfarben leuchtete.

»Sie ist kürzer als in meiner Erinnerung«, sagte er.

»Ich teilte sie mit Sonam, meiner jüngsten Tochter, bevor ich sie verließ.«

»Brachtest du ihr die Zauberworte bei?«

Longselas Hände sanken wieder vom Hals herab.

»Sie kennt sie auswendig.«

»Dann solltest du nicht verzweifeln«, sagte Kanam. »Wir wissen nicht, auf welchen Wegen die Kette in unsere Familie kam. Da steckt eine Geschichte dahinter, die keiner kennt. Tesla gab sie dir aus Dankbarkeit. Dein Vater heilte Alo, der jetzt ein Mann ist und ein Kämpfer, auf den ich stolz sein kann.«

»Und Tesla? Wann ist sie gestorben.«

»Vor mehr als zehn Jahren. Das Herz.«

»Und seitdem?«

»Diese oder jene Frau. Leg deinen Kopf an meine Schulter.«

Er saß, den Rücken gegen einen Stein gelehnt, und sie legte sich in die Beuge seines Arms. Sie fühlte ihren Körper, der schmerzte, als sei sie geprügelt worden, weich und entspannt werden. Nach einer Weile brach sie das Schweigen.

»Meinst du, die Steine helfen auch Sonam?«

»Wenn sie daran glaubt.«

Longsela spürte durch die Kleider die Resonanz seiner Stimme. Sie rief in ihrem Innern ein Echo hervor, als ob er in ihrem Körper sprach.

»Sonam glaubt daran«, sagte sie.

Er drückte sie fester an sich. Longsela versteifte sich, doch sie rückte nicht von ihm ab.

»Wenn sie sich diesen Glauben bewahrt«, sagte er, »sind die Steine sehr mächtig«.

Die Zeit schlich auf Zehenspitzen vorbei. Der Wind brachte das Schweigen der Hochsteppe, flüsterte in den Büschen Geheimnisse und Beschwörungen. Die Luft war von Sternennebel erfüllt und gleichsam klar. Über dem Lichtstrom am Horizont war die Mondsichel aufgegangen, scharf und glänzend. Longsela blickte auf Kanams Hand, die wie ein dunkelbrauner Fleck auf dem Feldstecher lag. Sie wollte nicht mehr durch die Gläser schauen, die ihr die Wirklichkeit allzu nahe brachten. Lhasa, dies geliebte Stück Welt, war zerstört, Menschen wurden zu Tode gequält, alles war geraubt worden, es fehlte am Nötigsten. Hatte es überhaupt noch einen Sinn, übrig zu bleiben? Was konnte den Schmerz in ihr lindern, wenn nicht die Wärme dieses Mannes?

»Es kommt oft vor«, seufzte sie, »dass ich nicht schlafen kann.«

»Schlafe!«, sagte er kehlig. »Ich bitte dich.«

Er breitete seinen Umhang über ihr aus. Als er das getan hatte, sank Longsela augenblicklich in einen Schlummer. Ihr Kopf sank auf ihre Brust und blieb dort reglos. Der Mond wanderte empor, der Wind strich über schlafende Männer und Pferde. Eine neue, tiefere Stille stellte sich ein: die Stille vor dem Erwachen des Tages. Dann plötzlich schwirrte ein Vogel auf, glitt durch die Luft und verschwand in einem Busch. Longsela schreckte hoch.

»Denke nicht, dass ich schlafe. Ich habe nur kurz die Augen zugemacht.«

Er zeigte ein Lächeln, eine Andeutung nur. Er hielt sie fest, als ob er sich davor fürchtete, sie loszulassen.

»Dann höre jetzt gut zu. Bald trennen sich unsere Wege. Eine Eskorte kann ich dir nicht anbieten. Meine Männer würden das nicht verstehen. Sie wollen kämpfen.«

»Ich komme schon zurecht.«

»Ich werde Yeshe ein Gewehr geben.«

Sie schüttelte den Kopf.

»Er kann nicht damit umgehen.«

Kanam holte eine Pistole unter seinem Umhang hervor und legte sie Longsela in die Hand.

»Zum Schutz der Kinder«, sagte er.

Sie machte eine Anstrengung, ergriff ungeschickt die Waffe. Sie war größer und schwerer als jene, die Telsen damals getragen hatte. Longsela konnte sie kaum heben.

»Ich werde dir Munition geben«, sagte Kanam.

Sie schüttelte wortlos den Kopf.

»Es geht leichter als du denkst«, sagte er. »Selbst wenn du glaubst, es sei nicht möglich – du gewöhnst dich daran.«

Sie antwortete tonlos: »Einmal, da war ich nahe daran, es zu tun. Du weißt, dass ich es nicht konnte.«

Ihm lag ein Fluch auf der Zunge, den er unterdrückte.

»Die Religion ist ganz freundlich und brauchbar, solange sie keine Schafe aus uns macht. Also gut, gib Yeshe die Waffe! Nur für den Notfall, ja?«

Sie machte ein zustimmendes Zeichen.

»Das werde ich tun. Ich danke dir, Kanam.«

»Und noch etwas. Solltest du Hilfe brauchen, frage an der Ramagang-Fähre nach Tashi. Er ist mein Cousin. Man wird dir sein Haus zeigen. Wir haben dort unser Hauptquartier.«

Er hörte auf zu sprechen, versteifte sich, lauschte. Ein dumpfes Brummen schien aus den Tiefen der Erde zu wachsen. Er aber wusste, dass es von weither kam, dass es die Luftmassen waren, die das Echo an seine Ohren trugen. Auch die Rebellen hörten es im Schlaf. Gewöhnliche Geräusche weckten sie nicht, nur die ungewöhnlichen. Sie stießen ihre Decken zurück, glitten ohne Übergang vom Schlaf ins Wachsein, die Blicke argwöhnisch, die Muskeln gespannt und die Waffen schon in Greifnähe.

»Was ist los?«, fragte Longsela.

»Sie bombardieren Lhasa«, antwortete Kanam. »Immer vor Tagesanbruch.«

Er war mit einer gleitenden Bewegung auf den Beinen.

»Es wird Zeit. Die Pferde sind auch schon wach.«

Sie blieb sitzen, wo sie war, und hielt die Pistole in ihrem Schoß.

»Es ist möglich«, sagte sie wie zu sich selbst, »dass wir sterben werden, ohne uns wiedergesehen zu haben.«

Er machte einige Schritte von ihr weg, rollte sich eine Zigarette. Er blickte dabei anderswohin, mit abwesendem, fast zornigem Ausdruck. Sie glaubte, dass er sie nicht mehr gehört hatte. Er zündete die Zigarette an, das Streichholz mit dem Kelch seiner Hände umschließend und die kleine Flamme schützend, die kurz sein kantiges Gesicht beleuchtete. Danach warf er das Streichholz in den Sand, drehte sich zu ihr um und sagte: »Es sei denn, dass du nach Ramagang kommst. Und ich dann noch am Leben bin.«

SECHSUNDZWANZIGSTES KAPITEL

Longsela hatte geglaubt zu wissen, wie es daheim aussah. Sie schöpfte dieses Wissen aus verschiedenen Quellen. Aber sie trug alte Bilder in sich, und im Dahinflug der Zeit schien Lhasa beständig. Umso schwieriger war es für sie, das Ausmaß des Unglücks zunächst einmal zu ermessen, ihm ins Antlitz zu sehen. Der Geist ernährt sich von Gewohnheiten, Erinnerungen und Erfahrungen. Verluste, Raub und Zerstörungen sollten den Geist vernichten. Der leibliche Tod würde folgen.

Wie viele Menschen starben? Wie viele wurden auf der Flucht von chinesischen Maschinen im Tiefflug erschossen? Wie viele mussten, in Reihen aufgestellt, ihr eigenes Massengrab schaufeln, bevor ein Kopfschuss ihr Leben beendete? Und wie hätte die Volksarmee beweisen können, dass die vielen tausend Toten der hassenswerten Oberklasse angehörten? Wie sollte eine Ideologie, auf dem Nullpunkt ihrer moralischen Werte angekommen, die Verbrechen rechtfertigen, die im Namen der Befreiung begangen wurden? Die Tibeter mussten sterben, einfach weil sie anders dachten. Und weil das mächtige China jetzt Tibet, die »Schatzkammer des Ostens«, brauchte, um noch mächtiger zu werden, seine Grenzen zu festigen und sich gegen seinen gewaltigen Nachbarn Indien zu behaupten. Dabei berief sich China unermüdlich auf die Revolution, weil die Revolution alles rechtfertigte. Die Revolution war eine geistige Haltung wie der Glaube an Gott.

Dachte Longsela darüber nach, kam sie in die Versuchung

zu meinen, dass im Mit-Untergehen Treue und Standhaftigkeit lagen. Bis ihr klar wurde, dass damit der Wille der zerstörenden Macht ja gerade erfüllt wurde. Der Lebenswille verlangte, dass sie fest an dem hing, was war, und nicht an dem, was kommen sollte.

Kanonenschüsse hatten den Potala getroffen; was noch stand, sah ganz anders aus und fremd. Das schöne Kundeling-Kloster brannte, die wuchtigen alten Häuser lagen in Trümmern. Longsela und Yeshe irrten durch die einst so vertrauten Straßen wie durch einen gespenstischen Traum. Longsela ging auf schwankenden Beinen. Sie hätte im Sattel eine zu deutliche Zielscheibe geboten. Yeshe führte die Maultiere am Zügel. Nur wenige Menschen waren unterwegs, die meisten, erschöpft und zerlumpt, suchten unter Mauervorsprüngen Schutz vor der Kälte. Manche lagerten um kleine Feuer, andere hatten sich aus Fell und Decken notdürftige Zelte gebaut. Im Schutt verwesten Leichen; Mönche und Nonnen waren an ihren Roben zu erkennen. Longsela bewegte sich an den Mauern entlang, mied die Mitte der Straße. Ihre Augen spielten ihr manchmal Streiche, sie sah die Dinge doppelt oder verschwommen. Ihre Muskeln fühlten sich an, als würden sie sich von Sehnen und Knochen ablösen. Durch die bleierne Erschöpfung sickerte allmählich der Gedanke durch, dass das Haus der Weiden mittlerweile ein Trümmerhaufen war, an dem sie achtlos vorbeigegangen waren. Doch auf einmal streckte Yeshe den Arm aus.

»Wir sind gleich da.«

Der Mond war hinter dem Tschagpori aufgegangen, bleich und ebenmäßig wie das Profil einer Frau, von Wolkenschleiern umgeben. Longsela rief sich in Erinnerung, was für eine Straße da lief, denn sie war da unzählige Male gegangen. Sie beschleunigte ihre Schritte, bis der Mond schräg das große, eisenbeschlagene Tor beschien. Die Flügel standen halb offen, warfen lange Schatten auf Steine und Schutt. Mit wild pochendem Herzen trat Longsela in den Innenhof, wich lockeren Steinen und Geröllhaufen aus. Jetzt stand sie vor dem Haus und schaute hinauf, aber die Tränen kamen ihr nicht. Ihr Herz blutete auch nicht, denn es war längst zu Eis geworden. Das Haus ragte empor, knochenweiß im Mondlicht. Der alte Turm war eingestürzt, eine Seite der Mauer lag am Boden. Doch ein ganzes Fassadenteil samt den Balkonen war erhalten geblieben, Stein auf Stein, nur die Scheiben waren eingeschlagen, und aus den Fenstern starrten die schwarzen Augen der Leere. Und jetzt meinte Longsela auf einmal, sie sei wahnsinnig geworden, denn in der Luft unter den Bäumen hing ein schwacher Duft nach Aprikosen. Longsela, die stets geglaubt hatte, Erinnerungen seien geruchlos, spürte ein Würgen in der Kehle. Sie lief an den Stallungen vorbei, hörte dort leise raschelnde Geräusche, beachtete sie nicht, stolperte die Stufen empor, der Tür entgegen, die nur angelehnt war und sich laut knarrend vor ihr öffnete. Schon war Yeshe neben ihr. Longsela bemerkte die Waffe in seiner Hand, bevor sie im Mondlicht sah, dass es in dem Haus nichts mehr gab. Nur verlassene Räume, nur Geröll, Staub, Schmutz und Uringestank. Die geschnitzten Tische aus Lack- und Walnussholz, die schönen Kommoden, die kostbaren Rollbilder, die Teppiche in Edelsteinfarben – weg waren sie, als hätte es sie nie gegeben. Auch der vergoldete Hausaltar, der viele hundert Jahre alt war, das segenspendende Seidenbild der Palden Lhamo, der juwelengeschmückte, bronzene Buddha. Fort, alles fort, und in den Wänden klafften Löcher. Die Seidentapete schälte sich wie feuchte Baumrinde von der Wand, die Samtvorhänge hingen in Fetzen, und man hatte sogar die Sitzbänke abmontiert. Vorsichtig und verzweifelt gingen Longsela und Yeshe die zerbröckelten Stufen empor. Ihre Füße verfingen sich in Mattengeflecht. Ein Kronleuchter war auf den Boden gestürzt und zerschellt. Unter Longselas Stiefeln knirschte Glas. Sie ging einen Treppenabsatz höher, eine leere Zimmerflucht entlang, stieß die Tür zu ihrem Schlafzimmer auf. Da wich sie schreckerfüllt zurück, erstickte einen Aufschrei. Eine Unbekannte starrte sie an, leichenblass, mit unfrisiertem Haar. Die Frau hatte ein Gesicht wie ein Gespenst, der Mund schief, ein Auge höher als das andere, die Nase seitwärts verschoben. Longsela prallte zurück gegen einen Menschen, der sie hielt, spürte einen vertrauten Geruch und Arme, die sie umfassten. Yeshe! Und gleichzeitig war es, als ob sich die Wahrnehmung verdoppelte, denn sie sah auch ihn mit entstelltem Gesicht und begriff, dass sie sich beide in einem Spiegel sahen. Es war der Wandspiegel, in dem sich Longsela kurz vor ihrer Abreise mit Sonam betrachtet hatte. Aus irgendeinem Grund hatten die Plünderer den Spiegel nicht entfernt. Sie hatten ihn jedoch zerschlagen, sodass eine Hälfte nach unten gesackt war und die Scherben schief hingen. Longsela holte tief Luft, löste sich behutsam aus Yeshes Umarmung.

»Danke, Yeshe. Es tut mir leid. Ich bin sehr erschrocken.«

»Der Spiegel macht Angst, Herrin«, erwiderte Yeshe. »Wir sollten hier nicht bleiben. Im Haus ist nichts. Aber ich hörte Geräusche im Stall.«

»Ja, ich auch.«

»Da versteckt sich jemand. Ein Plünderer, womöglich.«

»Es kann auch ein Tier sein«, sagte Longsela. »Ein kleiner Hund?«

Sie gingen die Stufen hinunter, Yeshe dicht vor ihr, die Pistole griffbereit. Nach dem Modergeruch im Haus empfand Longsela die kalte Abendluft als wohltuend. Sie gingen auf die Stallungen zu. Da, wieder das Rascheln! Yeshe hielt Longsela am Ellbogen zurück.

»Ich gehe voraus.«

Sie folgte ihm dicht auf den Fersen. Die alte Stalltür war halb offen. Yeshe stieß sie auf, blieb auf der Schwelle stehen.

»Wer ist da?«

Nichts rührte sich. Doch beide spürten, dass die Stille atmete. Yeshe trat langsam ein. Es war nicht völlig dunkel im Stall; aus dem zerbrochenen Fensterrahmen fiel das Mondlicht. Außer einer Schubkarre und ein paar Geräten schien dort nichts zu sein. An der Wand lag ein kleiner Deckenhaufen. Longsela sah genauer hin, glaubte eine Bewegung zu erkennen. Während sie noch zögerte, machte Yeshe einige schnelle Schritte an ihr vorbei und zerrte die Decken weg. Die Stille füllte sich mit einem unheimlich hoch kreischenden Ton. Eine dünne, zusammengekrümmte Gestalt kam zum Vorschein. Longselas Herz tat einen Sprung in ihrer Brust.

»Amla!«, flüsterte sie in die dunkle, stickige Luft hinein.

Yangzom duckte sich vor ihr, kroch an der Wand entlang, wimmerte und zitterte.

»Amla!«

Longsela warf sich vor ihr auf die Knie, versuchte sie in die Arme zu nehmen. Die alte Frau schlug um sich wie ein verletztes Tier, geiferte und jammerte. Das Gesicht war verschwollen, der Mund klaffte auf. Die Augen waren schmale Schlitze, und der Schädel mit dem dünnen Haar wirkte kahl wie ein Kinderschädel. Über ihre Stirn lief eine rötliche, schlecht verheilte Narbe.

»Komm«, stammelte Longsela. »Du kannst hier nicht bleiben.«

Sie fasste Yangzoms Arme, spürte weiche Haut über gebrechlichen Knochen. Yangzom riss sich los und drückte sich mit einer heftigen Bewegung an die Wand. Longselas Stimme brach.

»Amla! Ich bin es, Longsela, und hier ist Yeshe. Du kennst ihn doch!«

Die Lider der Greisin zuckten. Sie blinzelte, als ob ihr das Mondlicht zu grell in die Augen schien. Ihr Mund öffnete sich krampfartig. Doch nur ein Gurgeln drang aus ihrer Kehle.

Longsela strich ihr das verklebte Haar aus dem Gesicht, zog ihr das Gewand über die Schultern, zerschlissener grüner Brokat mit violetten Blumenranken, voller Risse, Blut und Schleim.

»Wo sind die Kinder, Amla? Bitte, sag es mir!«

Yangzom streckte zischelnd eine dunkel verfärbte Zunge hervor. Longsela und Yeshe wechselten einen verzweifelten Blick.

»Sie hat Durst«, sagte Yeshe. »Warte hier, Herrin. Ich hole die Maultiere. Vielleicht kann ich hier ein Feuer machen.«

Er ging, und Longsela kauerte sich neben ihre Mutter. Yangzom stank; das Heu um sie herum war voller Kot und Urin. Sie war barfuß, ihre kleinen Füße waren voller winziger blauer Flecken, Spuren von Glassplittern. Wahrscheinlich hatte sie gerade gestanden, wo eine Scheibe zerborsten war.

»Kannst du mir nicht sagen, wo die Kinder sind?«

Yangzoms Körper rutschte heftig herum, ihr Kopf schlug mit lautem Klatschen an die Wand, an der bereits Blutspritzer trockneten. Longsela entfuhr ein dünner, entsetzter Schrei.

»Amla, du tust dir ja weh!«

Yeshe kam mit den Maultieren zurück; wie ein Echo aus der Vergangenheit klang das Schlagen der Hufe auf den alten Steinen. Er stellte die Satteltaschen auf den Boden und machte sich an die Arbeit. Longsela half ihm, das besudelte Heu zu entfernen und die verschmutzten Decken so zu falten, dass ihre Mutter wieder sauber lag. Kleider zum Wechseln hatte sie nicht dabei, nur einen Schal, den sie Yangzom um die dünnen Schultern wickelte. Dann nahm sie Yangzoms Füße in ihren Schoß und pickte behutsam die Glassplitter aus ihren Wunden. Einige davon sahen tief aus und hatten sich entzündet. Yangzom lag jetzt still, ließ alles mit sich geschehen. Nur einmal, als Longsela einen langen Glassplitter entfernte, schrie sie vor Schmerz und strampelte heftig. Longsela sprach leise und tröstend zu ihr, wie zu einem Kind, massierte zärtlich die wunden Füße, bis die alte Frau wieder ruhig wurde. Inzwischen zerbrach Yeshe einige trockene Zweige, bereitete eine dürftige Feuerstelle und setzte einen kleinen Kessel mit Wasser auf. Yangzom schlürfte gierig den heißen Tee, den

Longsela ihr in einer Blechschale an die Lippen hielt. Unterdessen mischte Yeshe Tsampa-Mehl und kleine Fleischreste zu einem Teig. Als er Yangzom das Essen reichte, mit den ehrerbietigen Gesten von einst, öffnete sie weit den Mund. Sie hatte ihr künstliches Gebiss verloren, ihr Zahnfleisch war rot und geschwollen. Yeshe hielt die heiße Schüssel, während sie ihre schmutzigen Finger in den Brei tauchte und schmatzend das Essen verschlang. Dabei ließ sie Longsela nicht aus den Augen. Doch in ihrem Blick war nichts, kein Schimmer von Bewusstsein. Longsela hatte das Gefühl, dass ihre Mutter sie weder richtig wahrnahm noch wusste, wer sie eigentlich war. Als die alte Frau die Schale leer gegessen hatte, zwang sich Longsela zu einem Lächeln und zu einem letzten, verzweifelten Versuch.

»Amla, geht es dir jetzt besser?«

Der alte Kopf bewegte sich wie eine Kugel auf dem dünnen, verschrumpelten Hals. Und das war alles.

»Wo sind die Kinder, Amla?«

Yangzom betrachtete sie aus unsteten Augen, bevor ihr Kopf ruckartig vornübersank und sie sich genüsslich die Finger leckte.

»Sie kann nicht mehr sprechen«, sagte Yeshe. »Sie hat furchtbare Dinge erlebt.«

»Sie sieht uns gar nicht, Yeshe. Was sieht sie bloß?«

Er stieß einen Seufzer aus.

»Ich glaube, sie sieht nur das, was sie zuletzt gesehen hat.«

Longsela sank das Herz. Er drückte in seiner einfachen Sprache das aus, was sie längst befürchtet hatte. Von dem, was sie verrückt gemacht hatte, konnte nichts wieder rückgängig gemacht oder geändert werden.

Longsela straffte sich und fasste einen Entschluss.

»Ich bin nicht müde und gehe jetzt zum Norbulingka. Die Kinder werden bei meiner Freundin sein. Hier konnten sie ja nicht bleiben.«

»Es ist spät, und die Straßen sind nicht sicher«, gab Yeshe zu bedenken. »Es ist besser, ich gehe mit dir.«

Longsela verneinte mit entschiedenem Kopfschütteln.

»Mir wird nichts geschehen. Ich möchte, dass du bei meiner Mutter bleibst. Wir dürfen sie nicht wieder allein lassen.«

Yeshe fügte sich unglücklich.

»Aber nimm die Pistole, Herrin.«

»Ach, Yeshe«, seufzte Longsela. »Was soll ich denn damit?«

Yeshe wusste, dass Longsela, selbst in Lebensgefahr, kaum fähig sein würde, auf den Auslöser zu drücken.

»Es genügt vielleicht«, meinte er kläglich, »wenn du sie vorzeigst …«

Sie schüttelte nur den Kopf, und er sagte nichts mehr. Sie spürte hinter sich seinen traurigen Blick, als sie die morsche Tür aufstieß und mit klammen Fingern wieder hinter sich schloss. Das Letzte, was Longsela dabei an die Ohren drang, war das Seufzen und Schmatzen der Wahnsinnigen, die ihre Mutter war.

SIEBENUNDZWANZIGSTES KAPITEL

Longsela ging schnell, wobei sie darauf achtete, dass sie so gut wie möglich im Schatten blieb. Es war bald Mitternacht, und obwohl die Straßen leer waren, vibrierte ein geheimnisvolles Wimmern über der Stadt, dann und wann von einem Klagelaut durchbrochen. Es war sehr kalt, eine durchdringende, beißende Kälte. In der Ferne waren die unteren Nebelschichten weiß erleuchtet. Von der Ringstraße kam ein Dröhnen, wenn Truppentransporte vorbeirollten. Es kam oft vor, dass Stiefel auf dem Pflaster zu hören waren, laut und im Gleichschritt. Longsela hörte sie kommen, was ihr Zeit gab, sich zu verstecken. Die Soldaten bildeten Gruppen von zehn oder fünfzehn Mann, das Gewehr im Anschlag. Sie packten wahllos die Leute, die sie fanden, durchsuchten sie nach Waffen und nach Nahrungsmitteln. Dann und wann huschten Scheinwerfer wie gespenstische Pinsel durch die Nacht. Lastwagen rumpelten daher, beladen mit Soldaten, die Parolen schrien oder Warnschüsse abgaben. Entfernte sich der Lärm, kamen die Menschen wieder aus ihren Verstecken. Longsela versuchte nicht mehr an Yangzom zu denken, obschon deren durchdringender Geruch noch an ihren Fingern haftete. Die Leiden der vergangenen Zeit hatten sich in ihr angesammelt wie in einer Schale, alle Schmerzen lagen darin. Im Gehen entsann sich Longsela daran, wie Lhasa einst voller Licht und Leben gewesen war, wie die Vornehmen, in kostbare Gewänder und Pelze gehüllt, auf edlen Pferden vorbeiritten, wie die Stimmen der Mönche über der Stadt sangen, wie die Butterlampen brannten. Ob die Flammen in den Kupfergefäßen der Armen oder in den Goldschalen der Reichen brannten, derselbe Glaube leuchtete aus ihnen, sprach die Berge, die Stadt, ja den Tagesablauf heilig. Nun beleuchtete der Mond eine Gespensterstadt, in der nur die Angst eine Heimat fand. Er schwebte bereits tiefer, dieser Mond, als Longsela den Norbulingka erreichte. Die Mauer war an vielen Stellen beschossen worden. Longsela sah durch die Löcher Teile des zerstörten Sommerpalastes. Ein seltsamer Phosphorschimmer hing über den Ruinen, der weder Wärme noch Helligkeit verbreitete. Longsela konnte nicht ausmachen, was es war, vielleicht eine trübe Spiegelung des Mondes. Ein säuerlicher, unheimlicher Gestank lag in der Luft. Der Kyi Chu floss ganz nahe. Longsela hatte den Verdacht, dass die Chinesen Chemikalien in den Fluss geschüttet hatten, um das Trinkwasser zu verseuchen. Selbst die Frische unter den Bäumen schien mit Gift getränkt. Da, schon wieder ein Spähtrupp! Longsela hörte von Weitem ihre Schritte, erreichte noch rechtzeitig eine Gruppe von Weiden am Ufer. Die hängenden Zweige bildeten ein gesprenkeltes Netz, dicht genug, dass sie sich in ihm verbergen konnte. Von ihren hüpfenden Schatten begleitet, stapften die Soldaten an ihr vorbei. Longsela duckte sich tiefer und rührte sich nicht, bis sich die Schritte entfernten. Dann kroch sie aus ihrem Versteck hervor, lief – immer noch geduckt – im Schatten der Böschung weiter. Der Fluss murmelte und schwappte auf den Steinen. Einige Male sah Longsela aufgedunsene Leichen vorbeiziehen. Sie glichen jenen ausgestopften Puppen, wie sie die Kinder aus Stroh und Lumpen anfertigten. Longselas Lippen bewegten sich bei ihrem Anblick in einem lautlosen Gebet. Sie war nicht mehr weit von ihrem Ziel entfernt, der kleinen Sommerresidenz ihrer Eltern, wo sie Ling so oft besucht hatte. Eigentlich, dachte sie, müsste ich das Haus jetzt sehen. Sie konnte sich doch nicht in der Richtung geirrt haben; aber hier war weit und breit kein Haus. Unschlüssig blieb sie stehen, kniff die Augen in der Dunkelheit zusammen. Sie sah Mauerreste, zerbrochene Balken, wie Pechkohle schimmernd. Da wusste sie, dass sie am richtigen Ort war und dass es das Haus nicht mehr gab. Alles war abgebrannt, ja nicht einmal mehr das kleine Häuschen für den Gärtner war übrig geblieben. Longsela betrachtete die Ruinen in einer Art von klarsichtiger Ohnmacht. Die Religion lehrte, in allen Vorgängen dieser Welt etwas Erscheinungshaftes zu sehen, dessen Glaubwürdigkeit sich anzweifeln ließ. Diese Bewusstwerdung machte den Menschen stark für das jenseitige Leben. Longsela fühlte sich jetzt dieser Empfindung sehr nahe. Doch sie war am Ende ihrer Kraft. Die Beine gaben unter ihr nach. In kalten Schweiß gebadet, setzte sie sich auf den Boden. Sie war müde, so entsetzlich müde. Hier war nichts und niemand, nur Zerstörung und Tod. Jetzt war eingetreten, was sie immer befürchtet hatte. Ihr Leben war hier verbrannt, ihre Hoffnungen begraben. Paldors Tod hätte sie überwinden können, denn sie beide hatten das Schicksal herausgefordert. Aber den Verlust ihrer Kinder würde sie niemals verkraften.

Wer blieb ihr noch? Ihre Brüder? Sie war schon so lange ohne Nachricht von ihnen! Nein, sie hatte nur noch ihre Mutter, die den Verstand verloren hatte. Und Yeshe. Keine noch so große Zusammenballung von Bösem in der Welt konnte Yeshes Glauben, seine Nächstenliebe und Treue erschüttern. Ja, auf Yeshe konnte Longsela sich verlassen. Auf sich selbst nicht mehr. Der Fluss war nahe; zum ersten Mal überkam Longsela der unwiderstehliche Drang, sich den kalten Fluten zu überlassen, hinabzutauchen in ein finsteres Nichts, das Vergessenheit schenkte. Der Gedanke war verlockend, doch sie wies ihn von sich. Es lag nicht in Longselas Natur, aufzugeben. Stufenweise kehrte ihre Zuversicht zurück. Es war durchaus möglich, dass die Kinder zu Verwandten geflüchtet waren. Ja, vielleicht hatte Dawa Rimpoche sie geholt. Oder sie waren bei den Schwiegereltern. Während sie überlegte, schien ihr, dass ein schwaches goldenes Licht aus den Ruinen schimmerte. Doch das konnte nicht sein. Ich habe Wachträume, dachte Longsela. Vielleicht habe ich hohes Fieber. Sie starrte blinzelnd auf das eingebildete Licht, sah, dass es verschwunden war. Und gerade, als sie sich von ihm abwenden wollte, leuchtete es wieder. Es war ein winziges, goldenes Licht, wie ein freundliches Signal in der Dunkelheit. Longsela nahm all ihre Kraft zusammen und erhob sich.

»Wer ist da?«, fragte sie leise.

Das Licht verschwand, doch nur, weil sich ein Schatten davorschob. Im gleichen Augenblick stolperte Longsela und verlor das Gleichgewicht. Ihr Knie schlug auf einen Stein, der aus dem Boden ragte. Sie erstickte einen Schmerzenslaut, spürte neben sich eine Bewegung, roch einen Geruch nach Lumpen und Schweiß. Eine Gestalt beugte sich über sie, half ihr auf die Beine.

»Oh, Herrin, Ihr seid es!«, rief eine jugendliche Stimme.

Longsela hob den Kopf und erkannte Phurbu, den siebzehnjährigen Sohn des Gärtners, der auch im Norbulingka-Palast gearbeitet hatte. Longsela hatte ihn als kräftigen Jungen mit muskulösen Armen und hübschem, aufgewecktem Gesicht in Erinnerung. Er war klug, und seine Eltern hatten dafür gesorgt, dass er die Schule besuchte. Jetzt sah Longsela einen abgemagerten jungen Mann mit eingefallenen Zügen vor sich. Er trug eine zerlumpte Tschuba, dazu khakifarbene Shorts, zu dünn für diese Jahreszeit. Die abgenutzten Schuhe mussten die seines Vaters sein.

»Kommt, Herrin, Ihr seid ja ganz durchfroren!«

Er hielt sie behutsam am Arm, führte sie den Ruinen entgegen. Von der Veranda mit ihren Kletterrosen waren noch ein paar Stufen übrig geblieben, die halb in der Luft hingen. Unter diesen Stufen befand sich eine Nische, in der Phurbu sich eingerichtet hatte. Das Erste, was Longsela sah, war, an ein Stück Wand geklebt, ein Abbild Seiner Heiligkeit, mit ein paar Gänseblümchen geschmückt. Vor dem Bild brannte eine kleine Butterlampe. Phurbu wusste gewiss, dass dem Besitzer eines solchen Bildes die Todesstrafe drohte. Mit der Unbekümmertheit der Jugend nahm er das Risiko auf sich. Dazu waren eine modrig riechende Decke, ein paar Lebensmittel und Streichhölzer in einer Pappschachtel die einzigen Dinge, die ihm noch gehörten.

»Wo sind deine Eltern?«, fragte Longsela.

Er schüttelte den Kopf mit zornigem, bitterem Ausdruck.

»Die Soldaten brachten sie weg.«

»Und seitdem bist du ohne Nachricht von ihnen?«

»Ja, Herrin. Ich weiß nicht, ob sie tot oder lebendig sind.«

Er streute einige Teeblätter in einen Becher, goss aus einem Thermoskrug warmes Wasser hinzu, das er mit Salz und etwas Tsampa-Mehl mischte.

»Ihr müsst etwas zu Euch nehmen, Herrin, Ihr seht krank aus.«

»Danke, Phurbu!« Longsela tastete unbeholfen nach dem Becher, nahm einen langen Schluck. Das warme Getränk tat ihr gut. Sie fühlte sich klarer im Kopf.

»Phurbu, weißt du, wo meine Kinder sind?«

Der junge Mann, der vor ihr mit gekreuzten Beinen saß, senkte den Kopf.

»Sie waren hier, Herrin. Eure Freunde hatten sie zu sich geholt. Oh ja, sie waren gute Menschen!«

»Ach, sind sie fort?«

Phurbu verschränkte fröstelnd die Arme.

»Glaubt mir, Herrin, sie waren entsetzt über das, was geschah. Als die Volksarmee zum ersten Mal Lhasa bombardierte, zog Eure verehrte Mutter es vor, in ihrem Haus zu bleiben, doch die jungen Leute kamen und wohnten hier. Aber Herr und Frau Wong bangten um die Sicherheit Eurer Kinder und setzten alles daran, dass sie Tibet auf schnellstem Weg verließen. Sie besorgten ihnen Flugkarten nach Darjeeling und verhandelten mit den Behörden, dass ihnen Reisepässe ausgestellt wurden. Sonam, Eure jüngste Tochter, war sehr traurig. Wir sprachen oft miteinander, weil ich ihr Pferd Dakini pflegte. Sonam sagte, dass Tante Ling und Onkel An Yao nicht mehr glaubten, dass die Kommunisten die fähigsten Menschen auf der ganzen Welt seien. Die Chinesen sagten das nämlich. Sie bat mich, in ihrer Abwesenheit für Dakini zu sorgen. Ich versprach es ihr. Sonam gab mir genaue Anweisungen, welche Nahrung und welche Streu sie brauchte, wann sie bewegt werden oder sich ausruhen wollte. Ich beobachtete die Stute, lernte ihre kleinen Signale zu erkennen und wusste bald genug, dass sie mir das Pferd anvertrauen konnte.«

Unwillkürlich fiel Longsela auf, wie gut er sich ausdrückte. Man merkte, dass er eine Schule besucht hatte.

Phurbu sprach weiter, mit leiser, erschöpfter Stimme.

»Ein paar Tage vor dem Start der Maschine fielen die Soldaten in das Haus der Weiden ein und nahmen alles mit, was sie tragen konnten. Alles andere schlugen sie kurz und klein. Sie zerrten die Ehrwürdige Herrin aus dem Haus; die Dienstboten mussten sie anspucken und schlagen. Ihr Hündchen Deki haben die Soldaten getötet. Sie waren rasend vor Hass, nicht aufzuhalten. Man holte Frau Wong. Sie lief zu einem Offizier, der gleichgültig dabeistand, und beschimpfte ihn. Das sei doch das Gegenteil all dessen, was die Partei verkündete! Wo sei hier eine harmonische Politik, und ob er sich nicht schämte! Schließlich entschuldigte sich der Offizier und rief seine Männer zurück. Aber die Soldaten hatten schon das meiste geraubt oder zerschlagen. Und wo die Ehrwürdige Herrin war, wusste keiner. Ein weinendes Dienstmädchen berichtete, sie sei gestürzt und habe sich am Kopf verletzt. Frau Wong und Lhamo suchten sie vergeblich in jedem Krankenhaus.«

Longsela holte gepresst Atem.

»Ich fand meine Mutter in den Stallungen. Sie hatte sich dort versteckt.«

»War sie wohlauf?«

»Sie hat mich nicht mehr erkannt«, flüsterte Longsela.

Phurbu seufzte und sprach weiter: »Inzwischen wurden Hunderte von Mönchen und Nonnen aus den Klöstern gezerrt und hingerichtet. Die Erschießungen waren öffentlich. Alle mussten zusehen, sogar die Kinder. Die Eltern hielten ihnen die Augen zu. Auf die ausgestreckten Körper wurden Matten geworfen; sie wurden an Stangen gebunden, und man trug sie davon. Herr und Frau Wong sagten, die chinesische Regierung habe den Kopf verloren.«

Phurbu schwitzte trotz der Kälte, wischte sich mit dem Handrücken über die klebrige Stirn.

»Die Soldaten kamen bei Tagesanbruch, als alle noch schliefen. Zwei Lastwagen hielten vor dem Haus. Die Soldaten zerrten Herrn und Frau Wong aus dem Bett. Herrn Wong befestigten sie ein Schild um den Hals, auf dem das Wort ›Verräter‹ stand. Die Soldaten zogen ihn an einem Strick zum Ufer, beschwerten seine Füße mit Steinen und warfen ihn in den Fluss. Frau Wong wurde mit Stöcken geschlagen, bis sie ohnmächtig wurde. Sonam versuchte sie zu schützen, aber die Soldaten rissen sie an den Haaren zurück. Sie bildeten einen Kreis, hoben Sonam hoch und warfen sie sich gegenseitig zu, spielten mit ihr Fangball. Lhamo, die zwischen den Soldaten hin und her lief, um ihre Schwester zu befreien, schlugen sie in den Magen, dass sie zurücktaumelte. Und dann wurde Frau Wong mit einem Genickschuss getötet. Es war Kelsang, der das Gewehr hielt.«

Longsela hob beide Hände, wie um Dinge abzuwehren, die zu furchtbar waren, als dass man sie an sich heranlassen konnte. Alle Qualen, die sie bisher durchgestanden hatte im Vermuten und Raten und Nichtwissen, waren milde gegen das Grauen, das sie jetzt überfiel.

»Was hast du gesagt? Das kann nicht sein!«

Phurbu bezwang das trockene Schluchzen, das seine magere Brust schüttelte.

»Doch, Herrin. Ich sah es mit eigenen Augen! Sie zerrten Kelsang herbei, obwohl er sich heftig sträubte, legten seinen Finger auf den Abzug und drückten seine Hand, bis der Schuss sich löste.«

Longselas Geist taumelte durch eine Finsternis, der Zelle ähnlich, der sie durch ein Wunder entronnen war. Nein, nein, nein, schrie es in ihr.

»Ist das die Wahrheit? Kannst du es beschwören?«

»Ja, Herrin«, sagte Phurbu feierlich, den Blick auf das lächelnde Antlitz über den Gänseblümchen gerichtet. »Ich schwöre es im Angesicht Seiner Heiligkeit!«

Longsela stieß einen Seufzer aus, wie Kranke ihn manchmal hören lassen.

»Es ist gut. Ich glaube dir. Und was geschah dann?«

Phurbu sprach weiter.

»Kelsang weinte laut. Aber die Soldaten lobten ihn mit Gelächter und Schulterklopfen. Der Anführer sagte zu ihm: ›Junge, du hast gute Arbeit geleistet! Du hast eine Feindin des Volkes getötet! Wir schenken dir das Gewehr, du wirst es noch öfter brauchen.‹ Dann wurde ihm und seinen Schwestern befohlen, in den Lastwagen zu steigen. Und man brachte sie weg.«

Longsela bewegte mühsam die Lippen.

»Wohin, Phurbu? Weißt du das?«

»Man sagt, sie bringen alle Kinder in Lager. Dort müssen sie schwere Arbeit verrichten und werden zu Soldaten erzogen.«

Longsela nickte wortlos. Sie erkannte, dass, obgleich sie ihre Kinder zur Welt gebracht hatte, diese ihr eigenes Karma hatten, das sie tragen mussten. Der Wind der Bosheit trieb sie umher wie kernlose Hülsen. In so jungen Jahren keine Hoffnung mehr zu haben war schlimmer als der Tod. Aber vielleicht erwartete sie ein Neubeginn, vor dem Redliches sie retten konnte, während der weise Buddha Verfehltes verzieh. Vielleicht waren die drei Kinder hellsichtig.

»Und danach?«, fragte sie.

»Danach plünderten die Soldaten, die noch geblieben waren, das Haus. Sie schafften alle Dinge in den zweiten Lastwagen. Sie erschossen sämtliche Tiere, die kleinen Hunde, ja sogar die Enten im Teich und die Pfauen in den Büschen. Sie erschossen auch Dakini. Die Schafe, aus deren Fell meine Mutter Wolle gewann, nahmen sie mit, um sie später zu schlachten. Zum Schluss zwangen sie meine Eltern, in den Wagen zu steigen, und setzten das Haus in Brand. Meine Mutter hatte mir befohlen, mich zu verstecken, und so fanden die Soldaten mich nicht.«

Longsela rieb sich die Stirn. Die Trauer war anfänglich wie ein Schock, brachte die Menschen in einen sonderbaren Zustand der Loslösung. Sie war noch nicht unerträglich, aber sie würde es bald sein. Die Zeit würde sie austragen, aber niemals heilen. Sie würde wachsen, über Jahre hinweg wachsen.

Phurbu sagte: »Später durchsuchte ich die Ruinen und fand noch ein paar Sachen, die ich in dieses Loch schaffte. Ich wohne jetzt da, Herrin.«

Longsela bewegte langsam den Kopf hin und her, als wäre sein Gewicht zu schwer zu tragen.

»Jetzt habe ich nur noch meine Mutter, die meine Hilfe braucht. Sobald es hell wird, gehe ich zu ihr. Ich ... ich möchte jetzt etwas schlafen.«

Sie legte sich auf die kalten Steine, legte die Finger flach auf die geschlossenen Augen. Sie spürte, wie Phurbu die Decke über ihr ausbreitete, bevor alles tiefdunkel wurde. Phurbu hatte das Flämmchen gelöscht. Und so schlief sie ein.

Im Traum sah Longsela eine steinerne Buddha-Figur. Solche Buddhas gab es an vielen Orten. Dieser war riesengroß und stand in einer mit einer Kuppel versehenen Nische. Buddhas Kopf nahm die ganze Kuppel ein. Das Gesicht war sanft und freundlich, die eine Hand segnend erhoben. Da geschah etwas Seltsames: Aus den steinernen Augen lösten sich zwei Tränen, hinterließen auf dem steinernen Antlitz eine lange, glitzernde Spur. Und während Longsela den weinenden Buddha betrachtete, krachte ein Donnerschlag durch ihren Traum. Die Statue schien zu zerbersten. Linien absoluter Schwärze brachen hindurch, blitzende Muster und Ranken sprühten über die Dunkelheit hinweg in ihre Augen. Sie schreckte hoch, hörte Explosionen, die nicht in ihrem Traum waren.

»Sie bombardieren wieder«, sagte Phurbus Stimme neben ihr. »Es ist bald vorbei.«

Das Dröhnen kam von allen Seiten, ein blitzartiges Pfeifen, ein trockenes Zischen. Die kleinen chinesischen Flugzeuge senkten sich über die Stadt, es folgte das scharfe Rattern der Geschosse. Dann, nach einer Weile, kehrte Ruhe ein. Longsela richtete sich auf, brachte hastig ihre Kleider in Ordnung.

»Ich gehe zu meiner Mutter, Phurbu. Yeshe ist bei ihr. Sie werden Angst um mich haben.«

»Wartet lieber noch etwas«, warnte sie Phurbu. »Die Flugzeuge kommen gleich wieder!«

»Nein, ich muss gehen.«

»Ich begleitete Euch, Herrin«, sagte Phurbu.

Sie verließen die Ruinen, stapften über Mauerreste und Schutt. Die Sonne ging gerade auf, schimmerte im Staubnebel glutrot. Die Bomben mussten am Barkhor gefallen sein. Longsela und Phurbu drängten sich durch die entsetzten Menschen, die alle in die entgegengesetzte Richtung flohen, Frauen und Kinder, taumelnd vor Angst, manche hinkend oder blutüberströmt. Wieder sauste ein Flugzeug über ihre Köpfe hinweg. In kurzer Entfernung wucherte eine Explosion über die Straße. Longsela drückte beide Hände auf ihre Ohren. Ihr Trommelfell krachte und zischte. Sie sah, wie kleine Krater im Asphalt aufsprühten; es war, als ob diese Krater sich von allein öffneten, völlig lautlos. Longsela schluckte ein paar Mal. In ihren Ohren gab es eine Art schmerzliches Knacken, dann wurde ihr Trommelfell wieder frei. Rauch und Staub hüllten alle Straßen ein. Als sich der Lärm etwas beruhigte, setzte sich Longsela, von Phurbu dicht gefolgt, wieder in Bewegung. Mit einem Teil ihres Verstandes war sie sich wohl bewusst, dass sie seit Tagen Risiken einging, die keineswegs mehr vernünftig waren. Sie handelte wie in einer Art Trance, eine unerklärliche innere Macht war es, die sie trieb. Noch eine Straße, und noch eine. Überall lag Schutt. Endlich sah sie das Haus, von Staubwolken umgeben. Die Bomben waren ganz in der Nähe gefallen. Longsela hustete und keuchte, ihre Lungen brannten. Die Welt um sie herum hatte so etwas wie einen vollkommenen Stillstand erreicht. Phurbu und sie waren die Einzigen, die sich in dieser Welt noch bewegten, und folglich war das alles so etwas wie ein verrückter Traum. Sie lief auf das Haus zu. Ein Teil der Fassade, die zuvor noch gestanden hatte, war eingestürzt, die Torflügel hingen schief. Aber die Stallungen schienen unversehrt. Longsela hörte sich rufen, wie einst als kleines Mädchen: »Amla, ich komme ja schon!«

Sie stolperte über einen weichen Gegenstand, der in einem Schutthaufen lag. Sie stürzte, beide Arme ausgestreckt. Der Gegenstand fühlte sich warm an. Unter der weißen Schicht waren Fetzen sichtbar: grüner Brokat mit violetten Blumenranken. Der Stoff war nass und gerötet. Ein Gesicht war auch da, ein Gesicht mit einer fein geschwungenen Nase und einem edel geformten Kinn. Um den kleinen, dunkelroten Mund herum zog sich eine Spur von abgesplittertem Gips. So hatte auch eine Puppe aus bemaltem Ton ausgesehen, mit der Longsela lange Jahre gespielt hatte, bevor sie von Kelsang, der ein schwieriges Kind war und alles anfasste, an die Wand geschmettert wurde.

»Amla!«, flüsterte Longsela.

Ihre Mutter lebte nicht mehr, aber die Starre des Todes hatte sich noch nicht eingestellt. Ganz in der Nähe lag im Schutt ein zweiter Körper, die Beine ausgestreckt, die Arme weit ausgebreitet. Longselas Lippen formten einen Namen: »Yeshe.«

Sie spürte eine Bewegung neben sich, hörte schwere Atemzüge und sah zu Phurbu hoch.

»Beide sind tot.«

Er nickte. Aus dem Stall drangen Wiehern und Stampfen. Heftige Schläge erschütterten die morschen Wände. Phurbu sah sie fragend an.

»Die Maultiere«, murmelte Longsela.

Er nickte verstehend und ging. Longsela nahm an, dass die erschreckten Maultiere sich losgerissen hatten, als die Bomben fielen. Yeshe hatte sie nicht bändigen können. In panischer Furcht war Yangzom aus dem Stall gelaufen. Yeshe hatte wohl versucht, sie zurückzuholen. Und jetzt waren beide tot.

Die Morgensonne blutete, der Staub färbte sich rot. Das Haus wird bald einstürzen und mich begraben, dachte Longsela. Oder vielleicht war sie es, die das Haus in sich einsog, mit jedem Luftholen, mit jedem Ausdehnen ihrer schmerzenden Lungen?

Phurbu kam zurück.

»Die Maultiere haben sich beruhigt, Herrin.«

»Ich danke dir, Phurbu«, murmelte Longsela.

Weder ihre Mutter noch Yeshe konnte sie bestatten, dazu fehlte ihr die Kraft. Sie zog ihren Rosenkranz hervor und sprach die Gebete, die den Verstorbenen den Weg in den Himmel öffnen. Phurbu kniete neben ihr nieder, sprach leise die Begleitworte. Als sie geendet hatte, zog Longsela ihren Schal über das staubweiße Antlitz ihrer Mutter und hüllte Yeshe in seinen alten, zerfetzten Mantel. Dann richtete sie sich auf, mit wankenden Knien, indem sie sich an Phurbus Arm hielt.

»Glaubst du, dass sich die Maultiere satteln lassen?«

Er sah sie erschrocken an.

»Ich habe Angst um Euch! Die Soldaten sind überall. Wohin reitet Ihr, Herrin?«

»Zur Ramagang-Fähre«, sagte sie. »Man hat mir dort Hilfe versprochen.«

»Oh, Herrin!«, rief Phurbu. »Ich hörte, dass in Ramagang die Rebellen sind! Ich will auch zu ihnen und kämpfen.«

Longsela legte ihre staubige Hand auf seine Schulter.

»Komm! Du kannst mit mir reiten!«

ACHTUNDZWANZIGSTES KAPITEL

Der Ritt zur Fähre hinterließ in Longsela eine seltsame Erinnerung, ein Gefühl wie zwischen Wachsein und Schlaf. Eine grenzenlose Barmherzigkeit musste ihr beigestanden haben, dass sie die Strecke unversehrt zurücklegen konnte. Phurbu hatte ein gutes Ohr zum Hören, ein scharfes Auge zum Sehen und bemerkte sofort, wenn irgendwo in der Ferne die Fahrzeuge der Volksarmee auftauchten oder wo sie ihre mobilen Kontrollposten aufgestellt hatten. Es sei gar nicht schwierig, sie im Auge zu behalten, meinte Phurbu, die Volksarmee folge ja stets dem Weg der Dämonen! Er wollte damit sagen, dass die Soldaten auf den Hauptstraßen blieben. Der Überlieferung nach bewegten sich nämlich die Dämonen nur auf geraden, niemals auf gewundenen Wegen. Die Bedeutung war, dass der Mensch, der bereitwillig das Böse zuließ, den Dämonen schrankenlos sein Herz öffnete. Ein religiöses Gleichnis, das Phurbu durchaus wörtlich nahm. Longsela hatte ihm Kanams Pistole gegeben. Phurbu war stolz, dass er jetzt eine Waffe trug. Longsela fragte sich oft, wie sie es ohne ihn geschafft hätte. Die Kopfschmerzen waren wieder da, nahmen den gesamten Raum unter den Augenbögen ein. Longsela hielt sich kaum noch im Sattel. Sie dachte unentwegt und in großer Verzweiflung an ihre Kinder. Sie musste damit rechnen, dass sie sie vielleicht nie wiedersehen würde. Aber solange der Lebensfaden nicht zerrissen war, bestand Hoffnung. Longsela durfte nicht zulassen, dass sie der Wahnsinn belauerte und hinterrücks angriff, wie er ihre Mutter überfallen hatte.

Sie wollte ihren Verstand nicht dieser Not aussetzen. Sie hatte Halluzinationen: fallende Tropfen, wie zufällig eingefangen, die über ihre Augen rieselten. Oder Berge, die ihre Form veränderten, sich schwerelos wie Wolken in den Himmel hoben. Zum Glück war Phurbu bei ihr – Phurbu, der sie umsorgte, Feuer anzündete, ihr Tee zu trinken gab, wenn sie vor Erschöpfung kaum noch fähig war, den Becher zu halten. Reiten, reiten, immerzu, mit eisigen Füßen, das Gesicht von der Sonne verbrannt und dem beißenden Wind ausgesetzt. Longselas Finger waren halb gekrümmt, die Haut runzelig mit durchscheinenden blauen Stellen darunter. Sie hatte auch Flöhe, ihr ganzer Körper juckte. Weil sie langsam ritten, vergingen zwei Tage, bis sie endlich die Stromschnellen erreichten. Der stark angeschwollene Fluss, funkelnd in der Morgensonne, führte Steine, Baumstrünke und Erdschollen in seinem Wasser mit. Die Luft, vom Tosen der Wellen erfüllt, roch nach nassen Gräsern und faulem Schlamm. Am Ufer entlang weideten Drongs, schwerfällige wilde Yaks, die gelegentlich Menschen anfielen und zertrampelten. Die Fährleute fertigten aus dem Leder der Tiere die Boote an, in denen sie die Reisenden ans andere Ufer brachten. Das weiche Leder wurde über Holzlatten gespannt, die mit Stäben verstärkt wurden. Sie sahen geschmeidig und leicht aus; die Männer schleppten sie anscheinend mühelos auf ihren Schultern herbei. Aber zehn Leute konnten bequem in einem dieser Boote Platz nehmen. Ein zweites Boot trug das Gepäck. Die Fährleute stießen die tänzelnden und schwankenden Boote mit langen Stangen vom Ufer ab und paddelten durch die Wellenkämme. Maultiere, Hirtenhunde und Pferde mussten schwimmen. Reiter, die die Überfahrt nicht bezahlen wollten, zogen ihre Kleider aus, die sie in die Satteltaschen packten, hingen sich an ihre Tiere und kamen auf diese Weise über den Strom. Flussabwärts, wo die Wellen etwas flacher schlugen, bog der heftige Wind Stangen, an denen zerlumpte Gebetsfahnen flatterten. Eine Anzahl Lehmhäuser standen dort. Longsela wies darauf und sagte zu Phurbu: »Reite zu den Fährleuten und frage nach Tashi. Teile ihm mit, dass ich von Kanam komme.«

Phurbu machte sich auf den Weg. Einige Hirtenhunde liefen ihm mit wütendem Gebell entgegen, doch die Männer am Ufer riefen sie zurück. Longsela sah, wie Phurbu eine Weile mit den Männern sprach, bevor er in schnellem Trab zu ihr zurückritt.

»Tashi bittet Euch in sein Haus. Seine Frau wird für Euer Wohl sorgen.«

Vor dem Haus, das sich ziemlich abseits befand, warteten eine Anzahl Männer neben ihren Pferden. Sie nahmen die Ankömmlinge scharf und argwöhnisch ins Auge, doch Phurbu sah auf ersten Blick, dass diese Reiter zu den Rebellen gehörten, und machte ein ganz glückliches Gesicht. Inzwischen saß Longsela wie erstarrt auf ihrem Maultier. Phurbu hob sie wie ein Kind aus dem Sattel, setzte sie vorsichtig auf die gestampfte Erde nieder. Dann trug er das wenige Gepäck, das sie hatte, dem Haus entgegen. Eine Frau trat aus der Tür und ging Longsela entgegen. Sie hatte das verwitterte Gesicht der Khammo, und sie trug kleine Türkise und Korallen in den dünnen, grauen Zöpfen. Ihre Begrüßung war warmherzig und mütterlich besorgt.

»Tretet ein, Lhascham (Dame)! Ich heiße Gyala; bei mir seid Ihr in Sicherheit!«

Während sich Phurbu um die Maultiere kümmerte, führte die Frau Longsela in ein dürftig eingerichtetes, aber solides Haus aus Backsteinen und Balken. Man saß auf dem Boden, Kisten dienten als Tische. Auf einem kleinen Tragaltar, mit weißen Glücksschärpen geschmückt, stand in einem Glasrahmen ein Bild Seiner Heiligkeit. Longsela verneigte sich vor diesem Bild, bevor Gyala die Tür zu einem Zimmer aufstieß, das nur ein kleines Fenster hatte, ähnlich einer Schießscharte. Die Frau stellte eine Karbidlampe neben einen Stapel Decken auf den Boden. Kleidungsstücke trockneten auf einer Leine. Eine Seite aus einer indischen Zeitung, mit einem Foto des Dalai-Lama, war an die Wand geheftet. Unter dem vergilbten Papier steckten einige Blumen. Die Khammo half Longsela, sich auf die Decken zu setzen.

»Wartet nur, Ihr werdet sehen – ja –, ich bin gleich wieder da!«

Gyala sprach mit sich selbst; ihre Worte hatten kaum eine Bedeutung, waren nur der Ausdruck ihrer Fürsorge. Longsela lehnte sich erschöpft an die Decken und rührte sich nicht mehr. Ihr Kopf schmerzte zum Verrücktwerden. Schon kam Gyala wieder zurück, brachte eine Schüssel mit heißem Wasser, ein vertrocknetes Stück Seife und ein kleines Tuch.

»So, gleich werdet Ihr euch besser fühlen. Und wenn Ihr noch irgendetwas braucht – ruft Gyala!«

Wieder allein, fuhr Longsela mit zitternden Fingern durch ihr Haar. Es gab keinen Spiegel in dem Zimmer. Longsela hätte sich gern betrachtet. Sie zog sich aus, Stiefel inbegriffen, tauchte die Hälfte des Tuches in das Wasser und wusch sich. Das Wasser war heiß und angenehm und linderte das Jucken der Flohbisse. Mit der anderen Hälfte des Tuches trocknete sie sich ab. Ihre schmutzigen, verstaubten Kleider konnte sie nicht wechseln. Doch sie schüttelte sie gründlich aus, damit die Flöhe herausfielen. Zum Schluss tauchte sie ihr Haar in die Schüssel, in der sich bereits eine dicke Sandschicht angesammelt hatte. Als das Haar nass war, flocht sie es wieder und fühlte sich weniger scheußlich. Im schmutzigen Wasser wusch sie auch noch ihre Wollsocken und hängte sie an der Leine auf. Sie hoffte, dass sie rechtzeitig trocknen würden. Gyala kam wieder, brachte Gemüsesuppe, Kartoffeln und einen Thermoskrug mit Tee, der heiß und stark gesüßt war, sodass sie sich gleich kräftiger fühlte.

»Wo ist Phurbu?«, fragte sie.

Die Khammo kniff die Augen zusammen und zeigte ein Grinsen, das ihr dunkles Zahnfleisch entblößte.

»Der junge Mann sitzt bei den Unsrigen und hört zu, was sie erzählen. Er sagt, dass er mit ihnen kämpfen will. Nun, offenbar hat er das Zeug dazu. Ich gab ihm zu essen. Ihr könnt ganz beruhigt sein; auch die Maultiere wurden verpflegt.«

Longsela bedankte sich und fragte nach Kanam.

»Der Gap ist nicht hier, aber er kommt bestimmt«, sagte Gyala. »Morgen oder vielleicht schon heute Abend.«

Sie ließ Longsela allein, wahrend diese sich stärkte. Longsela löffelte die Suppe und aß eine Kartoffel; die anderen rührte sie nicht an. Ihr Magen war wie zugeschnürt. Dann und wann hörte sie Schritte und Stimmen im Haus. Ein paar Mal knarrte die Tür, einige finster aussehende Männer schauten durch den Spalt. Longsela hörte, wie Gyalas wütende Stimme sie zurückrief. Etwas später wurde höflich an die Tür geklopft, und ein Mann trat ein. Er hatte eine kraftige, gedrungene Gestalt mit einer Haut wie glänzend gegerbtes Leder. Er trug eine Pistole und ein »Kukri« – ein nepalesisches Haumesser – im Gürtel. Sein verwegenes Aussehen täuschte. Er hatte gute Umgangsformen, und der Blick aus seinen grauen Augen war freundlich. Er fragte Longsela, wie sie sich fühlte.

»Danke, mir geht es wieder gut«, erwiderte sie.

»Ich bin Tashi«, sagte der Mann. »Willkommen in meinem Haus!«

Sie bat ihn, sich zu setzen, und er sagte: »Wir erleben schlimme Zeiten, Lhascham. Ein Glück, dass Seine Heiligkeit fliehen konnte!«

»Ja, das wurde mir berichtet.«

»Er ist in Sicherheit, das tröstet unser Herz. Aber die Chinesen wollen Lhasa dem Erdboden gleichmachen. Es gab Tage, da war der Fluss voller Leichen, die der Strom vorbeitrug. Auch kleine Kinder! Die Fährmänner weigerten sich, die Boote loszubinden.«

Longsela nickte stumm. Tashi fuhr fort: »Die Chinesen sind die Feinde unserer Religion. Wir kämpfen und tun unser Möglichstes. Aber wir kämpfen mit bloßen Händen gegen Flugzeuge und Kanonen.«

Longsela atmete schwer.

»Ich ... war in Gefangenschaft der Volksarmee. Mein Leben verdanke ich Kanam. Jetzt bin ich hier und warte auf ihn.«

Tashi zeigte kein Erstaunen.

»Ruht Euch aus, Lhascham. Keiner wird Euch stören. Für Euren jungen Begleiter ist gesorgt. Wenn der Gap kommt, werde ich ihn wissen lassen, dass Ihr hier seid.«

Er verließ sie, und Longsela richtete sich mit den Decken ein kleines Lager. Die Decken waren schmutzig und fettig, viele Leute hatten bereits in ihnen geschlafen. Doch Longsela war das gleich. Sie drehte sich mit dem Gesicht zur Wand und schlief ein. Diesmal schlief sie traumlos und gut. Ein paar Mal erwachte sie, weil sie Stimmen hörte. Als sie durch das kleine Fenster schaute, stellte sie fest, dass es bereits dunkel wurde. Es war schon spät am Abend, als Longsela schlagartig erwachte. Sie hörte lautes Hufgetrappel und den Lärm vieler Stimmen. Longselas Herz schlug stürmisch. Sie tastete nach der Karbidlampe, blinzelte im kreidigen Licht, als plötzlich die Tür aufflog und Kanam mit einem kalten Luftzug in den Raum trat. Satteltasche und Gewehr trug er über der Schulter. Longsela sah auf den ersten Blick, dass er völlig durchnässt war. Er warf die Satteltasche auf den Boden, nahm den Umhang ab und schüttelte ihn, dass die Wassertropfen flogen. Dabei sagte er in beiläufigem Tonfall: »Eine Handvoll Soldaten verfolgten uns. Wir mussten durch den Fluss reiten. Er trägt schon an manchen Stellen Eis.«

»Hast du Leichen gesehen?«, fragte Longsela.

Er warf sich die nassen Haarsträhnen aus dem Gesicht.

»Viele. Die meisten waren Chinesen.«

»Du musst deine Kleider trocknen«, sagte sie.

»Macht es dir nichts aus?«

Sie schüttelte wortlos den Kopf. Er knüpfte den Gürtel auf, an dem sein Kurzschwert hing, das rasselnd zu Boden fiel. Danach wühlte er in der Satteltasche und brachte einige Kleidungsstücke zum Vorschein. Abseits von der Lampe entledigte er sich seiner Stiefel und zog sich bis auf den Lendenschurz aus. Longselas Augen glitten flüchtig über seine muskulöse, geschmeidige Gestalt. Seine Bewegungen waren schnell und jugendlich. Er rieb sein Haar trocken, bevor er sich in eine Decke wickelte. Dann breitete er seine Kleider über der Leine aus, bevor er sich zu Longsela setzte. Sie schraubte den Thermoskrug auf.

»Der Tee ist warm«, sagte sie. »Ich habe auch noch Kartoffeln.«

»Danke. Ich könnte schon etwas vertragen.«

Sie reichte ihm den Becher und die Schüssel mit den Kartoffeln, die er gierig und ungeschält in sich hineinstopfte.

»Es war ein harter Tag«, sagte er mit vollem Mund. »Und die Nacht wird kurz sein. Beim ersten Hahnenschrei müssen wir weiter.«

»Wohin?«

»Nach Chusul. Uns geht die Munition aus. Sie schaffen immer mehr Soldaten herbei. Wir müssen die Kerle abfangen, bevor sie nach Lhasa kommen.«

Er trank schlürfend den Tee, wobei er sie nicht aus den Augen ließ.

»Schlechte Nachrichten?«

Longsela holte schwer Atem.

»Sehr schlechte, Kanam! Meine Mutter und Yeshe sind tot. Meine Kinder wurden von den Soldaten verschleppt. Kelsang … mein kleiner Junge … musste meine Freundin Ling erschießen! Ihr Mann wurde gefesselt und in den Fluss gestoßen.« Ihre Stimme brach. »Warum tun sie solche Dinge, Kanam? Ich verstehe das nicht!«

Er antwortete sachlich.

»Longsela, die chinesische Partei verfügt über williges Menschenmaterial. Aus gutgläubigen Massen macht man Fanatiker oder Märtyrer, was aufs Gleiche hinausläuft. Die Vorstellung der Kommunisten, ihre Krankheit, besteht darin, dass sie die Welt zerstören in dem festen Glauben, sie könnten eine bessere aufbauen. Sie haben dieses verrückte, tollwütige Verlangen, von sich selber gut zu denken. Dabei tragen sie in sich eine sehr komplizierte Mischung aus Opferbereitschaft und Eitelkeit. Mich überkommt ein maßloser Zorn, wenn ich sehe, dass die gleichen Leute, die sich gegenseitig zu Millionen umbringen, uns weismachen wollen, dass ihre Art zu leben die richtige sei. Deine Freunde haben ihren Mund nicht gehalten. Und weil sie ein Sandkorn im Getriebe waren, mussten sie sterben. Widerwärtig, aber voraussehbar.«

»Aber Kelsang?« Longsela würgte die Worte hervor. »Sie gaben ihm ein Gewehr in die Hand und drückten seine Finger auf den Abzug! Warum nur? Warum?«

»Weil er genau im richtigen Alter ist, um ein gutes Parteimitglied zu werden. Ein Glück für ihn übrigens, dass er mitgespielt hat. Sonst hätte man ihm mit einem Fleischmesser die Finger abgeschnitten.«

»Bitte, sag nichts mehr darüber«, flüsterte Longsela.

»Ich kann auch schweigen, wenn es dir lieber ist.«

»Nein. Ich will wissen, was aus ihnen jetzt wird.«

»Sie werden sich abrackern und jeden Morgen die rote Fahne grüßen. Dass Lhamo in China zur Schule ging, ist gut. Sie brauchen Dolmetscher. Jetzt stehen alle drei unter Schock. Aber später, wer weiß? Sind sie stark, widerstehen sie der Gehirnwäsche. Die chinesischen Erziehungsmethoden sind nicht immer erfolgreich.«

Schüttelfrost überzog Longselas zarte Gestalt. Er legte seinen Arm behutsam um ihre erstarrten Schultern, zog sie an sich.

»Hör zu«, sagte er leise und mit großer Wärme. »Unsere Kinder nehmen unsere Herzen, aber sie gehören uns nicht. Wir sind nur die Schützen, die für sie den Bogen des Lebens spannen. Sie aber fliegen mit dem Wind; und der Wind hat die größere Kraft.«

Sie saß ganz still, seine Stimme, an Longselas Wange, war nur ein Flüstern. Nach einigen Atemzügen antwortete sie, ebenso leise.

»Vielleicht sollte ich dankbar sein? Ich hatte drei wundervolle Kinder und einen liebevollen Mann. Es ist eine Gnade, dass ich dieses Glück wahrnehmen durfte.«

»Ja«, sagte er, »auch ich bin dankbar für jeden Tag, den ich mit Tesla verbrachte. Mein Sohn lebt sein eigenes Leben, ein Pfeil, der mit dem Wind fliegt. Wozu mehr verlangen? Ruft das Schicksal, werde ich bereit sein.«

»Ach, Kanam, ich nicht! Ich bin ängstlich und einsam!«

»Du bist aus Stahl.«

»Oh nein, ich habe große Furcht.«

»Auch Stahl hat Furcht. Stahl schreit, wenn er geschmiedet wird. Stahl biegt sich, wenn wir ihn belasten. Alle Dinge sind beseelt. In früheren Zeiten wussten das auch die Chinesen. Doch bis auf Weiteres passt dieser Denkbereich nicht in ihr Programm.«

Dass sie weinte, merkte sie erst, als sie Nässe auf ihrem Gesicht spürte. Er streckte die Hand aus, fing behutsam mit einem Finger die Tränen auf, die über ihre Wange rollten.

»Eine Träne für deinen Mann«, murmelte er, »eine Träne für deine Kinder, und vielleicht auch eine Träne für mich.«

Und dann war es einen Atemzug lang, während sie einander ansahen, als überkäme sie das Wunderbare, die letzte Erfüllung. Gemeinsam stieg sie in ihnen auf, diese merkwürdige Traurigkeit, gemischt mit Freude. Als ob es im Wesen der Liebe lag, nicht nur Glück, sondern auch Unruhe, Erschrecken zu bringen. Zuerst schmerzte es Longsela, als das Schluchzen in ihr hochstieg. Dann aber erleichterte es ihr Herz, und als er sie in seine Arme nahm, fiel alle Spannung, aller Zwang von ihr ab. Sie war eine Frau, die einst sehr schön gewesen war, die das Begehren gekannt hatte. Die vertrauten Gesten und Bewegungen waren noch in ihr. Es war, als ob die Leidenschaft durch ihren Körper schoss wie ein Strahlenbündel, alle Verkrampftheit auflöste und allen Schmerz. Sie krallte sich an seinen Schultern fest, wandte das Gesicht auf seiner Brust hin und her, schmeckte das Salz auf seiner Haut, diese warme, geschmeidige Glätte. Sie küssten sich, lange, gierig und atemlos. Sie streichelte über seine Arme, den Rücken entlang, gab sich dem Spiel seiner elastischen Muskeln hin. Sie wusste nicht, warum sie so eng miteinander verbunden waren, sie hatte es nie verstanden; sie fühlte nur, dass sie und er den gleichen Zeichen angehörten. Sie hörte, wie er dicht an ihrem Ohr leise Worte flüsterte, Worte in seiner Nomadensprache, die ihr fremd waren. Irgendwann schoss ihr durch den Kopf, dass sie Paldor betrog, dass sie – wo sie doch ihre Mutter nicht einmal bestattet hatte – sich einem anderen Mann hingab. Sie verspannte sich wieder und zog die Arme fest an an sich, doch er schien zu spüren, was in ihr vorging, drückte sie nieder mit seinem ganzen Körpergewicht, drang mit festen, beharrlichen Stößen in sie ein. Sie war gebannt von der dunklen Zauberkraft, die auf seinem Gesicht flackerte, aus seinen zusammengezogenen Pupillen leuchtete. Da löste sich ihr Widerstand, sie verzichtete auf den eigenen Willen. Sie fühlte nur noch sein pochendes Leben in sich, das Leben, das sie festhalten wollte, diese Kraft, die in ihr wuchs mit der sich ausbreitenden Wärme. Sie war keine verschüchterte junge Frau mehr, und er kein ungestümer Junge. Sie waren zwei erwachsene Menschen, ebenbürtig in Erfahrung, abgeklärt durch Schmerz und Leid. Solange ihre Körper auf diese Weise verbunden blieben, waren sie ein Fleisch und Blut, ein einziges Wesen. Ja, sie beide waren frei, und sie kannten keine Hemmungen, keine Scham. Er bewegte sich lang und bedächtig in ihr, sie öffnete sich ganz, wurde feucht wie eine Muschel. Das Gefühl hatte sie schon lange nicht mehr gekannt, aber niemals vergessen, und sie feierte seine Rückkehr wie eine kostbare Gabe. Sie stöhnte vor Begehren, wölbte den Rücken in einem Bogen, presste seine Hüften zwischen ihren abgemagerten, aber festen Schenkeln. Alles glühte in ihr, sie spürte nur noch diese blinde Verzückung, diese alles verschlingende Lust, einer wild aufflackernden Flamme gleich, eine leuchtende Pracht, die für ein paar Momente einen Abgrund schrecklicher Finsternis erhellte. Diese Kraft bemächtigte sich ihrer Körper wie von selbst, hob beide wie auf Flügeln, bis sie zu einem pulsierenden Wesen zusammenwuchsen, das unter seiner Verwandlung bebte, sich verströmte, zur Ruhe kam. Danach lagen sie still, eine ganze Weile lang, trieben dahin, erschöpft und mit klammer Haut. Kanam hatte seinen Kopf an Longselas nackte Schulter gelegt. Sie spürte, wie müde er war, und streichelte ihn sanft.

»Schlaf!«, sagte sie zärtlich.

»Wie kann ich in deinen Armen schlafen?«

»Bald musst du Befehle geben. Und Entscheidungen treffen.«

»Und kämpfen!«, murmelte er.

Longselas Kehle zog sich zusammen.

»Schlaf nur! Ich bleibe wach.«

Da lächelte er.

»Bewacht die Herrin der Türkise meinen Schlaf, reite ich unversehrt durch Bleihagel und Bombengewitter.«

»Ach, Kanam«, seufzte sie, »spotte nicht dem Tod!«

»Ich spotte der Gefahr.«

»Glaubst du, dass du ihr entkommen kannst?«

»Die Chinesen foltern ihre Gefangenen, wenn du das meinst.«

Longselas leise, abgerissene Stimme spiegelte das lähmende Entsetzen, das sie bei seinen Worten befiel.

»Und kümmert dich das nicht?«

»Ich blicke schon lange in die Schatten.«

Longsela wandte das Gesicht ab.

»Den Gedanken kann ich nicht ertragen.«

Er spielte mit ihrem Haar, ließ es wie dunkle Federn über seine Finger gleiten.

»Ich möchte, dass du ihn erträgst«, sagte er.

Er streckte sich in den Decken aus und schlief dann ganz plötzlich ein. Sein Oberkörper lag auf ihren Arm; er tat ihr etwas weh, aber sie wollte den Arm nicht zurückziehen, aus Angst, ihn zu wecken. Auch sie schloss matt die Augen, erfüllt von der Erkenntnis, dass es Momente gab, in denen der Mensch, ob Mann oder Frau, ob stark oder schwach, Zuwendung und Schutz brauchte. Jeder Mensch musste sowohl Schutz gewähren als auch Schutz empfangen, sorgen und umsorgt werden. Und jetzt, als Kanam schlief, als sie sein Herz in der eigenen Brust klopfen hörte, wurde ihr deutlich, dass es wohl das Einzige war, das sie ihm geben konnte: etwas Ruhe, etwas Trost. In dieser Zeitspanne war er auf ihren Schutz angewiesen, gehörte er ganz ihr. Im Nebenraum schliefen auch die anderen Männer, aber irgendwann in der Nacht wurde es ganz still; es war eine Stille, die Longsela glauben ließ, die Erde habe ihre Drehung verlangsamt und die Nacht sich heimlich über die ganze Menschheit gelegt. Longsela wollte wach bleiben, sich nur ein wenig liegend erholen. Sie zog die Decke über Kanams nackte Schulter und schloss die Augen.

Erstaunt setzte sie sich auf, als ein lang gezogenes Geräusch an ihre Ohren drang. Es kam aus der Ferne, verstärkte seinen Rhythmus, kreiste in der Dunkelheit. Die Hähne!, fuhr es Longsela durch den Sinn. Sie hatte also doch geschlafen. Ja, die Hähne kündigten den Morgen an, selbst wenn die Sterne noch leuchteten. Auch Kanam hatte sie gehört. Longsela fühlte, wie er sich regte, und sah zur Seite. Der Umriss seines Gesichts zeichnete sich im fahlen Dämmerlicht ab.

»Es wird Zeit«, murmelte er. »Wir müssen reiten.«

Er flocht sein Haar mit raschen, geschickten Bewegungen, knotete das rote Garn am Hinterkopf fest. Mit gleitender Bewegung war er wieder auf den Beinen, zog seine Kleider von der Leine. Longsela beobachtete ihn, mit zugeschnürter Kehle.

»Sind sie schon trocken?«

Er sah sie über seine Schulter an.

»Ich bin warm genug. Sie werden an mir trocknen.«

Er grinste dabei, sodass sie ihn verstand. Sie wandte scheu das Gesicht ab, griff tastend nach ihren Kleidern. Inzwischen stieg Kanam in seine Stiefel und schnallte den Gürtel mit dem Kurzschwert um. Dann wandte er sich wieder ihr zu. Ein paar Atemzüge lang standen sie einander stumm gegenüber. Langsam streckte er die Hand aus, berührte zärtlich ihr Gesicht.

»Wohin gehst du jetzt?«, fragte er.

»Ich muss Dawa Rimpoche in Sera aufsuchen und ihm sagen, dass unsere Mutter … nicht mehr am Leben ist.«

Sein Gesicht wurde steinern.

»Kanam … was ist?«, fragte sie angsterfüllt, als er schwieg.

Er umfasste ihre Schultern, zog sie an seine Brust.

»Longsela, das Kloster wurde verwüstet.«

Sie wich leicht zurück und starrte ihn an. Sie fühlte, wie sich alles in ihr verkrampfte. Als ob sie bereits ahnte, was er sagen würde. Trotzdem fragte sie: »Und mein Bruder? Weißt du, ob er …«

Er schüttelte traurig den Kopf.

»Alle Mönche wurden erschossen. Ich glaube nicht, dass auch nur einer überlebt hat.«

Ein langes Schweigen folgte; sie blickten einander an, mit der gleichen Qual in den Augen.

Dann brach Longsela das Schweigen.

»Tot … Alle … die ich liebte … sind verschwunden oder tot!«

Er sah sie lange an. Der Schatten, der in seine dunklen Augen stieg, war unendlich sanft.

»Hast du niemanden mehr?«

»Einen jüngeren Bruder noch, der in Nepal lebt. Ich habe ihn seit Jahren nicht mehr gesehen. Aber vielleicht …

»Die Grenze nach Nepal ist geschlossen. Für wie lange, weiß keiner.«

Longsela griff sich an die Stirn, wo ihre Kopfschmerzen wieder aufflackerten.

»Ich werde nach Shigatse reiten. Die Schwiegereltern wissen noch nicht, dass ich Witwe bin.«

»Longsela …«, begann er gepresst.

Sie legte ihm rasch die Finger auf die Lippen.

»Nein, sage es nicht.«

Er seufzte.

»Wie du meinst. Wann willst du los?«

»Noch heute«, sagte sie in festem Tonfall.

»Gut. Mit Phurbu bist du in Sicherheit.«

»Phurbu? O nein! Er will mit dir kämpfen!«

Er lächelte flüchtig.

»Ich kann ihn gebrauchen. Tashi hält große Stücke auf ihn. Aber du sollst nicht allein reiten. Ich werde dir zwei Männer als Eskorte mitgeben. Es wird bald schneien, und sie kennen den Schnee.«

»Du kannst keine Männer entbehren.«

»Diese beiden da schon. Sie wurden schwer verletzt und sind halbe Krüppel. Doch ihr Stolz ist intakt. Diese Aufgabe wird sie nicht demütigen.«

»Ich danke dir.«

»Uns würden sie aufhalten.«

»Ich verstehe. Wir werden langsam reiten.«

Er fuhr mit der Hand über sein Gesicht – eine Geste der Unsicherheit –, bevor er sagte: »Wirst du mir gegenüber eines Tages anders empfinden?«

Ihr zu ihm emporgewandtes Gesicht gewann ein wenig Farbe.

»Gefühle lassen sich nicht lenken. Aber dir gegenüber werden sie sich nicht ändern.«

»Longsela«, fragte er, »willst du auf mich warten?«

Sie erwiderte fest seinen Blick.

»Ja, ich warte auf dich.«

Seine Züge entspannten sich. Erleichterung war deutlich aus seinem Gesicht abzulesen.

»Wenn dies alles vorbei ist, komme ich zu dir. Es ist ein Versprechen, Longsela. Es sei denn, mich erwischt eine Kugel. Oder Schlimmeres …«

Ihr Blick flog über sein kupferfarbenes Gesicht. Sprechen konnte sie nicht. Er streckte die Hand aus, berührte die Dzi-Steine, die sich mit ihren gepressten Atemzügen leicht hoben und senkten.

»Bitte die Dzi-Steine, dass sie unseren Wunsch erfüllen.«

Sie nickte wortlos. Er sagte: »Ein Mann braucht eine Frau, an die er denken kann. Auch in der Stunde des Todes.«

Sein Körper war ihr so nahe, dass seine Wärme selbst durch die feuchten Kleider zu ihr drang. Ein letztes Mal riss er sie in seine Arme. Es war ein verzweifelter, inniger Kuss, und sie zogen ihn in die Länge, doch vor dem Haus wurden bereits Stimmen laut; Schritte und Pferdegetrappel waren zu hören. Fast gewaltsam machte sich Kanam von ihr los. Nach während Longsela ihm halb die Arme entgegenstreckte, griff er nach seinem Gewehr, warf die Satteltasche über die Schulter. Schon wandte er sich ab, stieß mit einem Fußtritt die Tür auf. Der heftige Luftstoß, der Kanam gebracht hatte, holte ihn auch wieder, mit dem Unterschied, dass sich jetzt Schneeflocken im Wind drehten. Für den Bruchteil eines Atemzugs verwandelte sich Kanams Gestalt. Kein in Einzelheiten dargestellter Körper mehr, sondern ein Schatten, der Schatten des Engels, der Longsela an der Schwelle des Todes erschienen war. In der

Düsternis rings um ihn herum kreisten Flocken; zu schnell für das Auge war ihr Flimmern und Drehen, und sie lösten ihn auf und trugen ihn davon. Und dann war er verschwunden. Die Tür fiel zu, und Longsela stand da und starrte auf diese Tür, lange Zeit.

NEUNUNDZWANZIGSTES KAPITEL

Nahezu ein halbes Jahrhundert später, in diesem Reihenhaus in Zürich, wo die Welt so vertraut, so kleinbürgerlich geordnet war, strich aus eisiger Ferne der Wind an meinem Gesicht vorbei. Ein Umhang hob sich, wie zu Flügeln geformt, und wehte empor. Die Flocken fielen frei herab, bewegten sich auf mich zu, bevor das Bild verblasste, zusammenschrumpfte, sich in der Vergangenheit verlor. Ich trug es in der Pupille, das Nachbild, als Sonam – meine Mutter – endlich schwieg. Wie lange hatte sie gesprochen, im gleichen Tonfall, in der gleichen Lautstärke? Ich konnte es nicht sagen. Die Welt ging weiter, Jahreszeit um Jahreszeit, und nahm mit jeder Drehung das Schicksal der Kreaturen in ihre Schwerkraft. Ein Rhythmus, der seit ewigen Zeiten bestanden hatte und auch so weiterbestehen würde. Ich befühlte meine Zähne mit der Zunge, merkte, dass ich es war, die hier lebte, fand mich einem Sturm der Emotionen ausgeliefert, süßen und bitteren und grausamen. Ich empfand ein verzweifeltes Erstaunen darüber. Sonams Worte hatten Gefühle des Schwindels in mir geweckt, das plötzliche Auftun und Wiederversinken einer früheren Welt. Das Herz tat mir weh, weil diese Welt mir plötzlich so dicht auf die Haut gerückt war. Wie war das möglich? Wie brachte Sonam das fertig? Verwechselte sie ihre Vergangenheit mit der Vergangenheit ihrer Mutter?

»Wer hat dir das alles erzählt?«, brach ich schließlich das Schweigen. »Woher weißt du so viele Einzelheiten?«

Ihr Gesicht war zur Hälfte von der Stehlampe beleuchtet.

Wie das Profil einer Münze sah es aus, ein strenges Gesicht, schön und schwermütig. Es schien aus einer anderen Zeit zu kommen. Für mich bedeutete dieses Gesicht alles; hierzulande war es lediglich ein fremdes Gesicht.

»Woher? Nun, ich habe nachgeforscht.«

»Und manches erfunden, ja?«

Sie zog die knochigen Schultern hoch.

»Vielleicht.«

»Was wurde aus deiner Mutter? Hat sie Kanam wiedergesehen?«

Ihre Augen starrten mit kaltem Glanz ins Leere.

»Nein. Sie kam wohlbehalten nach Shigatse, zu den Schwiegereltern. Die Strapazen der Reise hatten an ihren Kräften gezehrt. Sie wurde krank: Tuberkulose, Rheuma. Sie saß den ganzen Tag und bis in die Nacht hinein in Decken eingehüllt auf der Veranda. Sie achtete unaufhörlich darauf, sich nicht in ihren Gedanken zu verlieren, was sie vermutlich daran hinderte, wahnsinnig zu werden. So jedenfalls wurde mir berichtet. Im Radio herrschte Militärzensur, alle Telefonleitungen waren unterbrochen. Der Strom der Flüchtlinge, die Tibet zu verlassen versuchten, nahm nicht ab. Eines Tages kam ein Mönch, der Longsela um ein Gespräch unter vier Augen bat. Er war ein Angehöriger der Kagyupa-Sekte und stammte aus Batang, an der Ostgrenze Khams. Der Mönch erzählte, dass ein Flugzeug Kanams Reiter unter Beschuss genommen hatte. Bei diesem Angriff, der auch Phurbu das Leben kostete, wurde Kanam schwer verletzt. Er war noch bei Bewusstsein, als er von seinem Sohn geborgen wurde, starb aber einige Stunden später infolge des hohen Blutverlustes. Seine letzten Worte galten der Herrin der Türkise. Es war wirklich besser für Kanam, dass er starb, denn er litt furchtbare Schmerzen, und es gab kein Betäubungsmittel. ›Sein Sohn bat mich, Euch davon in Kenntnis zu setzen‹, beendete der Mönch seine Erzählung. Longsela dankte ihm und sorgte dafür, dass er im Haus der

Schwiegereltern zu essen bekam und sich ausruhen konnte. Nachdem sich der Mönch wieder auf den Weg gemacht hatte, verbrachte sie noch einige Tage auf der Terrasse. Sie sprach kaum noch, verweigerte jede Nahrung, nahm nur etwas Wasser zu sich. Sie starb kurze Zeit später: Eines Abends schlief sie ein und erwachte nicht mehr.«

»Wie hast du vom Tod deiner Mutter erfahren?«, fragte ich.

»Wie fast alles in dieser Geschichte: durch Nachforschungen.«

»Durch Träume vielleicht auch, oder?«

Sie reagierte heftig.

»Träume mag ich überhaupt nicht. Das solltest du wissen.«

Ich hatte trotz meiner Erschütterung das Gefühl, dass sie nicht ganz ehrlich zu mir war.

»Was hat dich so gemacht?«, fragte ich beherzt. »Deine chinesische Erziehung? Kann das sein?«

»Meine chinesische Erziehung?« Sie spuckte die Worte geradezu aus. »Wie kommst du auf solchen Unsinn?«

Ich bewahrte meine Geduld.

»Amla, ich bin kein Kind mehr. Und, offen gesagt, ich habe etwas gegen außergewöhnliche Schicksale. Selbst gegen solche Schicksale wie deines.«

Sie parierte mit Leichtigkeit.

»Wer hätte das auch erleben wollen?«

»Eigentlich hasse ich solche Geschichten!«

»Warum willst du sie denn hören?«

»Weil ich neugierig geworden bin. Weil du mir Dinge verheimlicht hast, die zur Geschichte unserer Familie gehören und folglich auch zu meiner Geschichte. Ich hänge, verdammt noch mal, nicht lose in der Luft herum!«

»Du sollst nicht fluchen.«

»Ist mir egal! Ich will endlich wissen, was mit euch geschah, als die Soldaten euch wegbrachten!«

»Wie oft muss ich dir das noch sagen? Wir kamen in ein Arbeitslager, wo wir eine Straße bauten.«

»Kinder? Die eine Straße bauten?«

»Aber gewiss. Wir mussten Steine schleppen. Das ist gar nicht so schlimm, wenn du den Dreh raus hast. Der erste Stein ist schwer, der zweite auch. Am Abend flennst du, weil dir alles wehtut. Aber im Laufe der Zeit gewöhnst du dich daran.«

»Ihr habt fünf Jahre lang Steine geschleppt?«

Ihre Antwort klang betont gleichmütig.

»Ich bin ein paar Mal ausgerissen. Sie haben mich jedes Mal eingefangen und bestraft.«

»Und Kelsang?«

Sie zog eine Grimasse.

»Kelsang? Ich hätte nie gedacht, dass er so viel Mumm in den Knochen hätte. Aber er fand eine gute Gelegenheit und nutzte sie.«

»Und was war mit Lhamo?«

»Die blieb im Lager bei einem der Soldaten. Sie war klüger als ich. Du hast ja meinen Rücken gesehen.«

Ich entsann mich meines Versuchs, mit Kelsang zu reden. Ich war mir recht blöde vorgekommen. Dieser sonderbare Monolog, als ob er sich aufs Glatteis begab, die Selbstvorwürfe, die erbauliche Story vom Tränen vergießenden Buddha. Das ganze Vokabularium der Mönche, und Kelsang dahinter, der sich zurückzog und unsichtbar wurde. Was hatte er noch gesagt? Ach ja, dass Sonam ihm verboten hätte, irgendetwas Genaues darüber zu sagen. Ich sollte die Geschichte nicht kennen, und Punkt. Es hörte sich an, als ob er Angst vor ihr hätte, und gleichzeitig irgendwie beleidigt, dass sie so viel Macht über ihn ausübte. Irgendetwas wirklich Eigentümliches schwebte zwischen den beiden. Es war, als ob beide hinter der Tür standen, jeder hinter seiner, und beide warteten, dass die Tür endlich aufsprang. Warum konnte ich es nicht sein, die diese Tür aufstieß?

»Und du?«, fragte ich. »Hast du nie den Mut verloren?«

»Nein. Ich war ein Dickschädel. Und ich hatte ja die Dzi-Steine.«

»Ach ja, die Dzi-Steine!«

Versagt die Vernunft, heben Märchen den Verstand aus dem Dunkel. Man klammert sich an das, was man hat, meinetwegen an eine Halskette. Und dann rettet man sein Leben und bekommt alles, worauf man aus ist.

Meine Erwiderung fiel entsprechend höhnisch aus.

»Mir ist allerdings aufgefallen, dass sie nicht immer wirken.«

Sie antwortete auf eine sanfte, traurige Art, sodass ich sofort ein schlechtes Gewissen bekam.

»Wenn man keine Kraft mehr hat, ja, dann kommt es vor, dass man den Glauben verliert. Longsela war am Ende, und Kanam auf seine Weise auch, sodass er jede Gefahr herausforderte. Sie sahen in der Zukunft keinen Sinn mehr, nicht einmal in der gemeinsamen Zukunft. Ich würde meinen, dass beide an gebrochenem Herzen starben.«

Ich schluckte.

»Ich verstehe. Es tut mir leid.«

Sie drückte den Rücken ein, rieb sich die schmerzende Stelle.

»Es soll dir auch leidtun. Takt war und ist für dich ein Fremdwort. Und jetzt verschwinde. Ich muss schlafen.«

Ich sah auf die Uhr. Zwei Uhr nachts. Na klar doch, sie war müde. Ich nahm meinen Autoschlüssel aus der Handtasche.

»Amla, die Geschichte geht mir unter die Haut. Aber darauf kommt es nicht an. Ich weiß immer noch nicht, was ich eigentlich wissen will.«

Sie schleppte sich vor mir die Treppe hinunter. Im Halbdunkel wandte sie mir ihr bockiges Gesicht zu.

»Es gibt eben Dinge, über die man nicht reden kann.«

Ich fuhr in der kalten, regnerischen Nacht durch Zürich. Sonam hatte drei Stunden lang erzählt, wie in Trance, hatte nicht einmal einen Schluck Wasser getrunken. Über ihre Mutter wusste ich jetzt alles; ich wusste sogar, wie sie mit ihrem Liebhaber im Bett lag. Aber über sie selbst, über Sonam, wusste ich kaum mehr als zuvor. Ihr Mund hatte gesprochen, aber ihr Körper erzählte eine andere Geschichte. Welches Drama, welches Geheimnis erzählte ihr zerschundener Rücken? Was hatte sie erlebt? Was hatten Kelsang und Lhamo erlebt? Die Vergangenheit holte mich ein, schlug mir ihre Kälte ins Gesicht. Ein normales Leben spielte sich in einem vernünftigen Kreislauf ab, aber ich trug die Schrecken der Ahnen in mir, ihre verzweifelten Gedanken, ihre Furcht. Weil man sie verrückt gemacht hatte, wollte ich nicht auch verrückt werden. Ich hätte ihnen sagen können, dass alles vorübergeht, wenn ich selber Zeit gehabt hätte, das zu lernen. Ich musste mir sagen, dass ich, außer Baupläne auf dem Monitor zu berechnen, nichts vom Leben gelernt hatte und nicht weniger kindisch war als Jahre zuvor, als ich das Gymnasium zum ersten Mal betreten hatte. Die Verstorbenen waren stets da gewesen, hatten mir über die Schulter geschaut. Ihr Leiden war in dieser Zeit nicht ständig gleich heftig gewesen. Manchmal verstärkte es sich, und manchmal flaute es ab, sodass ich sie vorübergehend vergessen konnte, was gewiss gesünder war. Jetzt aber traten sie in den Vordergrund, die Verstorbenen. Es war kein düsteres Gefühl, dass sie so nahe waren. Nur ein trauriges.

DREISSIGSTES KAPITEL

In der kurzen Nacht, die ich danach hatte, träumte ich von dem Haus der Weiden. Wie man es in Träumen erlebt, war etwas Seltsames an diesem Haus. Ich sah die Weiden mit ihren wehenden Zweigen, und auch die Aprikosenbäume, die reife Früchte trugen. Die Dran-nye erklang in einer besonderen Tonlage, fröhlich und wie überdreht. Ich sah erleuchtete Erkerfenster und dahinter Gestalten, die kamen und gingen. Gelächter ertönte, und eine Frauenstimme rief meinen Namen: »Dolkar!«

»Ich komme schon!«, rief ich freudig und lief auf die offene Tür zu. Im Haus brannten Kerzen, Rollbilder funkelten golden und grün, eine lebensgroße Statue leuchtete. Vor der Tür stand eine Gestalt, versperrte mir den Weg. Ich sah sie nicht deutlich, erkannte aber, dass es sich um ein Kind handelte, einen kleinen Jungen. Sein Blick war im Dunkeln auf mich gerichtet. Er hielt ein Gewehr in den Händen, das er plötzlich an seine Schulter riss.

»Peng!«, rief er laut. Da verblassten alle Farben, die Kerzen erloschen, die Halle füllte sich mit Schatten. Ich blickte empor und sah, dass das Haus ohne Dach war. Düster leuchtende Sterne schwammen auf dem dunklen Firmament darüber. Auf einmal kam ein Windstoß auf, die Wände fielen ganz lautlos, ganz langsam in sich zusammen.

An dieser Stelle erwachte ich. Mein Herz schlug heftig, und ich hatte Kopfschmerzen. Durch die Ritzen der Rollläden schimmerte graues Licht. Ein regnerischer, trüber Montagmorgen begann. Zeit zum Aufstehen.

Schlaf ist, wo wir dem begegnen, was die Dunkelheit verbirgt. Da kommen Erinnerungen, die nicht zu unserem bewussten Ich gehören, sondern die wir mit uns schleppen wie Schwemmsand. Im Traum mag es vorkommen, dass wir zur Wahrheit der Dinge vordringen, in einen gefährlichen Bereich, in dem wir zerplatzen wie Regentropfen.

Die Dusche, dann der Kaffee, den ich im Jogginganzug in der Küche trank, brachten mich zu Besinnung. Ich zog mich rasch an und fuhr ins Büro. Hier war meine Zürcher Wirklichkeit: die Straßenbrücken, der Verkehr, die Tiefgarage dann, die puristischen Betonwände, die hohen Fensterfronten, Designerchic überall. Die lässig gestylten Mitarbeiter, die mit Montagmorgengesichtern vor der Kaffeemaschine standen, sie alle gehörten zu mir, zu meinem angenehmen Leben im Hier und Jetzt, wo Projekte erschaffen, Ideen umgesetzt wurden, wo Architekten mit den Kunden kalkulierten, wie Neubauten und Renovierungen finanziert werden konnten. Mein Leben im praktischen, eleganten und effizienten Rahmen. Und alles war gut, war sogar bestens, trotz der Krise. Um neun war das Atelier geschäftig wie ein Bienenstock. Ich saß vor dem Computer, nicht mehr die Vergangenheit, sondern nur den Monitor vor Augen. Ein Projekt hielt mich in Atem, ein geplantes Kunstzentrum in Stadelhofen, und meiner Wesensart entsprechend nahm ich alles sehr genau. Aber da war ein anderes Haus in meinem Kopf, das Haus in Lhasa. Was bedeutete das Haus für mich? Im Milieu der Architekten gab es eine häufig ausgesprochene These, nämlich, dass unser Traumhaus dem Haus unserer Kindheit gleicht. Aber bei mir funktionierte das nicht. Das Haus war nämlich das Haus meiner Mutter. Noch einmal zurück zu diesem Haus? Der Geist, der es bewachte, hob sein Gewehr. Wehe dir, wenn du weitergehst! Noch ein Schritt, und du bist tot.

Peng!

Ich klickte mit der Maus und hörte mich laut denken: »Das

ist ein ganz normaler Lebensvorgang. Die Ablösung von der Familie. Daran ist nichts Ungewöhnliches.«

Es war Kelsang, der mir auf unsicheren Beinen den Weg versperrte. Die Dinge, über die er nicht sprach, tanzten hinter seinen Augen. Unsichtbare Szenen spülten heran, unhörbare Stimmen plapperten, aktiv und unermüdlich. War er ein Kommunist? Was für ein Kommunist war er? Ich lehnte mich zurück und rieb mir die Stirn. Entweder man macht seine Sache richtig, wie sie sein muss, oder man lässt sie bleiben. Ich fühlte mich auf ekelhafte Weise mit Elektrizität geladen. So kam ich nicht weiter. Ich brauchte ein Orakel.

Chimie war mit Terminen vollgepackt. Wir verabredeten uns zu einer Tasse Kaffee. Chimie war wie üblich reizend anzusehen; schwarzes Designerkostüm, weißes T-Shirt. Regentropfen funkelten in ihrem elegant wippenden Haar, das voll und glatt zu beiden Seiten der Wangen herabfiel. Über ihren Schultern hing ein Trenchcoat. Ihre Erscheinung war einfach und untadelig, wirklich schön. Chimie konnte auf Highheels durch Regengüsse schreiten, strauchelte nicht und sah immer wie aus dem Ei gepellt aus.

»Chimie, was bedeutet es, wenn man von einem Haus träumt, das man selbst nie gesehen hat?«

»Oh«, sagte sie, »hat dir deine Mutter Fotos gezeigt?«

»Sie besitzt keine. Stattdessen hat sie mir ihre Narben gezeigt. Peitschenhiebe. Ihr Rücken ist furchtbar entstellt. Es ist zum Kotzen, verzeih. Ich sah diese Narben gestern zum ersten Mal. Sie hatte sie immer vor mir verborgen.«

»Hast du sie endlich aus der Reserve gelockt?«

»Wie man's nimmt. Aber sie bleibt in der Defensive. Von sich selbst hat sie kaum gesprochen. Dafür stundenlang von ihrer Mutter. Es fing ganz harmlos an. Reisebüro-Romantik, wenn du verstehst, was ich meine.«

»Total.«

»Und dann legte sie los. Ich hatte gedacht, es würde mir

nichts ausmachen. Wir wissen ja, was in Tibet geschah. Aber ich konnte es fast nicht aushalten, es ging mir durch und durch. Der reinste Horrorfilm, und ohne Happy End.«

»Überlebende?«

»Keine!«

Während ich ein wenig erzählte, saß Chimie still und beobachtete mich mit einem nachdenklichen Blick. Ihre Finger, zart und wohl sehr feinfühlig an den Spitzen, hielten behutsam die Tasse. Sie trank mit Anmut ihren Kaffee und lehnte sich dann zurück.

»Ich komme allmählich dahinter. Sonam hat ein Haus im Gedächtnis, das ihre Bedürfnisse nach Geborgenheit erfüllte. Sie wurde von den Chinesen verschleppt und verbrachte fünf Jahre ihres Lebens in einem zerlumpten Zelt. Mit anderen Worten: Sie wurde gewaltsam aus ihrer behüteten Kindheit gezerrt. Steht das Haus eigentlich noch?«

»Keine Ahnung. Ich kann mir vorstellen, dass es zerbombt wurde.«

»Jetzt weiß ich auch, warum du Architektin wurdest.«

»Ich rede von Sonam.«

»Ich auch. Du willst Sicherheit schaffen. Für deine Mutter. Ist es das, Dolkar?«

Ein Frösteln überlief mich.

»Ich muss darüber nachdenken.«

»Tu das mal«, sagte sie gelassen.

Mich indessen hatte sie gehörig aus der Bahn geworfen. Ich schluckte und sagte: »Noch etwas, Chimie. In meinem Traum stand ein Junge mit einem Gewehr vor der Tür. Er hat auf mich gezielt und ›Peng‹ gesagt.«

»Dein Onkel Kelsang also? Oder täusche ich mich da?«

»Anscheinend nicht.« Ich seufzte. »Aber was hat Kelsang mit mir zu tun?«

»Sagtest du nicht, er sei Mönch geworden, weil er Kommunist war?«

»Das habe ich jedenfalls geglaubt.«

»Vielleicht war es nicht nur deswegen.«

»Du meinst, es war, weil er diese arme Frau getötet hat?«

»Er war ja ein Kind, und man hatte ihn dazu gezwungen. Wahrscheinlich ist noch etwas anderes hinzugekommen. Etwas, das wir nicht wissen.«

»Er hat von einem Buddha erzählt, der weinte. Longsela soll von ihm geträumt haben. Aber wie kann Sonam das wissen? Ich meinerseits sehe in dem weinenden Buddha ein Symbol für die Repression in Tibet. Die Chinesen lassen ja der Polizei freie Hand.«

Chimie verzog keine Miene.

»Vielleicht. Vielleicht auch nicht.«

Ich seufzte.

»Du hast mir sehr geholfen. Ich danke dir, Chimie.«

»Keine Ursache. Mir scheint, du bist ganz schön verunsichert.«

Chimie sah auf ihre elegante Markenuhr und wedelte mit der Rechnung. »Ich muss leider weg. Übrigens, wenn Kelsang dich im Traum mit einem Gewehr bedroht, heißt das womöglich, er will nicht, dass du eine ganz besondere Sache über ihn erfährst.«

Ich starrte sie an.

»Chimie, warum bist du eigentlich Geschäftsfrau geworden?«

Sie ließ die Perlenzähne blitzen und griff nach ihrem Trench.

»Weil man in der Psychiatrie schlecht verdient. Und am Ende selbst einen Dachschaden hat. Ich verzichte gern.«

Orakel muss man deuten. Ich verbrachte die nächsten Tage, von den Nächten ganz zu schweigen, mit morbiden Mutmaßungen und in widerwärtiger Unentschlossenheit. Dann griff ich zum Handy und wählte die Nummer des Klosters. Wie üblich musste ich mich ziemlich lange gedulden, bis

Kelsang ans Telefon kam. Ich sagte, dass ich mit ihm sprechen wollte, und fühlte, wie er zögerte. Schließlich sagte er: »Samstag um halb elf, wie das letzte Mal. Aber ich habe nicht viel Zeit.«

EINUNDDREISSIGSTES KAPITEL

Am Samstag regnete es noch immer; die Straße zum Kloster war glitschig und schwarz wie eine Schlange. Das Herbstlaub verfaulte, und die Gebetsfahnen hingen wie armselige Lumpen herab, kaum, dass noch ein Rest Farbe an ihnen sichtbar war. In der Halle schlurften Mönche in ihren safranfarbenen Roben vorbei, ihre Gesichter zeigten alle den gleichen Ausdruck, freundlich, milde und abgeklärt. Sie gingen mir alle auf die Nerven. Ich kam mir wie eine aufgeladene Batterie vor, was mich ungeduldig und aufdringlich machte. Ein fremdes Element, gestresst und aggressiv. Im Besuchszimmer stellte ich mich vor den vergoldeten Altar, verneigte mich vor dem Bild Seiner Heiligkeit, und nach einigen unruhigen Minuten wurde es mir wärmer ums Herz.

Kelsang erschien auch diesmal auf die Sekunde pünktlich. Ich verbeugte mich, wie es sich gehörte, faltete die Hände in Brusthöhe. Er berührte flüchtig mein Haar, brummte seinen Segensspruch, bevor er sagte: »Lass uns zu mir gehen. Da können wir ungestört reden.«

Ich wunderte mich, dass er mich in seine Zelle führte. Offenbar hatte sich etwas von meiner Unruhe auch auf ihn übertragen. Ich hatte die Zellen der Mönche schon früher gesehen; die meisten waren farbenfroh und eigentlich recht gemütlich. Kelsangs Zelle, die ich zum ersten Mal betrat, machte mich betroffen. Er schien auf jede Bequemlichkeit zu verzichten. Das karge Bett war nur mit einer braunen Decke belegt, es gab keine bunten Kissen und auch keinen Teppich, bloß den kalten Betonboden. Die einzigen Farbtupfer bildeten Bücher auf einem Regal, und auf der zusammenklappbaren Schreibtischplatte stand ein Computer, daneben lag eine Lesebrille. Auf einem kleinen Altar mit den winzigen Silberschalen stand eine kleine Buddhastatue aus Messing. Weihrauch kräuselte sich in zarten Spiralen, verströmte seinen beruhigenden Duft. Daneben hing Kelsangs abgenutzte Gebetsschnur. Ein Waschbecken gab es nicht, die Wasch- und Duschräume wurden gemeinsam benutzt. Ein Foto Seiner Heiligkeit, mit Papierblumen geschmückt, hing der Fenstertür und dem kleinen Stehbalkon gegenüber, auf dem einige Topfpflanzen standen.

Kelsang wies auf einen Stuhl.

»Setz dich. Tee?«

Ich nickte, weil ich wirklich Durst hatte. Der Tee stand schon in einer Thermoskanne bereit. Er war stark und schmeckte gut. Ich konnte das jetzt brauchen. Kelsang machte es mir nicht leicht, fragte nicht, was ich denn eigentlich von ihm wollte, sondern wartete stumm, dass ich das Wort ergriff. Ich gab mir einen Ruck.

»Onkel Kelsang, Amla hat mir ihren Rücken gezeigt. Ich ... ich hätte mich fast übergeben.«

Er machte eine fatalistische Gebärde, als ob er sagen wollte, es musste ja eines Tages so kommen.

»Was hat sie dir erzählt?«

»Eigentlich nicht das, was ich unter ›erzählen‹ verstehe. Sie hat von ihrer Mutter gesprochen, von Longsela. Vieles hörte sich grauenhaft an, ich kann dir nicht sagen, wie. Ein endloses Drama, ich kam nicht einmal dazu, Zwischenfragen zu stellen. Hat sie diese schrecklichen Dinge wirklich erlebt?«

Er nickte ausdruckslos.

»Ja, damals geschahen schreckliche Dinge.«

Auch jetzt strahlte er die Ruhe und den Gleichmut aus, der den Mönchen eigen ist; dreißig Jahre im Kloster hatten ihn geprägt. Doch ich spürte Unsicherheit hinter der Kraft seiner

Ruhe. Auch Argwohn und Fluchtinstinkt, wie er bisweilen in den Augen wilder Tiere aufblitzt, wenn man sie in die Enge treibt. Aber ich wollte keine Zeit mehr verlieren und feuerte meine nächste Frage direkt auf ihn ab.

»Onkel Kelsang, warum bist du eigentlich ins Kloster gegangen? Nur, weil du in einer kommunistischen Schule warst?«

Seine Augen leuchteten, diese pechschwarzen, fiebrigen Augen. Wieder schien er Dinge zu sehen, die sich hinter meinem Rücken bewegten. Und das waren gewiss keine schönen Dinge. Ich beobachtete ihn und fand, dass er seit meinem letzten Besuch noch magerer geworden war. Es war, als ob er es bewusst darauf abgesehen hätte, alles Fett und Fleisch als Brennstoff zu verbrauchen.

Endlich brach er das Schweigen.

»Die Schule damals? Wir plapperten alle die Propagandaphrasen der Partei nach. Manche von uns verstanden auch schon, was sie sagten. Kinder tragen viel Begeisterung in sich, Sehnsucht nach Reinheit, Aufrichtigkeit und Selbstverleugnung. In unserem empfänglichen Geist kleidete sich die Revolution in prachtvollen Farben. Dazu kam der Herdeninstinkt. Alle wollten mitmachen. Und wenn es den Eltern nicht passte, war das ein Grund mehr. Nein, nein, deswegen bin ich nicht Mönch geworden. Wir waren ja unschuldig.«

Er schaukelte leicht mit dem Oberkörper hin und her. Ein Zeichen von Unruhe? Oder nur der Rhythmus eines inneren Gebets? Ich sagte leise und eindringlich: »Ich habe von dir geträumt, Onkel Kelsang.«

Das Schaukeln hörte abrupt auf. Eine Spur von Erschrecken zuckte um seinen Mund.

»Ja, Dolkar? Was denn?«

Während ich zu ihm sprach, sah er mich an, mürrisch ernst und düster. Plötzlich eine unerklärliche Gefühlsregung. Seine Lider zuckten wie geblendet.

»So«, murmelte er. »Habe ich dich bedroht?«

»Mit einem Gewehr. Und du hast ›Peng!‹ gesagt.«

Ich dachte bei diesen Worten, dass ich unverbesserlich war und alle Leute vor den Kopf stieß, selbst hier, wo Buddhas Milde herrschte. Aber ich wusste nur zu gut, was ich wollte: kein doppeldeutiges Geschwätz mehr, sondern Klarheit.

Er indessen sah mich an, mit verkniffenen Wangen, bevor er sich seufzend zurücklehnte.

»Das Grässliche an der Vergangenheit ist, dass sie völlig unvermittelt und heftig wieder aufplatzt. Wir sind erwachsen und wissen das, aber unsere Erkenntnis wird durch verkrampfte Emotionen gehemmt. Wir wollen das Gute und stolpern über unser Versagen.«

Schon wieder die Phrasen. Ich hatte es satt.

»Wenn du die Sache mit Frau Wong meinst ...«

Sein Kinn zitterte. Er hob lebhaft die Hand, sodass sie einen Schatten auf sein Gesicht warf.

»Wir nannten sie Tante Ling. Sie und ihr Mann liebten uns wie eigene Kinder. Der barmherzige Buddha vergibt mir vielleicht ihr Blut, wenn auch Sonam es mir nicht vergibt, und ich mir selber auch nicht. Ich trage eine Geografie des Grauens in mir. Alle Irrwege der Niedertracht, der Verblendung, führen durch mein Gewissen. Ich machte mich auf den Weg, als ich Buddha weinen sah. Ach, wie steil und beschwerlich sind die Pfade der Menschen! Keine Engelsflügel tragen mich empor. Buddha wird mir Seelenfrieden schenken, wenn ich den Gipfel erreiche, aber niemals vorher. Und der Gipfel ist weit.«

Wie du reden kannst!, dachte ich. Aber hör jetzt mal auf, du wiederholst dich ja nur. Vielleicht merkst du nicht einmal, dass diese Wörter alles verdrängen, was du dir vorgenommen hast mir zu sagen.

»Also gut. Und daraufhin bist du Mönch geworden?«

Er antwortete vollkommen sachlich.

»Träume sind Vorahnungen oder Rückbesinnungen. Ein moralisches Signal, ja, allerdings. Das Gesetz der Abfolge, begreife wenigstens das.«

»Trotzdem ...«, begann ich.

Eine heftige Bewegung plötzlich.

»Du verstehst mich nicht!«

»Wie sollte ich auch?«, blaffte ich wütend zurück, »wenn du nie etwas sagst?«

Schweigen. Ich schämte mich plötzlich. Was ich in seinen Augen sah, war wie Todesangst, wirklich und wahrhaftig wie Todesangst. Dann griff er tastend nach der Thermoskanne, goss mir frischen Tee ein. Ich dankte ihm kleinlaut und nahm einen Schluck. Er setzte sich wieder zurecht, legte die Robe akkurat in Falten.

»Also, reden wir darüber. Die Mola, erinnerst du dich? Sie dachte, solange sie im Haus blieb, solange die Dienstboten sie schützten, würde ihr nichts geschehen. Uns hatte sie zu Tante Ling geschickt, weil sie uns in Sicherheit wissen wollte. Und dann drangen die Jungkommunisten in das Haus ein, trugen alles weg und ermordeten die Dienstboten, die sich ihnen in den Weg stellten. Sie schlugen die Mola, traten sie mit Füßen, sodass sie kopfüber die Steintreppe herunterfiel. ›Du fette alte Ausbeuterin‹, schrien sie. ›Jetzt sollst du erleben, wie es ist, wenn man hungert!‹ Dann sagten sie: ›Die Partei beschlagnahmt das Haus, und du kannst jetzt im Stall wohnen. Mitnehmen darfst du nur, was in diese Schubkarre passt. Alles andere gehört dem Volk.‹ Und am nächsten Morgen stürmten sie zum Norbulingka. Sie rissen Onkel An Yao im Schlafanzug aus dem Bett, zerrten ihn zum Fluss und kamen ohne ihn wieder zurück. Kinder sehen alles, wie in Tücher eingewickelt. Ich wusste nicht, was sie mit ihm gemacht hatten. Dann begannen sie, Tante Ling mit Gewehrkolben zu schlagen und mit Fußtritten zu traktieren. Sonam wollte sie schützen. Sie war schon damals mutig, musst du wissen, viel mutiger als ich. Sie schrie und schrie und spuckte die Soldaten an. Lhamo versuchte vergeblich, sie zu beruhigen. Auch sie wurde geschlagen. Mir aber drückte man ein Gewehr in die Hand. Kannst du dir vorstellen, wie kalt und schwer so ein Gewehr sich anfühlt? Ich sah den Mann, der es mir gegeben hatte, verwundert an. Was sollte ich mit seinem Gewehr? Der Mann lächelte, nicht unfreundlich, ein bisschen schuldbewusst nur, ein bisschen übermütig und ein bisschen spöttisch. Ich sehe sein Lächeln noch heute, es verfolgt mich im Traum. Tante Ling lag mit zerrissenen Kleidern im Staub. Blut tropfte aus ihren Mund. Der Soldat schob mich dicht an sie heran, krümmte ziemlich schmerzhaft meinen Zeigefinger, sodass er auf dem Abzug lag, schloss seine Hand um meine und drückte fest zu. Der Schuss knallte, meine Ohren wurden taub. Ich spürte den Kolben, der hart an mein Brustbein schlug, und taumelte zurück. Dann verhallte der Lärm, und ich starrte auf Tante Ling, und ich konnte sehen, dass sie kein Gesicht mehr hatte. Der Wahnsinn, die Ohnmacht, das Entsetzen in mir waren so stark, dass ich nichts mehr fühlte, mich selbst auch nicht mehr, nichts. Tante Lings Hand tastete dahin und dorthin, bevor ein Schauder sie schüttelte und sie still lag. Da begannen alle Soldaten zu lachen, und der Mann, der mir das Gewehr gegeben hatte, sagte: ›Wir danken dir, kleiner Kamerad! Die läufige Hündin ist tot!‹

Ich weiß noch, dass ich bei diesen Worten laut aufschrie. Und gleichzeitig stieg ein Brausen in mir empor, alles wurde neblig weiß, ich hustete und keuchte und würgte. Die Soldaten hatten das Haus angezündet, bewegten sich vor dem Rauch wie dunkelgrüne Schatten. Und jetzt begann auch Sonam, die neben Tante Ling kniete, zu wimmern und zu schluchzen, sie hielt sich beide Hände vors Gesicht, und Lhamo umfasste ihre Schultern, zog die sich heftig Sträubende an sich. Und schon wurden wir an den Schultern gepackt und zu dem wartenden

Lastwagen gezerrt. Der Wagen war schon voller Leute, Frauen und Männer und Kinder, die alle schrien, weinten oder beteten. Dann wurde die Plane zugezogen, sodass wir im Dunkeln kauerten, und der Lastwagen fuhr mit uns davon.«

ZWEIUNDDREISSIGSTES KAPITEL

Tiefes, langes Schweigen. Ich starrte an Kelsang vorbei. Ich wagte kaum, unsere Augen sich begegnen zu lassen. In seinem Blick, in seinen Gebärden und in seiner Haltung lagen so viel Kummer und Verständnis, dass es mir fast das Herz brach. Dass ich ihn unterschätzt hatte, war für mich das Schlimmste. Jetzt schwankte er etwas, doch schon wurde sein Rücken wieder gerade. Ich sagte nichts mehr; er war es, der sprach.

»Dolkar, ich werfe deiner Jugend nicht vor, dass sie ungestüm fragt und voreilig urteilt. Du siehst es nicht und weißt es nicht, aber vielleicht errätst du, dass wir damals auf entsetzliche Weise auf die Probe gestellt wurden. Wir waren eigenwillige, verwöhnte Kinder. Wir boten gewiss ein klägliches Schauspiel. Doch wer glaubt, in der Jugend sei Lebensmühsal leichter zu tragen, irrt sich. Wir lernen nur schneller. Recht bald wurden wir fähig, Gewalt zu verstehen und selbst anzuwenden. Auf dem Weg ins Lager erlebten wir, wie ganze Dörfer ausgelöscht wurden. Wir sahen Verstümmelungen und Hinrichtungen jeder Art; wir stumpften ab. Es war ein Vorgang der moralischen Degradierung, der noch heute Anwendung findet. Weil er eben so außerordentlich gut funktioniert.«

Kelsang stockte, fuhr mit beiden Händen über sein Gesicht. Ich senkte die Augen, und er sprach weiter.

»Jeder von uns reagierte auf andere Art. Sonam zeigte heftige, stumme Wutausbrüche, schlug, spuckte und kratzte wie ein verwundetes Tier. Lhamo machte die Gesten, die man von einer älteren Schwester erwartete, knöpfte unsere Jacken zu, rieb unsere eiskalten Hände, bis das Blut wieder zirkulierte, fand tröstende Worte, bewahrte Haltung, wobei sie sich bereits – ich wusste es damals nicht – eine Überlebensstrategie zurechtlegte, an die sie sich dann auch hielt. Und ich selbst? – Nun, zu Anfang ist nur wenig über mich zu sagen. Ich war innerlich wie gelähmt. Und jede Nacht sah ich Tante Lings blutiges Auge, das mich anblickte. Der Schreck überfiel mich in krampfartigen Anfällen, sodass ich laut schrie. Aber nachts schrien viele Kinder. Im Dunkeln standen sie unsagbare Angst aus und kuschelten sich aneinander. An Bauchweh und chronischen Durchfall waren wir gewöhnt. Wir alle starrten vor Schmutz.«

Kelsang trank einen Schluck Tee, und ich fragte: »Wohin haben sie euch gebracht?«

»An die chinesische Grenze, wo die Volksarmee bereits sämtliche Dörfer zerstört hatte. Wir mussten im Straßenbau arbeiten. Die Soldaten sagten, sie wollten testen, wie es mit unserem Revolutionseifer stand. Wir klopften Steine für das Wohl des Volkes, welches verlangte, dass immer mehr Soldaten ins Land geschafft wurden. Es war schwierig, eine Straße in diesem Gelände zu bauen. Bagger, wie man sie heute kennt, gab es damals in Asien noch nicht. In der Nähe gab es nur eine Hängebrücke; viele Gefangene waren dabei, neben ihr eine Steinbrücke zu bauen. Hier wurden nur kräftige Männer eingesetzt. Sie gingen schon beim ersten Tageslicht mit geschulterter Hacke und Schaufel an die Arbeit. Wir erfuhren, dass viele dabei schon ertrunken waren. Ein großer Steinbruch war steil in den Fels geschnitten. Wir holten dort die Steine, die von Gefangenen aus dem Berg gebrochen wurden. Der Fels war krümeliger Staub im Sommer und eisiger Schlamm im Winter. Jeden Augenblick konnte der Hang als Kieselregen über uns hinwegfegen oder sich in Steinblöcken lösen, die zerbröckelten, wenn sie aufschlugen, aber stark genug waren, um die Arbeiter zu töten. Wir arbeiteten in Gruppen und zerkleinerten die Steine, bevor wir sie an bestimmten Stellen aufschütteten. Wir schleppten diese Steine auf unseren Rücken, arbeiteten in stechender Sonne oder beißender Kälte. Einige der Gefangenen trugen Fußeisen, damit sie nicht entfliehen konnten. Diese Eisen waren oft zu eng. Die Haut einiger Männer war bis auf die Knochen durchgescheuert. Weil sie über und über mit weißem Staub bedeckt waren, sah man nicht einmal mehr das Blut.

Sämtliche Vorarbeiter und Aufseher waren Han-Chinesen. Sie waren bewaffnet und trugen eine Peitsche bei sich, mit der sie die Gefangenen schlugen, wenn diese nicht mehr konnten. Wer sich vor Erschöpfung hinlegte, dem brach man zur Strafe ein Bein, damit er sich nicht mehr von der Stelle rühren konnte. Einige verhungerten oder erfroren dabei. Zerschlissene Zelte dienten uns als Unterkunft, und wir hatten nur eine Decke. Täglich bekamen wir eine Handvoll Reis, etwas Tee oder Wasser. Damit mussten wir auskommen. Sobald es dunkel war, aber nie vorher, durften wir in unsere Zelte gehen. Aber der Tag war noch nicht zu Ende für uns. Abends kamen die Jungkommunisten, die landauf und landab in kleinen Jeeps fuhren, mit prächtig bestirnten roten Fahnen geschmückt. Im Licht der Fackeln lehrten und predigten sie mit unnachgiebiger Beharrlichkeit. Sie sagten, dass alte Gewohnheiten langsam sterben würden, dass wir aber das große Glück hätten, die friedliche Befreiung Tibets zu erleben. Es war nicht so, dass wir nicht sprechen durften. Im Gegenteil, wir wurden dazu genötigt. Aber viele Kinder trauerten um ihre Eltern und weinten nur. Diese Eltern hatte man dem ›Thamzing‹ unterzogen – ein Strafgericht mit Selbstanklage. Die Kinder hatten erlebt, wie die Eltern gezwungen wurden, ›Verbrechen gegen das Volk‹ zu gestehen. Diese Leute waren zumeist Bauern, hatten aber in mühsamen Arbeitsjahren ein bescheidenes Vermögen erworben. Ein Vermögen, das ihnen jetzt zum Verhängnis wurde. Alles, was sie besaßen, wurde beschlagnahmt und sie selbst der ›Reform durch Arbeit‹ ausgesetzt. Die Jungkommunisten sagten, dass solche Opfer gern gebracht würden. Sie waren nicht brutal wie die Soldaten. Sie zeigten sich sogar recht freundlich; waren sie doch darauf aus, uns für sich zu gewinnen. Als sie erfuhren, dass Lhamo Chinesisch sprach, wurde sie ersucht, ein kleines Wörterbuch zu verfassen. Man gab ihr Hefte und Schreibzeug. Klug, wie sie war, nutzte Lhamo diese Bevorzugung, weil sie hoffte, mit ihrer Bereitschaft unser Los zu erleichtern. Und tatsächlich, als Sonam und ich an Furunkeln erkrankten und voller Eiterbeulen waren, gab ihr einer der Jungkommunisten eine Salbe, die uns half. Das Beispiel prägte sich mir ein. Ich begann, mich mit feiner Witterung für die eigene Sicherheit gehorsam und lernwillig zu zeigen, wie einst in der Schule. Ich erreichte mein Ziel und wurde bevorzugt behandelt: mehr Reis in der Schale, etwas Rettich hier, einen Becher heißen Tee dort. Schwach in den Muskeln, krankheitsanfällig, aber egozentrisch und gerissen, merkte ich bald, was gut und was schlecht für mich war. Ich brachte es sogar fertig, meine furchtbaren Erinnerungen irgendwie zu verdrängen. Sie waren in einer anderen Welt geschehen, in einem anderen Leben, und schließlich … ja schließlich war Tante Ling tatsächlich kein gutes Parteimitglied gewesen. Die Jungkommunisten beherrschten ihr Fach, passten ihre Reden unserem Begriffsvermögen an. Es war niemandem möglich, sich auszuschließen. Alle mussten mitmachen. Unsere Gedanken wurden neu geordnet; was früher richtig gewesen war, war falsch. Bei ihnen gab es weder religiöse noch moralische Gefühlsduseleien. Und immer wieder sprachen sie von der Revolution, dem gewaltigen Werk, das sich im Bau befand und uns alle brauchte. Und so begann bei manchen von uns, ganz allmählich, der Wandel. Wahrheiten und Lügen, Tatsachen, Fantasien und grobe Verleumdungen wurden unentwirrbar mit politischen Schlagwörtern vermischt. Sie erzählten zum Beispiel, dass die Lamas für gewisse Zeremonien Schädelschalen benutzten, was ja der Wahrheit entsprach. Es handelte sich dabei um die Schädelschalen hoher Lamas, die zu ihren Lebzeiten besondere Verehrung genossen hatten. Weil der Schädel als Sitz des menschlichen Geistes etwas Heiliges ist, wurden diese Hirnschalen als Reliquien aufbewahrt und bei Kulthandlungen eingesetzt. Manche waren mehrere hundert Jahre alt. Aber die Jungkommunisten sagten, sie wüssten es besser: Die Lamas brächten Menschenopfer dar. Insbesondere töteten sie Kinder, die von ihren Eltern ausgesetzt wurden. Und es nützte nichts, wenn wir ihnen sagten, es gäbe keine tibetischen Eltern, die ihre Kinder auf die Straße warfen. Waren da nicht die Bilder in den Heiligtümern, diese furchterregenden Fratzen mit Menschen in den Fangzähnen? Wir kannten natürlich diese Bilder, die symbolisch das Böse darstellten, das wir im Leben zu bekämpfen hatten. Aber die Jungkommunisten wussten es besser: ›Ihr armen, verblendeten Kinder! Habt ihr denn nie gemerkt, dass sie die Wirklichkeit zeigen?‹ Ihre Geschichten waren voll von drogensüchtigen Rebellen, von perversen Großgrundbesitzern, von fliehenden Aristokraten, die Goldbarren in ihren Körpern versteckten. Die Wurzel allen Übels, hieß es, sei der Dalai-Lama, ein vergnügungssüchtiger Mönch, ein ›Wolf im Schafspelz‹, der Gold und Silber hortete und Tibet den Imperialisten ausliefern wollte. Oh ja, wir hätten große Plagen zu bekämpfen! Aber nichts Grundlegendes würde sich ändern, bevor nicht die Götzen entlarvt, die Klöster dem Erdboden gleichgemacht wären und alle Mönche und Nonnen, vom Aberglauben befreit, sich der Revolution anschlössen. Die Jungkommunisten fragten uns: ›Wie könnt ihr Angst vor so viel Gutem haben? Gewiss, ihr arbeitet hart, aber ihr arbeitet für das Volk! Ist nicht das Sich-Opfern eine herrliche Tugend?‹ Immer wieder ermutigten sie uns, Zweifler, Aufwiegler und Saboteure zu denunzieren. ›Wir brauchen Ehrlichkeit und Unbestechlichkeit! Verlogenheit muss abgeschafft werden. Aber wir werden nur strafen, wo die Schuld erwiesen ist.‹

Nach jeder Versammlung mussten wir uns in einer Reihe aufstellen und laut verkünden: ›Sieg der chinesischen kommunistischen Partei! Sieg dem Volk! Möge der Große Steuermann zehntausend Jahre leben!‹

Wer das mit genügend Überzeugung plärrte, wurde belohnt. Ich für meinen Teil bekam eine wattierte Jacke und Schuhe, die einem Arbeiter gehört hatten, der gestorben war. Die Schuhe waren viel zu groß für mich, ich stopfte sie mit Lumpen aus, aber ich würde ja wachsen. Mir war damals nicht klar, dass meine Seele offensichtlich vorderhand keinen Widerstand aufbringen konnte, denn die war noch viel schwächer als der Körper. Und dass die Seele schwächer und schwächer wurde, bevor der Körper noch etwas dazu beitragen konnte, der Seele zu helfen. Wir würden das heute Depression nennen. Die Summe meiner Energie war auf ein Ziel gerichtet: auf Vorteile. Und jede Speichelleckerei war mir recht. Nicht immer sucht der Mensch einen Ausweg aus großer Demütigung; im Grunde genommen gelingt dies nur den Selbstsicheren. Rebellion ist der Triumph des Stolzes.

Ich entsinne mich, wie Sonam bei den Versammlungen in einer Ecke kauerte, ich sehe noch ihr Gesicht, wie eine vertrocknete Frucht zusammengeschrumpft, die Augen blitzend, der Mund verächtlich gekrümmt. Sie kannte kein Selbstmitleid, sie trug diese Kampfansage in sich, die sie anders machte. Wurde sie aufgefordert zu sprechen, stammelte und knurrte sie ein paar wütende, recht einfältige Worte, was meistens dazu führte, dass sie ausgelacht wurde. Ich glaube, dass man sie für geistig leicht zurückgeblieben hielt. Und alles, was man ihr einpaukte, glitt von ihr ab wie Wasser auf dem Gefieder einer Ente.

Sonam war klein für ihr Alter, aber stämmig, und ihre Muskeln waren gut ausgebildet. Sie arbeitete gewissenhaft, aber immer ein wenig für sich, als wollte sie sagen: ›Ich gehöre nicht dazu!‹

In ihrer karg bemessenen Freizeit saß Lhamo bei den anderen Frauen, flickte Kleider, nähte und strickte. Sie schwieg zumeist, tat, was man ihr befahl, und ließ in keiner Weise durchblicken, was sie empfand. Sie zeigte viel Passivität und machte sich auf besondere Art unentbehrlich, indem sie für die chinesischen Vorarbeiter kochte oder deren Wäsche wusch. Sie pflegte auch die Gefangenen, nachdem sie – nur mit Lumpen um die Füße gewickelt – über den kleinen See zum Steinbruch zogen, was ihnen im Winter, wenn das Wasser fror, einen Umweg ersparte. In diese Richtung zeigte das weiße Eis, wie Vogelspuren, die blutigen Abdrücke ihrer Zehen. Viele zogen sich dabei Erfrierungen zu. Man amputierte ihnen die Zehen, und danach blieben sie im Lager, wo sie Küchendienst verrichteten und die Zelte flickten. Manche krochen auf den Knien herum, gehen konnten sie nicht mehr. Lhamo verband ihnen dann auch die Knie. Sie zeigte sich geschickt in diesen Dingen, weil ihr Großvater ja Arzt gewesen war. Ihre sanfte, kühle Schönheit bewirkte, dass sich einer der jungen Offiziere zu ihr hingezogen fühlte. Für die Partei galt Liebe als reaktionär. Huang Chi war wenig erfahren und Lhamo eine eher spröde Natur. Immerhin lernten sie einander vertrauen, und das war genug. Später reichten sie ein Gesuch ein und durften heiraten. Liebe, die sich auf gleichgerichtete politische Ideale gründete, wurde geduldet, solange sie nicht von der Arbeit ablenkte.«

An dieser Stelle unterbrach ich Kelsang: »Weißt du, was aus Lhamo geworden ist?«

Er antwortete gleichmütig.

»Nun, sie lebt offenbar noch in Lhasa. Ihr Mann soll inzwischen gestorben sein. Ich weiß nichts Genaues. Sonam will keinen Kontakt zu ihr.«

»Sonam ist nachtragend«, seufzte ich.

»Ja, das war sie schon immer. Heute weiß ich, dass ich sie bewunderte. Ich war sehr unsicher. Dem Unsicheren werden Krücken gereicht; er kann auf ihnen durch sein Unterbewusstsein wie durch ein dunkles Land wandern. Auch wenn er jeden Tag älter wird, kann er nie auf eigenen Beinen stehen. Sonam war kein Feigling wie ich: Sie war eine kleine Kriegerin. Aber das kann ich ihr nicht sagen, noch heute nicht. Sie würde mich verachten. Sonam blieb standhaft sie selbst, während ich im Verlauf der Jahre tatsächlich den Tod erlitt, nämlich den Tod meines ganzen bisherigen Ich. Zuletzt blieb nur ein Häuflein Elend zurück, das nur noch darauf warten konnte, dass es, in welcher Form auch immer, irgendwann und irgendwie wiedergeboren wurde. Daran hat sich bis zum heutigen Tag kaum etwas geändert. Und so schwand meine kindliche Unschuld, mein Kopf konnte nichts fassen, alles lief über. Ich rief fröhlich auf Befehl ›Ja, ja‹ oder ›Nein, nein‹. Mein Gehorsam war eine perfekte Zuflucht, der Winter der Seele ließ sich dort ausgezeichnet überstehen, vom Frühsport in der Dämmerung bis zum Löschen jeden Lichts spätabends. Es ist reiner Überlebenswille, wenn man mit seinen Peinigern gemeinsame Sache macht. Und es ist zugleich reine Niedertracht, weil es uns Vorteile bringt, während die anderen im Dreck sitzen. Wir liebäugeln mit potenziellen Beschützern und verlieren keine Gedanken an jene, die nachts ihren Kopf gegen die Wand schmettern, damit sie bluten und zwei Tage lang liegen können. Ich akzeptierte sozusagen die Gemeinheit, ich half ihr, zu existieren, weil auch ich gemein war. Noch erkannte ich nicht, dass die Leiden eines einzelnen Menschen die Leiden aller Menschen sind und dass mit dem Tod eines Menschen die Welt untergeht.«

Unvermittelt schüttelte Kelsang ein Hustenreiz. Er zog seine Robe über die hageren Schultermuskeln, als ob es ihm plötzlich kalt geworden wäre. Dabei hatte sich die Temperatur im Zimmer überhaupt nicht verändert.

Weil er auf einmal so entkräftet aussah, schenkte ich ihm frischen Tee ein und reichte ihm die Schale.

»Trink!«

»Ja.«

Er trank hastig und laut schlürfend und gab mir die Schale zurück. Dabei sagte er in ziemlich scharfem Tonfall: »Du hast mir vorgeworfen, in Symbolen zu reden. Vielleicht wollte ich dich schonen. Nun, es geht auch anders. Und was ich dir jetzt zu sagen habe, wird sich konkret und ziemlich brutal anhören. Ich wollte dich nur vorbereiten«, setzte er fast arglistig hinzu, wobei er wie ein finsterer Vogel den Kopf schräg legte.

DREIUNDDREISSIGSTES KAPITEL

Ich muss jetzt von Sonam erzählen.«

Kelsang sah mich hart und starr an, als stünde er im Visier eines Gewehrs, so befangen war er. Er zögerte nicht, eigene Schwächen einzugestehen, empfand mir gegenüber aber Beschämung. Ich saß still da auf dem wackligen Stuhl vor dem Fenster. Vielleicht war ich für ihn nur eine Silhouette, mein Körper und mein Gesicht im Gegenlicht. Das mochte ihm die Sache erleichtern.

»Sonam war schmutzig wie ein kleines Tier, das Haar zerzaust, in Lumpen gekleidet. Um ihren Hals trug sie immer noch die Kette mit den Dzi-Steinen. Die Chinesen nahmen allen Mädchen den Schmuck ab, aber so staubig, wie Sonam war, hatten sie die Kette wohl übersehen. Das Lederband war eng um ihren Hals gezogen, sodass man sich fragen konnte, wieso ihr nicht die Luft ausging.

Mit Sonam konnte man nicht machen, was man wollte. Sie war es, die das Spiel angab. Sie schrie innerlich vor Wut, aber kein Wort der Klage drang über ihre Lippen. Sie hatte immer mit den Tieren gelebt; den Kräften der Natur war sie viel näher als Lhamo und ich. Und wie ein eingesperrtes Tier dachte sie nur an das eine: an Flucht.

Sie vertraute sich mir an. Sie zweifelte nicht an meiner Redlichkeit, verstehst du? Sie glaubte, dass ich mich verstellte. Ihr eigener Geist war zu aufrichtig, um nicht in ihrem Bruder ihr eigenes Ebenbild zu erblicken. Sie konnte nicht bis zum Kern meiner Verworfenheit vordringen, mir nicht die Falschheit von den Augen ablesen. Sie hatte ihren Plan gut vorbereitet, sich ein Säckchen Reis vom Mund abgespart. Die riesigen Entfernungen machten ihr keine Angst: Sie wollte über die Pässe nach Indien, zu den Eltern. Wir wussten ja damals noch nicht, dass beide inzwischen gestorben waren.

Sonam sprach zu mir in leisem, vertrautem Ton, wie früher, wenn wir im Garten und in den Stallungen spielten. ›Wie können die im Ernst verlangen, dass wir so werden wie sie? Weißt du, Kelsang, was ich nicht vergessen werde? Dass sie Dakini getötet haben, mein Pferd. Dass sie Onkel An Yao zum Fluss brachten und du Tante Ling erschießen musstest, das war entsetzlich, abscheulich, grausam. Aber darin lag irgendwie ein Sinn; beide waren ja in ihren Augen Verräter gewesen. Aber als sie auf mein unschuldiges Tier schossen, einfach so, aus Spaß, da habe ich alles über sie begriffen. Alles! Sie standen nackt vor mir, und ich sah durch ihre Haut ihre schwarze Seele. Und alles, was ich später erlebt habe, beweist es mir: Sie sind Dämonen in Menschengestalt!‹

Ich verstand nicht ganz den Sinn ihrer Worte. Sonam und ich waren nicht von derselben Art. Aber sie war meine Schwester, und ich liebte sie trotz allem. Ich wollte nicht, dass sie in ihr Verderben rannte.

Der Lagerkommandant wohnte mit einigen Offizieren in einem Bunker. Er war zwar oft zu hören, denn er gab seine Befehle so laut wie möglich – er liebte das Laute –, aber man sah ihn fast immer nur aus der Distanz. Sein Name ist mir entfallen. Unser Gruppenaufseher indessen hieß Chang Lai. Die Härte, die er in verschiedenen Situationen an den Tag legte, entsprach wohl nicht ganz seinem Wesen. Er saß mit uns in der Klemme und langweilte sich, fühlte er sich doch zu Besserem berufen. Ich ging also zu ihm und erzählte, dass Sonam fliehen wollte. Das amüsierte ihn. Es war selten, dass Gefangene den Mut – oder die Kraft – zu einem Fluchtversuch aufbrachten. Chang Lai brach in lautes Lachen aus und sagte:

›Sie wird es nur einmal versuchen!‹ Und als Sonam in dieser Nacht unbemerkt aus dem Zelt schlich und das Lager verließ, schickte Chang Lai ein paar Männer hinter ihr her. Sie fanden sie schnell und brachten sie zurück. Chang Lai sagte, dass man sie diesmal nur milde bestrafen würde. Aber eine kleine Lektion müsste ihr schon erteilt werden.

Danach riss man Sonam alle Kleider vom Leib. Vier Stunden lang musste sie auf dem vereisten See stehen, nackt an einen Pfahl gefesselt, während lachende Soldaten sie bewachten und einige Kinder aus dem Lager sie mit Dreck bewarfen. Dann wurden ihre Fesseln zerschnitten. Sie war am ganzen Körper blau; sie konnte sich nicht mehr bewegen, und wir dachten, sie würde es nicht überleben. Die Soldaten schleiften sie über das Eis; sie war von Kopf bis Fuß aufgeschürft. Chang Lai sagte zu Lhamo, sie sollte Sonam jetzt in eine Decke wickeln und ein Feuer anzünden, und ihr würde weiter nichts geschehen. Sonam war eine gute Arbeiterin, Disziplin würde sie schon lernen.

Lhamo musste ihr gewaltsam den Mund öffnen, um ihr heißen Tee einzuflößen, so stark hatte sie die Zähne zusammengebissen. Sie war kalt, so kalt, und seltsam verfärbt. Ich hatte große Angst, ich dachte, sie würde sterben. Ich wollte nicht, dass sie starb. Ich wollte ja nur, dass sie Vernunft annahm. Ich verstand nicht, warum sie so war, ich war ihretwegen sehr traurig. Wir, die Jungkommunisten – ich zählte mich inzwischen dazu –, wollten ja nur das Beste für unser Land. Klug, wie Sonam war, sollte sie das doch einsehen. Hier, in unserer Heimat, entstand die herrlichste Sache der Welt, und meine Schwester verschwendete ihre schöne Tatkraft, bockte und machte alle Leute zornig. Es war richtig, dass sie bestraft wurde. Es gab viel schlimmere Strafen. Sonam würde sich erholen.

Und sie erholte sich. Ihr Körper musste über eine ganz erstaunliche Widerstandskraft verfügen. Ein paar Tage lang hatte sie hohes Fieber, und ihre Weigerung, Nahrung zu sich zu nehmen, verschlimmerte ihren Zustand. Endlich gelang es Lhamo, ihr so weit zuzureden, dass sie aß und trank. Danach kam sie bald wieder zu Kräften. Das Leben im Arbeitslager hatte sie abgehärtet, sodass ihre Gesundheit keine bleibenden Schäden davontrug. Doch ihr Körper veränderte sich. Sie war klein und muskulös gewesen; jetzt war sie gewachsen, wurde lang gestreckt, sehnig. Ihr Gesicht war länglich, die Wangenknochen hart, die Brauen dicht. Ihre Augen deckte sie mit schweren Lidern zu, als wollte sie das Feuer in der Tiefe vor den forschenden Blicken schützen. Denn ihr Wille war keineswegs gebrochen. Etwas Wildes war in ihr, das nicht gebändigt werden konnte. Wenn sie weinte, dann vor Scham, weil die Soldaten sie nackt gesehen hatten, aber das machte, dass die Wildheit in ihr wuchs und wuchs. Am Anfang hatte sie nicht gewusst, dass ich sie verraten hatte; doch jemand sagte es ihr. Von da an sprach sie kaum noch mit mir. Sie wollte im Dunkeln ihrer Gefühle bleiben, kulturell rückständig, während ich zu denen gehörte, die die Zukunft erfanden. Im Lager hatten wir mit eigenen Händen eine kleine Schule gebaut, die wir abends, nach der Arbeit, besuchten. Die Lehrer waren äußerst streng, aber das war notwendig, weil wir ja falsche Gedanken hatten. Diejenigen von uns, die nicht richtig mitmachten – und Sonam gehörte dazu –, wurden geschlagen und mussten die Latrinen sauber machen. Ich fragte mich, warum Sonam das ertrug, warum sie kein Zeichen von Reue zeigte, nur sture, hassenswerte Bockigkeit. Ich wollte auch Lehrer werden, das arme, unterdrückte tibetische Volk mit den Gedanken Mao Tse-tungs vertraut machen. Aber ich war auch fähig, mit den Händen zu arbeiten, eine Hacke zu schwingen oder Steine zu schleppen. Ich sagte, dass ich mich später als Freiwilliger melden wollte, um das Leben der Bauern zu teilen und sie mit den großartigen Errungenschaften der Revolution vertraut zu machen. Die Han-Chinesen gingen nicht gern zu den Bauern, weil in China schon immer eine Kluft zwischen Stadt und Land bestanden hatte. Die Jungkommunisten aus der Stadt waren nicht im Geringsten an körperliche Arbeit gewöhnt. Ich ging mit gutem Beispiel voran, meldete mich freiwillig für das Ausbaggern im Fluss, für den Brückenbau, für den Bau eines Hauses für unsere geliebten Gruppenführer. Meine Begeisterung war echt, und ich wurde gelobt. Ich gehörte bereits zur ersten Generation tibetischer Pioniere. Man sagte zu mir: ›Die Zukunft des Kommunismus braucht Menschen wie dich!‹ Diese Anerkennung machte mich froh. Der Vorsitzende Mao hatte allen jungen Pionieren erlaubt, gegen die alte Ordnung und die alten Werte zu rebellieren; ich begriff nicht, dass meine junge Schwester noch an ihnen hing. Mein Herz war glücklich und frei, ich bekam eine saubere Uniform und jeden Tag gutes Essen.

Sonam indessen, schmutzig, verstaubt und nach Latrine stinkend, war taub für die großartigen Wahrheiten, die mich längst erobert hatten. Ich fand, sie war nicht mehr ernst zu nehmen. Einmal machte sie mich sehr böse, weil sie zu mir sagte, ich sei eine kleine rote Ameise, die für Mao Tse-tung im Dreck krabbelte.

›Wie kannst du nur so stur sein?‹, entgegnete ich beleidigt. ›Es ist gegen deine soziale Erziehung. Du bist immer noch größenwahnsinnig und verachtest das Volk.‹

›Ich putze Latrinen für das Volk‹, zischte sie, ›aber ich bewahre mir die Freiheit zu denken!‹

Ich war sehr traurig ihretwegen. Wenn sie doch etwas mehr aus ihrer vereitelten Flucht gelernt hätte! Kann sein, dass sie einfach nicht anders denken konnte. ›Sie haben mein Pferd getötet‹, wiederholte sie oft, und ich begriff überhaupt nicht, warum sie einem Tier so viel Bedeutung beimaß.

Eines Tages sagte Lhamo leise und mit einem Seitenblick zu mir: ›Sie will wieder fliehen.‹ Fast zwei Jahre waren seit ihrem ersten Versuch vergangen. Ich starrte Lhamo erschrocken an und sagte: ›Ich kann das kaum glauben. Hat sie denn den Verstand verloren?‹

Lhamo zog die Schultern hoch.

›Sie ist eben so.‹

›Wir können sie nicht gehen lassen, Lhamo. Sie muss beschützt werden!‹

›Sie will nicht beschützt werden. Sie sagt, dass sie hier sitzt und auf den Tod wartet. Sie will weg!‹

Ich verstand meine Schwester überhaupt nicht. Das Lager war inzwischen zu einem kleinen Dorf angewachsen. Als die Brücke fertig war, kamen viele Han-Chinesen und siedelten sich hier an. Sie waren fleißig und arbeitsam und ein großes Vorbild für mich. Wir waren gut organisiert: Lautsprecher verkündeten unseren Tagesablauf. Jeden Morgen wurde die Fahne gehisst, die Hymne des Neuen China erklang. Die Musik schallte beschwingt und fröhlich durch das Tal, das Echo warf die Akkorde zurück. Die Namenslisten für die Tagesarbeit wurden durchgegeben. Die Aufgerufenen schlossen sich zu Kolonnen zusammen und gingen zum Straßenbau. Die neuen Gefangenen, die rebellisch waren oder sich noch nicht einordneten, wurden hinter Stacheldraht gehalten. Sie taten mir leid. Ihre hageren Gesichter waren von Hoffnungslosigkeit gezeichnet, und sie glaubten, dass es wenig Aussicht auf bessere Tage in der Zukunft gab. Oft kam es mir in den Sinn, zu sagen: ›Auch ich war einmal dort, wo ihr jetzt seid, und seht mich an, wie glücklich ich jetzt bin!‹ Doch sah ich ihnen in die Augen, dann war da nichts, zu dem ich hätte sprechen können. Ihre Geister waren im Mittelalter gefangen. Ach, was hatten die Menschen in vergangenen Zeiten nur mit ihrer Frömmigkeit angerichtet? Sie hätten doch einsehen müssen, dass es Ammenmärchen waren! Der Glaube war nichts als Falschmünzerei! Wir, die Jungkommunisten, konnten stolz und zufrieden sein: Wir waren aufgeklärt!«

VIERUNDDREISSIGSTES KAPITEL

Sonams Verachtung«, sagte Kelsang, »saß tief in meinem Fleisch, wie ein giftiger Stachel. Die Partei zwang uns Gehorsam auf, das war gut. Gehorsam war Tugend auf der untersten Ebene. Dort mussten wir beginnen, weil wir Kinder waren und Kinder eben dort anfingen, das Leben zu begreifen. Obschon ich Pionier war und folglich auf einer höheren Stufe, konnte ich ihre Kompromisslosigkeit nicht ändern, und das raubte mir die Fassung. Ich versuchte vergeblich, mit Sonam zu reden. Sie starrte an mir vorbei, in sich gekehrt, im Panzer ihrer Sturheit. Den konnte ich nicht durchdringen; darum trug ich Lhamo auf, sie gut zu bewachen. Ich selbst schlief ja jetzt bei den Pionieren. Und eines Morgens, kurz bevor die Lautsprecher zum Frühsport aufriefen, stand Lhamo vor unserem Zelt und rief nach mir.

›Kelsang, sie ist fort!‹

Ich war außer mir.

›Du hast nicht aufgepasst!‹

›Ich war müde‹, sagte sie schuldbewusst, ›ich habe geschlafen!‹

Ich hätte sie am liebsten verprügelt.

›Ich muss das sofort melden!‹

Lhamo zeigte wirkliche Furcht.

›Nein, Kelsang, nein, lass sie gehen!‹

›Bist du wahnsinnig?‹, zischte ich. ›Auf den Pässen liegt Schnee. Sie wird an Hunger und Kälte sterben!‹

Lhamo packte mich, hielt mich fest.

›Ich will nicht, dass sie gefoltert wird!‹

Ich riss mich von ihr los.

›Keiner wird sie foltern!‹, erwiderte ich und glaubte jedes Wort, das ich sagte. ›Ich bin ein Pionier! Ich werde sie beschützen.‹

Ich konnte es nicht hinnehmen, sie zu verlieren; ich wäre dabei verrückt geworden. Gelang ihr die Flucht, war mein Leben – unser aller Leben – ohne Sinn. Jenseits der Partei durfte keine andere Ordnung in der Welt bestehen. Die Partei war streng und visionär, die Partei gab Sicherheit. An der Peripherie der Partei lauerte das Chaos. Ich rannte zu Chang Lai, der wütend und verschlafen aus seinem Quartier stapfte und Befehle gab. Soldaten machten sich auf die Suche nach Sonam und fanden sie, als die Sonne aufging. Sie hatte keine Stiefel, sie war barfuß, kleine Steinchen hatten sich in ihren Fußsohlen verkrustet, sodass sie nicht schnell genug laufen konnte. Wieder wurde sie gefasst und ins Lager geschleppt. Sie war todmüde, aufgelöst und humpelte. Die Fahne war schon gehisst und flatterte im Wind. Die Gefangenen hinter dem Stacheldraht sahen still zu. Die Kälte, die ihren Atem gefrieren ließ, schien wie eine weiße Decke über den schweigenden Gestalten zu liegen. Die Soldaten schleiften Sonam vor den Aufseher und stießen sie mit Gewehrkolben zu Boden. Sie hatte Chang Lai um eine Stunde Schlaf gebracht, was ihn reizbar machte. Aber er lächelte – zumindest schien es mir so, weil er seine Mundpartie verzog.

›Warum schon wieder?‹, fragte er.

Es hörte sich nicht einmal barsch an. Sie kauerte ihm zu Füßen, gelähmt und ausdruckslos, beide Hände vor den Mund gepresst, wie ganz außer Atem.

Chang Lai sprach jetzt mit größerer Schärfe.

›Antworte! Warum?‹

Da riss sie die Hände vom Mund, ließ sie geballt in der Luft stehen, bevor sie sich schwankend erhob und ihm ins Gesicht sah. Und als sie ihn mit jugendlicher, herausfordernder Stimme anschrie, fiel mir auf, dass sie fast so groß war wie er.

›Weil ich euch hasse! Weil ihr Lügner seid und ich auf euch spucke!‹

Sie verstärkte jedes Wort mit Gesten, die Übelkeit verdeutlichten. Und dann spuckte sie ihm tatsächlich ins Gesicht. Wer tut schon so was, in einem Lager? Ich dachte, dass sie ihre fünf Sinne nicht ganz beieinanderhatte, dass sie wahnsinnig vor Wut war, weil die Soldaten sie zum zweiten Mal eingefangen hatten. Aber ach, kannte ich Sonam so schlecht? Der Kampf war ihr Element, sie ging völlig darin auf, bis jedes Mal der Konfrontation eine totale körperliche Erschöpfung folgte. Dann ließ sie sich einfach fallen, wie ein Stein ins Wasser fällt, unzugänglich, apathisch. Aber diesmal war sie zu weit gegangen. Ich war überzeugt, dass Chang Lai sie in Reaktion auf die Beleidigung auf der Stelle hinrichten lassen würde, diese Unruhestifterin. Und was wurde dann aus mir?

Chang Lai jedoch war ein besonnener Mann, ein Mann, der nie die Nerven verlor. Er zog bedächtig ein Taschentuch hervor und wischte sich die Spucke von der Wange ab. Dann gab er einen Befehl. Auf sein Wort hin umringten sie die Soldaten, die schon ganz nahe waren, auf der Lauer. Für einen Augenblick – nicht länger – hielt sie ihre Angreifer mit dem Blick des Hasses im Zaum. Dann wurde sie gepackt, und man riss ihr sämtliche Kleider vom Leib. Sie wehrte sich mit allen Kräften, doch es war ein aussichtsloser Kampf. Die Soldaten fielen über sie her wie Bluthunde, hielten sie am Boden fest und vergewaltigten sie, einer nach dem anderen. Chang Lai sah zu, mit einer Art von klinischer Kühle. Er hatte ihnen die Erlaubnis gegeben. Ich aber stand hilflos da, nichts in meiner Natur war darauf vorbereitet. Was konnte ich sagen? Was konnte ich machen? Mein Denken hörte einfach auf. Als wäre alles in mir verkapselt. Dabei fühlte ich mich selbst so fremdartig, dass ich glauben mochte, ein Unbekannter weilte plötzlich in mir. Und als mich alle laut lachend aufforderten, es auch zu tun, und Chang Lai mir ermutigend zunickte, da verstand ich zunächst gar nicht, was sie von mir wollten. Ich stand da wie ein Klotz, alle lachten mich aus. Und da ich mich nicht rührte, schlugen sie auf mich ein, keine sehr harten Schläge zwar, aber immerhin konnte ich begreifen, dass Chang Lai mir etwas befohlen hatte. Und weil ich jede Art von körperlichem Schmerz fürchtete, musste ich es tun. Irgendwie gelang es mir auch, weil Sonam nackt vor mir am Boden lag und in ihrer Nacktheit etwas war, das mich erregte. Ich verschloss mich jeder Empfindung, außer den Empfindungen meines Körpers, und tat, was von mir verlangt wurde. Als ich mich hochrappelte, meine Hose zurechtrückte, hörte ich von allen Seiten, wie die Soldaten mich beglückwünschten. Ich sah mich wie von außen geradewegs auf sie zugehen und hatte dabei das Gefühl, ich sei gar nicht in meinem Körper. Irgendwie kam ich durch sie hindurch, wahrscheinlich gingen sie einen Schritt zur Seite. Ich schleppte mich zu einem Baum, lehnte mich an einen niedrigen Stamm und krümmte mich mit einem dumpfen Stöhnen, das abrupt endete, als sich mein Mageninhalt auf den Boden ergoss. Und dann saß ich einfach da, ganz still, bis ich unsichtbar wurde.

Doch die Soldaten waren mit meiner Schwester noch nicht fertig. Einer öffentlichen Vergewaltigung folgte immer eine Züchtigung. Also richteten sie Sonam auf und fesselten sie mit ausgestreckten Armen an einen Pfahl, an dem sonst die Maultiere festgebunden wurden. Zwanzig Peitschenhiebe, hatte Chang Lai befohlen. Fünfzig waren eine Todesstrafe. Sonam musste aufrecht dastehen, die Arme ausgebreitet und die Hände auf der Querstange. Manche Gefangene sackten nach den ersten vier oder fünf Schlägen schon auf die Knie. Andere begannen schon beim ersten Peitschenknall zu schreien. Nicht Sonam. Sie hätte sich eher die Zunge abgebissen, als nur einen Schrei hören zu lassen. Die Peitsche knallte und knallte, ich zählte die Hiebe nicht mehr mit. Nicht Sonam, ich war es, der flennte und stöhnte, aber keiner hörte es, weil sich keiner um mich kümmerte. Ich wusste, Sonam erduldete Schmerzen, die unfassbar waren – warum schrie und weinte sie nicht, warum bat sie Chang Lai nicht um Verzeihung, warum bettelte sie nicht um Gnade? Alle warteten darauf, aber das Ärgerliche war: Sie blieb weiterhin stumm. Am Ende gaben die Beine unter ihr nach, aber die Fesseln verhinderten, dass sie auf die Knie sank. Das war auch der Augenblick, in dem Chang Lai, der jeden Hieb mitgezählt hatte, das Zeichen zum Aufhören gab. Zwanzig Hiebe, hatte er befohlen. Keinen einzigen mehr. Und es sei wohl überflüssig zu erwähnen, sagte er, dass Sonam beim nächsten Fluchtversuch keine Gnade mehr zu erwarten hätte.

Inzwischen lief Lhamo herbei und versuchte, Sonams Fesseln zu lösen. Ihre Hände zitterten derart, dass sie es nicht vermochte und ein Soldat ihr zu Hilfe kommen musste. Sie wollte die Schwester in die Arme nehmen, wagte es aber zunächst nicht, weil jede Berührung eine Qual für sie sein musste. Sonam kauerte am Boden, den Kopf auf den Knien; sie bewegte sich auch nicht, als sie frei war. Chang Lai befahl zwei Männern, Sonam in das Zelt zu tragen, das Lhamo mit ihr und zwei anderen Frauen teilte. Ich sah das alles aus der Ferne, unscharf, mit verklebten Augen. Keiner hatte sich um mich gekümmert noch mit mir gesprochen, obwohl ich doch ein Pionier war. Und das, was ich Lhamo gegenüber behauptet hatte, war auch falsch gewesen: zu sagen hatte ich nichts. Ich war es, der Sonam geschändet und sie der Folter ausgeliefert hatte. War das der Grund, der eigentliche Grund? Rächte ich mich dafür, dass ich ein Feigling war und Sonam nicht, und dass wir beide es wussten?

Sie trugen Sonam fort, und währenddessen stapfte Chang Lai auf mich zu. Alle Chinesen trugen Schuhe mit Nägeln und hatten diesen schweren Gang. Ich setzte mich auf, kam mühsam wieder auf die Beine, den Geschmack meines Erbrochenen im Mund. Er sagte: ›Kamerad, es war hart für dich, aber deine Schwester kennt nicht ihre Grenzen. Ihr Starrsinn musste gebrochen werden.‹

Wahrhaft kluge Männer wie Chang Lai fanden immer die richtigen Worte, um die Form zu wahren oder den Anschein.

Ich schluckte würgend, bis ich es mir von der Seele redete.

›Ich schäme mich sehr. Ich habe etwas Schlechtes getan.‹

Er antwortete in nachsichtigem Tonfall.

›Wir müssen uns auf unsere Pflicht besinnen und allem einen höheren Wert beimessen. Ich lasse Sonam Verbandszeug bringen. Ihre Wunden werden heilen. Die Partei braucht junge Frauen wie sie.‹

Ich streckte die schwitzenden Hände nach hinten, um sie am Uniformrücken abzuwischen. Worte saßen in mir wie dunkle Klumpen. Ich brachte sie nicht über die Lippen, sonst hätte ich mich wieder übergeben. Auf einmal legte mir Chang Lai – eine erstaunliche Geste – die Hand auf die Schulter.

›Kamerad, du hast deine Pflicht nüchtern und selbstlos erfüllt. Ich werde dem Kommandanten eine Meldung machen und dich für ein Bataillon vorschlagen, das morgen das Lager verlässt. Die Einheit soll ein Dorf erreichen, das wir als Treffpunkt für den Waffenschmuggel der Rebellen ausgemacht haben. Hier muss eine Säuberungsaktion stattfinden. Wir brauchen einen Dolmetscher, und du kannst uns helfen.‹

Damals merkte ich gar nicht, was sie trieben, merkte gar nicht, worum es sich handelte. Heute weiß ich, dass man meine Falschheit und Prahlerei durchschaut hatte, meine Selbstsucht obendrein – sie waren übrigens recht leicht zu durchschauen. Die Partei hatte einen sechsten Sinn dafür, die richtigen Menschen für die richtige Aufgabe zu finden. Chang Lai oder – wahrscheinlicher – seine Vorgesetzten hatten meine Bereitschaft getestet, meine Bosheit wohl auch. Das zufriedenstellende Ergebnis hatte mir auf Sonams Kosten eine Beförderung eingebracht. Kinder von Aristokraten, die patriotischen

Eifer zeigten und sich im Dienst des Großen Plans nicht zu dumm anstellten, waren für die Partei von Nutzen. Deswegen hatte man auch Sonam noch eine Chance gelassen.

Aber wie dachte ich damals darüber – falls ich überhaupt etwas dachte? Soviel ich mich entsinne, machte mich der Gunstbeweis noch unterwürfiger, noch hündischer. Ich war Chang Lai dankbar, weil er einen Teil meiner Probleme löste. Solange ich tat, was mir befohlen war, konnte ich quälenden Fragen entgehen. Andere dachten für mich, im Kopf ganz vorn, während Sonam – die Ärmste – nur im Hinterkopf dachte, wo alles ganz dunkel war und chaotisch. Warum war Sonam nicht wie ich fähig, aus einer Welt von Unvernunft in eine Welt von neuer Bedeutung zu entkommen, in eine Welt von strahlend leuchtendem Glanz?

Chang Lai hatte mich da, wo er mich haben wollte. Er war mein einziger, wirklicher Freund. Ich war ihm sehr dankbar, artikulierte es aber nicht, das wäre ein großer Fehler gewesen. Im neuen China waren Bitte und Danke Wörter der alten, verhassten Bourgeoisie; wer sie gebrauchte, entlarvte sich als Reaktionär und wurde bestraft.

FÜNFUNDDREISSIGSTES KAPITEL

Ein Lastwagen holte uns am nächsten Morgen. Mir blieb kaum Zeit, nach Sonam zu fragen. Lhamos Stimme, als sie mir Antwort gab, war leise und kalt. Sonam lag im Fieber. Die Peitsche hatte immer wieder den schmutzigen Boden gestreift, und die Wunden waren entzündet. ›Sie erkennt niemanden, nicht einmal mich‹, sagte Lhamo, die Augen gesenkt. ›Ich weiß nicht, ob sie am Leben bleibt.‹

Das Herz zog sich mir zusammen. Ich stammelte: ›Mach, dass sie gesund wird.‹

Sie brachte es nicht fertig, die Augen zu heben; ihre knochigen Hände waren in Taillenhöhe gefaltet. Ihre Kleidung war besser als meine, sauber und gepflegt.

›Wozu? Sie will sterben.‹

Unsicher, mit schlechtem Gewissen, versuchte ich mich zu rechtfertigen.

›Versteht sie denn nicht, dass ich sie gerettet habe? Warum ist sie mir böse?‹

›Böse?‹

Lhamo zog die Silben, als wollte sie fragen, ob ich wahnsinnig sei. Dann brach sie in kicherndes Gelächter aus; es hörte sich schrecklich an, dieses Gelächter voller Schmerz und Hohn.

›Das wäre Zeitverschwendung!‹

Ich setzte mit Anstrengung eine hochmütige Miene auf.

›Ich diene der Partei. Ich habe getan, was ich tun musste.‹

Sie verzog verächtlich den Mund.

›Ja, und die Partei weiß, von wem sie Treue fordern kann und von wem Verlogenheit.‹

Ich begann zu zittern und sagte: ›Ich habe das alles nicht gewollt.‹

Ihr Gelächter erlosch. Sie streifte mich mit einem umflorten Blick.

›Ich kann nicht sagen, wen ich am meisten verabscheue, dich oder mich, weil ich dir geglaubt habe. Ich möchte nur, dass du es weißt‹, setzte sie mit Nachdruck hinzu, bevor sie mir den Rücken zuwandte und in dem Zelt verschwand, das alt und zerschlissen war, schmutzig und armselig. Das Zelt, in dem Sonam im Sterben lag.

Der Lastwagen stand schon bereit. Man drückte mir eine rote Fahne in die Hand, die sich im scharfen Wind lustig blähte. Wir waren etwa fünfzehn Leute. Zwei Soldatinnen waren auch dabei, die abwechselnd Akkordeon spielten. Die Pioniere sangen dazu und schlugen mit den Kolben ihrer Gewehre auf dem Boden des Lastwagens den Takt. Es war Frühjahr, aber es war diesig, und in den Hochtälern lag Schnee. Ich sang und scherzte mit den anderen. Es war das erste Mal seit Jahren, dass ich das Lager verließ. Ein großer Vertrauensbeweis! Ich wollte fröhlich sein.

Der Winter war hart gewesen, und die Berge trugen noch ihre Schneelast. Die Straße war gefroren; wir hatten mehrere Pannen und mussten Reifen wechseln, sodass wir langsamer als geplant vorwärts kamen. Am zweiten Reisetag, als die Straße am Berghang höher stieg, kam dichter Nebel auf. Es dunkelte bereits; die Strecke wand sich in vielen Kurven durch die Hochwälder. Weil uns der Nebel jede Sicht nahm, wurde beschlossen, frühzeitig das Lager aufzuschlagen. Der Lastwagen hielt an. Wir stiegen einen kleinen Hang hinauf, auf der Suche nach einem günstigen Lagerplatz, und fanden ihn auch. Eine hohe Granitwand, noch mit Schnee bedeckt, hielt den feuchten Wind ab, der Tauwetter brachte. Die Nebel zogen daran vorbei, wie Rauchschwaden, ohne einen Schub klarer Luft. Wir bewegten uns – zumindest schien es so – in einem völligen Niemandsland. Der Nebel stand unter den Bäumen wie eine weiße Wand. Doch als wir die Zelte aufstellten und das Feuer brannte, fühlten wir uns besser. Wir drängten uns aneinander, hielten die klammen Hände über die Flammen, stärkten uns mit Reis, Trockenfleisch und Tee. Ich aß gierig wie alle anderen – wir waren unentwegt auf Nahrung erpicht –, aber in meinem Geist gingen sonderbare Dinge vor, und mein Magen war verkrampft. Das feuchte Holz knisterte und rauchte stark, und von der Erde stiegen modrige Gerüche auf. Der Nebel war dicht und einförmig, alle Gestalten schienen darin zu fließen, wenn sie gingen, oder sahen seltsam verstümmelt aus, wenn sie sich setzten. Dass ich allmählich still wurde, merkten die Kameraden nicht. Mit halbem Ohr hörte ich zu, wie sie sich schmutzige Scherzworte zuwarfen, wie sie gähnten und rülpsten, sich den Mund spülten und überdreht lachten. Ihr künstlicher Frohsinn machte mich zunehmend gereizter. Mein Kopf brummte, jede Kleinigkeit brachte mich in Wut. Meine Lider waren wie Blei, ich hatte ein starkes Bedürfnis nach Schlaf. Nachdem ich den heißen Tee getrunken hatte, verzog ich mich in das Zelt, das ich mit drei Kameraden teilte, die noch in lustiger Gemeinschaft am Feuer saßen. Doch als ich mich in meine Decke gewickelt hatte, gefiel es mir auch nicht. Der Boden unter mir war eiskalt, die Feuchtigkeit drang mir in die Knochen. Ich klapperte mit den Zähnen, mein Mund war voller bitterer Spucke. Wurde ich am Ende krank? Ich spürte, wie meine Eingeweide rebellierten, stand auf und suchte eine abgelegene Stelle, wo ich mich erleichtern konnte. Als ich meine Kleider wieder in Ordnung brachte, fühlte ich mich keineswegs besser. Mein Kopf schmerzte, die Temperatur stieg, der Wind war viel zu warm für die Jahreszeit. Ein Grauen kroch mir über die Haut. Ich sah das Feuer zwischen den Tannen leuchten, und plötzlich war mir, als sähe ich Missgeburten aus einer anderen Welt sich im roten Licht dort bewegen, wenngleich ich doch wusste, dass es die Kameraden waren und ihre verlängerten Schatten. Ob ich wohl Fieber hatte? – Nein, meine Stirn fühlte sich kalt an. Ich brauchte frische Luft, das war alles. Ich machte ein paar Schritte, atmete in tiefen Zügen. Ja, die Luft tat mir wohl. Fast ohne es zu merken, wanderte ich den Hang hinauf, bis ich dunkle Felswände durchschimmern sah. Die Gespräche der Kameraden drangen immer undeutlicher an mein Ohr; bald war das Feuer nur ein blasser rosa Schein, der allmählich verschwand. Meine Kleider streiften kahle Zweige, der noch vereiste Boden knarrte unter meinen Füßen. Außer dem Geräusch meiner Schritte umgab mich eine seltsame Stille, gleichsam gespenstisch und feierlich, eine Stille, die meinen Atem schluckte. Der Gipfelhang war mir zu steil, zu dunkel, zu gefährlich. Ich dachte, ich muss zurück, sonst finde ich den Weg nicht mehr. Ich machte kehrt und merkte plötzlich, dass ich über einen vereisten Bergbach ging. Die Eisschicht zerbrach unter meinen Füßen, und ich wich schnell zurück. Mein Magen hatte sich beruhigt, ich war todmüde und wollte nur noch schlafen. Plötzlich fiel mir auf, dass ein Strauch vor mir eine seltsame Form hatte. Mit stumpfer Neugierde ging ich darauf zu und sah unter den Zweigen einen Leichnam. Der starre Körper war halbnackt unter einer roten Robe. Man hatte dem Mann die Kehle durchgeschnitten. Obwohl ich schon viele Leichen gesehen hatte, verursachte mir dieser Anblick ein furchtbares Gefühl, eine Art Schock. Im selben Augenblick entdeckte ich, dass der Tote keineswegs einsam dalag. Noch mehr Leichen waren über den Hang verstreut, alles Mönche, die hier den Tod gefunden hatten, ältere Männer ebenso wie ganz junge, knapp zwölfjährige Novizen. Fast alle waren nackt und hatten überhaupt keine Farbe mehr außer einem seltsamen Grau, als seien sie bereits mit dem Boden verwachsen. Der ganze Wald, die Schneehänge, die erfrorenen Leichen schienen sich vor meinen Augen zu drehen.

Ich musste mich an einen Baumstamm klammern, um nicht in Ohnmacht zu fallen. Mein Schädel schien geöffnet zu sein, von Funken durchströmt. Ich schnappte nach Luft und wollte schreien, wollte die Kameraden rufen, damit sie mir zu Hilfe kämen. Doch der Schrei blieb mir in der Kehle stecken. Denn ein Teil von mir hatte seine Besinnung bewahrt, dachte logisch und klar. Ich konnte mir vorstellen, was hier geschehen war. Es gab noch eine Anzahl kleiner Klöster im Gebirge, die an verborgenen Orten ihr eigenständiges Leben führten. Ein Bataillon hatte diese Mönche gefunden, vielleicht, als sie Holz sammelten, und sie niedergemetzelt. Ach, hatte ich denn vergessen, dass für die Han-Chinesen jeder Mönch, jede Nonne Freiwild war? Ich kämpfte gegen das Grauen an, fürchtete, es würde mich in Stücke reißen. Ich machte kehrt, floh vor den grausigen Bildern, lief taumelnd durch die Nacht. Ein dunstiger Mondsplitter wanderte über die Berge, begleitete meine Flucht. Meine Ohren waren voll raschelnder, berstender Geräusche: der eigene Atem, das schluchzende Keuchen, das wirre Stapfen meiner Füße. Meine Nase nahm die vielen modrigen Gerüche des Berges wahr, während Nässe meine Haut überzog. Das schnelle Laufen hatte das verursacht, meine Poren schwitzten Feuchtigkeit aus: mein ganzer Körper weinte. Wenn die Wolkendecke aufriss, strahlten die Nebel ein schwaches Licht aus, sodass auf dem Dunst ein fliegender Schatten wehte, noch befremdlicher als die Dunkelheit selbst. Und mit einem Mal erkannte ich, dass der fliegende Schatten meine Seele war, die sich voller Abscheu aus meinem Körper gelöst hatte, um fernab von mir weiter zu bestehen. Ja, und was würde aus mir? Ich konnte doch ohne Seele nicht leben! Ich streckte die Arme nach ihr aus, und sie tat das Gleiche, aber wir berührten uns nicht, wir waren getrennt, denn zwischen uns flossen Schatten, die kalt waren und stanken. Ich schlug wild um mich, versuchte meine Seele zu packen, festzuhalten, von dem einzigen Gefühl besessen, sie wieder einzufangen. Mein verzweifelter

Kampf war auf der Nebelwand sichtbar, meine Arme bewegten sich und zuckten, und die Seele bewegte ihrerseits die Arme, hastete an mir vorbei, entfernte sich. Ein letztes Mal griff ich vergeblich nach ihr, sah nichts als einen milchigen Schein. Plötzlich verfingen sich meine Füße in irgendeinem Gestrüpp. Ich verlor das Gleichgewicht und stürzte, rollte eine kleine Strecke über den Hang und schlug gegen einen Felsen. Der Aufprall löste eine Art Explosion in mir aus, ein Reißen und Knirschen und Splittern, die ich bis ins Rückenmark spürte. Seltsam war, dass ich keinen Schmerz dabei empfand, nur eine Steifheit im Unterleib, und mir war übel. Einige Atemzüge lang lag ich benommen da, bevor ich wieder zu mir kam und mich mit krallenden Händen emporkämpfte. Ich rutschte ein paar Mal ab, schlug mit dem Kopf an eine vorspringende Kante, dass die Haut aufplatzte. Endlich bekam ich mein Gesicht über den Rand des Steins hinaus. Da sah ich in knapper Entfernung und hoch über mir eine riesige Gestalt. Hinten im Dunkel gegen eine Felswand war sie gelehnt, blickte starr und streng auf mich herab. Ich wusste natürlich, wer sie war, und meine klappernden Zähne formten ihren Namen.

›Der Große Steuermann!‹

Eine letzte Anstrengung riss mich hoch, sodass ich halbwegs auf die Beine kam. An den Stein geklammert, schrie ich meine Wut heraus, schrie gegen ihn, gegen sie alle, kreischte und geiferte und verfluchte jene, die mich in die Irre geführt, meine Seele geraubt hatten. Und als mein Geschrei endlich nachließ und mir klar wurde, dass ich den unteren Teil meines Körpers nicht bewegen konnte, da liefen mir die Tränen, mit dem Blut aus der Kopfwunde vermischt, über die Wangen und in den Mund. Jede Wärme, jede Kraft zog sich aus mir zurück. Meine Haut verwandelte sich in eine graue, tote Hülle, bis ich nicht den geringsten Unterschied zu finden vermochte zwischen den toten Leibern der Mönche und dem meinen, der jetzt erkaltete. Und als ich an dem Felsen entlangrutschte, wurde ich ihnen noch ähnlicher, denn ich lag da, mit den Augen ins Leere starrend, bis mir die Lider zufielen und ich mit langsamem Pulsschlag ohnmächtig wurde.

SECHSUNDDREISSIGSTES KAPITEL

Das erste Morgenlicht weckte mich. Ob wir erschöpft waren oder nicht, es war jedes Mal die Zeit, da im Lager die Lautsprecher den Fahnengruß und den Frühsport verkündeten. Seit Jahren war mir dieser Ablauf in Fleisch und Blut übergegangen, sodass ich automatisch die Augen aufschlug. Doch das übliche Scheppern blieb aus, die Lautsprecher schwiegen. Und überhaupt, nichts war wie sonst.

Dumpf kehrte die Erinnerung zurück, doch alles war wirr, wie im Fiebertraum. Ich hatte irgendwo Leichen gesehen und Angst bekommen, was sehr töricht war, denn Tote sind harmlos. Daraufhin war mir der Vorsitzende Mao Tse-tung erschienen und hatte mich tadelnd an meine Pflicht erinnert. Und ich, was hatte ich getan? Ihn angespuckt und verwünscht? Wie furchtbar, wie beschämend! Das durfte niemand erfahren, vor allem die Kameraden nicht, sonst würden sie Meldung machen müssen, wie ich es ja auch getan hätte! Wo waren sie überhaupt? Sie suchten gewiss nach mir. Ich wollte die Beine bewegen, dabei zuckte ein so unerträglicher Schmerz durch mein Rückgrat, dass ich nicht anders konnte, als mit meinem ganzen Gewicht zurückzufallen. Doch irgendwie war es mir gelungen, etwas höher zu rutschen, sodass ich hinter den Felsen blicken konnte. Und da wagte ich kaum zu glauben, was ich sah. Der Große Steuermann starrte auf mich herab und war so hoch wie zehn Menschen übereinander.

Ich schloss die Augen, hoffend, dass das Bild sich in nichts auflösen würde. Vorsichtig öffnete ich sie wieder. Nein, es war kein Fiebertraum gewesen! Das Bild war nach wie vor da. Und außerdem war es gar nicht der Vorsitzende Mao, den man dort in den Fels gemeißelt hatte. Hoch über mir stand ein Abbild Buddhas, das größte, das ich je gesehen hatte. Die Nische, in der er lehnte, hatte die Form eines Rechtecks und wurde von einer Art Kuppel überdacht. Solche Statuen gab es viele; sie wurden von den Jungkommunisten zerschlagen und unkenntlich gemacht. Bei besonders großen setzten sie Sprengkörper ein. Dieser Buddha war noch unversehrt. Der Kopf allein nahm die ganze Kuppel ein. Sein Gesicht war ein vollendetes Oval, sanft geformt, die Ohrläppchen ein wenig verlängert. Durch die leicht gesenkten Lider schienen die Augen gleichermaßen nach innen und in die Weite der Welt zu blicken. Eine Hand, in Brusthöhe erhoben, deutete einen Segen an, die andere war in der Meditationsgeste leicht gefaltet. Eine Hüfte war ein wenig eingeknickt, damit der Körper eine anmutige Linie bildete, und das Steingewand lag in geraden, würdevollen Falten um seine Schenkel. Doch nicht die Schönheit der Statue fesselte mein Auge – den Sinn für solche Dinge hatte ich längst verloren –, sondern ein unglaublicher Anblick: Buddha weinte! Aus den halb offenen Augen liefen Tränen über sein Antlitz, den wehmütigen Lippen entlang, tropften langsam auf den steinernen Umhang.

Heute, mit klarem Verstand, will ich meinen, dass dieser aufwühlende Vorgang eine ganz natürliche Ursache hatte. In der Nacht hatte die Schneeschmelze eingesetzt; die hohe, schwere Eiskrone, die Buddhas Haupt seit Winterbeginn trug, verwandelte sich langsam in Wasser. Doch in diesem Augenblick war ich zu solcher Sachlichkeit nicht fähig – zu keiner Sachlichkeit überhaupt. Ich starrte auf den weinenden Buddha, auf die Tränen, die im aufkommenden Morgenlicht immer heller glitzerten. Die ganze aufgeblähte Ethik um das Volk, die im Chor gebrüllten Parolen, die Menschen in abgestumpfte Werkzeuge und Kinder in Ungeheuer ohne Mitleid verwandelten, verblassten bei diesen Anblick zu vollkommener Sinnlosigkeit. Musste ich sterben, damit ich das endlich begriff? Buddha weinte, und seine Tränen brachten mich zu meiner unschuldigen Kindheit zurück, zu den Jahren der Märchen und Wunder, der Fürsorge und der Liebe. Die vielen Jahre im Arbeitslager hatten mich zum seelischen Krüppel gemacht, zu einem gewissenlosen Monstrum, tragisch unfähig, das Böse in mir selbst zu erkennen. Ich warf beide Hände vors Gesicht, damit Buddha nicht sehen konnte, was für ein abscheulicher Mensch ich war. Doch seine weinenden Augen sahen durch meine Hände hindurch, und als eine ungeahnte Wärme meine Brust erfüllte, wusste ich, dass meine Seele, unbemerkt und lautlos, mit der aufgehenden Sonne zu mir zurückgekehrt war, sich zart und empfindsam in mir regte. Die Scham, die Reue, löste in mir ein trockenes Schluchzen aus. Endlich flossen auch bei mir die Tränen, ich beweinte den Verlust meiner Kindheit, Lhamos Verachtung und die entschwundene Zuneigung meiner kleinen Schwester. Ich weinte, bis ich nicht mehr weinen konnte und der laue Wind auch auf Buddhas Antlitz jede Träne getrocknet hatte. Und erst als die Sonne die steinerne Statue beschien, kam ich wieder völlig zu mir, suchte mit tastenden Fingern die Ursache meiner Schmerzen. Da wurde mir bewusst, dass ich einen Beckenbruch hatte, mich nicht vom Fleck rühren konnte und ohne Hilfe hier wohl würde sterben müssen.

Und seltsamerweise gab mir diese Gewissheit Frieden. Mein Körper war entzweigebrochen, genau so wie mein Geist zuvor. Doch jetzt war ich mir klaren Verstandes sicher, dass ich nicht mehr zu den Pionieren gehören wollte, dass ich sie auch nicht zu Hilfe rufen konnte. Ich musste verhindern, dass sie die Statue entdeckten und zerstörten. Dieser Buddha, der um mich geweint hatte, brauchte meinen Schutz, selbst wenn ich mein Leben dabei verlieren sollte. Im Lager hatte man mir beigebracht, dass ein Menschenleben nicht mehr wert ist als das einer Ameise oder eines Vogels. Es machte mir nichts aus, dass ich hier sterben sollte, mit dem Stein als Kissen und dem Wasser des schmelzenden Schnees als letztem kühlendem Trunk. Meine Seele war wieder da, bei mir, ich hielt sie mit beiden Armen fest. Ach, was erwartete mich noch in dieser Existenz? Meine Schwestern hassten mich, meine Eltern waren weit weg oder tot, meine Freunde auf der Flucht und mein Haus zerstört. Der Vorsitzende Mao Tse-tung war eine aufgeblasene Selbstdarstellung, ein Trugbild. Wer Gott sein will, ist kein Gott, sondern nur ein Tyrann. Ich war hineingestoßen worden in die schreckliche Hermetik eines Wahnsystems, das alle Gefühle, alle Gedanken verdrehte. Die Augenblicke, in denen ich zum Verräter und Folterknecht wurde, formten sich vor meinen inneren Augen wie zurückgespiegelte Bilder, so unerträglich lebensecht, dass ich von einer nicht enden wollenden Übelkeit befallen wurde. Es war, als müsste ich mein Leben würgend herausspucken. Müdigkeit, Schmerz und Hunger legten sich allmählich in immer dichteren Schichten auf mich. So verging die Zeit, und ich merkte es kaum. Eine seltsame Leichtigkeit war in meinem Kopf, obwohl ich starke Schmerzen litt und vor Fieber glühte. Die Granitwand, die Wälder, ja der kalte Boden selbst schimmerten hell im Tageslicht und dunkel in der Nacht, wenn die Sterne glühten. Ich fühlte mich nicht einsam; meine Seele war ja wieder bei mir, und Buddha sah auf mich mit größerer Milde herab als eine Mutter, die sich über ihr Kind beugt, es tröstet und sagt, es solle nicht zornig sein. Bald aber nahm mir der Schlaf alle Sorgen, die Schmerzen kamen und gingen, ich erduldete sie wie alles andere auch, ohne Auflehnung, ohne Groll. Das alles hatte ich verdient, weil ich Mao Tse-tungs Lügen mehr Glauben geschenkt hatte als Buddhas Wort. Meine Glieder fühlten sich unendlich schwer an, vor allem mein Kopf. Doch irgendwann kamen mir Bruchstücke einer Anrufung in den Sinn, die ich einst in Lhasa von den betenden Lippen der Mola gehört hatte. Ich murmelte sie vor mich hin, mit dumpfer Verwunderung, dass ich mich ihrer überhaupt noch entsann: ›Alles, was ich früher getan habe, hat Leiden verursacht.

Wegen meiner schlechten Taten wurde ich am Anfang des dunklen Zeitalters geboren.

Wegen übler Freunde habe ich den Weg der Wahrheit verlassen.

O Barmherziger, gewähre mir deinen Segen, sodass ich meinen Feind, das eigene Ich, besiege.

Gewähre mir deinen Segen, dass ich befreit werde und eins mit dir sein kann.

Gewähre mir deinen Segen …‹

So wohltuend diese Worte waren – ich hätte mich früher auf sie besinnen sollen. Doch bald kam wieder eisige Kälte, eine Schwäche des Herzens und eine Dunkelheit, die meine Seele frösteln ließ. Ich krümmte mich und machte mich kleiner, um sie festzuhalten und sie zu trösten. Wahrscheinlich gelang es mir auch, denn sie hatte plötzlich einen warmen Atem und warme Hände. Sie sprach zu mir mit unbekannter Stimme, tastete meinen Körper ab, berührte meine gebrochene Hüfte, sodass ich aufschrie. Was tat meine Seele mit mir? Ich hörte Dinge, die ich zuvor nie gehört hatte, hörte sie ganz deutlich, ein Durcheinander von Klangvibrationen, ein Knirschen auf den Kiefernnadeln, dicht an meinem Kopf, schleifende Laute auf wurzeldurchsetzter Erde. Undeutliche, in Nebel gehüllte Gestalten bewegten sich. Ich sah sie in Umrissen, roch ihre Gerüche nach alten Kleidern, nach Holzkohle und Weihrauch. Eine Stimme stellte eine sinnlose Frage, und eine andere gab Antwort: ›Zu hoch für ihn, viel zu hoch!‹

Doch die Stimme, die zuerst gesprochen hatte, sagte: ›Wir können ihn nicht hierlassen. Wir schaffen es schon.‹

Hände tasteten an mir hinauf, packten mich mit behutsamem Griff. Als die Hände mich hoben, kreischte meine Seele vor Schmerz. Ich konnte diese Hände nicht sehen, spürte nur diese entsetzlichen Flammen im Rücken, als sie mich herumdrehten. Schon glitt die Welt unter mir fort, ich konnte Buddhas Gesicht nicht mehr erkennen, denn auch er hatte sich umgewandt, sodass ich ihn von der anderen Seite sah. Er besaß eben diese Eigenschaft, dass er sich meiner Wahrnehmung entzog. Und gleichzeitig wurde mein ganzer Körper von Stößen erschüttert. Jeder Stoß verursachte einen neuen Schmerz, unfassbar, ungeheuerlich. Meine Seele knirschte mit den Zähnen, schrie, weinte und betete. Als sie laut Buddhas Namen rief, legte sich eine warme Hand auf meine Stirn, und eine sanfte Stimme murmelte: ›Gleich, mein Sohn, gleich!‹

Mein Gehirn zuckte und schlug gegen die Hirnschale, als die Felswand sich schaukelnd und schwankend auf mich zuwälzte. Ich hörte ein Keuchen und Schnaufen, dazu scheuernde, stapfende Geräusche. Es roch nach Staub und nassem Holz. Manchmal musste ich sitzen; das waren die schlimmsten Augenblicke, schien ich doch in zwei Stücke geteilt. Dann packten die Hände wieder fester zu, zogen mich empor, alles zerrte, riss und schmerzte. Ich bestand nur noch aus einem steifen, mit Haut überzogenen Knochengestell, an irgendwelchen Seilen hochgezogen. Der ganze unbedeutende Rest, Geist, Denken, Empfinden, war gelähmt, nur das Herz pumpte und hüpfte unter den Rippen. Irgendwann schlug ich die Augen auf und sah in einem jähen Schwindelgefühl, dass Buddha mir nahe war, so nahe, dass ich ihn hätte berühren können. Hier wurde das Hochziehen langsamer, immer vorsichtiger, zögernd. Doch es gab kein Innehalten. Unendlich langsam glitt Buddhas sonnenvergoldetes Profil an mir vorbei, und dann war es auf einmal, als schwebte ich hoch über ihm, gleich einem trunkenen Vogel in verglimmender Dämmerung. Danach kam eine feierliche Schwärze, vom Himmel herabfallend wie ein warmes Tuch. Und danach kam lange Zeit gar nichts mehr.

SIEBENUNDDREISSIGSTES KAPITEL

Das Erste, was zurückkam, war das Klingeln kleiner Glöckchen. Seltsame goldene Lichter umfingen mich. Auch Gestalten waren da, freundliche Gestalten, mit sanften Stimmen und geschickten Händen. Sie wuschen mich, pflegten meine Wunden, deckten mich zu, flößten mir Brei und warme Getränke ein. Ich lag weich, in wohltuender Wärme. Es duftete nach Weihrauch und Apfelrinde. Dann und wann berührten Hände meine Hüften, bestrichen sie mit einer Salbe, die nach Wurzeln und Kräutern roch. Wenn sie den Verband anzogen, schmerzten die Bruchstellen ganz entsetzlich. Ich hörte mich stöhnen und hörte gleichzeitig die beruhigenden Worte, die gemurmelt wurden. Es gab ein bitteres Zeug zu trinken, sodass ich mich entspannte und einschlief. Bis in meine Träume hinein begleitete mich ein leichtes, unentwegtes Summen, als ob Insekten ihre Flügel rieben. Dazu kam das Murmeln vieler Stimmen, die leise Gebete sangen. Allmählich wurden diese Schlafperioden kürzer. Auch Gesichter waren da, die sich in mein Blickfeld schoben, alte, gütige Gesichter. An den Gesängen, die sich abwechselten, an dem Klingeln der Glöckchen, an dem Ablauf von Sonnenschein und Dunkelheit merkte ich, dass wieder ein Tag vorbei war. Doch eigentlich wurde es nie richtig finster, die goldenen Lichter waren immer da und flackerten freundlich, ein seltsames, schwächer und stärker werdendes Hin und Her. Die meiste Zeit schlief ich, bisweilen war ich mir der Schmerzen in meiner Hüfte unmittelbar bewusst, vornehmlich, wenn die guten Hände zu irgendeinem notwendigen Dienst nach mir griffen. Ich lag auf dem Rücken, die Arme über der Brust fest verschränkt – wollte ich doch vermeiden, dass die Seele mich wieder verließ. Weil meine Arme beim Aufwachen stets eiskalt und gefühllos waren, sagte meine Seele zu mir, ich sollte endlich beruhigt sein, es würde nie wieder vorkommen. Man legte dann die Arme längs meines Körpers, und ich ließ sie dort ruhen. Das Blut begann wieder zu kreisen, ich fühlte, wie meine Arme und Hände warm und gelenkig wurden. Eines Morgens wachte ich auf, frisch und ausgeruht, stützte mich auf meinen unversehrten Ellbogen und spähte umher. Die Flämmchen beleuchteten eine buntbemalte Trommel, das honigfarbene Trommelfell schimmerte matt. Weihrauch zog in Schwaden hoch; ich atmete tief den beglückenden Duft ein, der mich an meine Kindheit erinnerte, an die Riten zu Ehren Palden Lhamos, der Schutzgöttin der Familie. Tatsächlich lag ich auch hier in einem kleinen Gebetsraum, hinter Getreidesäcken mit ihrem starken Aroma nach Korn. Das Summen, das ich Tag und Nacht hörte, wurde von einer Anzahl Gebetsmühlen erzeugt, größeren und kleineren, die beständig in Gang gehalten wurden. In Glas- und Zinngefäßen brannten Butterlampen. Das sanfte, lebendige Licht beleuchtete einen Altar aus verwittertem Holz. Auch Buddha war wieder da, doch viel kleiner und aus Kupfer. Darunter befand sich ein Bild, mit Papierblumen eingerahmt. Das Bild war in schönen, klaren Farben koloriert und zeigte einen jungen Menschen, der hinter einer Brille lächelte. Bei seinem Anblick wurden meine Wangen heiß. Ich wusste, wer dieser junge Mensch war, und entsann mich voller Scham, wie ich ihn verleumdet, beleidigt und bespuckt hatte. Meine Augen füllten sich mit Tränen; ich schluchzte leise vor mich hin. Man musste mein Weinen gehört haben, denn, vom Schlurfen seiner Schritte angekündigt, trat aus der Grenze zwischen Licht und Schatten ein Mann, mit der safrangelben Robe der Mönche bekleidet. Er brachte saubere Tücher und trug eine Schüssel in der Hand. Neben mein Lager stellte er einen Krug mit heißem Wasser. Der Mönch war hochgewachsen und mager. Das Gesicht war erstaunlich faltenlos, sein wahres Alter war nur an den steifen Schritten, den sparsamen Bewegungen abzusehen. Ich erkannte seine Stimme sofort, hatte sie ja von Anfang an in meiner Bewusstlosigkeit gehört: ›Wie fühlst du dich heute, mein Sohn?‹

Ich hatte verlernen müssen, danke zu sagen. Aber jetzt kam mir dieses Wort ganz geläufig über die Lippen. Ich sagte: ›Ja, danke, es geht mir wieder gut.‹

Fältchen zeigten sich in seinen Augenwinkeln.

›So gefällst du mir besser!‹

Er schob die Decke beiseite, wickelte den Verband auf, säuberte sehr sorgfältig die Wunde, die eine Kruste gebildet hatte.

›Der Knochen scheint gut zu heilen‹, sagte er. ›Aber du brauchst noch viel Ruhe und gute Pflege.‹

Er legte den Verband wieder an, verknotete ihn so fest, wie ich es ertragen konnte. Ich biss die Zähne zusammen. Meine Schmerzen waren unbedeutend im Vergleich zu alldem, was ich mitgemacht hatte. Zum Schluss befestigte er mit sanften, geschickten Fingern die Stäbe, die den Bruch stützten.

Ich fragte, wo ich denn sei. Er lächelte mir heiter zu.

›In einem heiligen Haus.‹

Demnach befand ich mich in einem Kloster. In meiner Schwäche entsann ich mich, dass der alte Mann, dessen Vorname Tsering lautete, mit dem Ehrentitel ›Geshe‹ angeredet wurde. Mein gütiger Pfleger war also der Abt.

›Nun, mein Sohn‹, fragte er, ›hast du jetzt Hunger und Durst?‹

›Ja, ich habe großen Hunger‹, erwiderte ich überrascht.

Er blinzelte mir zu.

›Und das wundert dich?‹

Er entfernte sich und kam einige Augenblicke später mit einer Schüssel Gerstenbrei, einem Holzlöffel und einem Krug

Buttertee zurück. Ich schlürfte gierig den Tee, aß mit Heißhunger den Gerstenbrei. Der Abt saß neben dem Lager und ließ mich nicht aus den Augen. Und bei jedem Bissen, jedem Schluck, nickte er glücklich mit dem Kopf.

›Du hast ganz von allein wieder Hunger gekriegt, das ist gut.‹

Seltsam, wie das Leben zu mir zurückkehrte, jeden Tag ein wenig mehr! Es musste mit dem Summen der Gebetsmühlen zusammenhängen, die unentwegt von den Mönchen gedreht wurden. Beim Vorbeigehen legten sie einfach ihre Hand darauf und gaben den Mühlen einen leichten Stoß, sodass ihr zärtliches Summen wieder ertönte. Es war, als ob dieses leise, stetige Geräusch mir mein Leben zurückbrachte. Ja, das Leben kam wieder, rieselte durch meine gelähmten Glieder wie der Saft in einem verdorrten Baum. Nach den ersten Bewegungen, nach dem ersten Gefühl, dauerte es auch nicht lange, bis meine Kraft zurückkehrte und gleichzeitig auch die Fähigkeit zum Denken.

Ich fragte Tsering Geshe: ›Ehrwürdiger Meister, wie habt Ihr mich gefunden?‹

Da hob ein Seufzer seine Brust.

›Wir dachten, du seist nicht mehr am Leben.‹

Ich antwortete zitternd: ›Ich hatte nicht gedacht, dass es noch etwas gab, das mir guttun könnte. Ich wollte sterben!‹

In weicher, schöner Bewegung schob er den Ärmel seiner Robe über die hagere Schulter.

›Solche Gedanken sind deiner Jugend nicht angemessen.‹

›Nein, nein, ich bin alt‹, stieß ich hervor.

Er hob die Brauen mit verhaltenem Spott.

›Oh, wie alt denn, mein Sohn?‹

Meine Stimme brach.

›Ich glaube, ich bin … hundert Jahre alt!‹

Er überhörte absichtlich, wie bitter das klang. Dafür deutete er scherzhaft eine Verbeugung an.

›Willst du, mein Sohn, mich beschämen? Ich selbst bin dieser Weisheit noch fern!‹

Ich senkte verwirrt den Kopf. Da ich aber merkte, dass er mich neckte, lächelte ich scheu zurück.

›Ich … ich werde fünfzehn.‹

Er nickte.

›Somit stehst du erst am Anfang deiner Ausbildung. Die Früchte deines Lebenswerks wirst du später ernten.‹

Seine gutherzige Art war es, die mich gesund machte. Körper und Geist heilten. Nachts schlief ich traumlos und gut. Jeden Morgen wurde ich auf neue und erfrischende Weise wach; mein ganzes Wesen schien die Dinge wahrzunehmen, einfach und licht. Nach einigen Tagen meinte der Abt, ich würde wieder gehen können, obwohl ich vermutlich hinken würde.

›Ich bin sehr zuversichtlich‹, sagte er. ›Aber du musst noch liegen. Was dir jetzt schwerfallen wird, ist Geduld.‹

Und das stimmte. Die Zeit wurde mir lang. Doch die anderen Mönche kamen jetzt oft zu mir. Es waren nur wenige, vorwiegend ältere Männer. Sie setzten sich abwechselnd an mein Lager, lausten mich, brachten mir kleine Geschenke – einige Bergblumen, Nüsse oder das Ei einer Wachtel – und scherzten zum Zeitvertreib mit mir. Einer hatte ein Eichhörnchen gezähmt, ein reizendes kleines Tier, zutraulich und geschmeidig, mit dem ich spielen durfte. Alle Mönche waren heiter und entspannt, wenn auch ein Kummer ihre Augen verdüsterte, der ihre langen Gebete umso flehender und inbrünstiger klingen ließ. Der Abt kam mehrmals am Tag, untersuchte meinen Puls, gab mir kleine Kügelchen zu schlucken, die nach bitteren Kräutern und Rinden schmeckten. Weil unter den vielen Fragen in meinem Kopf eine war, die mich besonders beschäftigte, wagte ich eines Tages, sie zu stellen.

›Ehrwürdiger Meister, habt Ihr denn nicht gesehen, dass ich die Uniform der chinesischen Pioniere trug?‹

Er nickte gleichmütig.

›Oh ja, wir erkannten sie wohl!‹

›Wie kommt es, dass Ihr mich trotzdem gerettet habt?‹

›Wie sollten wir nicht? Die Lehren Buddhas verpflichten uns, allen leidenden Kreaturen zu helfen. Missachteten wir dieses Gebot, wären wir gewiss schlechte Menschen!‹

Sein Lächeln kam wieder, stieg bis zu den Augen.

›Nun, wir brauchten uns nicht lange mit Zweifeln zu plagen. Wir wurden belohnt. Denn als wir dich berührten, hast du gebetet.‹

Mich fror plötzlich. Eine Schwäche kam über mich, meine ganze Kraft war plötzlich dahin.

›Bevor ich … gerettet wurde, sah ich tote Mönche im Wald liegen.‹

Auf einmal war es still. Ich hob den Kopf nicht, um mein Gesicht nicht zu zeigen. Ich hörte nur, wie Tsering Geshe schwer atmete. Schließlich sagte er dumpf: ›Sie gehörten zu einem Kloster, ganz in der Nähe. Sie waren unterwegs, um Holz zu sammeln. Wir hörten die Schüsse nicht, weil der Wind aus der anderen Richtung kam. Sonst hätten wir vielleicht Verletzte bergen können …«

Ich saß vor ihm, mit gesenktem Kopf und fröstelnd vor Kummer.

›Ehrwürdiger Meister, lebt Ihr hier in Sicherheit?‹

Er antwortete, gleichbleibend ruhig.

›Bis heute, ja. Unser Kloster ist so gebaut, dass man es vom Tal aus nicht sehen kann. Dazu ist es nur über Leitern zu erreichen, am steinernen Buddha vorbei. Die Leitern können wir bei Gefahr einziehen.‹

Das Herz tat mir weh. Ich dachte, nun müsste auch ich erfrieren, wie die umgebrachten Mönche, von innen heraus.

›Ich sah Buddha weinen …‹

Der Abt nickte traurig.

›Ja, der Barmherzige weint in dieser Zeit, denn sein Volk

wird verfolgt und sein guter Diener beleidigt. Es ist eine Zeit harter Prüfungen. Wir erdulden sie mit großen Schmerzen. Doch jede Prüfung hat einen Sinn.‹

Bittere Spucke sammelte sich in meinem Mund. Meine Haut überzog sich mit einer Hülle aus Eis. In wimmerndem Ton brach ich in Tränen aus. Schreckliche Erinnerungen bestürmten mich, und bevor ich daran denken konnte, ihnen Einhalt zu tun, sprudelte alles, was ich bisher verborgen gehalten hatte, aus mir heraus. Ich kam in dem Strom kaum zum Atmen, doch ich ersparte mir keine Scham und vergaß über keine einzige meiner schändlichen Taten zu berichten. Und als ich von Qual schon fast aufgezehrt war, hatte ich einen erneuten Weinanfall so trockener Art, so tonlos, dass ich glaubte, daran zu ersticken. Da fühlte ich die Hand des Abtes, die leicht wie ein Schmetterling meine Schulter berührte, hörte seine ruhigen Atemzüge, seine unverändert sanfte Stimme.

›Schon wieder Tränen, mein Sohn? Lass das doch! Wer von uns ist ohne Schuld? Deine bösen Taten erkennst du. Nun hast du das ganze Leben vor dir, um sie auszugleichen.‹

Das war alles, was er sagte, und er verlor darüber auch nie mehr ein Wort. Doch in den folgenden Tagen machte er mich mit Buddhas Lehre vertraut, jener großartigen Lehre, die uns hilft, Hass und Begierde zu besiegen, die Arglist zu erkennen, die in der Selbstsucht verborgen ist. Wir werden wieder und wieder ins Leiden hineingeboren, sagte Tsering Geshe, bis wir endlich, in heiliger Schönheit, die Erleuchtung erlangen. Aber bevor wir es so weit bringen, muss unser Körper, der ein Gefäß der Seele ist, diese in sich bewahren. Er war nicht erstaunt, als ich ihm daraufhin den Vorgang schilderte, der sich für mich in Einsamkeit und Schmerz unter Buddhas Augen vollzogen hatte, sondern sagte: ›Vergiss nicht, mein Sohn, in deinem Körper sind mehrere Körper, viele Körper in diesem Fleisch. Da ist die Mutter, der Vater, sind die Vorfahren, ja sogar die Tiere. Sie alle sind es, die deinen Körper heilig machen.‹

Ich dachte über mein Leben nach, über meine guten und bösen Taten, über Buddha und das Schicksal. Auf diese Weise ging der Frühling vorbei. Als der Sommer begann, konnte ich mich wieder aufrecht halten, die ersten Schritte versuchen. Nach den ersten Bewegungen dauerte es nicht lange, bis die Kraft zurückkehrte. Ich stand zunächst auf die Schultern zweier Mönche gestützt. Dann schnitzten sie mir Krücken, auf denen ich gehen konnte. Und bald bewegte ich mich wieder auf meinen Füßen, wie einst. Ich zog nur mein linkes Bein nach, wie ich das auch heute noch tue. Dank meiner Jugend und meines robusten Körperbaus konnte die Heilung stattfinden, meinte Tsering Geshe. Als ich zum ersten Mal in Wind und Sonnenlicht stand, tief die würzige Bergluft einatmete, kam ich mir vor wie aufgestanden vom Schlaf, wie eben geboren, einem Vogel ähnlich, der aus dem Ei schlüpft und eine neue Welt erblickt. Weil der Abt wollte, dass ich mich bewegte, ging ich im Kloster auf Entdeckung. Ich stellte fest, dass der Bau auf verschiedenen Plattformen errichtet war und wie eine Bienenwabe am Berghang klebte. Die Räume empfingen Licht durch schmale Fensterluken. Die Wände bestanden aus Mörtel und Balken; manche Teile waren sogar als Höhlen in den Fels gehauen, und die Mönche wohnten dort. Ich kletterte über Leitern verschiedener Länge, die einen Teil des Klosters mit dem nächsten verbanden. Zunächst kam ich nicht weiter als über ein paar Sprossen, dann wagte ich mich höher oder tiefer. Die Mönche, die sich trotz ihres Alters gelenkig auf jede Leiter wagten, riefen mir zu, ich solle vorsichtig sein. Ich rutschte bis ganz an den Rand der Mauer vor, ergriff mit beiden Händen die Holzleiter, beugte mich hinab. Ja, so musste den Vögeln und Eichhörnchen zumute sein, die in einer Welt der Bergspitzen und Baumkronen wohnten! Hier war die Schönheit und Freiheit der Natur, zu der der Geist sich aufschwingen konnte. Ich empfand große Unbeschwertheit und Geborgenheit und fühlte mich glücklich wie schon lange nicht mehr. Das Böse wütete tief unten, im Tal. Aber hier oben umfing mich das reine Grün der Wälder und alles Blau des Himmels.

Es dauerte nicht mehr lange, da setzte ich Tsering Geshe von meinem Wunsch in Kenntnis, als Novize in diesem Kloster die heiligen Schriften zu studieren. Der Abt schenkte mir wie stets seine liebevolle Aufmerksamkeit, doch seine Antwort war nicht jene, die ich mir erhofft hatte.

›Dein Vertrauen ehrt uns, mein Sohn. Dennoch – es ist besser, du gehst. Du bist noch zu jung, um dein Leben inmitten alter Männer zu verbringen. Sieh doch, wir sind nur noch wenige, und es kann täglich geschehen, dass unser Kloster entdeckt und zerstört wird. Wenn man, wie wir, schon an der Schwelle des Todes steht, hat man's leicht. Du aber, kaum dem Kindesalter entwachsen, sollst wissen: Das Leben ist ein Geschenk. Es zu vergeuden wäre nicht recht. Die Welt ist wunderbar und vielfältig. Bevor du die Wahrheit in einem Kloster suchst, spüre sie draußen auf, im Leben.‹

Er war der Meinung, dass ich Tibet verlassen sollte. Tausenden von Flüchtlingen gelang es, nach Indien zu entkommen. Ich prüfte gründlich seinen Vorschlag und willigte schließlich ein. Der Abt ließ mir einen blauen Overall anfertigen, denn das Tragen der traditionellen Tschuba war verboten. Ein Mönch hatte irgendwo eine chinesische Kappe gefunden, die er mir lachend über den Kopf stülpte. So, rief er, würde mich keiner erkennen! Die alten Mönche standen in kindlichem Frohsinn um mich herum und bestätigten dies mit allerlei Scherzworten. Einer brachte mir einen robusten Stock, den er unter sorgfältiger Abmessung meiner Armlänge für mich geschnitzt hatte. Er meinte, der Weg sei weit und ich bräuchte noch eine Stütze. Tsering Geshe gab mir Geld aus der eigenen Schatulle, obwohl er kaum noch das Nötigste besaß. Ich erhielt eine Decke, die ich um die Schultern trug, und selbst angefertigte Sandalen. Es war Sommer. Die Nächte waren kühl, aber die Tage noch warm. Zum letzten Mal betete ich im kleinen Heiligtum, strich mit der Handfläche über die abgegriffenen Gebetsmühlen und verabschiedete mich von den Mönchen, die Tränen in den Augen hatten. Das Eichhörnchen kam zum letzten Mal und ließ sich von mir liebkosen. Die Mönche, allen voran der Abt, begleiteten mich bis an den Rand der Mauer. Tsering Geshe legte seine Stirn an meine, segnete mich mit innigen Worten, die er leise formte. Eine Kata – eine Glücksschärpe – gab er mir nicht: Sie hätte mich verraten können. Zum Abschied lächelte er, ein wehmütiges Lächeln.

›Der Weg zu Buddha ist offen. Du kannst ihn jederzeit finden.‹

Das waren die letzten Worte, die er mir auf die Reise mitgab. Ich schwang mich über die Mauer, setzte meine Füße auf die erste Sprosse, stieg unbeholfen, aber beharrlich die verwitterten Leitern hinab, während das Eichhörnchen noch eine Weile lustig neben mir her hüpfte. Dann, auf halber Höhe, ertönte von oben ein Pfiff. Sofort huschte das Eichhörnchen die Sprossen hinauf, zu dem Mönch, der es zurückrief. Ein paar Atemzüge lang fühlte ich mich dann verlassen und einsam. Da hob sich die Sonne über die Bergspitzen, tauchte die Gestalt Buddhas in klares Morgenlicht. Mir schien, dass die Augen, die einst um mich geweint hatten, nun ein Lächeln zeigten. ›Geh in Frieden!‹, sprachen die steinernen Lippen zu mir. ›Ich bin immer bei dir!‹ Und so stieg ich weiter hinab, eine Sprosse nach der anderen. Dohlen mit ausgebreiteten Flügeln kreisten wie trunken im Licht, schrien mir Abschiedsgrüße in den Wind. Und als ich unten am Hang stand, ein letztes Mal nach oben blickte, erschien mir das unsichtbare Kloster wie ein Traum, ein zärtlich gehegtes Wunschbild selbstloser Liebe. Nun war ich wieder im Tal, in einem Strom von Schmutz und Gemeinheit; hier war das Leben ein unbarmherziger, gehässiger Kampf. Ein Kampf, unter dem roten Banner geführt, der zum Ziel hatte, die Kultur, die Religion und die Lebensweise eines ganzen Volkes zu vernichten.«

ACHTUNDDREISSIGSTES KAPITEL

Meine Gedanken gingen wild durcheinander, fragen konnte ich nicht mehr. Da saß ich nun und blickte in das Zimmer hinein, in diese Mönchszelle, weil das Gegenlicht meinen Augen weh tat. Kelsang hatte sich hier seinen Käfig gebaut, einen Käfig für die furchtbaren Hemmungen, die ihm das Leben versperrten. Eine vollkommene kühle Einsamkeit. Die brauchte er, das musste sein, sonst wäre er zugrunde gegangen. Brach er aus dem Käfig aus, war er verloren. In Selbstachtung würde er nie leben können.

Wie lange hatte er gesprochen? Ich wusste es nicht. Mittag war längst vorüber, mir war der Appetit vergangen. Manche Erinnerungen tragen eine intensive Kraft in sich, mit einer geballten elektrischen Ladung vergleichbar. Kelsang hatte sich von ihnen mitreißen lassen und verausgabt. Als er sich aufrichtete, um frischen Tee aufzugießen, verlor er fast das Gleichgewicht.

»Warte, bleib sitzen«, sagte ich. »Ich mach das schon!«

Er ließ sich wieder zurückfallen.

»Danke!«

Er saß da, befangen und beschämt in seinem schlechten Gewissen. Argwöhnisch folgte er meinen Bewegungen mit den Augen, rührte sich aber nicht. Ich war erschüttert, es brach mir fast das Herz. Trotzdem gelang es mir, in beiläufigem Ton zu sprechen.

»Macht dir deine Hüfte immer noch zu schaffen?«

Er schüttelte leicht den Kopf.

»Wenn sich das Wetter ändert, nur dann.«

Er trank seinen Tee mit lautem Schlürfen. Er hielt die ganze Zeit sein Gesicht ein wenig von mir abgewandt. Sein Geist war flink und wachsam, aber unzugänglich. Es war, als habe er unbewusst einen Kampf mit mir aufgenommen. Er dachte wohl, dass ich ihn verurteilen und hassen würde. Doch ich weigerte mich, ihn zur Zielscheibe meines Zorns zu machen. Am Ende war ich ihm dankbar, denn er hatte einige meiner Fragen geklärt. Aber nicht alle.

Ich setzte mich wieder ihm gegenüber.

»Und was wurde dann aus dir?«

Er krümmte sich ein wenig. Sein nach wie vor scharfer Blick zuckte zwischen den Lidern auf.

»Ich schlug mich durch. Die Flüchtlinge halfen sich gegenseitig. Wenn es ging, suchte ich Obdach in einem Kloster. Schließlich kam ich nach Indien, in ein Lager des Roten Kreuzes.«

Er war müde. Seine Stimme, die so eindringlich gesprochen hatte, war fast tonlos geworden.

»Da verbrachte ich ein paar Monate. Täglich kamen neue Flüchtlinge. Ich trug inzwischen die Novizenrobe und half, die Menschen zu versorgen. Und eines Tages …«

Er stockte. Ein Schweißfilm überzog sein Gesicht. Er fuhr sich mit dem Handrücken über die Stirn.

»… eines Tages war auch Sonam unter ihnen. Sie hatte zum dritten Mal die Wachtposten überlistet. Und diesmal war ihr die Flucht gelungen. Vorher war sie in einen solchen Schlamassel geraten …«

Ich hätte am liebsten gesagt: … doch nur, weil du sie verraten hattest! Aber ich hielt den Mund. Niemand hätte Sonam je davon überzeugen können, dass Freiheit vom Gesetz nicht erlaubt sei. Sie glich einem Schmetterling, der mit verletzten Flügeln doch nicht müde wurde, wieder und wieder aufzuflattern. Ihr Mut war atemberaubend, die Zähigkeit ihres Freiheitswillens ein Ereignis in der Dämmerung zwischen Leben und Tod.

Kelsang sprach weiter, mit einer Art verzweifelter Sorgfalt jetzt. Dabei schien er noch immer auf etwas zu blicken, das nicht da war, etwas, das seine ganze Aufmerksamkeit gefangen nahm.

»Ganz auf sich gestellt, wäre Sonam der enormen Anstrengung wohl nicht gewachsen gewesen. Aber der Zufall wollte es, dass sie diesen Nomaden traf.«

»Welchen Nomaden?«, fragte ich erstaunt.

»Du weißt doch, Kanams Sohn …«

»Wie?«, rief ich fassungslos. »Alo? Davon hat mir Sonam nie etwas gesagt. Wie kann das überhaupt sein? Sonam war ja noch gar nicht auf der Welt, als Longselas Vater ihn heilte.«

Kelsang zuckte ein wenig die Achseln.

»Die Dzi-Steine, erinnerst du dich?«

»Ja, Sonam trägt sie noch immer.«

»Sie gehörten ursprünglich Alos Mutter.«

»Ich weiß. Die Kette war eine Gabe für Longsela, weil Alo wieder gesund war. Später hatte Longsela ein paar Steine von der Kette gelöst und für Sonam ein Halsband damit angefertigt.«

Kelsang nickte.

»Das eine oder das andere erzählt sie.«

»Es ist schwer erträglich, dass sie nicht alles erzählt.«

Kelsang kratzte sich heftig am Arm. Ich sah, wie die Haut rot wurde – Ablenkung? Er sagte: »Damals nahmen die Chinesen allen tibetischen Frauen den Schmuck ab, sogar ihre kleinen Muschelketten. Mir ist rätselhaft, wieso Sonam die Kette behalten konnte. Ich nehme an, weil sie wie ein Junge aussah. Die Kette wurde einfach nicht bemerkt. Jedenfalls erkannte Alo die Steine und erfuhr auf diese Weise, wer Sonam war.«

Ursache und Wirkung, dachte ich, von Staunen erfüllt. Zwischen den beiden Ereignissen – Alos Genesung damals und sein späteres Zusammentreffen mit Sonam – verlief eine Linie, vielfarbig schillernd wie ein Regenbogen. Sonams Begegnung mit Alo stellte für alle Dinge eine Gleichzeitigkeit her, eine Erfüllung dessen, was vorher Verheißung gewesen war. In aller Stille hatte sich etwas Großes ereignet. Aber warum sprach Sonam nie darüber? Warum bloß nicht?

»Und dann?«, fragte ich.

Ich hörte, wie er mit den Zähnen knirschte. Er biss sich hart auf die Lippen.

»Es war schrecklich für mich. Ich hätte sie fast nicht wiedererkannt. Wie eine alte Frau sah sie aus, klein, vertrocknet und mager. Ich weinte und sagte, dass es mir leidtat. Ich wollte ihr auch sagen, dass ich, in gewissem Sinne, stolz auf sie war … Ja, so war es … ich war stolz auf sie, dass sie noch so war, immer noch, nach alldem, was sie mitgemacht hatte. Aber das sagte ich ihr nicht, weil sie es nicht verstanden hätte. Ich sagte nur das eine: ›Es tut mir leid! Vergib mir!‹«

»Und Sonam?«

Kelsangs Hände zitterten. Selbst der Teebecher, den er hielt, zitterte mit ihnen.

»Es sei ihr egal, meinte sie. Es klang sehr hart in meinen Ohren.

Ich erklärte ihr, dass ich jetzt die heiligen Schriften studierte. Sie hatte ja gesehen, dass ich die Novizenrobe trug. Sie sagte daraufhin: ›Wenn du ein Mönch wirst, wie du ein Pionier warst, dann wirst du gewiss ein guter Mönch werden.‹

Wie tröstlich, dachte ich, dass sie sich, nach alldem, was geschehen war, ihre scharfe Zunge bewahrt hatte.«

»Und was wurde aus Alo?«, fragte ich.

»Er ist tot«, sagte Kelsang mit dumpfer Endgültigkeit.

Ich starrte ihn an. Er saß in seiner typisch schiefen Haltung da, den Kopf gesenkt, mit leblosen Armen.

»Wie ist er denn gestorben?«

Kelsangs Kopf bewegte sich. Seine Stimme war bedächtig, tonlos.

»Ich weiß es nicht.«

»Ja, aber wann denn?«

»Als er mit Sonam auf der Flucht war, anscheinend. Die näheren Umstände kenne ich nicht.«

»Aber Alo hat sie doch gerettet!«

»Das sagt sie jedenfalls.«

»Und sonst weißt du nichts?«

Er hob die mageren Schultern. Er sah immer aus wie jemand, der mit aller Gewissenhaftigkeit Dinge sucht, die wesentlich für ihn sind, die er nicht findet und vielleicht niemals finden wird.

»Du kennst sie ja. Sie bewahrt ihre Geheimnisse.«

»So lange? Ich möchte gern ein wenig verstehen …«

Er richtete sich mit unbeholfenen Bewegungen auf.

»Man kann auch zu weit gehen, Dolkar.«

»Da hast du vielleicht recht.«

Ich sah, wie heftig sein Zwerchfell arbeitete, und hatte ein schlechtes Gewissen. Niemand sollte auf diese Weise ein anderes Wesen bedrängen, durch neugierige Fragen oder durch Vorwürfe erpressen. Ich hatte mich nicht mit Andeutungen zufrieden gegeben, war auf ihn eingestürmt, hatte kalt mit angesehen, wie er beim Reden Höllenqualen leiden musste. Die Pein einer alten Hölle, selbstgeschaffen, gewiss, aber gleichwohl eine Hölle, von jetzt an und für wie lange? Nun kauerte er vor mir, ein alter, verbrauchter Mann, und durch die dünne Wand seiner Gefühle war das Leid sichtbar, das ich aus ihm herausgelockt hatte. Ich hatte ihn gezwungen, dieses Leid in Worte zu fassen. Ich hatte mich mal wieder danebenbenommen.

Ich griff nach meiner Jacke.

»Sei mir nicht böse, Onkel Kelsang.«

»Ich bin dir nicht böse«, sagte er. »Aber fang nie wieder davon an!«

»Nein. Ich danke dir, Onkel Kelsang.«

Ich faltete beide Hände in Brusthöhe und verneigte mich. Er berührte meine Stirn, gab mir flüchtig seinen Segen. Ich verließ die Zelle, mit erhitzten Wangen, ohne einen Blick zurück. Und jetzt stand ich vor einer Wand: Sonam.

NEUNUNDDREISSIGSTES KAPITEL

Ich setzte mich in den Wagen, putzte mir laut die Nase. Ich fühlte mich scheußlich. Ich klaubte mein Handy hervor und rief bei Sonam an. Sie war zu Hause.

»Ich muss dich sehen«, sagte ich.

»Wieso? Was ist denn schon wieder los?«

»So allerhand.«

»Wo bist du denn?«

»In Rikon. Ich war bei Kelsang.«

Pause. Dann: »Jetzt geht es nicht. Ich habe eine Patientin hier.«

Nachbarinnen, die sehr betagt oder behindert waren, empfing sie zu Hause.

»Wann kann ich denn kommen?«

»Heute Abend. Aber eins sage ich dir jetzt schon: Ich bin nicht in Stimmung zu reden. Die Behandlungen kosten mich viel Energie.«

Das stimmte. Aber egoistisch, wie ich war, dachte ich nur: Und wie steht es mit meiner Energie? Ich fuhr nach Zürich zurück, viel zu schnell, wie ein Insekt, das über Wasser schlittert. Dolkar die Raserin … In mir raste alles, das Blut, das Herz. Die Zweideutigkeit, der Wahnsinn dieser Geschichte brachte meinen ganzen Stoffwechsel in Schwung. Es gab da ein Rätsel, und der Schlüssel lag bei Sonam. Nahezu fünfzig Jahre waren vergangen, seitdem China Tibet erobert hatte. Gewiss war ich neugierig gewesen, gewiss hatte ich Fragen gestellt. Und auch Antworten erhalten. Aber wenn Sonam sich mit einer zu direkten Frage konfrontiert sah, hieß es sogleich, die Sache sei schwierig. Damit sollte angedeutet werden, dass man über diese Dinge nicht reden konnte, weil sie das Fassungsvermögen des Wortschatzes und der Gefühle überstiegen. Ich hatte immer gedacht, das sei übertrieben. Ich bemühte mich genau zu sehen, genau zu denken. Jetzt musste ich spekulieren, eine sehr irritierende Sache. Ich hangelte mich von Empfindung zu Empfindung, wie Kelsang damals auf seiner Leiter, dieser Horrortrip! Aber so konnte ich das Spiel nicht mehr spielen. Kelsang hatte zu viel gesagt. Oder zu wenig?

Abends fand ich problemlos einen Parkplatz und stapfte über den Weg zwischen den kleinen Gartenstücken. Es war schon dunkel. Mutter öffnete die Tür, bevor ich klingelte.

»Ich sah dich aus dem Fenster.«

Hatte sie nach draußen gestarrt und auf mich gewartet? Hatte sie Angst? Ich zog meine Schuhe aus, ging in Strumpfhosen in die Wohnung, schob meine Füße in die bereitgestellten Pantoffeln. Sonam stand da, betrachtete mich. Ihre Augen waren forschend und durchdringend. Wie klein sie ist!, dachte ich. Und wie gebieterisch sie blicken kann! Doch jetzt schielte sie auf die Schachtel, die ich in der Hand hielt. Ich war bei einem Bäcker gewesen, hier im Viertel, der am Samstag noch aufhatte. Von Kuchen bekam Sonam nie genug.

»Kaffee?«, fragte sie.

Ich packte behutsam die Schachtel aus. Schwarzwälder Kirschtorte, Cremeschnitten.

»Die sehen ja gut aus!«, murmelte Sonam. Sie ging in die Küche, stellte die Kaffeemaschine an und holte zwei Tassen aus dem Schrank. Sie trug Hosen und einen Pullover mit Rollkragen. Ich war überrascht, wie jugendlich sie noch aussah.

Nachdem sie Milch und Zucker gebracht hatte, setzte sie sich mir gegenüber, nahm eine Cremeschnitte in die Hand und biss herzhaft hinein.

»Gut?«, fragte ich.

»Mmm«, nickte sie mit vollem Mund.

In meiner rücksichtslosen Art überfiel ich sie sogleich: »Ich war zwei Stunden lang bei Kelsang. Er hat mir erzählt, wie es im Lager war.«

Eine Spur von Erschrecken zuckte um ihren Mund.

»Alles?«

»Fast alles«, sagte ich.

Sie nahm einen Schluck Kaffee.

»Er sollte nicht ständig davon reden!«

»Amla«, sagte ich, »es war das erste Mal …«

Ihr Gesicht drückte plötzlich einen unüberwindlichen Ekel aus.

»Doch nur, weil du gefragt hast. Warum tust du das?«

»Weil ich die Wahrheit wissen will. Du weißt, dass ich sehr konsequent bin.«

»Ja, wenn es sein muss, gehst du über Leichen.«

»Amla, ich bitte dich!«

»Er wurde Mönch, weil er sich schuldig fühlte, nur deswegen. Am liebsten hätte er sich ein Loch in der Erde gesucht, um sich darin für immer zu verkriechen. Ein Kloster ist bequemer, das gebe ich zu.«

»Er hat mir von seiner Flucht erzählt. Und von dem weinenden Buddha …«

Sie zog geringschätzig die Schultern hoch.

»Nun ja, es war Schneeschmelze. Lass ihn doch endlich in Ruhe! Und am Ende, wer weiß, überkommt ihn die Erleuchtung?«

»Er quält sich mit Selbstvorwürfen. Ich glaube, es hat ihn sogar erleichtert, mit mir darüber zu reden. Mir scheint, dass er jemanden brauchte, der ihn zwang, sich diese Dinge mal vom Herzen zu reden. Vielleicht können sie jetzt endlich aus seinem Leben verschwinden.«

»Verschwinden werden sie nie. Wenn du das glaubst, bist du sehr leichtgläubig.«

»Ich bin sachlich. Es ist nicht immer gut, alles für sich zu behalten. Man kann nicht so weiterleben. Was hätte das für einen Sinn, mit diesem Kummer?«

Sie stopfte eine zweite Cremeschnitte in sich hinein, als ob sie seit Tagen nichts zu sich genommen hätte.

»Sei nicht so gefühlsduselig!«

»Ich bin nicht gefühlsduselig. Ich bin nur hartnäckig. Sag, Amla, dieser Nomade, der dich gerettet hat, was wurde aus ihm?«

Die Reaktion kam unerwartet. Über Sonams Lippen kam ein leiser Aufschrei.

»Was aus Alo wurde? Was hat dir Kelsang gesagt?«

»Nichts, das ist es ja eben. Er weiß es nicht.«

Sie entspannte sich ein wenig.

»Wie sollte er auch!«

Ich sagte beherzt: »Amla, tu mir den Gefallen! Ich habe immer mehr das Gefühl, dass zwischen dir und Alo etwas sehr Wichtiges vorgefallen ist. Etwas Wesentliches, von dem ich keine Ahnung habe.«

»Das wird auch in Zukunft so bleiben«, erwiderte sie kalt.

»Amla, versteh mich doch bitte! Ich habe ja gewusst, dass es euch dreckig gegangen ist. Aber nicht in solchem Maße!«

»Das hättest du dir ja denken können.«

»Etwas musst du Kelsang doch gesagt haben …«

»Nein. Ich habe nie …«

Sie stockte, wiegte sich leicht vor und zurück. Sie hatte diese wiegende Bewegung schon früher gehabt. Ich nahm an, sie half ihr, die innere Anspannung zu lockern. Tatsächlich hatte sie sich wieder im Griff oder tat zumindest so. »Ich habe diese Schläge nicht nur auf den Rücken bekommen, sondern mitten ins Gesicht, all diese Schicksalsschläge. Du kannst dir nicht vorstellen, wie es war, nicht einmal im Traum kannst du das. Und man kann eben manche Dinge nicht beschreiben. Ich war noch so jung. Und dass auch ich, wie Longsela, einmal in die Lage kommen würde …«

Sie presste sich die Hand auf den Mund, als ob ihr nach der zweiten Cremeschnitte übel geworden wäre.

»Ich bin ganz durcheinander, das hast du jetzt davon.«

»Amla, es tut mir leid. Ich wollte nicht …«

Ihre Augen funkelten mich an, sodass ich unwillkürlich den Blick senkte.

»Glaubst du nicht, dass deine überlegene Haltung hier fehl am Platze ist?«

Ihre Stimme klang zornig, duldete keinen Widerspruch. Mit jedem Wort spürte ich einen geheimnisvollen Zwang auf mich einwirken. Doch sie unterschätzte mich dabei: Ich nahm den Kampf zwischen zwei Willen auf. Aber ich hatte kaum noch Munition.

»Ich fühle mich nicht überlegen, ganz und gar nicht, glaub mir doch! Was hast du vorhin über Longsela gesagt?«

»Über Longsela?« Ich hatte genau ins Schwarze getroffen. Ihre Stimme klang, als führe Sonam aus dem Schlaf auf. »Ach, was willst du denn noch mehr wissen? Das liegt doch schon Tausende von Jahren zurück.« Sie sprach jetzt in entschiedenem Ton und wirkte wieder sehr selbstsicher. »Und siehst du, es gibt Dinge, die im Dunkel dieser Jahre unsichtbar werden. Ich bin eine Überlebende, und ich bin alt. Aber der Kummer darüber, dass andere sterben mussten, bleibt jung. Ich kann dich nicht daran hindern, Menschen mit deiner Fragerei vor den Kopf zu stoßen. Aber führe mich nicht zu meinem Kummer zurück! Der Kummer führt zu weit, Dolkar, bis in die öden Nächte des Winters. Ich weine schon lange nicht mehr; anstelle meines Herzens schlägt ein dunkler, kalter Stein. Mein Leid ist steinerner Natur. Und wenn du es nicht verstehst, ist es auch egal. Trotz allem lebe ich und bin frei. Lass uns endlich in Frieden, Dolkar! Hast du denn kein Mitleid?«

Sie spricht von Alo, dachte ich. Sie spricht die ganze Zeit nur von ihm. Aber sie will nicht an ihn denken. Alo war eine Gestalt, die sich im Dunkel verbarg und sein Gesicht nicht zeigte. Warum nur nicht?

Wer die Vergangenheit nicht kennt, richtet alles nach seiner Fantasie ein. Aber Fantasie war nicht immer genug. Schmerzlich sagte ich mir, dass ich ohne Hilfe nicht in die Vergangenheit greifen und die Stücke einer verlorenen Geschichte zusammensetzen konnte. Siegt aber die Wunschkraft, wird die Vergangenheit heller und leuchtender, schimmert sie über Zeit und Entfernung hinweg. Was hatte Sonam erlebt, das auch Longsela erlebt hatte? Das war der Kern der Frage.

Emotionen sind eine lästige Angelegenheit; ein paar Tage lang machten sie mir das Leben schwer. Ich trug zu viele Bilder in meinem Kopf, die sich nach und nach auf ganz unbegreifliche Weise vervielfältigten und am Ende nicht mehr aus mir hinauszuscheuchen waren. Einige der Bilder gewannen in dieser Hinsicht eine schrecklich allegorische Größe, erschienen mir als Sinnbilder einer unbekannten Tragödie. Sie waren von undurchdringlicher Trauer geprägt, ihr imaginäres Leben verfolgte mich. Ich fragte mich, wie weit ich diese Visionen bewusst produzierte. Aber nein, sie entstanden von selbst. Vor allem einzelne Figuren waren immer da, ohne dass ich etwas daran hätte ändern können. Wenn solche Gestalten in dramatische Konflikte verwickelt wurden, konnte ich manchmal den Gang der Ereignisse aus eigenem Willen ein bisschen mitbestimmen. Aber immer wieder stieß ich an Grenzen. Die Vergangenheit lag unter Steinen begraben, die Toten wurden nicht wieder lebendig, bloß weil ich es wollte. Ich gehörte einer Generation an, die sich nicht mit Visionen zufriedengab, sondern Tatsachen forderte.

Im Grunde rief mich Sonam um Hilfe an. Ihre hartnäckige Ablehnung war nichts als ein verzweifelter, stummer Hilferuf. Ihre Seele war wieder an die Orte des Schreckens zurückgekehrt, alle Not und Verzweiflung waren wieder da. Sie beweinte die Kindheit, entsann sich an den Hunger, das Elend, an die Grausamkeit und an die Liebe, die sie gerettet hatte. Sie war von den Erinnerungen besessen, ganz davon in Anspruch genommen. Vergangenheitsbewältigung nannte man das. Ich hatte als Katalysator gewirkt. Du verdammter Dickschädel, sprach ich zu mir selbst, du hast mal wieder viel Staub aufgewirbelt. Sieh zu, wie du die Geschichte wieder in Ordnung bringst, die du da angerichtet hast!

Auf mein Orakel konnte ich diesmal nicht zählen. Ich fand eine SMS von Chimie vor.

»Fliege nach New York. Bin eine Woche unterwegs: die Firma. Sparmaßnahmen, nur Touristenklasse. Zum Glück bin ich schlank.«

Ich dachte immer logisch, und ich dachte schnell. Ich konnte meine Herkunft nicht einfach in eine Schublade stecken. Ich konnte sie überwinden, das schon. Und ich konnte mich von meiner Neugier leiten lassen. Aber da gab es nicht viele Wege. Im Grunde genommen gab es nur einen, auch wenn er in eine Sackgasse führte.

Ich hatte noch eine Woche Urlaub. Ich bat um drei Tage mehr – ein verlängertes Wochenende, das ich im Sommer würde hereinarbeiten können. Die Bitte wurde mir gewährt.

Das Gefühl, wieder die Fäden in der Hand zu halten, machte mir das Leben sofort leichter. Ich tippte eine SMS an Chimie.

»Fliege nach Lhasa. Touristenklasse. Bin zehn Tage unterwegs. Muss ich Angst haben?«

Chimie antwortete umgehend mit den rätselhaften Worten einer Zauberin. Würde mich jemals wieder jemand so gut kennen, die Wahrheit in mir sehen und so völlig mit mir in Einklang stehen? Dann wäre Eingebung ein Kinderspiel, Glück kein Zufall, die Wirklichkeit ein Paradies und alle Träume edelmütig. Chimies SMS lautete: »Du doch nicht.«

VIERZIGSTES KAPITEL

Wer nach Tibet wollte, sah sich im Handumdrehen chinesischer Willkür ausgeliefert. Hegten die Behörden irgendeinen Argwohn gegen die Fremden, sagten sie nicht von vornherein Nein, sondern baten mit großer Zuvorkommenheit um Geduld. Jeder Antrag auf Einreisegenehmigung musste gründlich geprüft werden, je gründlicher, desto länger, sodass aus dem Lange ein Allzu-lange und am Ende ein Überhaupt-nicht-mehr werden konnte. Seit Kurzem aber war die Einreise nach Tibet für Einzelpersonen wieder gestattet, allerdings nur von China aus. Ich hatte zwar einen Schweizer Pass, aber mein tibetischer Name hätte Anlass zu Misstrauen und Stirnrunzeln gegeben. Also beschloss ich, mich einer Gruppe anzuschließen. Hätte ich die Reise in Kathmandu gebucht, wäre mir alles um die Hälfte billiger gekommen und die bürokratischen Hürden wären nicht zu Bergen angewachsen. Aber ich wollte Zeit gewinnen, für mich war jeder Tag kostbar. Folglich kam ich auf die Liste einer Organisation, die für eine Gruppenreise mindestens fünf Teilnehmer voraussetzte. Auf dieser Liste standen alle Vor- und Zunamen, alle persönlichen Daten und an erster Stelle natürlich Nationalität und Passnummer. Somit erhielten wir ein Gruppenvisum, das vom Computer der zuständigen chinesischen Behörden gespeichert wurde. Ich ging kein großes Risiko dabei ein. Einmal in Tibet, gab es zahlreiche Tricks, um die Gruppe zu ignorieren. Gruppenzwang missfiel den Touristen nämlich sehr, während die Regierung darauf erpicht war, ihre kleinen Herden fest im

Griff zu halten und den Schäfchen möglichst viel Geld abzunehmen. Blöken war gestattet, aber nutzlos.

Ich kämpfte mich tapfer durch den Papierkrieg, bis ich endlich ein Faltblatt von violett-grüner Farbe in der Hand hielt. Auf dem Deckblatt stand »The People's Republic Of China, Aliens Travel Permit«, drinnen, handgeschrieben, mein Name, meine Reiseroute und die Gültigkeitsdauer. Das Ganze zierte ein großer roter Stempel mit dem Tor des Himmlischen Friedens und vier kleinen Sternen um einen großen – meine Genehmigung, das Autonome Gebiet Tibet in einer Gruppe zu bereisen und ja nicht im Alleingang.

Gegen Beamte hatte ich schon immer eine gesunde Allergie gehabt. Bürokratische Sturheit machte mich aggressiv. In eine Masse gedrängt zu werden war ekelhaft und demütigend. Aber anders ging es nicht.

Ein paar Mal hatte ich bereits im Flugzeug gesessen. Die üblichen Ferienziele – Orte, die heiß und farbig waren, an denen es fröhlich und locker zuging. Wo die Menschen gern lachten, unter Sonnenschirmen Eis aßen, bunte Kleider und Bikinis trugen, wo das Meer rauschte und Musik zu hören war. Auf dieser Reise war alles anders: Man existierte, als sei man nicht viel mehr als ein wandelnder Organismus mit einem Erlaubnisschein in der Hand. Für die hehre Gedankenarbeit waren andere zuständig. Ich fühlte mich aufgesaugt, eingefangen und vorwärts getrieben, hatte keinen anderen Bezugspunkt mehr als die Stimme der Reiseführerin. Für das ganze Getue war ich viel zu selbstherrlich. Ich sehnte mich weg, schon jetzt, wo ich doch gerade erst abgeflogen war. Was suchte ich in Tibet? Wie würde das sein, wenn man glaubte, ein Land zu kennen, und am Ende merken musste, dass nichts mehr stimmte? Dass es Punkte gab, zwischen denen die Fantasie sich angesiedelt hatte und die mit der Wirklichkeit nichts mehr zu tun hatten? Ein läppisches Ergebnis für einen unverhältnismäßigen Aufwand.

Ich hatte Sonam erst angerufen, als ich schon das Visum hatte.

»Amla, ich fliege nach Tibet. Kann ich dir etwas mitbringen?«

Stille. Ich hörte sie atmen, bevor sie kehlig zur Antwort gab: »Warum hast du das für dich behalten? Das ist sehr unfair.«

Ihre Stimme klang erschrocken und beleidigt. Ich hätte es ihr schon vorher klipp und klar sagen sollen. Ich litt jetzt darunter, dass ich sie hintergangen hatte. Warum musste ich permanent alle Leute schockieren?

»Du solltest dir keine Sorgen machen«, rechtfertigte ich mich und fühlte gleichzeitig, wie unecht das klang.

Sonam hatte sich bereits wieder im Griff.

»Was um Himmels willen willst du in Tibet?«

»Hattest du nie Sehnsucht nach Lhasa?«

»Nein, gewiss nicht. Alles ist doch ganz anders als früher.«

»Ich will wissen, ob unser Haus noch steht.«

Sie sagte mit spürbarer Ungeduld: »Lhamo schrieb mir doch, dass alles weg musste. Auch das Haus. Wie oft soll ich dir das noch sagen?«

»Ich will es mit eigenen Augen sehen.«

Ihre Stimme klang nüchtern, kalt.

»Du hast nichts in Lhasa zu suchen.«

Ich sagte: »Ich würde auch Tante Lhamo gern sehen. Kannst du mir ihre Adresse geben?«

»Wozu?«

Wieder diese Abwehr in der Stimme! Es war, wie wenn Schallwellen andringen. Ich registrierte das Hin-und-her-Zucken ihrer Gefühle wie der Stift eines Seismographen, der als Erdbebenwerte willenlos wiedergibt, was ihm die von fern herandringenden Wellen diktieren.

»Habt ihr euch so gestritten?«, fragte ich.

»Nein. Streit kann man es nicht nennen. Wir sind uns gleichgültig.«

Ich hatte sie satt, sie und ihre Seelenzustände.

»Hör mal, ich habe Tante Lhamo nie getroffen. Meinst du nicht, es ist an der Zeit, dass ich sie mal besuche?«

Sonam gab die Kraftprobe plötzlich auf. Sie klang müde.

»Tu, was du willst. Aber mach dich darauf gefasst, dass sie nicht erfreut sein wird, dich zu sehen.«

Und auch das, meinte ich, war nicht eindeutig erwiesen. Ich sagte zu Amla: »Lassen wir es darauf ankommen!«

Daraufhin rückte sie Lhamos Adresse heraus. Ihre Telefonnummer kannte Sonam nicht. Lhamo hatte auch keine Mailadresse. Den letzten Brief von ihr hatte Sonam vor sechs Jahren erhalten. Sie hatte auch keine Ahnung, ob Lhamos Anschrift noch die richtige war. Lhamo hätte sterben können, ohne dass Sonam es gewusst und ihr eine einzige Träne nachgeweint hätte. Wie sonderbar! Ich notierte also die Adresse. Zu guter Letzt sagte Sonam: »Und noch etwas, Dolkar. Sei vorsichtig, wenn du in Lhasa bist. Manchmal hast du ein Mundwerk! Chinesische Spitzel können überall sein.«

Das melodramatische Zeug hatte ich inzwischen satt. Aber da ich nicht wollte, dass sie meinetwegen schlaflose Nächte verbrachte, versprach ich es ihr, obwohl ich mir jetzt schon wie in einem Spionagethriller aus Hollywoods Filmkiste vorkam. Danach schrieb ich ein paar Zeilen an Lhamo und brachte den Brief schnell zur Post. Mit etwas Glück erhielt Lhamo meine Nachricht fast zur gleichen Zeit, da ich in Lhasa eintreffen würde. Wenn nicht, dann nicht.

Am nächsten Tag also der Start. In Kloten lernte ich die Mitreisenden kennen. Nette Leute, zweckmäßig in wasserdichte Jacken gekleidet, mit Videokameras und Fotoapparaten beladen. Sie hatten zusätzlich dafür bezahlt, filmen oder fotografieren zu dürfen. Einige von ihnen sahen die Reise als Selbstfindungstrip. Sie träumten von weisen Mönchen, von ehrwürdigen »Mani-Steinen« und prachtvoll restaurierten Klöstern. Religiöse Gefühle, Glaube an die Menschheit: Die

Bilder in ihren Köpfen waren schön. Zu der Gruppe gehörten drei Studenten des Ostasiatischen Instituts, eine fotobegeisterte Lehrerin aus Thun, ein Basler Journalist. Zwei liebenswerte Damen aus Lausanne, die Aline und Alice hießen, trugen orangerote Ponchos, selbst gestrickt, und derbe Sandalen an den nackten Füßen. Strapazen sahen sie tapfer entgegen, waren sie doch auf einem Erleuchtungstrip. Mir, der Vertreterin tausendjähriger buddhistischer Hochkultur, begegneten sie äußerst respektvoll, bis ich bekannte, dass ich mit Metaphysik wenig am Hut hatte. Da wurden sie ein wenig distanziert. Die Reise war für mich eine Rückkehr zu den Ursprüngen, an denen die Sehnsüchte, die Vorlieben, die Neurosen geformt werden. Irgendwo zwischen diesen Ursprüngen und dem Heute verlief ein Bruch, eine Zäsur, die ich zu füllen hatte. Eigentlich fühlte ich mich dabei mit den Bergsteigern verbunden, den Italienern, den Briten, alle mit ihrer Trekkingausrüstung unterwegs. Bergsteiger waren eine eigene Gattung, und ihre Ziele waren leichter zu befriedigen als die der ewig Suchenden. Ihre Muskeln waren perfekt durchtrainiert. Sie waren fähig, sich in einem Schneesturm mit Vitamintabletten am Leben zu halten. Sie waren sich bewusst, wie gleichgültig Gottes Welt doch mit den Menschen umging. Sie verloren sich in ihrer Kleinheit unter einem schwankenden Himmel. Aber sie standen als Menschen aufrecht. Bürokratischen Schikanen begegneten sie zumeist mit milder Geduld. Sie kämpften lieber mit den Bergen.

In diesem Flugzeug, das mich über die halbe Weltkugel trug, geschah plötzlich die Umwandlung. Von einem Atemzug zum anderen begann ich unglücklich zu sein. Unglücklich auf heftige, leidenschaftliche Art. Die Vergangenheit hatte bereits zugeschlagen. Vor meinen Augen stand ein Bild Tibets, das nicht mehr war. Ich kam aus der Ferne; eine noch größere Ferne erwartete mich. Meine Frage an Chimie war berechtigt gewesen. Ich hatte wahrhaftig Angst.

Stunden vergingen, viele Stunden. Ich stülpte meine Schlafbrille auf, versuchte zu schlafen, obwohl durch das Sitzen meine Arme steif wurden, verfiel in Selbstgespräche, die rundherum immer im Kreis verliefen.

»Dolkar, du bist überdreht. Nimm eine Schlaftablette.«

»Keine Schlaftablette, nein. Ich muss denken.«

»Du kannst nur denken, wenn du gut ausgeschlafen bist.«

»Keine Schlaftablette!«

»Dann sieh zu, wie du fertig wirst.«

Die Triebwerke summten, der Schlaf kam von selbst. Ich schlummerte ein.

Zwischenlandung in Karatschi. Ein roter Sonnenglanz, der durch Staubschichten flimmerte. Heiße Treibhausluft, eiskalte Ströme aus der Klimaanlage. Menschen, die langsam gingen, sich langsam bewegten, die edle Gesichter und kluge Augen hatten und mit den anmutigen Gesten der Meditation den Boden fegten. Seltsam!

Dann Nepal, die ersten Höhenzüge. Tief unten eine ockergelbe Landschaft mit weichen grünen Kuppen. Städte, die, aus der Luft gesehen, gleich Märchenstädten leuchteten, Schmutz und Elend verbargen, wie die schönen Frauen Asiens ihre Armut mit bunten Gewändern verhüllten. Dann Wolken, weiß und silbrig glänzend; und später ein hoher Himmel, schwindelerregend, und darin ein weißes Sonnenfeuer. Und noch später, Stunden später, das langsame Anwachsen und Näherkommen der Himalaya-Kette, die höchsten Schneegipfel der Welt. Die Maschine senkte sich, von Windstößen geschüttelt. Alles schepperte, dröhnte, pfiff, ein leerer Cola-Becher rollte über den Gang. Wir näherten uns Kathmandu.

EINUNDVIERZIGSTES KAPITEL

Die Maschine startete mit drei Stunden Verspätung. Was hätte ich anders erwarten können? Die zwei Tage in Kathmandu waren nervenaufreibend gewesen. Ich hatte das Getue überstanden, zu müde, um irgendwelchem Unwillen Ausdruck zu verleihen. Und das, obwohl meine Nerven angesichts dieser Überalterung, dieser Unfähigkeit und dieser schnöden Profitgier wütend zuckten. Mit stoischer Ruhe füllte ich die nötigen Formulare aus, ertrug die Geduldsprobe mit gelangweilter Miene. Es ging ja nicht anders. Ich war nie an diesem Ort gewesen, kannte diesen Flugplatz nicht; auch das Hotel, prunkvoll exotisch, ließ mich unbeeindruckt. Immerhin konnte ich schlafen und auch ein paar Runden im Swimmingpool drehen. Das Wasser war nicht sauber, fühlte sich aber weich und angenehm kühl an. Dann wieder der Minibus, der uns zum Flughafen brachte, das Gedränge und das Schlangestehen, das arrogante Vorbeischlendern der Piloten, der heiße Atem der Triebwerke. Die aus Neu Delhi kommende Boeing 747 der China South-West Airlines sah erschreckend vernachlässigt aus, die Stewardessen machten kalte, uninteressierte Gesichter. Die Maschine startete mit lautem Krach, flog im Gegenwind, rumpelte und legte sich seitwärts. Es war bereits Nachmittag; unter uns glitten die Gipfel dahin, die berauschenden Weiten, die Pässe, die eisigen Bergflanken, schneebedeckt und schwindelerregend: Tibet. Dann kam eine Wolkenfront auf, die Maschine schepperte und hüpfte in grauer Watte, stieg höher in das harte Azurblau des Himmels. Über den Wolken säumten die Gipfel des Himalayas in langer Reihe den Horizont, wuchsen empor, rückten näher – weite kahle Hochebenen, lauernde, schwarze, weißgeäderte Eisberge. Auch als sie näher kamen, war kein Dorf zu sehen, kein Wald, kein Weg. Nur die Adern dunkler Wasserläufe waren in diese Landschaft gegraben, wie Handlinien, die am Horizont zu dünnen Linien wurden, sodass das Auge sie fast nicht mehr sah. Angesichts dieser brutalen, in die Wolken geschleuderten Felsmassen fühlte ich eine starke Beklemmung, einen Kloß in der Kehle. Es war, als ob die Welt nur aus zwei Dimensionen bestand, aus Weite und Höhe. Ich musste an die Flüchtlinge denken, die Bergpässe und Hochebenen auf blutigen Füßen überwunden hatten. Wie schrecklich, wie unerträglich grausam musste die Volksarmee gewütet haben, dass Tausende dieses Wagnis auf sich nahmen! Gott allein, falls es Ihn gab, mochte wissen, was sie erdulden mussten. Und die Flucht setzte sich fort, auch heute noch. Diese Menschen waren Helden, ja, auch die Kinder, die sie an der Hand führten. Sie wussten bei jedem Schritt, dass ihr Leben auf nacktem Gestein, im blendend kalten Schnee oder im Gischt sprühenden Flusswasser abrupt enden konnte. Aber lieber der Tod als das Joch Rotchinas! Die Berge machten ihnen weniger Angst. Sie waren gewaltig, gefährlich, aber manchmal auch mild. Die Tibeter setzten sich dem Urteil der Berge aus. Denn auf den Gipfeln wohnten die Götter.

Hatte ich geschlafen? Wohl kaum. Nachgedacht hatte ich. Wir verloren an Höhe. Die Maschine setzte zur Landung an, senkte sich ruckweise, meine Ohren wurden taub. Und in diesem heftigen Einbruch von Stille war mir plötzlich, als sei ich bereits tot. Die Maschine senkte sich, zu scharf, zu rasch, der Pilot hatte es eilig, oder er war ein schlechter Pilot. Mir wurde übel, ich schloss die Augen, verkrampfte mich in der Erwartung des Schocks. Schon berührte das Flugzeug die Landepiste, hüpfte wieder hoch, vollführte ein paar Zickzackbewegungen und rollte endlich gleichmäßig, bis es stillstand. Wir waren in Lhasa.

Im dunstigen Licht des Nachmittags wankten wir aus der Maschine, endlosen Kontrollen entgegen. Die Daten jedes Reisenden wurden akribisch im Computer gespeichert. Die Bergsteiger mit ihren Rucksäcken, die Lehrerin, behängt mit Fotoapparaten, die leicht wankenden Lausanner Gottsucherinnen – sie alle wurden gründlich durchsucht, durchleuchtet und betastet. Am schlimmsten erging es den Exil-Tibetern, die in Kathmandu in die Maschine gestiegen waren. Weil ich ja wohl oder übel mit dieser Gattung auch etwas zu tun hatte, musste ich das Gleiche erdulden. Wir wurden mit kalter Freundlichkeit in eine verhängte Kabine geführt, wo wir endlos über Familie, Herkunft, Bankkonto und Beruf ausgefragt wurden. Als Besuchsadresse in Tibet gab ich das Holiday Inn an, das das Zürcher Reisebüro für uns reserviert hatte. Ob ich noch Verwandte in Tibet hätte? Ja, eine Tante, aber ich wusste nicht, ob sie noch lebte. Konnte ja sein, dass sie inzwischen gestorben war, verdammt! Name und Adresse dieser Tante? Alles wurde in den Computer eingegeben. So, und bitte jetzt ein Fingerabdruck! Danach wurde jedes Gepäckstück durchwühlt, was zwei italienische Bergsteiger zu gestikulierenden Protesten trieb und ihre britischen Kollegen zu schicksalsergebener Stille. Ich hatte kaum Gepäck, nur meinen Rucksack, etwas Wäsche, T-Shirts, einen Pulli zum Wechseln. Und als einziges Geschenk eine kleine Schachtel Pralinen für Lhamo. Die rote Schleife wurde aufgebunden, das Päckchen geöffnet, die Pralinen minutiös gemustert. Die chinesische Beamtin schnüffelte ausdruckslos an jeder. Ich dachte: Dir läuft ja schon das Wasser im Mund zusammen. Nun mach schon, los, bediene dich doch! Aber offenbar war sie nur auf der Suche nach Rauschgift. Schachtel und aufgerolltes Band wurden mir gleichgültig wieder zugeschoben.

Schon wartete der Reisebus, der uns über eine breite, baumgesäumte Ausfallstraße in die Stadt brachte. Die Straßen waren von rot-weiß gestrichenen Eisengittern flankiert und an jeder

Kreuzung mit Zebrastreifen markiert. Es gab sogar Blumenbeete. Lhasa war eine saubere Stadt. Überall waren Straßenfeger tätig, die einen weißen Mundschutz trugen. Nahe beim Zentrum säumten Restaurants, mit großen Schriftzeichen und roten Lampions gekennzeichnet, die Straßen. Wo war ich eigentlich? In China? Der Verkehr nahm zu. Der Reisebus steckte im stockenden Verkehr zwischen Fahrrädern, Mopeds, Autos und Lastwagen, schob sich durch eine Geräuschkulisse aus Geschrei, Gelächter und Gehupe. Altmodische Klapperkisten rollten hier als Taxis, bliesen Abgase in die Luft. Wir fuhren an Warenhäusern, Klubs, Imbissbuden, Cafés und Drogerien vorbei, an mehrstöckigen Mietskasernen, alle weiß gestrichen, alle gleichermaßen unschön. Ich erfuhr, dass sie als Luxusbauten für die eingewanderten Chinesen bestimmt waren, die in ihrem Wohnbezirk ein Abbild ihrer Heimatstadt geschaffen hatten. Über Fassaden und Plattenbauten prangten grellbunte Werbeplakate. Sozialistische Gleichmacherei in neuzeitlicher Aufmachung. War ich um die halbe Welt gereist, um das zu sehen? Lhasa war ein Ort der Entfremdung. Müde lehnte ich mich zurück. Ich hätte es voraussehen müssen. Ich hatte zu wenig Abstand zu mir selbst, fühlte mich hilflos und verloren. Undurchlässig war die Wand zwischen Früher und Nie-mehr, wölbte sich hoch in die Luft, jener Schweigezone entgegen, wo die Berge aufragten und Raubvögel kreisten. Allmählich wurden die Straßen schmaler, die Werbeplakate seltener. Wir fuhren durch die »Tibeterstadt«, eine Bezeichnung, die mir nicht viel sagte, bis uns erklärt wurde, dass sich in der Nähe der Barkhor befand, der alte Marktplatz; dass noch Teile des »Mittleren Umrundungswegs« sichtbar waren, der zum Jokhang führte, dem größten und heiligsten aller Tempel, den man die »Kathedrale von Lhasa« nannte. Mein Herz tat einen Sprung. In diesem Bezirk hatte einst unser Haus gestanden. Vielleicht stand es noch? Doch alles, was ich sah, war trostlos und schmutzig. Verkommene Gebäude, blinde Mauern, bröckelnde Gesimse, die Fenster mit Brettern vernagelt. Eine Art vernachlässigtes Freilichtmuseum, früher oder später dem Untergang geweiht. Plötzlich aber ging ein aufgeregtes Raunen durch den Bus. Alle lehnten sich seitwärts, drückten die Gesichter an die Fenster. Denn am diesigen Himmel war unvermittelt der Potala ins Blickfeld gekommen, mit aufgetürmten Terrassen, Pfeilern und Mauern, die aus dem Felsen wuchsen. Eine unwirkliche, atemberaubende Geisterburg, die Stufe um Stufe emporwuchs, sich ausdehnte, das Stadtbild beherrschte. Ein Anblick, der mich ein paar Atemzüge lang für vieles entschädigte, der mir die farbigen Bilder meiner Fantasie zurückbrachte. Ich betrachtete das Bauwerk mit einer solch verzweifelten Aufmerksamkeit, als würde ich jetzt für unendliche Zeit die letzte Gelegenheit dazu haben. Meine Sehnsucht verlor sich rückwärts in die Geschichte, weil sie ja keine Zukunft mehr hatte. Ich wunderte mich über die Niedergeschlagenheit, die mich dabei ergriff. Der Potala barg kein Geheimnis mehr; sein Geheimnis hatte sich verflüchtigt, sich heimlich selbst eingeatmet, sich mit einer Zeit vereinigt, die nicht mehr war. Zurück blieb ein Palast der Winde, eine versteinerte Stille, im Frost der Gezeiten erstarrt. Ich fühlte mich mit einem Mal aller Hoffnungen beraubt, sodass ich beinahe geheult hätte wie ein kleines Kind. Was für eine Tragik lag in alldem, was für ein Netz von Lügen wurde hier gesponnen! Hatte China den Tibetern noch Unterschlüpfe gelassen, in denen sie beten konnten?

Der Bus hielt und spuckte seine Ladung Touristen vor dem Holiday Inn aus. Jeder suchte seinen Koffer, seinen Rucksack, bevor uns die Reiseleiterin zur Rezeption schleuste. Man hatte mich bereits gewarnt: Im ganzen Hotel waren Kameras, Mikrofone und Bewegungsmelder angebracht. Kellner und Personal trugen tibetische Kleider, aber die meisten waren Han-Chinesen, als Spitzel geschult. Big Brother hieß uns willkommen. Das Zimmer war aufgeräumt und ruhig, funktional ausgestattet, mit Bildern an den Wänden. Reproduktionen eines chinesischen

Künstlers, die Bauern mit roten Wangen, lachende Kinder und hüpfende Zicklein auf dem Feld zeigten. Fehlte nur noch die Pastorale als Begleitmusik; stattdessen erklang chinesische Unterhaltungsmusik. Das Badezimmer war altmodisch, das Licht aus der Neonröhre trüb. Die Geräusche von draußen drangen richtungslos und erstickt zu mir hinüber. Ich hatte einen einzigen Gedanken: Schlafen, damit ich am nächsten Tag wieder einen klaren Kopf haben würde. Ich stellte mich unter die Dusche, wobei sämtliche Rohre schepperten, als ich das Wasser aufdrehte, wusch mir das Haar, befreite mich von den Schlacken der Reise. Dann nahm ich ein leichtes Schlafmittel, warf mich aufs Bett, starrte zur Decke und löschte das Licht. Die Dunkelheit schlug über mir zusammen. Ich schlief, und im Schlaf trat die Verwandlung ein. Ich wachte auf und fühlte mich ausgesprochen gut, ausgeruht und voller Tatendrang. Mit Utopien würde ich umgehen können, mit Desillusionen auch.

ZWEIUNDVIERZIGSTES KAPITEL

Zwischen dem VW-Emblem und dem Funkhaus stand auf einem Sockel ein goldglänzender Riesenyak. Auf einem anderen Sockel spannte ein Reiterkrieger auf einem sich bäumenden Pferd seinen Bogen. Wie hätte Alo, wäre er noch am Leben, die kitschige Verherrlichung seiner selbst wohl empfunden? Aber Nomaden sind Zyniker; die bronzene Darstellung hätte er als Abbitte gutgeheißen und herablassend belächelt. Indessen, Lhasa war eine Baustelle. Reihen von Kränen starrten in die Luft, Bagger wühlten im Schutt. Man hörte Bohren und Hämmern und Rattern, sodass man sein eigenes Wort nicht verstand. Nicht nur, dass Lhasa bombardiert worden war; in der Zeit der Kulturrevolution hatte die »Viererbande« arg gewütet. Ganze Stadtviertel waren zerstört worden. Die Roten Garden hatten den Bewohnern befohlen, das Holz aus den Mauern zu reißen – logisch: Zog man die Balken heraus, hielt der Mörtel nicht mehr, und die Häuser stürzten ein. Heiligtümer wurden mit Spitzhacken dem Erdboden gleichgemacht, Statuen zerschlagen, eingeschmolzen oder mit revolutionären Sprüchen beschmiert. Und jedes Haustier wurde getötet, jeder Blumentopf zerschlagen. Aber die Roten Garden, sagte Frau Chang, unsere resolute Reiseleiterin, hatten sogar im chinesischen Mutterland viel Schaden angerichtet. Auch die Revolution machte Fehler, nicht wahr? Wichtig war, dass man aus den Trugschlüssen lernte. Heute wurden Häuser und Kunstwerke mit großem Einsatz restauriert. Touristen sollten ins Land kommen und sich davon überzeugen, wie gut es den Tibetern jetzt ging, wie hoch ihre schöne Kultur geschätzt wurde. Solches und Ähnliches erzählte Frau Chang, die sich freimütig dazu bekannte, ein »Graupelkind« zu sein. Sie benutzte dabei den Ausdruck »Khang ma char« – weder Regen noch Schnee –, der sich auf die Mischlinge bezog, die zur Hälfte Tibeter und zur anderen Hälfte Chinesen waren. Indem Frau Chang dies nicht für sich behielt, bewies sie einen aufgeklärten Geist. Wobei ich allerdings das Gefühl hatte, dass sie sich recht krampfhaft mit ihrer chinesischen Seite identifizierte. Ich konnte nicht erkennen, woher mich das Gefühl von Enge und Ersticken ankam, waren wir doch von Sauberkeit, gläsernen Fassaden und grünen Rasenstücken umgeben. Das maßlose Wachstum hatte etwas bedrückend Seelenloses an sich. Unsere eingeschüchterte Gruppe ging Straßen entlang, die alle gleich aussahen. Wir waren zu dem aufgebrochen, was Rico, der humorvolle Basler Journalist, als »Klosterrallye« bezeichnete. Frau Chang spazierte voraus, hielt ein kleines Fähnchen in die Luft und sprach in ein Mikrofon. Ihre Stimme klang freundlich und überzeugend. Wir folgten ihr im gehorsamen Trab. Die Bergsteiger hatten schon frühmorgens ihren Reisebus bestiegen. Für sie war Lhasa nur eine Etappe gewesen. Ihr Ziel war irgendein Gipfel.

Inzwischen machten Aline und Alice verwirrte Gesichter. Denn von Beschaulichkeit war bisher wenig zu spüren. Lhasa war bevölkert von einer Generation junger Leute in Jeanshosen, Jeansjacken und Jeanskappen. Ausgesprochen gut aussehende junge Frauen und Männer mit glänzendem schwarzen Haar und Gesichtern, die wie Gold schimmerten, mit einem rötlichen Hauch. Sie trugen schwarze Ray-Ban-Imitationen, gaben sich lässig und provozierend unbekümmert. Sie standen in Gruppen herum, rauchten amerikanische Zigaretten, lachten mit schönen Zähnen, neckten sich und flirteten. Doch irgendetwas war nicht, wie es sein sollte. Ich brauchte lange um herauszufinden, was es eigentlich war: Die jungen

Tibeter verweigerten den Blickkontakt. Etwas sehr Gewalttätiges hatte ihre Blicke geraubt, ihr Lachen überlaut und hektisch gemacht. Ich war eine Touristin, man sah es mir an und ging mir aus dem Weg. Big Brother, auch hier. Frau Chang hielt es für angebracht, uns auch die Bars zu zeigen. Lustige, zahlungskräftige Leute hingen dort herum, rauchten, tranken, lachten. Auf den Barhockern saßen chinesische Prostituierte in gespielt unbeteiligter, eleganter Haltung. Sie hatten kindliche Gesichter mit gierigen Augen und dünne weiße Schenkel. Alle trugen komplizierte Frisuren und Plateausohlen, die sie größer machten. Kleingewachsene Frauen galten als unschön. Chinesen aus dem Mutterland saßen im lauten Gespräch, gestikulierten, schütteten Gelächter über überfüllte Aschenbecher aus. Die neue Eisenbahnverbindung hatte Tibet und China näher zueinander gebracht; hier gab es viel Geld zu verdienen. Wir kamen an Einkaufszentren vorbei, an Karaoke-Bars, an Spielhallen, an Peepshows. Junge Leute mit Sonnenbrillen protzten in schweren japanischen Geländewagen mit Allradantrieb, mit viel Chrom und getönten Scheiben. Motoren wurden hochgejagt und herrisch wieder gebremst. Staub, Abgaswolken, Gedränge auf den Zebrastreifen. Ganz Lhasa schien in eine Konsumwut geraten, und das Bewusstsein für das, was Tibet einst gewesen war, schien in unzeitgemäßer Sentimentalität erstickt. Alice und Aline wurden sehr schweigsam, wischten sich den Schweiß von der Stirn. Sie hatten sich Lhasa wohl anders vorgestellt. Tibeter und Chinesen trennte eine unsichtbare Wand, eine Art gläserne Hülle. Soldaten der Volksarmee, gelangweilt und anscheinend unbewaffnet, traten in kleinen Gruppen auf, als ob sie sich einzeln nicht sicher fühlten. Mir fielen auch die zahlreichen Staatssicherheitsspitzel auf, alle in schwarzen Lederjacken mit Knöpfen aus Goldimitat und einer Ledertasche am Handgelenk. Diese Spitzel waren überall. Hatte man einen erkannt, sah man auch alle anderen.

Frau Chang hatte lange Zöpfe, die wie schwarze Schlangen den Rücken herunterbaumelten. Sie trug Jeans und weißgoldene Baskets an den Füßen. Ihre schönen Augen bettelten um Freundschaft, blickten aber flink auf alles um sie herum. Ihre Schäfchen bewachte sie gut. Sie wollte ihren Job nicht verlieren.

Inzwischen bog unsere frustrierte kleine Gruppe um ein paar Ecken. Die Straße stieg zwischen Mauern aus Naturstein zum Jokhang-Tempel hinauf. Frau Chang erzählte, dass die Roten Garden auch im Jokhang gewütet hatten, dass aber zahlreiche Kunstwerke und historisch wertvolle Reliquien gerettet werden konnten. Die Wände waren weiß getüncht, alle Banner neu, bunt und farbig. Auch das vergoldete Wahrzeichen, das »Rad der Lehre« mit den vierundzwanzig Speichen und den knienden Gazellen, blinkte im Sonnenlicht. Die Chinesen verstanden sich auf perfekte Nachbildungen. Wir traten in die große Vorhalle »Tsug-Lha-Khang«, und die Bilder der Zersetzung verschwanden im Dunkel, wie schlechte Träume. Hier schien alles unversehrt: die zornigen »Raksha«- ebenso wie die friedvollen »Naga«-Gottheiten. Aber kein Foto, bitte, hier nicht! Katrin, die Thuner Lehrerin, befingerte frustriert ihre teuren Objektive.

»Alles, was wirklich interessant ist, darf man nicht fotografieren!«

Frau Chang schaltete höflich ihr Mikrofon aus, gab mit wohlklingender Stimme Erklärungen.

»Der Jokhang wurde im siebten Jahrhundert vom großen tibetischen Herrscher Songsen Gampo erbaut, der eine chinesische Prinzessin zur Gemahlin hatte. Das hohe Alter des Heiligtums erklärt, warum nur einige Statuen noch vorhanden sind.«

Man hatte Frau Chang gelehrt, die Missetaten der Roten Garden wohl tadelnd zu erwähnen, die chinesische Regierung jedoch mit keinem Wort zu kritisieren. Im Gegenteil: China hatte die Kunstwerke bewahrt, beschützt und kostspielig restaurieren lassen. Gelangweilt ließ ich meine Blicke umherwandern. In dem abgesperrten Andachtsraum, von seltsamen Lichtreflexen erhellt, erhob sich die Statue des indischen Magiers Padmasambhava – »Der aus dem Lotos Geborene«, von den Tibetern »Guru-Rimpoche« genannt. Gleich daneben belächelte der Buddha Matreya in seiner Erscheinung als Bodhisattva mild die menschliche Torheit. Die gewaltige Statue im Hintergrund, Jobo Shakyamuni, war nur in Umrissen sichtbar; sie stand in einem gesonderten Schreinraum, mit einem abschreckenden Kettenvorhang versehen.

Wir waren hier nicht allein. Andere Gruppen zogen vorbei, Hunderte von halblauten Stimmen, Hunderte von Schritten mischten sich in den Hallen zu fernen, richtungslosen Geräuschen. Und gleichzeitig stieg ein dichter Summton zu den Wölbungen auf, sank im Halbdunkel wieder auf die Menschen herab. Mönche waren bei der Andacht. Auf sonderbare Weise erinnerten mich ihre Stimmen an das dunkle Zirpen der Zikaden, die in Mondnächten im Süden Europas erklangen. Sanken die Stimmen, verwandelten sich die Gebete in tiefes Brummen, das man im Boden unter den Füßen spürte. Hängetrommeln und Zimbeln folgten dem Rhythmus und verstärkten ihn. Auf Zehenspitzen traten wir näher. Die Mönche kauerten wie kleine rote Zelte im Halbdunkel. Kerzen aus Pflanzenfett brannten, fruchtig duftender Rauch hing wie blauer Nebel in der Luft. Vor der Gebetshalle häuften sich ausgetretene Schuhe und Sandalen; ein paar Novizen kauerten abseits, magere kleine Gestalten, die den geschorenen Kopf einzogen und uns argwöhnische Blicke zuwarfen. Ich überhörte Frau Changs Erklärungen, brachte kein Interesse dafür auf, nicht das geringste. Das Heiligtum erschien mir wie ein Raum, in dem man sich zu längst vergessenen Zwecken versammelte. Ich drehte mich ab, als unsere Gruppe weiterging, lauschte auf die Gebete der Mönche, auf das unermüdliche leise Klicken ihrer »Malas« – ihrer Gebetsschnüre. Sehnsucht nach vergangenen Zeiten. Eskapismus. Traurigkeit. Das hier war kein Heiligtum mehr, nur ein Museum, doch der Glaube schlich auf langen Umwegen zurück. Diese Mönche beteten wirklich.

Frau Chang winkte mir etwas ungehalten zu: Ich sollte mich nicht absondern. Sie bewegte sich mit schnellen, zielstrebigen Schritten, den Kopf etwas gesenkt, ihre schwarzen Zöpfe baumelten auf den Rücken. Was erlebte sie hier? Etwas, das zu ihr sprach, sie berührte? Oder hatte sie Gedanken, die mit diesem Ort wenig zu tun hatten? Oder empfand sie nichts?

Wieder draußen, gab Frau Chang das Programm durch. Wir würden jetzt zu Mittag essen und danach den Barkhor, den Marktplatz, besichtigen. Wir hätten dabei Gelegenheit, Kunsthandwerk und Schmuck zu kaufen. Das würde uns recht müde machen, meinte sie lachend, hier gäbe es nämlich viele schöne Sachen. Und heute Abend im Hotel erwarte uns ein »Willkommensessen« mit tibetischer Volksmusik und Volkstänzen. Und morgen würden wir den Potala besuchen.

Nach dem viel zu scharf gewürzten Mittagessen, das wir in einer chinesischen Imbissstube einnahmen, ging ich zu Frau Chang und erklärte ihr, dass ich am Abend am Bankett teilnehmen und am nächsten Tag auch den Potala besichtigen wolle, dass ich aber eine Verwandte in Lhasa hatte, die ich heute gern besuchen würde. Eine alte Tante. Ich musste sehen, ob die Adresse noch stimmte. Und, keine Sorge, ich würde zum Hotel schon zurückfinden. Ich konnte mich ja durchfragen. Mein Tibetisch war zwar nicht mehr zeitgemäß, aber immerhin brachte ich noch ein paar verständliche Sätze zustande. Frau Chang machte ein besorgtes Gesicht. Die Sache gefiel ihr nicht. Einer ihrer Schützlinge sprang blökend aus der Reihe.

»Wir essen um sieben«, sagte sie spröde, weil ihr offenbar nichts anderes einfiel.

»Ja, danke«, erwiderte ich unverbindlich, »ich werde pünktlich sein.«

Frau Chang nickte recht kummervoll.

»Ich werde mich nach Ihnen erkundigen«, sagte sie abschließend, was bedeuten konnte, dass sie entweder an meine Zimmertür klopfen oder an der Rezeption nachfragen würde, ob ich brav wieder im Stall war, bevor sie die Staatssicherheit in ganz Lhasa mobil machte. Ich ging das Risiko ein.

DREIUNDVIERZIGSTES KAPITEL

Als ich die Gruppe verließ, fühlte ich mich sofort besser. Mit gezwungener Folgsamkeit hatte ich versucht, meinen aufgewühlten Verstand unter Kontrolle zu halten, damit ich nicht mit Wutschreien herumrannte wie andere mit einem Gewehr. Jetzt, wo ich allein war, erkannte ich manchmal Orte, an denen ich, schien mir, schon einmal gewesen war; aber alles blieb voneinander getrennt, ohne Zusammenhang, wie das in Träumen manchmal vorkommt. Ich hatte es geschafft, einigermaßen betäubt mit der Gruppe zu gehen. Jetzt aber spürte ich eine nahezu körperliche Übelkeit, einen widerwärtig bitteren Geschmack im Mund. Die Hühnersuppe war nicht gut gewesen, womöglich hatte ich mir eine Magenverstimmung geholt, und das schon am ersten Tag! Ich ging über den wimmelnden Marktplatz, vorbei an Betrunkenen, die eine chinesische Schnulze plärrten. Ein zerlumpter Mann saß auf dem Boden, neben ihm kauerten Kumpane im gleichen Zustand. Halbwüchsige zeigten auf sie und lachten. Ich ging rasch weiter. Eine Maschine aus Nepal flog Lhasa an, beladen mit neuen Touristen, suchte den Flughafen, setzte zur Landung an. Das Dröhnen erfüllte den Himmel, fegte dunkel und schrill über die Häuser hinweg.

Ich folgte dem silbrigen Vogel mit den Augen, und als ich mich umwandte, erblickte ich einen Mönch. Er war ein alter Mann, und die Art, wie er sich gebärdete, kam mir sonderbar vor. Er stand vor einer Nische in der Mauer, in der einst eine Statue gestanden haben musste. Jetzt war nichts zu sehen, nur alte, geschwärzte Steine. Doch der Mönch verneigte sich tief, die Hände gefaltet. Dann zog er ein Lämpchen aus Messing aus der Umhängetasche, die er an einer Kordel über der Schulter trug. Er goss etwas flüssige Butter in das kleine Gefäß, zündete den winzigen Docht mit einem Feuerzeug an und stellte die Lampe behutsam in die Nische. Dann kauerte er sich nieder, berührte mehrmals mit der Stirn den Boden, bevor er den Oberkörper wieder aufrichtete und vor sich hin murmelnd die Gebetsschnur durch die Finger gleiten ließ. Ich starrte ihn fasziniert an. Seine Handlung erschien mir so widersinnig! Er betete vor einer Mauer! Ich konnte die Augen nicht von ihm lassen. Doch der alte Mann schien niemanden wahrzunehmen; er blickte unbeirrt nach vorn, auf das im Wind tanzende Flämmchen der einsamen Butterlampe. Hier wurde keine Reisegruppe hingeführt, und kaum einmal ein Fußgänger kam hier vorbei. Da war nur dieser alte Mann in seiner schmuddeligen Robe, das Gesicht eingeschrumpft, der mit sanfter, kaum hörbarer Stimme Gebete sang. Es war, als betete er über eine Grenze hinweg, die Grenze zu Gott, die weiteste aller Grenzen. Die Gebetsschnur in seiner Hand rasselte dabei leise, es schien mir das einzige Geräusch weit und breit zu sein. Wie viel Zeit so verging, wusste ich nicht. Der Mönch betete. Es war, als ob er den Steinen beweisen wollte, dass sie beseelt waren und dass er genau wusste, wie viel er leisten musste, um die Mauer davon zu überzeugen. Er sprach mit der Mauer in der beißenden Kühle des Nachmittags, und ich stand da und sah zu. Dieser Mann trug mehr als ein halbes Jahrhundert zerstörter Illusionen und unerfüllter Hoffnungen mit sich. Seine Wirbelsäule war leicht gekrümmt, die Arme lang und mager, die Hände empfindsam. Dieser Mönch gehörte einem anderen Zeitalter oder überhaupt keinem Zeitalter an.

Endlich ließ der Mann seine betenden Hände auf die Knie sinken. Mit der Stirn erneut den Boden berührend, legte er seine ganze Frömmigkeit in die Bewegung. Dann richtete er sich langsam auf, wandte mir leicht das feingeformte Gesicht zu. Er hatte natürlich gemerkt, dass ich dastand und recht unhöflich zusah, während er betete. Weil ich nicht wollte, dass er schlecht von mir dachte, verneigte ich mich leicht, legte die Hände in Brusthöhe zusammen. Ich bat ihn dabei nicht um seinen Segen – ich wusste nicht, ob man das hier noch tat –, sondern stammelte lediglich eine Entschuldigung.

Er nickte und sagte mit seiner sanften, leisen Stimme: »Du bist nicht von hier, meine Tochter?«

Fast erschrak ich, als er das Wort an mich richtete. Ich wollte antworten: Doch, hier bin ich schon gewesen, in einer anderen Zeit, in einem anderen Leben. Und jetzt bin ich sehr traurig, wollte ich sagen, denn nichts passt zusammen. Doch stattdessen hörte ich mich antworten: »Nein, Meister, ich bin mit einer Reisegruppe gekommen.«

»Und wo sind deine Begleiter?«

»Ich weiß nicht«, sagte ich. »Sie kaufen ein.«

Ich deutete mit einer unbestimmten Geste zum Marktplatz. Ein Schimmer von Ironie leuchtete in seinen Augen, die dunkelblau und etwas verschwommen waren, wie die Augen der Neugeborenen.

»Und du hast mich etwas zu fragen?«

Mein Mund wurde trocken. Ich trat, um mir Mut zu machen, zwei Schritte näher.

»Ja … Warum beten Sie die Mauer an?«

Der Mönch wölbte die Hände, sodass sich die Finger berührten.

»Weißt du, was dieses Zeichen bedeutet?«

Ich schüttelte deprimiert den Kopf. Nichts. Ich wusste nichts. Sogar die heiligen Gesten des Buddhismus waren mir fremd. Nicht dass die Exil-Tibeter sie vergessen hätten. Es war nur so, dass ich mich nie damit befasst hatte. Doch der Mönch störte sich nicht an meiner Unwissenheit, sondern lächelte heiter.

»Das Zeichen bedeutet ›Schatzkästchen‹ und macht sichtbar, dass ich Buddha als Schatz mit mir trage. Wenn ich dir mein Schatzkästchen schenke, kannst du Buddha mit dir in das Land nehmen, aus dem du kommst.«

Ich dachte, dieser Mönch muss einen sehr starken Willen haben. Das Gebet vor der Mauer zeigte das Maß seines Willens.

Er sah mich unentwegt an, mit einem fast zärtlichen Blick. Ich fragte mich, womit ich diesen gütigen Blick verdient hatte, wo ich mir doch so läppisch vorkam.

»Wenn du das bezweifelst, liegst du völlig falsch«, sagte er mit vollkommen sachlicher Stimme.

Darauf wusste ich keine Antwort. Dieser Mensch gehörte zu den seltsamsten, die mir je begegnet waren. Inzwischen nahm er mit ehrfürchtigen Gesten die kleine Lampe wieder an sich. Das Flämmchen war fast heruntergebrannt. Er löschte es mit Daumen und Zeigefinger, wickelte die Lampe in ein fettiges Stück Stoff und verstaute sie in seiner Umhängetasche, bevor er sich wieder mir zuwandte.

»Einst stand hier eine Statue des ›Matreya‹, des Buddhas der neuen Welt. Er trägt diesen Namen, weil es von ihm heißt, dass er am Ende eines bösen Zeitalters käme, um die Welt zu erleuchten. Der Matreya ist der versteckte Buddha, der Buddha der Zukunft. Er stand seit fünf Jahrhunderten in dieser Nische. Dann kamen die Roten Garden und zerschlugen ihn. Ich sah zu, wie sie ihn zerstückelten, Stein um Stein. Sie wussten nicht, dass man den versteckten Buddha nicht zerstören kann. Der Buddha ist immer noch hier. Ich sehe ihn.«

Ich blickte zur Mauer und sah dann den Mönch fragend an.

Er bemerkte meinen Blick und lächelte abermals, diesmal mit sanftem Spott.

»Nun, meine Tochter, um ihn zu sehen, bedarf es mehr als

nur der Augen. Es bedarf einer tiefen Ausgeglichenheit, eines Zustands der Meditation. Während du betest, rufst du dir jede Einzelheit der Statue in Erinnerung. Du kennst sie ja gut, wenn du täglich vor ihr gebetet hast. Und dann dauert es nicht lange, bis der vollständige Buddha vor deinen Augen ersteht. Es ist, erlaube mir diesen Vergleich, als ob die Sonne eine Linse bescheint und ihre Strahlen sich in ein und demselben Punkt sammeln. Bald glüht dieser Punkt und fängt Feuer. Genauso verhält es sich mit dem menschlichen Geist. Du kannst Wunder bewirken, wenn du deinen Geist nur auf einen einzigen, immer gleichen Gegenstand richtest. Hast du es niemals versucht?«

Ich schüttelte den Kopf.

»Das hört sich schwierig an.«

Seine welken Lippen kräuselten sich.

»Ach, sollte es denn leicht sein?«

Ich wurde ein wenig rot.

»Na ja, ich nehme an, ich muss Geduld haben.«

Er ließ eine Art amüsiertes Glucksen hören.

»Geduld ist für uns alle wesentlich, da darfst du nicht lockerlassen. Du wirst sehen, allmählich schärft sich dein Gedächtnis. Und auf einmal kommt die Zeit, da du es schaffst. Auf einmal hast du Buddha vollständig in der Erinnerung, eine perfekte Wiedergabe, in deine Netzhaut eingeprägt. Am Anfang nicht lange, das wäre ja zu viel verlangt. Ein paar Atemzüge nur, und weg ist er. Aber nach und nach verweilt er länger, und am Ende geschieht es ganz mühelos. Du kannst Buddha in dir entstehen lassen, wann du willst, du trägst ihn ja in dir, in dem Schatzkästchen deines Herzens. Du bist dann nie allein. Es ist immer jemand da.«

»Ja, ich verstehe«, erwiderte ich leise.

Ich verstand ihn tatsächlich.

Er machte ein bejahendes Zeichen, bevor er weitersprach.

»Ich bringe Buddha in diese Nische, weil ich weiß, dass er

gern an seinem alten Platz steht. Ich mache ihm diese Freude. Auch ich muss noch viel Geduld aufbringen, aber in letzter Zeit sehe ich ihn deutlicher. Ich weiß, dass er bald kommen wird.«

War er am Ende doch ein wenig verrückt? Aber ich konnte in seinen Augen nicht das geringste Zeichen von Irrsinn erkennen. Und da war noch mehr, etwas, das ich nicht verstand. Etwas, das ich noch nie in den Augen von irgendjemand gesehen hatte – noch nie. Ich fragte: »Glauben Sie, Sie stehen mit dieser Überzeugung allein?«

Er schüttelte lebhaft den Kopf.

»Oh nein, keineswegs! Viele leben hier, die warten, dass Buddha zurückkehrt. Wir sind uns sehr wohl darüber im Klaren, was wir zu erhalten versuchen und warum wir dieses Leben führen. Wir versuchen, am richtigen Platz auszuharren, weil die Dinge schon so nahe sind. Aber wir sind bereits alte Lehrer. Erst wenn wir unsere Aufgabe anderen übertragen haben, finden wir Ruhe. Kommt Buddha, sollst du ihn erkennen und nicht an ein falsches Morgenrot glauben.«

Ich begriff die Anspielung sofort.

»Nein, das werde ich ganz bestimmt nicht!«

Er schmunzelte.

»Wer bist du, meine Tochter? Und wo kommst du her?«

Ich nannte meinen Namen, wobei ich den Eindruck hatte, dass er leicht stutzte. Es war, als ob der Name ein Echo in ihm weckte, das lange geschwiegen hatte, als sei eine längst verschüttete Erinnerung in sein Bewusstsein getreten. Doch er sagte nichts, und ich erzählte weiter.

»Ich komme aus der Schweiz, ich bin dort geboren worden. Wir sind nur für ein paar Tage hier. Heute waren wir im Jokhang, morgen besichtigen wir den Potala.«

Seine Mundwinkel zuckten, doch es war kein Lächeln in seinem Gesicht.

»Sie halten den Käfig offen, doch der weiße Kranich hat die Welt als Unterschlupf.«

Ich starrte ihn an.

»Wie bitte?«

Er gab eine Erklärung, die so vieles ungesagt ließ, dass ich mir kaum klüger vorkam als zuvor.

»Einst war ich Geshe, doch heutzutage sieht man es lieber, wenn jüngere Lehrer die Novizen unterweisen. Nun, viel Schaden richten sie dabei nicht an.«

Er wechselte plötzlich das Thema.

»Sag, hast du noch Verwandte in Lhasa?«

»Eine Tante, ja. Meine Eltern pflegten wenig Kontakt zu ihr. Ich weiß nicht einmal, ob sie noch am Leben ist.«

Ich zeigte ihm den Zettel, auf dem Lhamos Adresse stand. Der Mönch zog umständlich ein Etui aus der Tasche und schob sich eine altertümliche Brille über die spitzen Ohren, bevor er aufmerksam den Zettel las.

»Das ist nicht hier«, sagte er schließlich. »Das ist im Neuen Viertel.« Er deutete mit unbestimmter Bewegung die Richtung an.

»Du kannst mit dem Bus fahren. Oder eine Rikscha nehmen.«

Ich dankte ihm für die Auskunft und stellte die Frage, die mir seit einigen Augenblicken auf den Nägeln brannte.

»Früher hatte meine Familie ein Haus in der Nähe des Barkhor: ›Das Haus der Weiden‹, so jedenfalls nennt es meine Amla, die ihre Kinderjahre dort verbrachte. Ich möchte so gern wissen, ob das Haus noch steht.«

Er nahm seine Brille wieder ab, faltete sie sorgfältig in das Etui zurück und warf seine Tasche über die nackte Schulter.

»Ach ja«, murmelte er, »das Haus der Weiden!«

Mein Herz tat einen Sprung, dann klopfte es so stark, dass es mich fast erstickte.

»Kennen Sie es?«, rief ich lebhaft.

Er streckte behutsam die Hand aus, berührte segnend meine Stirn.

»Ich kenne den Ort«, sagte er dumpf, bevor er sich umwandte und sich mit langsamen Schritten entfernte.

VIERUNDVIERZIGSTES KAPITEL

Ich kehrte ins Hotel zurück. Die Begegnung mit dem Mönch hatte meine Gedanken in völlig andere Bahnen gelenkt, und für einen Besuch bei Lhamo war es ohnehin zu spät.

Mein Zimmer war dunkel, still und gewissenhaft aufgeräumt. Ich streifte die Baskets von den Füßen, ging ins Bad und wusch mir kalt das Gesicht, den Nacken und die Arme. Dabei hatte ich das Gefühl einer totalen Isolation. Lhasa war sogar dann ein imaginärer Ort, wenn er meinen Vorstellungen entsprach, was gelegentlich zutraf. Ich merkte, dass schon eingetreten war, was ich befürchtet hatte, die Ernüchterung nämlich. Die Tragödie dieser Stadt war gleichsam meine eigene Tragödie. Aber mein Unglück war nichts anderes als ein wahllos herausgegriffener Teil des allgemeinen Unglücks. Die Tragödie selbst lag natürlich auf einem ganz anderen Gebiet, auf dem Gebiet der Politik nämlich, die nie irgendwelche Gefühle für die betroffenen Menschen zugelassen hat. Es spielt nie eine Rolle, ob ihr Leben – oder ihr Seelenleben – zerstört wird. Was ich hier suchte, war das Zurückerinnern an Ereignisse, die mich mit einschlossen, obschon es mich damals überhaupt noch nicht gegeben hatte. Aber ich konnte nicht den guten Vorsatz fassen: Ab morgen begreife ich alles! Die Vergangenheit ist ohne Gnade. »Es war einmal« – so beginnen die Märchen. Diese Worte schaffen Ausgangspunkte, vermitteln einen emotionalen Kontakt zu dem, was erzählt wird. In Lhasa konnte ich mich nur als Fremdkörper bewegen. Das Rad der Zeit ließ sich wie eine Gebetsmühle drehen, immer nur vorwärts, niemals zurück. Was hatte der alte Mönch gesagt? Dass man es konnte? Ich fand den Gedanken bemerkenswert, aber auch geradezu absurd.

Eine Folge dieser Überlegungen war das Gefühl einer großen Verlorenheit. Aus einer Fülle widersprüchlicher Gefühle kristallisierte sich zunehmend die Gewissheit heraus, dass ich Lhasa nicht eigentlich hassen konnte, aber hier auch nichts zu suchen hatte. Die Entfremdung war zu groß.

Ich sah auf die Uhr: Zeit zum Essen. Ich zog ein frisches T-Shirt an, wickelte einen Glitzerschal um den Hals und ging in den Speisesaal, wo sich die Leute meiner Gruppe schon eingefunden hatten. Frau Chang, eine Videokamera in der Hand, war eifrig dabei, uns zu filmen. Sie schien eindeutig froh, mich zu sehen.

»Nun, haben Sie Ihre Verwandte treffen können?«

»Nein, es war zu spät. Aber die Adresse stimmt. Ich werde sie morgen besuchen.«

Frau Changs Lächeln gefror.

»Aber morgen besichtigen wir den Potala! Das haben Sie doch wohl nicht vergessen?«

Ich versicherte ihr liebenswürdig, dass ich Tag und Nacht nur an das eine, den Potala nämlich, dachte.

»Der Bus kommt um acht«, sagte Frau Chang in die Runde.

Daniel, einer der Studenten, sagte, dass er lieber zu Fuß gehen wollte. Er würde sich gern noch die Stadt ansehen.

»O nein, es ist viel besser, wir fahren!«, rief Frau Chang. »Aber keine Sorge. Wir werden uns noch die Füße wundlaufen!«

Mit anderen Worten, China entschied, was die Touristen sehen durften und was nicht. Ich ärgerte mich, doch die anderen lachten, und die Kamera glitt über ihre fröhlichen Gesichter. Das Essen wurde aufgetragen. Die Gerichte waren reichlich und gut, das Fleisch schmackhaft. Zu fett, meinte Aline, die in allen Buddhisten Vegetarier sah. Ich erklärte ihr, dass das raue tibetische Klima es erforderte, den Organismus mit Fleisch und Fett zu versorgen.

Claudia, die mit Daniel in einer WG lebte, hatte eine Prüfungsarbeit über Tibet verfasst.

»Stimmt es«, fragte sie mich, »dass frisches Fleisch zuerst ein paar Tage vergraben wurde, bevor man es aß?«

Sie schien erfreut, als ich ihre Worte bestätigte.

»Doch, Tibeter mögen Fleisch, das schön weich ist und würzig schmeckt.«

Aline verzog ein wenig das Gesicht.

»Aber die Pilze sind gut!«

Frau Chang lächelte sie an.

»Shiitake-Pilze kommen aus China.«

Danach das Unterhaltungsprogramm: Hübsche Mädchen und Burschen in farbenfrohen Trachten tanzten und sangen, winkten mit bunten Schärpen. Die Klänge waren zündend oder sehnsuchtsvoll, dazu gemacht, sich unter dem Sternenhimmel zu entfalten, das Echo von Berg zu Berg zurückzuwerfen. Musik und Tänze aus einer verlorenen Welt. Ich wollte mich nicht ködern lassen. Die zurechtgemachten Gesichter erschienen mir krampfhaft fröhlich, obwohl ich für kurze Momente den Frohsinn, die Zärtlichkeit zu spüren glaubte, die aus den Liedern strömte, aus den beschwingten Bewegungen.

Der nette chinesische Kellner in blauer Tschuba servierte Ingwereis, brennend scharf und zugleich süß, mit Aprikosenkompott.

»Die Aprikosen führen wir aus Sichuan ein«, erklärte Frau Chang. »Hier in Lhasa gedeiht Obst nur in Treibhäusern. Im Sommer gibt es sogar Erdbeeren.«

Ich machte einen Fehler, indem ich einwarf, dass in Lhasa früher durchaus Obstbäume wuchsen und recht schmackhafte Früchte trugen.

»Aber die Früchte waren nur für die herrschende Klasse bestimmt«, sagte Frau Chang. Ich blieb ihr die Antwort schuldig, aß gelangweilt mein Eis. Im Argumentieren war sie zäher als ich.

Am Morgen also der Potala. Der Tag war klar, der Himmel ein gleißender Türkis, blau und von kristallklarer Härte. Wir fuhren über holpriges Pflaster bis zum Parkplatz für Reisebusse, wo alle ausstiegen, fasziniert nach oben blickten, die Kameras bereitmachten. Alles war sauber, die Straßenkehrer mit Mundschutz waren schon bei der Arbeit, die rote Staatsfahne wehte fröhlich im Wind. Die Burg mit ihren verschachtelten Dächern ragte weit empor, einer Riesenwelle gleich, versteinert und von der Schwerkraft getragen. Lange Schlangen von Besuchern stapften an der pseudotraditionellen Mauer, an dem kitschigen Stupa vorbei. Sie kamen aus sämtlichen Hotels, alle schön brav in Gruppen, bewegten sich wie Ameisen die gewundenen Wege hinauf. Auch wir begannen den Aufstieg und merkten bald, dass Frau Chang nicht unbedingt gelogen hatte. Der Weg war steil, in der dünnen Luft raste das Herz, und die Beine wurden schwer. Wer nach unten blickte, sah die blauen Souvenirläden in akkuraten Reihen stehen. Man blickte besser nach oben. Über den frisch getünchten Weißen Palast erhob sich, noch gewaltiger, der Rote Palast in der Farbe von Zinnober. Über den Backsteinmauern wallten Vorhänge aus Yakhaar sieben Stockwerke tief.

»In dem oberen Teil haben wir die Wohnräume des Dalai-Lama und seiner klösterlichen Gemeinschaft sowie eine große Anzahl von Tempeln und Heiligtümern«, erklärte Frau Chang, die Einzige hier, die nicht atemlos war. »Die Stadtverwaltung will, dass der Potala seine sakrale Funktion behält.«

Ach, wie entgegenkommend, dachte ich und schleppte mich die hohen Treppenstufen empor. Die Steine waren an vielen Stellen zerbröckelt, mit spärlichem Gras und Unkraut bewachsen. Immer wieder blieben wir stehen, kämpften gegen die

Atemnot an. Am Ende der Treppe, neben einem Portal, drehte sich eine große Gebetsmühle, geölt mit Butter und vollgestopft mit Opfergaben, schwerfällig um die eigene Achse. Alle Vorbeigehenden gaben der Gebetsmühle einen kleinen Schwung, sodass sie sich schneller drehte. Ein paar Mönche in kastanienbraunen Roben standen oder saßen auf den Stufen. Ihre großen Kopfbedeckungen der Gelubka-Sekte, gelben Hahnenkämmen ähnlich, trugen sie lässig über die Schulter gehängt. Sie grüßten mit breitem Willkommenslächeln – Statisten? Andere Mönche, in tintenblauen Arbeitskitteln, fassten argwöhnisch jeden Besucher ins Auge. Wir gingen durch einen Innenhof, wobei wir erfuhren, dass die Festung aus neunhundertneunundneunzig Räumen bestand, großen und kleinen, über ein Gewirr aus Holztreppen zu erreichen. Natürlich war nur ein kleiner Teil dieser Räume zur Besichtigung freigegeben.

Wir betrachteten das Gebäude; vor uns im Dämmerlicht lagen drei Treppenabschnitte. Die mittlere Treppe war glänzend poliert und mit einem gelben Stoffband abgesperrt.

»Sie ist nur für den Dalai-Lama bestimmt«, sagte Frau Chang.

»Der vermutlich nie kommen wird«, raunte mir Rico zu.

Chinesische Kaderleute, Männer und Frauen, schlenderten umher; sie trugen einheitliche beige Windjacken mit roten Ansteckknöpfen an der Brusttasche. Die Mönche strahlten auch sie an. Die Chinesen verzogen keine Miene. Einige hielten ihr Handy am Ohr, stolzierten raumgreifend umher, führten gestikulierend Gespräche. Wir indessen betrachteten die Wandfresken, auf Distanz gehalten hinter Holzgatter und Stoffbändern. Alle Säulen waren mit weißen Tüchern umwickelt, um die alten Schnitzereien zu schützen. Scheußliche Panda-Bärchen aus Metall standen als Müllschlucker herum. Und Überwachungskameras überall. Auf den zu grell restaurierten Fresken war der Bau des Potala in farbenprächtiger Bilderfolge dargestellt. Wir sahen die ersten Könige von Tibet, die vom

Himmel kamen. Sie hingen an einer Schnur, die Heilige und Menschen von Herz zu Herz verband wie bei einer Bluttransfusion. Im Mittelpunkt war der Großkönig Songsen Gampo abgebildet, der vor tausenddreihundert Jahren die ursprüngliche Burg auf dem roten Berg Marpori errichtet hatte.

»Aber der eigentliche Bau«, erklärte Frau Chang, »ist dem fünften Dalai-Lama, in Tibet ›der Große Fünfte‹ genannt, zu verdanken. Die Arbeiten begannen 1645 und dauerten vierzig Jahre. Der Große Fünfte starb, ehe das Werk vollendet war. Der ihm nachfolgende Regent wusste, dass die Arbeiter die Strapazen für niemand anderen auf sich nehmen würden. Und so wurde sein Tod fünfzehn Jahre lang geheim gehalten.«

Nun kamen wir in einen Hof, von der Sonne blendend erleuchtet. Die Steine bildeten eine einzige polierte Fläche. Wir bewegten uns darüber hinweg wie auf Glatteis. Dann wieder Dunkelheit, der Geruch von Wacholderrauch, ranzigem Öl, Schafsfellen. Der Boden war speckig, weil jede Menge Leute sich hier niederwarfen, auf den Knien rutschten und beteten. Wir tasteten uns im Gedränge vorwärts, die Videokameras sahen zu, wie wir Stiege um Stiege emporkletterten, bis wir durch eine Tür traten und uns grelles Licht explosionsartig umfing. Wir standen auf dem Dach, unter dem blau funkelnden Himmel, blickten über die Stadt bis zum Horizont, wo die Schneeriesen im Halbkreis über den Wolken schwebten. Von unten her erklangen Hupen, Motorenlärm, richtungslose Musikfetzen. Sie stimmten nicht mit den Geräuschen von früher überein, die ich aus meinen Träumen kannte: vielstimmige Gebete, Glockengebimmel, das Krähen der Hähne, das ferne Schnauben angebundener Pferde. Jeder hat seine Traumkulisse, seine Sehnsuchtsziele. Was nützten mir meine? Sie waren hier und doch nicht hier. Ich lehnte mich vor, die Arme über die Mauer gelegt. Ich konnte mir alles zusammenreimen, was in der Fantasie und was außerhalb der Fantasie bestand. Die Gedanken bewegten sich frei in meinem Kopf, schlüpften hinein und hinaus. Unablässig rieb der Höhenwind die Steine, schnurrte dabei wie eine Katze. Wenn der Wind die Steine nur lange genug rieb, würde der Palast zum Felsen werden, zum Berg. Damit hatte ich aber die Definition des Potala: Der Potala lebte, solange er funktionierte. Das war ein brutaler Gedanke, für mich als Tibeterin bedurfte es einigen Muts, ihn zu formulieren. Trotzdem: Um dieses Nicht-Funktionieren für alle Welt sichtbar zu machen, hatte die chinesische Regierung viel Geld investiert. Der Dalai-Lama würde nicht kommen, weil er sich weigerte, den Tod der Religion, den Tod der Gefühle, den Tod des Lebens zu unterstützen. Und was der Mönch gesagt hatte, war logisch, war klar, war einfach so: Jeder Tibeter musste sein Schatzkästchen im Herzen tragen.

Ein Schatten schob sich zwischen mich und meine Gedanken. Rico stand neben mir, die Mütze über die Stirn gezogen und Sonnencreme auf den Lippen.

»Der Potala ist eine Wucht«, sagte er. »Alles andere kommt mir verdächtig vor.«

Ich grinste ihn an.

»Ach, dir auch?«

Frau Chang winkte bereits. Weiter, weiter! Es gab ja noch vieles zu sehen! Auf dem polierten Holzfußboden im Audienzsaal des Dalai-Lama kauerten Pilger, hatten sich verneigt, die Hände vor dem Gesicht gefaltet. Ihre Gesten, ihre Haltung waren vollkommene Gesten der Verehrung. Das Poltern der Schritte ringsum, das Stimmengewirr schienen sie zu überhören. Ihre Wahrnehmung war nur auf die innere Schau gerichtet, und doch gab es nur den leeren Thron, mit dunkelbrauner und gelber Seide bezogen, die bereits zerschlissen war. Auf dem Thron lag ein safrangelbes, zusammengefaltetes Gewand. Egal, welche Hände es gefaltet hatten – an diesem Ort waren die Schleier zwischen den Welten nur dünn. Die Gläubigen trugen ihr Schatzkästchen bei sich, nahmen es hervor wie einen Edelstein. Man konnte sich dabei etwas ganz Konkretes vorstellen. Ich hatte kein ungutes Gefühl mehr in der Magengrube. China als Weltmacht war eine rein intellektuelle Konstruktion. Wer das zu ertragen hatte, brauchte Visionen. Der Glaube an eine Transzendenz gab diesen Menschen ihre geistige Hygiene, bevor die Rationalität jede Zelle ihres Körpers vergiftete. Der Glaube war die letzte Chance der Tibeter, vielleicht sogar die einzige, nicht als Neurotiker zu verkommen.

Inzwischen machte uns Frau Chang auf das mit Seide verhängte Fenster aufmerksam, von dem aus der Dalai-Lama einst den Neujahrszeremonien beigewohnt hatte. Dann reihten wir uns wieder in die Schlange der Wartenden ein, wanderten durch kleinere und größere Heiligtümer. Auf den bemalten Wänden, geschwärzt von dem Schweiß unzähliger streichelnder Hände, war ein verwirrender Kosmos dargestellt, den Irrgärten menschlicher Zellen im Gehirn entsprechend. Dämonen und Heilige erzählten die gleiche Geschichte: Der Mensch, noch eine Kreatur im Werden, war dem Bösen ausgeliefert. Weil er aber einen göttlichen Abglanz in der Seele trug, vermochte er das Gute zu erkennen und sich mit jeder Wiedergeburt der Erleuchtung zu nähern.

»Vor ein paar Jahren brach hier ein Feuer aus«, sagte Frau Chang. »Eine Anzahl Thankas, Rollbilder, wurden zerstört. Zum Glück aber konnten die alten Bücher gerettet werden. Es sind sehr wertvolle Schriften.«

Schon nahm ein junger Mönch ein Buch aus dem Wandregal und entfaltete behutsam den langen, schmalen Stoffeinband. Die faserigen Innenseiten waren zwischen zwei aufwändig verzierte Holzdeckel geklemmt. Der Mönch zeigte zwar das Buch, gab es aber nicht aus der Hand. Sein Gesicht war ausdruckslos.

»Vor allem die Werke des fünften Dalai-Lama«, sagte Frau Chang, »geben uns Einsicht in die damalige Glaubenswelt.«

Ich wusste, dass wir nur einen Bruchteil der Reichtümer des Potala gesehen hatten. Wo waren die kostbaren Schriftrollen, die uralten Rüstungen, die goldenen Statuen, mit Edelsteinen aller Größen und Formen geschmückt, die illuminierten Manuskripte, mit einer Tinte geschrieben, die aus Gold und Silber gewonnen wurde? Wo waren die bestickten Brokate, die hauchzarten Porzellane, himmelblau, feuerrot, pfirsichrosa? Die Gefäße aus Jade, Amethyst, Bergkristall, die anmutigen Emaille-Malereien? In China? Oder irgendwo in einem unbekannten Keller in Kisten verborgen?

Nachdenklich folgte ich Frau Chang, die vor einem gewaltigen Türgitter stehen blieb, mit einem uralten Schloss und einem Türklopfer in Gestalt eines Schneelöwen versehen. Dahinter befand sich ein Pagodenschrein, der viele Meter in die Höhe ragte.

»Das ist das Grabmal des dreizehnten Dalai Lama. Das war der Vorgänger des heutigen Oberhaupts des tibetischen Glaubens«, sagte Frau Chang und sah flüchtig auf die Uhr, weil hinter uns bereits die nächste Gruppe wartete. Vor dem Grabmal standen Gefäße aus Porzellan, Krüge in jeder Größe und schwere Butterlampen aus Messing. Aber die Dochte waren verkohlt, das Wasser in den Opferschalen ausgetrocknet. Zerschlissene Wandbehänge hingen leblos herab. Selbst der Duft der Räucherstäbchen war verflogen. Hier wehte kein Geist, kein Atem mehr. Der Grabschrein roch nur noch muffig und verlassen. Frau Chang aber klatschte fröhlich in die Hände.

»Zeit zum Mittagessen! Die Besichtigung war anstrengend, nicht wahr? Wir sind jetzt alle sehr hungrig!«

FÜNFUNDVIERZIGSTES KAPITEL

Der Bus hielt in einem Viertel am Stadtrand, in dem alle Straßen schnurgerade durch Wohnsiedlungen zogen, die man früher für chinesische Kaderleute gebaut hatte. Zwanzig Jahre später waren die Mietkasernen verkommen. Fenster waren eingeschlagen, der Putz bröckelte ab. Auf den Balkonstümpfen voller Gerümpel reihten sich Satellitenschirme wie seltsame Skulpturen, ein Schirm unter dem anderen. Alle Balkone waren mit runden Löchern versehen, damit die Bewohner ihren Abfall loswerden konnten. Straßenfeger entsorgten dann den Müll. Das Abzugsrohr für den Ofen führte durch ein Loch in den Scheiben ins Freie. Der Rauch vieler Winter hatte die Fassaden mit einer Art grauem Ausschlag bedeckt. Vor einem dieser Häuser blieb ich stehen, blickte die fünf Stockwerke empor. Ob Lhamo meinen Brief erhalten hatte? Vielleicht war es ihr peinlich, dass ich sie besuchen wollte? Na, egal. Ich stieß die Haustür auf. Die dumpfe Stimmung des Wohnblocks drang, zusammen mit dem säuerlichen Geruch chinesischer Küche, auf mich ein. Ich zwängte mich durch die Fahrräder, die den schmalen Eingangsflur verstopften. Aus den Briefkästen schauten Prospekte und Zeitungen heraus, irgendwelche Mitteilungen in chinesischer Schrift waren an die Wand geheftet. Türklingeln gab es nicht: Man musste klopfen. Auch die Namen waren in chinesischer Schrift gehalten. Von Sonam hatte ich erfahren, dass Lhamo im dritten Stock wohnte. Sie selbst war nie bei Lhamo gewesen, aber eine Freundin hatte sie mal besucht; daher wusste Sonam das. Die rechte Tür, ganz hinten, hatte sie gesagt. Ich stieg die enge, ungepflegte Steintreppe empor. Die verschmutzte Neonröhre an der Decke spendete nur spärliches Licht. Ich spürte plötzlich einen Fluchtimpuls, biss erbost die Zähne zusammen. Kopf hoch, Dolkar! Schön wird es nicht sein, aber sei gefälligst kein Feigling!

In jedem Stock gab es vier Wohnungen; man hörte Kinder spielen und schreien, der Fernseher lief, ein Säugling wimmerte, die üblichen Geräusche eines Mehrfamilienhauses ohne Privatsphäre. Im zweiten Stock wurde gekocht, ein Reiskocher brodelte, Gemüse wurde gehackt. Man hörte wirklich alles. Zigarettenqualm mischte sich in den Bratfettgeruch. Vor jeder Tür hing der gesteppte Vorhang, mit dem sich die Bewohner vor Luftzügen schützten. Lhamos Vorhang war blau, mit einem kitschigen Blumenmuster. Ich schlug den Vorhang zur Seite, klopfte. Mir schien, dass mein Atem ein allzu lautes Geräusch machte. Dann vernahm ich ein Schlurfen, die Tür öffnete sich. Eine Frau stand vor mir, groß, überschlank, in Hosen und Pullover. Hinter ihr befand sich ein Fenster, sodass mein Gesicht voll beleuchtet war, während das ihre im Schatten lag.

»Tante Lhamo?«, fragte ich.

Sie nickte.

»Du bist Dolkar, nicht wahr? Ich bekam erst gestern deinen Brief.«

Ich trat hinter ihr in den Raum. Sie schloss die Tür, indem sie den herunterhängenden Haken in seine Metallhalterung drehte. Als sie sich nach mir umwandte, sah ich das Gesicht einer älteren Frau, das noch Spuren ihrer einstigen Schönheit zeigte. Die hohe Stirn war gebräunt, um Mund und Nase hatten sich tiefe Falten gebildet. Die Konturen waren noch da, die Substanz war zerstört. Obendrein trug sie eine hässliche Brille. Ihre Lippen waren zusammengekniffen; es war, als ob sie sich das Lächeln abgewöhnt hatte.

»Warum bist du gekommen?«, fragte sie.

»Ich wollte dich sehen.«

»Findest du das richtig?«

Sie sprach ein altmodisches, unbeholfenes Tibetisch. Ich fragte mich, in welcher Sprache sie wohl lebte und dachte.

»Wieso nicht?«, fragte ich.

»Setz dich!«

Sie deutete auf den »Khang«, die übliche Sofabank, auf der sich Decken und Kissen stapelten. Darunter waren Pappkartons und Koffer verstaut. Lhamo schien die Sitzbank auch als Bett zu benutzen. Sie hatte offenbar nur ein Zimmer zum Wohnen, Essen und Schlafen. In der Mitte standen ein runder Tisch mit Spitzendeckchen und vier Stühle. Auf selbstgezimmerten Regalen reihten sich bunt gemusterte Thermoskannen, Kochtöpfe und Schüsseln in verschiedener Größe. Eine Elektroplatte diente zum Kochen; in dem primitiven Waschbecken stapelte sich Geschirr. Lhamo verfügte auch über einen Heizring, ein Privileg in Lhasa, wo chronischer Strommangel herrschte. Dafür war der Fernseher ein neues Modell mit flachem Bildschirm. Hinter einen Vorhang baumelten verschiedene Kleidungsstücke an Drahtbügeln. Die Toilette war offenbar draußen, auf dem Flur oder im Hof. Immerhin war ein Ofen da, ein Blechmonstrum mit mehreren Schubladen und Gittern. Daneben stand ein Sack voller Kohlebriketts. Auch die Kohle war ein Privileg; die meisten Tibeter heizten mit Yakdung.

»Tee?«, fragte Lhamo.

Sie griff nach einer Thermoskanne, goss Tee in eine Tasse und stellte sie vor mir auf den Tisch. Der chinesische Grüntee war heiß und dampfte. Ich nahm einen kleinen Schluck. Lhamo setzte sich auf eine Seite der Bank, so weit weg von mir, wie es ging. Abstand. Keine Berührung. Ich sah ihr Profil, die ungepflegte Haut, die gerunzelten Augenbrauen. Ihr blauer Pullover war fusselig, die Polyesterhose zerbeult. Sie trug graue Wollsocken, ihre Füße steckten in Männerpantoffeln.

»Was treibst du so im Leben?«, fragte sie.

»Ich bin Architektin.«

Sie nickte. Ich konnte nicht ausmachen, ob es sie interessierte oder nicht.

»Und wozu bist du in Lhasa?«

»Ich wollte mal kommen. Ich stamme ja schließlich von hier.«

Ihr Gesicht zeigte nichts als Gleichgültigkeit.

»Lhasa ist nicht mehr wie früher. Vieles wurde zerstört. Das Viertel war ganz neu, als wir hier einzogen.«

Ich hatte das Geplänkel satt.

»Tante Lhamo, ich weiß nichts von dir. Ich würde gern etwas über dich erfahren.«

Sie antwortete spröde.

»Da gibt es nicht viel Interessantes zu erzählen. Ich war verheiratet und hatte eine Fehlgeburt. Danach konnte ich keine Kinder mehr haben. Und jetzt bin ich Witwe und lebe allein.«

Sie stand auf, nahm ein Foto, das eingerahmt auf einer Kommode stand, und reichte es mir.

»Chi«, sagte sie. »So hieß mein Mann. Huang Chi. Er ist seit sechs Jahren tot.«

Auf dem Foto war ein schlanker Mann in Uniform zu sehen. Er trug ein Offiziersabzeichen und sah gut aus, obwohl er sich übertrieben gerade hielt. Seine Haltung war linkisch, und eine Schulter hing tiefer als die andere. Ich gab Lhamo das Bild zurück.

»Du hast ihn im Arbeitslager kennengelernt?«

Hinter ihren Brillengläsern kniff sie die Lider etwas zusammen, um den Blick zu schärfen.

»Ja. Wer hat dir das gesagt?«

»Kelsang. Er ist übrigens Mönch geworden.«

Sie erwiderte kalt: »Das wurde mir mitgeteilt.«

Ich hatte damit gerechnet, dass sie abweisend sein würde,

und sagte: »Ich weiß nicht, ob ich dir Fragen stellen soll oder ob du welche hast.«

»Aber ich doch auch nicht!«

Sie hob lebhaft beide Hände. Die Gebärde machte sie auf einmal jünger. Ich lächelte ihr aufmunternd zu.

»Los, fang an!«

Sie ließ die Hände wieder sinken.

»Sonam, wie geht es ihr?«

»Ach, eigentlich recht gut. Sie ist auch Witwe.«

»Ja, das schrieb sie mir.«

Jetzt war ich doch etwas erstaunt.

»Amla sagte, sie hätte kaum noch Kontakt zu dir.«

Lhamo nickte gleichmütig.

»Das stimmt. Sie schrieb mir selten. Und, um ganz ehrlich zu sein, machten mir ihre Briefe keine Freude.«

»Warum nicht?«

Lhamo schraubte den Deckel der Thermoskanne auf, nahm eine Tasse für sich und goss Tee ein.

»Weil es nicht gut für uns war, dass ich Post aus dem Ausland bekam. Chi arbeitete im Justizministerium, musst du wissen.«

»Was hat das mit unserer Familie zu tun?«

»Viel« Lhamos Stimme klang bitter. »Chi bekleidete einen hohen Posten. Leitungsebene. Er wurde im Dienstwagen abgeholt und nach Hause gefahren. Sonam hatte bereits im Lager vieles getan, das uns schaden konnte. Chi lebte mit dem Gedanken: bloß keinen Ärger mehr! Er musste sich immer wieder rechtfertigen.«

Sie sprach kalt und systematisch, den Blick unentwegt auf ihre Hände gerichtet.

»Es war schlecht, dass Sonam sich so wenig um andere Menschen scherte. Wir alle versuchten uns anzupassen. Sonam dachte nur an sich. Was ich eigentlich sagen will … es nützte keinem von uns, wenn sie wieder eingefangen und bestraft wurde.

Ich habe sie dann gepflegt, und sie erholte sich. Das war, bevor Kelsang plötzlich verschwand. Die Kameraden erzählten, dass sie ihr Lager im Nebel aufschlagen mussten. Kelsang hatte irgendwelche Beschwerden und ging sich ständig entleeren. Und plötzlich kam er nicht mehr zurück. Bei Tageslicht suchten ihn die Kameraden vergeblich. Sie meinten, dass er wohl verunglückt sei. In Wirklichkeit war er geflohen. Aber das erfuhren wir erst später.«

»Und Sonam?«

»Als es ihr besser ging und man sie wieder zur Arbeit schickte, lief sie zum dritten Mal davon. Bisher hatte man viel Geduld mit ihr gehabt, aber das war zu viel. Sie hatte keine Gnade mehr zu erwarten. Den Soldaten wurde befohlen, sie zu finden und auf der Stelle zu erschießen. Aber diesmal entkam sie.«

»Weil Kelsang nicht mehr da war.«

Lhamo zog eine Art Grimasse.

»Sonam war eben sehr widerspenstig.«

»Und du warst es nicht.«

Sie fuhr leicht zusammen. Ich machte mir sofort Vorwürfe und versuchte die Schärfe meiner Bemerkung abzumildern: »Ich wollte dich nicht verletzen.«

»Du verletzt mich nicht.«

Sie fuhr sich mit dem Finger unter die Nase; ich merkte, dass sie erkältet war.

»Und dann?«, fragte ich.

Sie schniefte laut, wie es die Chinesen tun.

»Danach war ich jahrelang ohne Nachricht von ihr, bis ich erfuhr, dass sie tatsächlich Indien erreicht hatte. Sie hatte einen Khampa getroffen, du weißt doch, einer dieser Nomaden …«

Ich starrte sie an.

»Alo?«

»Ja, so hieß er. Ein Terrorist. Mein Großvater hatte ihn gepflegt, als Alo noch ein Kind war. Es gibt eben merkwürdige Zufälle; da kann man nichts machen.«

»Nein. Aber woher kennst du die Geschichte?«

Sie zog gleichmütig die Schultern hoch.

»Woher? Chi war Kommissar. Solche Dinge in Erfahrung zu bringen gehörte zu seinem Beruf. Jedenfalls war es dieser Khampa, der Sonam nach Indien brachte. In einem Auffanglager sah sie dann Kelsang wieder.«

»Hasste sie ihn nicht, nach alldem, was vorgefallen war?«

»Ob sie ihn hasste? Wie soll ich das wissen? Sie hat mir nie etwas darüber geschrieben. Ich weiß nur, dass beide vom Roten Kreuz betreut wurden und später in die Schweiz kamen. Inzwischen wurde Chi nach Lhasa versetzt. Weil wir verheiratet waren, durfte ich das Lager mit ihm verlassen. Wir bekamen diese Wohnung, und ich gab wieder Chinesischunterricht.«

»Immer noch?«

»Heute habe ich mir freigenommen.«

»Meinetwegen?«

Sie wich der Bemerkung aus.

»Ich habe eine Witwenrente, aber ich komme schlecht über die Runden. Das Leben wird immer teurer.«

»Hast du dich mit Chi eigentlich verstanden?«

Sie schluckte. Die direkte Frage traf sie unvorbereitet.

»Du musst nicht glauben, dass ich unglücklich war. Wir teilten die gleichen Ideen und lebten in guter Partnerschaft.«

»Und was wurde aus Alo?«

Sie sah mich an, als verdächtigte sie mich irgendeiner bösen Absicht.

»Wahrscheinlich wurde er umgebracht. Aber ich hörte noch von ihm. Er hatte nämlich eine Tochter.«

Mein Atem beschleunigte sich.

»Eine Tochter? Wo ist sie jetzt?«

»Sie war eine Terroristin, wie ihr Vater. Und wild wie eine

Füchsin. Das lag diesen Leuten einfach im Blut. Sie wurde verhaftet. Das war in der Zeit, als die ersten Unruhen aufkamen. Die Mönche wurden immer aggressiver und zwangen 1988 die Zentralregierung sogar dazu, das Kriegsrecht auszurufen. Aber die Sache mit Alos Tochter – sie hieß Tseyang – geschah schon ein paar Jahre vorher. Sie hatte eine selbstgebastelte Bombe auf unser neues Telekommunikationsgebäude geworfen. Stell dir mal vor, sie war kaum siebzehn. Bei ihrem Verhör gestand sie, dass sie ihren Geliebten rächen wollte, der bei einem Aufstand ums Leben gekommen war.«

»Bei ihrem Verhör?«, murmelte ich.

»Ja, natürlich. Sie wurde in Drapchi eingeliefert.«

Mir wurde übel.

»War das nicht dieses entsetzliche Gefängnis?«

»Was heißt entsetzlich?«, entgegnete sie. »Alle Gefängnisse waren gleich.«

»Wurde sie gefoltert?«

Lhamos Gesicht blieb ungerührt.

»Die Repression wurde verschärft, weil die Unruhen ja so große Ausmaße annahmen. Chi sprach nicht mit mir darüber. Er wusste, dass ich solche Dinge nicht gern hörte. Jedenfalls starb Tseyang an Herzversagen. So was kam vor, weil … nun, weil man bei unkooperativen Gefangenen elektrische Viehtreiberschlagstöcke benutzte. Außerdem war sie schwanger und im Gefängnis von einem Sohn entbunden worden. Für gewöhnlich gab man solchen Babys sofort eine Spritze. Aber ich hatte gerade meine Fehlgeburt gehabt. Damit ich über die schlechte Zeit hinwegkam, überließ Chi mir das Baby. Er warnte mich allerdings: Sobald das Baby aus dem ersten Pflegealter heraus war, mussten wir es in einem Waisenhaus abgeben. Ich kümmerte mich also um den Säugling, und tatsächlich besserte sich mein Zustand. Der Kleine war hübsch und klug. Der Gedanke, dass er in einem Waisenhaus aufwachsen sollte, machte mir das Herz schwer. Chi mochte den Kleinen zwar auch, hatte aber nicht im Sinn, sich dem Beschluss der Behörden zu widersetzen. Ich jedoch wollte dem Baby eine Chance geben, richtige Eltern zu finden, und handelte zum ersten Mal hinter Chis Rücken. Es gab in Lhasa eine kleine Vertretung des Roten Kreuzes, die 1988 übrigens geschlossen wurde. Na gut. Ich ging zu einer indischen Schwester, die dort arbeitete, und übergab ihr das Kind mit der Bitte, es zur Adoption freizugeben. Die Schwester versprach, sich um den Kleinen zu kümmern. Sie hielt Wort, und das Baby kam nach Dharamsala, wo es dann auch bald Pflegeeltern fand. Schweizer, wie mir später gesagt wurde.«

Ich traute meinen Ohren nicht.

»Dann ist Tseyangs Sohn jetzt in der Schweiz?«

»Ich nehme es an. Ich weiß es nicht. Er ist ja längst erwachsen.«

»Kennt Sonam die Geschichte?«

»Nein, woher auch? Es ging sie doch nichts an. Chi war damals sehr böse auf mich, weil ich sein Vertrauen missbraucht hatte. Er musste natürlich Meldung machen. Ich wurde im Justizministerium vorgeladen und bekam einen Verweis. Damit war die Sache erledigt. Chi und ich versöhnten uns wieder. Ich kann sagen, dass ich wirklich Glück gehabt habe.«

Was Lhamo da ablieferte, waren nur Tatsachen, ein dünnes Mindestmaß an Informationen. Sie kehrte ihre seelische Minusseite heraus, verlor aber nur wenige Worte über die furchtbare Tragödie, die sich hinter Gefängnismauern abgespielt hatte. Lhamos Mangel an Gefühlen schien mir nicht ganz echt. Sie lebte ihren Schmerz nicht aus, sie verdrängte ihn; ihr Leid durfte nicht nach außen sichtbar werden. Ich hatte Mitleid mit ihr. Lhamo hatte fünfzig Jahre in der Hölle verbracht und sich am Ende offenbar eingeredet, dass sie freiwillig dort sitzen wollte. Gab es in ihr einen noch so winzigen Ort, den die Partei nicht durchdrungen hatte, an dem ihr ursprüngliches Wesen noch leuchtete? Besser wenig als gar nichts. Ich wollte daran glauben.

Doch vorerst gab es andere Fragen, die ich klären wollte.

»Haben wir noch Verwandte hier?«

Sie benetzte ihre Lippen, entzog ihr Gesicht meinem Blick, indem sie zur anderen Seite schaute.

»Nein. Alle sind geflohen. Oder tot.«

Das Ausmaß ihrer Einsamkeit war im Zimmer spürbar wie eine Staubschicht. Und es war eine sehr schlechte Einsamkeit, kalt und schrecklich, ein ohnmächtiges Warten auf das Alter, ganz allein. Sie wusste, dass es kein Entrinnen für sie gab, außer in den Tod. »Und unser Haus? Wurde es schwer beschädigt?«

»Unser Haus?« Sie hob die Brauen, als hätte ich eine ungehörige Frage gestellt. »Das Haus steht doch schon lange nicht mehr!«

Also doch. Ich hatte alles gewusst, was ich wissen musste, hatte alles, was dazugehörte, erfahren, und mir trotzdem immer wieder etwas vorgemacht. Das Haus hätte sozusagen auf mich warten sollen. Und jetzt war das Haus nicht mehr da, und ich fühlte mich betrogen und geschädigt.

»Wann wurde es zerstört?«, fragte ich und spürte, wie unsicher meine Stimme klang.

»1986, im Juli, wenn ich mich recht entsinne. Die Roten Garden hatten es eine Zeit lang als Gefängnis gebraucht, mehrere hundert Leute darin zusammengepfercht. Dann wurde es zu einer Schule umgebaut. Als später mehr Beamte nach Lhasa kamen, brauchte man Platz für Büroräume. Das Haus stand in einer guten Lage. Man ließ es abreißen und baute auf dem Grundstück ein neues. Heute ist das Ministerium für Landwirtschaft darin untergebracht.«

Ich reagierte einfältig antirevolutionär.

»Warum hast du das zugelassen?«

Ihre Stimme bekam eine schneidende Kälte.

»Gegen Beschlüsse von oben wurde keine Rebellion geduldet. Kannst du das nicht begreifen?«

Ich bin wie Sonam, hätte ich am liebsten geantwortet. Es gibt eben Dinge, die mir nicht in den Schädel gehen. Stattdessen sagte ich:

»Ich bin traurig, dass das Haus nicht mehr steht.«

»Warte«, erwiderte Lhamo. »Ich will dir etwas zeigen.«

Sie erhob sich; es war eine Steifheit in ihren Bewegungen, die nicht nur von den Gelenken herrührte. Sie kniete umständlich nieder, schlug die Decke auf der Schlafbank zur Seite und zog einen kleinen Koffer hervor, der mit Riemen geschlossen war. Lhamo löste die Riemen, ließ die Verschlüsse aufspringen und öffnete den Koffer, aus dem ein starker Geruch nach Mottenkugeln strömte. Der Koffer war voller ausrangierter Sachen, Kleidungsstücken und Wollsocken. Ich sah ein leeres Brillenetui, einen alten Vorhangstoff mit verblichenem Muster, alles zerknittert und muffig. In dem Plunder befand sich eine kleine Schreibkladde, wie man sie früher im Schulunterricht benutzt hatte. Lhamo löste mit ungeschickten Fingern das Band. Die Kladde enthielt eine Anzahl vergilbter Briefe, eingebundene Schulhefte und dazwischen ein Foto, eine alte Vergrößerung. Lhamo nahm das Bild heraus und fuhr leicht mit den Fingern darüber, als ob sie es streichelte. Sie legte das Foto neben sich auf den Boden, bevor sie den Koffer schloss und ihn unter die Sofabank schob. Dann richtete sie sich wieder auf, wobei sie das Bild auf seltsame Art in beiden Händen hielt. Wie eine Opfergabe, ging es mir durch den Kopf – ein Gedanke, der natürlich unsinnig war. Inzwischen zog Lhamo die Decken gerade, setzte sich wieder in weitem Abstand zu mir hin und überreichte mir die Aufnahme mit der gleichen, unerwartet ehrfürchtigen Geste.

»Unser Haus«, sagte sie.

Das Bild war bräunlich verfärbt, wie alte Fotos es ja sind, aber durchaus nicht unscharf. Das dreistöckige Haus mit

Türmchen und Fensterfront, der gepflasterte Hof und das eisenbeschlagene Tor waren detailliert zu erkennen. Ich konnte sogar den Steinsockel zum Besteigen der Pferde sehen. Daneben stand ein Stallbursche in einem Mantel aus Schafsfell und hielt ein Pferd am Zügel. Die Grobkörnigkeit des Fotos verwandelte das Haus in ein Geisterhaus, die Steine in bleiche Knochen. Dabei zeigten der Stallknecht und das Pferd, leblos und wie in der Luft aufgehängt, eine bizarre Ähnlichkeit mit den Skulpturen von Giacometti. Ich schluckte schwer. Das Haus der Weiden gab es nicht mehr, meine Seele war heimatlos. Ich musste mich mit dem Verlust eines Hauses abfinden, das ich nie betreten hatte, das ich aber mit inneren Augen sah und als Erinnerung im Blut trug. Es gab für mich nur den einen Trost: Das Haus war unerreichbar für den Zugriff der Menschen, unerreichbar für den Zugriff der Zeit. Mit diesem Trost würde ich leben können.

Ich richtete meine Aufmerksamkeit wieder auf Lhamo, die sagte: »Die Aufnahme stammt aus dem Jahr 1956. Mein Vater hatte sie mit einer Leica 111 F aufgenommen. Er besaß eine vollständige Fotoausrüstung und entwickelte selbst seine Schwarzweißfilme.«

»Und was ist aus den Fotos geworden?«, fragte ich.

»Sie wurden verbrannt, als die Volksarmee das Haus … ausräumte.«

»Du willst wohl sagen: plünderte?«

Sie machte eine gleichgültige Bewegung.

»Wie du willst. Kurzum, sie schleppten alles nach draußen, schütteten Benzin darüber und setzten das Zeug in Brand.«

»Und wo hast du das Foto gefunden?«

»Auf dem Markt, in einem Korb voller Plunder. Eine alte Frau verkaufte Sachen, die man in den Ruinen gesammelt hatte.«

Ich betrachtete die Aufnahme. Licht und Schatten hatten sich zurückgezogen, in das Bild hinein, in die Vergangenheit. Der Schmerz, der mich dabei erfüllte, war umso unfassbarer, als er ja nicht einem Menschen galt, sondern einem Haus. Lhamo indessen sprach weiter, mit seltsam schleppender Stimme, als ob sie laut ihren Erinnerungen nachhing. Und als ich zu ihr aufblickte, sah ich voller Überraschung ihre geröteten Augen.

»Wir Kinder waren fast immer draußen im Garten. Manchmal standen die Fenster offen, und mein Vater spielte die Drannye und sang. Er hatte eine wunderschöne Stimme, musst du wissen. Ich sehe noch, wie die Dienstboten ihre lachenden Gesichter hoben und im Takt mit den Händen klatschten. Wir steckten uns Gänseblümchen hinter die Ohren, tanzten ausgelassen und glücklich umher. Und abends, wenn wir uns müde vom Spielen unter die weiche, warme Decke kuschelten, kam Mutter. War sie irgendwo eingeladen, trug sie Kleider aus schillernder Seide und Brokat. Sie wünschte uns schöne Träume und küsste uns. Die Türkise in ihren Zöpfen klirrten wie kleine Glöckchen. Ich rieche sogar noch ihren Duft. Jasminblüten. Sie ließ das Parfüm für sich in Indien mischen und brachte mir manchmal ein Fläschchen mit. Du siehst, ich entsinne mich an alles. Und es spielt keine Rolle, dass ich alt bin, viel Schlimmes erlebt habe und mein Leben bald vorbei sein wird.«

Sie verstummte. Ihr Gesicht war voller Schatten, die kamen und gingen, wie Wolken über das bleiche Antlitz des Mondes. Ja, man sah es jetzt, wie schön sie einst gewesen war. Eine Weile herrschte Stille bei uns, das endlose Nachklingen von Lhamos Worten. Auf einmal schlug draußen eine Tür zu, Absätze klapperten. Lhamo zuckte leicht zusammen, als führe sie aus dem Schlaf hoch. Der Glanz auf ihrem Gesicht war weg, einfach weg, wie der Kreidestrich weg ist, wenn man die Tafel abgewischt hat. Schon wurde im Raum nebenan der Fernseher eingeschaltet, eine Frauenstimme sprach. Es gab keinen Zauber mehr und keine Erinnerung, die sich zu beweinen lohnte.

Vor meinem inneren Auge riss sich das Haus der Weiden vom Erdboden los, entfaltete seine Wände wie Schwingen, hob sich in aller Stille zum Himmel empor, jenem unbekannten Kern der Vergangenheit entgegen, wo nichts ist und alles wiedergeboren wird.

Ich legte die Aufnahme, die ich noch in den Händen hielt, zurück auf den Tisch, griff nach Jacke und Rucksack.

»Ich muss gehen. Frau Chang wird nervös, wenn ich nicht pünktlich zum Abendessen komme.«

Lhamo sah mich fragend an. Ich nickte ihr zu.

»Unsere Fremdenführerin.«

Sie rückte ihre Brille zurecht, strich ihr Haar hinter die Ohren. Ihre dünne Hand zitterte leicht.

»Ach so, ja, natürlich.«

Ich schlüpfte in meine Jacke.

»Das war nett von dir, dass du mir das Foto gezeigt hast.«

Sie richtete sich steif auf.

»Bleibst du noch lange in Lhasa?«

»Nur bis morgen. Wir besichtigen noch ein paar Klöster, Sera, Drepung, Ganden. Das Übliche. Die Maschine geht in zwei Tagen.«

Sie schwieg. Man muss einander ansehen, wenn man sich verabschiedet. Stattdessen kehrten meine Augen immer wieder zu der Aufnahme zurück. Ich wollte mir das Bild ganz fest einprägen, bevor ich ging.

»Du kannst es mitnehmen, wenn du willst«, hörte ich Lhamo sagen.

Ich starrte sie fassungslos an. Eine Spur von Unsicherheit zuckte um ihren Mund.

»Willst du es nicht haben?«

»Aber Tante Lhamo!«, stieß ich hervor. »Du hast doch kein anderes mehr!«

Sie sah mir zum ersten Mal voll ins Gesicht.

»Mir ist das jetzt alles egal. Und es mag ja stimmen, dass

ich Sonam auf dem Gewissen habe. Mehr noch als Kelsang. Er hatte ein großes Durcheinander im Kopf. Ich zumindest sah klar …«

»Ach, Tante Lhamo«, flüsterte ich, »denk doch nicht immer wieder daran!«

Sie schüttelte den Kopf.

»Ich … ich habe ihr manchmal den Tod gewünscht! Sie war wie ein aufgeplusterter Vogel, schrecklich anzusehen, hartnäckig, beleidigend. Als ich ihr einmal sagte, ich wollte lieber überleben als erschossen werden, da hat sie mich angestarrt mit ihren großen, wilden Augen. Und dann hat sie gelacht! Und wie sie lachte! Ich höre sie heute noch. Und als sie wieder zu Atem kam, da hat sie gesagt: ›Sie werden dich gleich nach mir erschießen!‹«

Sie verschränkte fröstelnd die Arme.

»Und jetzt geh, sonst muss ich mir Sorgen machen. Und vergiss das Bild nicht.«

Sie stand mitten im Zimmer, steif, leicht vornübergebeugt. Ich nahm behutsam das Foto vom Tisch, steckte es in die Brieftasche, die ich im Innenfach meiner Jacke trug und in der auch meine Papiere waren.

»Ich danke dir, Tante Lhamo.«

»Das sagt man bei uns nicht mehr. Es hört sich komisch für mich an.«

»Ich weiß. Ich danke dir trotzdem.«

»Keine Ursache.«

»Sonam wird sich über das Bild freuen.«

»Du kannst sie von mir grüßen.«

»Ja, das werde ich tun.«

Sie brachte mich zur Tür und schob den Haken hoch.

Ich zögerte.

»Was ich dich noch fragen wollte …«

Lhamo hielt die Tür auf und sah mich an. Ich sprach mit ziemlicher Mühe.

»Tseyangs kleiner Sohn …«

»Ja, was ist mit ihm?«

»Erinnerst du dich, wie er hieß?«

Sie runzelte die Stirn.

»Ist das wichtig?«

»Nein, aber …«

»Doch, ich entsinne mich«, sagte sie. »Tseyang hatte ihm den Namen Kanam gegeben. Das war auch der Name, den ich der Rotkreuz-Schwester angab, als ich ihr den Kleinen brachte. Aber ich selbst habe ihn nie so genannt.«

»Und wie nanntest du ihn, Tante Lhamo?«

Sie stieß die Tür weiter auf, hob den Vorhang, damit ich hindurchschlüpfen, sie in ihrer Einsamkeit zurücklassen konnte. Sie machte auch keine Anstalten, mich zum Abschied zu umarmen.

»Ach, ich sagte nur ›Kind‹ zu ihm. Ich wollte ihn nicht lieb gewinnen, verstehst du? Chi hatte es mir ja verboten.«

SECHSUNDVIERZIGSTES KAPITEL

Der Bus kam nach längerer Wartezeit und war überfüllt. Leute standen dicht gedrängt, beladen mit Rucksäcken und Taschen. Alle redeten Chinesisch; ihre Hände flogen hin und her, sie sangen die Worte oder warfen sie mit Gelächter in die Luft. Im Bus war es stickig, Männer und Frauen rauchten. Hübsche junge Leute in modischen Klamotten und Jeans steckten die Köpfe über ihren Handys zusammen. Aus den Handtaschen der Mädchen – Fälschungen bekannter Marken – hingen Plüschtiere in grellen Farben. Es war fast noch hell, im Kyi Chu spiegelten sich rosa Lichter. Ich musste an die vielen Leichen denken, die einst das Wasser getragen hatte. Mein Kopf fühlte sich dumpf und schwer an. Unsere Familie war zerstört, ebenso zerstört wie das Haus der Weiden und der kleine Sommerpavillon am Norbulingka. Der Bus schaukelte in den Löchern auf der Asphaltstraße, und mir wurde übel. Es war, als ob die Gerüche nach fremdem Essen, nach fremdem Atem, nach fremden Kleidern Sauerstoff aus meinem Körper pumpten. Es tat weh, überall tat es weh. Ich hatte vergeblich versucht, einen Einklang zwischen dieser Stadt und mir zu erreichen. Nun fühlte ich mich vollkommen leer, aller Hoffnung beraubt. Das Gefühl war mir widerlich; ich suchte irgendwo in mir eine Ablenkung, fand aber nichts, nur eine vollkommen zwecklose Sehnsucht. Ich hielt es nicht mehr aus in diesem Qualm und Stimmengewirr, stieg aus und schob mich in das Gewimmel der Fußgänger. Die Straßen waren alle gleich. Ich ging vorbei an OK-Bars, an Ramschbuden, Restaurants,

Imbissstuben, lief weiter im Dunst süß-säuerlicher chinesischer Gerichte, umgeben von Staub und Abgasen, von Musikfetzen und Stimmen, von Lärm, Geklingel und dem Knattern von Motoren. Wie die Bewohner zweier verschiedener Planeten gingen Tibeter und Chinesen Seite an Seite vorbei, kamen sich entgegen, wichen einander aus. Ihre gleichgültigen Blicke streiften sich nicht einmal. Sie verachteten einander wortlos, hassten sich in aller Ruhe. Nur den Trieb, zu kaufen, was es gerade gab, zu kaufen, ohne zu überlegen, hatten sie offenbar gemeinsam.

Beim alten Viertel wurden die Straßen enger und dunkler. Ich kam an zugemauerten Türen vorbei, an blinden Fenstern. Kisten versperrten den Weg, zerbrochene Flaschen und Bierdosen lagen herum. Ich ging wie eine Schlafwandlerin, als ich nach einer Weile eine Gestalt vor mir sah. In der violetten Abendkühle kniete sie auf dem Boden, die braunrote Robe schien einen eigenen schwachen Schimmer auszustrahlen. Die Gestalt betete vor einer Butterlampe, die auf einem Mauersims ihr goldenes Licht warf. Weil Wind aufkam, flackerte die winzige Flamme stark, trotzte aber dem Luftzug mit ungebrochener Lebenskraft. Ich blieb in höflichem Abstand stehen. Der Mönch kam täglich, hatte er mir gesagt. Still und gesammelt betete er vor dem Licht, das da brannte und nicht wich und sein Herz erwärmte. Und während ich den alten Mann beobachtete, fühlte ich mich zunehmend in seine stille Andacht mit eingewoben. Die Art, wie er betete, überzeugte mich davon, dass ihm Buddha wahrhaftig gegenwärtig war. Ich wandte mich verwirrt ab. Zusehen gab immer Verwirrung. Er, der im Kopf Worte sprach, die mir keiner beigebracht hatte, gab mir durch die schlichte Einfalt seines Glaubens neue Kraft. In dem alten Körper da gab es keinen Zweifel, nur Weisheit und Willen im Streben nach oben. Es mochte sein, dass er meine Anwesenheit spürte, dass sie ein störendes Element in seinem Frieden war, denn nun bewegte er sich leicht, zog den Ärmel seiner Robe über die bloße Schulter, bevor er mir sein Antlitz zuwandte. Dann federte er auf den Fersen zurück, erhob sich. Ein kleines Lächeln wanderte über sein Gesicht, bis zu den Augen, die auch in der Dämmerung blau wie die Augen der Säuglinge waren.

»Nun, meine Tochter, hast du gefunden, wonach dein Herz sich sehnt?«

Wusste er, dass ich Lhasa am nächsten Tag verlassen würde? Ich entsann mich nicht, es ihm gesagt zu haben. Ich trat einige Schritte näher, legte die Hände grüßend zusammen, bevor ich seine Frage beantwortete.

»Eigentlich nicht. Alles ist anders.«

Er nickte gelassen.

»Manche Dinge verändern sich eben. Aber das ist nur der äußerliche Schein. Glaubst du wirklich, wir hätten den Fremden alle Edelsteine verkauft?«

Ich verstand das Gleichnis sofort.

»Ach, können Edelsteine auch Liebe bedeuten?«

Er ging schmunzelnd auf die Kontroverse ein.

»Edelsteine können alles Mögliche bedeuten. Und ja – sogar Liebe.«

»Und Häuser?«

Seine schweren Augenbrauen zogen sich zusammen.

»So wie jedes Tier einen Unterschlupf braucht, braucht der Mensch ein Haus, wenn die Hitze brennt oder die Winterstürme toben.«

Ich schluckte und sagte: »Ich kam nach Lhasa und suchte mein Haus.«

Er neigte bejahend den Kopf.

»Das hast du mir gesagt. Aber du hast es nicht gefunden. Nicht so, wie du es dir vorgestellt hast.«

»Ich habe erfahren, dass es zerstört wurde.«

Er antwortete ernst und gleichmütig.

»Ja, meine Tochter.«

Ich fuhr mit der Zunge über die spröden Lippen. In Lhasa war die Luft sehr trocken, meine Haut spannte und juckte, sodass ich mich ständig eincremen musste.

»Sie haben gesagt, dass Sie wüssten, wo es gestanden hat.«

»Und du möchtest, dass ich dir den Ort zeige?«

»Wenn es Ihnen nichts ausmacht…«

Er ging auf den Mauersims zu und löschte die Flamme mit einer behutsamen Bewegung seiner Finger, als ob er eine Blume pflückte. Dann verstaute er Lampe und Weihrauchstäbchen in seiner Schultertasche.

»Komm!«, sagte er.

Ich folgte ihm, passte mich seinen langsamen, etwas unsicheren Schritten an. Es war wieder viel Gedränge in den Straßen, doch er ging unbeirrt weiter, etwas vorgebeugt; die eine Hand hielt die geflochtene Schnur seiner Tasche auf der Schulter fest. Die Sonne schimmerte noch hinter den Bergen, die im Schatten lagen; die Mauern des Potala strahlten einen rosa Schein aus, eine delikate Blütenfarbe, und darüber schien klar eine Mondsichel mit fast aufdringlichem Glanz. Die klare Luft ließ auf den vergoldeten Dächern ein Flimmern von roten Wellen spielen, die seltsam lebendig hin und her zuckten. Und auf einmal hatte ich ein ganz merkwürdiges Gefühl. Als ob überall dort, wohin der Mönch seine Schritte lenkte, die Welt sich verwandelte, als ob ein Zauberreich seine unsichtbaren Pforten vor mir öffnete. Am Barkhor, wo die nummerierten blauen Blechstände abgeräumt wurden, strömten von allen Seiten Menschen herbei. Das letzte Abendlicht legte einen Glanz auf alle Dinge, eine wohltuende, gedämpfte Helligkeit, kaum stärker gefärbt als die zartfarbige Safran-Blüte, zauberte Goldreflexe auf Kleider und Gesichter, auf Strohmatten, Töpfe und Porzellangeschirr. Es roch nach gebratenem Fleisch und nach Getreidebier, das stark und süß duftete. Alte Frauen boten Obst, Walnüsse und Gemüse feil. Andere Händler verkauften Milch und Joghurt und Yakdung für die Heizöfen. Die Reiternomaden wanderten mit steifen, stolzen Schritten umher, das schwarze Haar mit roten Garnen um den Kopf gewickelt und verknotet. Die Frauen hatten ihr fersenlanges Haar in hundertundacht kleine Flechten gezwängt – die heilige Zahl der buddhistischen Lehre. Ihre Augen waren schmal und lang, scharf geschnitten, ihre Gesichter leuchteten wie Münzen, und eine jede trug den Schmuck einer Königin. Keine Frau, kein Mann zeigte sich ohne sein Amulettkästchen aus schwerem Silber. Grasgrüne oder gelbe Borten schmückten ihre Gewänder; sie trugen aufwendig bestickte Stiefel und wertvolle Fellumhänge. Sie waren schön und stolz, wie Naturmenschen es sind, denn sie lebten in den Bergen, in der Nähe der Götter. Doch die Luft verlor langsam ihren Glanz, Finsternis wuchs von allen Seiten empor, misstönende Akkorde erklangen. Ich blinzelte verstört, und die Vision verschwand. Die Menschen, die Gesichter, alles war plötzlich anders. Ich schaute mich verwirrt um. Die Nomaden waren verschwunden, wie aufgelöst in der Nacht. Nun legten die fliegenden Händler kitschigen Synthetikschmuck made in Taiwan oder Nepal, Kassettenrekorder und minderwertige Lederwaren auf Plastikplanen aus. Der Mönch indessen ging unbeirrt weiter, tastete erst mit seinen Füßen vor und hob dann das Bein bei jedem Schritt im Kniegelenk etwas an. Das Pflaster war uneben, und er wollte nicht fallen. Unvermittelt blieb er stehen. Ich trat an seine Seite, und er streckte den Arm aus.

»Dort«, sagte er.

Ich wunderte mich, dass mein Herz so heftig schlug. Doch was ich vor mir sah, war nur ein vierstöckiger Betonkasten, platt und ein vages Licht reflektierend. Hinter den Scheiben, unter grünlichen Neonröhren, sah man das Flimmern von Bildschirmen und dunkle Gestalten, die sich bewegten. Vor dem Eingang hatte man eine Verkehrsstraße gezogen. Scheinwerfer kamen wie springende Lichtflecken heran, hinterließen Blendungen, wenn sie vorüber waren.

Als wiche mir das warme Blut aus den Adern, fühlte ich mich geschwächt und in dumpfer Traurigkeit gefangen. Einst stand hier ein Haus der Schönheit und der guten, schützenden Geister. Fromme, liebenswerte Menschen lebten dort. Sie wurden vertrieben, und das Haus – mein Haus – war tot.

Mit unsicheren Händen zog ich meine Brieftasche hervor, entnahm ihr das alte Foto und hielt es dem Mönch hin. Er nahm es mit der gleichen ehrfürchtigen Geste, die auch Lhamo gezeigt hatte, und drehte sich leicht von mir weg, damit er die Aufnahme in der Straßenbeleuchtung besser sehen konnte.

Nach längerem Schweigen wandte er sich wieder mir zu.

»Wer gab dir dieses Bild?«

»Tante Lhamo. Ich habe sie heute besucht. Sie war fünf Jahre lang in einem Umerziehungslager und machte gemeinsame Sache mit den Chinesen.«

Der Mönch nickte ruhig.

»Sie hat den Kommissar Huang Chi geheiratet«, sagte er und wusste also alles.

Der Mond stieg höher, zog eine silberne Bahn. Mein Kopf schmerzte ununterbrochen. Das Höhenklima bekam mir nicht.

»Ja«, sagte ich wütend. Ich versuchte sie zu verstehen, entdeckte aber bei ihr im Nachhinein so viel Doppeldeutigkeit! Sie hatte es anscheinend selbst nicht gemerkt, aber jedes Wort, das sie gesprochen hatte, war eine Rechtfertigung gewesen.

»Sie hat Furchtbares erlebt und versucht, dabei ein Mensch zu bleiben«, erwiderte der Mönch sanft. »Wir sollten lernen zu verzeihen.«

»Ich weiß nicht, ob ich das kann!«

»Und warum nicht, meine Tochter?«

Ich erzählte von Sonam, von Kelsang, und auch von Tseyang und ihrem kleinen Sohn. Ich redete und redete, alle Worte kamen mir flach und hohl vor, und ich zitterte dabei am ganzen Körper. Der Mönch betrachtete mich still, sodass ich eigentlich nicht wusste, woran ich mit ihm war und ob er überhaupt richtig zuhörte, bis endlich ein tiefer Seufzer aus seiner Brust stieg.

»Bist du sicher, dass sie nicht entsetzlich dabei gelitten hat?«

Ich sagte mit sehr, sehr leiser Stimme: »Manchmal habe ich das Gefühl, dass sie die Hölle erlebte.«

Er neigte den schmalen Kopf.

»Sie erlebte die Hölle, meine Tochter, und straft sich selbst, indem sie es zulässt, in Einsamkeit zu altern. Doch der Schmerz ist immer mit Erleuchtung verbunden. Wenn die Schuld bezahlt ist, sind die Götter barmherzig. Lhamos Schuld kann nicht getilgt werden, nein, nicht in diesem Leben. Kelsangs Schuld auch nicht. Und beide wissen es. Aber ihre Seele heilt und entfaltet sich, einer Lotosblüte gleich, deren Wurzeln aus dem Schlamm wachsen.«

Er legte mir liebevoll die Hand auf die Schulter.

»Du bist traurig. Das sollst du nicht sein.«

Es war eine Feststellung, keine Frage. Ich spürte die Tränen hochsteigen, doch er stellte eine Frage, die mich ablenkte.

»Warum, glaubst du, hat dir Lhamo eigentlich das Bild gegeben?«

»Warum?«, wiederholte ich betreten. »Ich ... habe sie nicht gefragt!«

»Du hättest sie fragen können. Und sie hätte dir vielleicht gesagt, dass sie dir geben wollte, woran ihr Herz am meisten hing.«

Mir stockte der Atem. Alles kam mir wieder in den Sinn, Lhamos Zögern, die respektvollen Gebärden, die behutsame Art, wie ihre Finger das Bild gestreichelt hatten. Ich war erschüttert. Da war diese Frau, von der ich so voreilig geglaubt hatte, sie wäre beschränkt und verbohrt und von höchst zweifelhaftem Moralempfinden. Die grauenhafte Abgeschlossenheit, in der ihr Geist gefangen war, widerte mich an. Sie flößte mir bestenfalls ein ablehnendes Mitleid ein. Jetzt begriff ich, dass scharfe Intelligenz und feine Empfindsamkeit ihr Seelenqual verursachten. Denn ohne ihre Pflege wäre Sonam an ihren furchtbaren Verletzungen gestorben, und ohne ihre Tapferkeit hätte der kleine Kanam eine erbärmliche Kindheit erlebt, ein Dasein in Unwissenheit und Vernachlässigung. Sie hatte ihn vor lebenslanger Schande bewahrt, denn die Kinder von Terroristen wurden als Menschen zweiter Klasse herabgesetzt und gedemütigt. Und endlich hatte sich Lhamo von ihrem einzigen Kleinod getrennt, damit ich etwas von ihr bekam, das wichtig für mich war.

Dass ich weinte, merkte ich erst, als mein Gesicht nass wurde und meine Haut noch mehr spannte. Ich durchwühlte meine Sachen nach einem Taschentuch, fand natürlich keins und wischte mir mit dem Ärmel über die Nase, während der Mönch gelassen weitersprach.

»Lhamo glaubte eigentlich nicht, dass du kommen würdest. Und doch hat sie sich einen freien Nachmittag genommen und auf dich gewartet. Und du hast sie besucht.«

Ich wollte antworten, doch er sprach weiter: »Nein, hör mir zu. Du hast dich zu ihr gesetzt, ihre Einsamkeit getilgt, ihre Gewissensqualen erleichtert. Und du hast noch viel mehr getan: Du hast sie in jene Zeit zurückversetzt, als sie ein glückliches junges Mädchen in einem glücklichen Haus war. Jeder Augenblick deiner Anwesenheit war für sie ein unermesslicher Trost.«

Er sprach weiter, mit eigentümlich weicher Stimme. Sein altes, ganz unwirkliches Gesicht glomm so weiß, als strahlte er im Dunkeln einen eigenen schwachen Schimmer aus.

»Glaub mir, meine Tochter, du hast Lhamo das größte aller Geschenke gemacht: Du hast sie ›Tante‹ genannt und sie wieder in die Familie aufgenommen, in die Gemeinschaft. Lhamo ist jetzt glücklich, soweit sie glücklich sein kann. Ihr Leben hat wieder einen Sinn. Sie kann sich zurückerinnern, ohne sich ihrer selbst zu schämen. Das Haus ihrer verlorenen Kindheit ist in ihr, in ihrem Herzen. Sie trennte sich von dem Bild, weil sie spürte, dass du es mehr brauchtest als sie.«

Ich sah in sein fein gemeißeltes Gesicht und verstand ihn nicht ganz. Doch seine Augen, die sogar in der Nacht ihren hellen Schimmer bewahrten, ließen mich nicht los; es war, als ob dieser Blick mich ganz sanft umfasste. Seine Stimme klang dabei leise und eindringlich, und doch vollkommen aus der Menschenwelt.

»Du suchst das Haus, das für dich den Anfang bedeutet, den inneren Kern, den Traum deiner blinden Unschuld. Das Haus steht nicht mehr, und du bist traurig. Nun, dein Verständnis von der Welt ist vielleicht nicht ganz richtig. Du fragtest mich: ›Warum beten Sie vor einer Mauer?‹, und ich antwortete: ›Weil einst hier der Matreya stand und ich ihn sehe, wenn das Flämmchen brennt.‹

Höre und vergiss es nicht, und ich will dir ein Geheimnis mitteilen. Die Dinge, an denen dein Herz hängt, kommen wieder! Betrachte das Bild, präge dir jede Einzelheit ein. Der Mensch ist Schöpfer seiner eigenen Bilder. Du kannst die Welt neu gestalten, du musst es nur wollen. Es hat viel Sinn, darüber nachzudenken. Du glaubst, das Haus steht nicht mehr? Nun denn, baue es auf, mach es vor deinen eigenen Augen sichtbar. Du trägst es in deinem Schatzkästchen; ich habe dich die richtige Handhaltung gelehrt. Werde wie die Spinne, die ihr Netz in der Luft webt. Denn was ist das Netz, wenn nicht das Haus der Spinne?«

Ein letzter Funke glühte auf den höchsten Dächern des Potala. Dann erlosch auch dieser, und am Himmel leuchtete nur, einsam und kalt, die unmerklich wandernde Mondsichel. Unter dem schwarzen Tuch der Nacht flimmerten alle Lichter der Neustadt in aufdringlichen Tänzen. Ich war schon sehr spät dran; Frau Chang würde mich mit vorwurfsvollen Augenblitzen empfangen. Aber das war jetzt ohne Bedeutung. Ich fühlte mich zu glücklich, zu befreit, um auch nur einen Gedanken an sie zu verlieren. Das Schicksal hatte gewollt, dass Lhamo mir das Foto gab und der Mönch sozusagen die richtige Gebrauchsanweisung. Das Haus war immer da, hier wie anderswo. Ich trug es bei mir, in meinem Schatzkästchen. Behutsam schob ich die Aufnahme in meine Brieftasche und ließ diese in meiner Jacke verschwinden. Ich verneigte mich vor dem Mönch, sehr tief, mit zusammengelegten Händen. Er umfasste zärtlich meinen Kopf, drückte seine Stirn an meine, gab mir seinen innigsten Segen. Dann ging er, entfernte sich mit gleichmäßigen Schritten. Die zuckenden bunten Lichter, das Blitzen vieler Scheinwerfer hüllten ihn ein, verbargen ihn – weise und tapfer wie selten jemand, und doch nur ein Mönch, ein alter Mann. Jetzt erst wurde mir bewusst, welch unermessliche Geschenke ich auf dieser Reise erhalten hatte. Ich war doch nicht umsonst nach Lhasa gekommen.

SIEBENUNDVIERZIGSTES KAPITEL

Die Maschine senkte sich, tauchte mit gleichmäßig brummenden Motoren in den Nebel ein. Ich lehnte mich entspannt zurück, schluckte, der Druck auf den Ohren ließ nach. Ich spürte eine beinahe unverständliche Freude, wie ein Echo der glücklichen Stimmung, die mich seit Tibet keinen Augenblick verlassen hatte. Die Reise war vorbei, die zehn Tage waren um. Ich war nicht lange genug in Tibet gewesen, um alles zu begreifen. In den Gesichtern der Tibeter aber hatte ich gelesen wie in einem Spiegel, weil sie mir vertraut waren und das reflektierten, was sie nicht sagen konnten. Gesichter, geformt und gebildet aus dem, was sie erlebt und erduldet hatten. Auch wenn sie laut lachten und lustig sprachen, hatte ich sie gespürt, diese enorme Traurigkeit. Ich war in verschiedene Lebensschichten eingetaucht und hatte alle wie in Tücher eingewickelt vorgefunden. Ich hatte mich herangetastet, erfühlt, was wohl darin stecken konnte. Manches hatte ich herausgefunden, anderes nicht. Aber das spielte wohl keine Rolle mehr.

Die letzten zwei Tage waren schnell vorübergegangen. Wir hatten Klöster besichtigt, die gut restauriert waren. Frau Chang hatte übersetzt, wenn Alice und Aline Gespräche mit glücklichen Mönchen führten. Wir hatten kleine Dörfer mit frisch getünchten Lehmhäusern besucht. Frau Chang hatte uns erklärt, dass Yakdung und Reisig, das Brennmaterial für den Winter, auf den Balken der flachen Dächer gelagert wurden. Lustige Bewohner hatten uns die großen Gehörne und die Amulette über den Türen gezeigt, die zur Abwehr böser Geister dienten.

Es gab auch Sonnen- und Mondsymbole; seltener war ein akkurat gemalter Skorpion zum Schutz gegen das Unheil. Ja, und die buddhistischen Hakenkreuze, rechtsgedreht gemalt, bedeuteten Glück und Gesundheit. Die fröhlichen Bauern, malerisch gekleidet, hatten uns mit Chang-Bier bewirtet. Natürlich hatten wir auch andere Dörfer gesehen, solche, an denen der Reisebus vorbeifuhr, Dörfer mit verkommenen Flachbauten und schlammigen Feldern, auf denen magere Yaks hinter Stacheldraht grasten. Hier sah man keine Gebetsfahnen, nur Stromleitungen, Mobilfunkantennen und Müllhalden. Bei Fragen tat Frau Chang dann peinlich berührt. Ja, es sei eine Schande, aber es kam vor, dass die Müllabfuhr gerade streikte. Und als Rico wissen wollte, ob Streiks in einem totalitären Staat erlaubt seien, meinte Frau Chang, dass Streiks, obwohl sehr unschön und dem Prinzip der gesellschaftlichen Solidarität zuwiderlaufend, geduldet würden. »Aber«, sagte Frau Chang mit leicht gequältem Lächeln, »wenn man den Streikenden die Lage geduldig erklärt, verstehen sie recht bald, warum ihr Verhalten falsch ist.«

Wir speisten in sauberen Restaurants; die Tische waren bereits für uns gedeckt. Chinesische Kellnerinnen in tibetischer Tracht erfreuten uns mit Jasmintee und schmackhaften Gerichten. In den Dörfern aber gab es andere Spelunken, schmuddelig, voller tibetischer Betrunkener – ärmlich gekleidete Männer und Frauen mit aufgedunsenen oder verhärmten Gesichtern. Wirklichkeit und Schein – wir ließen uns nicht hinters Licht führen, doch die Illusion wurde aufrechterhalten. Chinesische Artefakte, eine Lebenskunst, die das Dasein zurechtmodelte, die eine heile Welt auf Müllhalden vorgaukelte, bunte Gewänder über schwärende Wunden zog und die Armut für die äußerliche Betrachtung in Folklore verwandelte. Wer das begriffen hatte, empfand nur noch Überdruss. Ich wollte nichts mehr sehen, weil ich alles gesehen hatte. Auch die Mitreisenden wurden immer gereizter. Sie waren schon zu lange zusammen, durch das Programm aneinander gebunden.

Jeder wollte zurück aus dieser Fremde, zurück in seine eigene Welt.

Das Flugzeug hatte mich in die Ferne getragen, nun brachte es mich wieder heim. Das alte Foto trug ich bei mir wie einen Talisman. Es genügte, dass ich die Augen schloss, um schon damit zu beginnen, das Haus aufzubauen, Stein für Stein.

Das Flugzeug landete. Jetzt wünschte ich nur, dass alles schnell ging. Wir waren ja beinahe zu Hause. Keine langen Kontrollen, nichts. Wir warteten auf unser Gepäck, tauschten Mail-Adressen und Visitenkarten. Wir wollten in Kontakt bleiben, uns wiedersehen, über Tibet reden. Aber keiner von uns glaubte so richtig daran. Wir gingen rasch davon, zum Intercity, zur Garage, zur S-Bahn. Schon jetzt hatten wir einander aus den Augen verloren.

Der Rucksack war nicht schwer, ich hatte ja nichts eingekauft, schleppte nur die schmutzige Wäsche. Ich ging die Rolltreppe hinunter und wartete auf die S-Bahn. Es war drei Uhr nachmittags, noch kein Gedränge, in den Wagen gab es viel Platz. Alles war sauber, funktional, alle Stimmen vertraut. Ich lehnte die Stirn an das Fenster; draußen war es diesig und kühl. Etwas Laub, fad und ausgeblichen, hing an den Bäumen. Mein Herz klopfte, ich konnte nicht ausmachen, warum. Es war dumm, jetzt aufgeregt zu sein, nach nur zehn Tagen Abwesenheit.

Ich fuhr mit der Straßenbahn; es ging schnell, obwohl allmählich der Berufsverkehr einsetzte. Eine Gruppe Schulkinder lärmte. Alle trugen Mützen und Anoraks und Stiefel. Wie perfekt diese Kinder gekleidet waren für einen Winter, der so mild war! In Tibet hatte ich Kinder und auch Erwachsene gesehen, die Klamotten aus billigem Polyester trugen und bei Glatteis nur ausgetretene Turnschuhe. Ich lehnte die Stirn an die Scheibe; müde war ich, und das Nachdenken hatte ich satt.

Nur noch eine Haltestelle jetzt. Ich schnallte meinen Rucksack fest, stapfte zur Tür, drückte auf den Halteknopf. Dann noch zweihundert Meter zu Fuß. Ich war zu Hause.

Im Briefkasten nur Prospekte. Briefe und Zeitungen lagerten im Postamt. Die Wohnung war aufgeräumt, roch nach eingeschlossener Luft.

Die nette Frau Keller, meine Nachbarin, hatte die Pflanzen gegossen. Auf dem Schreibtisch stand, wie immer, der Computer. Ich schaltete ihn ein, stopfte die schmutzige Wäsche in die Maschine, zog mich aus und ließ ein Bad einlaufen. Im Bademantel sah ich schnell die E-Mails durch. Nichts, was nicht warten konnte. Ich schaltete den Computer aus, badete dann lange, mit Badesalz, wusch mir das Haar mit einem Shampoo, das nach Pfirsich duftete. Nachdem ich das Haar geföhnt hatte, ging ich in die Küche und machte mir einen Tee. Der Kühlschrank war leer, ich musste einkaufen. Ich sehnte mich nach frischem Obst. Ob es wohl noch Trauben gab? Aber heute hatte ich keine Lust mehr, noch mal aus der Wohnung zu gehen. Ich goss etwas Milch auf Haferflocken und Dörrfrüchte, trank Kräutertee. Mein Bett hatte ich frisch bezogen, bevor ich abgereist war. Ich zog einen warmen Pyjama an und legte mich schlafen.

Um sieben Uhr wachte ich auf. Ich hatte rund um die Uhr geschlafen, wie ein Kleinkind. Ich duschte schnell, zog mich an und ging zum Supermarkt, der schon geöffnet hatte. Überall machten sich Weihnachtsdekorationen breit und Gerüche nach Zimtsternen und Vanille. Ja, es gab Trauben und auch noch Kaki und schöne Birnen. Alles sauber verpackt, hygienisch einwandfrei. Eine heile Welt in Zellophan und Plastik. Ich kaufte ein, was ich brauchte, füllte den Wagen, stand ein paar Augenblicke Schlange an der Käsetheke.

Wieder zu Hause, frühstückte ich ausgiebig, mit viel Kaffee, frischem Brot, Butter und Himbeerkonfitüre. Danach machte ich mein Bett, leerte die Waschmaschine und warf die Wäsche in den Trockner. Dann sah ich auf die Uhr. Halb zehn. Ich nahm mein Handy und tippte Sonams Nummer.

»Wann bist du angekommen?«, fragte die Amla. Ihre Stimme klang nicht anders als sonst.

»Gestern um drei. Aber ich war müde und habe geschlafen. Und zuerst wollte ich einkaufen. Ich hatte nichts mehr im Haus.«

»War die Reise anstrengend?«

»Kaum. Es waren auch nette Leute dabei. Ich habe dir einiges zu erzählen. Wann kann ich kommen?«

»Jetzt gleich, wenn du willst.«

»Gut«, sagte ich, »in einer halben Stunde.«

Der Tag war kalt, grau, unfreundlich. Ich fuhr mit dem Wagen und fand nach längerem Suchen einen Parkplatz. Mit einer Tüte voller Gebäck ging ich den Weg durch die Gartenanlage entlang. Ein kleiner Tibeter auf Rollschuhen kam mir entgegen. Ich kannte ihn vom Sehen, wusste nur nicht, wie er hieß. Er bedankte sich höflich, als ich ihn vorbeiließ. Da der Weg ein wenig bergab ging, fuchtelte er mit beiden Armen, um sein Gleichgewicht zu halten.

Natürlich hatte mich Amla vom Fenster aus gesehen. Sie öffnete schon die Tür, bevor ich geklingelt hatte. Wir umarmten uns. Ich stieg aus meinen Baskets, ging auf Socken in die Wohnung und schob meine Füße in die bereitgestellten Pantoffeln. Amla stand in ihrer üblichen Haltung vor mir, beide Hände in die Hüften gestemmt. Ihre Augen waren forschend, durchdringend, ganz anders als Lhamos Augen, diese matten, kalten Spiegel. Aber es gab doch eine Ähnlichkeit zwischen ihnen – in der Kopfhaltung, in den Bewegungen.

»Kaffee?«, fragte sie.

»Ja, gern.«

Sie ging in die Küche, stellte die Kaffeemaschine an und holte zwei Tassen aus dem Schrank. Ich stellte Milch und Zucker auf den Tisch und sagte: »Ich habe dir Buttergipfel mitgebracht. Sie sind noch ganz warm.«

»Aus Lhasa?«

Ich lachte, und sie lachte herzlich zurück. Ich sah ihre weißen Zähne blitzen. Dann kam sie mit den Tassen zurück und setzte sich. Ich hielt ihr die Tüte vom Bäcker hin. Sie nahm ein Buttergipfel und biss hinein, wobei eine Menge Krümel auf den Tisch fielen. Ich schlürfte den Kaffee mit Behagen.

»Jetzt fühle ich endlich, dass ich wieder da bin.«

Sie hob ihre Brauen.

»War's schlimm?«

»Nicht eigentlich schlimm.«

»Aber auch nicht schön.«

»Du weißt ja, wie das auf solchen Reisen ist: Man sieht vieles und nichts.«

Sie nickte und fegte die Krümel mit der Handkante weg. Ich sagte: »Ich habe dir etwas mitgebracht.«

Ich zog die Brieftasche hervor und reichte ihr das Bild über den Tisch. Sonam sah die Aufnahme und würgte den letzten Bissen herunter. Bevor sie das Foto nahm, putzte sie sich Hände und Lippen mit einer Papierserviette ab. Dann setzte sie ihre Brille auf, nahm das Bild und hielt es mit jener Geste, die auch Lhamos Geste gewesen war. Ich sah, wie ihr Gesicht erstarrte.

»Mein Gott!«, stieß sie hervor. »Ich kann es nicht glauben!«

Für ein paar Atemzüge vermochte sie den Blick nicht von dem Foto zu lösen. Dann hob sie jäh die Augen und sah mich an.

»Wie kommst du zu diesem Bild?«

»Ich war bei Lhamo. Sie hatte es in ihren Sachen.«

»Wie?«, rief sie. »Du hast Lhamo gesehen? Wie geht es ihr?«

»Den Umständen entsprechend. Aber ich kann das schlecht beurteilen.«

Ich erzählte sehr unsystematisch, wie es mir gerade in den Sinn kam. Wörter und Gefühle fielen mir ein, erst jetzt konnte ich beschreiben, was ich erlebt hatte; alles kam zurück, lebendig und trostlos, alles Verschollene war plötzlich wieder da. Sonam hörte zu, gesammelt und aufmerksam, wobei sie manchmal mit dem Kopf nickte, als ob sie genau sehen konnte, was ich erzählte. Es wühlte sie auf, was ich ihr an Eindrücken mitteilte. In ihrer Erschütterung lehnte sie sich über den Tisch, als suchte sie instinktiv mehr Nähe zu mir. Ich sah dicht vor mir ihr schön gebildetes Gesicht; eine sonderbar blasse Farbe hatte es jetzt – die feine Nase, die Augen hinter der Brille, in denen plötzlich Tränen wie wässrige Funken schwammen. In dieser Haltung saß sie eine ganze Weile regungslos und kam erst wieder zu sich, als ich eine Atempause einlegte und sie tief aufseufzte.

»Jahrelang wusste ich nicht, woran ich mit Lhamo war. Sie beantwortete meine Briefe ja immer nur mit ein paar Zeilen – oder überhaupt nicht.«

»Sie befürchtete, du könntest ihr böse sein. Wegen dem, was im Lager mit dir geschah.«

Ihre Antwort klang vollkommen sachlich.

»Ach so, deswegen. Aber sie konnte sich ja nicht einmischen. Ihr wäre sofort … das Gleiche passiert. Mir wäre das wirklich nicht recht gewesen.«

»Es war zum Kotzen«, sagte ich.

Sie nickte gleichmütig.

»Da hast du allerdings recht.«

Während sie sprach, kehrten ihre Augen unentwegt zu dem Bild zurück. Ehrfürchtig nahm sie es wieder auf, hielt es leicht von sich, um es zu betrachten.

»Der Stallknecht ist Tashi. Das Pferd muss Rongpa sein.«

»Rongpa?«

»Ja, ich glaube, dass es Rongpa ist. Er war ein Vollblut, ein großer, prächtiger Brauner, mit einer Blässe auf der Stirn. Da, siehst du? Man erkennt sie gut. Ein heißblütiger Hengst, jähzornig und sehr eigenwillig. Die Knechte fanden ihn böse, und die Eltern hatten immer etwas Angst, wenn ich mich ihm näherte. Aber ich konnte ihn zum sanften Kätzchen machen.«

»Was für ein Gedächtnis du hast!«

Sie schüttelte traumverloren den Kopf.

»Solche Dinge sehe ich klar, andere eben nicht. Rongpa gehörte zum Haus, verstehst du? Es war ein Haus, wie es in der Welt kein zweites gab! Und weißt du was? Wenn ich das Haus jetzt betrachte, auf diesem Foto, dann ist mir, als sähe ich bereits die Toten, die noch kommen ...«

Eine Gänsehaut überlief mich. Ich wollte ihr sagen: Solche Gedanken sind morbide; die sollst du nicht haben! Stattdessen erzählte ich von dem Mönch, der vor einer Butterlampe betete und Buddha erträumte. Und ich erzählte von dem Geheimnis, das er mir anvertraut hatte.

»Du musst nicht glauben, Amla, dass mich plötzlich die Erleuchtung überkommen hätte. Nicht etwas so Aufsehenerregendes. Selbstlosigkeit interessiert mich nicht. Mir scheint nur, ich könnte vielleicht eine stärkere Empfindsamkeit entwickeln.«

Sie lächelte mich an; die Zärtlichkeit und der Stolz dieses Lächelns erschütterten mich.

»Solche Mönche, wie du das Glück hattest zu begegnen, sind stets auf der Suche nach Menschen, an die sie ihr Wissen weitergeben können. Sie erkennen diese Menschen mit sicherem Instinkt. Die laufen ja nicht in Mengen durch die Straßen. Sie sind sogar recht selten, würde ich sagen. Mich hätte dieser Mann überhaupt nicht wahrgenommen.«

Sie lachte ein wenig. Ihr Lachen hörte sich jugendlich und verlegen an. Ich konnte anders träumen als sie, lebenswarm, geheim. Auch wenn ich wusste, dass das Haus eine Traumausstrahlung war, eine Vision, ein Ergebnis gewaltig konzentrierten Denkens und Fühlens, blieb für mich die Entdeckung immer noch der wesentliche Teil. Ich war eben ein sehr neugieriger Mensch.

Sonam stand auf, ließ die Maschine an und kam mit frischem Kaffee zurück. Ich wappnete mich mit Mut, denn jetzt kam das Schwierigste. Als sie mir wieder gegenübersaß, sagte ich: »Amla, da ist noch etwas, das ich dir sagen muss. Ich weiß nicht ... ob es dir etwas ausmachen wird, es zu wissen. Der Nomade, der dir auf der Flucht half ...«

Sie unterbrach mich mit heftiger Regung. Ich starrte in ihre unheimlich flackernden Augen. Sie glich auf einmal einer Katze, die Funken sprüht.

»Redest du von Alo?«

»Amla, was ich dir sagen will ... er hatte eine Tochter.«

Da schüttelte sie leicht den Kopf, als wollte sie sagen: Fehlalarm!

»Aber das weiß ich doch längst. Ihre Mutter war an Pocken gestorben. Die Kleine wuchs bei Verwandten auf. Alo konnte sie ja nicht bei sich haben. Sie hieß Tseyang. Hast du etwas über sie erfahren?«

»Sie wurde in Drapchi gefoltert und starb. Herzversagen.«

Unvermittelt stieß sie eine Art erstickten Schrei aus und schlug beide Hände vors Gesicht.

»Warum wurde sie verhaftet? Warum nur?«

»Sie hatte eine Bombe gelegt.«

»Wer hat dir das gesagt?«

»Lhamo.«

»Wann war das?«

»Irgendwann in den Achtzigerjahren. Ich weiß nichts Genaues.«

Sie wiegte sich leicht vor und zurück. Es lag so viel Schmerz in ihrer wiegenden Bewegung, so viel Traurigkeit in ihrer Stimme, in ihren erstickten Klagelauten. Dann ließ sie ihren Atem bis zur völligen Tonlosigkeit entweichen, bevor sie wieder Luft holte und mit intensiver Anstrengung sagte: »Warum hat sie das getan? Sie konnte doch nichts bewirken!«

Ich legte meine Hand auf ihre, die leicht zitterte.

»Sie hatten ihren Mann umgebracht.«

Sie schluckte schwer.

»Ach so, jetzt verstehe ich.«

Ich umfasste ihre Hand und drückte sie.

»Noch etwas. Tseyang hatte einen kleinen Sohn, der im Gefängnis geboren wurde. Lhamo hat ihn eine Zeit lang zu sich genommen.«

Ich erzählte die ganze Geschichte. Sonam saß unbeweglich da. Ihr Gesicht hatte wieder etwas Farbe bekommen.

»Himmel!«, flüsterte sie. »Was für ein Mut!«

»Lhamo wusste schon, was sie tat. Und ich glaube auch, dass sie ihren Mann ganz gut kannte. Mir scheint, die beiden spielten ein sonderbares Spiel miteinander.«

Sie nickte, geistesabwesend.

»Das arme Kind! Chinesische Waisenhäuser sind der Vorhof zur Hölle. Es war sein Glück, dass der Kleine adoptiert wurde. Wie alt mag er jetzt sein?«

»Ungefähr in meinem Alter, nehme ich an.«

Sie spielte mit ihrem Zopf, wie sie es manchmal tat.

»Ich glaube nicht, dass er in der Schweiz ist. Wäre er hier, würde ich das wissen. Ich kenne fast alle Tibeter hier; wir haben ja unsere Zusammenkünfte. Du solltest übrigens auch öfter hinkommen.«

»Vielleicht hat er keinen Kontakt mehr zu Tibetern.«

»Das würde mich doch sehr wundern. Meistens sorgen die Eltern gut dafür, dass die Adoptivkinder ihre ursprüngliche Kultur kennen.«

»Ich werde mal nachforschen«, sagte ich.

»Ich glaube zwar nicht, dass das etwas bringt, aber trotzdem …«

Ihr unsteter Blick glitt an mir vorbei.

»Ja, man kann nie wissen …«

Sie griff wieder nach einem Buttergipfel und begann zu essen. Sie wurde dabei nervös und hastig. Ich beobachtete sie mit schmerzlicher Zärtlichkeit. Mir kam dabei in den Sinn, dass sie Alo wohl geliebt haben musste. Mein Vater war ihr ja erst viel später begegnet. Ich wagte den Sprung ins kalte Wasser.

»Wenn ich etwas über Kanam in Erfahrung bringe, erzählst du mir dann, was du auf der Flucht erlebt hast?«

Sie versteifte sich augenblicklich.

»Was willst du noch mehr wissen?«

»Nur ein paar Dinge«, sagte ich. »Siehst du, ich werde das Gefühl nicht los, dass da etwas gewesen ist … etwas sehr Wichtiges, von dem ich keine Ahnung habe.«

Die dunklen Augen blickten starr, ihr Gesicht wurde braun und leer wie Gestein. Die plötzliche Ähnlichkeit mit Lhamo raubte mir fast den Atem. Auch der schneidende Ton ihrer Stimme war da – unverkennbar derselbe.

»Ich werde gar nichts erzählen. Es ändert nichts. Es ist eine Sache zwischen Alo und mir.«

ACHTUNDVIERZIGSTES KAPITEL

Geduld gehörte zu den Dingen, die ich wohl nie lernen würde. Ich versuchte, jemanden ohne Bezug zu all dem zu finden, was mich umtrieb, war aber nicht dazu in der Lage und fühlte mich ungeheuer nervös. Ich wusste es im Grunde: Ich war in Tibet meine Spannung nicht losgeworden, kein Problem war gedanklich bereinigt worden. Immerhin hatte ich Einsichten gewonnen, die neu waren, aus Erinnerungen, Träumen und Stimmen geboren. Ich irrte in einem Labyrinth von Emotionen herum, die mir das Leben schwermachten. Die Kollegen wollten natürlich wissen, was ich erlebt hatte und wie ich als Ex-Einheimische Tibet empfunden hatte. Ich kam sozusagen in spirituelle Gewänder gekleidet zurück, sollte alle Negativität vergessen und die heimatliche Erde geküsst haben. Ich konnte wenig erzählen. Die Fäden, von denen ich umsponnen war, das Gewebe aus tausend Wurzeln, Heimat, Familie, Unglücken und Tragödien, wären zu persönlich gewesen, zu intim. Ein metaphorisches Lamento, das keinen etwas anging und das womöglich auch niemand hören wollte. Ich hätte natürlich sagen können: Tut mir leid, meine Heimat ist nicht mehr Tibet, meine Heimat ist irgendwo in den Wolken, und wäre dabei von der Wahrheit gar nicht so weit entfernt gewesen. Aber wozu? Eine wie ich, die zwischen den Welten stand, konnte ohne Skrupel in beiden Welten leben und ihre Mitmenschen mit Seelenzuständen verschonen. Stattdessen erzählte ich von Häusern. Ja, von Häusern ließ sich viel erzählen. Dabei saß ich in der Kantine neben Sasha und Katia, einer anderen Kollegin, und futterte Salat. Nach all dem Gebratenen, Geschmorten und Gekochten in Tibet brauchte ich das jetzt. Und ich war nicht mehr in Stimmung für Euphemismen, die ich wie alle anderen auch bei Frau Chang bis zur Unerträglichkeit von mir gegeben hatte.

»Was die Chinesen in Tibet bauen? Nur Scheiße, und ich meine es wörtlich. Plattenbauten, billig und eilig aus dem Boden gestampft. Kommt ein Erdbeben, kracht ein Stockwerk auf das andere, alle Häuser brechen auseinander. Fertig!«

»Und wie war das früher?«, wollte Katia wissen.

»Die Häuser waren aus Lehm, Steinquadern und Holz. Sie schaukelten, wenn die Erde bebte, dass einem dabei übel wurde, alles klirrte und rasselte, die Wände bekamen Risse, aber die Balken brachen nicht und die Häuser standen fest.«

»Ja«, meinte Sasha, der den Mund voller Salatblätter hatte, »Holz ist ein elastisches Material.«

»Exakt. Solche Häuser waren Jahrhunderte alt und immer im Besitz der gleichen Familie. Und jede Generation erlebte Erdbeben. Die Himalaya-Kette ist ein junges Gebirge und ständig am Rumoren. Dann kamen die Han-Chinesen mit fröhlicher Akkordeonmusik, richteten Gewehre auf die Bewohner und befahlen: ›Alle Balken raus, los!‹ Die Leute mussten gehorchen, und die Häuser stürzten ein.«

Katia rollte die Augen.

»Hierzulande würde man sie unter Denkmalschutz stellen.«

»Klar doch. Aber in Tibet stehen jetzt Plattenbauten, die in zehn Jahren verfault sein werden.«

»Aber wozu dieser Unsinn?«, fragte Sasha.

»Kein Unsinn, sondern ein gutes Geschäft. Die Baufirmen müssen doch Arbeit haben.«

Ich trank einen Schluck Mineralwasser. Ich trug einen gewaltigen Groll in mir, und es tat mir wohl, ihn loszuwerden. Aber ich war nicht ganz bei der Sache.

Da war ein Unbekannter, der irgendwo in der Schweiz oder

anderswo lebte, den ich aber entschlossen war zu finden. Ein Unbekannter, der zu mir gehörte, zu meiner Geschichte. Er war eine Gestalt, die sich wie in einer Theateraufführung im Dunkel verbarg und ihr Gesicht erst dann zeigte, wenn sie der Regisseur auf die Bühne winkte. Aber leider führte ich nicht die Regie; wie bekam ich also die Gestalt auf die Bühne? Man denkt, und das scheint logisch, nichts von der Vergangenheit könnte wiederhergestellt oder geändert werden. Blödsinn so was! Der alte Mönch hatte mir gezeigt, dass die Wunschkraft siegt. Wir kriegen das schon hin, wir müssen nur ganz fest daran glauben. Ein rationaler Geist würde mir jetzt sagen: »Dolkar, du bist verrückt!« Na, meinetwegen. Für mich gab es nichts zu verlieren, aber alles zu gewinnen.

Ich machte mich also an die Arbeit, suchte im Computer nach Namen, nach Adressen. Von dem Unbekannten wusste ich nichts, nur sein ungefähres Alter und seinen Vornamen: Kanam. Das war auf jeden Fall zu wenig. Ich rief bei verschiedenen tibetischen Organisationen an, auch bei dem sehr aktiven Frauenverein. Nichts. Warum war die Sache so kompliziert? – Nun, Probleme waren da, um gelöst zu werden. Ich versuchte es anders und begann, in jeder freien Minute die Behörden anzurufen. Die Leute vom Standesamt waren stets hilfsbereit, wühlten in Registern, zeigten viel Geduld. Nichts. In Zürich nichts, in St. Gallen nichts, in Frauenfeld und Winterthur auch nichts. Das Gleiche in Lausanne, in Genf, in Biel und in Freiburg. Ich wurde ziemlich hartnäckig vom Pech verfolgt. Dann plötzlich, in Luzern, sagte eine freundliche Stimme, die einer Frau Huber gehörte, sie werde mal nachsehen und ich solle nach der Mittagspause wieder anrufen. Ich ging mit den Kollegen Spaghetti essen. Ein großer Teller Spaghetti mit viel Parmesan machte jede Pleite erträglicher. Wir saßen beim Italiener, tauschten uns über den letzten Tratsch aus. Von Tibet war nicht mehr die Rede. Schwamm drüber, vergessen. Anschließend saß ich vor dem Computer und gähnte. Um halb drei stahl ich mich aus dem Großraumbüro und tippte die Nummer in mein Handy, die mir Frau Huber gegeben hatte. Sie selbst war am Apparat; die gute Nachricht machte ihr richtig Freude.

»Ich glaube, dass ich etwas für Sie gefunden habe. 1983 adoptierten Verena und Christian von Garnier ein etwa achtzehn Monate altes tibetisches Kind. Der Junge befand sich ohne nachweisbare Angehörige in einem Lager des Roten Kreuzes in Dharamsala.«

Ein Vorgefühl flackerte in mir, sodass sich mein Magen mitsamt den Spaghetti fast umdrehte. Ich bemühte mich, ruhig zu sprechen.

»Könnten Sie mir die Adresse geben?«

»Die Familie lebte im Ausland. Der Vater war im diplomatischen Dienst. Aber wir haben noch ihre alte Adresse in Luzern.«

Ich notierte, was sie mir sagte. Eine Telefonnummer konnte sie mir nicht geben, aber das machte nichts. Nachdem ich mich ausgiebig bedankt hatte, unterhielten wir uns noch eine Weile über die Lage in Tibet. Danach ging ich ins Internet, tippte alle Angaben ein und fand wahrhaftig eine Mobilfunknummer und eine Mailadresse. Ich speicherte die Nummer in meinem Handy und rief an. Das Telefon läutete: einmal, zweimal, zehnmal. Ich nahm mir vor, nach Büroschluss wieder anzurufen.

Abends versuchte ich es noch einmal. Keine Antwort. Am nächsten Morgen auch. Das Gleiche in der Mittagszeit und abends. Das Telefon läutete buchstäblich ins Leere, und auf meine E-Mails kamen Fehlermeldungen als Antwort. Ein paar SMS, die ich schickte, blieben unbeantwortet. Ich forschte abermals im Internet und fand im gleichen Haus die Adresse einer Treuhandgesellschaft. Ich rief an; eine Mitarbeiterin nahm ab und nannte ihren Namen: Erika Tobler. Ich stellte mich meinerseits vor und fragte nach Herrn oder Frau von

Garnier. Die Antwort klang höflich, aber zurückhaltend. Ja, die Nummer sei schon richtig, aber Herr von Garnier sei momentan nicht zu erreichen. Und Frau von Garnier auch nicht, nein. Ja, wann denn?

»Probieren Sie es doch in der nächsten Woche noch einmal«, sagte Frau Tobler ausweichend.

Ich würde bei der Sache noch wahnsinnig werden. Amla erzählte ich nichts von dem ganzen Schlamassel. Ich wollte mit einer guten Nachricht zu ihr kommen, meinetwegen auch mit einer schlechten, aber nicht mit einer Nachricht, die keine war. Frustriert ließ ich das Wochenende verstreichen und rief am Montag wieder an. Keine Antwort, am Dienstag ebenfalls nicht. Abermals verging eine widerliche Woche. Nach wie vor wurden meine Mails mit Unzustellbarkeitsmeldungen beantwortet. Der Griff zum Handy, vier- oder fünfmal am Tag, war mir inzwischen zur Gewohnheit geworden. Manchmal war ich nahe daran, aufzugeben. Es gab einfach Dinge, die sich nicht erzwingen ließen. Aber hartnäckig, wie ich war, versuchte ich es immer wieder; auch während der Arbeit am Bildschirm hatte ich oft das Telefon am Ohr. Und eines Nachmittags, während ich lustlos das Handy in der einen Hand hielt und mit der anderen die Maus über das Mousepad bewegte, ließ das schon beinahe nicht mehr erwartete Klingeln mich zusammenfahren, und ich hörte eine mir unbekannte männliche Stimme. Vor Überraschung entglitt mir fast das Handy.

»Hallo, hier ist David von Garnier«, sagte die Stimme. »Wer ist am Apparat?«

In meinem Kopf gab es einen Kurzschluss; völligen Stromausfall. Ich schluckte.

»Ich … ich habe Sie nicht richtig verstanden. Mit wem spreche ich da?«

»Mit David.« Die Stimme klang freundlicher und gewiss gelassener als meine. »Mir scheint, Sie haben schon mehrmals angerufen.«

»Ja, ja, die ganze Zeit. Seit zwei Wochen, morgens, mittags und abends. Ich habe Sie auch schon per E-Mail zu erreichen versucht und Sie mit SMS bombardiert.«

»Die habe ich gerade gesehen. Was kann ich für Sie tun?«

Ich nannte meinen Namen und fügte schnell hinzu, dass ich aus Zürich anrief.

»Es tut mir leid, wenn ich Sie überfalle. Könnte ich vielleicht mit Kanam sprechen?«

Es folgte eine längere Stille. Dann sagte der Mann am anderen Ende der Leitung: »Ihr Name hört sich tibetisch an.«

»Ja, ich bin Sonams Tochter.«

Abermals Stille. Ich hörte mich atmen.

»Entschuldigen Sie«, sagte der Unbekannte schließlich. »Aber wer ist Sonam?«

Himmel, dachte ich, das geht so nicht weiter, da muss irgendein Missverständnis vorliegen! Ich versuchte David von Garnier zu erklären, worum es überhaupt ging. Die Geschichte war aus vielen Bruchstücken zusammengesetzt. Jedes einzelne war eine Einheit für sich, vielfach verwandelt, aber immer war es auch ein Teil der Geschichte. Ich versuchte, sie in ein paar Sätze zu pressen, ein Mindestmaß an Informationen, denn womöglich ging ihn die Sache gar nichts an, und ich stahl ihm nur seine Zeit.

»Ich hoffe, Sie sind mir nicht böse, dass ich mich so aufdränge«, sagte ich abschließend. »Es könnte ja sein, dass ich mich irre und Sie umsonst belästigt habe.«

Diesmal dauerte die Stille etwas länger. Ich spürte, wie ich zitterte, und presste das Handy an meine Wange, damit ich es nicht fallen ließ. Ich kam mir taktlos und grob vor, bis der Unbekannte plötzlich das Schweigen brach.

»Sie haben sich nicht geirrt«, sagte er langsam. »Mit zweitem Vornamen heiße ich Kanam. Vielleicht bin ich die Person, die Sie suchen.«

Ich brauchte ein paar Sekunden, um wirklich zu begreifen.

Ich wusste nicht, ob er dasselbe fühlte wie ich, aber es gibt Augenblicke, die sprachlos machen. Es ist, als ob in unserer Umgebung Blitze einschlagen, bald näher, bald weiter, und das flackernde Licht uns ganz benommen macht. Ich sagte mit rauer Stimme: »Ich … ich war einfach nicht darauf vorbereitet. Nehmen Sie es mir nicht übel, aber ich bin völlig durcheinander!«

»Das bin ich jetzt ebenfalls.«

»Bitte, können wir uns mal treffen?«

»Ja«, sagte David Kanam, »ich glaube, da gibt es Dinge, die wir besprechen sollten.«

Am Donnerstag hatte ich meinen freien Nachmittag. David sagte, dass er einen bevorstehenden Termin in Zürich auf den Donnerstag legen konnte. Wir verabredeten uns für drei Uhr im Café Schober.

NEUNUNDVIERZIGSTES KAPITEL

Am Donnerstag fiel Schnee. Es war das erste Mal in diesem Winter. Um eins hätte ich das Büro verlassen können, aber ich blieb noch eine Stunde und überprüfte alle Servicefunktionen in unserem neuen Gebäude in Glatt-Brugg. Der Computer war in dieser Hinsicht sehr zuverlässig, ein guter Partner, der von Emotionen ablenkte. Um halb drei machte ich mich auf den Weg in die Stadt. Ich hatte den Wagen an diesem Morgen in der Garage gelassen und war mit der Straßenbahn zur Arbeit gefahren. Jetzt stapfte ich in Stiefeln durch den Schneematsch, die Mütze ins Gesicht gezogen und frierend. Ganz Zürich versank im Verkehrschaos, die Autos stauten sich, nur die Straßenbahnen fuhren wie gewohnt.

Das Café Schober in der Zürcher Innenstadt lockte schon von Weitem mit grün-goldenen Weihnachtsgirlanden und Schleifen. Ich stieß die Tür auf, ging durch das Ladenlokal, vorbei an den Kuchen und Pralinen und der gigantischen Registrierkasse – ein Relikt von früher –, und trat in das eigentliche Café. Die Wände waren nach französischen Vorbildern bemalt, mit dahinschwindenden Farben und homöopathisch dosierter Eleganz. Schön poliertes Parkett, bequeme Polster, Silber, Porzellan. Ein Dekorum, üppig und gediegen, wo es nach Zimt und kandiertem Zucker duftete, nach Kaffee und frischem Kuchen. Ein Ort, der Rückzugsmöglichkeiten und Geborgenheit versprach, als Placebo für trostsuchende Seelen aus der Hightech-Welt. Ein Ort genau für mich gemacht.

Ich öffnete mit steifen Händen meinen roten Daunenmantel und nahm die Mütze ab. Ich fühlte mich nass, verlassen, unansehnlich. Als ich die Augen umherschweifen ließ, sah ich neben einer Topfpflanze einen Tibeter, der sich winkend erhob. Er trug einen dunklen Anzug, darüber eine wetterfeste Lederjacke und einen Wollschal um den Hals. Ich ging ihm entgegen; jeder Schritt, so schien mir, überwand einen Zeitabschnitt, während der junge Mann, der David Kanam hieß, mir seinerseits entgegenkam. Wir trafen uns ungefähr auf halbem Weg, waren uns schon ganz nah, nicht durch Zufall, sondern weil ich es gewollt und die Distanz überwunden hatte. Mehr noch als sein bloßer Anblick weckte seine ganze Erscheinung in mir ein körperliches Gefühl verschwommener Erinnerungen, das Aufleuchten und Wiederuntertauchen früherer Lebensbilder, die neue Räume suchten, um sich zu entfalten. Vielleicht kam er mir so unendlich vertraut vor, weil ich in Lhasa einige Menschen gesehen hatte, die ebenso hochgewachsen waren, die sein wohlgeformtes Gesicht hatten, das markante Kinn, die runden, ausgeprägten Wangenknochen. Seine Brauen waren dicht und schwarz, die eine leicht höher als die andere, der Mund weich und freundlich und sinnlich. Das Haar war eher gewellt als glatt, nicht ausgesprochen schwarz, sondern eher mahagonifarben. Die Augen standen weit auseinander und zeigten eine seltene Farbe, ein vergoldetes Olivgrün. Der Schnitt dieser Augen machte es schwer, die Herkunft des jungen Mannes zu erkennen – er hätte ebenso gut Italiener, Inder oder Südamerikaner sein können. Er hatte ein Gesicht, das überall, in jedem Land nur deswegen auffiel, weil es ein schönes, ein ausdrucksvolles Gesicht war. Und alles in allem war es das typische Antlitz der Reiternomaden Tibets.

Wir standen uns gegenüber, starrten uns an, unsere Blicke versenkten sich ineinander, als hätten wir uns nach langer Trennung endlich wiedergefunden. Er lächelte mich an, etwas verwirrt, mit komisch herabgezogenen Mundwinkeln. Ich begann zu zittern, gegen meinen Willen und zu meinem Ärger, und brach das Schweigen mit den ersten dummen Worten, die mir einfielen.

»Sie müssen David Kanam sein. Sie sind der einzige tibetische Mensch hier.«

»Jetzt nicht mehr«, erwiderte er augenzwinkernd.

Tibeter verfügen für gewöhnlich über einen flinken Witz; jetzt aber brauchte ich ein paar Sekunden, bevor ich reagierte und in nervöses Lachen ausbrach.

»Ach so! Ja, ja, natürlich!«

»Sie waren sehr leicht zu erkennen«, meinte er und rückte mir einen Stuhl zurecht. Auf dem Tisch, an dem er saß, häuften sich Papiere, die er jetzt in einer Aktentasche verstaute.

»Ich bin schon eine ganze Weile hier«, sagte er. »Ist das ein Mistwetter! Wie wär's mit einer heißen Schokolade?«

Er deutete auf seine Tasse, die er fast ausgetrunken hatte. Ich erwiderte sein Lächeln.

»Großartig!«

Die Kellnerin kam. David gab die Bestellung auf.

»Kuchen?«, fragte er mich.

Ich schüttelte den Kopf. Ein imaginärer Ring schnürte mir die Kehle zu.

»Nein, danke. Ich kann nichts essen.«

»Später vielleicht?«

»Ja, später.«

Wir sahen uns an. Ich hatte immer noch Herzklopfen. Vielleicht hatte sich gerade ein Wunder ereignet?

»Wie haben Sie mich gefunden?«, nahm er das Gespräch wieder auf.

»Das ist eine lange Geschichte«, sagte ich.

Er lächelte mit einem Gemisch aus Ironie und Betrübnis.

»Ja, wir Tibeter schleppen lange Geschichten mit uns durchs Leben. Geschichten unserer Vorfahren, unserer in alle Winde verstreuten Familien. Ich – ich hänge wie in der Luft herum.«

»Offen gestanden fällt es mir nicht gerade leicht, mit Ihnen zu reden«, sagte ich. »Man kann nicht gleich daherkommen und einem Fremden erklären, dass man in seiner Geschichte wühlt.«

»Ich habe eigentlich nichts dagegen«, sagte er.

Langsam wurde ich ruhiger.

»Die Wahrheit ist, dass wir auf verworrene Art eine gemeinsame Geschichte haben.«

»Sie und ich? Wieso das?«

»Eins nach dem anderen«, entgegnete ich, »sonst komme ich durcheinander! Um es gleich vorwegzunehmen: Von Ihrem Vater weiß ich nichts, außer dass er erschossen wurde. Über Ihre Mutter habe ich einiges erfahren.«

Ein eindeutiger Zug von Melancholie lag um seinen Mund. Mit Bitterkeit in der Stimme sagte er: »Ich selbst entsinne mich an nichts. Versuche ich mich zu erinnern, ist es wie im Halbschlaf, wenn man abstürzt ins Bodenlose. Manche würden sich da nicht den Kopf zerbrechen und ganz zufrieden leben. Mich beunruhigt das sehr. – Psychoanalyse? In Rekordzeit zu wissen, wer man ist? Sehr verlockend, aber nichts für mich. Ich bin zu rational. Ich hoffe, dass Sie mir helfen können.«

»Ich mache keine Analysen. Und ich heiße Dolkar.«

»Und du, wie willst du mich nennen?«

»Wie nennen dich die Leute im Allgemeinen?«

»Im Allgemeinen nennen sie mich David.«

»Macht es dir was aus, wenn ich Kanam zu dir sage?«

»Nichts würde mir größere Freude machen«, erwiderte er.

Die Kellnerin brachte ein zweites Kännchen Schokolade. Kanam füllte meine Tasse.

»Da, probier mal, die ist wirklich gut! Etwas Sahne dazu?«

»Alles«, sagte ich, »alles, was dick macht. Ich habe in letzter Zeit so viel abgenommen!«

»Meinetwegen?«

»Ja, auch deinetwegen.«

»Warum?«

Die Schokolade war heiß. Ich nahm einen Schluck, verbrannte mir die Zunge und rührte hastig um.

»Von uns beiden wird jetzt Mut verlangt«, sagte ich, den Blick auf die Tasse gerichtet. »Von mir, weil ich es dir sagen muss, und von dir, weil du es hören wirst.«

Und so begann ich meine Schilderungen, ohne zu versuchen, so etwas wie eine Methode, eine Folge, eine Art Ordnung hineinzubringen. Ich wäre dazu nicht fähig gewesen. Ich überließ mich völlig dem Fluidum des Augenblicks, sprach irgendwie von allem gleichzeitig. Und ich sah dabei Kanams Gesicht, dessen Züge die Abfolge verschiedener Empfindungen ausdrückten: Neugier, Ungläubigkeit, Erstaunen, Besorgnis, Schmerz und Zorn. Und während ich sprach, fühlte ich mich für all die ausgestandenen Strapazen, die seelischen Erschütterungen, die Zweifel belohnt – weit über meine Erwartungen hinaus. Denn ich gab Kanam seine Geschichte zurück, die Geschichte seiner Vorfahren, die gelebt, gekämpft und gelitten hatten. Ich sah in aller Deutlichkeit, wie er jedes Wort aufnahm, weil sein Schicksal ihn von etwas Wesentlichem getrennt hatte: der Ursprungssituation, in der das Kind sich ganz in der Obhut der Mutter befindet. Kaum hatte Kanam den Schoß der Mutter verlassen, war sie ihm schon nach dem ersten Atemholen brutal entrissen wurden. Er war gezwungen worden, seine Mutter in ohnmächtigem Schmerz zurückzulassen und sich vollkommen allein der bewussten Welt zu stellen. Ja, man konnte sagen, er hatte schon eine Wiedergeburt aus tiefster Entfremdung erlebt. Ein anderer wäre daran zerbrochen.

Kanams Augen blickten in eine Vergangenheit, die es für ihn nie gegeben hatte. Zwischen ihm und seinen Vorfahren gab es keine Möglichkeit des Austausches, der Übertragung. Er existierte eben. Es war nicht die Einsamkeit des Ausgestoßenen, die er durchmachte, sondern die Einsamkeit, die von den unsichtbaren Gesichtern, den toten Augen kam. Schaute er in die Vergangenheit, schaute er nirgendwohin. Und jetzt gewannen die unsichtbaren Gesichter Konturen, aus dem Abgrund der Zeiten blickten Augen auf ihn. Kanams Trauer war vielleicht nie übergroß gewesen. Womöglich würde sie es bald werden. Die Zeit würde sie nicht heilen. Ja, es war ein bitterer Kern, den ich in sein Herz pflanzte, aber er würde Wurzeln schlagen und Blüten und Früchte tragen für sein zukünftiges Leben. All diese Dinge erkannte ich klar und genau, konnte sie in Worte kleiden und übermitteln. Dabei verlor ich jedes Zeitgefühl – ich befand mich in einem seltsamen Schwebezustand, wie in Trance, bis meine Kehle unvermittelt trocken wurde und ein Hustenanfall mich schüttelte.

»Trink einen Schluck!«, hörte ich Kanam sagen.

Er hielt mir das Glas Wasser hin, das die Kellnerin mit der Schokolade gebracht hatte. Er reichte mir das Glas mit einer anmutigen Bewegung, angesichts derer ich mir plump und tölpelhaft vorkam, ungeschickt auch, wie ich gierig ein paar Schlucke trank.

»Jetzt weißt du, wer deine Vorfahren waren, so wie ich es auch weiß«, sagte ich zu ihm, als ich wieder sprechen konnte.

Er verbarg seine Erschütterung hinter einem kleinen, traurigen Lächeln.

»Räuber, Attentäter, Rebellen …«

»Ein bisschen von alldem. Aber Helden waren sie alle. Und nur die Guten sterben jung.«

Er sah mich an, blass und in sich versunken.

»Meine Mutter warf also die Bombe, um meinen Vater zu rächen?«

»Ich weiß nicht einmal, ob sie verheiratet waren. Aber das spielt keine Rolle. Jedenfalls haben sie sich geliebt. Sie wurde gefasst und in Drapchi eingeliefert.«

Mir klopfte das Herz. Ich quälte mich damit, es ihm zu sagen, ohne in Tränen auszubrechen.

»Wer nach Drapchi kam, hatte keine Überlebenschance.«

Ich stellte mir Tseyang vor, wie sie auf dem kalten Boden lag, in ihrem Blut, und an ihrer Brust ruhte das Neugeborene. Und dann kamen Hände, rissen ihr das Kind weg, packten sie, schleppten sie zum Verhör.

»Sie wurde mit elektrischen Viehtreiberstöcken geschlagen. Ich habe Protokolle gelesen: Die Elektroschocks schleuderten die Gefangenen durch die Zelle. Tseyang überlebte es nicht. Und dich hätte man, kaum auf der Welt, auch getötet. Oder zu medizinischen Versuchen missbraucht. Vivisektion und Ähnliches. Ach, lass uns nicht mehr davon reden, sonst wird mir schlecht.«

»Wie kommt es, dass ich gerettet wurde?«

»Nach Lhamos Fehlgeburt war sie vermutlich depressiv. Für ihren Mann, der ja die Verhöre leitete, warst du ein Mittel zum Zweck, eine Art Spielzeug zur Ablenkung, nicht mehr und nicht weniger. Sie sollte sich erholen.«

»Ich verstehe.«

»Dass Lhamo Gefühle für dich entwickelte, nahm er wohl kaum zur Kenntnis. Seiner Generation war eingebläut worden, dass Emotionen der Revolution schadeten. Folglich hatte er keine. Sobald er es für angebracht hielt, hätte er dich ohne Gewissensbisse im Waisenhaus abgeliefert. Lhamo handelte, ohne ihn zu fragen; zur damaligen Zeit ein waghalsiger Entschluss. Im Waisenhaus wärst du verkommen, wie so viele. Nichts als Unterdrückung und Schinderei. Keine Pflege, keine Bildung. Waisenkinder arbeiteten im Straßenbau, in Bergwerken. Sie blieben klein wie Zwerge, verkrüppelten an Körper und Geist.«

Er nickte wortlos, war weit weg in Gedanken, hinabgetaucht in die bodenlose, grauenvolle Tiefe der Vergangenheit. Mir graute vor seinen Gedanken. Er war ihnen ausgeliefert, sie waren ihm eine Last, er lehnte sich dagegen auf und konnte sie doch nicht abschütteln. Schließlich bewegte er sich und sagte mit stockender Stimme: »Es geschieht ja auch heute noch. Und kaum jemand legt Protest ein. Man muss China schonen. Für das tibetische Volk wird keine Trauer getragen.«

»Ja. Die Trauer tragen nur wir, die Betroffenen.«

Er sprach still und tonlos, wie man im innigsten Vertrauen spricht.

»Wir müssen gegen das Vergessen ankämpfen. Mit all unseren Kräften müssen wir das.«

»Wenn wir denken, der Kampf wäre aus, dann ist das nur eine feige Gewohnheit.«

Er sah mich an, mit diesem eigentümlichen, traurigen Blick.

»Ich danke dir, dass du mir das alles gesagt hast.«

Noch immer schlug mir heftig das Herz. Ich spürte, wie meine Mundwinkel zitterten.

»Eventuell fallen mir später noch Einzelheiten ein.«

»Ich möchte sie gern hören.«

»Dann gibt es vielleicht eine Gelegenheit, dass wir uns wiedersehen?«

»Dich heute schon zu verlassen, innerhalb so kurzer Zeit, würde mir eigentlich schwerfallen …«

»Es kann ja sein, dass mir die Einzelheiten heute noch einfallen.« Unsere Augen hielten einander fest. Er machte eine Bewegung zu mir hin, die Neugier auszudrücken schien.

»Was bist du von Beruf?«

»Architektin. Zurzeit bin ich als Bauzeichnerin im ›Atelier 5‹ angestellt. Ist so ziemlich das bekannteste Architekturbüro in Zürich und Umgebung.«

»Woran arbeitest du jetzt?«

»An einem Wasserwerk in Glatt-Brugg.«

Er sah mich an, amüsiert und etwas skeptisch.

»Macht das Spaß?«

»Im Augenblick überhaupt nicht. Aber das kommt noch.«

Er entspannte sich allmählich, erwiderte mein Lächeln,

wenn auch nur flüchtig. Ich fragte: »Und du? Was treibst du so im Leben?«

»Ich studiere. Politische Wissenschaft. In einem Jahr bin ich fertig. Ich hoffe es zumindest.«

»Warum hast du dich nicht früher gemeldet? Warst du im Urlaub?

Er antwortete mit Mühe.

»Ich … ich habe vor einer Woche meinen Vater bestattet.«

Ich starrte ihn erschüttert an. Jetzt wurde mir vieles klar.

»Woran ist er gestorben?«

»Lungenentzündung. Er lag im Krankenhaus. Ich war jeden Tag bei ihm.«

»Wie alt war er?«

»Er wäre im Februar zweiundsiebzig geworden. Er hatte in Brüssel im Europarat gearbeitet und war erst seit drei Jahren pensioniert. Er spielte sehr gern Golf und hätte jetzt endlich Zeit dazu gehabt. Aber einfach nur den Schläger schwingen und keine Zukunftspläne haben – das konnte er einfach nicht. Er war Berater für Schweizer Firmen mit Niederlassungen in Asien. Bevor wir nach Brüssel gingen, waren wir fünf Jahre in Neu Delhi und drei Jahre in Singapur gewesen. Mein Vater war ein renommierter Experte für wirtschaftspolitische Fragen. Und dann hat er sich beim Golfspielen erkältet, und jetzt ist er tot.«

»Ist es sehr schlimm für dich?«

»Ja, ziemlich. Ich habe ihn sehr lieb gehabt. Aber jetzt geht es mir besser …«

»Und deine Mutter? Wie verkraftet sie es?«

Er schüttelte leicht den Kopf.

»Sie ist schon seit acht Jahren tot.«

»Oh, das tut mir leid!«, flüsterte ich.

Ein blasses Lächeln verzog sein Gesicht.

»Du siehst, jetzt bin ich schon wieder ein Waisenkind.«

»Zweimal im Leben«, sagte ich, »ist eindeutig zu viel.«

»Da bin ich ganz deiner Meinung.«

»Hast du Verwandte? Ich meine, Verwandte hier in der Schweiz?«

»Einige, obwohl wir nicht viel Kontakt hatten. Wir lebten ja in Brüssel. Dort habe ich auch das Abitur gemacht. Meine Mutter war bei der Flüchtlingskommission.«

»Warum sind meine E-Mails nicht bei dir angekommen?«

»Es gibt Zeiten, in denen du keine E-Mails mehr abrufen magst, egal, ob dein E-Mail-Postfach irgendwann so voll ist, dass keine Mails mehr ankommen. Ich hasste auch das Telefon, weil die Leute anriefen und fragten, wie es meinem Vater ging. Wo ich doch wusste, dass er im Sterben lag, und es doch lieber gar nicht wissen wollte und die Leute auch nicht anlügen konnte. Und danach hatte ich mich um alles zu kümmern: Benachrichtigungen – telefonisch, per Brief –, Zeitungsanzeigen, auch um die Bestattung. Mein Vater wollte eingeäschert werden. Eine Kusine half mir, das alles zu organisieren. Und jetzt sitze ich ganz allein im Haus und wühle in Papieren. Heute hatte ich einen Termin bei unserem Zürcher Notar. Es gibt verschiedene Dinge zu erledigen …«

Eine Frau saß am Nebentisch und las die Zeitung. Ein Mann kam hastig herein, winkte, zog seine nasse Regenjacke aus.

»So spät?«, fragte die Frau.

Er setzte sich, rieb sich die steifen Hände.

»Glatteis. Ich brachte den Wagen nicht aus der Garage. Und alle Taxis waren besetzt.«

»Warum bist du nicht mit der S-Bahn gekommen?«

»Die fährt auch nicht. Der ganze Zugverkehr liegt lahm. Nur die Straßenbahnen fahren noch. Schon sieben Grad unter null. Und die Temperatur fällt ständig. Das gibt noch was.«

Ich fragte Kanam: »Musst du heute wieder nach Luzern?«

Er verzog das Gesicht.

»Bei Glatteis? Ich werde mir ein Hotelzimmer nehmen.«

»Wir könnten zu mir gehen. Ich habe ein Gästezimmer. Und auch noch zwei Pizzas, die ich in den Ofen schieben kann.«

»Auch gut«, sagte Kanam.

Er rief die Kellnerin und zahlte. Draußen schneite es. Ein Vorhang aus weißen Flocken, immer mehr Schnee, immer mehr. Alle Wagen fuhren im Schritttempo. Man sah die dunklen Spuren der Reifen, und der Schnee war noch reichlich locker, aber darunter war der schwarze, glitzernde Asphalt schon mit einer Eisschicht überzogen.

»Was meinst du? Soll ich meinen Wagen holen?«, fragte Kanam.

»Hast du Gepäck?«

Er wies auf seine große Aktentasche.

»Nein. Ich habe hier alles, was ich brauche.«

»Gut, dann fahren wir lieber mit der Straßenbahn.«

Die Straßenbahn war vollgestopft mit Leuten, die alle schnell nach Hause wollten. Die Straßen wurden mit Salz bestreut, trotzdem gab es an fast jeder Kreuzung Blechschäden. Als Vorboten der kommenden Dunkelheit zeigte der Himmel eine schmutzig gelbe Farbe. Kanam blickte stirnrunzelnd nach oben.

»Ein Abend für die Yaks!«

»Der Abend wird mir in Erinnerung bleiben«, sagte ich.

Er verstand sofort, was ich meinte, und zeigte ein kleines Lächeln.

»Ja, Abende wie diese müssen wir wichtig nehmen.«

FÜNFZIGSTES KAPITEL

Die Straßenbahnen fuhren langsam unter den Fäden der Weihnachtsbeleuchtung und den schneegefiederten Bäumen. Die Äste hingen tief, bereit, bei jedem Windstoß ihre Schneelast abzuschütteln. Es war kurz nach Ladenschluss. Die Leute stiegen vorsichtig ein und aus, entfernten sich mit unsicheren Schritten. Halbwüchsige warfen sich Schneebälle zu; ihre langen Schatten hüpften auf dem weißen Geglitzer. Hier und da standen Autos schräg auf der Straße. Im Schneetreiben bemühten sich die Fahrer, sie irgendwie auf die Seite zu lenken.

Auf der Treppe zur Haustür hatte der Hausmeister Salz gestreut; hier zerging der Schnee zu grauem Matsch. Auf der Matte vor der Tür klopften wir den Schnee von Schuhen und Kleidern. Wir gingen durch den Flur und nahmen den Aufzug, ohne dass einer von uns ein Wort sprach. Ich spürte eine sonderbare, heiße innere Erregung. Es war nicht das erste Mal, dass ich einen Mann in meine Wohnung mitnahm. Aber diesmal war alles anders.

Ich zog meinen Schlüssel aus der Tasche, stieß die Tür auf, machte Licht. Die Wohnung war aufgeräumt, wie immer. Wir zogen unsere Schuhe aus; ich schlüpfte aus meinem Daunenmantel, reichte Kanam einen Kleiderbügel und zog die Vorhänge zu. Die Wohnung lag im vierten Stock, aber das Haus gegenüber war ziemlich nahe. Kanam kam langsam hinter mir ins Wohnzimmer. Vor dem kleinen Hausaltar blieb er stehen, legte die Hände zusammen und deutete eine Huldigung an, bevor er sich lächelnd mir zuwandte.

»Hübsch ist es hier. So friedlich!«

»Meine Mutter sagt immer, dass ich einen Ordnungsfimmel habe. Alles schön symmetrisch, jeder Gegenstand an seinem Platz und keine zehn Zentimeter daneben. Das kommt von meinem Beruf. Was allerdings die Möbel betrifft, da habe ich nicht viel Geschmack. Ich muss das noch üben. Setz dich! Was möchtest du trinken?«

»Ein Bier wäre nicht schlecht.«

Er setzte sich auf die niedrige Couch und rieb sich die steifen Hände. Ich ging in die Küche, hörte mich dabei hastig atmen. Bier hatte ich immer im Kühlschrank, obwohl ich selten trank. Ich brachte das Bier, dazu Pistazien.

»Rauchst du?«

Er antwortete belustigt.

»Als ich dreizehn war, ja. Und seitdem nicht mehr.«

»Ach ja, ich auch.«

»Und seitdem nicht mehr.«

»Woran merkst du das?«

»Du riechst nicht nach Zigarettenrauch. Und in der Wohnung steht kein Aschenbecher.«

»Dir entgeht aber auch nichts. Der berühmte Nomadenblick.«

»Cool. Aber erst seit zwei Stunden.« Er lachte. »Tja, es stimmt schon, dass ich gut beobachte.«

Wir stießen an und tranken. Nach dem ersten Schluck fragte er: »Lebst du allein?« Und fügte gleich hinzu: »Entschuldige die vorlaute Frage.«

»Die Frage ist pragmatisch, nicht vorlaut«, versetzte ich. »Im Großen und Ganzen … ja … lebe ich allein. Es gibt eben Männer, die mehr oder weniger gut zu mir passen. Und du, lebst du allein?«

Er kniff verschmitzt die Augenlider zusammen.

»Es gibt eben Frauen, die mehr oder weniger gut zu mir passen.«

»Du hattest doch sicher zehn an jedem Finger.«

Er gab es zu.

»Diese und jene, wie es so kommt. Aber selten etwas wirklich Festes. Und du?«

»Ich hatte einen, der nett war«, sagte ich, »aber meine Mutter hat ihn rausgeschmissen.«

Er hob die Brauen.

»Oh, tut sie so was?«

»Eigentlich nie, darum war ich ja auch so schockiert. Aber jetzt verstehe ich sie besser. Übrigens hat die Geschichte auch mit dir zu tun.«

Sein Lächeln verschwand.

»Wieso mit mir?«

»Ich sagte dir ja, mir werden noch Einzelheiten einfallen.«

»Erzähl mir davon.«

Ich trank mein Bier aus und ging in die Küche.

»Ich kenne die Geschichte nicht ganz. Meine Mutter spricht nicht darüber.«

Er war mir in die Küche gefolgt.

»Warum nicht?«

»Sie hat mit deinem Großvater zu tun.«

»Mit Alo?«

»Ja, mit Alo.«

Ich begann den Salat zu waschen. Kanam stand neben mir, an die Spüle gelehnt.

»Was ist geschehen?«

Ich erzählte ein wenig. Dass sie aus dem Lager geflohen war und Alo sie nach Indien gebracht hatte.

»Mir ist inzwischen klar, dass sie einander liebten.«

»Will sie deswegen nicht darüber reden?«

»Ich denke, es ist noch etwas anderes hinzugekommen. Etwas, das ihr großen Kummer macht.«

»Und du hast nie herausgekriegt, was es ist?«

»Sie macht diesen Kummer fortwährend durch. Auch heute noch. Aber sie sagt nie etwas Genaues.«

»Ich möchte sie gern kennenlernen«, sagte er.

»Das ist leicht zu machen.«

»Glaubst du, dass sie mir die Geschichte erzählen würde?«

»Das wäre wirklich ein Wunder!«

Er trat dicht hinter mich, hob mein Haar und flocht es behutsam, sodass der lockere Zopf im Nacken baumelte. Meine Kehle wurde trocken; ich spürte sie sofort, diese plötzlich einsetzende Flamme im Innern, süß und warm und pulsierend. Unwillkürlich lehnte ich mich an ihn, bevor ich mich versteifte und er wieder zurücktrat.

»Kann ich etwas tun?«, fragte er. »Den Tisch decken? Oder Salat mischen? Hast du Olivenöl?«

»Kochst du gern?«

»Oh ja, und wie! Ich stand schon im Vorschulalter in der Küche, wenn meine Mutter Rezepte ausprobierte. Sie lachte und sagte immer: ›An dir ist ein Mädchen verloren gegangen!‹«

»Woran ist sie gestorben?«

»Krebs. Sie hatte zwei Operationen. Man ließ ihr wenig Hoffnung. Und sie selbst sagte dann: ›Genug!‹«

»Ich verstehe.«

»Danach verbrachte ich einige Jahre in einem Jesuiteninternat.«

»Wie hat es dir dort gefallen?«

»Manche Jugendliche sind im Internat unglücklich. Bei mir war es eher das Gegenteil. Vielleicht, weil es eine Art Kloster war, und Klöster sind ja in Tibet Stätten des Wissens. Es ist ein Privileg, zu lernen. Mir hat das Internat gutgetan. Ich kam mit Gleichaltrigen aus verschiedenen Ländern zusammen. Außerdem hatten wir gute Lehrer und wurden nicht im Geringsten zu Herdentieren gedrillt. Dass ich nicht katholisch war, störte die Patres überhaupt nicht. Ich ging gern zur Messe, weil sie in

Latein gesungen wurde. Latein ist wunderbar rational, wie eine Art Feinmechanik. Sag ich einen Satz auf Lateinisch, vermeine ich fast das Klicken zu hören, wenn sich die Worte in die richtige Stellung schieben.«

»Haben sie nicht versucht, dich zu bekehren?«

»Die Jesuiten? Nein; sie dachten sehr aufgeschlossen und sagten, der Buddhismus sei gut. Und vor dem Dalai-Lama hatten sie großen Respekt. Einmal musste ich im Unterricht einen Vortrag über Tibet halten. Einer der Patres hatte Tibet bereist, sagte es mir aber erst hinterher, sodass ich mir idiotisch vorkam. Er hat mir trotzdem eine gute Note gegeben.«

Wir hantierten eine Weile in der Küche. Er stand vor dem Mikrowellenherd, als er plötzlich herzlich lachte. Sobald er lachte, hatte er sehr schöne, lustige Augen.

»Was ist?«, fragte ich.

»Vor ein paar Stunden kannten wir uns noch gar nicht, und jetzt stehen wir zusammen in der Küche. Findest du das nicht seltsam?«

Ich reichte ihm die Salatschüssel.

»Doch. Ich habe darüber nachgedacht.«

Er war überrascht.

»Ach, seit wann denn?«

»Seitdem ich dich im Schober sah. Ich wurde das Gefühl nicht los, dass unsere Begegnung irgendwie … vorprogrammiert gewesen sei.«

Er starrte mich an.

»Ja, aber von wem?«

Ich zog die Schultern hoch.

»Ich weiß es nicht. Von unseren Vorfahren vielleicht?«

»Wie kommst du darauf?«

Ich antwortete mit großer Zärtlichkeit: »Unsere Vorfahren, das wirst du bald erleben, benehmen sich manchmal sehr merkwürdig.«

Der Salat war gemischt, und aus dem Backofen duftete es

gut nach den Pizzas, die fast fertig waren. Kanam deckte nach meinen Angaben den Tisch. Ich kam mit einem Korkenzieher und einer Flasche Wein, die ich zum Geburtstag von Kollegen bekommen hatte.

»Ist der gut?«, fragte ich zweifelnd. »Ich verstehe nichts von Weinen.«

»Lass sehen«, sagte Kanam. »Mein Vater war ein guter Weinkenner.«

Er öffnete die Flasche mit flinken, geübten Bewegungen und probierte den Wein, indem er ihn leicht im Glas kreisen ließ. Dann nickte er mir zu.

»Doch, der ist ausgezeichnet.«

Ich zündete eine Kerze an. Draußen fiel der Schnee, weiß, lautlos und stetig. Wir fühlten uns wie in eine Kapsel eingeschlossen, jenseits von Raum und Zeit. Wir saßen einander gegenüber und ließen uns die Pizzas schmecken. Sie waren gut; ich kaufte sie nur beim Italiener.

»Und nach dem Internat, wie ging es weiter?«, fragte ich.

»Ich studierte Jura. Eigentlich wollte ich Anwalt werden. Aber dann merkte ich, dass die Arbeit in einer Kanzlei auf die Dauer nichts für mich war. Was mein Vater machte, interessierte mich erheblich mehr. Und die Spielregeln der Rechtsprechung sind international. Ich peile das Auswärtige Amt an. Für Tibet auf diplomatischem Parkett zu kämpfen ist heute wohl die einzige Art, etwas in Gang zu bringen. Vielleicht sehe ich die Dinge zu idealistisch. Na ja, mir bleibt noch Zeit. Im Augenblick kümmere ich mich um die Sachen meines Vaters. Er hatte zu viel am Hals und war am Ende nachlässig. Es ist einigermaßen abscheulich. Was soll ich wegschmeißen, was nicht? Was macht man mit Erinnerungsstücken? Welche sind wichtig? Auf welche kannst du verzichten? Es ist deprimierend, fortwährend solche Entscheidungen zu treffen.«

»Aber da musst du durch«, sagte ich.

Er nickte.

»Ich weiß nicht, wie andere Adoptivkinder damit umgehen. Ohne meine leiblichen Eltern wäre ich ja nicht auf der Welt. Verena sagte stets, dass ich sie nicht vergesse dürfte. ›Du musst ihnen dankbar sein und für sie beten‹, sagte sie – sie war ja katholisch. Und dann faltete ich die Hände und sprach vor dem Schlafengehen: ›Lieber Gott, beschütze meine ersten Eltern.‹ Verena hatte mir erklärt, dass in Tibet die Lebenserwartung nur vierzig Jahre beträgt. Dass sich schwere Krankheiten ausbreiten, die es früher kaum gab. Tuberkulose, Herzmuskelerkrankungen, Alkoholschäden, genetische Defekte.«

Er stutzte, als sei er über sich selbst erstaunt.

»Warum rede ich dauernd davon?«

»Weil die ganze Tragik in dir steckt«, sagte ich.

Er nickte vor sich hin.

»Ja, sehr tief sogar.«

»Kaffee?«, fragte ich nach einer Weile. »Komm, wir setzen uns da hinüber.«

Wir brachten das Geschirr in die Küche. Ich stellte die Kaffeemaschine an, holte Milch und Zucker. Dabei bemerkte ich, dass meine Hände leicht zitterten. Ich brachte die gefüllten Tassen, stellte die Kerze auf den niedrigen Tisch mit der Glasplatte.

Kanam sprach weiter.

»Verena erzählte mir, dass sie im Lager sofort auf mich zugegangen sei. Ich hätte geschlafen und sie, als sie sich über mich beugte, angelächelt. Sie hob mich hoch, hielt mich fest in ihren Armen und liebkoste mich. Man sagte ihr, dass ich weder Eltern noch Verwandte hatte. Verena hätte mich am liebsten sofort mitgenommen. Sie setzte alle Hebel in Bewegung, und bereits zwei Monate später durfte ich mit ihr in die Schweiz einreisen. Ich war so mager, dass man meine Rippen zählen konnte, hatte Keuchhusten und Hungerödeme, richtig dicke Eiterbeulen. Drückte man auf die Beulen, spritzte der Eiter raus wie Zahnpasta aus einer Tube. Stieß ich mich irgendwo an und fiel, hatte ich sofort einen Knochenbruch. Eine Zeit lang machte ich eine Krankheit nach der anderen durch, war ständig in ärztlicher Behandlung. Verena musste mich richtig aufpäppeln, mit der richtigen Kost, mit Vitaminen, mit Heilbädern. Als ich in die Pubertät kam, hatte ich mich gut erholt. Ich trainierte Knochen und Muskeln: Basketball, Schwimmen und Skifahren. Ich habe sogar einen Snowboard-Wettbewerb gewonnen.«

Der Kaffee war kalt geworden, die Kerze niedergebrannt. Kanam sah auf die Uhr und seufzte. Ich hatte ihm gesagt, dass ich am nächsten Morgen um neun wieder ins Büro musste.

»Es tut mir leid, ich bin ein Schwätzer. Zeigst du mir das Gästezimmer?«

»Muss das sein?«, fragte ich.

Er sah mir in die Augen.

»Nein, nicht unbedingt.«

Das Lächeln auf seinen Lippen kam und ging. Er fühlte genau das Gleiche wie ich, war dabei aber vollkommen unbefangen. Mir war zumute, als ob ich wachend träumte. War ich seinetwegen nach Lhasa gefahren? Ich nahm seine Hand und hielt sie fest.

»Hör zu, ich muss dir etwas sagen. Ich wollte schon immer Häuser bauen, eine neue Art von Architektur entwickeln. Das geht natürlich nicht von heute auf morgen. Und seitdem ich in Tibet war, merke ich, dass ich andere Möglichkeiten habe, dass ich sozusagen auf die Dinge einwirken kann. Und seitdem ich dir begegnet bin, erlebe ich eine ganz neue Dimension … Es ist wie eine Art Schock. Als ob ich dich … irgendwie herbeigerufen hätte.«

»Und jetzt bin ich da.«

»Das ist eine große Botschaft«, sagte ich ernst und legte beide Arme um ihn. Es war ein Stromkreis zwischen uns. Er war von Anfang an da gewesen, ein lebendiges Feuer. Er nahm meinen Nacken in beide Hände, eine umfing meinen Hals, mit der anderen strich er über mein Haar. Seine Lippen wanderten über meine Haut, über die Stirn, über Augenlider und Nasenflügel. Langsam, ganz langsam kamen wir einander entgegen. Wir wollten, dass unsere Herzen, unsere Körper einander spürten, wollten das Verlangen füreinander auskosten, mit jedem Atemzug. Der erste Kuss weckt Empfindungen, die entscheidend sind, der Mund bietet sich dar, der ganze Körper folgt diesem Gefühl, und das lebendige Feuer fließt dunkel von einem zum anderen. Es ist jedes Mal ein Taumel der Entdeckung, und manchmal geschieht ein Wunder. Wir küssten uns ohne Hast, wir hatten alle Zeit der Welt. Wir waren gefangen in einem Kreis warmer Zärtlichkeit, einander vollkommen verstehend. Geschöpfe aus einer fernen Welt, mit verletzten Seelen, ganz verwundert darüber, dass uns so viel Glück beschieden sein konnte. Wir waren noch etwas bange, weil wir nicht wussten, wie wir mit diesem Schatz der Zärtlichkeit umgehen sollten. Er gehörte uns ganz, dieser Schatz, aber für wie lange? Für einen Augenblick nur? Für die Ewigkeit? Es lag an uns, dies herauszufinden. Wir pressten uns aneinander bis fast zum Ersticken. Ich spürte seinen Schultern nach, die unter dem Hemd kräftig und warm waren, unversehrt und elastisch. Wir liebkosten uns, Stirn gegen Stirn, mit geschlossenen Augen. Dann hob er mich hoch und trug mich in mein Schlafzimmer. Er legte mich auf das Bett, neigte sich zu mir, küsste mich unaufhörlich. Ich umfasste seine Hüften, seinen Rücken, fühlte ein völliges Verlöschen und zugleich ein Geborenwerden. Überwältigende Freude brach über mich herein, aus der tiefsten Quelle unmittelbaren Verstehens. Ich atmete den Geruch seiner Handflächen, seiner Lippen ein, unsere Herzen schlugen gleichzeitig. Wir zogen uns eilig aus, ohne uns voneinander abzuwenden. Ich knöpfte sein Hemd auf, löste mit drängenden Händen den Gürtel seiner Hose. Und dann legte er sich auf mich; ich fühlte, wie er in mich eindrang, und ich hörte mich aufstöhnen, spürte meine Zähne im Fleisch meines

Handrückens, der das Stöhnen erstickte. Und dann schwieg ich völlig, ließ die Ströme dunklen Lebens mich ganz überfluten, mich forttragen in warme Gewässer, die alles Böse und Traurige wegspülten und uns als völlig verwandelte Wesen wieder auftauchen ließen, frei und unbefangen und ganz wir selbst. Unsere Gedanken aber gingen dabei auf Reisen, näherten sich dem unbekannten Bereich in uns, in dem Traumgestalten lebten und atmeten. Traumgestalten, schwebend wie der Fötus im Mutterleib, durch eine Nabelschnur mit unserer Seelenkraft verbunden. Wir schützten und nährten diese Traumgestalten, formten sie zu unserer Sinnenverwirrung oder Glückseligkeit, bis das Scheinbild zu Fleisch und Blut wurde, sich in einen Menschen verwandelte, von warmem Leben durchpulst.

EINUNDFÜNFZIGSTES KAPITEL

Am Morgen hatte der Schnee, der alles zum Schweigen brachte, sein schwereloses Funkeln verloren. Eine fahle Sonne durchleuchtete das Grau. Auf den Straßen schoben Maschinen weiße Hügel vor sich her. Vermummt und vornübergebeugt stapften Leute vorsichtig durch die Schneewehen. Der Verkehr kam mühsam wieder in Gang. In den Gärten, wo die Kälte hing, stauten sich Nebel. Es war Freitag. Ob es mir Spaß machte oder nicht – es machte mir keinen Spaß –, ich musste für ein paar Stunden ins Büro, hatte aber schon um zwei wieder frei.

»Wie wär's«, fragte Kanam, »wenn wir das Wochenende zusammen in Luzern verbrächten?«

Es war beim Frühstück, und wir fühlten uns benommen. Der Kaffee half auch nichts; wir bewegten uns im Zeitlupentempo, wie Mondsüchtige. Während ich im Schlafzimmer Kopfkissen und Federbett schüttelte und die Tagesdecke glatt zog, hörte Kanam den Wetterbericht. Am Nachmittag sollten die Straßen wieder frei sein.

»Hättest du Lust, mein Haus zu sehen?«

Ich sah ihn ernst an.

»Möchtest du das denn?«

»Ja, das möchte ich sehr gern.«

Er wirkte so aufgeregt wie ein Junge. Ich versuchte mir einzureden, dass er mich in einem spontanen Überschwang der Gefühle danach fragte, aber das war nicht seine Art. Die Zweifel, die sich mitunter bei mir noch gebildet hatten, waren in dieser Nacht verstummt. Alles war schon im Voraus festgelegt. Etwas berauscht schlug ich Kanam vor, in meiner Wohnung auf mich zu warten. Er ging sofort darauf ein; die Idee fand er gut. Ich sagte: »Vielleicht wirst du dich ein wenig langweilen.«

»O nein, da brauchst du dir keine Sorgen zu machen. Lass nur alles stehen«, setzte er hinzu, als ich mich anschickte, den Tisch abzuräumen. »Ich mache Ordnung in der Küche, und dann schaue ich meine Papiere durch und verarbeite meine Notizen. Ich bin ja gestern nicht mehr dazu gekommen.«

»Ach nein? Warum denn nicht?«

Wir sahen uns an. Es war, als ob wir beide schwankten.

Er sagte sehr langsam: »Weil gestern ein wichtiger Tag für mich war.«

Ich erwiderte leise: »Für mich auch, genauso.«

Jener Tag, der Tag unserer Begegnung, war von tiefer Bedeutung, von Macht und Geheimnis geprägt. Eine Bestimmung war erfüllt, eine Übergabe hatte stattgefunden. Ja, dieser Tag war der Beginn einer neuen Geschichte, ein Markstein auf unserem Lebensweg, eine vibrierende Tragfläche unendlicher Wunder, eine Erfüllung, eine Ekstase. Ein Tag, der die Vorfahren für schlimme Zeiten entschädigte, für damals, als kein Hoffnungsschimmer bestand, als sie eingesperrt wurden wie Tiere, gedemütigt, gefoltert. Als man ihnen im Namen einer Utopie entsetzliche Dinge antat, die kein menschliches Wesen einem anderen antun darf. Ein Nationalismus mag noch so glühend sein – wenn er grausam ist, ist er dumm. Denn keine Revolution, die ihre Kinder zu seelischen Krüppeln macht, kann etwas errichten, das auf Dauer besteht. Die Weltuhren ticken, und alles geht vorbei. Aus der Saat des Hasses keimen nur giftige Pflanzen. Manipulierte Halbwüchsige hatten aus ihrer tiefen Ungläubigkeit gegenüber dem Wert des Lebens ihre Opfer großer Pein ausgeliefert und sie vernichtet. Aber die Seelen der Ermordeten schwebten auf dem Regenbogen, unversehrt in Buddhas mildtätiges Licht gehüllt. Sie, die in

Schmerz und Trauer sterben mussten, kamen zurück wie mit Flügelschlägen und waren uns nah und gut. Sie waren des Leidens müde. Wir, ihre Nachkommen, sollten es besser haben.

Ich schlüpfte in meinen Daunenmantel und sagte zu Kanam: »Schön. Du kannst meinen Computer benutzen. Ich werde ein paar Sandwiches mitbringen. Dann holen wir deinen Wagen und fahren gleich los.«

Tatsächlich waren am Nachmittag die Autobahnen frei. Die Kälte hatte den Asphalt schnell getrocknet. Kanam fuhr ganz anders als ich, sehr gleichmäßig. Seine Hände mit den empfindsamen Fingerkuppen lagen ruhig und entspannt auf dem Lenkrad. Manchmal drehte er mir leicht das Profil zu. Wir tauschten ein Lächeln, und ich fühlte, wie ich innerlich schmolz. Der Verkehr war dicht, weil sonniges Wetter angesagt war und alle in die Berge wollten. Aber wir kamen gut vorwärts, sodass wir Luzern in weniger als einer Stunde erreichten. Das Haus stand hinter Mauern auf einer Anhöhe unweit der Haldenstraße. Man hatte rundherum große Mietshäuser gebaut, aber dicht wachsende Bäume verdeckten einige unschöne Balkone. Durch das weißglitzernde Netz der Baumranken schimmerte der See wie blaue Seide. Kanam hielt vor einem Tor aus Schmiedeeisen an und tippte einen Code ein. Die Flügel sprangen auf. Er fuhr den Wagen in einen kiesbedeckten Hof, in dem einige Ziersträucher in Blumentöpfen standen. Der Schnee war unter die Büsche geschaufelt worden. Ein kupfernes Schild an der Haustür trug den Namen der Treuhandgesellschaft, bei der ich angerufen hatte.

»Die Zimmer im Parterre wurden in Büros umgewandelt«, erklärte mir Kanam. »Mein Vater hatte das Haus von seinen Eltern geerbt und fand es zu groß. Wir bewohnen nur die erste Etage. Im zweiten Stock wohnt der Hauswart mit seiner Familie. Er wohnt gratis; dafür hält er den Garten instand und seine Frau putzt am Wochenende die Büros. Auf diese Weise ist immer jemand im Haus.«

Er gab einen zweiten Code ein, und die Tür sprang mit leichtem Surren auf. In der Eingangshalle waren die weißen Wände nur mit einigen alten Stichen geschmückt, die Luzerner Ansichten zeigten. Die hohen Treppen aus dunkel glänzendem Holz wiesen eine leichte Spiralform auf. Oben war wieder ein Flur, an dessen Ende sich eine Tür befand, die Kanam aufschloss.

»Hier«, sagte er.

Der alte Parkettboden quietschte unter abgenutzten Teppichen, als wir durch den breiten Eingangsbereich die Wohnung betraten. Als Architektin war ich auf der Stelle fasziniert: Sezessionsstil, mit früheren Elementen vermischt. Die Wohnung war eine merkwürdige Raumanlage, jedes Zimmer lag etwas höher als das andere und war durch ein paar Stufen mit ihm verbunden. Die hohen Wände, stellenweise karminrot oder olivgrün bemalt, zeigten eine leichte Wölbung und wellenförmigen Stuck am oberen Abschluss. Die Fenster waren groß, mit schönen Gitterstrukturen und rankenartig eingefügten bunten Scheiben. Von den beiden Erkerfenstern aus blickte man auf den See und auf alte Dächer mit braunen Ziegeln. Einige Wände bestanden aus eingebauten Bücherregalen mit vielen Schubladen und Schränken. Die Möbel waren ein Sammelsurium schöner Sachen und modernen Designs, nicht immer geschmackvoll zusammengetragen, aber ich kannte mich da schlecht aus. Zwei eingebaute Schiebetüren führten in die Schlafzimmer. Badezimmer und Duschraum mit ihren knallblauen Kacheln waren groß und so provokativ unmodern, dass sie dem heutigen Retro-Geschmack entsprachen. Dazu kam ein wuchtiger Lüster, der das Badezimmer mit seinen Spiegelschränken in kreidiges Licht tauchte.

Ich pfiff zwischen den Zähnen.

»Blendend!«

Kanam brach in Gelächter aus.

»Komm, sieh dir die Küche an!«

Auch diese war groß und altmodisch, mit einem überdimensionalen Kühlschrank und einem Nebenraum voller Krimskrams, der auch als Waschküche diente.

»In Brüssel lebten wir in einem modernen Hochhaus, hatten aber wenig Platz. Deswegen liebten meine Eltern diese Wohnung hier sehr. Aber jetzt habe ich das Gefühl, dass sie für mich allein viel zu groß und viel zu ruhig ist.«

»Warum viel zu ruhig?«

»Seitdem ich meinen Vater verloren habe«, seufzte er, »bedrückt mich die Stille sehr. Ich bin froh, wenn die Büros unten offen sind und wenn ich die Kinder vom Hauswart über meinem Kopf spielen höre.«

»Ja«, meinte ich, »was ist ein Haus ohne Menschen darin?«

Er lächelte erleichtert.

»Darum geht es ja. Sieh dir nur diesen Berg Papiere an! Ich habe sämtliche Schubladen ausgeräumt. Alte Briefe, Fotos, Urkunden, das ganze Leben meiner Eltern. Das Haus gehört jetzt mir. Kürzlich fragte mich der Inhaber der Treuhandgesellschaft, ob ich es ihm nicht verkaufen wollte. Aber ich habe so viele Erinnerungen hier, die wichtig für mich sind. – Kaffee?«, setzte er hinzu.

Während er sich in der Küche zu schaffen machte, ging ich in der Wohnung hin und her. Die Bilder an den Wänden waren wertvoll, die Bücher hatten lederne Einbände. Auf den Regalen standen Fotos. Kanam als Kind, mit diesem eigenwilligen Gesicht, das fast schon ein altes Gesicht war. Das Antlitz eines Kindes, das viel gelitten hat und es selbst nicht weiß. Dann die Adoptiveltern: Verena, mit festen, schön geformten Zügen und ungekämmtem blonden Haar. Sie lachte wie eine Frau, die gewohnt ist, ihren Willen durchzusetzen. Und gleichzeitig hatte sie etwas Empfindsames an sich. Sie war ein gutherziger, offener Mensch, ja, das sah man auf jedem Bild. Der Vater wies ein einfaches, kluges Gesicht auf, mit hoher Stirn und kurzer Nase, das mit der Zeit einen strengen Ausdruck angenommen hatte.

»Er stammte aus einer Hugenottenfamilie, die im siebzehnten Jahrhundert in die Schweiz geflüchtet war und später zum katholischen Glauben übertrat«, sagte Kanam, der den Kaffee gebracht hatte und neben mir stand. »Er lachte selten, mein Vater, und das war schade. Wenn er lachte, leuchtete sein Gesicht. Er beherrschte fünf Sprachen, liebte Barockmusik, literarische Klassiker und Haferflocken. Er sprach langsam, wog die Worte und hatte noch bis ins Alter eine tiefe, weiche Stimme. Zu Anfang war Mutter sehr linksgerichtet, was ihm missfiel. Er sagte immer wieder zu ihr: ›Sei nicht blind, öffne die Augen!‹ Als ihr klar wurde, was China im Namen der Freiheit an Entsetzlichem anrichtete, nicht nur in Tibet, sondern auch im eigenen Land, da wurde sie sehr kritisch. Das ging so weit, dass sie begann, ihre früheren Idole als Kretins und sture Idioten zu beschimpfen. Sie hatte feste moralische Grundsätze, einen starken Gerechtigkeitssinn und ein loses Mundwerk. In ihrer Arbeit mit den Flüchtlingen fand sie eine Aufgabe, die ihr lag. Sie war in großartiger Weise hilfsbereit und tatkräftig. Sie hatte in Geschichte promoviert und in Lausanne ein paar Jahre lang internationale Zeitgeschichte gelehrt. Vater erzählte mir, dass Verena ihre Karriere mit zwei widersprüchlichen Voraussetzungen begonnen hatte: eine außergewöhnliche Intelligenz und kein Geld. Im Erfassen einer Situation war sie so flink wie in ihren Bewegungen. Ich tue meine Pflicht, pflegte Vater zu sagen, Verena aber tut Gutes.«

Wir setzten uns an den großen Tisch im Wohnzimmer. Der Abendhimmel leuchtete, das letzte Sonnenlicht fiel auf den Parkettfußboden, der wie Honig glänzte. Kanam goss Kaffee ein und schob mir Pralinen über den Tisch.

»Sie arbeitete für das Rote Kreuz, besuchte Auffanglager und kümmerte sich um Menschen, die aus politischen Gründen inhaftiert worden waren. Im Libanon wurde sie von der Geheimpolizei verhaftet, saß zwei Wochen im Gefängnis. Mein Vater setzte alle Hebel in Bewegung, bis man sie wieder freiließ. Er bangte sehr um ihre Sicherheit, da sie sich ja immer wieder in

Krisengebieten aufhielt. Aber sie war entschlossen, zu tun, was ihr Gewissen verlangte. Das war für sie immer klar gewesen, und sie hatte meinem Vater gegenüber auch nie den geringsten Zweifel daran gelassen. Ich möchte ihretwegen weitermachen. Sie war so tapfer, und es wäre für mich eine Art… eine Art Zeichen der Dankbarkeit. Dort, wo sie jetzt ist, wird es ihr bestimmt gefallen, dass jemand ihre Arbeit fortsetzt. Und weißt du was? Ich habe das Ziel vor Augen, mich irgendwann in den Dienst Seiner Heiligkeit zu stellen.«

»Das wird er zu schätzen wissen«, meinte ich.

»Ja, aber habe ich die Voraussetzungen dafür?«

»Meiner Ansicht nach wäre die richtige Frage: Wirst du die Bereitschaft dazu aufbringen?«

»Die Bereitschaft ist da, kein Problem.«

»Dann ist ja alles okay. Seine Heiligkeit wird sich freuen.«

Wir lachten beide, weil sich alles so naiv, ja beinahe absurd anhörte. Aber es ist schon so, dass Gedanken Flügel wachsen. Schenken wir ihnen Kraft, tragen sie uns hoch und weit. Kanam und ich genossen das berauschende Gefühl, unsere jungen Flügel zu erproben, und nahmen uns viel vor.

»Da wir gerade darüber reden,« sagte ich, »hätte Seine Heiligkeit vielleicht auch Verwendung für eine Architektin?«

Er erwiderte mein Lächeln.

»Architekten werden jederzeit gesucht. Die tibetische Exilregierung braucht mehr Unterkünfte für die Flüchtlinge, mehr Schulen, ein größeres Krankenhaus.«

»Weißt du, was ich augenblicklich baue?«, fragte ich.

»Ein Wasserwerk in Glatt-Brugg, wenn ich mich richtig entsinne.«

»Nein, ein Luftschloss!«

»Oh, das ist ja noch interessanter!«, meinte er.

»Du ahnst nicht, in welchem Maße«, erwiderte ich mit Nachdruck, und etwas in meiner Stimme ließ ihn aufhorchen. Er sah mich an, erwartungsvoll schweigend. Der Goldschimmer in seinen Augen war berückend. Und in sein Schweigen hinein erzählte ich ihm von unserem Haus in Lhasa und von meiner Begegnung mit dem Mönch, der Buddha in einer Mauernische sah, in der sich nichts befand als kleine Steinchen und Schutt.

»Er sagte, wenn wir es ganz fest wollen, können wir die Dinge erschaffen, die wir sehen wollen. Zuerst habe ich ihm nicht geglaubt; ich dachte: Menschenskind, der spinnt doch! Aber nein, er sprach ganz sachlich. Es ließ mir keine Ruhe, ich wollte es mal versuchen. Ich dachte: Das ist verrückt, und so kompliziert! Es vergingen viele Tage – ich übte, und nichts geschah. Und gerade an dem Tag, an dem ich mir sagte: Das nützt ja doch nichts, da brachte ich etwas zustande. Und was der Mönch gesagt hat, das stimmt, so wahr ich hier auf dem Stuhl sitze: Visualisieren wir die Dinge, die wir sehen wollen, dann entstehen sie vor unseren Augen. Es ist eine einfache, direkte, persönliche Erfahrung. Du wirst es nicht glauben, aber sie funktioniert!«

»Aber ich glaube dir ja«, sagte er in seiner umwerfenden Art, lächelnd und mit ernsten Augen.

Ich steckte mir eine Praline in den Mund.

»Ich rede nicht gern mit anderen Leuten über solche Dinge. Vielleicht, weil wir Tibeter als irre spirituell gelten und ich es satthabe. Außerdem habe ich spät damit angefangen. Ich war zufrieden mit meinem Leben. Aber nur zufrieden sein, das genügt nicht. Aber das alles wirft eine Menge Probleme auf. Zum Beispiel: Ich begegne dir, lasse alles stehen und liegen und arbeite für Seine Heiligkeit statt für Ferreira und Partner. Unterschätze mich nicht! Ich bin durchaus dazu imstande.«

Er streichelte meine Finger, die ein wenig mit Schokolade beschmiert waren.

»Mir würde es nicht im Traum einfallen, dich zu unterschätzen. Du hast schon recht: Ich habe das alles nicht bedacht. Vielleicht, weil ich so traurig und einsam war. Meine Eltern erlebten hier ihre glücklichsten Jahre …«

Ich antwortete leise: »Der Vogel braucht sein Nest, der Fuchs seinen Bau, die Spinne ihr Netz und der Mensch sein Haus. Die Verstorbenen ziehen sich an Orte zurück, wo sie glücklich waren, und spenden ihren Segen. Das ist es, was mich so bedrückt: dass meine Vorfahren ruhelos umherirren, weil sie den Ort ihres Glücks nicht mehr finden. Lasse ich das Haus vor meinen Augen entstehen, schlüpfen die Toten hinein und sind dankbar. Wir dürfen den Toten nicht den Ort nehmen, wo sie glücklich waren. Es ist wie ein Hausaltar, verstehst du?«

Er antwortete tief bewegt: »Ich danke dir, dass du mir das gesagt hast. Und sei beruhigt, ich werde das Haus nie verkaufen. Ich habe sofort gespürt, dass du ein gutes Stück weiser bist als ich.«

Daraufhin bediente ich mich mit einer Likörpraline.

»Na ja, hör mal, ich bin ja auch zwei Jahre älter!«

Worauf wir beide lachten.

Später liebten wir uns auf Kanams Bett, das weich und bequem und breit genug war. Draußen brach die Dämmerung herein. Die verschneiten Bäume wichen in blauer Schwärze zurück. Fuhr ein Wagen vorbei, flackerten Lichter auf. Das Haus schwebte in Raum und Zeit, in geisterhafter, friedlicher Stille erlebten wir tiefe Zärtlichkeit, süße, sengende Überwältigung, die machte, dass wir nur uns selbst fühlten und sonst nichts. Wir hatten eine Zweiheit gefunden in vollkommener Glückseligkeit, mit der taumelnden Lust des Blutes. Wir sahen uns dabei in die Augen, und unsere Pupillen waren zwei Spiegel, die sich liebten. Der Einklang unserer Bewegungen lenkte die samtigen Schauer, die musselinweichen Wellen des Begehrens, verwandelte sie in heiße Flämmchen im Inneren, in pulsierende Stiche im Rücken und unterhalb des Nabels. Und dazu das wortlose Bewusstsein unseres Lebendigseins, die geschmeidige Glätte unserer Haut, die warme Decke, der violette Sternenglanz draußen auf dem Schnee. Unsere Liebe entsprang dem uralten Wissen, dass wir uns schon in früheren Leben geliebt hatten und jetzt nur den Faden wiederaufnahmen. Und ich dachte, zwischen Traum und Wachsein, dass wir schon vorhanden gewesen waren, ungezeugt, ungeboren, als Longsela und Kanam der Rebell sich nur eine Nacht lang liebten, bevor das Schicksal sie auseinanderriss. Die damals entstandene Leidenschaft war noch nicht gestillt, würde wohl nie ganz gestillt werden. Unsere Hände, unsere Bewegungen aber wussten von ihr, auch unser Geist, der still und klar war, aber ohne Gedanken. Denn in uns lebte der Nachklang einer Liebe, die nicht sterben wollte, die lange gewartet hatte und jetzt eine neue Heimat fand.

Am Sonntag brachte mich Kanam wieder nach Zürich. Ich hatte Sonam angerufen und ihr angekündigt, dass ich sie besuchen würde.

»Und ich komme mit einer Überraschung; mach dich darauf gefasst.«

»Deine Überraschungen«, erwiderte sie kalt, »sind manchmal von recht zweifelhafter Art.«

»Ich bringe dir Kuchen mit. Aus Luzern.«

»Was machst du in Luzern?«

»Deine Mutter, wird sie mich mögen?«, fragte Kanam, als wir gegen fünf den Wagen in eine Parklücke zwängten.

»Am Anfang darfst du nicht zu viel von ihr verlangen. Du musst Geduld haben. Den Kuchen, den mag sie auf jeden Fall. Sie kann nie genug davon kriegen.«

»Und wenn sie mich nicht mag?«

»Tja, dann soll sie ihren Kuchen allein essen.«

»Warum in Gottes Namen bin ich bloß mitgekommen?«, fragte er stöhnend, aber mit einem Lächeln.

»Weil du neugierig bist. Und weil du mehr über deinen Großvater erfahren willst.«

»Wird sie mir von ihm erzählen?«

»Glaub bloß nicht, dass du sie beeinflussen kannst. Auch nicht mit Luzerner Kuchen. Sie ist so herrlich unangepasst.«

Wir stapften durch den knirschenden Schnee auf das Haus zu. Der Rauch aus vielen Schornsteinen stieg bleich und steil in die Luft. In der Ferne brodelte der Verkehr. Die Leute waren vom Spaziergang zurück, hatten Licht gemacht. Die Rechtecke der Fenster zeichneten sich als schwache Dämmerung in der einbrechenden Dunkelheit ab.

Rutschend und strauchelnd gingen wir den kleinen Weg hinauf, und ich klingelte. David, etwas nervös, hielt das Kuchenpaket nahezu feierlich vor sich, als ob sich das zusammenbrauende Gewitter mit einer Gabe abwenden ließ. Ich hätte beinahe gelacht.

Mutter öffnete. Sie trug tibetische Kleidung. Die Pangden, die Schürze der verheirateten Frauen, war eng um ihre schmale Taille geschlungen. Ihr wohlgeformtes Gesicht glänzte, vor allem die Stirn und die Wangen, und hatte die Farbe von dunklem Gold. Ihre Haut war nahezu faltenlos, wie die eines Mädchens. Ich bemerkte, wie kleingewachsen sie doch im Gegensatz zu Kanam war, mit einem fast dicken Kopf. Sie musste zu ihm aufblicken, doch sie tat es auf ihre übliche, gebieterische Art, wie eine Frau, die gewohnt war, dass auch großgewachsene Männer vor ihr kuschten. Doch etwas war nicht wie sonst; ich sah, wie ihr Gesicht leicht zuckte. Sie war aufmerksam geworden, ich sah es auf den ersten Blick.

»Amla«, sagte ich, »das ist David Kanam von Garnier.«

»Kanam?«, murmelte sie geistesabwesend.

Er begrüßte sie in seiner unbefangenen Art, bat um Entschuldigung, dass wir so spät kamen. Seine Stimme hatte einen rauen Klang, etwas Jungenhaftes. Daran merkte ich, dass er verlegen war.

»Mir wurde gesagt, dass Sie gern Kuchen mögen. Dies ist … eine Spezialität aus Luzern.«

Er stockte und verlor den Faden, weil sie ihn so lebhaft anstarrte, so forschend, so intensiv. Ihre großen, dunklen Pupillen bewegten sich dabei leicht hin und her. Als sie misstrauisch den Kopf hob, wurden die Augen mit einem Mal so durchsichtig wie Glas. Dabei leuchteten die Dzi-Steine an ihrem Hals, warfen ein paar gelbe Funken, deren Farbe in matte Schattierungen überging, bevor sie verschwanden. Und während sie Kanam betrachtete, veränderte sich ihr Ausdruck leicht. Das, was sie vielleicht befiel, war eher ein Ahnen als ein Erinnern, wie das plötzliche Sich-Auftun einer früheren Welt, das der Anblick des jungen Mannes in ihr erweckte. Lautlos, etwas vornübergebeugt, machte sie einen vorsichtigen Schritt, wobei sie die Augen halb schloss, um ihn besser sehen zu können.

»Bist du Alos Enkel?«, fragte sie dumpf.

Er nickte. Sprechen konnte er nicht. Sie stand ein paar Atemzüge lang wie versteinert. Und dann hob sie beide Arme, drückte ihn an sich und zog sich dabei an ihm hoch, damit sie ihre Stirn an seine drücken konnte. Und Sonam, die bisher – und so lange ich denken konnte – keine Träne vergossen hatte, begann auf einmal zu weinen. Das Schluchzen, das sich aus ihrer Brust löste, erschreckte mich; glich es doch mehr einem Röcheln. Und dieser Blick – den hatte ich noch nie an ihr gesehen: ein scheuer, verletzter, verzweifelter Blick, der Blick des Mädchens von einst. Und Kanam nahm sie behutsam in die Arme, als wäre sie keine alte Frau, sondern sein Kind, das er vor allen und gegen alle zu schützen hatte. Er wiegte sie zärtlich, eine ganze Weile lang, bevor sie sich sanft von ihm löste und ihre tastenden Finger seine Hand ergriffen.

»Komm, mein Sohn, komm!«, sagte sie mit erstickter Stimme.

Sonam hatte ihre Geschichte nie erzählt. Aber Kanam war zu ihr gekommen, und endlich konnte sie die Geschichte erzählen. Es war eine Geschichte von Heldenmut und Ehre, von Liebe und Tod und unendlichem Schmerz. Aber Sonam war nur die vermittelnde Kraft, die Kanam und mich zu Alo führte.

Bisher hatte ich nur wenig von ihm gehört; dennoch kannte ich ihn, träumte von ihm, sicherlich auch ohne es zu wissen. Sein Platz in dieser Geschichte war wesentlich; er war das entscheidende Verbindungsglied zwischen Kanams undeutlicher Ahnenreihe auf der einen und meinen Vorfahren auf der anderen Seite. Das Ineinandergreifen hatte bereits stattgefunden. Ja, Sonam erzählte Alos Geschichte. Und während sie sprach, bewirkte ich mit geschärften Sinnen das Nachleben eines Menschen, sein Weiterleben über die Zeiten. Es war eine gewaltige Anstrengung, ein Ausharren bis an den Rand meiner Kraft und noch darüber hinaus. Aber ich ließ nicht locker, konzentrierte mich auf mein Ziel, führte Alo zurück in die sichtbare Welt, bis ich ihn hörte und sah und fühlte und er ein Stück von mir wurde, mein eigenes Fleisch und Blut.

ZWEIUNDFÜNFZIGSTES KAPITEL

Die Nomaden waren hart wie die frostige Erde unter den Pferdehufen. Ihre Augen, die ohne zu blinzeln unter den Fellkappen hervorstarrten, waren so scharf, dass sie durch Sonnenschleier und Nebel in die Ferne blickten. Ihre Sinne waren aufs Äußerste geschärft; das war für sie eine Frage des Überlebens. Der junge Nomade, der Alo hieß, spähte von dem Wacholdergebüsch auf der Granitwand hoch über dem Tal schon eine Weile aufmerksam auf das Arbeitslager jenseits des Sees. Knapp unterhalb des Kammes hatte er angehalten und seinen zottigen Braunen so dicht an das dunkle Gestrüpp gedrängt, dass er nur aus unmittelbarer Nähe gesehen werden konnte. Die Khampas bevorzugten kleingewachsene, robuste Pferde, die zäh, klug und anhänglich waren und weniger als edle Zuchttiere Gefahr liefen, gestohlen zu werden. Alo wusste, wo sein Vater damals den Sprengstoff versteckt hatte, ebenso wie er wusste, dass keine auch noch so grausame Folter ihn selbst dazu würde bringen können, das Versteck preiszugeben. Alo wusste auch, dass sein Vater getötet worden war. Ein einziges Gefühl erfüllte ihn: der Wunsch nach Rache! Was hätte Kanam, sein Vater, getan, wenn sein eigener Vater auf diese Weise gestorben wäre? Er hätte die Sache selbst in die Hand genommen. Er hätte den Verstorbenen gerächt, hätte gekämpft, wäre vielleicht unterlegen; ja, und er hätte womöglich nicht nur den Feind, sondern auch Unschuldige und sich selbst dabei vernichtet. Aber gekämpft hätte er trotzdem! Alo schien es, als wüchse er ganz in dieses Gefühl hinein, in dieses Verlangen nach Rache.

Ein hochgewachsener, sehniger Mann war Alo, mit klaren, schnellen und lauernden Bewegungen. Sein hagerer Körper war wolfszäh, von der Sonne ausgedörrt und vom Wind gegerbt. Er hatte schon vieles gesehen, doch jetzt wunderte er sich sehr.

Er wunderte sich, weil das Arbeitslager jenseits des Hügels lag und ein Mensch zu Fuß in der endlosen Weite unterwegs war. Eine kleine Gestalt, ein winziges Etwas, das sich allein vom Lager entfernt hatte. Eingehüllt in Lichtschleier wanderte dieser Mensch wie ein tänzelnder kleiner Geist dem Gebirge entgegen. In der großen Entfernung verlor ihn Alo dann und wann aus den Augen, und gerade wenn er glaubte, dass er ihn nicht mehr sehen konnte, fand dieser Mensch wieder den Weg in die klare Luft, zunehmend ein bisschen größer werdend, was bedeutete, dass er näher kam. Die Gestalt da unten lief schnell, erstaunlich schnell, leicht nach vorn geneigt, in der halb gebückten Haltung der Fliehenden, die stets bereit sind, in Deckung zu springen. Alo tastete unter seine Felljacke und brachte einen Feldstecher zum Vorschein. Der Feldstecher war gut und auch ziemlich teuer gewesen. Alo hatte ihn nach zäher Verhandlung einem indischen Händler abkaufen können. Er richtete den Feldstecher auf die laufende Gestalt und stellte die Schärfe richtig ein. Das Gesicht des Fliehenden wurde sichtbar. Alo entdeckte zu seinem Erstaunen, dass es sich um einen Chinesen handelte. Ein Halbwüchsiger, der die Uniform der Pioniere trug, dazu die typische Kappe mit dem roten Stern. Er lief, die Knie leicht eingeknickt, unentwegt im gleichen Rhythmus, blieb nur dann und wann kurz stehen, um sich umzuschauen. Alo fragte sich, wie lange der Junge die Geschwindigkeit wohl noch würde halten können. Mit einem Mal änderte er die Richtung, lief geradewegs auf den Berg zu, von dem aus Alo ihn beobachtete. Alo gefiel das nicht. Da hörte er weit über sich ein Geräusch, duckte sich tiefer und richtete den Feldstecher nach oben. Zu seiner Überraschung sah er auf halber Höhe einige Wildpferde, die dort grasten. Alo hatte sie bisher nicht bemerkt, denn sie waren hinter Felsen verborgen gewesen, und der Wind kam aus einer anderen Richtung. Beim Anblick der Tiere wurde Alo schlagartig klar, dass der Chinese die Pferde vor ihm gesehen hatte und sich nur an den steilen Aufstieg gemacht hatte, um zu ihnen zu gelangen. Alo nahm den Feldstecher von den Augen und fluchte. Was ihm missfiel, war, dass der junge Pionier sich der Höhle näherte, in der Alos Vater Sprengstoff und Munition gelagert hatte. Ob der Junge davon wusste? Alo dachte nach. Für gewöhnlich waren die Pioniere lausige Reiter. Sie erschossen die Wildpferde, um sie zu essen, wobei sie immer mehr Tiere erschossen, als nötig gewesen wäre. Es machte ihnen Spaß, Tiere zu töten. Immerhin hatte dieser Junge keine sichtbare Waffe bei sich. Alo war ein Mensch, der bei den Khampakriegern eine harte Erziehung erhalten hatte. Seine Jugendjahre hatte er damit verbracht, mit seinem Vater gegen die Volksarmee zu kämpfen. Dabei waren Vorsicht und Wachsamkeit mehr als eine Tugend – sie waren die Voraussetzung dafür, dass man am Leben blieb. Nur zu oft war der Mann, der zuerst die Geduld verlor, auch derjenige, der zuerst starb. Alo musste jetzt scharf nachdenken. Er nahm sein Rauchzeug aus der Tasche und drehte sich eine indische Zigarette, eine von jener Sorte, die nach Honig schmeckte. Doch er zündete sie nicht an; das Streichholzflämmchen und der Zigarettenrauch hätten ihn verraten können. Bedauernd steckte er die Zigarette in die Tasche und setzte seine Beobachtung fort.

Alos langhaariger kleiner Wallach, der zufrieden im Unterholz graste, führte ihn zur nächsten Überlegung: Der Junge war aus dem Arbeitslager ausgerissen, hatte die Pferde gesehen und sich wohl dabei gedacht, dass er auf dem Rücken eines dieser Tiere schneller vorwärtskommen würde. Schön. Was er aber außer Acht ließ, mochte das Wesentlichste sein: Die Wildpferde waren scheu, unwillig und gefährlich. Nur nach und nach duldeten sie die Nähe der Menschen. Der Junge fantasierte offenbar, wenn er glaubte, dass er einem dieser Wildpferde ohne Weiteres das Bein über den Rücken schwingen konnte. Alo hätte fast gelacht.

Die Zeit verging. Der Tag war still und heiß. Ein paar einsame Wolken trieben wie Baumwollflocken an dem gleißenden Himmel dahin und zeichneten vereinzelte Schatteninseln auf das Antlitz des Hochtals. Schweiß rann Alo über die Wangen und sickerte unter dem Hemd über seine Haut. Inzwischen kletterte der Junge mit erstaunlicher Beharrlichkeit weiter, ehe ihn die Müdigkeit überwältigte und er sich in den Schatten einer Felswand kauerte. Er hatte kein Wasser bei sich, nichts. Weiter oben floss eine kleine Sickerquelle, was er offenbar nicht wusste. Längere Zeit kauerte er dort, klein und verloren in der unermesslichen Weite dieser Landschaft hier oben – ein Land der Hochtäler und Gletscher, wo die einzigen Bewegungen das träge Dahinschweben der Adler und die lautlosen Schritte der grasenden Pferde waren. Erstaunlich war, dass der Pionier unweit der Herde kauerte und kein Tier ihn beachtete. Entweder saß er gegen den Wind, oder die Pferde sahen in ihm keine Gefahr, was immerhin seltsam war. Vielleicht, überlegte Alo, waren es auch keine richtigen Wildpferde, sondern Tiere, die bei den vielen Kämpfen in den Dörfern die Flucht ergriffen hatten. Das würde erklären, warum sie die Nähe des Jungen duldeten.

Alo dachte an die Kampfsituationen, die er selbst erlebt hatte, als er in weiter Ferne Staub aufsteigen sah. Staub – das konnte entweder eine Windhose, ein Reiter oder ein Geländewagen sein. Eine Windhose zeigte sich und verschwand. Ein Reiter kam mühelos durch Geröllhalden, Wasserläufe und Krüppelwälder. Handelte es sich jedoch um einen Geländewagen, musste er notgedrungen im Tal bleiben und dort anhalten, wo der Aufstieg zum Gebirge begann. Alo griff nach seinem Feldstecher. Der dunkle Punkt kam schnell näher. Ein

Geländewagen, wahrhaftig, mit vier Männern besetzt, der die Straße verlassen hatte und querfeldein fuhr. Dann, als der Boden unbefahrbar wurde, hielt der Wagen an und die Männer stiegen aus. Soldaten der Volksarmee, noch recht jung, wie Alo zufrieden feststellte, mit Gewehren bewaffnet. Ihre Unerfahrenheit würde er sich zunutze machen; die Gewehre konnte er gut gebrauchen. Die Männer untersuchten den Boden, und wahrscheinlich fanden sie Spuren, denn sie deuteten auf die Anhöhe, wo der Junge zu den Pferden geklettert war. Jetzt wurde die Lage brenzlig, und Alo musste schnell handeln. Sein spähender Blick glitt am Kamm entlang. Zu seiner Rechten befand sich eine kleine Anhöhe, die einzig mögliche Stelle, an der er den Gipfel überqueren konnte, ohne sich scharf gegen den Himmel abzuzeichnen. Jenseits des Kamms standen Krüppeleichen, und auf dem Gipfel selbst ragten zerklüftete Felsen auf, hinter denen er Deckung suchen konnte.

Für sein Pferd hatte er in diesem Augenblick keine Verwendung. Geduckt lief er zu ihm hin, pflockte das Tier an, zog sein Gewehr aus dem Sattelschuh und drückte schnell seine Wange an die Wange des Pferdes, das ruhig weitergraste. Dann rannte er los. Die Chinesen waren nicht schlau genug für ihn, aber er durfte keine Zeit verlieren. Eben stand er noch hinter dem Dickicht, und im nächsten Augenblick war er schon knapp unter dem Kamm, wo er sich hinter den Felsen verbergen konnte. Und dort lief er entlang, geduckt und schnell wie ein Raubtier auf der Jagd. Während er jede Deckung ausnutzte und häufig die Richtung änderte, dachte er, dass er zuerst die Soldaten erledigen musste. Was er dann mit dem Jungen machen würde, wusste er noch nicht. Dessen merkwürdiges Verhalten erregte Alos Neugier. Dass die Soldaten hinter ihm her waren, zeigte, dass er dem Arbeitslager entflohen war. Alo wollte ihm eine Chance geben. – War der Junge überhaupt ein Chinese?

Flach auf dem Bauch liegend kroch Alo zwischen den Felsen bis zum Rand des Abhangs, rollte sich schnell hinter einen Stamm, den der Wind gefällt hatte, und wartete dort. Er befand sich jetzt genau zwischen dem Jungen und den grasenden Pferden und sah die vier Männer, die den Aufstieg begonnen hatten. Sie stapften zwischen den Bäumen aufwärts; dann und wann verschwanden sie im Gehölz unterhalb seiner Stellung. Der Junge befand sich in schräger Richtung weiter oben. Ob er seine Verfolger gesehen hatte? Alo bezweifelte es, denn das Tal lag im Gegenlicht, und das Wispern des Luftzugs und das trockene Rascheln der Blätter erstickte das Geräusch ihrer Schritte. Alo brauchte nicht lange zu warten, bis die Soldaten näher kamen. Schon lag sein Gewehr über dem Stamm in Anschlag. Ein paar Atemzüge lang sah er nur etwas Braunes sich unter den Bäumen bewegen; dann kamen die Soldaten voll in Sicht. Alos Zeigefinger krümmte sich, und viermal zuckte das Gewehr in seinen Händen. Alo setzte die Kugeln dicht nebeneinander. Er hörte den Knall, das Geräusch der einschlagenden Kugeln und sah die Soldaten zur Seite stürzen – er hatte also sein Ziel nicht verfehlt. Er senkte den Kolben seines Gewehrs und wischte sich mit dem Ellbogen den Schweiß von der Stirn. Das Echo der Schüsse war verklungen. Einige Atemzüge lang herrschte Stille, dann erhoben sich Vögel laut schreiend aus dem Gehölz, kreisten wild flatternd über den Bäumen. Alo trocknete sich die schweißnassen Handflächen am Hemd und zwinkerte, um den Schweiß aus den Augen zu bekommen. Um die Soldaten kümmerte er sich nicht mehr. – Der Junge jetzt; Alo war immer noch unschlüssig, was er mit ihm machen sollte. Er kletterte den Hang hinauf, als er den Jungen sah, der quer über den Kamm rannte. Er hatte die nahen Schüsse gehört und lief mit hochgezogenen Schultern unglaublich schnell auf die Pferde zu, was allerdings zur Folge hatte, dass er sich der Höhle näherte, die wie ein schwarzer Spalt im Gestein klaffte. Auch Alo begann zu laufen. Er musste um jeden Preis verhindern, dass der Junge die Höhle entdeckte. Auch die grasenden Pferde waren in Unruhe. Sie kannten bereits die Bedeutung der Schüsse, der Lärm hatte sie in höchste Alarmbereitschaft versetzt. Sie scharrten wild mit den Hufen, ihre Ohren waren wie Dolche gespitzt. Jedes Tier wirkte sprungbereit, voll feindlicher Abwehr. Alo sah das alles mit einem Blick, während er, so schnell er es vermochte, den Hang emporkletterte. Der Junge war fast bei den Pferden angekommen, als er unvermittelt stehen blieb. Er hatte die Höhle entdeckt. Alo stieß einen bösen Fluch zwischen den Zähnen aus. Jetzt würde er den Jungen töten müssen. Sein Gewehr flog an die Schulter. Doch der Junge hatte sich bereits abgewandt. Er hatte gesehen, dass er verfolgt wurde, und rannte den Pferden entgegen. Als Alo, das Gewehr im Anschlag, über den Kamm kletterte, war der Junge schon bei den Tieren. Er warf einen Blick über seine Schulter, rannte auf das ihm am nächsten stehende Pferd zu – einen böswillig schnaubenden Braunen – und packte es mit gekonntem Griff. Er machte einen Satz, schwang sich hoch, warf ein Bein über den Rücken des Hengstes. Er hatte ein absolut sicheres Gefühl, wie ein Pferd zu reiten war, und brauchte nur ein bisschen nach vorn zu rutschen, um richtig zu sitzen. Doch er hatte die feinen Sinne des Pferds unterschätzt oder nicht beachtet. Der Hengst brachte die ungewohnte Last auf seinem Rücken mit den soeben gehörten Schüssen in Verbindung und setzte sich augenblicklich zur Wehr. Er warf den Kopf vor und zurück, richtete sich wütend auf, drehte sich mit fliegender Mähne im Kreis. Der Junge klammerte sich auf dem Pferderücken fest, doch vergeblich. Auf einmal blieb der Rappe so unvermittelt stehen, dass seine Hufe sich ins Gras zu bohren schienen. Er senkte den dicken Kopf und schlug mit aller Kraft aus. Bei einem solchen Stoß hätte sogar Alo die Gewalt über sein Reittier verloren. Ohne Sattel und Zaumzeug konnte sich der Junge nicht halten. Er flog hoch durch die Luft und stürzte kopfüber zu Boden. Der Braune verdrehte die blutunterlaufenen Augen, trabte im

Halbkreis, die Nüstern voller Schaum, und knurrte wie ein bösartiger Hund. Er schüttelte die Mähne, zeigte die großen gelben Zähne, bevor er schrill wiehernd auf den bewusstlosen Jungen losging in der offensichtlichen Absicht, ihn zu zertrampeln. Gerade noch rechtzeitig schnitt Alo ihm den Weg ab. Mehr noch als seine befehlende Stimme war es wohl das Blitzen der Sonne auf seinem Gewehrlauf, das den Braunen verscheuchte. Er machte im vollen Schwung eine Wendung, die Hufe fielen schwer auf den Boden zurück. Mit wütendem Schnauben drehte der Braune ab, galoppierte der Herde entgegen. Und gleichzeitig mit ihm setzten sich alle Pferde in Bewegung, sprengten über den Kamm, dem Gehölz entgegen. Während das Donnern der Hufe verklang, näherte sich Alo dem Jungen, der unbeweglich im Gras lag. Er hatte seine Kappe verloren. Aus einer tiefen Stirnwunde tropfte Blut und rann ihm über das Kinn, gemischt mit dem Schweiß auf seinem Gesicht. Alo sah sofort, dass er kein Chinese war. Und er war auch kein Junge, sondern ein Mädchen! Alo traute seinen Augen nicht. Voller Bestürzung packte er die Verletzte und setzte sie behutsam auf. Das Mädchen ließ ein ersticktes Stöhnen hören, das eher wie ein etwas lauterer Atemzug klang. Ihr Kopf schwang hin und her, die Augen waren geschlossen. Ihr kurz geschnittenes Haar klebte wirr und zerdrückt rundum an ihrem Kopf. Ihr ganzes Gesicht war verschwollen, die Lippen reichlich dick, die Unterlippe schon blau verfärbt. Als Alo sie forschend betrachtete, hob sie die entzündeten Lider ein bisschen und blickte ihn misstrauisch durch ihre Wimpern hindurch an. Dann zuckte sie zusammen, versuchte sich zu wehren. Alo wunderte sich, dass sie noch so viel Kraft aufbrachte.

»Ruhig!«, sagte er. »Du brauchst keine Angst zu haben.«

Sie versuchte zu sprechen. Sie musste sich auch im Mund verletzt haben, denn aus ihren Lippen quoll Blut.

»Die Soldaten …?«

»Die sind weg«, antwortete Alo knapp.

Sie stützte sich auf seinen Arm, versuchte sich aufzurichten. Dabei zog sie vor Schmerz die Stirn kraus, gab aber keinen Laut von sich.

»Beweg dich lieber nicht«, sagte Alo.

Sie atmete ein paar Mal tief aus und ein, wartete, bis der Schmerz sich beruhigte. Ihre Haltung zeigte eine Vertrautheit mit körperlichen Schmerzen, die man bei einem so jungen Menschen nicht erwarten würde. Ihr Atem ging tief und schwer. Mühsam formte sie die Worte.

»Was … ist mit mir?«

»Du bist vom Pferd gestürzt.«

Sie legte die Finger flach auf die blinzelnden Augen.

»Ist der Braune … verletzt?«

Das waren Worte, die nur eine Nomadenfrau über die Lippen gebracht hätte. Alos Staunen wuchs.

»Nein. Er hatte nur Angst. Die Schüsse.«

»Ja …« Sie sprach leise und tonlos. »Er ist verwildert. Ich … ich wollte ihm … mehr Zeit lassen. Aber die Soldaten waren schon ganz nahe …«

»Kommst du aus dem Arbeitslager?«, fragte Alo. »Bist du ausgerissen?«

Sie hob matt die Hand, hielt drei Finger hoch.

Er starrte sie an.

»Dreimal?«

Sie machte ein bejahendes Zeichen.

»Dreimal, ja.«

Alo konnte nicht glauben, was er da hörte. Dreimal entflohen und immer noch am Leben!

»Wie heißt du?«, fragte er.

»Sonam.«

Er nickte.

»Ich bin Alo.«

»Alo?« murmelte sie geistesabwesend. Ihr schwanden die Sinne, ihre Haut war aschfahl geworden und klebrig vor

Schweiß. Die Nachwirkung des Schocks. Er hielt sie fest, half ihr, auf die Beine zu kommen.

»Kannst du gehen?«

Sie machte ein paar Schritte, langsam und mit großer Mühe. Dann sah sie ihn umflort an und knickte ein. Sie schnappte nach Luft, ihre Augen glänzten und schweiften umher, aber sahen ihn nicht. Eine Gehirnerschütterung haut jeden um, dachte Alo. Als ihr Kopf zurücksank, hob er die Bewusstlose hoch und trug sie der Höhle entgegen.

DREIUNDFÜNFZIGSTES KAPITEL

In der Höhle war es dunkel und schwül. Nachdem er das Mädchen behutsam auf den Boden gelegt hatte, sah Alo sich um. Er riss ein Streichholz an und vergewisserte sich, dass die Sachen seines Vaters dort waren, wo er gehofft hatte, sie vorzufinden. Die verschnürten Pakete und Kisten waren unter Decken und einem alten Yakfell in einer Nische verborgen, die die Erosion in den Sandstein gegraben hatte. Der Boden wies undeutliche kleine Tierspuren auf. Als Alo, von tanzenden Schatten umgeben, Marderkot fand, nickte er vor sich hin, zufrieden und etwas wehmütig. Der letzte Mensch, der diese Höhle aufgesucht hatte, war sein Vater gewesen, und seitdem waren immerhin zwei Winter vergangen.

Er bewegte leicht die Hand, die winzige Flamme erlosch. Dann beugte er sich über das Mädchen und sagte leise: »Warte hier auf mich!«

Sie gab ihm mit einem Wimpernzucken zu verstehen, dass sie ihn gehört hatte. Alo schulterte sein Gewehr, verließ die Höhle und kletterte zunächst zu den erschossenen Soldaten hinab. Die Kälte des Todes hatte sich bereits eingestellt, doch die kleinen Nagetiere warteten die Nacht ab, um sich ihrer Beute zu nähern. Alo nahm den Soldaten die Gewehre und Messer ab und sämtliche Dinge, die sie bei sich hatten und die er gebrauchen konnte. Mit ziemlicher Anstrengung zerrte er die Erschossenen bis zu einer Schlucht, die er ausgemacht hatte. Er kippte einen nach dem anderen über den Rand, bevor er sorgfältig alle Spuren beseitigte. Dann holte er die erbeuteten Waffen und schnallte sich die Patronengürtel um. Es war eine ansehnliche Last, die er da zu schleppen hatte. Während er zwischen den Bäumen wieder nach oben kletterte, kam ihm der Geländewagen in den Sinn. Alo wollte ihn nicht dort stehen lassen. Ein solcher Leichtsinn konnte ihm ein ganzes Bataillon der Volksarmee auf den Hals hetzen. Und wenn sie die Grotte fanden, dann hatte er die Bescherung. Dieses Risiko durfte er nicht eingehen. Allerdings bot es sich an, die Nacht abzuwarten. Zuerst also das Mädchen. Nach einer Weile mühsamen Kletterns und Strauchelns fand Alo sein Pferd, wo er es zurückgelassen hatte. Er band den kleinen Wallach los und sprach mit den sanften Lauten der Khampasprache auf ihn ein.

»Joru, du bist ein tapferes Pferd, du hast keinen Mucks gemacht, als ich die Soldaten erledigte. Auf dich kann man sich verlassen. Komm! Ich habe eine Überraschung für dich.«

Der Weißgescheckte schaute ihn aufmerksam an. Joru war ein tüchtiges Pferd, und das wusste es auch. Sein Fuß war so sicher wie der Fuß eines Blauschafs, von denen man weiß, dass sie die geschicktesten Kletterer sind. Alo schnallte die Waffen am Sattel fest, dann schwang er sich auf Jorus Rücken und machte sich auf den Weg zur Höhle. Die Sonne färbte sich rot, der Himmel zeigte sich weit und glasklar mit einem grünlichen Schimmer. Jeder Busch, jeder Grashalm, jedes Blatt warf einen langen Schatten. Vor der Höhle nahm Alo dem Wallach den Sattel ab, rieb das Pferd trocken und führte ihn zum Trinken an die kleine Sickerquelle. Dann band er ihm den Futtersack um. Erst als Joru versorgt war, betrat er, sich bückend, die Höhle. Die letzte Sonnenglut fiel in den niedrigen Eingang, sodass er die Gestalt des Mädchens wie in einem roten Nebel erblickte. Sie saß in aufrechter Haltung da, wobei sie mit beiden Händen die Knie umklammerte. Etwas an dieser übertrieben steifen Haltung kam Alo sonderbar vor. So saßen Eremiten, wenn sie in Askese waren und nicht umkippen wollten.

Das Mädchen war Alo ein Rätsel. Das Blut auf ihrem Gesicht war getrocknet, aber ihre verschwollenen Züge entstellten sie. Ihre Augen waren in den Blutergüssen kaum noch zu sehen.

»Wie geht es dir?«, fragte er.

Sie nickte.

»Besser.«

»Nichts gebrochen oder verstaucht?«

Sie schüttelte den Kopf. Sie sprach nur das Nötigste.

»Du kannst dich waschen«, sagte er. »Hier oben ist ein Bach.«

Sie nickte, ohne sich zu rühren.

»Das viele Blut«, meinte er.

Sie antwortete immer noch nicht.

Er sagte: »Dein Hemd sieht schrecklich aus. Du kannst eins von mir haben.«

Sie bewegte leicht den Kopf. Es schien ihr egal zu sein. Er sagte: »Das fällt auf. Komm, ich zeige dir, wo der Bach ist.«

Sie erhob sich langsam und mit steifen Gelenken. Weil sie kaum gehen konnte, führte er sie am Arm. Der Bach war zum Glück nicht weit, ein kleines Rinnsal nur, das zwischen Gräsern und Moosen aus dem Boden sickerte. Sonam sah zuerst auf das Wasser, dann auf ihn.

»Lass mich allein!«

Sie kauerte sich dicht an das Wasser, die Knie hochgezogen, und rührte sich nicht. Alo entfernte sich und musste sich zwingen, sich nicht nach ihr umzudrehen. Etwas war an ihr, für das er schwer eine Bezeichnung fand: eine Traurigkeit über alle Tränen hinaus, eine Dumpfheit in den Augen. Nicht dass sie umhergeschweift wären wie die Augen von Menschen, deren Verstand getrübt war – sie waren im Gegenteil eher zu ruhig. Alo war auch die besondere Art aufgefallen, in der das Mädchen sprach. Sie gebrauchte ihre Stimme in der gleichen Weise wie Leute, die nicht gehört werden wollen. Die Khampas sprachen auch so, wenn Feinde in der Nähe waren, mit dieser heimlichen Stimme ohne Schwingungen, ohne Resonanz und Klang.

Er ließ sie ungern allein am Bach – ein Gefühl, das ihn verwunderte, war er doch schon lange nicht mehr gewohnt, sich um irgendjemanden Sorgen zu machen. Sie blieb auch so lange weg, dass er unruhig wurde. Dann endlich kam sie. Ihr Gang war zögernd und unsicher, die Wunden mussten ihr starke Schmerzen bereiten. Doch sie hatte sich das Gesicht gründlich gewaschen, und er sah, dass die Wunden an der Stirn und an den Lippen nicht tief waren. Sie hatte sein Hemd angezogen, ihr eigenes jedoch nicht wieder mitgebracht. Über seinem Hemd trug sie immer noch die Jacke der Pioniere. Alo hasste diese Uniform, musste aber zugeben, dass sie sich zur Tarnung gut eignete.

Zwischen drei Steinen hatte er ein Feuer entfacht und kochte Wasser in einer Blechschüssel. Sonam ließ sich unbeholfen neben ihm nieder, wobei sie beide Arme seitwärts hängen ließ. Sie klapperte leicht mit den Zähnen.

»Kalt?«, fragte er.

Sie schüttelte wortlos den Kopf.

»Noch Schmerzen?«

Abermals ein Kopfschütteln. Er beachtete ihre Verneinung nicht. »Ich habe etwas, das dir helfen wird.«

Er stöberte in seiner Tasche. Sonam öffnete das Döschen, das er ihr reichte, und roch aufmerksam an der braunen Salbe. Dann hob sie den Blick.

»Mohn?«

Er war überrascht, dass sie es wusste.

»Ja, die Salbe kommt aus Indien.«

Sie tauchte behutsam den Finger hinein und strich dann über ihre Blutergüsse. Dann gab sie ihm wortlos das Döschen zurück. Man hatte ihr auch abgewöhnt, Danke zu sagen. Alo wies auf das Feuer.

»Diese Holzart brennt gut und fast rauchlos.«

Sie nickte stumm. Inzwischen brodelte das Wasser. Alo öffnete ein Päckchen mit Teeziegeln, warf die Blätter in die Kanne und schüttelte sie im abgekochten Wasser. In einer kleinen Blechschale mischte er Tee mit Tsampa-Mehl. Geschickt drehte er die Schüssel in der linken Hand, während er mit den Fingern der rechten die Flüssigkeit umrührte. Danach streute er Salz hinein, bis ein Brei entstand; dazu reichte er getrocknetes Yakfleisch, mit Salz und rotem Pfeffer gewürzt. Zufrieden sah er zu, wie Sonam ihren Tee schlürfte und mit kräftigen Zähnen das zähe Yakfleisch zerkaute. Sie war stolz und versuchte zu verbergen, wie ausgehungert sie war. Doch Alo hatte genug unterernährte Menschen gesehen, um die Merkmale auch bei dieser jungen Frau zu erkennen.

»Wie lange warst du gefangen?«, fragte er.

»Fünf Jahre.«

»Bist du misshandelt worden?«

Sie wich seinem Blick aus.

»Es kam vor.«

»Hast du Familie im Lager?«

»Eine ältere Schwester. Mein Bruder ist nicht mehr da.«

»Geflohen oder tot?«

»Er ist nicht mehr da«, wiederholte sie ausdruckslos.

Sie wiegte sich leicht vor und zurück, wie ein Mensch, der unter Schmerzen leidet. Abgesehen von den Prellungen schien sie jedoch unverletzt. Aber vielleicht war die Kopfwunde ernster, als Alo gedacht hatte.

»Tut es noch weh?«, fragte er.

Sie verzog leicht die Lippen.

»Besser. Die Salbe kühlt.«

Er nickte.

»Ich wende sie auch bei Schusswunden an.«

Sie stellte zum ersten Mal eine Frage: »Bist du einer von denen, die gegen die Chinesen kämpfen?«

Er sah keinen Grund, ihr zu misstrauen.

»Ja. Mein Vater hat hier Sprengstoff und Munition verborgen.«

»Diese Pakete dort?«

Sie beobachtet verdammt gut, dachte Alo.

»Ja. Ich wollte nicht, dass sie von den Soldaten entdeckt werden.«

»Hättest du auch mich getötet?«

Er sah ihr offen in die Augen.

»Ja.«

Sie nickte abermals, wobei sie ein fast zufriedenes Gesicht machte.

»Ich war im Wachhaus unserer Arbeitsgruppe. Ich habe eine Schublade aufgebrochen.«

Er versuchte sich den ungeheuren Mut vorzustellen, den sie dazu hatte aufbringen müssen. In einem Arbeitslager bricht kein Häftling, dem das Leben nur ein wenig lieb ist, in ein chinesisches Wachhaus ein.

Sie indessen fuhr mit der Hand in ihre Gesäßtasche und brachte eine kleine Pistole zum Vorschein.

»Eine leere Pistole nützt nichts. Ich hatte keine Zeit, nach Munition zu suchen. Aber eine Kugel steckt noch drin«, sagte sie stolz.

»Eine einzige Kugel?«

Das Essen hatte sie etwas zu Kräften gebracht. Sie sprach jetzt flüssiger. Und sie sprach gut.

»Ja. Sie wäre für mich gewesen. Aber ich sah die Pferde und dachte, vielleicht schaffe ich es diesmal und brauche die Kugel nicht.«

Er verzog das Gesicht.

»Man kann nie wissen.«

»Auf den Pässen liegt noch wenig Schnee«, sagte sie.

»Wolltest du nach Indien?«

Sie nickte.

»Viele Flüchtlinge gehen über die Pässe.«

»Du hast dir das wildeste Pferd ausgesucht.«

Sie antwortete ruhig: »Ein Pferd, das nicht kämpft, lässt einen im Stich, wenn es gefährlich wird.«

Er starrte sie an.

»Du scheinst dich auszukennen.«

Sie wandte den Kopf leicht von ihm ab.

»Ein wenig.«

Das stimmt nicht, dachte er. Von Pferden verstand sie so viel wie er selbst. Sie erinnerte ihn immer mehr an eine Khammo, eine Nomadenfrau. Aber sie war keine Nomadin. Sie hatte einen Akzent, der nicht passte. Wer mochte sie sein? Nach einigen Jahren Arbeitslager sind die meisten Gefangenen kraftlos und erloschen wie Kerzen im Wind. Bei dieser jungen Frau traf das nicht zu. Die Kraft ihres Willens war ungebrochen.

Draußen war es dunkel geworden, das Feuer brannte nieder. Alo sagte: »Bei Tagesanbruch fahre ich ins nächste Dorf und verkaufe den Wagen.«

»Kannst du das?«, wollte sie wissen.

Er erklärte ihr, dass kein Tibeter einen Geländewagen der Volksarmee fahren durfte, dass es aber Männer gab, die die Wagen auseinandernahmen und jedes Teil als Ersatzteil auf dem Schwarzmarkt verkauften. Die Händler zeigten sich dabei sehr geschickt, das Geschäft blühte, und die Chinesen kamen meist nie dahinter, woher die Ersatzteile stammten.

Sie hörte aufmerksam zu und sagte schließlich: »Ich brauche andere Kleider.« Sie zerrte ungeduldig an ihrer Uniformjacke, die viel zu groß für sie war. »Diese will ich nicht mehr tragen!«

»Ich werde dir welche besorgen«, sagte er.

»Aber ich will Männerkleider. Die sind bequemer.«

»Gut.«

Sie fuhr mit der Zunge über die trockenen Lippen.

»Ich habe kein Geld. Aber ich kann für dich arbeiten.«

»Du bist müde«, sagte er.

»Seitdem ich da unten war« – sie sagte »da unten« statt »im Lager« –, »habe ich immer gearbeitet.«

»Wenn du nach Indien willst, musst du ausgeruht sein«, sagte Alo.

Das schien sie zu überzeugen, denn sie sagte nichts mehr. Er holte zwei Decken, die unter dem alten Yakfell die Munition schützten. Die Decken waren feucht und rochen modrig. Er schüttelte sie draußen aus und brachte sie Sonam. Sie nahm wortlos die Decken und trug sie in eine Ecke. Alo beobachtete sie aus den Augenwinkeln. Sie breitete eine Decke als Unterlage aus, strich sie mit einigen Bewegungen glatt und legte sich auf den Bauch. Die zweite Decke wickelte sie fest um sich. Fast augenblicklich wurde ihr Atem ruhig und gleichmäßig. Alo blieb noch eine Weile wach und hing seinen Gedanken nach. Dann ließ er das Feuer ausgehen und legte sich schlafen. Mitten in der Nacht erwachte er und blieb einige Atemzüge lang mit offenen Augen liegen. Etwas hatte ihn geweckt. Was war es nur? Auf einmal hörte er die junge Frau, wie sie sich bewegte und stöhnte. Es waren lang gezogene, kindliche Klagelaute. Ein Frösteln durchlief ihn. Er richtete sich auf.

»Hast du Schmerzen?«

Stille. Er hörte sie atmen. Nach einer Weile vernahm er ihre erstickte Antwort.

»Kaum noch.«

»Durst?«, fragte er.

»Nein.«

Dann wieder Schweigen. Nach einer Weile ging ihr Atem wieder ruhig. Wahrscheinlich hatte sie geträumt.

Kurz vor Tagesanbruch erwachte Alo, schnell wie immer. Er setzte sich auf und lauschte. Er hörte nichts Verdächtiges. Die gewöhnlichen Geräusche der erwachenden Bergwelt waren ihm vertraut. Alo stand auf, faltete seine beiden Decken zusammen und legte sie auf einen Stapel, bevor er den Gürtel festschnallte und seine Pistole in das Holster steckte. Dann zog er seine Stiefel an und trat in den frischen, kalten Morgen hinaus. Vom Eingang der Höhle ließ er seinen Blick über die Berge gleiten; der Wald lag in Dunkelheit und leichten Nebel gehüllt. Ein Vogel zwitscherte, begrüßte das Tageslicht, das sich schwach und gelb im Osten zeigte. Joru stand träge und entspannt neben der Höhle. Die kleine Sickerquelle rauschte über die Steine, und dort, wo ein dürrer Ast den Lauf behinderte, gurgelte es leise. Alo kauerte sich nieder und wusch sich. Das Wasser war kalt wie geschmolzenes Eis und duftete nach Moos. Als er gewaschen war, knüpfte er seinen roten Turban wieder fest und richtete sich auf. Einige Sterne blinkten noch am Himmel, doch er durfte keine Zeit mehr verlieren. Er ging zur Höhle zurück, entfachte rasch das kleine Feuer und kochte sich Tee mit Tsampa. Als er die kleine Kanne schüttelte, bewegte sich Sonam und setzte sich auf. Ihr Gesicht war noch geschwollen, aber die Salbe hatte ihr gutgetan, und soviel er im Flammenlicht erkennen konnte, bildeten sich bereits Krusten.

Alo zündete sich eine Zigarette an.

»Ich bin bald wieder zurück«, sagte er.

Sie richtete sich schwankend auf. Als sie sich bückte, um ihre Decke zusammenzufalten, sah er das Hemd, das ihm gehörte. Auf dem Rücken, zwischen den Schulterblättern, hatte sich ein großer, dunkler Fleck gebildet. Er runzelte die Brauen.

»Was ist das?«

Er deutete auf ihren Rücken. Sie fuhr zusammen, duckte sich, als ob sie einen Schlag abwehren musste.

»Nichts.«

Alo trank seinen Tee aus und rauchte seine Zigarette. Dann erhob er sich.

»Du kannst Joru zum Bach führen und ihm den Futtersack umhängen.«

Sie nickte wortlos.

»Ich mache dir ein Gewehr bereit«, sagte er. »Für alle Fälle.«

Wieder ein Kopfnicken. Sie nahm die entsicherte Waffe. Alo merkte, dass sie auch damit umgehen konnte. Ohne sich weiter um sie zu kümmern, setzte er seinen schwarzen Filzhut auf den Turban und machte sich auf den Weg.

VIERUNDFÜNFZIGSTES KAPITEL

Alo kam erst zurück, als die Sonne unterging und lange rote Streifen sich über den Himmel zogen. Er war mit seinem Tag sehr zufrieden. Im Wagen hatte er einen Kanister mit Benzin vorgefunden, sodass er ohne Schwierigkeiten ein Dorf erreichen konnte, in dem er einen Händler kannte. Er hatte den Wagen gut verkauft, nach langem Feilschen allerdings, was dazugehörte. Alo hatte jetzt alle Spuren der Chinesen beseitigt und fühlte sich ziemlich sicher. Dennoch war es besser, hier nicht zu lange zu verweilen. Der Rückweg zu Fuß kostete ihn mehrere Stunden. Die Vorboten des kalten Nachtwinds strichen schon durch den Wald, als er die Höhle erreichte. Von Weitem sah er die junge Frau in ihrer gewohnten steifen Haltung neben seinem Pferd sitzen. Bei seinem Anblick wieherte Joru freudig und schlug mit dem Schwanz. Sonams Lippen deuteten ein Lächeln an, als Alo den Wallach zur Begrüßung streichelte. Sie erhob sich mit steifen Bewegungen, tat einen Schritt und knickte dabei leicht ein. Er fragte sich, ob sie sich nicht doch etwas gebrochen hatte. Doch sie betrachtete ihn ausdruckslos, beide Hände in die Hüften gestützt.

»Müde?«

Er schüttelte den Kopf.

»Ich bin nie müde.«

Sie ging in die Höhle und erhitzte die Glut. Etwas Tsampa hatte sie zu sich genommen. Alo fiel auf, dass sie sein Hemd gewaschen hatte. Es war noch nass und klebte an ihrem Körper. Darüber trug sie eine Decke.

»Ich habe dir Kleider mitgebracht«, sagte er.

Er holte, was er für sie gekauft hatte: eine Hose, zwei Hemden aus guter Wolle, warme Stiefel und eine Tschuba aus Lammfell.

Ihre Augen weiteten sich vor Staunen.

»So viele Sachen!«, murmelte sie.

»Du solltest kein nasses Hemd tragen«, sagte er, »sonst erkältest du dich.«

Sie nahm schweigend die Sachen und verzog sich hinter einen Felsvorsprung, um sich umzuziehen. Alo schürte das Feuer. Er war völlig unentschlossen, was er mit ihr jetzt anfangen sollte. Das Gescheiteste würde wohl sein, dass sie sich auf den Weg nach Indien machte. Sie schien durchaus in der Lage, Strapazen auszuhalten.

Sie trat aus dem Schatten, fertig angekleidet, setzte sich zu ihm ans Feuer und gab ihm wortlos sein nasses Hemd zurück. Alo bemerkte wieder, dass es am Rücken einen schmutzigen roten Rand hatte. Sie hatte sich viel Mühe gegeben, aber der Fleck war immer noch da.

Alo wandte die Augen zu ihr und sagte: »Ich werde dir helfen, den Braunen zu zähmen. Du kannst ihn aber nicht ohne Sattel und Zaumzeug reiten. Ich werde dir das nötige Geld geben.«

Sie nickte.

»Das Pferd ist schon – wenn auch nicht oft – geritten worden.«

Wie hatte sie das bemerkt? Alo starrte sie an. Sie saß da, den Kopf leicht zwischen die Schultern gezogen, und hielt den Rücken sehr gerade. Und auf einmal empfand Alo eine furchtbare Angst, sie zu verlieren. Er wehrte sich gegen dieses Gefühl; eine solche Herzensangst war für ihn neu und schien ihm so vollkommen absurd, dass er sich gegen sie auflehnte.

»Es wird sich schnell an dich gewöhnen«, sagte er knapp. »Wenn du nach Indien willst, zählt jeder Tag. Der Sommer ist bald vorbei, aber noch gehen viele Flüchtlinge über die Pässe. Du solltest dich einer Gruppe anschließen. Dann hast du mehr Sicherheit.«

»Ja, das werde ich tun.«

Sie zeigte kein Gefühl; sie war ja einverstanden. Trotzdem spürte Alo eine seltsame Verzweiflung in sich aufsteigen. Er musste Sonam ziehen lassen, obgleich sich alles in ihm dagegen wehrte. Tibet war voller tragischer Einzelschicksale. Er hatte diese junge Frau von ihren Verfolgern gerettet, hatte ihr warme Kleider besorgt, und ein Teil des Erlöses, den der Wagen gebracht hatte, gehörte nun ihr. Mehr konnte er für sie nicht tun.

Sie sprachen an diesem Abend nicht mehr viel. Sobald es dunkel wurde, zog Alo die Decken über sich und versuchte, Schlaf zu finden. Das war für ihn die einzige Möglichkeit, die verstörenden Gedanken abzuwehren. Mehrmals in der Nacht erwachte er. Sonams Atem ging ruhig und gleichmäßig, und sie bewegte sich sehr wenig im Schlaf. Alo drehte ihr den Rücken zu und versuchte, ihre ruhigen Atemzüge zu vergessen. Es war ihr Stöhnen, das ihn gegen Morgen weckte, und dann fuhr er zusammen, denn sie schrie im Schlaf wie ein kleines krankes Tier. Alo hielt es nicht mehr aus. Er warf seine Decke zurück und gab dem Feuer etwas Reisig. Sobald die kleine Flamme aufflackerte, beugte er sich über die junge Frau. Sie wimmerte im Schlaf, mit geschlossenen Augen. Weil sie auf dem Bauch lag, war ihr Nacken ganz verdreht; sie beugte den Kopf viel zu weit vor. Es musste diese unbequeme Stellung sein, die ihr Schmerzen bereitete. Alo legte ihr leicht die Hand auf die Schulter. Die verhaltene Berührung genügte; mit einem Ruck warf sie den Kopf zurück, sodass es in ihrem Nacken knackte. Sie war sofort hellwach. Alo sah im schwachen Licht das angstvolle Glitzern ihrer Augen.

»Durst?«, fragte er ruhig.

Sie entspannte sich ein wenig.

»Ja, Durst«, klagte sie.

Er füllte Wasser in die kleine Blechschale und brachte sie ihr.

Sie nahm die Schale, trank gierig. Er merkte, dass ihre Hand heftig zitterte. Im Flammenlicht schien ihr Gesicht seltsam gerötet. Als er ihre Hand berührte, erschrak er: Sie glühte vor Fieber.

»Du bist krank«, sagte er. »Du hast gestern ein nasses Hemd getragen. Warum nur?«

Sie sah ihn stumm an, mit dunkel umflorten Augen. Als sie erneut nach der Schale griff, legte er ihr einen Arm um die Schultern, um sie aufzurichten. Diesmal gab sie einen erstickten Schmerzenslaut von sich. Er spürte Nässe unter seiner Hand und wusste, ohne ihn zu sehen, dass der dunkle Fleck sich auch auf dem frischen Hemd wieder ausgebreitet hatte. Alos Gesicht wurde zu Stein. Er hörte allzu deutlich, wie sein Herz klopfte.

»Zieh dein Hemd aus!«, befahl er. »Zeig mir deinen Rücken.«

Sie fuhr zusammen, als ob er sie geschlagen hatte. Mit beiden Händen hielt sie die Knöpfe zu. Sie hatte mehr Kraft, als eine Frau für gewöhnlich hatte, aber er war stärker als sie. Er riss die Knöpfe auf und zerrte ihr das Hemd von den Schultern. Ihr kindlicher Oberkörper erschien im Licht der Flammen. Sie war so dünn, dass jede Rippe sich abzeichnete. Trotzdem kämpfte sie gegen ihn an, er musste ihre Arme halten, sie fast gewaltsam herumdrehen, damit er ihren Rücken sehen konnte. Alo stieß zischend die Luft aus. Und dann ließ er sie los, saß einige Atemzüge lang ganz still. Er hatte bereits Gefolterte gesehen, die derartige Verletzungen aufwiesen. Er fragte sich, wie sich die junge Frau bei solchen Wunden überhaupt noch auf den Beinen halten konnte. Ihre Rückenmuskeln waren zu Brei zerschlagen worden und irgendwie zusammengewachsen, mit Knorpeln und Sehnen, die sich wie Wülste abzeichneten. Und zwischen den Schulterblättern sah er eine Wunde, handtellergroß mit grünlich verfärbten Rändern, die blutete und eiterte. Alo wusste nicht, was ihn mehr rührte, der Anblick dieser Wunden oder Sonams Tapferkeit, die sie dazu befähigt hatte, ihre furchtbaren Schmerzen zwei Tage lang vor ihm zu verbergen. Den Tränen nahe und für den Moment unfähig, einen klaren Gedanken zu fassen, versuchte er, sich sein Entsetzen nicht anmerken zu lassen. Erst nach einer Weile war er wieder in der Lage zu sprechen.

»Man hat dich ausgepeitscht, ja?«

Sie machte ein bejahendes Zeichen.

»Aber diese Wunde ist neu«, sagte er.

Sie bewegte die verkrusteten Lippen. »Sie war … verheilt. Sie platzte auf, als ich vom Pferd fiel.«

»Und du hast nichts gesagt?«

Sie schüttelte wortlos den Kopf. Er ging zum Feuer zurück, schürte die Flammen, setzte Wasser auf. Seine Mutter Tesla hatte ihm beigebracht, wie solche Wunden zu pflegen waren. Er warf eine Handvoll Teeblätter in das siedende Wasser und wartete, bis alle Flüssigkeit verdunstet war. Als nur noch die Blätter auf dem Grund lagen, nahm er sie heraus, legte sie sorgfältig übereinander und formte kleine Umschläge.

»Komm näher ans Feuer!«

Sie tat, was er sagte. Er neigte sich über ihren Rücken, roch den durchdringenden Eitergeruch und begann, mit den Teeblättern die Wunde zu reinigen. Sonam saß unbeweglich da, die Hände im Schoß, ließ alles mit sich geschehen und gab nicht den geringsten Laut von sich. Doch so ruhig sie auch war, ihre Lippen waren weiß und zitterten. Als die Wunde von allem Eiter gereinigt war, umwickelte Alo sie mit einem Tuch, das er vorher mit der Salbe aus Indien bestrichen hatte. Als er das Tuch zwischen ihren kleinen Brüsten verknotete, fiel ihm auf, dass sie eine Kette mit fünf Dzi-Steinen trug. Die Steine riefen eine unbestimmte Erinnerung in ihm wach, eine Erinnerung, die er nicht deuten konnte.

Um sich ein wenig von seiner Erschütterung zu erholen, berührte er leicht die Steine und fragte: »Man hat dir die Steine nicht abgenommen?«

Sie schüttelte den Kopf.

»Nein. Ich trug Jungenkleider. Vielleicht dachten sie, dass ich keinen Schmuck hatte.«

Es war, als ob die Dzi-Steine mit ihr verwachsen waren. Und doch kam Alo ihr Anblick seltsam vertraut vor. Ihre Form, ihre Farbe weckten ferne Bilder in ihm, die wie Wolken kamen und gingen und in der Dunkelheit verschwanden. Er konnte die Augen nicht von ihnen lassen. Schließlich sagte er: »Sie haben die Farbe deiner Haut.«

»Ich hatte eben Glück«, erwiderte sie mit einem kleinen, schmerzlichen Lächeln.

Er schüttelte seine Gedanken ab, zog ihr das Hemd über die Schultern, wickelte sie in seine eigene Tschuba, damit sie genügend Wärme hatte.

»Schlaf jetzt«, sagt er brüsk. »Und du darfst dich für ein paar Tage nicht bewegen.«

»Ich will nach Indien«, entgegnete sie starrköpfig.

»Die Wunde hat sich entzündet. Sie muss zuerst heilen.«

Sie suchte ihr Lager auf und nahm wieder ihre übliche Schlafstellung ein, auf dem Bauch. Alo dachte noch eine Weile über verschiedene Dinge nach, bevor er einschlief.

Als das Tageslicht hellrot in die Höhle schien und Alo erwachte, lag Sonam so still da, dass er fast glaubte, sie sei tot, und bei ihrer Verstümmelung wäre das auch nicht weiter verwunderlich gewesen. Beunruhigt beugte er sich über sie und lauschte; sie atmete rasch und kaum hörbar, wie ein junger Vogel. Als er später ihre Wunde untersuchte, sah er, dass der Eiter trocknete. Die Salbe wirkte gut. Auch das Fieber war gefallen. Während sie neben ihm am Feuer saß, fragte er sie, was im Lager geschehen war, dass man sie derart misshandelt hatte. Stolz und scheu, wie sie war, antwortete sie zunächst nur mit knappen Worten. Dann aber war es, als ob Fesseln in ihr zerrissen. Während sie erzählte, brach das ganze Entsetzen aus ihr hervor. Er hielt sie behutsam in den Armen; aller Argwohn war fort, alle Spannung gelockert. Auf einmal war sie vertrauensvoll wie ein Kind. Und sie ersparte sich keine beschämende Einzelheit; sie erzählte alles, was ihr widerfahren war in dieser entsetzlichen Zeit der Demütigung und Folter. Alo hatte in seinem Leben viele unerfreuliche Dinge gesehen und erlebt, und sein Herz war wie mit einer bronzenen Kruste überzogen. Doch diese Kruste schmolz, während sie erzählte – er hatte so viel Mitleid mit ihr. Und gleichzeitig spürte er eine glühende Wut in sich. Das heftige Verlangen, Rache zu üben für das, was man ihr angetan hatte, wuchs mit dem Bedürfnis, seinen Vater zu rächen, zusammen. Als sie alles gesagt hatte, barg sie den Kopf an seiner Schulter und stieß einen tiefen, zitternden Seufzer aus, wie ein Kind, das aus einem Albtraum erwacht. Das ganze Entsetzen hatte sich in ihr festgefressen gehabt, sie ausgefüllt wie ein schwerer dunkler Klumpen. Jetzt fühlte sie sich befreit.

An diesem Tag schmiedete Alo seinen Plan. Es war eine Sache, die er ihr schuldig war. Er erneuerte ihren Verband und sagte, sie solle sich ausruhen. Und nicht bange werden, wenn sie ihn ein oder zwei Tage nicht zu Gesicht bekäme. Sie nickte nur und schwieg. Es war nicht ihre Art, Fragen zu stellen. Und obwohl Alo wusste, wie gefährlich sein Vorhaben war, konnte er nicht anders: Er musste seine übermächtige Wut irgendwie loswerden. Er wartete, bis sie schlief, machte sich dann im Hintergrund der Höhle zu schaffen, schnitt die Pakete auf, die sein Vater hinterlassen hatte, und nahm einige Stangen Dynamit an sich, die er in ein Stück Fell wickelte. Bei Tagesanbruch legte er Joru Sattel und Zaumzeug an, verstaute die Dynamitstangen in der Satteltasche und führte das Pferd durch den

Wald. Die Sonne ging auf, als er sich in den Sattel schwang und nordwärts ritt, dem Arbeitslager entgegen. Er konnte nicht viel ausrichten, das wusste er. Die Gefangenen befreien? Aussichtslos! Ihre Schwester sei noch im Lager, hatte Sonam gesagt. Alo nahm an, dass er nichts für sie tun konnte. Dann und wann sagte er sich, dass sein Plan eigentlich völlig töricht sei. Aber er musste ihn ausführen; es hätte ihm keine Ruhe gelassen. Bisher waren Alos Handlungen stets dem puren Überlebenswillen entsprungen. Für die gläubigen Tibeter war der Einsatz von Gewalt kein geeignetes Mittel, um ihre Ziele zu erreichen. Aber Alo hatte seine Lektion gelernt; er war nicht unbedingt das, was er zu sein wünschte, sondern das, was er sein musste: ein Kämpfer. Menschliche Würde war in Tibet mittlerweile – seit gut zehn Jahren – ein purer Hohn geworden.

Alo konnte sein Risiko wohl einschätzen. Und das, was er vorhatte, würde nicht allzu schwierig sein. Bald kam die neue Asphaltstraße in Sicht, die in schnurgeradem Schnitt die Ebene teilte. Auch Sonam war an ihrem Bau beteiligt gewesen. Die Straße der Dämonen, dachte Alo mit freudlosem Grinsen. Er selbst ritt über gewundene Pfade am Rande der Abgründe, am Fuß schattiger Hänge, durch Wälder mit Krüppelbäumen und Geröll. Ihm war das Hochtal vertraut; es war eine starke, reiche Heimat für die Nomaden und eine Welt voller Gefahren für die Volksarmee. In der Zeit seines einsamen Reitens begegnete Alo keine Bedrohung. Nur die Sonne glühte, Schweiß sickerte über seinen Nacken, und auch auf dem Rücken des Pferdes zeigten sich große Schweißflecken.

Nach einiger Zeit blinkte der See, an dem man das Arbeitslager errichtet hatte, wie ein helles Auge in der Ferne. Das Eis war geschmolzen, doch das Wasser trug stets die Kälte der Gletscher im Herzen. Am Nachmittag erreichte Alo das Ufer. Der Wasserspiegel stand tief, und an manchen Stellen hatten sich kleine Sandbänke gebildet. Auf der anderen Seite erhob sich ein brüchiger Felshang, aus dem die Gefangenen mit

Pickel und Schaufel Steine lösten. Alo kauerte sich in sicherer Entfernung nieder und hob seinen Feldstecher vor die Augen, wobei er darauf achtete, dass die Sonne sich nicht in der Linse spiegelte. Er sah die Arbeiter ihre Lasten schleppen: kleine, ausgemergelte Gestalten. Viele hatten Lumpen anstelle von Schuhen um die Füße gewickelt. Männer, Frauen und Kinder. Die Gefangenen lebten in Zelten, die Soldaten in Betonbauten. Ein dreifacher Zaun aus Stacheldraht umgab das Lager. Wachen, mit Maschinenpistolen bewaffnet, schritten auf und ab. Alo musste die Dunkelheit abwarten. Er führte sein Pferd in den Schatten einer Felswand und legte sich schlafen, verborgen vor den Blicken der chinesischen Wachsoldaten.

Er erwachte gegen dreiundzwanzig Uhr – die richtige Zeit! Die Gefangenen hatten ihre karge Mahlzeit verzehrt, ihren täglichen Propagandaunterricht überstanden und schliefen nun in den Zelten; die Soldaten hatten sich in ihre Fertigbauten zurückgezogen. Alo fühlte sich gut ausgeruht für das, was er zu tun hatte. Er war daran gewöhnt, kurz und tief zu schlafen, wo immer sich eine Gelegenheit dazu bot. Er trank einen großen Schluck Wasser, holte die Dynamitstangen aus der Satteltasche und wickelte sie in einem Stoffgürtel um seine Taille. Die Sterne glitzerten am Himmel, und das Wachhaus war schwach erleuchtet. Im Lager brannten zwei Scheinwerfer. Der Strom kam von einem Generator. Die Zäune aus Stacheldraht hoben sich deutlich von dem hellen Hintergrund ab. Alo schlich vorwärts. Er hoffte, dass die Soldaten keine Wachhunde hatten, aber bisher hatte er keine gesehen. Er erreichte den Zaun und legte sich flach unter den Stacheldraht. Er griff nach der Zange, die er in der Tasche trug, und schnitt den Stacheldraht an zwei Stellen auf. Der Draht gab mit leisem Sirren nach; das Loch war groß genug, dass er hindurchschlüpfen konnte. Auf die gleiche Weise überwand er auch die beiden nächsten Zäune. Die Scheinwerfer leuchteten grell, doch viele Winkel gab es, die im Schatten lagen. Das Hauptquartier, ein lang gezogener Bau, in dem die Offiziere auch schliefen, befand sich ganz in der Nähe. Aus den Ritzen der Fenster drang schwacher Lichtschein. Als Alo näher kam, hörte er das Gemurmel mehrerer Stimmen und das Klicken von Mahjongwürfeln; die Soldaten spielten ein Spiel, das die Partei verboten hatte. Alo schlich an der Wand entlang. Das dumpfe Surren des Generators überdeckte jeden Laut. Alo kroch schnell und geduckt näher. Er befestigte die Sprengkörper an beiden Seiten der Tür und noch eine Ladung unter einem Fenster. Als alles bereit war, riss er ein Streichholz an und zündete die Lunte. Ihm blieb eine halbe Minute Zeit, um sich in Sicherheit zu bringen. Er kroch hastig zurück, lief auf den Stacheldraht zu, immer parallel zum Gebäude, in dessen Schatten er sich bewegte. Er rannte völlig lautlos, erreichte den Stacheldraht, fand die angebrachten Löcher und wälzte sich hindurch. Noch ein paar Sekunden. Alo zog den Kopf ein und duckte sich hinter einen Felsen. Schon flog die Stichflamme auf; mit tiefem Grollen schien sich der Fertigbau im Krampf zu winden. Dann lief ein dumpfer Donnerschlag das Gebäude entlang, hallte in den Bergen nach. Die Tür flog aus den Angeln, das Fenster explodierte in einem Regen von Glas- und Holzsplittern. Alo sprang auf und rannte davon. Unter seinen Füßen dröhnte die Erde, als eine Druckwelle die Flammen in den Bau fegte und alles verbrannte, was sich dort bewegte. Alo sah nicht mehr hin, es war ihm egal. Er war jetzt nur noch darauf bedacht, eine möglichst große Entfernung zwischen sich und den Ort seines Anschlags zu bringen. Vielleicht nutzten einige Gefangene die Konfusion zur Flucht. Alo glaubte allerdings nicht, dass sie die Kraft dazu aufbrachten. Joru, den er vorsorglich angepflockt hatte, wartete auf ihn. Das kleine Pferd schien nervös. Alo beruhigte ihn mit ein paar Koseworten. Er band den Wallach los, schwang sich in den Sattel und entfernte sich in raschem Galopp, wohl wissend, dass die Aufregung und das Geschrei im Lager das Trommeln der Hufe übertönten.

FÜNFUNDFÜNFZIGSTES KAPITEL

Sie erwartete ihn in ihrer gewohnten Haltung sitzend, den Oberkörper sehr gerade, die Hände um die Knie gelegt. Alo nahm Joru den Sattel ab, den er auf den Boden warf. Er ging mit dem Wallach zum Bach, damit er trinken konnte. Dann rieb er die bebenden Flanken des Pferdes mit Bergkresse ab und sah mit leichtem Stirnrunzeln zu, wie es frisches Gras fand und abrupfte. Er nickte zufrieden: Der lange Ritt hatte dem Pferd nicht geschadet. Erst dann ging er zu Sonam und setzte sich neben sie.

»Hast du dir Sorgen gemacht?«

Sie wandte die Augen ab.

»Ein wenig.«

»Ich hatte was zu erledigen. Zeig mal die Wunde!«

Sie knöpfte stumm ihr Hemd auf. Die Art, wie sie es tat, zeugte von absolutem Vertrauen. Er nahm behutsam den Verband ab. Die Schwellung ging zurück, auch die Röte nahm ab. Alo bestrich die Wunde mit frischer Salbe und knotete den Verband wieder fest.

»Kein Fieber mehr?«

Sie schüttelte lächelnd den Kopf.

»Und der Braune? Hat er immer noch Angst?«

Das Lächeln verblieb auf ihrer Wange.

»Ich brachte ihm Salz. Und er hat das Salz geleckt. Aus meiner Handfläche. Es wird nicht lange dauern, bis er sich an mich gewöhnt.«

Sie schien mit einer unerschöpflichen Geduld ausgerüstet und sich ihres Erfolgs ganz sicher zu sein.

»Du kennst dich gut aus«, sagte er.

»Ich hatte immer ein Pferd. Ein eigenes.«

Ihr direkter Blick verwirrte ihn, und er wandte die Augen ab. Er musste nachdenken. Einen Entschluss hatte er noch immer nicht gefasst. Er zog seine indischen Zigaretten aus der Hemdtasche und bot ihr eine an. Sie schüttelte verneinend den Kopf. Er kramte nach Streichhölzern, betont langsam, schützte die kleine Flamme in der hohlen Hand und zündete sich dann die Zigarette an.

»Was hast du vor?«, fragte er schließlich.

Sie hatte längst Zeit gehabt, sich darüber Gedanken zu machen.

»Ich reite nach Tingri und kaufe mir einen Pilgerpass, mit dem ich über die Grenze komme.«

»Tingri ist ein militärischer Stützpunkt. Es gibt viele Kontrollposten.«

»Ich werde Leute finden, die mir helfen.«

»Und was, wenn du ausgeraubt wirst?«

Sie antwortete kühl.

»Ach, viel kann mir dabei nicht passieren.«

Alo stieß den Rauch durch die Nase.

»Und wenn ich dich nach Indien brächte?«

Sie starrte ihn an.

»Warum würdest du das für mich tun?«

Er zögerte mit der Antwort. Ich bin verrückt, dachte er.

»Mein Vater würde es tun«, sagte er dann.

»Wo ist er jetzt?«, fragte sie.

»Tot«, sagte Alo dumpf.

»Die Volksarmee?«

Alo betrachtete seine glimmende Zigarette.

»Er war viele Jahre lang ›Gap‹ der Rebellen. Sein Name war Kanam. Die Chinesen fürchteten ihn sehr.«

Sie antwortete nachdenklich.

»Einmal traf meine Mutter einen Gap, der so hieß. Sie war

noch sehr jung damals – jünger als ich es heute bin – und ritt mit ihrem Vater in die Berge. Tenzin, mein Großvater, war Arzt und heilte mit Steinen. Kanam führte ihn zu einer Türkismine, zum Dank dafür, dass er seinen kleinen Sohn gerettet hatte. Mutter selbst erhielt diese Dzi-Steine als Geschenk.«

Sie wies mit dem Finger auf ihre Kette und hielt erstaunt inne. Alos Gesicht war starr geworden, seine Lippen fast weiß.

»Was sagst du da? Dein Großvater war Arzt?«

»Ja, ein sehr berühmter sogar. Alle Leute kannten ihn.«

Er fragte heiser: »Entsinnst du dich an den Namen des Kindes?«

Sie seufzte.

»Ich glaube, er hieß Alo, wie du. Aber ich kann mich irren. Es ist schon so lange her. Und ich weiß auch nicht, wo meine Mutter ist und ob sie überhaupt noch lebt.«

Sie sah verwirrt in Alos Gesicht. Seine Augen waren auf die Dzi-Steine gerichtet, die im gleichen Kupfergold wie ihre Haut schimmerten. Er antwortete halb unbewusst, als ob ihn die Empfindung, die ihm der Anblick eingab, zu tief und zu heftig bewegte.

»Ja, jetzt entsinne ich mich! Es sind die Steine, die man ›Pferdeaugen‹ nennt, die mächtigsten von allen! Die Steine hat meine Mutter Tesla getragen, und vor ihr wiederum ihre Mutter.«

Sonam starrte ihn mit einem faszinierten Blick an.

»Dann bist du der kleine Junge, der geheilt wurde?«

Alo antwortete nur mit einem Kopfnicken. Sprechen konnte er nicht, sein Innerstes zog sich zusammen. Er kämpfte mit aller Kraft gegen den Schmerzausbruch, der ihn schüttelte. Vergeblich bemühte er sich, die Tränen zurückzuhalten, die sich unter seinen Lidern ansammelten. Er schloss die Augen, blass und stumm, wandte den Kopf ab, und die Tränen liefen ihm über die Wangen. Weder er noch Sonam rührten sich, eine ganze Weile lang. Dann spürte Alo eine Bewegung neben sich. Eine kleine, rissige Hand schob sich in seine Hand, bevor er dicht neben sich die Stimme der jungen Frau vernahm. Und obwohl diese Stimme erstickt und immer noch ohne Modulation blieb, oder vielmehr gerade deswegen, erschien sie ihm wie ein natürliches Echo des Windes und der Gräser.

»Wenn wir zu den Dzi-Steinen die richtigen Worte sprechen, schenken sie uns ihre Kraft.«

Er trocknete die Augen mit den Fingern, wandte ihr das Gesicht zu und fragte, wie aus einem inneren Zwang heraus: »Kennst du die richtigen Worte?«

Sie sah zu ihm empor und presste seine Hand. Ein seltsames Lächeln, kaum angedeutet, verklärte ihre Züge wie von innen her, während sie sanft und leise die Worte aufsagte.

»Wie das Blut, so rot
Wie die Erde, so braun
Wie die Sonne, so gelb
Steine, erfüllt meinen Wunsch!«

Der Abendwind strich kalt über Alos nasses Gesicht. Er holte gepresst Atem, bevor er stockend fragte: »Als du … als du gefangen warst … hast du die Worte aufgesagt?«

Sie senkte die Augen. Dann hob sie den Blick wieder und bezog ihn in ihr Lächeln ein. Seine fiebrigen Augen begegneten den ihren. Es war, als ob sie einander ein Versprechen gaben, einem sehr gewichtigen Bündnis gleich.

»Immer«, flüsterte sie. »Jeden Tag.«

In diesem Augenblick fasste Alo seinen Entschluss.

»Ich werde dich nach Indien begleiten. Ich reite zurück, sobald ich dich in Sicherheit weiß. Aber nicht vorher!«

Sie packte seine Hand noch fester. Ein Wort, das sie seit fünf Jahren nicht mehr gesprochen hatte, kam über ihre Lippen. Leise stieß sie hervor: »Ich danke dir!«

Der Braune schien seine Wildheit abgelegt zu haben. Bald verlor er seine Furcht vor Zaumzeug und Zügel, denn er hatte beides bereits gekannt und erinnerte sich, dass es ihm nicht schadete. Sonam musste ihn vorerst ohne Sattel reiten, aber es machte ihr nichts aus. Alo wurde nicht müde, sie zu beobachten – ihre geschickten, sicheren Bewegungen und die Ruhe und Leichtigkeit, mit der sie mit dem Braunen umging. Als Sonam ihn zum ersten Mal ritt, zitterte und bockte er so heftig, dass Alo befürchtete, sie würde wieder abgeworfen. Doch sie schien jede Bewegung des Tieres vorauszuahnen und fing jeden Sprung schon im Ansatz durch eine Gegenbewegung auf. Der Braune verfügte über ein feuriges Temperament und starken Kampfgeist, aber nach schon zwei Tagen hatte er Zutrauen zu seiner Reiterin gefasst und lief glatt und gut.

»Magst du das Pferd?«, fragte Alo.

Sie strich ihr Haar aus dem Gesicht.

»Ja, es ist ein treues Pferd.«

»Treu? Es hat dich abgeworfen!«

»Das war mein Fehler.«

Sie verstanden sich. Von Tag zu Tag hatte ihre Freundschaft mehr Tiefe, mehr Wirklichkeit und gleichsam eine neue Substanz gewonnen.

»Du musst ihm einen Namen geben«, sagte er.

Sie richtete ihre Augen, die wirklich sehr schön waren, dunkel und strahlend, auf ihn.

»Ich werde ihn Ilha – Gott von oben – nennen. Weil ich ihm auf einem Berg begegnet bin.«

Er lächelte, und dieses Lächeln gab seinen Zügen ein fast jungenhaftes Aussehen.

»Eine gute Wahl«, meinte er. »Das ist ein starker Name für ein starkes Pferd!«

SECHSUNDFÜNFZIGSTES KAPITEL

Bevor sie sich auf den Weg machten, versteckte Alo sorgfältig Gewehre und Munition. Sonam half ihm, die Pakete festzuschnüren und sie zwischen Decken und Fellen unter Felsvorsprünge zu schieben. Hier waren die Waffen in Sicherheit. Erst als Alo und Sonam alle Spuren ihres Lagers verwischt hatten, ritten sie los.

Im Morgenlicht schimmerten die hohen Schneefelder rosa und nahmen dann eine rein weiße Farbe an, sobald die Sonne stieg. Die Luft war wie klirrendes Glas. Zwei Lämmergeier glitten dicht über den Hang, auf der Suche nach Beute. Knorrige Birken und Blaufichten wuchsen steil und kräftig, aus ihren schlüpfrigen Rinden tropfte das Harz wie Gold. Im Sonnenlicht sahen die Reiter die Wildpferde friedlich auf der Bergweide grasen, bevor das Bild verschwand und in ihnen ein Gefühl unbestimmter Leere und Sehnsucht hinterließ. Die Pfade zu den höheren Tälern waren steil. Dann und wann erhob sich in der Einsamkeit ein »Lhartsen«, ein Steinhaufen zu Ehren der Götter. Gebetsfahnen, zerfetzt von Wind und Regen, hingen an Stangen. Auch Sonam und Alo legten einen kleinen Stein auf das Heiligtum und baten die Gottheiten um Schutz. Selten begegneten sie den Spuren anderer Menschen. Früher hatte es keine Vorschriften, kein Gesetz gegeben, das die Händler, die Viehtreiber, die Nomaden und Schüler Buddhas daran gehindert hätte, sich wann immer sie wollten auf Wanderschaft zu begeben. Das war jetzt vorbei: Soldaten bewachten Straßen und Wege, sahen alles, kontrollierten alles. Blickte man weit über die Täler hinaus auf Dörfer, schien die Welt kaum verändert zu sein. Doch über den Lehmdächern wehten keine Gebetsfahnen mehr, lediglich rote Fahnen. Der Wind trug keine fernen Stimmen mehr über das Tal, kein Krähen der Hähne, kein Meckern der Ziegen. Die Chinesen hatten alle Haustiere getötet. Lange Reihen von Lastwagen schoben sich vorwärts, die Volksarmee war überall, in strengen Abteilungen organisiert, verbreitete Terror und Schrecken. Willkürliche Hinrichtungen und Volksgerichte gehörten zum Alltag. Auch im Gebirge waren die Gefahren zahlreich. Doch Menschen, die sich auskannten, konnten aus dem Anblick der Dinge ihre Schlüsse ziehen. Alo las in der Landschaft wie in einem offenen Buch. Entdeckte er das Mantra »Om mani padme hum« in den Stein gemeißelt, verflochtene Schlangen oder vier- oder achtblättrige Lotosblüten an eine Wand gemalt, waren die Abbildungen unversehrt und die Farben sauber, konnte er sich in Sicherheit fühlen. Waren die Gebetssteine zerschlagen, die heiligen Darstellungen mit Exkrementen bestrichen oder mit Sprüchen der Revolution beschmiert, war äußerste Vorsicht geboten. Ja, selbst den Klöstern musste man misstrauen. Auch wenn sie von außen unbeschädigt wirkten, konnten die Soldaten alle Mönche getötet oder verschleppt haben, bevor sie die Klöster plünderten und als Unterkunft benutzten.

Offenes Gelände suchte Alo stets mit dem Feldstecher ab. Er ging methodisch und sehr geduldig dabei vor. Er orientierte sich an Berggipfeln, an Wasserläufen oder an Tierspuren. Nachts wiesen ihm die Sterne den Weg. Sonam fühlte sich bei ihm geborgen, vollkommen in Sicherheit. Sie kamen sich näher in dieser Zeit, viel näher, als sie es jemals vorausgesehen hätten, schlossen sich zusammen wie zwei vom Leben verwundete Geschöpfe, vereinten ihre geheimen Schmerzen in Zuneigung zueinander.

Alo war nie ein Mann vieler Worte gewesen. Doch Sonam gegenüber zeigte er sich nicht verschlossen. So kam es, dass er ihr von seiner Frau Yudon erzählte, die er vor zwei Jahren verloren hatte; die Pocken. Er kämpfte damals in Batang und war zu spät gekommen, um sie vor ihrem Tod noch einmal zu sehen. Man hatte ihm gesagt, sie sei völlig entstellt gewesen, was er nicht glauben konnte oder wollte. In seiner Erinnerung trug er das Bild ihrer unversehrten Schönheit.

»An wem sonst hängt heute dein Herz?«, fragte ihn Sonam.

Da lächelte er versonnen.

»Ich habe eine kleine Tochter, Tseyang. Ein wundervolles Kind!«

»Wo ist sie?«

»Bei der Schwester meiner Mutter. Ich kann ihr mein Leben nicht zumuten.«

Alo hatte seine junge Frau sehr geliebt. Umso mehr hing er an seinem Töchterchen. Er sprach oft von Tseyang, erzählte, wie klug und stark das kleine Mädchen für ihr Alter schon war. Dabei lachte er leicht vor sich hin, schüttelte den Kopf, als ob er sich wunderte, dass es ein solches Kind überhaupt gab. Sie war ein Teil von ihm, aber auch ein Teil von Yudon, die Verkörperung einer verlorenen Liebe.

Für Alos Träume war Sonam die richtige Gefährtin. Auch in ihrem Innern tobte dieser Widerstreit zwischen Lebenswillen und Lebensmüdigkeit. Und wenn ein Mann und eine Frau in enger Gemeinschaft leben, entdecken sie ihre Gefühle, so oder so. Jeder spürte die Seele des anderen, und als die Liebe über sie kam, war es für beide nicht einmal eine Überraschung. Alo ging so behutsam vor, wie er es nur vermochte. Sonam hatte entsetzlich gelitten. Ihre Bandscheiben waren beschädigt, der Ischiasnerv entzündet, was ihr bei längerem Reiten zunehmend Schmerzen bereitete. Auch ihre Brüste wiesen Spuren von Verbrennungen auf, verursacht durch Zigaretten. Sie war so oft und so brutal vergewaltigt worden, dass es zu erheblichen Verletzungen des Bindegewebes gekommen war. Doch ihr Geist war vollkommen klar, ruhig und stabiler, als Alo es je für möglich gehalten hätte. Ihr ganzer verstümmelter Körper dürstete nach Liebkosungen. Er entdeckte, dass es ihr am wenigsten Schmerzen bereitete, wenn er sich auf den Rücken legte, sodass sie auf ihm war und er ihre kleinen Brüste umfassen, ihren unversehrten flachen Bauch berühren konnte. Er wurde nicht müde, sie dabei zu betrachten. Sie erwiderte seinen Blick mit Augen, die scharf und traurig auf ihn herab sahen. Augen, die das Böse gesehen hatten, es nicht vergessen konnten, und trotzdem so voller Sehnsucht waren. Es war ein Sturm der Angst, der sie durchweht hatte, jahrelang. Die Schmerzen von gestern konnte sie vielleicht vergessen, die Narben jedoch blieben, und dagegen vermochte auch Alo nichts auszurichten. Er brachte sie gelegentlich dazu, ihm ihren Rücken zuzukehren, diese abstoßende Stelle an ihrem Körper, die er mit den Fingerkuppen streichelte, sacht, ganz sacht, weil ihr Fleisch noch so empfindlich war. Einmal berührte er versehentlich mit dem Fingernagel die kaum vernarbte Wunde; da ließ sie ein ersticktes Stöhnen hören. Alos Herz begann in diesem Moment heftig zu schlagen. Er war beschämt und erschrocken und beruhigte sich erst, als sie den Kopf ein wenig drehte und ihn über ihre Schulter hinweg anlächelte. Er ließ sie stets den Rhythmus bestimmen, verlor sich in ihr, ein langsames, seliges Gleiten, in dem nichts von Knechtschaft war. Er fühlte ihre tastenden Hände noch im Traum nach ihm greifen, während er wach blieb, durch ihre Lungen atmete, in ihrem Haar den Hauch der Erinnerungen suchte.

Die Gewissheit in ihm wuchs, dass sein Leben ohne sie keinen Sinn mehr hatte. Bisher hatte Alo alle Gedanken an die Zukunft stets von sich gewiesen. Je näher sie nun ihrem Ziel kamen, desto intensiver dachte er darüber nach. Es mochte damit zusammenhängen, dass sein Schicksal auf sonderbare Weise mit dem ihren verstrickt war. Dieses Bewusstwerden löste in Alo eine seltsame Herzensangst aus. Er sah für sie beide keine Zukunft. Er war wie sein Vater ein Kämpfer, hatte eine Aufgabe zu erfüllen. Setzte er sich mit Sonam nach Indien ab, würde er ein Leben führen müssen, für das er nicht gemacht war: das Leben eines Entwurzelten, eines Flüchtlings eben, auf das Wohlwollen der Behörden oder anderer Menschen angewiesen. Vielleicht würde er in einer Werkstatt arbeiten oder betteln oder sich mit Drogenhändlern einlassen, um zu überleben. Kann der Wolf sein Fell wechseln?, dachte Alo bitter. Fällt der Regen nach oben? Wächst das Gras nach unten? Für das Leben eines Flüchtlings taugte er nicht, selbst wenn er Sonam über alles liebte und bei ihr sein wollte. Er musste dort sein, wo man das frische Gras und den Yakmist riechen, wo man immer ein Pferd besteigen, kämpfen und jagen, wo er die Sterne mit dem Gewehr treffen konnte. Er gehörte in ein Land, in dem der Boden vor Energie wirbelte, wo er die Bewegung der Erdkruste spüren konnte. Wo sein Körper sich mit den Elementen verband, mit der Sonne, dem Mond, dem Schnee und dem Wind. Er gehörte in die Welt der Sagentiere, der Gebetsfahnen, der großen Hörner und der beschrifteten Steine. Er trug Bilder in sich, Gerüche und Eindrücke, die zu ihm gehörten, die unter seiner Haut lebten und pulsierten wie das Blut in seinen Adern. Das alles war ihm vollkommen bewusst, ebenso wie ihm bewusst war, dass die Zeit unwiederbringlich vorbeiging, dass er Sonam nicht verlassen konnte und sie doch verlassen würde. Er wollte sich an den Gedanken der Trennung gewöhnen, mit der ganzen Kraft seiner Logik. Und hoffte dabei auf ein Wunder.

Sie sprachen viel miteinander in dieser Zeit, schnell und leise und verständnisinnig. Sie ahnten, dass sich ihre Erinnerungen bald in Schatten verwandeln würden. Doch von diesem Schatten sprachen sie nicht; sie hätten ihn nicht benennen können. Sie tauschten Zärtlichkeiten aus, die so alt waren wie der Anfang der Welt und immer fremd und wunderbar, weil jeder Mensch sie neu erschuf. Alo verstand es, die Schmerzen aus Sonams Körper zu vertreiben, in Glück umzuformen, in

Seligkeit. Sie wurde für ihn weit offen, empfindsam und vibrierend. In den Wogen der eigenen Lust vergaß er manchmal, dass man sie gefoltert hatte, denn sie widersetzte sich nie, stürzte sich in die Liebe wie ein Fisch in dunkle Gewässer. Das waren die Augenblicke, in denen Alo glaubte, er hätte keine andere Heimat mehr als nur die Liebe zu ihr. Und so stillten sie ihr Begehren, erschöpften sich in Umarmungen, die ihren Körper ermüdeten, ihre Seele aber stärkten und ohne ihr Wissen für die Trennung bereit machten.

SIEBENUNDFÜNFZIGSTES KAPITEL

In langsamem Anstieg kamen sie weiter hinauf, ritten dem Sabo-La-Pass entgegen, wo der Berg das ganze Jahr über vereist, verschneit und glatt war. Wo der Körper geschwächt wurde und das Denken genau wie die Finger und Zehen erfror. In zahllosen Windungen führte der Pfad bergauf, wurde steiler. In bleigrauen Schichten schoben sich Wolken über die Hochtäler. Die Pferde reckten die samtene Nase in den Wind, schnüffelten aufmerksam und krümmten den Rücken.

»Sie riechen den Schnee!«, sagte Sonam.

Der Pass in fünftausend Meter Höhe war die Welt des ewigen Winters. Die Temperatur fiel ständig, der Wind heulte gespenstisch und dauerhaft, ein Wimmern und Schluchzen und Klagen. Die ersten Flocken fielen, zuerst vereinzelt, dann immer zahlreicher, und es dauerte nicht lange, bis sie mitten im Schneetreiben waren. Alo ritt voraus, Sonam folgte ihm, den Blick stets auf die reitende Gestalt vor ihr gerichtet. Alo rechnete nicht damit, hier auf Feinde zu stoßen. Tiefer im Tal waren zwar chinesische Einheiten stationiert, doch die Soldaten, zumeist jung und unerfahren, wagten sich selten auf die Passhöhe. Behutsam suchten die Pferde ihren Weg durch die weiße Welt. In ihren Mähnen hingen schon Eiskügelchen. Doch ihre Körper waren vom Laufen warm: Dampf stieg von ihren Flanken auf. Mit etwas Glück würden sie die Passhöhe vor Einbruch der Dunkelheit überwinden. Alo und Sonam, in Felle und Decken eingemummt, bewegten ständig die Füße, die sie mit Wollschals eingewickelt hatten, damit ihnen nicht die Zehen erfroren. Beide wussten, dass es ihnen trotz allem erheblich besser ging als den meisten anderen, die diesen Weg genommen hatten: Sie hatten Reittiere! Wie viele Flüchtlinge hatten sich zu Fuß über den Pass gequält! Nicht wenige waren dabei verunglückt, anderen hatte man die erfrorenen Füße amputieren müssen. In großer Höhe hämmerte das Herz in rasendem Tempo, die Lungen flogen. Hier galt nur das eine: vorwärtszureiten, immer vorwärts! Sie hätten nicht sagen können, wie lange es gedauert hatte, bis sie zu den Felsklippen unter dem Hauptgrat kamen. Alo kannte die Strecke, und er kannte auch einen Unterschlupf. Es wurde auch höchste Zeit; die Nacht kam, die Kälte drang durch ihre durchnässten Kleider und Stiefel. Die beißende Kälte schmerzte in den Knochen, der Schnee blendete, der Frost machte das Denken träge. Endlich fanden ihre Strapazen ein Ende. Der abgenutzte Kalkstein hatte in den Felsen Spalten gebildet, und eine davon war tief genug, dass sie mit den Pferden dort rasten konnten. Die Höhle war den Flüchtlingen bekannt. Auf dem Boden hatte die Asche zahlreicher Feuer dunkle Flecken gebildet. Die Reisenden hatten Mantras in die Wände geritzt, Segenswünsche für diejenigen, die nach ihnen kamen. Dem Gesetz der Wanderer getreu, hatten sie auch ein kleines Bündel Brennholz zurückgelassen. Das Holz war feucht und entwickelte beißenden Qualm. Alo und Sonam husteten, wischten sich die Tränen aus den entzündeten Augen. Doch das Feuer brannte und brachte allmählich auch die dünne Eisschicht an den Wänden zum Schmelzen. Glitzernde Tropfen rieselten über die Steine. Die Pferde waren nass geschwitzt und rochen stark. Alo und Sonam rieben sie mit den Satteldecken ab und hängten ihnen die Futtersäcke um. Dann setzten sie sich an das zischende Feuer, schmiegten sich eng aneinander. Sie wussten nicht, wie lange der Schneesturm dauern würde, und sie mussten mit ihren Nahrungsvorräten sparsam umgehen. Doch sie hatten Glück. Nach einer eiskalten Nacht dämmerte der frühe Morgen klar, und mit einem Schlag entsprang dem Schoß der Dunkelheit das reine, helle Licht. Alles ringsum glänzte, funkelte und strahlte. Die Schneemassen der Berge wurden von purpurnen Bögen überquert und die Wolkendecke unten im Tal vom Sonnenfeuer durchbrochen und aufgelöst. Es war entsetzlich kalt, viel kälter als sonst in dieser Jahreszeit. Da das Wetter stets sprunghaft wechselte, galt es, sich schnell auf den Weg zu machen, bevor ein neuer Schneesturm das Gebirge überzog. Der Weg war eine einzige Eisfläche. Ilha und Joru bewegten sich langsam vorwärts, mit gesenktem Kopf, untersuchten bei jedem Schritt mit vorsichtigen Hufen die Schneekruste. Der Pfad zog sich in Schleifen dahin, am Rückgrat eines hohen, kahlen Kammes entlang, dessen eisige Flanken steil abfielen. Der harte Wind schnitt eisig wie ein Messer. Alo und Sonam ritten ohne ein Wort, mit pochendem Herzen, überließen es ihren Pferden, langsamer oder schneller zu gehen. Endlich begann der Abstieg. Von nun an hielten Felswände den Wind ab, das steigende Licht wärmte, kein Lufthauch wehte. Die Landschaft war gläsern klar, vom Leuchten der Sonne durchwoben, silbrige Funken blitzten auf jedem Stein. Noch war am stahlblauen Himmel über ihnen keine Wolke zu sehen, und auf der Südseite des Passes waren tief unten die ersten Wälder zu erkennen. Doch im Norden duckte sich eine große, finstere Wolkenfront, die fast unmerklich in die Höhe wuchs.

»Was hältst du vom Wetter?«, fragte Sonam.

Alo verzog das Gesicht.

»Das Gleiche wie gestern. Der Sturm wird am Nachmittag losbrechen.«

»Ich glaube es fast nicht mehr«, meinte Sonam.

»Doch. Wir müssen runter ins Tal. Und sehr vorsichtig sein. Die Chinesen machen Erkundungsflüge.«

Es war ein großartiger Tag, um Flüchtlinge zu erspähen.

Alo hörte das Flugzeug als Erster, mit den geschärften Sinnen der Nomaden. Er hob plötzlich den Kopf und machte mit der Hand ein Zeichen, das Sonam nicht deuten konnte. Doch im nächsten Augenblick hörte sie es auch. Ein Flugzeug, noch weit entfernt. Sie hielten die Pferde an, wahrend das Brummen näher kam. Aus seiner Gleichmäßigkeit ließ sich schließen, dass die Maschine einen geraden Weg flog. Alo und Sonam setzten ihre Tiere in raschen Trab, ritten auf einen Steilhang zu, der im Schatten lag, und warteten. Das Flugzeug näherte sich, behielt den Kurs bei. Sie sahen die Sonne auf dem hellen Rumpf blitzen, als die Maschine - ein Flugzeug der chinesischen Volksarmee - über ihre Köpfe hinwegzog und hinter dem Steilhang verschwand. Das Brummen nahm ab, das Flugzeug entfernte sich. Die Gefahr schien vorerst gebannt. Alo und Sonam nickten einander zu, bevor sie aus dem Schatten ritten.

Sie trabten hügelabwärts, als die Maschine plötzlich wie ein donnerndes Gespenst hinter dem Steilhang wieder auftauchte. Sonam zog unwillkürlich den Kopf ein; ihr war, als ob das Flugzeug sie streifte. Das Dröhnen wirbelte die Luftmassen empor, bevor die Maschine mit pfeifendem Knall steil in den Himmel schoss.

Sonam hörte, wie Alo ihr etwas zuschrie, verstand kein Wort, doch er hatte sein Pferd in den Galopp gejagt, und sie folgte ihm, atemlos, ohne jeglichen Gedanken. Sie bemerkte, dass er auf eine kleine Baumgruppe zuraste, die ihnen Deckung liefern konnte. Schon legte sich die Maschine auf einen Flügel, drehte ab, schien rückwärts zu fallen wie ein Stein. Und gleichzeitig verwandelte sich das schwere Beben der Motoren in ein Heulen, so misstönend, nahe und schrill, dass Sonams Pferd scheute. Sie hielt den Braunen mit aller Kraft, doch gelang es ihr nicht, das entsetzte Tier zu lenken. Ilha bockte und brach aus, in gewaltigen Sprüngen und mit wild verdrehten Augen. Alo riss sein Pferd herum, jagte im gestreckten Galopp zurück. Er beugte sich weit aus dem Sattel, packte die Zügel des Braunen, zerrte das wild ausschlagende Tier hinter sich her. Der grüngelbe Rumpf des Flugzeugs drehte eine scharfe Kurve im Gegenlicht und fegte ihnen entgegen. Die Motoren kreischten dicht über ihren Köpfen. Ilha schüttelte sich, von krampfartiger Panik erfüllt, und schleuderte Sonam von seinem Rücken. Sie überschlug sich, rollte herum, tastete mit aufgeschürften Händen über den Boden, kroch auf allen vieren weiter. Das Flugzeug änderte wieder die Richtung, warf sich seitwärts herum. Alo wandte den Kopf, sah Sonam zwischen den Steinen kauern und raste im Galopp auf sie zu. Einer Riesenhornisse gleich fegte das Flugzeug heran. Der gewaltige Schatten flog über den Boden. Sonam sah aus den Augenwinkeln, wie Alo im vollen Galopp aus dem Sattel sprang und auf sie zurannte. Er warf sich über sie, drückte sie am Boden fest. Sonam vernahm ein helles Knattergeräusch, eine Abfolge von Explosionen. Die Schüsse pfiffen über ihre Köpfe hinweg, die Kugeln schlugen immer näher ein, warfen auf den Unebenheiten des Bodens kleine Erdgeysire auf, die als dünner Steinregen hochprasselten. Sonam lag mit der Wange am Boden und spürte, wie Alo sie mit seinem Gewicht niederdrückte. Die Kugeln flogen um sie herum, prallten mit spitzen Quietschlauten vom Geröll ab. Unvermittelt durchzuckte Alo ein heftiger Schüttelfrost, als hätten Muskeln und Nerven plötzlich versagt. Sein ganzer Körper schien im Rhythmus des Maschinengewehrs zu beben, während sich das Flugzeug seitwärts legte und über den Felshang abtauchte. Das Dröhnen entfernte sich im Talgrund. Dann wurde es langsam still. Sonam roch den herben Geruch von verbranntem Pulver und spürte den Geschmack von Blut in ihrem Mund. Sie musste sich irgendwo angeschlagen haben. Mühsam bewegte sie sich, richtete sich auf den Ellbogen auf. Alo lag schwer und unbeweglich auf ihr, wobei seine Arme sie immer noch so fest umfassten, dass sie sich kaum zu rühren vermochte.

»Alo?«, flüsterte sie in der einkehrenden Ruhe. Er gab keine Antwort, doch auf einmal löste er seine Umklammerung, sodass sie sich bewegen konnte. Sein Gesicht hing auf seltsame Art herab; Sonam sah, wie Blut aus seiner Nase tropfte.

»Alo?«, wiederholte sie. Immer noch keine Reaktion. Sie drehte ihn vorsichtig auf die Seite, kroch unter ihm hervor. Er fiel schwer auf den Boden, sodass sie sein blutverschmiertes Gesicht sehen konnte. Seine Augen waren weit offen und auf sie gerichtet. Er sagte jedoch kein Wort.

»Bist du verletzt?«, fragte sie.

Endlich bewegten sich seine Lippen.

»Ich … ich weiß es nicht.«

»Hast du Schmerzen?«

Er blieb stumm. Im Ausdruck seines Blicks war kein Sinn zu erkennen.

»Alo?«

Statt einer Antwort quoll ein langer Blutfaden aus seinem Mund. Als sie behutsam versuchte, ihn aufzurichten, stieß er eine Art heiseren, durchdringenden Seufzer aus: der Klagelaut eines Mannes, der nicht zu klagen gewohnt ist. Und gleichzeitig vernahm Sonam ein seltsames Geräusch, als ob ein Knochen in seinem Rücken zersplitterte. Sie starrte ihn an, mit weit aufgerissenen Augen. Sie konnte nicht, sie wollte nicht wahrhaben, dass er tödlich verletzt worden war, als er ihr Leben mit seinem eigenen Körper schützte. Ein dünner, entsetzter Schrei entfuhr der jungen Frau, als sie das Ausmaß seiner Verletzungen erkannte. Sie stammelte das Erste, was ihr in den verwirrten Sinn kam.

»Ich … ich muss Hilfe holen!«

Aber Hilfe von wem, und wo? Alos Augen waren schon gebrochen. Er lag betäubt und benommen im Schraubstock der Qualen. Jedes Wort kostete ihn unendliche Mühe.

»Ich bin kalt … bis zu den Ellbogen. Lass mich … deine Hand fühlen, Sonam.«

Sie legte ihre Hand auf seine Brust und erschauerte, als sie die feuchte Kälte spürte.

»Fühlst du mich?«

»Nein.«

Er zitterte zunehmend stärker. Sie stöhnte leise auf, von unermesslichem Schrecken erfüllt.

»Hast du Schmerzen?

»Ja … jetzt, ja.«

Sie schluchzte ganz leicht, tränenlos.

Er flüsterte: »Du musst … sofort … reiten. Die Grenze ist nicht weit. Zwei Tage von hier. Südwärts. Du wirst an einen Fluss kommen. Geh nicht … über die Brücke! Kontrollposten … Reite über die Sandbänke. Aber nicht, wenn es hell ist. Nachts!«

Sie schüttelte heftig den Kopf.

»Ich bleibe bei dir.«

»Sonam … es hat keinen Sinn.«

Ein Schauder durchlief ihn. Grünliche Blässe überzog sein Gesicht.

»Ich … ich habe große Schmerzen jetzt. Sie … werden schlimmer. Du hast deine Pistole, nicht wahr?«

Sie fühlte, wie sich ihre Gesichtszüge spannten und hart und spröde wurden.

»Alo! Nein!«

»Du hast eine Kugel.«

Sie packte seine unversehrte Hand und ließ sie wieder los; er hatte ihren Händedruck nicht im Geringsten erwidert.

»Nein!«, keuchte sie. »Ich kann es nicht!«

»Tu es, Sonam, warte nicht mehr!«

»Nein!«

Alos Körper wurde von heftigen Krämpfen geschüttelt. Er stieß die Worte zwischen den Zähnen hervor.

»Sonam, ich liebe dich.«

Sie ließ den Kopf zur Seite sinken – eine hoffnungslose Bewegung allgemeinen Verneinens. Dann hob ein schwerer Seufzer ihre Brust.

»Alo?«

»Ja?«

»Wie … mache ich das?«

»In den Mund. Aber lege … deinen Schal auf mein Gesicht. Es … sieht nicht schön aus!«

»Ich kann nicht!«

»Bitte, Sonam!«

Sie tastete nach der Pistole, entsicherte sie.

»Sonam … sieh mich nicht mehr an … danach. Versprochen?«

»Versprochen.«

Mit der Linken griff sie nach dem Schal, der nass von seinem Blut war. In der rechten hielt sie die Pistole. Alos Gesicht verzerrte sich, sein Atem ging tief und röchelnd.

»Jetzt, Sonam!«

Sie beugte sich über ihn, legte ihren Mund auf den seinen, schmeckte auf ihren eigenen Lippen den salzigen Geschmack seines Blutes. Er schloss halb die Augen, deutete ein Lächeln an.

»Danke«, flüsterte er.

Sie legte den Schal auf sein Gesicht. Ihre tastende Hand hielt die Pistole, bewegte die Mündung behutsam unter dem Stoff. Dann richtete sie sich ein wenig auf, holte tief Atem. Ihre Hand war fest, als sie auf den Abzug drückte, bevor der Rückschlag der Waffe ihr das Gleichgewicht nahm. Sie sank zurück, auf die Fersen. Die rauchende Waffe entglitt ihren Fingern und fiel in den Sand. Der gedämpfte Schuss hallte in ihrem Kopf wider, in den Knochen, in den Adern, in jeder Zelle ihres Körpers. Alo spürte diesen Widerhall wie ein fernes, wirbelndes Echo, das sein Leben davontrug und sich im Dunklen verlor.

EPILOG

Es war das erste Mal, dass wir uns trafen, seit Chimie aus New York zurück war. Wir hatten uns in einem Bistro am Bellevueplatz verabredet. Chimie wollte Rösti essen. Sie hatte stets einen gesunden Appetit, der gar nicht zu ihrem elfenhaften Aussehen passen wollte. Sie sah wie immer wunderschön aus, im dunkelgrauen Business-Anzug und mit für das Matschwetter völlig unpassenden Stilettos, die sie einen Kopf größer machten als mich. Ihr grünlich schillerndes Haar wippte auf ihren Schultern wie ein schönes Gefieder. Wir umarmten einander herzlich; ihre Mandelaugen strahlten mich an.

»Du siehst umwerfend aus! Sag mal, bist du verliebt?«

Chimie, die Magierin. Ich erwiderte ihr Lächeln.

»Oh ja, und wie! Aber erzähl zuerst von dir! Wie war's in New York?«

»Eiskalt und stressig. Mein Boss hatte eine miserable Laune. Die Krise. Und in den USA ist der Frühstückskaffee ein absoluter Horror. Ich bin richtig froh, dass ich wieder da bin. So. Und jetzt will ich wissen, wie es dir in Lhasa ergangen ist.«

Wir aßen Rösti, die in diesem Bistro goldgelb und wunderbar zubereitet wurden, und ich erzählte. Ich brauchte fast eine Stunde dafür. Chimies Mittagspause war schon fast um, als ich mich erschöpft und mit vollem Magen endlich zurücklehnte.

»Du hast deinen Salat noch nicht aufgegessen«, sagte Chimie in vorwurfsvollem Tonfall.

Ich stopfte hastig einige Tomatenscheiben in den Mund.

»Ich bin noch nicht dazu gekommen.«

»Wenn du die ganze Zeit redest…«

»Ich habe dir noch mehr zu sagen.«

»Über Kanam, hoffe ich?«

Ich wurde ein wenig rot.

»Ja… über Kanam.«

Chimie sah auf ihre elegante Armbanduhr.

»Gut. Ich habe noch vierzig Minuten.«

Ich erzählte, wie Kanam und ich zueinandergefunden hatten. Und auch, dass wir uns liebten und uns niemals mehr trennen wollten. Dass wir zu Weihnachten Ferien in Sils Maria machen würden, in diesem wunderschönen Dorf im Engadin, dessen Landschaften an tibetische Hochtäler erinnerten. Und während ich erzählte, wurde mir bewusst, welch unermessliches Glück Kanam und mir doch beschieden war. Wir kamen beide aus einer entsetzlichen Welt, in der gefoltert und getötet wurde, noch heute, immerzu, jeden Tag, und wer weiß noch für wie lange. Das tibetische Volk war Opfer eines Systems geworden, das Freiheit versprach und den Einzelnen missachtete, eines Systems, das für Mitgefühl keine Verwendung hatte, weil Macht und Habgier eine größere Bedeutung besaßen. Aber das geschah ja immer wieder, überall auf der Welt; es war unerträglich und musste trotzdem ertragen werden, solange die einen das Leben achteten und die anderen nicht, solange die Menschen, noch unvollendet, unvollkommen, die Dunkelheit bewohnten statt das Licht. Und trotzdem war es falsch, Gewalt als die Normalität anzuerkennen, sich der Ungerechtigkeit zu fügen, nur weil es bequemer war, sich nicht einzumischen. Kanam und ich würden das nicht mitmachen, das stumme Schweigen, das schläfrige und amorphe Gefühl »Du kannst ja doch nichts ändern«. Wir würden Seite an Seite gehen mit allen anderen, die einsam, angsterfüllt und verzweifelt waren. Wir würden Aufruhr verursachen, viele Leute vor den Kopf stoßen, aber anders ging es ja nicht. Die Wandlung kommt immer, auch wenn sie viel Zeit braucht. Und immer wieder würden wir zu dem Ort zurückfinden, an dem wir uns beschützt fühlten, geborgen und sicher: dem magischen Haus unserer Träume. Die Vorfahren waren ja bei uns, auf dem Regenbogen zwischen den Welten schwebend. Wir erkannten ihre Dauerhaftigkeit, und sie gaben uns ihren Segen, machten uns sicher und stark.

»Mir geht deine Geschichte unter die Haut«, sagte Chimie.

Ich erwiderte leise: »Manchmal, wenn Kanam und ich darüber reden, kommen uns die Tränen.«

Sie warf ihr Haar aus dem Gesicht. Die Bewegung zeigte eine große innere Erregung.

»Nein! Ihr dürft nicht traurig sein, sondern glücklich! Es gibt keine Tränen mehr, die ihr noch zu weinen hättet.«

Sie sah zu dem Kellner hinüber und hob zwei Finger: Zwei Espressi, bitte!

Ihr Tonfall wurde wieder ruhig. Auf ihrem Gesicht erschien ein feines Lächeln.

»Wie kommt es, dass du die Dzi-Steine deiner Amla trägst?«

Ich bewegte unwillkürlich die Hand, tastete in den Ausschnitt meines Pullovers.

»Ach ja, du hast es bemerkt? Amla will, dass ich sie jetzt trage. Sie braucht die Steine nicht mehr, sagt sie, weil alle ihre Wünsche erfüllt seien.«

Chimie blinzelte mir zu.

»Hatte sie nicht geschworen, dass sie mit den Steinen bestattet werden wollte?«

Ich erwiderte ihr Lächeln.

»Seitdem Kanam da ist, hat sie ihre Meinung geändert. Weil die Linie ja nicht abgebrochen ist, sondern mit uns weitergeht …«

»Du trägst die Steine jetzt an einer Kette?«

»Es ging nicht anders. Das Band war so alt und zerschlissen, dass ich es aufschneiden musste.«

Chimie rührte Zucker in ihre Tasse, nahm einen kleinen Schluck. »Die Kette ist eindeutig eleganter.«

»Nicht wahr?«, rief ich lebhaft. »Sie stammt von Kanams Mutter.«

Von Chimies Augen ging ein ganz besonderer Glanz aus. Sie beugte sich über den Tisch; ein Hauch ihres warmen Parfüms berührte mich, während sie ihre weiche, gepflegte Hand auf meine legte.

»Du hast vorhin etwas gesagt … etwas, das nicht ganz stimmt.«

Ich schlürfte meinen Espresso, wobei ich mir fast die Zunge verbrannt hätte.

»Ja, das kann schon sein, ich war so aufgeregt!«

»Menschenskind, das wäre ich auch! Hör zu, du hast von den Vorfahren gesprochen, die auf dem Regenbogen schweben.«

»Ach, habe ich das?«

»Ja, immer wieder. Aber hast du schon mal gesehen, wie ein Regenbogen über einem ruhigen Wasser leuchtet? Nein? Aber ich! Und weißt du, was dann geschieht, Dolkar? Er bildet keinen Bogen mehr, sondern einen Kreis! Genau das ist es: Die Vorfahren haben den Kreis geschlossen. Sie sprechen eine Geheimsprache, die nicht mehr unsere Sprache ist. Aber wenn wir gut beobachten und in uns hineinhorchen, dann können wir sie am Ende verstehen.«

»Ach, Chimie!«, sagte ich rau. »Wie gut du diese Dinge verstehst und erklären kannst. Ich danke dir!«

Sie rief den Kellner und verlangte die Rechnung. Dann wandte sie sich mir zu und lächelte mich zärtlich und verschwörerisch an. Sie lebte ganz im Hier und Jetzt, aber nie in einer Scheinwelt, die sie verblendete. Ihr Herz war offen und schlicht, und nichts machte ihr mehr Freude als das Geben.

»Die Wahrheit ist«, sagte sie, »dass ich immer das letzte Wort haben will.«